W0326626

Un séduisant rancher

Les secrets du milliardaire

La flamme retrouvée

CAT SCHIELD

Un séduisant rancher

Traduction française de
LAURENCE LENGLET

PASSIONS

HARLEQUIN

Collection : PASSIONS

Titre original :
BREAKING THE RANCHER'S RULES

HARPERCOLLINS FRANCE
83-85, boulevard Vincent-Auriol, 75646 PARIS CEDEX 13
Service Clients — www.harlequin.fr
ISBN 978-2-2805-0045-6 — ISSN 1950-2761

Édité par HarperCollins France.
Composition et mise en pages Nord Compo.
Imprimé en janvier 2025 par CPI Black Print (Barcelone)
en utilisant 100% d'électricité renouvelable.
Dépôt légal : février 2025.

MIXTE
Papier issu de sources responsables
FSC® C159065

Pour limiter l'empreinte environnementale de ses livres, HarperCollins France s'engage à n'utiliser que du papier fabriqué à partir de bois provenant de forêts gérées durablement et de manière responsable.

1

— Ne t'énerve pas, je t'en supplie...

Lyle termina d'appliquer du baume sur une coupure que son cheval préféré s'était faite au jarret avant de se redresser.

— Qu'est-ce que tu as encore fait ? dit-il à sa jeune sœur.

Il avait été totalement pris de court lorsque, à l'âge de vingt-deux ans, il était devenu le tuteur de Jessica, treize ans, après la mort de leur mère dans un terrible accident de voiture.

— Tu connais k !smet ? demanda-t-elle. Tu sais, cette application qui est devenue virale le mois dernier après ce qui s'est passé au ByteCon ?

Lyle la dévisagea, perplexe. Pourquoi cette question ? Elle savait bien qu'il était au courant de toute cette histoire !

Trey Winters, le meilleur ami de Lyle, avait financé cette application créée par Misha Law. Or elle comportait une nouvelle fonction - *Surprise Me !* - présentée lors du Byte Con qui s'était tenu à Royal. Celle-ci avait accordé Maggie Del Rio avec Jericho Winters, ce qui avait défrayé la chronique, leurs familles étant en conflit depuis des décennies.

Après le ByteCon, Trey avait mis en doute la fiabilité de l'application. À ses yeux, que son frère ait été apparié à une Del Rio résultait forcément d'une erreur. Furieux, il avait fait irruption dans le bureau de Misha, la sommant de s'expliquer. Ils avaient finalement décidé d'auditer ensemble l'algorithme de l'application pour tenter de mettre le doigt sur un éventuel dysfonctionnement. Durant leurs sessions de travail, ils étaient tombés amoureux l'un de l'autre.

Tout comme Trey, Lyle avait perdu la femme qu'il aimait. La femme de Trey les avait abandonnés, leur fils et lui. Pour sa part, il avait perdu Chloe des suites d'un cancer. C'était peut-être ce qui les avait rapprochés, Trey et lui, au départ. D'ailleurs, durant plusieurs années, ni l'un ni l'autre n'avaient eu la moindre envie de se remettre en couple.

Pourtant, aujourd'hui, Trey était profondément amoureux d'une femme avec qui il s'entendait à la perfection et, tandis que Lyle s'émerveillait de la bonne fortune de son ami, l'idée qu'il puisse, lui aussi, se remettre sur le marché de l'amour le laissait de marbre.

— Eh bien ? demanda Lyle.

Autour de lui, dans l'écurie, les ouvriers du ranch sellaient les chevaux, mais cette routine ne parvenait pas à apaiser l'inquiétude de Lyle.

— Eh bien, je t'ai inscrit ! annonça Jessica.

— Sur cette application de rencontres ? fit-il, horrifié.

— Ce n'est pas seulement une application de rencontres. Elle permet également de tisser des liens amicaux et professionnels.

— Alors, avec qui, exactement, suis-je censé tisser des liens ?

— Un tas de gens. C'est l'application incontournable pour la crème de la crème de la société texane, dit-elle, répétant mot pour mot l'argumentaire publicitaire de l'application.

Lyle desserra les mâchoires, prêt à rappeler à Jessica l'évidence : il ne faisait plus partie de la société, et encore moins de la crème de la crème de celle-ci, depuis la mort brutale de sa femme cinq ans plus tôt.

— Jess !

— Je sais, je sais..., répondit-elle, sachant très bien ce qu'il allait dire. Mais je ne peux pas supporter l'idée que tu restes seul jusqu'à la fin de tes jours.

Selon lui, aucune femme ne pourrait jamais s'adapter à la vie qu'il s'était créée au ranch avec Chloe. Mais Jessica n'était pas d'accord. En réalité, la ville de Royal comptait plusieurs femmes qui auraient été ravies de l'épouser. Pourtant, il n'en avait aucune envie. La vie de couple, c'était du travail et le ranch lui prenait toute son énergie.

— Jess...

— Tu mérites vraiment d'être heureux.

— Je ne peux pas, murmura Lyle d'un ton douloureux qui le surprit lui-même.

Il avait passé six merveilleuses années au côté de Chloe avant de la perdre et il ne s'en remettait pas. D'ailleurs, la plupart du temps, il n'avait pas envie de s'en remettre.

— Je sais que la mort de Chloe t'a dévasté, reprit Jessica, compatissante. Mais tu as tellement d'amour à donner. Ne te referme pas sur toi-même.

L'espace d'un instant, Lyle ferma les yeux. Lorsqu'il les rouvrit, il avait repris le contrôle de lui-même.

— Supprime mon compte.

— C'est une application très sélective, tu sais...

Lyle le savait. Son ami Trey se félicitait constamment du potentiel de l'application. Elle comptait déjà six mille membres et trente mille personnes sur liste d'attente.

— Supprime mon compte, répéta-t-il.

Il n'avait ni le temps ni l'envie de trier des profils de femmes et de les supprimer s'ils ne lui convenaient pas. Il avait déjà connu le grand amour. Aimer à nouveau était impossible. Ce qui ne l'empêchait pas d'avoir une aventure de temps à autre.

— Mais l'appli t'a trouvé un match ! s'exclama Jessica.

Lyle la dévisagea, saisi d'une soudaine angoisse. Il n'avait aucune envie de rencontrer une autre femme. Une autre femme qu'il aimerait et qui risquerait, elle aussi, de disparaître du jour au lendemain.

— Je m'en fiche, déclara-t-il. Trey m'a dit que quelqu'un avait trafiqué l'algorithme de l'application... Ce qui veut dire que ses appariements sont purement le fruit du hasard...

— Tout de même... Tu n'as pas envie de savoir qui c'est ?

— Non.

— Elle est super jolie, regarde, dit-elle en lui fourrant son téléphone portable sous le nez.

Lyle découvrit alors un visage en forme de cœur, encadré de cheveux bruns striés de mèches couleur miel, avec des yeux noisette pétillants et un rien aguicheurs. La jeune femme affichait un sourire si éblouissant qu'il sentit son pouls s'accélérer.

Presque aussitôt, Jessica lui fourra une autre photo sous le nez. Un seul coup d'œil au corps svelte vêtu d'un bikini rouge suffit ; le désir s'abattit sur lui comme un marteau sur une enclume. Il détourna le regard.

— Jolie, non ?

Oui, très jolie. Mais quelle que soit l'attirance que lui inspirait cette femme sélectionnée par un algorithme, Lyle préférait les rencontres à l'ancienne. Dans un bar ou une soirée.

— Et la photo d'elle en bikini rouge ? Elle est canon, tu ne trouves pas ? insista Jessica. Je ne vois pas qui pourrait résister à ça...

— Ça ne m'intéresse pas, mentit-il, alors que ses hormones étaient en ébullition.

— Vraiment ? fit sa sœur en inclinant la tête sur le côté. Parce qu'on dirait que tu as un peu de bave, juste là...

Lyle repoussa la main de Jessica et se renfrogna.

— Supprime mon compte.

Contrairement à ce que croyait sa sœur, il n'était pas complètement coupé du monde. Certes, il ne recherchait pas constamment la compagnie des autres ; pour autant il n'était pas un ermite invétéré.

— Je te laisse quelques jours pour réfléchir, répondit-elle.

— Pourquoi tu ne te concentres pas sur ta propre vie amoureuse au lieu de te préoccuper de la mienne ?

La pique fonctionna comme il l'espérait. Jessica secoua la tête, agacée.

— Je me concentre sur ma carrière pour l'instant, répondit l'aspirante cheffe cuisinière.

Tout juste diplômée de la prestigieuse école d'art culinaire Auguste Escoffier d'Austin, au Texas, Jessica cherchait actuellement le poste de ses rêves.

— De plus, reprit-elle, j'ai suffisamment de travail comme ça avec Glamour Camping pour penser à l'amour.

Ce qui était certain, c'est qu'aucun des deux enfants Drummond n'avait peur du travail, un trait de caractère qu'ils tenaient de leur mère. Maman solo, celle-ci avait dû travailler pour deux. Pour autant, ses deux enfants n'avaient jamais manqué d'amour.

Quelques années plus tôt, Jessica avait lancé une activité de glamping. Très vite, les séjours qu'elle proposait sous une tente aménagée avaient attiré un nombre croissant d'amoureux de la nature. Ce succès avait permis à Jessica de financer sa formation culinaire.

— Eh bien, pour ma part, ma priorité est le ranch, répliqua Lyle. Ce qui veut dire, en réalité, que ni toi ni moi n'avons le temps de nous intéresser à l'amour. De plus, qui serait assez fou ou folle pour se fier à une application dont l'algorithme est défectueux ?

— Moi, annonça Jessica. J'ai utilisé la fonction *Surprise Me !* dans la rubrique « Échanges », et je vais faire un échange de domiciles avec quelqu'un pendant les deux prochaines semaines.

— Tu as perdu la tête ?

Comment pouvait-elle faire confiance à k !smet alors qu'il était de notoriété publique que l'appli avait été piratée ?

— Écoute, je sais que tu adores ce ranch, mais pour ma part j'en ai marre des vaches, des chevaux et de la boue. J'ai envie de pouvoir m'habiller sans craindre de me salir. J'ai envie de faire du shopping quand bon me semble et de dîner dans des restaurants chics. La femme que j'ai rencontrée via l'appli a un appartement en plein centre de Dallas.

— Qui est-ce ? Et que sais-tu d'elle ?

La dernière chose dont il avait envie était qu'une inconnue s'installe dans le chalet de sa sœur, à deux pas de chez lui.

— Elle dirige une société, tout comme moi.

— Quoi d'autre ?

— Elle s'appelle Giselle Saito. Elle a monté sa propre entreprise de produits cosmétiques cent pour cent naturels. C'est un véritable bourreau de travail. Vous avez énormément de points communs.

Voyant sa mine horrifiée, Jessica soupira.

— Pourquoi réagis-tu comme ça ? reprit-elle. Ce n'est pas une tueuse en série.

— Qu'est-ce qui t'a pris d'inviter une inconnue au ranch sans m'en parler ?

— Oh là là, fit Jessica en levant les yeux au ciel. Ça ne t'a jamais posé de problème quand c'étaient des clients de Glamour Camping, et pourtant ce sont tous des inconnus...

— C'est différent. En général tu es là pour t'occuper d'eux. Dans ce cas, tu seras à Dallas... Qui sera là pour régler les problèmes ?

— Quels problèmes pourrait-il y avoir ?

La vie dans un ranch était pleine de dangers, surtout pour les gens de la ville. L'invitée pouvait se faire piétiner par du bétail, écraser par un tracteur, tomber dans un silo à grains... Avoir une réaction allergique à une piqûre d'insecte...

— Elle a déjà séjourné dans un ranch ?

— Jamais. C'est une citadine pur jus, répondit Jessica. Si ça te stresse, eh bien, tu n'auras qu'à garder un œil sur elle.

— Je n'ai pas le temps...

— Alors tu n'auras qu'à charger un de tes gars de lui faire visiter l'exploitation. Elle a très envie de rencontrer un vrai cow-boy, et il y en a plein par ici, répondit Jessica en apercevant une silhouette qui passait non loin d'eux. Tiens, pourquoi pas Jacob ? Je suis sûr qu'il serait ravi.

Entendant son prénom, le séduisant cow-boy adressa à Jessica un petit sourire sexy.

— Tu es folle ou quoi ? s'exclama Lyle, invitant Jacob à poursuivre ses activités d'un geste de la main. Nous allons avoir énormément de travail quand elle va débarquer. Peser les veaux, surveiller la gestation des génisses. Sans parler de tout le reste : surveillance des clôtures et récolte du foin.

— Alors mets-la au travail.

— Pas question, maugréa Lyle en arrachant son chapeau et en se passant les doigts dans les cheveux. Tu lui diras bien de rester à l'écart des activités du ranch. Je ne veux pas la voir une seule fois pendant toute la durée de son séjour chez toi. C'est compris ?

— C'est noté, répondit-elle avant de faire demi-tour.

— Très bien. Et puis, supprime mon compte.

— Comme tu voudras.

Une bouffée de satisfaction envahit Lyle en notant le ton mécontent de sa sœur, mais cela dura à peine trois secondes.

C'était vrai, il n'avait aucune envie de se mettre en couple. De tomber amoureux. D'ouvrir son cœur. Pourtant, il ne pouvait ignorer le sentiment de solitude qui l'assaillait de temps à autre. Être seul, c'était dur. Mais perdre l'être aimé était encore pire, et jamais plus il ne prendrait ce risque.

Giselle Saito chaussa ses lunettes de soleil et sortit du parking souterrain de son immeuble au volant de sa Mini Cooper décapotable. Trois ans plus tôt, elle avait acheté un trois pièces au douzième étage de cette tour, convaincue que l'emplacement dans le centre historique de Dallas était idéal. Et c'était le cas. Surtout si l'on comparait cet appartement avec celui qu'elle occupait lorsqu'elle avait lancé sa marque de produits cosmétiques naturels, Skin by Saito.

Trois ans plus tard, les embouteillages du centre-ville et le manque d'espaces verts la faisaient douter de son choix. Peut-être aurait-elle dû s'installer en banlieue, s'acheter une jolie maison avec un jardin. Mais son entreprise était en pleine croissance et lui prenait toute son énergie… Comment aurait-elle pu s'occuper d'une maison ?

Son smartphone sonna alors qu'elle entrait sur l'autoroute. Grâce au kit mains libres de la voiture, elle répondit à l'appel de sa sœur.

— Hé, salut, dit Giselle en insérant habilement sa décapotable dans une file de voitures lancées à vive allure sur l'autoroute. Qu'y a-t-il ?

— J'ai une grande nouvelle pour toi ! lança Gabby, enthousiaste. On va déjeuner ?

— Je ne peux pas.

Manifestement, sa jumelle avait tout oublié de ses projets de vacances.

— Dîner, alors ?

— Je pars en vacances, je suis déjà sur l'autoroute, soupira Giselle. Je pars pour deux semaines.

Giselle résista à l'envie d'ajouter : « Souviens-toi. » Si elle avait bu un verre à chaque fois qu'elle utilisait ces mots dans une conversation avec sa sœur, elle aurait passé sa vie en cure de désintoxication.

— Dans un endroit glamour ?

Giselle avait déjà expliqué à sa jumelle qu'elle échangeait son domicile avec une jeune femme rencontrée sur l'application k!smet.

— Un ranch, répondit Giselle avec toute la patience dont elle était capable.

— Ah, un ranch, répéta Gabby d'un ton qui pouvait laisser penser qu'elle entendait l'information pour la première fois. Qu'est-ce que tu vas faire ? Je veux dire, j'espère que les gens chez qui tu vas ne s'attendent pas à ce que tu montes à cheval ou que tu t'occupes du bétail…

— Bien sûr que non, répondit Giselle, qui espérait quand même goûter un peu à la vie du ranch. Je veux juste prendre l'air et voir les étoiles. Jessica, la propriétaire du chalet où je vais loger dirige une entreprise de glamping et elle m'a dit…

— Une entreprise de *quoi* ?

Cette fois, Giselle ne pouvait pas reprocher à sa sœur son ignorance. Le glamping était un tout nouveau secteur d'activité, et elle avait eu la même réaction lorsque Jessica lui en avait parlé

— De glamping, c'est-à-dire une forme de camping glamour. Tu dors sous une tente, mais il y a de vrais lits avec de vrais draps, et quelqu'un cuisine et fait le ménage pour toi, si bien que tu n'as qu'à profiter de la vie.

Si Giselle semblait être une experte en la matière, c'était parce qu'elle avait fait des recherches après avoir discuté avec Jessica.

— Mais quelle horreur !

Réaction typique de Gabby. Sa sœur était une incorrigible fashionista pour qui « vivre à la dure » était synonyme de loger dans un hôtel trois étoiles au lieu de quatre... En revanche, pour Giselle, c'était une aventure. Si elle se faisait une idée de ce qu'était un ranch ou un cow-boy à travers les films et séries qu'elle avait vus à la télévision, elle avait envie de voir tout cela de ses propres yeux.

— Je pense que ce sera amusant.

— Si tu le dis... Alors tu ne vas vraiment pas travailler pendant deux semaines ?

— Tu me connais, bien sûr que je vais travailler.

Depuis dix ans, Giselle consacrait tout son temps et toute son énergie au développement de son entreprise.

— Je lance ma nouvelle ligne de soins pour hommes, reprit-elle, et il y a des milliers de choses à faire. En fait, je me suis dit que ça pourrait être l'occasion de rencontrer de vrais cow-boys et de leur proposer de poser pour ma marque.

— Je croyais que tu avais déjà trouvé quelqu'un. Le gars avec qui tu sors. Comment s'appelle-t-il déjà ? Theo ?

Giselle serra le volant de toutes ses forces, humiliée.

— Thad et moi avons rompu.

— Il était trop jeune pour toi, répliqua Gabby du ton supérieur d'une sœur aînée venue au monde trois minutes avant elle. Je savais que ça ne durerait pas.

— Oui, bon...

Giselle avait été flattée lorsque ce beau gosse de vingt-six ans l'avait invitée à sortir. À l'époque, elle n'avait pas imaginé un seul instant qu'il cherchait uniquement à devenir l'égérie de sa ligne de cosmétiques pour hommes.

— Tu devrais vraiment chercher quelqu'un sur k !smet, suggéra Gabby. Il y a de très beaux mecs, tu sais, et riches, aussi. Des gens bien plus intéressants qu'un petit jeune qui veut devenir mannequin.

— Je n'ai aucune envie – *d'avoir le cœur brisé* - euh... de sortir avec qui que ce soit pour l'instant.

— Très bien. Il y en aura plus pour moi.

— Eh bien, vas-y, lance-toi, répondit Giselle.

Cela dit, le bonheur ou bien l'amour ne semblait guère préoccuper Gabby, qui avait plutôt tendance à considérer les hommes comme des mouchoirs jetables. C'était une autre grande différence entre les deux sœurs.

Après avoir raccroché, Giselle se rendit compte que Gabby ne lui avait pas dit pourquoi elle l'avait appelée à l'origine. Elle était sur le point de la rappeler lorsqu'elle reçut un autre appel. C'était Jessica Drummond.

— Je suis en route pour Royal, annonça Giselle lorsqu'elles eurent échangé les salutations d'usage.

— Et moi vers Dallas centre, répondit Jessica, un sourire dans la voix.

Depuis qu'elles avaient été mises en relation par l'application k !smet trois semaines plus tôt, les deux femmes avaient sympathisé par le biais de textos et d'appels occasionnels.

— J'espère que tu aimeras mon appartement, enchaîna Giselle, qui avait rempli le frigo avant de partir. Je t'ai laissé un assortiment de produits de ma marque. Le placard de la chambre d'amis est rempli de tenues que ma sœur a créées au fil des années, alors n'hésite pas ! N'oublie pas de te faire plaisir ces deux prochaines semaines.

— C'est vraiment trop gentil..., répondit Jessica. Tout ce que je t'ai laissé, c'est une maison propre et de quoi cuisiner pour deux jours dans le réfrigérateur. Oh ! et mon frère grincheux. Je te conseille de ne pas trop l'approcher.

— Comme c'est dommage ! Pourquoi est-il si grincheux ?

Vu la façon dont Jessica décrivait son frère, Giselle s'était imaginé un type sinistre et peu reluisant, vêtu du même jean et du même T-shirt jour après jour.

— Il travaille trop. C'est pour ça qu'il est si renfermé. J'essaye de lui ouvrir des perspectives, mais il ne fait aucun effort.

— Apparemment il n'écoute pas plus tes conseils que ma sœur n'écoute les miens.

— Pourtant, ils ont une chance inouïe d'avoir des sœurs aussi brillantes que nous, plaisanta Jessica.

— Exactement.

— Tu n'as pas à t'inquiéter pour Lyle. Il est tellement occupé par les affaires du ranch que tu ne le croiseras jamais. Et crois-moi quand je te dis que c'est mieux ainsi. Il ne mérite pas quelqu'un d'aussi drôle et sympa que toi.

Cette remarque laissa Giselle sans voix. Gabby avait toujours été la plus sociable des jumelles. Sa sœur se faisait facilement des amis et adorait être le centre de l'attention. Giselle, en revanche, préférait mettre en avant son entreprise plutôt qu'elle-même.

— C'est gentil de ta part, dit Giselle, espérant déjà que cet échange de maisons puisse se transformer en une amitié durable. Passe un bon moment chez moi et n'hésite pas à me contacter si nécessaire.

— Merci. Profite bien de la vie au ranch. Et si tu as le moindre besoin, adresse-toi à Rosie. C'est la gouvernante de Lyle. J'ai laissé son numéro sur le frigo.

— Merci pour tout.

Giselle le pensait sincèrement. Bien que sachant qu'elle avait été appariée avec Jessica grâce à l'algorithme de k !smet, elle ne pouvait s'empêcher de penser que le destin était intervenu pour réaliser son rêve.

Ce sentiment s'intensifia lorsqu'elle traversa la charmante ville de Royal avant de se diriger vers le Royal Cattle Company Ranch. Après avoir vécu toute sa vie en ville, elle était émerveillée par les prairies qui s'étendaient à perte de vue. Sans doute rencontrerait-elle plus de vaches que de gens au cours des deux prochaines semaines.

Avant de se lancer dans cette aventure, elle s'était souvent demandé si elle pourrait s'adapter à une vie à la campagne. Aujourd'hui, devant la beauté des lieux, elle était subjuguée. Peu à peu, elle remarqua que la tension liée au travail s'évanouissait. Comme si le fardeau qu'elle portait sur ses épaules s'allégeait soudain. Depuis la création de son entreprise dix ans plus tôt, elle s'imposait un rythme de travail de folie et elle n'en voyait pas le bout. Même aujourd'hui, alors que son entreprise était florissante, elle avait du mal à lever le pied, craignant que, si elle le faisait, tout s'arrête net. Définitivement.

Giselle émergea de ses pensées lorsque le GPS annonça qu'elle devait se préparer à tourner dans deux kilomètres. Son pouls s'accéléra. Elle avait hâte de découvrir le ranch.

Alors qu'elle s'apprêtait à tourner sur la route indiquée, elle aperçut le portail en acier portant le nom du Royal Cattle Company et ralentit pour s'engager sur une longue route bien entretenue.

Elle roula pendant près d'un kilomètre sans apercevoir le moindre bâtiment, ce qui donnait une idée de la taille de l'exploitation. Au détour d'un virage et d'une petite montée, elle aperçut sa destination : une vaste maison avec un étage.

Elle poussa un soupir de soulagement, prenant conscience à cet instant qu'elle ne s'attendait pas à un hébergement de cette qualité. Bien sûr, les abonnés à k !smet étaient triés sur le volet, mais cela ne l'avait pas empêchée de craindre une mauvaise surprise – comme atterrir dans une sorte de cabane primitive. C'était tout le contraire.

S'arrêtant devant la maison, Giselle poussa un petit cri de joie puis se dirigea vers la porte d'entrée. Le vaste porche abritait une demi-douzaine de fauteuils à bascule et non pas une, mais deux balancelles. D'où elle s'imaginait déjà admirer les derniers feux du soleil couchant.

Avant de poser le pied sur les marches du porche, elle se retourna pour s'imprégner de la vue sur les collines et les bosquets. Et dire qu'elle allait pouvoir contempler ce magnifique paysage tous les jours ! C'était le paradis.

Dans l'instant qui suivit, elle s'imprégna du chant des cigales et du bruit du vent qui soufflait dans les arbres. Pas de sirènes. Pas de circulation. Giselle emplit ses poumons d'air pur et frais, notant tout à la fois l'odeur du foin fraîchement fauché, le parfum capiteux des roses du jardin à sa gauche et une odeur alléchante de steaks grillés. Elle adorait le barbecue, et en déguster un ici devait être cent fois mieux qu'à Dallas. Debout sous le porche, Giselle ouvrit grand les bras et embrassa sa nouvelle aventure. Même si le mot « aventure » n'était peut-être pas le bon, vu que la maison de Jessica ressemblait plus à une luxueuse villa qu'au chalet en rondins qu'elle s'était imaginée.

Ravie, Giselle revint sur ses pas, ouvrit le coffre de la Mini et déposa ses valises dans l'allée. Il restait des cartons remplis de produits de sa marque sur la banquette arrière, mais elle reviendrait les chercher plus tard. Elle se dirigea vers le porche, hissa ses valises avec peine en haut des cinq marches et arriva, haletante, devant la porte d'entrée. Sans doute avait-elle trop chargé ses bagages...

Au départ, elle avait prévu de passer ses vacances à prendre des photos amusantes et à les diffuser sur ses réseaux sociaux. Mais durant le trajet, elle avait changé d'objectif. Puisque sa nouvelle ligne de produits était destinée aux hommes, pourquoi ne profiterait-elle pas de son séjour pour chercher de séduisants cow-boys à même de la représenter ?

Comme Jessica l'avait décrit, la majestueuse porte d'entrée était équipée d'une serrure sans clé. Lorsqu'elle eut tapé le code, elle s'ouvrit sur un vaste vestibule. Une fois ses deux valises à l'intérieur, elle se tourna vers ce qui allait être son domicile pour les deux semaines à venir.

Ne pouvant croire à sa chance, Giselle pénétra dans le salon et admira les poutres brutes qui soulignaient l'imposant plafond voûté. La lumière pénétrait dans la pièce par d'immenses baies vitrées. À sa gauche, de confortables canapés et fauteuils en cuir et en velours étaient regroupés autour d'une cheminée massive dont le manteau était fait des mêmes pierres de taille que celles des murs extérieurs.

De toute évidence, Jessica gagnait beaucoup mieux sa vie qu'elle ne le laissait entendre. Vu la description qu'elle avait faite de son entreprise de glamping, Giselle s'attendait à une maison simple et modeste.

Lorsqu'elle entendit la porte d'entrée s'ouvrir derrière elle, Giselle comprit qu'elle n'était plus seule et s'en voulut de ne pas avoir réenclenché la serrure.

Sa première réaction fut la panique. Ce qui était logique vu qu'elle vivait depuis des années dans une grande métropole potentiellement dangereuse. Apparemment quelqu'un était entré chez Jessica sans frapper. Était-ce le genre de chose qui se faisait à la campagne ?

Giselle plongea la main dans son sac, cherchant son spray au poivre. Sachant que l'effet de surprise jouait en sa faveur, elle dissimula l'objet dans les plis de sa jupe en jean et se dirigea vers l'intrus.

S'attendant à un cambrioleur rasant les murs, elle tomba des nues en voyant une sorte de dieu à moitié nu passer dans le vestibule sans la voir.

Elle était venue au ranch dans l'idée de trouver l'égérie de sa ligne de soins pour hommes parmi les cow-boys musclés qu'elle espérait rencontrer. Mais jamais elle n'aurait imaginé que le premier spécimen qu'elle rencontrerait serait aussi superbe.

Giselle resta bouche bée, laissant son regard errer sans complexe sur les pectoraux saillants et les épaules d'athlète du rancher. Le moindre centimètre carré de ce torse hâlé était d'une perfection absolue. Tout le corps de cet homme racontait une vie passée à chevaucher et à s'occuper du bétail.

— Oh ! souffla-t-elle indistinctement, la bouche sèche.

Il tenait une chemise à carreaux dans une main et un stetson noir dans l'autre. Des gouttes de sueur brillaient sur sa peau bronzée, soulignant les renflements de ses abdominaux, de ses pectoraux et de ses biceps. Ses cheveux noirs étaient humides et hérissés, comme s'il s'était passé la tête sous le robinet et s'était ébroué pour chasser l'eau.

Alors qu'elle le regardait, émerveillée, il s'arrêta devant les valises qui stationnaient dans le vestibule. D'un regard soupçonneux, il se mit à inspecter les lieux avant de la fixer. Il s'immobilisa et la dévisagea, complètement stupéfait.

Lorsque leurs yeux se croisèrent, le temps sembla ralentir.

Jusqu'à cet instant, elle n'avait jamais pensé qu'elle pourrait batifoler dans les bottes de foin avec un cow-boy sexy. Sans aucun doute, deux semaines de jambes en l'air avec un homme qu'elle ne reverrait jamais l'aideraient à sortir Thad de son esprit.

Quoi qu'il en soit, elle n'en revenait pas de l'engouement instantané qu'elle éprouvait pour cet inconnu. Cette dernière pensée lui rappela qu'elle ignorait tout de cet homme et qu'il était peut-être dangereux.

— Qui êtes-vous ? demanda-t-elle d'un ton qui manquait de conviction.

À cette question, le dieu grec s'anima, pinçant les lèvres, l'air outré.

— Qui suis-je ? fit-il, incrédule. Et vous ?

Soit il avait oublié qu'il était torse nu, soit il s'en fichait.

Entre son air autoritaire et l'inclinaison agressive de sa tête, il avait l'air incroyablement sûr de lui.

— Eh bien ? demanda-t-il tandis qu'elle continuait à le reluquer, muette.

— Giselle Saito.

— Eh bien, Giselle Saito, peut-être pouvez-vous m'expliquer ce que vous faites dans ma maison ?

2

Alors que Lyle fulminait, la femme avec qui, aux dires de sa sœur, l'application k !smet l'avait apparié le regardait avec un intérêt sexuel évident. En la trouvant chez lui, il s'était demandé s'il ne s'agissait pas d'une apparition. Depuis que Jessica lui avait montré les photos de profil de Giselle, il ne pouvait s'empêcher d'avoir des visions d'elle en bikini rouge.

— *Votre* maison ? fit-elle, sceptique.

— Oui.

— Mais la porte s'est déverrouillée quand j'ai tapé le code que Jessica m'a donné...

— En général, je ne verrouille aucune porte dans la journée.

— Vous n'avez pas peur que quelqu'un entre par effraction ? demanda-t-elle avec effroi.

— Non.

Lyle la regarda, essayant de réconcilier l'expression aguicheuse de la jeune femme sur sa photo de profil avec la personne terre à terre qui se tenait devant lui.

La tenue qu'elle portait était une interprétation toute citadine du style campagnard : une robe en jean volantée, avec une ceinture argentée et turquoise. Au lieu de bottes de cow-boy, elle avait opté pour des sandales compensées bleu marine qui lui ajoutaient cinq bons centimètres et mettaient en valeur ses mollets bronzés. De longs cheveux ondulés encadraient son visage et lui donnaient un côté très féminin. La tête penchée sur le côté, elle semblait réfléchir à la situation.

— On peut savoir pourquoi ?

— Parce que c'est mon ranch.

Sa réponse la rassura. Tout signe d'incertitude disparut.

— Ce qui veut dire que vous êtes le frère de Jessica et que c'est bien ici que je suis censée loger.

Son assurance l'irrita. De toute évidence, sa sœur et elle s'étaient entendues pour le piéger. Ce n'était pas une coïncidence si, la veille, Jessica lui avait montré la photo de profil et qu'aujourd'hui celle qui figurait dessus débarquait dans son salon sans crier gare. Et maintenant, on attendait de lui qu'il lui fasse bon accueil ?

— Vous vous trompez.

— Je ne me trompe pas, contra-t-elle.

— Expliquez-vous.

Au-delà de la colère, un sentiment aussi troublant qu'importun s'imposa à lui : l'admiration. Lorsqu'il s'était présenté, elle avait été surprise et peut-être un peu effrayée. Maintenant, elle l'affrontait comme une femme prête à monter au créneau si la situation l'exigeait.

— J'ai pris des dispositions pour loger ici pendant les deux prochaines semaines, expliqua-t-elle.

— Je ne me souviens pas d'avoir donné mon accord.

— Vraiment ? fit-elle. Je pensais que tout était réglé.

Le fait que les deux femmes aient supposé qu'il allait tomber dans un piège aussi grossier l'irrita.

— C'est ce que ma sœur vous a dit ?

— Eh bien, oui.

— Comment connaissez-vous ma sœur ? demanda-t-il, jouant les idiots pour l'inciter à révéler ses manigances.

— Nous nous sommes rencontrées via l'application k !smet, répondit-elle alors qu'une fossette se creusait sur une de ses joues. Nous faisons un échange de domiciles.

— Aaah, d'accord, marmonna-t-il. Eh bien, vous vous êtes trompée de maison.

— Alors Jessica n'habite pas ici ?

— Non.

— Oh...

— Oh ?

— Eh bien, c'est un peu décevant.

Une bouffée de colère l'envahit. Alors comme ça, elle s'était imaginée en train de se pavaner dans sa maison, exhibant ses formes dans l'espoir de titiller son désir ?

Ce qui aurait probablement marché, vu la façon dont il fantasmait sur elle depuis que Jessica lui avait montré sa photo. Cette femme était à tomber par terre et savait parfaitement l'effet qu'elle produisait sur les hommes.

Lyle secoua la tête pour dissiper ces pensées dangereuses.

— Je n'en doute pas.

Giselle ne parut pas s'étonner de son ton moqueur.

— Et donc ? Où habite-t-elle ?

— Sa maison se trouve à environ un kilomètre. Il suffit de continuer un peu sur la route par laquelle vous êtes arrivée.

— Oh. D'accord. Merci, dit Giselle, s'apprêtant à prendre congé, avant de s'arrêter. Et désolée pour le dérangement.

— Bien sûr.

Elle ne partait toujours pas. Elle ne s'attendait sans doute pas à se faire rabrouer de la sorte et cherchait un stratagème pour poursuivre la conversation.

— J'ai des choses à faire, alors si vous voulez bien..., dit-il, avec un geste de la main vers la porte d'entrée ouverte.

— Très bien. Je vous laisse tranquille.

Ce n'est que lorsqu'elle fut passée à un bon mètre de lui, se cognant la hanche contre une console du vestibule, qu'il se rendit compte qu'il lui bloquait le passage. La façon dont elle attrapa ses bagages, les manœuvrant maladroitement vers l'extérieur et leur faisant dévaler les marches du porche jusqu'à la Mini

Cooper jaune vif garée devant, fit naître chez lui un sentiment de culpabilité.

De toute évidence, Jessica avait raison. Il était devenu une sorte d'ermite mal embouché. Certes, il avait été surpris de tomber nez à nez avec son « match » de k !smet, mais cela n'excusait pas son impolitesse.

— Eh bien, il vaut mieux voir ça que d'être morte, comme disait ma grand-mère..., fit une voix derrière lui.

Lyle pivota vers la meilleure amie de sa mère et reçut une chemise propre en pleine face au moment où il se retournait. Attrapant le tissu, il prit une longue inspiration, se préparant à se défendre. La désapprobation qu'il vit dans les yeux bleus de Rosie Masters l'en dissuada.

Leur relation était compliquée. Elle était à la fois sa gouvernante et sa mère de substitution depuis l'accident de voiture qui avait coûté la vie à Tallulah Drummond dix-sept ans plus tôt. Lyle lui serait à jamais reconnaissant d'avoir tout laissé tomber pour s'installer dans la maison de sa meilleure amie et s'occuper de Jessica et lui. Rosie avait été une présence solide à ses côtés après la perte brutale de sa mère puis celle de sa femme.

— Tu ne comprends pas..., commença-t-il en enfilant la chemise et en la boutonnant.

— Quoi donc ? répliqua Rosie. Clairement, elle s'était perdue. Et au lieu de te montrer accueillant, tu agis comme si elle était entrée par effraction.

— Elle et Jessica...

— ... ont fait un échange de domiciles pendant deux semaines. Oui, je sais.

Lyle grinça des dents car elle avait écouté toute la conversation sans venir à son secours. Il se demanda si elle était dans la conspiration.

— Ce qui fait d'elle une invitée de ce ranch, poursuivit Rosie. Qui doit donc être traitée comme telle.

— Elle n'est pas invitée, répliqua Lyle, piqué au vif.

Pourquoi aurait-il dû se sentir coupable d'être contrarié de trouver une inconnue chez lui ? Non, pas une inconnue. La femme de l'application k !smet. Celle avec qui Jessica affirmait qu'il était apparié. Est-ce que c'était vrai ? La photo que Jessica lui avait montrée ne prouvait absolument rien.

— Comment la qualifierais-tu alors ?

— C'est une intruse ! Elle n'a rien à faire ici.

Rosie écarquilla les yeux.

— Il me semble que Jessica a le droit de faire ce qu'elle veut de sa maison.

— Très bien, répondit-il, conscient qu'il n'aurait pas le dernier mot. Mais je n'aime pas être manipulé.

— Quel est le lien entre cet échange de domiciles et ta crainte d'être manipulé ?

Au départ, il n'avait pas l'intention de s'expliquer, mais Rosie avait l'air déterminée à obtenir une réponse.

— Jessica m'a créé un compte sur cette fichue application k !smet, et c'est avec cette femme, dit-il en pointant du doigt la porte d'entrée, que j'ai été apparié.

Rosie le regarda fixement, comme si elle attendait la suite. Voyant qu'il n'ajoutait rien, elle poussa un soupir.

— Et alors ?

— Ça fait un peu trop de coïncidences, tu ne trouves pas ?

— À qui la faute ?

Lyle regarda sa gouvernante, perplexe.

— Celle de Jessica, évidemment.

— Tu crois vraiment ? Tu ne penses pas que c'est plutôt à cause de ton entêtement que ta sœur s'est donné tant de mal pour trouver une femme qui pourrait être parfaite pour toi ?

Le cœur de Lyle se mit à battre à tout rompre à ces mots.

— Elle ne l'est pas.

— Et comment le sais-tu ? fit Rosie.

— C'est une fille de la ville…

— Et donc ? Elle n'est pas là pour un entretien d'embauche. Qu'est-ce que ça peut faire qu'elle ne connaisse rien à l'élevage ?

— C'est important.

Chloe n'avait pas seulement été sa femme, elle était aussi sa partenaire et l'aidait à gérer le ranch. La plupart du temps, elle semblait lire dans ses pensées. Même après cinq ans, il arrivait encore à Lyle de tourner la tête pour lui dire quelque chose et de se rendre compte, choqué, qu'elle n'était plus là.

— Oh ! Lyle..., fit Rosie, consternée. Ta sœur veut que tu sois heureux. Elle a peur que tu te réveilles un jour et que tu regrettes de n'avoir personne avec qui partager ta vie.

— Elle devrait s'inquiéter de sa propre vie amoureuse et laisser la mienne tranquille.

— Je pense que ta sœur est parfaitement capable de faire les deux. Et même de faire tout un tas d'autres choses. Contrairement à toi, qui es incapable de t'intéresser à autre chose qu'à ce ranch. Jessica s'occupe de Glamour Camping, étudie la cuisine et mène une vie sociale active. À quand remonte la dernière fois que tu as fait quelque chose d'amusant à l'extérieur de ce ranch ?

Lyle ouvrit la bouche pour rétorquer qu'il n'y avait aucun intérêt à faire des choses amusantes quand on était seul, avant de se rendre compte que cela donnerait raison à Rosie. Il détestait admettre qu'il avait tort, et il était vrai que, pour lui, sa vie personnelle était tout sauf une priorité.

C'était différent lorsque Chloe et lui étaient ensemble. Surtout au début de leur mariage, quand il s'était détourné du ranch pendant quelque temps pour satisfaire les moindres désirs de sa femme. L'exploitation n'avait pas souffert de son absence. Depuis que sa mère l'avait achetée, elle était devenue une machine bien huilée. Évidemment, elle fonctionnait mieux lorsque Lyle se concentrait sur les détails, mais il savait très bien que cette approche était au fond un moyen pour lui de s'occuper l'esprit en permanence.

— Chloe n'aurait pas voulu que tu te renfermes sur toi-même, comme tu le fais.

Les mots calmes de sa gouvernante lui firent l'effet d'une claque.

— Si tu ne réponds pas, c'est que tu reconnais que j'ai raison, indiqua Rosie avant de poursuivre, sur un ton plus doux : Peut-être devrais-tu te réjouir que l'application k!smet ait si bien fonctionné et t'autorise à goûter à la compagnie de Giselle Saito.

— Il n'en est pas question, répliqua Lyle, profondément contrarié qu'elle ait raison.

— Très bien, souffla-t-elle, déçue. Je ne sais pas pourquoi, j'ai cru pouvoir te faire entendre raison. Mais cela n'excuse pas ta grossièreté. Tu devrais lui présenter tes excuses.

— Je vais me doucher et je passerai ensuite chez Jessica.

— Merveilleux, répondit Rosie, satisfaite. Pourquoi ne pas l'inviter à dîner ici ?

Malgré sa beauté, Giselle n'était pas son genre de femme. Ses photos de profil révélaient quelqu'un de très sociable. Sans doute papillonnait-elle de soirée mondaine en réception. Pour sa part, il préférait les dîners intimes et les grandes discussions.

— Je suis sûr que Jessica a rempli son réfrigérateur avant de partir.

La dernière chose dont Lyle avait envie était d'encourager sa sœur dans sa vocation d'entremetteuse.

— Dans ce cas, tu pourrais peut-être lui apporter un petit quelque chose ? reprit Rosie. Il se trouve que j'ai eu la bonne idée de faire une tarte. Tu veux que je l'emballe ?

— D'accord, déclara Lyle en se dirigeant vers sa chambre. Je déposerai la tarte.

— Sans oublier de présenter tes excuses, lui lança Rosie.

— Sans oublier de présenter mes excuses… à l'intruse, grommela-t-il, bien décidé à ce que ce soit sa dernière interaction avec Giselle Saito.

Quel grossier et insupportable crétin ! Giselle comprenait pourquoi Jessica l'avait mise en garde contre son frère.

Encore sous le choc de cet échange avec Lyle Drummond, Giselle se dirigea, fulminante, vers sa Mini, jeta ses bagages dans le coffre et le referma violemment.

Les mains tremblantes sur son volant, elle reprit la route dans la direction indiquée. Ce n'est que lorsqu'un groupe de granges apparut à sa droite, entouré de pâturages parsemés de vaches et de chevaux, que Giselle retrouva un peu de son entrain.

Bon, elle avait été mal accueillie... mais ce n'était pas parce que le frère de Jessica s'était montré odieux qu'il allait lui gâcher le reste de son séjour. Elle devait juste faire en sorte de l'éviter. Ce qui ne devrait pas être difficile. Après tout, elle avait une campagne publicitaire à préparer. Et elle pourrait prendre des tas de photos, se dit-elle en découvrant, au détour de la route, une magnifique maison en bois qui ne pouvait qu'être celle de Jessica.

Dès que Giselle entra dans le chalet, toute son anxiété disparut. Le bois de grange et les poutres de récupération créaient une atmosphère chaleureuse et moderne. La cheminée en pierre donnait du caractère à la grande pièce de vie dont les baies vitrées ouvraient sur un paysage époustouflant.

Après avoir jeté un œil dans la chambre de Jessica, elle aussi équipée d'une cheminée en pierre et d'un plafond en bois voûté, Giselle entra dans la chambre d'amis. Vaste, luxueuse, elle était dotée d'un lit *king size* et d'une salle de bains attenante avec une baignoire à l'ancienne. Un confortable fauteuil de lecture était placé devant les portes-fenêtres donnant sur une terrasse privée.

Avec un cri de joie, elle se jeta sur le lit et contempla le plafond, béate de bonheur. Puis elle se leva d'un bond, et se mit à déballer ses valises et à s'installer.

L'ordre était important pour elle. Giselle devait son succès à une planification et une organisation méticuleuses. Peut-être les objectifs qu'elle se fixait entravaient-ils sa spontanéité, mais c'était grâce à tous ces sacrifices que son entreprise de cosmétiques était devenue si florissante.

Toutefois, Giselle était consciente des inconvénients de sa

réussite. À trente ans à peine, elle s'enterrait dans le travail et négligeait sa vie personnelle. Il est vrai que le travail était un moyen pratique de se protéger lorsqu'on avait peur, comme elle, de se dévoiler et d'être rejetée. Elle aurait tant aimé avoir un dixième de l'aplomb et de la flamboyance de Gabby. Sa sœur croyait que tout le monde l'adorait, alors que Giselle mesurait son estime de soi à la progression de son chiffre d'affaires et au nombre impressionnant de followers qu'elle avait sur les réseaux sociaux.

Il était environ 18 heures lorsque Giselle finit de s'installer. Elle se dirigea vers la cuisine, se demandant si elle allait célébrer son premier jour au ranch avec un verre de rouge ou de blanc. Alors qu'elle goûtait au silence absolu du lieu, quelqu'un frappa à la porte et son cœur bondit dans sa poitrine.

Une petite voix dans sa tête lui rappela qu'elle se trouvait dans une maison perdue au milieu de nulle part et, regardant autour d'elle, elle se saisit de la première chose qui lui tomba sous la main : une poêle à frire. Celle-ci était beaucoup plus lourde que prévu, sûrement parce qu'elle était en fonte, et elle se dirigea vers la porte en la tenant à deux mains.

Ce qui l'empêcherait d'ouvrir... Une fois devant la porte, elle serra la poêle contre sa poitrine et appuya vivement sur la poignée avant d'empoigner de nouveau son arme de fortune comme une raquette de tennis.

Jamais elle ne se serait attendue à voir la personne qui se tenait sur le porche. Un panier à la main, Lyle Drummond avait l'air tout sauf content d'être là. Un muscle de sa mâchoire se contracta tandis qu'elle l'examinait dans un silence stupéfait.

— Que comptez-vous faire avec ça ? demanda-t-il, le regard fixé sur la poêle.

— Ça dépend, dit-elle, se félicitant du ton glacial qu'elle avait réussi à adopter. Vous êtes venu me chasser aussi de cette maison ?

Sur ce, Giselle agita la poêle de cinq kilos pour en démontrer la solidité. La manœuvre lui demanda tellement d'effort qu'elle poussa un grognement.

— Et vous, vous comptez m'effrayer avec votre cuisine ?

Était-ce de l'humour ? C'était tellement inattendu qu'elle resta sous le choc et le dévisagea.

Tout à coup, elle remarqua les muscles saillants sous le tissu de la chemise bleue, et l'odeur boisée de son eau de toilette lui titilla les narines. L'espace d'un instant, elle fut prise d'une envie folle de lui arracher son chapeau, d'empoigner la boucle de sa ceinture et de l'attirer contre elle.

Son imagination marqua une pause. Mmm, que ferait-elle ensuite ? L'embrasser ? Mais elle rejeta aussitôt cette possibilité. Lyle était peut-être sexy, mais il était trop désagréable pour qu'elle ait envie de l'embrasser.

— Vous n'arriverez jamais à me frapper avec ça, poursuivit-il d'un air amusé. On voit bien qu'elle est trop lourde pour vous.

— En fait, je pensais plutôt la lâcher sur votre pied, ce qui me laisserait le temps de filer par la porte de derrière...

— Vous avez tout prévu, apparemment

— Je suis une femme célibataire qui vit seule à Dallas. Donc je suis prudente. Il n'y a pas de mal à ça, hein ?

Tandis qu'il semblait réfléchir à une repartie spirituelle, elle désigna le panier du menton.

— Vous partez en pique-nique ?

— C'est pour vous, répondit-il en lui tendant le panier. Rosie, ma gouvernante, ne savait pas si Jessica avait laissé quelque chose dans le réfrigérateur, alors elle vous donne un peu de ragoût de bœuf avec des légumes. Elle vous a mis également une tarte maison.

Giselle comprit soudain que ce n'était pas une visite de courtoisie mais une simple livraison. Pourquoi était-elle si déçue ? Avec peine, elle cala la poêle sous son bras pour prendre le panier.

— Vous remercierez Rosie de ma part.

— Je n'y manquerai pas.

À ce stade, Giselle s'attendait à ce qu'il tourne les talons. Mais il resta figé sur place.

— Il y a autre chose ? demanda-t-elle, remarquant une très légère brèche dans son assurance.

— Je voulais aussi vous dire que..., commença-t-il d'un air crispé, comme si un tracteur était en train de lui rouler sur le pied, je suis désolé pour tout à l'heure.

— Vous n'avez *pas du tout* l'air désolé.

— Et de quoi j'ai l'air ?

— D'un gamin de dix ans qui vient s'excuser parce qu'il s'est fait gronder.

Voyant la stupéfaction se peindre sur ses traits, elle sourit.

— Alors, c'est vrai ? Vous avez eu la fessée ?

À sa grande joie, il rougit sous son hâle.

— Je n'ai eu besoin de personne pour me rendre compte que je m'étais mal comporté...

— Oh ! fit-elle, sceptique. Je suis sûre que vous vous êtes rendu compte de votre impolitesse. Mais pas au point que ça vous empêche de dormir. Ce qui rend vos excuses nulles et non avenues.

— C'est terriblement blessant, ce que vous venez de dire.

— C'est juste une évidence.

— Dans ce cas..., reprit-il, toujours aussi crispé, j'ai peut-être réagi de manière excessive.

Mais elle n'était pas encore prête à le laisser s'en tirer aussi facilement.

— Excessive ? Vous croyez ? lança-t-elle avant d'ajouter d'une voix grave pour l'imiter : « Qui êtes-vous et que faites-vous dans ma maison ? »

— Ce n'est pas ce que j'ai dit.

— Si, rétorqua Giselle. Jessica ne vous avait pas dit qu'elle faisait un échange de domiciles avec quelqu'un ?

— Si.

Jusqu'à présent, Lyle avait laissé errer son regard sur toutes les parties de son visage, sauf ses yeux. Tout à coup, cela changea, et Giselle se retrouva hypnotisée.

— Je ne pensais pas que c'était vous.

Cette phrase la laissa complètement perplexe. Pour qui l'avait-il prise ?

— Écoutez, je comprends que vous ayez été surpris de trouver une inconnue au milieu de votre salon, dit-elle.

— Il est rare que des gens passent ici sans s'annoncer.

— Je comprends, répondit-elle, se demandant pourquoi les femmes du coin ne se bousculaient pas au portillon pour une folle soirée de sexe avec ce type.

Giselle était convaincue que, si Lyle Drummond avait été moins désagréable, il aurait fait un partenaire sexuel tout à fait acceptable.

— Pourtant, reprit-elle, vous êtes à peine à vingt minutes de Royal.

— C'est à peu près ça, répondit Lyle. Mais à en croire ma sœur, on pourrait penser qu'on est au milieu de nulle part.

— C'est vrai qu'elle m'a dit que le ranch était très isolé.

Voyant que Lyle commençait à se détendre, elle suivit son exemple.

— Elle vous a dit que c'est la première fois que je me rends dans un ranch ? demanda-t-elle.

— Elle n'a pas dit grand-chose à votre sujet.

— Votre sœur a raison. Vous êtes grincheux.

Pour toute réponse, il se contenta de froncer les sourcils.

— Et pourtant, reprit-elle, vous êtes là, devant ma porte avec un panier de nourriture. Bon, c'est vrai, vos excuses ne sont pas tout à fait sincères, mais c'est plutôt charmant.

À ces mots, Lyle poussa un grognement étouffé et tira sur le bord de son chapeau.

— Bon bah… J'espère que vous apprécierez le ragoût…

— J'allais ouvrir une bouteille de vin, répondit Giselle qui, malgré l'avertissement de Jessica, avait envie d'apprendre à mieux connaître l'énigmatique propriétaire du ranch. Voulez-vous vous joindre à moi ?

Lyle la dévisagea quelques instants avant de répondre.

— Je vais quand même vous dire une chose. Vous, moi, dit-il en pointant un doigt vers elle puis vers lui à plusieurs reprises, eh bien… ça ne va pas se produire…

Giselle écarquilla les yeux, effarée. Décidément, ce type était insupportable… à moins qu'il n'ait deviné les pensées lubriques qu'elle nourrissait à son endroit un instant plus tôt.

— Ce n'est absolument pas… Je n'ai aucune intention de…, explosa-t-elle, sentant la chaleur lui monter aux joues. Excusez-moi d'avoir essayé de me montrer sympa.

— Vous vouliez juste être sympa ? fit-il, dubitatif. Vous n'attendiez rien en retour ?

— Eh bien…, fit-elle, pesant le pour et le contre avant de penser à son entreprise. Eh bien, je voudrais savoir ce que vous faites ici.

— C'est un ranch. Nous élevons du bétail.

— Bien sûr. Mais c'est beaucoup plus que cela, n'est-ce pas ? fit-elle avec son sourire le plus engageant. J'aimerais bien le découvrir.

— Je n'ai pas le temps de vous faire visiter les lieux.

— Pas forcément besoin d'une visite, poursuivit-elle, déterminée. Mettez-moi au travail.

— Vous n'avez aucune expérience…

— Eh bien, vous me direz ce que je dois faire. Vous verrez que je sais suivre les instructions.

— Pas question, répliqua-t-il avant de tourner les talons.

Frustrée, Giselle le regarda s'éloigner.

— Avec ou sans votre aide, je compte bien en savoir plus sur les activités de ce ranch !

— Retarder les ouvriers, les gêner dans leur travail, c'est ça votre idée ?

Elle ignora le sarcasme.

— Vous ne vous rendrez même pas compte que je suis là.

Il s'immobilisa. Le gravier crissa sous ses talons lorsqu'il pivota sur lui-même.

— La vie dans un ranch peut être dangereuse. Je ne voudrais

pas que vous ayez des problèmes.

— Ça n'arrivera pas.

Lyle secoua la tête, sceptique.

— On parie ?

3

Lyle revit Giselle le lendemain, à l'enclos des chevaux. Il était environ 11 heures du matin et, comme il l'avait prédit la veille, elle était sur le point de s'attirer des ennuis.

À cet instant, elle était juchée sur le rail inférieur de la clôture, une carotte dans la main gauche et un appareil-photo dans la droite. Elle essayait d'attirer l'un des chevaux pour prendre une photo. Ce qui n'aurait dû poser aucun problème. Si un autre cheval s'était détaché de la horde, Lyle aurait passé son chemin.

Mais le cheval en question, particulièrement belliqueux, avait le regard rivé, non pas sur la friandise, mais sur l'humaine qui la lui présentait. Avec un grognement, Lyle rectifia sa trajectoire tout en jetant un œil autour de lui pour voir lequel de ses ouvriers se trouvait assez près pour aider la jeune femme. Mais ils ne se rendaient compte de rien. Leurs regards étaient fixés sur Giselle, inclinée contre la clôture, le bras tendu. Il ne pouvait pas leur en vouloir.

Elle portait une soi-disant tenue de cow-girl aussi peu pratique que sexy, avec les bottes les plus ridicules qu'il ait jamais vues : des imitations de santiags avec un coucher de soleil imprimé dessus. Elle avait mis un short en jean qui révélait les muscles toniques de ses cuisses mais aussi la naissance de ses fesses aux courbes enivrantes en particulier lorsqu'elle se penchait par-dessus la barrière.

Estimant la distance entre la jument et Giselle, puis entre

elle et lui, il accéléra le pas. La jeune femme ne se rendait pas compte du danger, et la jument trottait nerveusement vers elle. En l'espace d'un instant, l'animal aplatit ses oreilles et s'élança droit sur Giselle.

Avec un juron, Lyle accéléra l'allure lui aussi et réussit de justesse à glisser le bras autour de la taille de Giselle et à l'arracher de la clôture avant que la jument ne l'atteigne.

Les dents du cheval claquèrent au moment précis où Lyle serrait contre son cœur battant la délicieuse femme à l'enivrant parfum. Il avait peut-être sauvé Giselle, mais on ne pouvait pas en dire autant de son chapeau. L'équidé avait réussi à le lui arracher de la tête. Du coin de l'œil, il la vit le jeter au sol et le piétiner.

— Ça va ? demanda-t-il.

— Je pense que oui, souffla-t-elle, encore sous le choc.

Son soupir réveilla en lui un instinct qui sommeillait depuis longtemps. Il le repoussa, incapable de l'affronter.

La pression de son charmant derrière contre son entrejambe fit monter en lui un désir fulgurant. Sous le choc, il en oublia de la libérer après son sauvetage impromptu. Ce fut le frôlement du bout de ses doigts sur son avant-bras qui le sortit de sa torpeur. Malgré la chaleur, il eut la chair de poule. Comme sous l'effet d'une brûlure, il la posa à terre et recula. À son grand désarroi, il se sentit rougir.

Maudite soit cette femme. C'était ce genre de situation qu'il avait voulu éviter en lui demandant de rester à l'écart des activités du ranch.

— Qu'est-ce qui s'est passé ? Pourquoi a-t-elle fait ça ? demanda Giselle, effarée.

Elle avait l'air si choquée que son premier réflexe fut de la réconforter. Mais ça ne ferait que servir les plans de sa sœur, alors il préféra la réprimander.

— Je vous avais prévenue qu'il y avait des risques dans un ranch, siffla-t-il. Vous voyez ce qui s'est passé avec cette jument ? Eh bien c'est exactement ce que je voulais dire.

— Elle avait l'air si gentille quand elle trottinait vers moi.

— Vous aviez une carotte.

— Je pensais que, lorsqu'un cheval mettait les oreilles en avant, ça voulait dire qu'il était content. Et puis, tout à coup, elle s'est jetée sur moi comme si elle était possédée.

— C'est une rescapée. Elle a probablement été maltraitée.

La jument avait l'air de comprendre qu'on parlait d'elle car elle s'approcha de la clôture. Giselle fit un pas dans sa direction en lui tendant de nouveau une carotte. Lyle lui bloqua le bras.

— Surtout pas.

La jument rejeta la tête en arrière, surprise. Privée de sa récompense, elle manifesta son mécontentement en piétinant une fois de plus le chapeau. Lyle se passa les doigts dans les cheveux, le regard rivé sur son stetson aplati. Hélas, il était hors de portée.

— Elle vous a piqué votre chapeau.

— Ouais...

— Je peux vous aider à le récupérer ?

C'était gentil, mais elle ne pouvait lui être d'aucune utilité, et Lyle secoua la tête. Enjambant la clôture, il fit de grands gestes pour chasser la jument. Celle-ci rejoignit la horde en courant, lui laissant le temps de récupérer son chapeau. Il venait à peine de rejoindre Giselle que la jument s'était de nouveau approchée.

— Si elle est si dangereuse, pourquoi la gardez-vous ?

— C'est l'un des meilleurs chevaux de cutting que j'aie jamais vus.

— Un cheval de cutting ? Qu'est-ce que c'est ?

Son regard scintillait d'une authentique curiosité et, contrairement à sa photo de profil, il n'avait plus rien d'aguicheur. Peut-être avait-elle pris la pose pour l'appareil-photo et que ce côté provocant n'était pas une seconde nature chez elle. En réalité, plus il observait Giselle, plus il avait du mal à faire le lien entre elle et la femme qui se trouvait sur les photos.

Mais, méfiance, peut-être tentait-elle de le flatter en s'intéressant au fonctionnement du ranch.

— C'est un cheval entraîné à travailler avec le bétail.

— Tous vos chevaux ne sont-ils pas entraînés à travailler avec le bétail ?

— Les chevaux de cutting ont un entraînement spécifique. Ils interviennent quand nous avons besoin de séparer une vache du reste du troupeau.

— Mais pourquoi séparer une vache du troupeau ?

— Pour une quantité de raisons, répondit Lyle avant de se rendre compte qu'il jouait les guides touristiques, exactement ce qu'il voulait éviter.

Mais elle avait échappé de justesse à un accident, et mieux valait peut-être lui faire visiter les lieux et satisfaire sa curiosité plutôt que de la laisser s'embarquer dans une autre mésaventure.

— L'animal peut être blessé et nécessiter des soins médicaux. Nous devons parfois les étiqueter ou les marquer. Il se peut aussi que nous en fassions des steaks.

Les yeux de Giselle s'arrondirent de consternation.

— Oh ! non. Vous ne les tuez pas vraiment, n'est-ce pas ?

— D'où vient la viande, à votre avis ? Et ne me dites pas du supermarché...

— Bien sûr, je sais qu'il faut abattre des animaux pour nourrir les humains, mais ça ne veut pas dire que j'ai envie d'y penser...

— Vous vouliez en savoir plus sur l'élevage... C'est la réalité de ce que nous faisons.

Tout en parlant, Lyle jeta un coup d'œil autour de lui et remarqua que sa conversation avec Giselle était observée par une demi-douzaine d'ouvriers qui souriaient de toutes leurs dents. L'un d'entre eux lui adressa même un geste d'encouragement. Mais qu'est-ce qui leur prenait ?

— Je ne suis jamais montée à cheval, vous savez.

Son ton nostalgique ramena son attention sur elle. Elle le regardait avec espoir.

— Je suppose, reprit-elle, qu'il n'y a aucune chance que je puisse y remédier pendant mon séjour ?

Elle avait une façon déconcertante d'afficher à la fois sa détermination et son enthousiasme. Si elle avait montré l'une ou l'autre, il aurait pu résister. De toute évidence, cette femme avait l'habitude d'obtenir ce qu'elle voulait. Sans doute pensait-elle qu'en persistant il finirait par craquer et qu'elle l'aurait à l'usure. En réalité, lui résister était épuisant. Surtout lorsqu'il se souvenait du contact de son corps souple contre le sien.

Il retint son souffle, surpris lui-même par la force de son désir. Pourquoi était-il si attiré par elle ? Ce n'était pas la plus belle femme qu'il ait rencontrée depuis la mort de Chloe. Certes, elle avait de l'esprit et ce côté amusant qui le mettait de bonne humeur. Mais son entêtement et sa curiosité sans bornes étaient tout simplement agaçants.

Pourtant, indéniablement, il y avait chez elle quelque chose de spécial, qui à la fois l'exaspérait et lui donnait envie d'y revenir.

— Ce n'est pas un ranch hôtelier, répliqua-t-il.

— J'ai bien compris. Mais je peux tout à fait m'adapter à vos horaires.

— Je n'ai pas le temps.

— Vous pourriez sûrement me recommander quelqu'un qui pourrait m'apprendre à monter après sa journée de travail ?

Lyle se demanda ce qu'il avait bien pu faire de mal dans une vie antérieure pour que le destin continue à mettre sur son chemin des femmes aussi têtues.

— Je serais tout à fait prête à payer, reprit-elle. Je comprendrais parfaitement que ce ne soit pas gratuit.

Il ne faisait aucun doute que n'importe lequel des ouvriers du ranch aurait été ravi de lui donner des leçons d'équitation, qu'il soit payé ou non. Et Lyle aurait dû saisir cette occasion pour se débarrasser d'elle. Mais au moment précis où il ouvrit la bouche pour lui dire qu'il lui trouverait quelqu'un, ce fut tout autre chose qui sortit.

— Soyez là demain à 11 heures. Il vous faudra bien sûr porter un jean, indiqua-t-il, laissant errer son regard le long des cuisses nues de la jeune femme. Et de vraies bottes.

— Merci, merci, merci ! Vous n'avez pas idée de ce que ça représente pour moi !

— Alors, faites-moi une faveur : restez à l'écart des activités du ranch, d'accord ?

Lorsque, au bout d'un temps assez long, il obtint son assentiment, il remit son chapeau et s'éloigna avant qu'elle ne puisse le convaincre de quoi que ce soit d'autre.

Giselle le regarda s'éloigner. Elle avait la tête qui tournait. Elle ne savait pas trop quoi penser de Lyle Drummond. Il était tour à tour direct et timide, sec et plein d'humour, intransigeant mais capable de compromis.

Elle n'était pas le genre de femme à se pâmer devant les hommes musclés. Mais la musculature de Lyle avait ceci de spécial qu'elle était naturelle, liée à ses conditions de vie et non artificielle, contrairement aux hommes qu'elle croisait à Dallas.

Il émanait du séduisant rancher une puissance irrésistible. Tout à l'heure, lorsqu'il l'avait sauvée de l'attaque de la jument, elle s'était retrouvée coincée contre son corps et avait adoré ça. Au point de mourir d'envie que cela se reproduise, quitte à le provoquer...

Après l'avertissement de Jessica, Giselle avait bien l'intention d'éviter Lyle à tout prix. Mais il apparaissait toujours au moment où elle s'y attendait le moins, et elle ne pouvait s'empêcher de le pousser dans ses retranchements.

Les choses auraient peut-être été différentes s'il n'avait pas été aussi autoritaire et exaspérant. Il la traitait comme une idiote inconsciente et repoussait sa curiosité pour le ranch. Au point qu'elle commençait à avoir l'impression d'être atteinte d'une maladie contagieuse.

Le regard de Giselle se posa sur la grande silhouette de Lyle, qui sortait de l'écurie avec un cheval brun foncé. Son cœur fit une drôle d'embardée lorsqu'il se mit en selle sans effort et siffla un border collie noir et blanc.

Ne t'approche pas de mon frère. Un conseil des plus avisé, qu'elle ne parvenait pas à suivre. Ça n'aurait pourtant pas été si difficile, vu la taille du ranch. Elle aurait pu aisément garder ses distances.

C'est avec cette idée en tête que Giselle continua sa balade le long des enclos et des granges en se tenant bien à distance des équipes. Toute cette activité, c'était impressionnant. Il y avait des cow-boys partout, sortant des chevaux, chargeant du matériel et entrant dans des enclos remplis de bétail.

En quête du visage parfait pour représenter sa ligne de soins pour hommes, Giselle prenait cliché sur cliché. Lorsqu'elle estima avoir pris suffisamment de photos, elle mit l'appareil dans son sac. C'est à cet instant qu'elle prit conscience que les hommes étaient aussi curieux d'elle qu'elle l'était d'eux.

L'attention qu'ils lui portaient était un énorme stimulant pour son ego, et elle se surprit à sourire à chaque fois qu'une tête se tournait dans sa direction. D'habitude, c'était toujours Gabby qui attirait l'attention. Aujourd'hui, alors que pour une fois elle tenait la vedette, elle comprenait pourquoi sa sœur se sentait si sûre d'elle.

Comme si le simple fait de penser à sa jumelle avait le don de la convoquer, son téléphone sonna.

— Tes photos de ma nouvelle collection sont fantastiques ! J'ai oublié de te le dire hier, mais j'ai de nouvelles créations à te confier, annonça Gabby. Où es-tu ?

— Dans un ranch...

— Où ça ?

— J'ai fait un échange...

— Ah oui, c'est vrai... Tu pourras continuer à prendre le même genre de photos, comme ça. Mes vêtements de plage avec ce paysage montagneux en arrière-plan, c'était absolument sublime.

Un paysage montagneux ? Giselle avait pris les photos dans le jardin parfaitement entretenu de Jessica.

— Eh bien, moi, je suis amoureuse, amoureuse, amoureuse, poursuivit Gabby. D'ailleurs, je crois que j'ai trouvé l'homme de mes rêves.

— Super, répondit Giselle, plutôt sceptique, sa sœur ayant la fâcheuse tendance à transformer de parfaits inconnus en âmes sœurs au bout de cinq minutes. Comment vous êtes-vous rencontrés ?

— Via k !smet, bien sûr.

— Bien sûr. Comment est-il ?

— Eh bien, il est beau et riche, répondit Gabby en gloussant, suscitant l'envie de Giselle l'espace d'un instant.

— Je suis heureuse pour toi. Et que fait-il ?

— C'est drôle que tu demandes ça. Il est propriétaire d'un ranch. N'est-ce pas une incroyable coïncidence ?

— Quelle coïncidence ?

— Eh bien, il a un ranch. Et toi, tu passes tes vacances dans un ranch, expliqua Gabby. Vas-y, raconte-moi ce que tu as appris sur les ranchs. Comme ça, je n'aurai pas l'air trop idiote quand on discutera.

— Eh bien, euh..., commença-t-elle, prise de court, puisqu'elle venait à peine d'arriver. Euh... eh bien, la nuit, il fait vraiment noir et c'est très silencieux...

— Sérieusement, Giselle ? Et dire que tu es censée être la plus intelligente ! C'est tout ce que tu as ?

— Écoute, j'ai été occupée à prendre des photos de ta collection. Je n'ai pas encore commencé à explorer, expliqua-t-elle, omettant l'incident avec le cheval et son sauvetage par son propre rancher séduisant.

— Eh bien, va trouver des cow-boys à qui parler et rappelle-moi.

— Promis.

Après avoir raccroché, Giselle se dirigea vers sa voiture. Elle avait hâte de télécharger les photos qu'elle avait prises et de les trier pour ses réseaux sociaux. Déjà, les images du coucher de soleil qu'elle avait postées la veille avaient fait des milliers de « likes », et elle était certaine que ses followers adoreraient aussi ses cow-boys.

Giselle choisit plusieurs photos et les recadra puis, après avoir appliqué son filtre préféré, elle les publia. Presque immédiatement, les « likes » affluèrent. Satisfaite de sa matinée de travail, Giselle se fit une salade pour le déjeuner. Assise sous le porche et contemplant la vue, elle remarqua soudain qu'un de ses pieds s'agitait nerveusement.

En réalité, elle était incapable de ne rien faire et elle ne tarda pas à se faire un plan d'attaque pour ces vacances. En tête de sa liste figurait la mission de repérage d'une égérie, qui devait être un cow-boy sexy mais pas un mannequin. Elle parcourut les photos sur son écran d'ordinateur. Il y avait plusieurs ranchers séduisants parmi ceux qu'elle avait photographiés, mais aucun d'entre eux ne semblait convenir. Peut-être parce qu'elle n'arrivait pas à oublier le charismatique Lyle Drummond.

C'était exactement le genre d'homme qu'elle avait imaginé pour sa campagne. Il n'était pas seulement beau et bien bâti. Il avait ce charme supplémentaire qui lui coupait le souffle et faisait battre son cœur. Était-ce sa froideur qui la fascinait, ou son assurance ? Que pourrait-elle bien faire pour l'apprivoiser ?

Son téléphone annonça un texto. S'attendant à ce qu'il soit lié au travail, elle fut agréablement surprise de voir qu'il venait de Rosie Masters, la gouvernante de Lyle, et que celle-ci l'invitait à dîner. Elle réfléchit à sa réponse pendant plusieurs minutes, se demandant si passer plus de temps en compagnie de Lyle était une bonne idée. Finalement, elle décida qu'il serait impoli de refuser.

Mettant de côté son déjeuner inachevé, Giselle se mit à faire des recherches sur le Royal Cattle Company. Peut-être que, si elle en savait un peu plus sur le ranch, Lyle serait plus enclin à dialoguer avec elle.

Le site Internet du ranch revenait sur les origines de l'exploitation.

La mère de Lyle l'avait achetée après avoir gagné au loto et décidé de se spécialiser dans le wagyu, un type de bœuf japonais persillé, aussi sain que délicieux.

Giselle cliqua ensuite sur les liens vers les réseaux sociaux du Royal Cattle Company et se perdit dans les images somptueuses de prairies texanes parsemées de bétail, de cow-boys au travail et les vidéos humoristiques de la vie du ranch. Elle fit des gros plans sur les ouvriers et en repéra deux qui pourraient convenir à sa campagne. L'un d'eux en particulier éveilla son intérêt. Avec ses yeux bleu-gris, son visage mince et sa barbe bien taillée, il était très séduisant. Lorsqu'elle fit défiler son image, un lien vers ses réseaux sociaux apparut. Jacob Shearling, contremaître du Royal Cattle Company et bras droit de Lyle.

Elle s'attarda sur les photos montrant les deux hommes côte à côte, appréciant leur évidente camaraderie. Elle regrettait de ne pas avoir une équipe aussi soudée que la sienne. Comme elle vendait ses produits en ligne, tous ses salariés étaient en télétravail, à l'exception de ceux du centre de distribution. Lorsque Giselle ne supervisait pas le développement de nouveaux produits, elle passait son temps à s'occuper du marketing et de la mise en valeur de son entreprise.

Giselle fut impressionnée de voir que la page du ranch comptait plus de cent mille followers. Sans doute était-ce dû à la qualité des articles et à l'œil incroyable du – ou de la – photographe. Mais ce n'était pas Jessica, qui ne publiait que des photos liées à Glamour Camping.

Qui était donc le génie des réseaux sociaux du Royal Cattle Company ? Elle songea à Lyle, mais elle n'avait trouvé aucune trace de lui sur les différentes plates-formes. Faute de mieux, elle entra son nom dans le moteur de recherche et, parmi toutes les photos de lui qui apparurent, elle en trouva une qui l'intéressait. Ce n'était pas un cliché particulièrement sexy. On y voyait Lyle à cheval, scrutant un troupeau tout en buvant un café dans une thermos. L'image même d'un homme qui a tout réussi et apprécie ce qu'il a accompli.

Soudain, elle sentit monter en elle une émotion irrépressible. Giselle aurait voulu être à ses côtés, qu'il soit un compagnon, un partenaire. Elle était sortie avec beaucoup d'hommes, mais jamais aucun d'eux n'avait suscité une telle étincelle. Le fait qu'elle soit attirée par un homme qui la trouvait agaçante n'était que le résultat de sa malchance habituelle. Fallait-il s'étonner qu'elle ait renoncé à l'amour ?

4

Lyle était de retour chez lui après une journée épuisante passée à galoper derrière des vaches qui s'étaient éloignées du troupeau lorsqu'il tomba sur sa gouvernante en train de tapoter les coussins du canapé.

— Il était temps que tu arrives, dit Rosie d'un ton plus sec que d'habitude.

— Eh bien, je suis là maintenant.

— C'est vrai, nota sa gouvernante avant de jeter un regard critique sur la pièce. Dépêche-toi d'aller te doucher.

— Je sens si mauvais que ça ?

Sa boutade tomba complètement à plat. Il jeta un œil à Rosie : elle avait l'air d'être sur des charbons ardents.

— Que se passe-t-il ?

— J'ai invité Giselle à dîner, répondit Rosie en consultant sa montre. Mais j'ai oublié que j'avais promis à Angie de garder son gamin, alors tu vas devoir t'occuper d'elle.

— Non, répliqua Lyle. Tu l'as invitée. Tu peux la désinviter.

— Je pourrais, mais je ne le ferai pas, répondit Rosie en le foudroyant du regard. Ça ne te tuera pas de te montrer un peu sociable.

— Peut-être pas, mais j'ai autre chose à faire.

— Tu ne peux pas faire de la paperasse tous les soirs.

— Tu sais ce que ça implique de diriger un ranch de cette

taille ? Si je ne m'occupe pas des factures et du reste, dans un mois nous mettrons la clé sous la porte.

— Prendre une soirée de congé ne nous mettra pas sur la paille, reprit Rosie en soupirant. C'est un dîner, Lyle, pas une demande en mariage.

Elle avait raison. Mais il savait que, s'il cédait cette fois-ci, cela ne ferait qu'enhardir Rosie et Jessica dans leurs velléités d'entremetteuses.

— Je ne me laisserai pas cajoler, manipuler ou intimider pour sortir avec qui que ce soit. Jessica est allée trop loin en m'inscrivant sur k !smet et en faisant cet échange de domiciles avec la femme avec qui j'ai matché. C'est trop. Je suis parfaitement heureux comme je suis. Je n'ai ni le besoin ni l'envie de sortir avec qui que ce soit.

L'espace d'un instant, Rosie parut décontenancée. Puis son expression s'adoucit, mais son regard était toujours aussi déterminé.

— Tu as besoin d'une partenaire avec qui partager ta vie. Tu as pensé aux enfants ? À qui vas-tu léguer le ranch ? Jessica n'en veut pas. Tu as construit quelque chose d'extraordinaire ici. Ta mère voudrait que tu transmettes son héritage à quelqu'un.

À ces mots, Lyle sentit son estomac se nouer. Certes, sa mère ne s'était jamais remariée, mais il savait qu'elle l'aurait fait volontiers si le destin n'en avait pas décidé autrement. Avant de gagner au loto, elle avait travaillé dur pour subvenir aux besoins de ses enfants et leur consacrer tout son temps libre. Une fois devenue riche, elle avait mis toute son énergie dans l'achat et la création du Royal Cattle Company. Lorsqu'elle était devenue membre du Texas Cattleman's Club, plusieurs hommes de Royal avaient manifesté leur intérêt à son égard.

— Ta mère était ma meilleure amie, et je sais qu'elle voulait que Jessica et toi soyez heureux. Ça ne lui aurait pas plu que vous restiez seuls.

Que Rosie ait recours à la mémoire de sa mère afin de faire

pression sur lui était injuste. Lyle serra les dents pour ne pas répliquer.

— Je ne suis pas seul. Je vous ai, Jessica et toi.

— C'est vrai et, bien que nous soyons toutes deux des femmes exceptionnelles, nous ne pouvons pas combler toutes tes aspirations.

— J'ai eu quelqu'un qui comblait toutes mes aspirations, rappela-t-il douloureusement. Et je l'ai perdue.

Le simple fait d'imaginer qu'il puisse tourner la page et passer à autre chose était une souffrance intolérable. Tourner la page, pour quoi faire ? Recommencer ? Il ne voulait absolument pas revivre tout cela.

— La mort de Chloe a été dévastatrice, dit Rosie, et je ne suggérerai jamais qu'une femme puisse la remplacer dans ton cœur. Mais je ne peux pas te laisser te refermer sur toi-même et croire que c'était ta seule chance d'aimer.

Non. Non. Non. Il ne laisserait pas Jessica, Rosie ou Giselle entrer dans sa tête et lui faire croire qu'il avait besoin de quelqu'un pour donner un sens à sa vie. Il se débrouillait très bien tout seul. Il avait le ranch pour s'occuper le corps et l'esprit, et des amis pour se distraire.

— Très bien. Puisque tu insistes, je vais la recevoir. Je vais me débarbouiller. J'espère que tu ne vas pas me demander de cuisiner en prime ?

Rosie lui adressa un sourire triomphant.

— Tu t'occuperas juste des steaks. Tout le reste est prêt.

Lyle prit une douche et se rasa. D'ailleurs, pourquoi se rasait-il ? Il n'en avait aucune idée. Ce n'était pas comme s'il voulait se faire beau pour Giselle Saito.

Lorsque Rosie leva le pouce à son entrée dans la cuisine, il comprit qu'il avait comblé toutes ses espérances.

Pourquoi avait-il accepté de recevoir Giselle ce soir ? Il aurait dû annuler et vaquer à ses occupations habituelles. Dîner en solitaire. S'occuper de la comptabilité du ranch sur son ordinateur. Et puis au lit.

Mais c'était trop tard. La sonnette de la porte d'entrée venait de retentir. Lyle se dirigea vers le chariot de bar qui contenait une sélection de ses whiskys préférés. Il en aurait bien besoin car la soirée promettait de mettre sa patience à rude épreuve. Il avala lentement un fond de liquide ambré tout en écoutant Rosie saluer Giselle. Il se servait un deuxième verre lorsque son invitée apparut dans le salon.

Ce soir, elle portait manifestement sa tenue de « cow-girl romantique », ce qui se traduisait par une courte robe trapèze volantée grise avec des santiags en peau de serpent gris. Lyle serra les mâchoires pour éviter de la dévisager bouche bée.

Lorsqu'elle s'arrêta devant lui, il recula involontairement d'un demi-pas. Son parfum aux accents citronnés lui titilla les narines, et il eut soudain une envie folle de saisir les volants de sa robe et de l'attirer contre lui.

Giselle, pour sa part, avait l'air très heureuse de le voir. Sincèrement, sans le moindre artifice. Comme si elle ne savait pas que tout cela n'était qu'une mise en scène.

— Bonjour, souffla-t-elle, lui rappelant qu'il ne l'avait pas saluée.

Il remarqua alors l'appareil-photo qu'elle portait en bandoulière.

— C'est pour quoi faire ?

Elle eut un sourire malicieux.

— Pour prendre des photos.

— Je sais bien, répliqua-t-il, imaginant ses lèvres effleurer les délicates clavicules. Pourquoi l'avoir apporté ce soir ?

— Je prends des photos de chacune de mes expériences.

— Dans quel but ?

— Pour nourrir la bête.

— Quelle bête ? fit-il, perplexe.

— Les réseaux sociaux, qui se nourrissent d'images comme les moustiques se nourrissent de notre sang.

— Qu'est-ce que vous photographiez ?

— Tout.

Elle leva l'appareil pour le photographier, mais il posa la main sur l'objectif.

— Vous pouvez être plus précise ?

— Vaches et chevaux. Fleurs. Paysages, qui sont juste incroyables ici de quelque côté qu'on se tourne.

Comme il restait silencieux, elle poursuivit.

— C'est comme ça que je fais la promotion de mes lignes de soins cosmétiques. J'aime mettre en scène mes produits dans des lieux magnifiques ou uniques. Le contraste entre un paysage montagneux, accidenté, et les produits de soins attire l'attention des gens.

Ne sachant plus quoi dire, Lyle se rendit compte qu'il manquait à tous ses devoirs d'hôte.

— Que voulez-vous boire ?

— Que buvez-vous ? demanda-t-elle.

— Un whisky.

— Je peux ? demanda-t-elle, désignant son verre.

Il lui tendit le verre et constata avec horreur que son pouls s'affola lorsque leurs doigts se frôlèrent. Il ne put s'empêcher de regarder sa bouche lorsqu'elle porta le verre à ses lèvres.

Elle prit une petite gorgée et toussota élégamment.

— Mmm, excellent, murmura-t-elle. Je vais prendre la même chose.

Une fossette se creusa sur l'une de ses joues lorsqu'elle lui rendit le verre.

Il ne savait pas ce qui l'agaçait le plus : l'incroyable séduction de cette femme ou sa propre incapacité à y résister. Comment pouvait-il être attiré par elle alors qu'il fuyait toute relation amoureuse ? Peut-être était-ce le résultat de l'intox qu'il subissait quotidiennement de la part de Rosie et de sa sœur. À force de persévérance, elles avaient réussi à convaincre son inconscient qu'il avait besoin de cette femme.

— J'espère que vous n'êtes pas végétarienne, poursuivit-il, car ce soir vous allez goûter notre steak.

— Pas du tout, répondit-elle en lui offrant un sourire qui, bien que dénué de toute trace de séduction, lui fit l'effet d'un coup de poing en plein plexus solaire. Je peux vous aider ?

— Je m'en occupe, répondit-il d'un ton plus bourru qu'il ne l'aurait voulu.

Au grand désarroi de Lyle, elle ne le prit pas au mot. Elle le suivit dans la cuisine, appareil-photo à la main, l'observant pendant qu'il sortait les steaks du réfrigérateur.

— Je vais les mettre sur le gril, dit-il. Il y a une salade dans le frigo.

— On dirait que le four est allumé, dit Giselle en ouvrant celui-ci. Ce sont des pommes de terre ?

— Probablement ma purée au parmesan préférée.

— Mmm, génial...

Pendant que Giselle examinait le contenu du réfrigérateur, Lyle s'éclipsa pour faire griller les steaks. Sur la terrasse, Rosie avait dressé la grande table familiale pour deux et sorti le grand jeu : bougies déjà allumées, verres à pied en cristal et bouquet de roses du jardin. Une petite enceinte diffusait un fond de jazz qui créait une atmosphère relaxante. Lyle se renfrogna à cette vue tandis que Giselle le rejoignait avec la salade et une bouteille de pinot noir.

— La bouteille était déjà ouverte sur le plan de travail. J'ai supposé qu'elle nous était destinée, expliqua-t-elle.

La cuisson des steaks lui permit de se concentrer sur autre chose que sur elle et son fichu appareil-photo. Mais il ne fallait pas se leurrer : il était attiré par elle. Si le but de sa sœur avait été de lui présenter une femme qui lui correspondait, eh bien c'était raté. Giselle était complètement différente de Chloe.

Fille d'un éleveur local, Chloe s'était parfaitement intégrée dans sa vie et était devenue la partenaire idéale. Elle était totalement dévouée au ranch et, comme Lyle, n'aspirait qu'à faire vivre le rêve de sa mère et à développer le domaine.

Giselle, en revanche, était une femme de la ville, tant dans son apparence que dans son choix de carrière. Il ne faisait aucun doute que la boue qui s'était collée aux semelles de ses bottes depuis son arrivée au ranch était une grande première dans son existence. Comment Jessica et Rosie avaient-elles pu imaginer qu'une relation pourrait se nouer entre eux ?

— Ils sont superbes, remarqua Giselle en s'approchant de lui alors qu'il mettait les steaks sur le gril.

Son bras effleura le sien. Une décharge électrique le fit tressaillir.

— Comment l'aimez-vous ? fit-il d'une voix rauque.

Il espéra qu'elle lui dirait « bien cuit » car, si elle commettait un tel impair, il n'y aurait plus aucun risque qu'il soit attiré par elle.

— D'habitude, je l'aime à point, dit-elle. Mais dites-moi ce qui est le plus adapté au bœuf wagyu.

— À point, c'est parfait.

Bien que surveillant de près les steaks pour éviter les flammes, il ne pouvait s'empêcher de lorgner sur les creux délicats au-dessus de sa clavicule, ou son cou, dont la finesse semblait être un appel aux baisers et autres mordillements.

— Ils sont presque prêts, dit-il.

— Je vais chercher la purée, indiqua Giselle. Et si vous serviez le vin ?

Après avoir retiré les steaks du gril, il se demanda si Rosie avait préparé sa fameuse sauce chimichurri. Au moment où il entra dans la cuisine, Giselle venait d'ouvrir le four. Il vit sa main tressaillir lorsqu'elle se brûla sur la grille. Elle inspira profondément en sortant le plat de pommes de terre. Comme elle ne semblait pas avoir l'intention de soigner sa brûlure, Lyle la rejoignit et, lui attrapant le poignet, il la tira vers l'évier avant de placer sa main sous l'eau froide.

Lyle remarqua sa respiration irrégulière, son pouls rapide sous ses doigts. Son propre corps s'anima lorsqu'il sentit sa cuisse frôler la sienne et ses longs cheveux caresser son avant-bras.

— On ne dirait pas comme ça, dit-elle avec un rire rauque, mais je n'ai généralement pas besoin d'être secourue.

— Je le croirai quand vous passerez une journée sans incident.

À cet instant, elle lui prit doucement le menton et tourna son visage jusqu'à ce que son regard croise le sien.

— Je pourrais essayer, dit-elle, mais je commence à croire qu'être sauvée par vous est le meilleur moment de ma journée.

Sur ce, elle se hissa sur la pointe des pieds et lui effleura la joue de ses lèvres. Lyle resta parfaitement immobile, les yeux mi-clos. Son rythme cardiaque s'accéléra sous l'effet de cette infime caresse. Comme d'un commun accord, ils tournèrent la tête et leurs souffles entrèrent en contact. Les lèvres suivirent, mais ce ne fut qu'un frôlement hésitant.

C'était elle qui l'avait voulu, alors pourquoi hésitait-elle ? se demandait Lyle, perplexe. Ses photos de profil semblaient révéler un tempérament audacieux. C'était apparemment une femme qui savait ce qu'elle voulait et allait jusqu'au bout pour l'obtenir. Alors pourquoi jouait-elle avec lui ? Mais peut-être faisait-elle cela pour que ce soit lui qui l'embrasse ?

Ses lèvres pulpeuses semblaient l'appeler. Il sentit le sang gronder à ses oreilles, noyant toute pensée rationnelle. Tenant à distance la pulsion, il se concentra sur la décision à prendre. L'embrasser ou reculer. Mais il n'eut pas l'occasion de trancher.

Agrippant son épaule, Giselle planta ses lèvres sur les siennes. Dans son empressement, leurs dents s'entrechoquèrent, et ce baiser se mit à ressembler à une mésaventure adolescente. Curieusement, ce fut cette maladresse qui fit fondre la résistance de Lyle. Giselle dut remarquer ce changement car, lorsqu'elle reposa les lèvres sur les siennes, elle parut plus à l'aise et plus curieuse.

Une curiosité qu'il accueillit avec bonheur. Une déflagration de désir le traversa. Il l'assit sur le comptoir en quartz et se glissa entre ses cuisses pour se délecter de sa bouche, de son cou, de ses seins délicieux.

Posant les mains sur ses hanches, il la fit pivoter et la cala contre le comptoir. Lorsqu'il se mit à mordiller son cou, elle exhala un soupir. *Un soupir très sexy*. Sa bouche remonta le long de son cou jusqu'à ses lèvres jusqu'au moment où...

S'arrachant à ses lèvres pulpeuses, il posa les mains sur la pierre fraîche, de part et d'autre de ses hanches. Le souffle court, il fit retomber son front contre le sien, les yeux fermés, tout en se maudissant silencieusement d'avoir été si bête.

Elle l'avait manœuvré à la perfection. Comment allait-il prétendre qu'elle ne l'intéressait pas après ce qu'il venait de faire ? Il ferma le robinet.

— Les steaks vont refroidir. Allons manger.

Tout au long du dîner, Giselle se sentit complètement déstabilisée. Elle ne s'expliquait pas pourquoi elle craquait à ce point pour Lyle. Désagréable, perpétuellement renfrogné, il était à des années-lumière des hommes qu'elle fréquentait habituellement à Dallas.

En tant que femme indépendante et cheffe d'entreprise, elle intimidait souvent les hommes, ce qui les amenait fréquemment à la traiter avec condescendance. En séjournant au ranch, elle était sur le terrain de Lyle. Et elle n'était pas habituée à être traitée comme une sorte d'alien ignorante des us et coutumes de ce nouvel univers.

Mais cela lui donnait envie de relever le défi. De gagner l'approbation de Lyle. Comme c'était elle qui décidait habituellement, elle avait du mal à céder les commandes. Elle avait adoré que Lyle la sauve lorsque la jument l'avait chargée ou qu'il lui passe la main sous l'eau lorsqu'elle s'était brûlée, mais elle n'avait pas l'habitude qu'on prenne soin d'elle.

Paraître vulnérable, c'était peut-être la clé pour accéder à

Lyle. Elle pressentait que, si elle baissait sa garde avec lui, le sexe serait époustouflant.

Tandis que des images érotiques défilaient dans son esprit, Giselle menait la conversation, posant des questions sur le bœuf wagyu et l'élevage, grâce aux informations recueillies sur le site du ranch.

Il faisait en sorte de répondre brièvement, jouant le rôle de l'hôte parfait. Mais pas une seule fois il ne lui jeta un regard enflammé.

Lorsqu'ils eurent fini de débarrasser, Giselle se demanda si elle n'avait pas rêvé la scène torride qui s'était déroulée dans la cuisine avant le dîner.

— Merci pour ce repas, c'était merveilleux, dit-elle avec un sourire pour dissimuler sa perplexité. J'aimerais vous rendre la pareille. Je ne suis pas la meilleure des cuisinières, mais je peux vous proposer une planche de charcuterie avec un verre de vin, si vous le souhaitez.

Expirant longuement, Lyle croisa ses bras hyper musclés sur sa poitrine massive et la regarda sombrement.

Giselle avait déjà vu ce regard. Elle se prépara à ce qui allait suivre. Allait-elle se retrouver dans le lit de Lyle, comme elle l'avait fantasmé ?

— Je suis désolé, répondit-il. Je crois que je vous ai induite en erreur.

Elle le dévisagea, sous le choc, se demandant ce qui l'ébranlait le plus : le baiser échangé avec lui ou les regrets qu'il exprimait à présent. Son regard se fixa sur ses lèvres, et elle se remémora le déferlement de plaisir qu'elle avait ressenti en l'embrassant. Ce baiser avait vraiment fait basculer son univers.

— À quel propos ? fit-elle.

— Ce dîner, ce soir, répondit-il d'un ton gêné.

— Eh bien ?

— Rosie est pleine de bonnes intentions, mais je ne cherche pas vraiment une relation.

Une relation ? Elle n'avait aucune envie d'avoir une relation avec Lyle Drummond ! L'embrasser, oui. Faire l'amour avec lui, évidemment. Quelle femme n'en aurait pas envie après une telle étreinte ?

— Ce n'était qu'un simple baiser, répondit-elle. Ne nous emballons pas.

Au lieu d'avoir l'air soulagé, il grimaça un sourire.

— Ne faites pas la difficile... Ce genre de petit jeu ne marchera pas avec moi.

— Je ne joue à rien du tout.

Cet homme voulait de l'honnêteté ? Eh bien, elle allait lui en donner.

— Bon sang..., siffla-t-elle. Pas étonnant que Jessica m'ait recommandé de ne pas m'approcher de vous.

— Elle n'a pas pu dire ça.

— Oh ! bien sûr qu'elle l'a dit. Je suppose qu'elle voulait m'épargner une conversation aussi gênante que celle-ci.

Giselle lui adressa un sourire crispé, regrettant de ne pas avoir écouté Jessica au lieu de suivre son instinct.

— En tout cas, merci d'avoir exprimé votre absence d'intérêt pour ma personne. Cela rendra nos futures interactions beaucoup moins gênantes.

— Je ne voulais pas que vous vous fassiez des idées.

— Attends, cow-boy. Toi non plus, ne te fais pas des idées, d'accord ? C'est vrai que le baiser n'était pas mal...

— Comment ça, pas mal... ?

Qu'aurait-il voulu qu'elle dise ? Époustouflant ? À tomber par terre ? Elle ne lui donnerait pas cette satisfaction.

— Sympa, quoi...

— Sympa ? fit-il, fronçant les sourcils. Juste sympa ?

En réalité, ce baiser avait été beaucoup plus que sympa. Il avait été cosmique. Littéralement stellaire.

— Vous manquez peut-être d'entraînement.

— Je ne crois pas, répliqua-t-il.

— Ce n'est pas comme le vélo, ça ne revient pas tout seul, reprit-elle. Moins on pratique, plus on est rouillé...

— Personne ne s'est jamais plaint, grogna-t-il.

— C'est évident. Je veux dire, quelle femme serait assez impolie pour se plaindre d'un baiser trop baveux, trop doux ou trop dur ? Surtout lorsque le type en question vient de vous inviter à dîner. C'est vrai, ça ne se fait pas.

Lyle la regarda d'un air perplexe.

— Je vois. Dans ce cas, que se passe-t-il quand on a la malchance d'être embrassé par quelqu'un qui n'est pas à la hauteur ?

— Ça dépend.

— De quoi ?

— Si le gars en question vaut la peine qu'on fasse un effort, le temps qu'il s'améliore.

Elle avait dit cela sur le ton de la plaisanterie, mais Lyle avait l'air abasourdi.

— Et à votre avis, quel genre de type mériterait que l'on fasse un effort ?

Giselle avait maintenant l'impression de s'être aventurée dans des eaux infestées de requins et peina à trouver une réponse.

— Selon ma sœur, si le mec est canon ou a de l'argent, alors elle pourra se montrer patiente.

— Et selon vous ?

Giselle repensa à ses histoires d'amour passées. Elle sortait souvent avec des hommes plus jeunes qu'elle, qui débutaient dans leur carrière. Ils étaient impressionnés par le succès de ses produits et la notoriété de sa marque et, pendant un temps, cela l'avait rendue plus sûre d'elle. Mais les relations entre partenaires inégaux ne duraient jamais.

— Que recherchez-vous chez les hommes avec qui vous sortez ? demanda-t-il, voyant qu'elle ne répondait pas.

— Je n'ai pas de critères précis, répondit Giselle, soudain embarrassée par la tournure que prenait la conversation.

Peut-être que, si elle avait eu des critères, justement, elle aurait fait de meilleurs choix.

Le regard de Lyle était devenu étrangement attentif, et elle regretta de s'être trop dévoilée.

— Écoutez, reprit-elle. Je plaisantais avec tout ça. Le baiser m'a prise au dépourvu…

— C'est vous qui m'avez embrassé.

Giselle décida d'ignorer la remarque.

— J'ai mal compris la situation, reprit-elle. Le dîner aux chandelles, les fleurs sur la table. Maintenant, je sais que rien de tout cela n'était votre idée. Quand j'en ai pris conscience, ça m'a agacée, et j'ai lâché la première chose stupide qui m'est passée par la tête. Le baiser était génial.

— Pourtant, vous avez été très claire sur le fait que je manquais d'entraînement, répondit-il en se penchant vers elle. Vous avez peut-être raison.

— D'accord…, souffla-t-elle, sentant toutes les cellules de son corps s'électriser l'une après l'autre.

— Mais ce ne sera pas pour ce soir.

— Bien sûr… Il est tard, et vous avez envie d'aller au lit. Euh… je veux dire… comme vous vous levez tôt, je suppose que vous avez besoin d'aller dormir. Bon, je vais y aller…

Lyle la raccompagna dans le vestibule et parut surpris lorsqu'elle s'arrêta devant lui.

— J'ai apporté quelques-uns de mes produits de soins pour que vous puissiez les essayer.

— Pour moi ?

— Pour vous et pour Rosie, répondit Giselle en lui tendant l'un des sacs. Voici ma ligne de soins pour hommes, qui sortira bientôt.

— Je n'utilise pas ce genre de choses. Je ne saurais même pas comment faire.

Elle ne put résister à l'envie de saisir la perche tendue.

— Je serais ravie de vous faire une démonstration, dit-elle. Programmons une soirée spa !

— Je ne crois pas que...

— Je ne vous drague pas. C'est juste du business, précisa Giselle, heureuse de se retrouver en terrain connu après le rejet de Lyle. Et à ce propos, j'ai une proposition à vous faire.

— De quoi peut-il s'agir ? demanda-t-il d'une voix grave qui la fit frissonner.

Il ne serait peut-être pas son amant de vacances, mais cela ne voulait pas dire qu'elle rentrerait les mains vides.

— Je cherche quelqu'un qui puisse être l'égérie de Saito for Men. Je pense que vous seriez absolument parfait.

5

Lorsque, le lendemain matin, Lyle arriva dans la cour de l'écurie pour la leçon d'équitation promise à Giselle, il la trouva assise par terre non loin de l'endroit où, la veille, il l'avait sauvée de la jument querelleuse. À deux pas de là, à l'intérieur du corral, la jument en question broutait du foin.

Que Giselle continue de sous-estimer la dangerosité de la situation ne l'étonnait pas. Sans doute croyait-elle que la jument pouvait être apprivoisée à coups de friandise et de caresse, sans se rendre compte que les chevaux n'étaient pas d'inoffensifs animaux de compagnie.

Mais au moins, elle l'avait écouté pour la tenue. Elle portait un jean et une chemise western à carreaux sortis tout droit du placard de Jessica. Des bottes marron râpées et un chapeau de cow-boy complétaient le look. L'espace d'un instant, Lyle eut une étrange impression de familiarité. Hier, Giselle lui apparaissait comme une sorte d'oiseau de paradis égaré dans un territoire hostile. À présent, elle était en phase avec son environnement, comme si elle avait toujours vécu là.

Bien sûr, ce n'était qu'une illusion. Giselle était une citadine. Sa présence ici n'était qu'un jeu. Elle n'avait pas sa place dans un ranch, pas plus que Lyle n'était fait pour travailler dans un bureau dans le centre-ville de Dallas.

— Alors, prête ? demanda-t-il en s'approchant d'elle.

Au son de sa voix, la jument releva la tête et lui montra les dents. Giselle fronça les sourcils.

— C'est vraiment bizarre. Elle était très calme depuis une demi-heure.

— Rassurez-moi, vous ne vous êtes pas approchée d'elle ?

— Après ce qui s'est passé hier, je n'ai pas osé. J'ai fait un petit tas de foin pour attirer les autres chevaux, mais elle ne les a pas laissés s'approcher. Je n'ai même pas pu prendre des photos de la horde car elle se mettait devant mon appareil pour me bloquer la vue.

— Bon, j'ai pris sur mon temps pour vous donner une leçon d'équitation, alors on y va, répondit Lyle en lui tendant la main pour l'aider à se lever.

— D'accord. C'est vous le prof, finalement ?

Lyle retint un soupir. Il voulait au départ la confier à l'un de ses ouvriers, mais il craignait qu'ils ne se montrent pas professionnels avec elle.

— Tous les autres avaient du travail.

— Et pas vous ?

— Vous voulez poser des questions ou prendre un cours ?

Surprise par ce ton brusque, elle lui tendit la main et le laissa la redresser. Lyle serra les dents pour résister à cet agréable contact et lui lâcha la main dès que possible.

— Voici Firefly, déclara-t-il en guidant Giselle vers une petite jument alezane attachée dans la sellerie. Nous la réservons généralement aux enfants lorsque Jessica accueille une famille.

Cette jolie fossette apparut de nouveau sur sa joue.

— Donc vous m'assimilez à une enfant ?

— Non. Ce n'est pas du tout ce que je voulais dire, se défendit-il, avant de comprendre qu'elle le taquinait. Ce que je veux dire, c'est que c'est un cheval pour débutant. Très calme, imperturbable. Je vous dis ça au cas où vous seriez nerveuse à l'idée de monter à cheval.

— Pas le moins du monde.

— Je comprendrais que vous soyez stressée. C'est normal, la première fois.

Il s'attendait à ce qu'elle le soit après l'incident de la veille avec la jument belliqueuse. Mais curieusement, elle semblait enthousiaste. Une fois encore, elle déjouait ses pronostics.

— Ce n'est pas mon cas. J'ai très envie de monter à cheval depuis que j'ai fait la connaissance de Jessica.

— Génial, alors.

Alors que Lyle se mettait à bouchonner la jument alezane, Giselle prit des photos, capturant chacun de ses mouvements. Il s'immobilisa, agacé.

— Écoutez, commença-t-il en se tournant vers elle. Je prends le temps, malgré mon planning chargé, de vous donner une leçon d'équitation. La moindre des choses serait de poser votre appareil-photo et d'apprendre à bouchonner et seller votre monture.

Tout en parlant, il lui arracha l'appareil des mains et le posa sur une étagère hors de portée.

— Vous avez raison, dit-elle, prenant la brosse avec un sourire navré.

Lyle recula d'un pas lorsqu'elle se glissa entre lui et le cheval. Soudain il ressentit un picotement là où elle l'avait effleuré, et il se frotta énergiquement la poitrine comme s'il pouvait faire disparaître la sensation.

— Comme ça ? demanda-t-elle en brossant le pelage cannelle de la jument, ôtant la poussière comme une pro.

— Très bien. Attention de bien brosser la zone de la sangle.

Il la contourna et désigna le ventre du cheval. S'approchant d'elle une fois de plus, il remarqua à quel point elle était concentrée. Elle semblait déterminée à faire du bon travail et, ce qu'il appréciait, ne se contentait pas de l'écouter. Elle passait la brosse puis la main sur les flancs et la croupe du cheval, ce qui permettait à l'animal de s'habituer à elle.

— On dirait que vous avez déjà fait ça, remarqua-t-il.

— Et pourtant, non, répondit Giselle en nettoyant avec soin

l'intérieur du sabot à l'aide d'un pic. Sachez quand même que j'ai passé plusieurs jours à regarder des tutos sur YouTube pour savoir comment s'occuper d'un cheval.

Agacé par les réactions involontaires de son corps lorsqu'il se trouvait près d'elle, Lyle passa à la seconde partie du cours : l'équipement. Giselle buvait littéralement ses paroles, hochant la tête pour indiquer qu'elle comprenait ses instructions et ses mises en garde.

Elle était si absorbée qu'il donna beaucoup plus de détails que nécessaire. Une fois de plus, il sentit qu'elle s'intéressait sincèrement à ce qu'il avait à dire. Elle ne feignait pas d'être attentive et ne tentait pas de flirter avec lui. Il se sentit soudain gêné de lui avoir fait un procès d'intention.

Il n'en restait pas moins que Jessica et elle s'étaient mises d'accord pour le piéger. Peut-être Giselle voulait-elle paraître inoffensive pour l'amener à penser qu'elle n'attendait rien de sa part sur le plan sentimental.

— Maintenant que Firefly est sellée et prête à partir, il est temps de vous mettre en selle.

Le moyen le plus rapide de mettre quelqu'un en selle était de le hisser en lui faisant la courte échelle. Mais il se voyait mal prendre la jambe de Giselle entre ses mains. Certes, il l'avait fait des dizaines de fois avec d'autres femmes, mais ce serait impossible avec elle... Elle était bien trop jolie, ce qui produisait sur lui un effet désastreux.

— Waouh, c'est haut, fit Giselle, un peu inquiète.

— Vous allez utiliser le bloc de montage, dit-il en indiquant le marchepied souvent utilisé par les enfants.

Lorsqu'elle fut sur le marchepied, Giselle regarda le dos du cheval, situé à trente centimètres, puis Lyle, qui tenait les rênes.

— Ce n'est pas comme ça qu'un vrai cow-boy monte à cheval, dit-elle, déçue.

— Que savez-vous des vrais cow-boys ? ironisa-t-il avant de se reprendre. C'est comme ça qu'un débutant monte à cheval.

— Vous ne pensez pas que je devrais apprendre la vraie façon ? demanda-t-elle.

— Vous le ferez dans un deuxième temps. Essayez comme ça pour l'instant, et vous verrez comment ça se passe.

Hochant la tête, Giselle saisit le pommeau de la selle et se hissa sur le dos du cheval.

— On fait quoi ensuite ? demanda-t-elle, ses yeux noisette pétillant de joie.

Il ignora la façon dont son corps s'enflammait en voyant l'expression charmante de la jeune femme.

— Essayez de la faire avancer. Prenez les rênes et serrez les jambes.

Giselle s'exécuta, mais la jument resta immobile.

— Qu'est-ce qui ne va pas ?

— Essayez de claquer la langue et de la talonner un peu plus fort.

— Claquer la langue ?

Lyle émit le son en question, et Giselle l'imita. La jument avança enfin.

— Où est-ce que je vais ? demanda Giselle, inquiète, tandis que la jument faisait plusieurs pas.

— Allez vers le corral, dit-il, pointant du doigt la barrière ouverte. Déplacez votre main dans la direction que vous voulez prendre. Le cheval sait qu'il doit tourner lorsqu'il sent la rêne contre son encolure.

— Comme ça ?

— Comme ça.

— Maintenant, que dois-je faire ? demanda Giselle tandis que la jument entrait dans le corral.

— Continuez à avancer pour vous habituer au pas.

Tandis qu'il refermait la barrière tout en gardant un œil sur elle, Lyle remarqua que plusieurs ouvriers la regardaient. Il leur lança un regard furibond, et ils se dispersèrent aussitôt, s'empressant de reprendre le travail.

— Combien de temps faut-il pour apprendre à monter à cheval ?

— Ça dépend. Avec Firefly, ça devrait aller vite car elle est calme. Mais il faut quand même beaucoup de pratique. Plus vous serez à l'aise en selle, plus vous pourrez accélérer l'allure. À ce moment-là, vous pourrez essayer un autre cheval.

— J'aimerais aller plus vite. Je peux ?

Lyle doutait qu'elle soit prête pour le trot, mais il hocha la tête en signe d'assentiment. Il lui conseilla de « claquer la langue et talonner », curieux de voir si elle parviendrait à faire accélérer la jument poussive.

À son immense surprise, Giselle parvint non seulement à mettre la jument au trot mais à ne pas se crisper à l'accélération. Au contraire, elle semblait comprendre intuitivement comment absorber les secousses en allongeant le torse.

— C'est génial ! s'exclama-t-elle.

— Content que ça vous plaise.

— Hé, Lyle, fit Jacob, venu s'accouder à côté de lui à la barrière, un appareil-photo entre les mains, elle est douée, ta copine. Tu es sûr que c'est la première fois qu'elle monte ?

— Ce n'est pas ma copine, corrigea Lyle, agacé. Elle fait simplement un échange de domiciles avec Jessica. Et elle m'a dit qu'elle n'avait jamais monté.

— Peut-être que c'était juste une excuse pour passer du temps avec toi ?

Lyle se remémora les trente dernières minutes qu'il venait de passer avec Giselle. Il était fort possible qu'elle ait déjà fait du cheval et qu'elle fasse semblant de manquer d'expérience.

— Elle ne s'intéresse pas à moi.

Lyle garda une expression neutre, ne voulant pas encourager la curiosité de Jacob. Tous ses employés savaient qu'il était veuf depuis cinq ans et attendaient probablement qu'il passe à autre chose. Il se demandait d'ailleurs pourquoi ses hommes s'intéressaient autant à sa vie privée. Quoi qu'il en soit, les ranchers étaient comme tout un chacun : ils adoraient les ragots.

— Je n'y crois pas une seconde, reprit Jacob, suivant Giselle du regard. Et toi, que comptes-tu faire à son sujet ?

— Absolument rien.

Jacob poussa un grognement incrédule.

— Donc ça ne te dérange pas si je tente ma chance ?

— Si, ça me dérange, répondit Lyle du tac au tac, sans comprendre d'où ça venait.

— C'est bien ce que je pensais, dit le contremaître en souriant.

— Ce que je veux dire, c'est que...

Mais, au fait, qu'avait-il voulu dire ?

— Pas besoin d'expliquer, poursuivit Jacob. Ça arrive à tout le monde. Je ne manquerai pas de faire passer le mot.

Lyle serra les lèvres, regrettant de ne pas l'avoir fait quelques instants plus tôt. Mais ce qui était fait était fait. Cela dit, rien ne le forçait à passer à l'acte. Il parviendrait bien à se maîtriser. Après tout, elle n'était là que pour deux semaines.

— OK, tu leur diras.

Il fallut à Giselle moins d'une minute pour décider que le monde était bien plus beau du haut d'un cheval. Pas étonnant que les cow-boys aient toujours l'air très cool. Comment être stressé quand votre corps épousait la démarche chaloupée d'un cheval ? En fait, elle était tellement ravie de cette expérience qu'elle ne faisait même plus attention à Lyle. Son monde s'était réduit à l'entente qu'elle avait établie avec Firefly.

La leçon passa à la vitesse de l'éclair. Au bout d'une heure, Giselle était complètement accro. Comment avait-elle pu vivre sans monter à cheval ? Elle n'avait jamais rien fait d'aussi cool.

— Je crois que ça suffit, annonça Lyle en entrant dans le corral et en lui faisant signe de s'arrêter au milieu.

— Non, s'écria Giselle. Je ne peux pas continuer ? Je commence tout juste à prendre le coup de main.

— J'ai à faire.

— Je comprends, répondit-elle en arrêtant la jument à côté de lui. Et maintenant ?

— Vous allez mettre pied à terre, dit Lyle. Passez la jambe gauche par-dessus le dos du cheval, dégagez le pied droit de l'étrier et laissez-vous glisser.

Cela semblait assez facile, et la manœuvre se déroula presque sans problème pour une première fois. Mais au moment où elle toucha terre, ses jambes se dérobèrent, incapables de la soutenir. Lyle devait s'y attendre car, à peine vit-il ses genoux fléchir qu'il glissa un bras autour de sa taille, la serrant étroitement contre lui. Soulagée de ne pas chuter dans la boue, Giselle s'accrocha à lui, touchant ses muscles d'acier. Lorsqu'elle sentit son souffle sur sa tempe, ses jambes se dérobèrent une fois de plus.

— Oh là là, s'exclama Giselle. Qu'est-ce qu'il m'arrive ?

— L'équitation sollicite des muscles que l'on n'utilise pas tous les jours, dit-il d'un ton amusé. Attention aux courbatures !

— Ça en valait la peine. Mais vous auriez pu me prévenir..., fit Giselle, renversant la tête en arrière pour lui adresser une grimace.

Son cœur se mit à battre la chamade lorsqu'elle vit une lueur dans ses yeux bleus habituellement froids.

— Ça aurait changé quelque chose ? fit-il, en fixant ses lèvres. Vous étiez si pressée de monter à cheval. Vous serez moins courbaturée les prochaines fois. À moins que vous ne renonciez...

— Renoncer ? Je ne fais que commencer.

Il avait l'air si sceptique qu'elle eut un mouvement de recul. Cette étreinte était certes agréable, mais elle devait lui montrer qu'elle n'avait pas besoin de lui.

Dès le début, Lyle lui avait fait comprendre qu'il ne supportait pas les demoiselles en détresse. Bien sûr, il l'avait sauvée de l'attaque de la jument et rattrapée à sa descente de cheval. Il avait aussi fait montre de sollicitude lorsqu'elle s'était brûlé la main. Mais c'était sans doute parce que c'était son rôle en tant que responsable du ranch.

Sa théorie fut confirmée un instant plus tard, lorsqu'il la

lâcha et recula. Par chance, elle resta assez près du cheval pour s'agripper à l'étrier alors que ses adducteurs hurlaient en signe de protestation.

— Très bien. Donc vous êtes prête à ramener Firefly et à la bouchonner ?

Comment, ce n'était pas terminé ? Giselle n'avait aucune envie de se ridiculiser encore plus et rêvait de rentrer chez Jessica.

— Bien sûr, répondit-elle.

— Je vous suis.

Lyle lui tendit les rênes et se dirigea vers la sellerie, la laissant ramener la jument. Elle se félicita qu'il ait le dos tourné car ses jambes refusaient de fonctionner correctement. Cela s'améliora un peu après quelques pas, mais c'est à peine si elle tenait debout. Lorsqu'elle atteignit la sellerie, elle marchait un peu mieux.

Un petit sourire sadique aux lèvres, Lyle lui expliqua comment enlever la selle et la bride.

Maudit soit cet homme, qui s'amusait de sa souffrance. Cela dit, c'était un peu comme lorsqu'elle essayait un nouvel appareil à la salle de sport. Elle n'aurait qu'à prendre un bon bain chaud en rentrant chez Jessica.

Lorsque la jument fut mise au pré, Lyle toucha le rebord de son chapeau et s'éloigna à grands pas.

— Même heure demain ? lança Giselle.

Sans se retourner, il fit un signe de la main droite. Ne sachant s'il fallait prendre cela pour un oui ou un non, Giselle le regarda partir.

Puis elle se mit en quête de son appareil-photo, que Lyle avait rangé après le lui avoir quasiment arraché des mains. Mais il n'était plus à sa place. Peut-être avait-il été mis en lieu sûr. Elle jeta un coup d'œil autour d'elle et, remarquant un groupe de cow-boys près de la clôture d'un corral, elle s'approcha. Plusieurs donnaient des instructions à un adolescent qui essayait de lancer un lasso autour d'une tête de vache en plastique. Le jeune homme avait apparemment beaucoup de mal à y arriver. Giselle rejoignit le groupe, regrettant de ne pas avoir son appareil-photo pour immortaliser ce moment.

— C'est aussi difficile que ça en a l'air ? demanda Giselle à l'homme qui se tenait à ses côtés.

— C'est une question d'entraînement. Vous voulez essayer ?

— Pourquoi pas..., dit-elle à son voisin, reconnaissant Jacob qu'elle avait vu sur le site du ranch. Mais je vais sans doute me ridiculiser.

— Pas de jugement ici. Laissez-moi vous montrer comment on fait.

— Je m'appelle Giselle, au fait, dit-elle en lui tendant la main.

— Jacob, répondit-il tout sourires en lui serrant la main. Je vous ai déjà aperçue dans le ranch.

— Jessica et moi avons fait un échange de domiciles pour deux semaines.

— Jess nous l'a dit. Mais elle n'a pas précisé que sa locataire serait si jolie.

— Probablement parce qu'on ne s'est jamais rencontrées, répondit Giselle, se sentant rougir sous le regard intense du jeune homme.

Oh ! celui-là était un charmeur et avait les moyens de l'être. Souriant et charismatique, Jacob devait être le tombeur de ces dames. Giselle serait bien tombée dans ses bras si Lyle Drummond n'occupait pas tant de place dans ses pensées.

— Venez, dit Jacob, s'éloignant de la barrière. Voici Giselle, lança-t-il aux cow-boys rassemblés autour de la tête de vache. Elle va apprendre à manier le lasso et montrer à Billy comment on fait.

Pendant que le groupe se moquait du pauvre Billy, Jacob prit la corde et se lança dans les explications.

— Pour commencer, dit-il, il faut que la boucle vous arrive à hauteur de l'épaule.

Giselle l'écouta attentivement afin de pouvoir l'imiter lorsque son tour viendrait.

— La clé, poursuivit-il, c'est de lever le coude au niveau des épaules. On fait ensuite tourner le lasso trois fois autour de la tête avant de le lâcher.

Il lui montra deux fois la technique puis lui passa la corde. Elle fut surprise par la rigidité de celle-ci et la facilité avec laquelle elle coulissait. C'est ce qui l'aida à former un cercle lorsqu'elle fit tourner souplement la corde au-dessus de sa tête.

Cependant, Giselle eut un peu de mal à atteindre la cible. Elle regarda Jacob refaire sa démonstration, observant attentivement le *timing*.

Cette fois, son lasso enserra une des cornes de la vache. Ce n'était pas parfait, mais c'était un petit exploit. Sous les applaudissements du public, Giselle ramassa la corde et remercia son professeur.

— Je reviendrai m'entraîner.

— Vous vous êtes bien débrouillée pour une première fois, dit Jacob, l'air sincèrement impressionné. Bientôt vous pourrez le faire à cheval, j'en suis sûr.

— Ça, ce n'est pas gagné. Je n'étais jamais montée à cheval avant aujourd'hui.

— Vraiment ? s'exclama-t-il. Vous étiez très à l'aise sur Firefly.

— C'était très amusant, répondit-elle, flattée malgré elle, mais j'ai encore beaucoup de chemin à faire. Au fait, l'un d'entre vous aurait-il vu mon appareil-photo dans la sellerie ? Je ne l'ai pas retrouvé là où il était rangé.

Jacob secoua la tête.

— Je vais faire ma petite enquête et je vous tiens au courant.

— Merci. J'ai pris pas mal de photos pour mes réseaux sociaux et je n'aimerais pas les perdre. En parlant de ça, j'ai été très impressionnée par les images publiées sur le site du ranch. C'est vous qui prenez les photos ?

— Oui, c'est moi.

— Eh bien, vous avez vraiment un œil d'artiste.

— Merci.

— Vous avez déjà pensé à en faire une activité professionnelle ?

— Non, mais on pourrait peut-être en discuter ce soir autour d'un dîner ? fit-il en inclinant la tête d'un air séducteur.

— Euh, je...

Elle s'apprêtait à décliner l'invitation lorsqu'une voix grave résonna derrière elle.

— Elle a déjà quelque chose de prévu.

6

Giselle tourna la tête vers Lyle, perplexe.

— Ah bon ?

— Oui.

Attiré par les cris et les applaudissements, il avait assisté à la fin de la leçon de lasso et vu le sourire victorieux adressé à Giselle par Jacob. Au lieu d'être soulagé qu'elle ait jeté son dévolu sur quelqu'un d'autre, Lyle en avait conçu une hargne inattendue.

— Vous avez changé d'avis pour notre soirée spa ? demanda Giselle, rayonnante, avant de se tourner vers Jacob pour expliquer : Je lance une ligne de soins pour hommes et j'ai proposé à Lyle d'essayer quelques produits.

— Une soirée spa ? fit Jacob, amusé. Ça a l'air sympa. Je peux venir ?

— Non.

— Plus on est de fous, plus on rit, lança Giselle en même temps, sans se rendre compte du mécontentement de Lyle.

Profondément agacé, celui-ci était en train de comprendre qu'il n'avait aucune envie de la partager, même s'il était conscient qu'elle le manœuvrait.

Lyle adressa un regard glacial à son contremaître.

— Ed vient de me dire que la presse à balles ne marche plus. Pourquoi n'irais-tu pas y jeter un coup d'œil ?

— Pas de souci, patron, fit Jacob, adressant un bref salut à Lyle avant de se tourner vers Giselle. Peut-être demain soir...

— Non.

Giselle et Jacob le regardèrent fixement. Lyle poursuivit, imperturbable.

— Elle est prise. Il y a une soirée au Texas Cattleman's Club.

— Bon, il vaut mieux que j'y aille, souffla Jacob, touchant le bord de son chapeau. À plus tard, Giselle.

— Je vous apporterai des échantillons de mes produits demain, lança-t-elle au contremaître en le suivant du regard. Au fait, cette soirée ? Il faut s'habiller chic ?

— C'est un bal country dans une grange.

Elle hocha la tête, perplexe.

— Je vais faire des recherches.

— Ne vous approchez pas de Jacob, grogna-t-il.

Elle le dévisagea, perplexe.

— Pourquoi ?

— Il a une vie sociale très... active.

— Et alors ?

— Il ne serait pas génial, comme petit ami...

— Ah bon ? fit-elle, estomaquée avant d'exploser. Vous êtes vraiment un type impossible ! Je ne suis pas à la recherche d'un petit ami, figurez-vous. Et vous savez pourquoi ? Parce que je n'ai besoin de personne. Être seule me satisfait pleinement.

Lyle ne dit rien, se contentant de rester planter là, les mains sur les hanches, et s'efforçant de lutter contre l'admiration que lui inspiraient ces paroles. Malgré sa détermination à le poursuivre de ses assiduités, elle n'hésitait pas à marquer son désaccord et à s'affirmer. De plus, elle était sacrément belle avec ses yeux étincelants de colère et ses joues toutes roses.

— Et sachez aussi que je n'ai pas besoin d'être secourue, ajouta-t-elle, sans se rendre compte de la réaction de Lyle. Surtout pas par vous.

— Tant que vous êtes dans mon ranch, vous êtes sous ma responsabilité, déclara-t-il, s'abstenant de lui faire remarquer qu'il l'avait déjà secourue plusieurs fois et qu'elle avait le don de se mettre dans des situations délicates.

— Je cherche quelqu'un de compétent en réseaux sociaux.

Lyle la dévisagea, étonné.

— Quel est le rapport avec Jacob ?

— Il s'occupe des réseaux sociaux de votre ranch.

— Nous avons des réseaux sociaux ?

Giselle le regarda, perplexe, et sa colère se dissipa.

— Vous ne le saviez pas ?

— Je ne prête pas beaucoup d'attention à ce genre de choses.

— Vous devriez.

Le sourire narquois de Giselle l'inquiéta.

— Pourquoi ?

— Disons parce que, en guise de « belles bêtes », on y voit beaucoup plus de cow-boys que de vaches…

— Attendez… Quoi ?

— Il y a pas mal de cow-boys sexy qui travaillent pour vous.

Voyant que Lyle était bouche bée, Giselle ne put s'empêcher de réagir.

— Oh ! n'ayez pas l'air si consterné. Le sexe, ça fait tout vendre, vous savez. Même le bœuf wagyu.

Lyle jeta un coup d'œil furieux du côté où était parti son contremaître.

— Par sexe, vous voulez dire… ?

— De *très beaux* cow-boys, répondit-elle, avec un petit sourire. Vos réseaux sociaux sont très bien faits, très ludiques. C'est sûrement pour cela que votre page a plus de cent mille abonnés.

— Nos réseaux sociaux devraient être informatifs, pas divertissants.

Giselle leva les yeux au ciel.

— Ils peuvent être les deux.

— Et ils le sont ?

— Hum…, dit-elle avec un haussement d'épaules. Disons qu'ils sont plus amusants que factuels. D'ailleurs, je vous informe que j'ai essayé de débaucher Jacob.

Lyle la regarda, déstabilisé. Cela le contrariait qu'elle ait essayé de débaucher son contremaître. Mais cela signifiait peut-être qu'elle ne s'intéressait pas personnellement à Jacob. En réalité, que cette objection le soulage, voilà qui était inquiétant.

— Le ranch lui manquerait.

— Peut-être, répondit Giselle avec un petit sourire satisfait. Cela dit, il y réfléchit puisqu'il ne m'a pas dit non.

Au grand désarroi de Lyle, l'idée de perdre Jacob le dérangeait moins que d'imaginer Giselle travailler quotidiennement à ses côtés. Non qu'il soit jaloux. Il craignait plutôt qu'elle se laisse séduire et que l'inconstance pathologique de Jacob ne lui brise le cœur.

— Je vais aller lui parler, déclara Lyle.

— Dans ce cas, je vous conseille vivement de lui proposer une augmentation.

Lyle n'avait jamais apprécié qu'on lui donne des conseils en matière de gestion du personnel, mais dans ce cas précis Giselle avait l'avantage. Il réfléchit un instant puis acquiesça. Cela le contrariait de penser qu'en se désintéressant des réseaux sociaux il avait un peu laissé tomber le ranch.

— Il est si doué que ça ?

— Il sait vraiment raconter des histoires et jouer avec les images. De plus, il est très mignon et incroyablement photogénique.

Sur ce, les pommettes de Giselle rosirent, et il en déduisit qu'elle devait apprécier le style de Jacob. Est-ce à dire qu'elle le préférait ?

À bien des égards, les deux hommes étaient complètement différents. D'un côté, Lyle était fiable, bien qu'un peu trop sérieux ; pour sa part, Jacob était amusant mais frivole.

— Je n'en doute pas.

— C'est un don, vraiment, continua Giselle, son enthousiasme ajoutant à l'irritation de Lyle. Il trouve toujours les images et les vidéos à même de restituer l'ambiance du ranch.

— Je suppose que je vais devoir y jeter un coup d'œil.

— Vous serez époustouflé, je vous le promets.

Elle semblait si heureuse de l'avoir convaincu qu'il ne put s'empêcher de sourire, expression qu'il se hâta de gommer en fronçant les sourcils.

— Je cherchais mon appareil-photo tout à l'heure, reprit Giselle. Vous ne l'auriez pas vu, par hasard ?

— Non. Je vais demander à l'équipe. Quelqu'un l'a peut-être mis en lieu sûr.

— Merci. À plus tard, sans doute.

— À ce propos...

— Vous allez annuler, c'est ça ?

C'est vraiment ce qu'il aurait dû faire.

— Les soins pour la peau et tout ça, ce n'est vraiment pas mon truc.

— Eh bien, ça devrait l'être, pour vous et pour tous les hommes. Une bonne routine de soins pour la peau permet de rester jeune, d'économiser de l'argent sur le long terme et d'avoir plus confiance en soi.

— Bon, très bien alors...

Il n'était toujours pas convaincu, mais l'enthousiasme de Giselle était contagieux. De plus, ça ne le tuerait pas de passer une autre soirée en sa compagnie.

— Voulez-vous que j'apporte quelque chose ? fit-il.

— Juste votre ouverture d'esprit, répondit-elle, avec un petit sourire satisfait. À ce soir.

Lyle la regarda rejoindre sa voiture, incapable de détacher son regard du délicieux balancement de son postérieur. Un malaise l'envahit en se souvenant qu'il avait été à deux doigts de perdre le contrôle, la veille. Une chose était claire : Giselle Saito était une menace pour son existence paisible. S'il n'y prenait pas garde, il succomberait à son charme et s'exposerait une fois de plus à la perte.

Lorsque Lyle frappa à sa porte pour leur soirée spa, Giselle était sur les nerfs. Elle avait passé l'après-midi à nettoyer la maison déjà immaculée de Jessica et à se demander comment elle allait s'habiller.

Elle avait finalement opté pour une maxi-robe bandeau à fleurs vives de la dernière collection de sa sœur. C'est ainsi vêtue qu'elle lui ouvrit la porte. Son cœur s'emballa à la vue de son invité. Il portait un T-shirt bleu avec le logo du ranch qui mettait en valeur sa carrure d'athlète. Il était si fort, si parfait qu'un frisson lui parcourut l'échine. Et il sentait si bon qu'elle eut envie d'enfouir son visage dans son cou pour le humer.

— Bienvenue à notre soirée spa, dit-elle.

— Merci, grogna-t-il.

Ses genoux étaient loin d'être stables lorsqu'elle le fit entrer.

— Oh ! mais qu'est-ce que c'est ? demanda-t-elle.

— De la part de Rosie, une fois de plus, expliqua-t-il en lui tendant un tupperware. Sa fameuse tarte aux pommes.

— Oh ! merveilleux ! fit Giselle en se dirigeant vers la cuisine avec la boîte.

Elle ouvrit la boîte et se pâma en respirant le parfum des pommes chaudes et de la cannelle.

— Ça sent super bon. Vous en voulez une part ?

— J'ai beaucoup de paperasse à faire ce soir…

Elle avisa ses bras croisés et sa position rigide.

— Alors, c'est non pour la tarte ?

— Est-ce qu'on peut juste faire… ce truc ?

— Bien sûr.

Giselle n'était pas surprise par son attitude. Cependant, elle avait espéré qu'en acceptant son invitation il se montrerait plus ouvert d'esprit.

— Mais d'abord, reprit-elle, je vais prendre un peu de la tarte de Rosie. Vous êtes sûr de ne pas en vouloir ?

Une fois qu'il comprit que refuser la tarte n'écourterait pas la soirée, il en accepta une part. Satisfaite, Giselle posa assiettes et fourchettes sur l'îlot et lui fit signe de s'asseoir.

— Mmm, c'est la meilleure tarte aux pommes que j'aie jamais goûtée, souffla-t-elle en prenant sa première bouchée. Rosie est une perle. Elle est avec vous depuis longtemps ?

— Dix-sept ans. Elle a emménagé avec Jess et moi quand nous avons perdu notre mère dans un accident de voiture. Ma mère et elle étaient les meilleures amies du monde, et j'avais besoin d'aide avec Jess.

— Quel âge aviez-vous tous les deux ?

— Moi, vingt-deux ans. Jessica, treize.

— Neuf ans d'écart entre frères et sœurs, ce n'est pas courant, remarqua Giselle, espérant ne pas s'aventurer dans une zone trop personnelle.

— Mes parents avaient une relation compliquée.

D'un bref plissement d'yeux, il lui fit comprendre qu'il n'y avait rien à ajouter à l'histoire.

— Votre père n'était donc pas là à la mort de votre mère ?

— Il n'a jamais été du genre à se poser quelque part, répondit-il d'un ton sec. Il n'a fait que passer dans notre vie.

— Je suis désolée.

— De quoi ? Ce n'est pas votre faute.

Giselle fixa sa tarte, se demandant pourquoi elle avait la gorge si nouée.

— Peut-être que je m'en veux d'avoir eu une famille normale quand j'étais plus jeune...

— Qu'est-ce que vous appelez « normale » ?

— Mes parents sont en vie, ils se portent bien et sont mariés depuis trente-cinq ans. Et je n'ai pas eu à m'occuper de ma sœur avant d'être capable de m'occuper de moi-même.

— À l'époque, je dirigeais déjà le ranch. Vous croyez vraiment que je n'étais pas capable de m'occuper de moi-même ?

Giselle se remémora ce qu'elle faisait à vingt-deux ans. Elle avait obtenu son diplôme universitaire et travaillait à plein temps sur sa chaîne YouTube. Elle ne gagnait pas beaucoup d'argent mais investissait tout ce qu'elle avait dans son projet de ligne de soins pour la peau.

— Ce n'est pas ce que je voulais dire, assura-t-elle. C'est juste énorme, à la fois, de perdre un parent, d'être responsable d'une enfant de treize ans et de gérer un ranch. Je sais que, si j'avais vécu la même chose à vingt-deux ans, je n'aurais pas pu faire face.

— Ça a été une période difficile, répondit Lyle, pensif. Mais j'ai eu une mère formidable.

— Comment était-elle ?

— Drôle. Gentille, mais ferme. Les gens l'aimaient et la respectaient, dit-il avec fierté. Je n'ai jamais vu quelqu'un travailler aussi dur qu'elle.

— Même pas vous ? s'étonna Giselle.

— Non. Ça a été très difficile après la naissance de ma sœur. Mon père était parti. Ma mère devait à la fois travailler et s'occuper de nous. Heureusement, j'étais assez âgé pour qu'elle puisse me laisser Jessica, ce qui lui permettait d'avoir un autre job le soir, en plus de celui qu'elle avait la journée.

— C'est vraiment impressionnant la façon dont vous avez accepté de prendre tant de responsabilités.

— Je n'avais pas le choix.

Giselle soupira. Elle essayait de valoriser Lyle mais, au lieu de se détendre, il devenait de plus en plus grave.

— Que faisait votre mère ?

— Barmaid et serveuse.

— Passer de ça à l'élevage, c'est un sacré changement, remarqua Giselle, intriguée.

— Elle ne savait absolument pas dans quoi elle s'engageait, répondit-il avec un sourire qui le rendit incroyablement séduisant. Mais elle a appris rapidement.

Parler de sa mère atténuait la dureté de sa personnalité, et Giselle se surprit à être captivée par cette version plus douce de Lyle.

— Votre site Internet mentionne que c'est en gagnant au loto qu'elle a pu acheter le ranch.

— Elle jouait toutes les semaines. C'était la seule chose « inutile » dans laquelle elle dépensait de l'argent.

— Pas si inutile que ça, finalement, souligna Giselle. J'imagine qu'elle serait très fière de voir ce que vous avez fait de son ranch.

— C'est pour la rendre fière que je me lève tous les matins.

— Qui a eu l'idée du bœuf wagyu ? C'est un produit typiquement japonais, plutôt inhabituel au Texas.

— Quand maman a acheté le ranch, elle voulait faire de la qualité. Le soir de leurs fiançailles, mon père l'avait emmenée dans un restaurant chic. Elle avait pris un steak wagyu et, selon elle, ça a été le meilleur repas de sa vie.

— Apparemment, l'élevage était le rêve de votre mère. C'était aussi le vôtre ?

— J'ai ça dans le sang, admit Lyle. La famille de mon père était dans l'industrie. Ils avaient une grande maison dans le Montana. J'ai passé un été là-bas quand j'avais dix ans.

Giselle ne tarda pas à succomber au charme de la voix grave et lente de Lyle. Décidément, elle serait bien tombée amoureuse de lui… Hélas, la veille, il avait été clair sur le fait qu'il ne voulait rien avoir à faire avec elle. Pourtant, vingt-quatre heures plus tard, il avait accepté son invitation à la soirée spa. Ce revirement lui avait redonné espoir. Mais peut-être espérait-elle beaucoup plus que ce qu'il était prêt à donner.

Elle n'avait pas l'habitude de se laisser emporter par ses émotions. Le baiser de la veille mis à part, ils n'étaient absolument pas faits pour être ensemble. Non seulement ils venaient de deux mondes complètement différents, mais leur seul point commun était d'être des bourreaux de travail. Ce qui aurait fini par créer des conflits, s'ils avaient été en couple.

Pourtant, la prudence et le bon sens n'empêchaient nullement son pouls de battre la chamade. En particulier lorsqu'elle le surprit en train de fixer ses lèvres alors qu'elle avalait sa dernière bouchée de tarte.

— Bon, on commence ? fit-elle, se laissant glisser de son tabouret et refoulant son envie de l'embrasser.

— Bien sûr.

Il la regarda remplir un bol d'eau chaude, aller chercher un gant de toilette, puis disposer des flacons et des tubes sur le comptoir à côté de lui. Il avait l'air un peu paniqué lorsqu'elle se rassit en face de lui.

— C'est quoi, tout ça ?

— Nettoyant. Exfoliant. Crème hydratante. Crème solaire, dit-elle, désignant chaque produit.

— L'eau et le savon me conviennent parfaitement.

Giselle le dévisagea, consternée.

— L'eau et le savon ne sont pas des *soins* pour la peau.

— Je n'ai pas besoin de *soins* pour la peau.

— Vous ne le savez sans doute pas, mais c'est très important de soigner son visage. Car c'est la première chose que les gens voient.

Lyle eut un petit sourire en coin.

— Mais moi, je suis trop grand… La première chose que les gens voient, c'est mon torse.

— Mais c'est par les expressions du visage et le langage que les gens communiquent.

— Vous croyez vraiment que me badigeonner de crème hors de prix m'aidera à mieux communiquer ?

Elle ignora la lueur moqueuse dans les yeux de Lyle.

— Comment vous sentirez-vous dans quarante ans quand vous aurez la peau ridée et flasque ?

— Eh bien, comme quelqu'un qui a passé les quarante dernières années à se concentrer sur des choses importantes, comme la réussite du ranch et la préservation de l'héritage de sa mère.

— Je suis d'accord mais, si vous ne prenez pas soin de vous, comment pouvez-vous prendre soin de tout le reste ?

— C'est ce discours qui a fait le succès de votre entreprise ?

— La plupart de mes clients sont déjà convaincus. Mon succès repose sur mon engagement en faveur de l'environnement et la qualité de mes produits.

— Donc vous ne faites plus que vendre.

— Je crois en mes produits et au fait qu'ils ne sont pas seulement bons pour la peau de mes clients mais aussi pour l'environnement, déclara-t-elle, avant de s'arrêter, se sachant intarissable sur le sujet. Alors rien de ce que j'ai dit ne vous a fait changer d'avis ?

— Pas le moins du monde.

Elle le fixa un instant, avant de reprendre :

— Donc, vous ne faites rien pour prendre soin de vous ?

Lyle se renfrogna tellement à cette question qu'elle se demanda s'il lui arrivait de baisser sa garde et de se détendre. Soudain elle n'eut plus qu'une seule envie : le voir sourire. Apercevoir un soupçon de joie dans ses yeux. Mieux encore, le voir rire à gorge déployée.

Au lieu de cela, elle obtint un regard glacial.

— Si. C'est juste que je n'ai pas de temps à consacrer à une activité aussi frivole que prendre soin de ma peau.

— Alors que faites-vous ?

Il fronça les sourcils.

— Comment vous dire ? En fait, je n'ai pas besoin de prendre du temps pour moi.

Giselle comprenait ce qu'il voulait dire. À force de détermination, de travail et d'un peu de chance, elle avait fait de son entreprise une grande réussite, délaissant au passage sa vie personnelle. Ce n'est que récemment qu'elle avait compris ce que lui avait coûté ce déséquilibre entre vie professionnelle et vie privée.

— Tout le monde doit prendre du temps pour soi. Que faites-vous pour vous amuser ?

Sa question le laissa de marbre.

— J'écoute de la musique.

— C'est déjà ça.

— Pendant que je fais de la paperasse, ajouta-t-il.

Giselle acquiesça, peu étonnée qu'il fasse passer les affaires du ranch avant son propre bien-être.

— Quelle est la dernière fois où vous n'avez rien fait ?

L'œil gauche de Lyle eut une sorte de tic nerveux.

— Comment ça, *rien* ?

— Rien. Ni paperasse. Ni réparation de clôture. Ni appels téléphoniques professionnels. Juste une chose stupide et inutile ?

— Je n'ai pas...

— Je sais, vous n'avez pas le temps de vous adonner à des activités simplement amusantes, l'interrompit Giselle, un peu exaspérée. Néanmoins, vous devriez prendre le temps de vous occuper de votre peau. Et je vais vous montrer comment vous y prendre. Mais pour commencer, on pourrait peut-être se tutoyer.

7

— De plus en plus d'hommes prennent conscience qu'ils doivent prendre soin de leur peau, exactement comme les femmes, poursuivait Giselle, d'un ton vif et engageant qui faisait penser à une publicité.

— Tu sais, ce n'est vraiment pas nécessaire, répondit Lyle, se demandant ce que pouvaient bien contenir les flacons, tubes et autres contenants qu'elle ne cessait de sortir des sacs. Je les essayerai plus tard.

— Non, tu ne le feras pas.

— C'est sûr.

— De quoi as-tu peur ?

— Je n'ai pas peur, je suis juste un peu… effaré.

Voyant que le côté directif faisait un flop, elle opta pour la douceur.

— Tu as peur d'écorner ton image de dur à cuire si on apprend que tu prends soin de ta peau, c'est ça ?

Lorsqu'il posa son regard sur le sourire en coin de la jeune femme, son sang s'échauffa. Comment faisait-elle pour l'ébranler d'un simple regard ?

— Suis-je bête ! poursuivit-elle. Tu es beaucoup trop *mec* pour que ça puisse t'arriver.

— Tout à fait.

— Et un *mec* ne prendrait jamais le risque d'être retrouvé mort avec un masque exfoliant sur le visage.

— Un… quoi ?

Giselle désigna un tube parmi la kyrielle de produits alignés sur le comptoir.

— Un masque pour le visage.

N'ayant toujours pas compris le concept, Lyle ferma les yeux, s'exhortant intérieurement à la patience. Lorsqu'il les rouvrit, Giselle le regardait, agacée.

— Bon, je vais commencer par te nettoyer la peau, dit-elle en lui montrant un ensemble de flacons.

— Je l'ai déjà fait en me douchant.

— Le savon que tu utilises sur ton corps n'est pas fait pour le visage, expliqua-t-elle.

— Un savon est un savon.

— Un *nettoyant* est ce que l'on utilise sur le visage. J'en ai deux ici, l'un pour peau sèche, l'autre pour peau grasse.

Elle marqua une pause, attendant qu'il fournisse une réponse, mais il la fixa d'un regard vide.

— Alors lequel ? demanda-t-elle.

— Tout ce que je sais, c'est que j'ai la peau sale après avoir travaillé à l'extérieur.

Elle scruta son expression, en quête d'un sarcasme, mais n'en trouva aucun. Elle secoua la tête d'un air amusé.

— Je crois que tu as la peau sèche, déclara-t-elle.

Il était assis sur un tabouret de bar, les pieds sur le barreau du bas, les jambes formant un V qui l'invitait à se glisser dans l'ouverture. Ce qu'elle fit. L'arôme des pommes et de la cannelle flottait dans l'air, et il la revit se lécher les lèvres après sa dernière bouchée de tarte. Il s'agrippa à ses genoux, refoulant de toutes ses forces l'envie de lui saisir les hanches et de l'attirer contre lui. Lorsqu'elle se pencha en avant pour regarder son visage de plus près, il sentit le rempart de sa volonté se lézarder dangereusement.

— Tu as une très belle peau, murmura-t-il en repoussant une mèche de cheveux derrière son oreille.

Son pouce effleura sa joue, et ce contact fugace lui fit l'effet d'une révélation.

— Douce et complètement lisse, ajouta-t-il.

Elle retint son souffle et se mit à scruter les différents tubes avant d'en choisir un.

— C'est parce que j'en prends bien soin.

Elle versa un peu de produit nettoyant sur un linge chaud et humide et se mit à effectuer des mouvements circulaires sur ses joues, son menton et son front.

Un besoin de contact physique longtemps refoulé s'éveilla en lui.

— C'est agréable.

Cette simple remarque la fit sourire, et il sentit son cœur faire un bond dans sa poitrine.

— Attends juste que j'aie terminé, dit-elle.

À cet instant, ses yeux rencontrèrent les siens puis s'éloignèrent, le laissant à bout de souffle.

— Tu vas avoir l'impression d'être un homme nouveau, dit-elle.

Tandis qu'elle lui épongeait la peau, Lyle se demandait pourquoi il s'était soumis à une chose pareille. L'explication était fort simple : la voir avec Jacob l'avait mis hors de lui, et il s'était demandé si le charme facile de son contremaître n'était pas exactement ce dont elle avait besoin. Cela l'avait tellement agacé qu'il avait mis le holà.

— Après le nettoyage, nous passerons au traitement. Cela peut signifier un certain nombre de choses. Les lotions toniques hydratent la peau. Elles peuvent également la calmer et réduire l'inflammation. Les sérums se déclinent en plusieurs types et ciblent des problèmes de peau spécifiques, déclara Giselle, avant de s'immobiliser les mains sur les hanches. Je te perds, c'est ça ?

— Ça te ferait quel effet si je te détaillais les bonnes pratiques en matière de gestion de troupeau ?

— Je comprends. Je te conseille de t'exfolier une fois par semaine.

Giselle ouvrit un grand pot. Une odeur boisée emplit l'air. Enfin un parfum un peu masculin.

— Aujourd'hui, nous allons utiliser un masque à l'argile bentonite pour éliminer la saleté et le sébum de ta peau.

— Et ça m'apportera quoi ?

— Ça enlèvera la saleté et les impuretés incrustées.

— Ça ne marche pas avec de l'eau et du savon ?

Elle posa sur lui un regard implacable avant de plonger les doigts dans le pot et de lui étaler le masque sur le nez et les joues.

— Un masque permet de déboucher les pores et d'améliorer le teint.

Ses terminaisons nerveuses s'éveillèrent lorsque ses doigts se mirent à glisser sur son nez et autour de sa bouche. Sa proxi...té. Sa moue enivrante tandis qu'elle s'appliquait à couvrir cha... millimètre de sa peau. Son parfum. Lorsque sa hanche ... l'intérieur de sa cuisse, elle déclencha une réaction en c...ne dans tout son corps. Il se crispa, se sentant de plus en ... l'étroit dans son jean.

— Ça va ? demanda Giselle, inquiète.

— Très bien, répondit-il d'une voix plus éraillée qu'il ne l'aurait voulu. Pourquoi ?

— On dirait que tu as du mal à respirer. Tu as l'air très tendu, dit-elle en scrutant son visage, se mordillant la lèvre inférieure avec inquiétude. Le masque te gêne ?

— Pas du tout. C'est juste que je n'ai pas l'habitude de rester assis si longtemps sans bouger.

La proximité de Giselle était une véritable torture. Sentant ses mains échapper à son contrôle, il s'agrippa au tabouret pour ne pas la serrer dans ses bras et reprendre le trop court baiser de la veille.

Elle claqua la langue avec agacement.

— Tu es incapable de te détendre, n'est-ce pas ?

Pas quand tu es entre mes cuisses et que tes doigts glissent sur mon visage.

— C'est une maladie que j'ai héritée de ma mère, répondit-il d'un ton crispé, tandis que Giselle prenait son temps pour bien répartir le masque, sans se rendre compte de l'état de nerfs de son cobaye. Combien de temps vais-je devoir garder ce truc ?

— Jusqu'à ce qu'il soit sec, répondit-elle en reculant avant de s'essuyer les mains. Environ quinze minutes.

Était-ce son imagination ou le souffle de Giselle semblait plus fébrile ?

— Est-ce que tout cela est vraiment si important ?

— Absolument. Une bonne routine de soins du visage peut stopper les rides et autres signes de vieillissement.

— Je ne me suis jamais vraiment préoccupé de ce genre de choses.

— C'est parce que tu es un homme séduisant et désirable, marqua-t-elle avec humour. Je suis sûre que tu le resteras, ême en vieillissant.

Elle n'avait pas tenté de le flatter, contrairement à bien des femmes qu'il avait rencontrées. Lyle savait que sa réussite et sa position dans la communauté faisaient de lui un bon parti. De nombreuses femmes du coin lui avaient clairement fait comprendre qu'elles seraient prêtes à se lancer dans une relation avec lui. Mais il soupçonnait qu'elles ne le trouvent pas aussi intéressant que son argent.

— En cela, poursuivit Giselle, les hommes ont plus de chance que les femmes, hélas.

— C'est vrai, c'est injuste.

— Oui, complètement, mais le monde dans lequel nous vivons *est* injuste. C'est grâce à ça, d'ailleurs, que mon entreprise marche si bien.

— Je suis sûr que c'est grâce à toi.

— C'est vraiment gentil de ta part...

Il eut la surprise de la voir rougir. Elle avait beau paraître sûre d'elle, un simple compliment la désarmait.

— Je ne suis pas gentil. Tu me rappelles ma mère.

Elle parut d'abord surprise, puis satisfaite.

— En quoi ?

— Elle était intelligente, dynamique, toujours optimiste. Le ranch doit sa réussite à sa vision et à sa confiance en mes capacités.

— J'aurais aimé que mes parents soient comme ça.

Une trace d'amertume dans sa voix attira l'attention de Lyle.

— Ils ne l'étaient pas ?

— Ils avaient peur de l'inconnu, de la prise de risques. Quand je leur ai dit que je voulais créer mon entreprise de cosmétiques, ils ont paniqué. Ils auraient préféré que je travaille pour une grande boîte qui m'aurait offert une sécurité financière.

— Mais tu voulais voler de tes propres ailes.

— J'ai toujours été fascinée par les produits de beauté, en particulier les soins pour la peau. Quand j'étais au lycée, j'ai commencé à mettre en ligne des vidéos dans lesquelles je testais des crèmes et des sérums. À la fin de mes études, j'avais déjà plusieurs millions d'abonnés sur diverses plates-formes de réseaux sociaux.

— Tu as donc su très tôt que tu voulais te lancer dans la cosmétique ?

— Après avoir testé des centaines de produits de beauté, j'ai commencé à m'intéresser à leur composition. Finalement, j'ai décidé de créer ma propre marque et j'ai voulu que mes produits soient aussi bons pour la peau que pour l'environnement. Tous mes produits sont bio et écolo.

Il y avait dans sa voix la même fierté que celle de Lyle lorsqu'il parlait du ranch.

Enfin, le masque était sec, et Giselle prit un autre linge humide. Tout en éliminant l'argile, elle lui expliqua comment ses différents sérums et crèmes pouvaient rendre la peau plus saine. Lyle ne prêtait pas attention à ses paroles, se concentrant sur l'intonation de sa voix, savourant sa passion et son enthousiasme qui la rendaient rayonnante.

— L'étape suivante est la crème hydratante. Je recommande normalement d'utiliser celle-ci le matin et de garder la crème de nuit pour la routine nocturne.

— Quoi ? souffla Lyle. Il faut faire ça deux fois par jour ?

— Bien sûr, répondit-elle, amusée. Ta peau a besoin d'être hydratée, et on ne peut pas appliquer de crème hydratante sur un visage sale.

— Mon visage se salit quand je dors ?

— Ton corps produit du sébum et des bactéries en permanence. De plus, il faut enlever les produits appliqués avant le coucher pour pouvoir poser la crème de jour sur un visage propre.

— Waouh, ça fait beaucoup… Je ne suis pas sûr de me souvenir de tout.

L'espace d'une seconde, elle resta interdite.

— Tu envisages vraiment de faire un essai ?

Lyle se rendit alors compte qu'il avait été inspiré par son zèle.

— Si tu peux m'indiquer une routine simple en trois étapes, j'essayerai.

— Pas de souci, répondit-elle, vibrante de joie.

Si Lyle avait su que se faire masser le visage par une femme procurait de telles sensations, il aurait essayé bien avant. Ou peut-être que ce n'était pas une femme, mais cette femme qui avait rendu l'expérience si mémorable. En fait, l'application était si agréable qu'il avait presque envie de lui rendre la pareille.

Peut-être même le laisserait-elle étaler de la crème sur d'autres parties de son corps. Il s'imagina alors appliquer de la crème parfumée sur son cou, sa poitrine, et puis sur la pente douce de ses seins, ses mamelons dressés, puis son ventre.

Ses mains traîtresses trouvèrent alors le chemin de ses hanches, sans qu'il ne les ait consciemment dirigées là. Elle battit des cils. Elle était déjà assez proche pour qu'il l'embrasse, mais elle se rapprocha davantage.

Il approuva.

Depuis son arrivée, il s'était efforcé de contenir, de déjouer et d'ignorer son désir grandissant, mais elle était tellement attirante. Son parfum enivrant, la courbe de ses lèvres, son petit côté maîtresse d'école, la passion que lui inspirait son métier et sa curiosité pour le ranch, tout cela se conjuguait pour la rendre irrésistible.

— Dernière étape : la crème solaire, murmura-t-elle au moment où il glissait son bras autour de sa taille pour l'attirer à lui. Mais tu n'en auras besoin que le matin...

— Tu pourras peut-être me refaire une démo demain, pour que je sache comment faire...

Elle retint son souffle, scrutant son expression.

— S'il le faut...

Elle plongea les doigts dans ses cheveux, et ils penchèrent tous deux le visage sur le côté, laissant leurs lèvres se frôler, se retirer puis se frôler à nouveau. Il n'avait pas pris conscience à quel point il avait envie de l'embrasser jusqu'au moment où elle se pressa contre lui. Leurs lèvres fusionnèrent, et il y eut une douce exploration qui se mua en quelque chose de plus intense et de totalement électrique.

Remontant la paume le long de sa colonne vertébrale, il agrippa sa nuque pour l'inciter à se rapprocher davantage. Ses lèvres étaient délicieuses, délicates et souples, puis avides et ardentes.

Cette part de lui qu'il avait verrouillée après la mort de sa femme revenait à la vie. Il était éveillé, revitalisé, débordant d'énergie. Il ne vivait plus dans un monde gris et terne. Tout autour de lui, les couleurs étaient vives, les sensations riches de nuances. Son corps semblait les absorber et même s'en repaître.

Il passa sa langue sur ses lèvres, y retrouvant le goût des pommes et du caramel de la tarte qu'ils avaient partagée. Avec un gémissement, elle ouvrit la bouche et il plongea dans ses profondeurs, impatient de la dévorer, et désireux de l'être, lui aussi.

Alors que sa langue bataillait avec la sienne, elle émit un long gémissement sexy. Il avala le son, adorant la façon dont elle se pressait contre lui tout en ondulant des hanches.

Ses poumons s'arrêtèrent soudain de fonctionner, il avait oublié de respirer. Il recula, détachant ses lèvres des siennes.

— Tu me fais tellement bander.

Lorsqu'elle se tortilla contre son érection, ce fut une bombe de plaisir qui explosa en lui. Lui saisissant les fesses, il plaqua le bas de son corps contre le sien, se laissant guider par son instinct jusqu'au moment où elle s'approcha de son oreille.

— Je veux faire l'amour avec toi.

— Moi aussi, répondit-il, bouleversé par l'aveu qu'elle venait de lui faire.

— Oh ! Dieu merci, souffla-t-elle. Je croyais être la seule… J'ai tellement envie de toi.

Il recula légèrement et la regarda, étonné. Voyant sa vulnérabilité à l'état brut, Lyle prit ses joues entre ses mains.

— Comment as-tu pu passer à côté de tous les signes ?

— Quels signes ?

— Depuis le premier jour où je t'ai trouvée chez moi…

Il secoua la tête. N'avait-elle vraiment pas soupçonné à quel point il la désirait ?

— Je pensais que tu le savais, ajouta-t-il.

— Donc, si j'ai bien compris, ta méthode de drague, c'est faire la gueule et terrifier les femmes ? fit-elle avant d'éclater de rire.

Il glissa alors les doigts sous sa robe et se mit à lui caresser les cuisses. Ses lèvres parcoururent son cou, s'arrêtant sur les pulsations de son pouls.

— Tu étais terrifiée ?

— Totalement. Tu es si imposant. Avec tous ces… mmm… muscles magnifiques qui montrent à quel point tu es fort, souffla-t-elle en lui caressant les épaules. Et tu n'as pas idée à quel point tout le monde a peur quand tu as ton air renfrogné.

Bien qu'ayant compris qu'elle le taquinait, Lyle s'immobilisa, inquiet. Jamais il n'avait voulu lui faire peur.

— Vraiment ? Je suis si horrible que ça ?

Elle lui prit doucement la joue, et ce simple geste l'apaisa et le rassura.

— Bien sûr que non. Tout le monde sait que tu aboies mais que tu ne mords pas. Sous cet extérieur rude se cache un homme bon et généreux qui ferait n'importe quoi pour aider quelqu'un dans le besoin.

— C'est comme ça que tu me vois ? fit-il, surpris.

— C'est comme ça que tout le monde te voit. Tous tes ouvriers chantent tes louanges.

— Je leur ferai livrer des steaks et des caisses de bière pour les remercier de t'avoir dit du bien de moi.

— Tu te soucies vraiment de ce que je pense de toi ?

Il aurait dû se réjouir que cette femme n'ait aucune idée de l'influence qu'elle exerçait sur lui.

— Vraiment. J'ai envie que tu penses du bien de moi.

Pendant qu'elle réfléchissait à la question, Lyle lui saisit doucement les fesses. Parmi toutes les choses qu'il avait envie de faire à Giselle, la première était de lui donner du plaisir avec la langue.

Elle tressaillit lorsque ses doigts glissèrent dans sa petite culotte, s'approchant dangereusement de la zone humide entre ses cuisses. Elle se tortilla légèrement pour les guider vers son sexe. Il sourit puis la souleva de terre pour la poser sur l'îlot.

— Bon sang, que c'est froid..., protesta-t-elle.

Il fallut une seconde à Lyle pour comprendre qu'elle parlait de l'îlot en quartz.

— Ne t'inquiète pas, je vais te réchauffer.

Elle se demanda ce que Lyle avait en tête. Debout entre ses cuisses frémissantes, les mains posées de part et d'autre de ses hanches, il avait le regard fixé sur ses lèvres, l'air complètement ailleurs.

— Tu avais imaginé que cette soirée se finirait comme ça ? demanda-t-il tout à coup.

Elle se sentit rougir à cette question. La voyait-il comme une sorte de groupie de rodéo ? Elle n'avait jamais été la groupie de qui que ce soit. Et pourtant, c'était peut-être exactement ce qu'elle était devenue depuis son arrivée au ranch.

— Je ne sais jamais à quoi m'attendre avec toi, ajouta-t-il.

Elle prit son courage à deux mains.

— À vrai dire, j'imaginais une fantastique partie de jambes en l'air, admit Giselle avec un petit sourire destiné à dissimuler sa gêne. Mais je me contenterai d'un orgasme d'honnête facture.

Il la dévisagea, ébahi par sa réponse.

— Oh ! je vois. Mais tu ne devrais pas avoir à te contenter de si peu. Je vais faire en sorte de te donner une toute nouvelle définition du mot fantastique.

Quelle arrogance !

Elle sentit son cœur s'emballer comme un mustang sauvage.

— Mmm, d'accord...

Il haussa les sourcils, la regardant avec amusement.

Sa robe était relevée jusqu'à la taille, dévoilant une toute petite culotte.

Les yeux bleus de Lyle s'embrasèrent lorsque, glissant un doigt dans son décolleté, il tira le bandeau de la robe jusqu'à sa taille. Avait-il deviné qu'elle avait renoncé à porter un soutien-gorge au cas où cette situation se produirait ce soir ? Giselle se félicita de sa prévoyance tandis qu'il prenait tout son temps pour admirer ses seins, d'abord avec les yeux, puis du bout d'un doigt.

— Parfaits...

Ce simple mot, murmuré avec une telle sincérité, donnait à Giselle le sentiment d'être protégée et aimée. Elle lui prit la joue et approcha ses lèvres des siennes. Le baiser qui s'ensuivit fut tellement incandescent qu'elle eut l'impression que des lumières explosaient derrière ses paupières closes. Lorsqu'il recula, elle était étourdie et à bout de souffle. En ouvrant les yeux, elle surprit une lueur malicieuse dans son regard avant de le voir plonger vers ses seins et se mettre à lui lécher un mamelon.

La caresse provoqua en elle une explosion de plaisir, dont les ondes de choc se propagèrent de sa poitrine jusqu'à son cœur. Elle s'abandonna, les yeux mi-clos, tandis qu'il faisait tournoyer sa langue autour de son téton. Il se mit à lui caresser le dessous du sein, ses doigts rugueux envoyant de minuscules décharges électriques dans chacune de ses terminaisons nerveuses. Elle était tellement captivée par chaque nouvelle sensation que, lorsqu'il aspira son mamelon dans sa bouche, elle se mit à gémir.

— Tout va bien ? gronda-t-il.

— Très bien.

— Ravi de le savoir. Maintenant, allonge-toi.

À son ordre, elle s'inclina en arrière, s'accoudant à la surface froide. Fascinée et impuissante, elle le regarda écarter ses cuisses et contempler son entrejambe dissimulé par une fine bande de tissu satiné. À sa grande surprise, il se pencha en avant et, plongeant entre ses cuisses, inspira profondément.

— Tu sens tellement bon... J'ai hâte de te dévorer.

Elle retint son souffle et poussa un cri rauque lorsqu'il se mit à embrasser doucement son clitoris gonflé de désir. Elle sentit ses coudes se dérober sous elle, et elle se retrouva allongée sur l'îlot, où elle tomba avec un bruit sourd.

— Ça va ? demanda-t-il avec un petit sourire, avant de saisir délicatement les côtés de sa petite culotte et de les faire glisser le long de ses jambes.

— Oui, bien, et peut-être même de mieux en mieux, souffla Giselle, dont toutes les zones érogènes se mirent à frémir à l'idée de cette belle bouche descendant le long de son corps.

— Peut-être ?

Lorsqu'il se mit à contempler son entrejambe, cette fois complètement dévoilé, elle faillit suffoquer de plaisir rien qu'en pensant à ce qui allait suivre. Elle se mordit les doigts, le regard de Lyle attisant le feu dans son ventre.

Il se pencha en avant et caressa la peau douce de l'intérieur de sa cuisse. À quelques centimètres de là, le sang bouillonnait dans son clitoris. Un gémissement de frustration s'échappa de sa gorge. Pourquoi cet homme la tourmentait-il ainsi ?

— Et ça, c'est comment ? demanda-t-il en soufflant légèrement sur son sexe offert.

— Génial..., dit-elle avec des sanglots dans la voix.

Pourquoi jouait-elle son jeu ? Tout ce qu'elle voulait, c'était qu'il la pénètre. Au lieu de cela, il ne cessait de la titiller et de l'émoustiller avec des caresses d'une légèreté désespérante. Son attention s'aiguisa soudain lorsqu'elle comprit qu'il n'y avait plus aucune barrière entre son sexe et le regard brûlant de Lyle.

Étendue sur le plan de travail en quartz, les cuisses écartées, la robe retroussée, elle ne s'était jamais sentie aussi exposée. Lyle restait immobile et, les mains posées sur chacun de ses genoux, la regardait fixement.

Peut-être aurait-elle dû protester ? Ou fermer pudiquement les jambes ? Car elle commençait à avoir l'impression qu'il était en train d'évaluer la marchandise avant d'acheter.

— Lyle ?

— C'est la plus belle chose que j'aie jamais vue.

Si un autre homme avait dit cela de ses parties intimes, elle aurait levé les yeux au ciel et se serait rhabillée. Mais il y avait une telle sincérité dans ce compliment qu'elle se tortilla de plaisir.

À cet instant, Lyle se redressa légèrement et avança la tête. Comprenant ce qu'il s'apprêtait à faire, elle déglutit.

— Hum, Lyle...

Il se redressa, posant sur elle un regard littéralement en fusion.

— Juste... En général, je ne..., bredouilla-t-elle, humiliée.

— Tu... quoi ?

— Je ne peux pas jouir comme ça.

Elle ferma les yeux pour ne pas voir son agacement ou son amusement.

— Je veux dire, c'est agréable mais ce n'est jamais vraiment satisfaisant, ajouta-t-elle, en repensant à ses anciens amants frustrés par son incapacité à se lâcher totalement entre leurs bras. Je ne voudrais pas que tu sois déçu alors que tu te donnes tout ce mal... Enfin, tu vois ce que je veux dire...

— Pas vraiment satisfaisant ? répéta Lyle en la regardant intensément. Donc, tu me lances un défi ?

Elle aurait dû s'attendre à cette réaction.

— Non, pas du tout. C'est... plutôt un avertissement. Un peu comme... ces étiquettes de mise en garde sur les jouets pour enfants, bredouilla-t-elle.

— Écoute, arrête de paniquer. Tu ne portes aucune étiquette. Tu as juste besoin de quelqu'un qui te manipule avec précaution et délicatesse.

À ces mots, elle décida de lui faire confiance. Et c'est exactement ce qui se passa.

Doucement, il lui embrassa l'intérieur des cuisses avant de les écarter avec douceur. Elle frémit lorsqu'il glissa la langue sur son sexe.

Jamais elle n'avait rencontré un homme doté d'une langue aussi agile et créative. Il semblait savoir exactement ce qu'elle aimait, ce qui la rendait folle. Au point qu'elle ne pouvait retenir ses gémissements. Elle se mordit le poignet lorsqu'il glissa un doigt, puis deux, en elle. Elle eut à peine le temps d'apprécier ce doux va-et-vient car, presque au même moment, il se mit à lui caresser le clitoris du bout du pouce.

Waouh !

Elle aurait voulu crier son plaisir, mais ses poumons semblaient ne plus fonctionner. Elle fut alors submergée par des vagues de bonheur brut, lesquelles furent suivies d'une prise de conscience stupéfiante : il l'avait fait jouir. Et pas seulement jouir mais exploser littéralement, basculer dans une extase qui avait changé son monde.

Elle retomba doucement sur terre. Se hissant difficilement sur les coudes, tant ses muscles semblaient réduits à l'état de gelée, Giselle regarda Lyle déposer de chastes baisers au creux de sa hanche.

— Bon sang... Qu'est-ce qui m'est arrivé ? souffla-t-elle.

— Eh bien, commença-t-il avec un petit sourire satisfait, c'était ce qu'on appelle un orgasme.

Rien à voir avec ceux qu'elle avait eus auparavant. À lui seul,

Lyle avait surpassé tous les hommes avec qui elle avait eu la mauvaise idée de coucher.

— D'accord.

— Juste d'accord ? fit-il d'un ton amusé. Dans ce cas, je vais voir si je peux faire mieux.

Mieux ? Qu'aurait-il bien pu améliorer ? Il l'avait quasiment tuée de plaisir.

— Non ! lança-t-elle, se redressant à demi. Non, je t'en prie. Tu as été super. C'était génial. Extraordinaire, même.

Lyle la dévisagea, sceptique.

— Et pourtant, j'ai des doutes. Je ne suis pas sûr que tu aies trouvé ça assez génial.

Avant qu'elle n'ait eu le temps de comprendre où il voulait en venir, il la fit descendre de l'îlot.

— En fait, il faut que je réessaye, déclara-t-il en la prenant soudain dans ses bras pour se diriger vers la chambre.

Une fois dans la chambre d'amis, il la remit sur ses pieds et commença à se déshabiller. Il fronça les sourcils lorsqu'elle le regarda, stupéfaite et ravie.

— Déshabille-toi aussi.

Elle s'exécuta, se dépouillant vivement de sa robe et la repoussant d'un coup de pied.

Pendant que Lyle terminait d'enlever ses vêtements, elle se mit en quête des préservatifs qu'elle avait apportés au cas où. Les brandissant triomphalement, elle se retourna et découvrit alors l'érection la plus parfaite et la plus massive qu'elle ait jamais vue.

— C'est pour moi, tout ça ? fit-il en désignant la boîte de préservatifs.

— Mais oui, acquiesça-t-elle, la bouche sèche.

Et puis, d'un seul coup, il fut devant elle et elle n'eut plus pour horizon que ses larges épaules bronzées, ses pectoraux saillants, ses abdominaux ciselés, et cette gigantesque érection. Elle inspira longuement, s'imprégnant de son odeur virile, mélange d'eau de toilette et des produits qu'elle lui avait fait essayer. Un peu de lui et un peu d'elle.

Impressionnée, elle le regarda enfiler un préservatif. Lorsqu'il la prit dans ses bras et l'étendit sur le lit, elle regretta de ne pas lui avoir fait une fellation en guise de préliminaires.

— Je voudrais passer des heures à découvrir tout ce qui t'excite, souffla Lyle en l'enveloppant de son corps dur et brûlant.

Pendant un instant, il posa sur elle un regard incandescent, scrutant ses lèvres entrouvertes et la rapidité de sa respiration.

— Mais ça fait trop longtemps que j'ai envie d'être en toi, et je ne peux plus attendre, ajouta-t-il.

— D'accord.

— Encore *d'accord* ?

Avec un soupir tremblant, il pencha la tête et saisit un mamelon entre ses lèvres puissantes.

Coincée sous lui, elle ne put que tressaillir lorsqu'elle sentit une incroyable vibration se propager jusqu'à son cœur.

Elle plongea les doigts dans ses cheveux tandis qu'il lui suçait, léchait et mordillait le mamelon, accordant à ses seins une telle attention que les autres parties de son corps commençaient à se sentir abandonnées.

Désespérément, elle se mit à onduler les hanches et gémit d'impatience. N'avait-il pas indiqué quelques instants plus tôt qu'il désirait être en elle ?

— Je croyais que tu étais pressé..., souffla-t-elle tandis qu'il se mettait à la caresser et glissait un doigt en elle.

Il déposa des baisers lents et tendres sur son ventre, sa destination devenant plus évidente à chaque fois qu'il penchait la tête.

— J'ai changé d'avis.

— Noooon !

Apparemment, il comptait n'en faire qu'à sa tête. Giselle comprit alors que, si elle le voulait en elle, elle devait prendre les choses en main.

Et par « les choses », elle entendait son sexe tendu à tout rompre.

Il sursauta, retenant son souffle lorsqu'elle s'empara de sa verge. Elle ronronna, satisfaite, en la sentant durcir et pulser de plus en plus dans sa main.

— Pour les préliminaires, on verra plus tard, précisa-t-elle en faisant coulisser ses doigts le long de son sexe.

Elle aimait chaque gémissement qui s'échappait de ses lèvres entrouvertes, chaque tremblement qui secouait son corps lorsqu'elle le caressait.

Au bout de deux allers-retours, il retira sa main et, en un instant, se positionna entre ses jambes. Elle poussa un cri de plaisir inarticulé lorsqu'il la pénétra d'un seul coup de reins fluide qui les réunit.

— Ça va ? souffla-t-il entre ses dents. Tu es vraiment étroite...

Giselle ne s'était jamais considérée comme telle, mais elle n'avait jamais couché avec un homme aussi bien membré que Lyle. Jamais elle n'avait rien connu d'aussi grisant que cette plénitude, cette sensation d'être littéralement envahie. Quand il se retira avant de glisser en elle à nouveau, elle retint son souffle, savourant pleinement la volupté de la pénétration.

— C'est que tu as été plutôt gâté par la nature, dit-elle avant de remonter les genoux et de voir les pupilles de Lyle se dilater au point que ses iris bleus disparaissaient presque. Donne-moi tout ce que tu as, d'accord ?

Il y mit tout son cœur. L'intensité des sensations qu'il lui procurait la terrifiait et l'exaltait à la fois. Il se pencha en avant pour lui effleurer les lèvres. Cela changea l'angle de la pénétration suivante, et ils gémirent ensemble, goûtant ces sensations parfaites.

— Encore, supplia-t-elle.

— Quoi, ça ? fit-il en refaisant le mouvement, ajoutant une torsion qui lui coupa le souffle.

Cela faisait à peine une minute qu'il était en elle, et elle était déjà au bord de l'orgasme.

— Je vais jouir, souffla-t-elle. Comment est-ce possible ?

— Je suis un magicien…

Son assurance était aussi sexy que le reste de sa personne, et Giselle sourit.

— D'accord.

À ce mot, il glissa la main entre ses cuisses et se mit à lui caresser doucement le clitoris. C'était comme s'il avait ouvert les vannes du plaisir.

— D'accord ? répéta-t-il.

Elle ne put qu'acquiescer tandis que l'orgasme montait, chassant toute pensée cohérente de son esprit. Pendant ce temps, Lyle allait et venait en elle, la couvrant de compliments et d'encouragements en tous genres, variant le rythme sans cesser d'agacer son clitoris. Bientôt, elle cambra le dos et se mit à gémir, plantant les ongles dans le dos de Lyle au moment où l'orgasme déferlait en elle.

Lorsqu'il s'empara de ses lèvres et se mit à la pénétrer énergiquement, elle comprit qu'il voulait la rejoindre dans l'orgasme. Les grognements sexy qu'il émettait ne firent que décupler son plaisir jusqu'au moment où elle atteignit l'extase et resta comme suspendue dans le vide, la vue brouillée et le cerveau vidé de toute pensée. Elle entama la redescente au moment Lyle s'effondrait sur elle, enfouissant la tête dans son cou.

Une fois de plus, elle se demanda comment un homme qui savait si bien faire plaisir à une femme pouvait rester célibataire.

— Toutes les femmes de Royal sont-elles idiotes ? souffla-t-elle, béate, tandis qu'elle reposait entre ses bras musclés.

— Pourquoi ?

— Parce que tu es toujours célibataire.

L'espace d'un instant, il se raidit avant de se détendre.

— Je suis sûr que tu verras demain soir qu'il y a un tas d'hommes riches et célibataires dans cette ville.

— Ils sont aussi doués que toi au lit ?

Il se mit à rire.

— Je ne sais pas, je n'ai jamais couché avec eux, plaisanta-t-il en lui chatouillant le creux de la taille jusqu'à ce qu'elle proteste. Et ne te mets pas en tête de juger sur pièces pour faire des comparaisons.

— D'accord, dit-elle.

— D'accord ?

— Je garderai les mains derrière le dos.

— Tu les garderas sur moi.

Il l'embrassa alors avec fougue, se glissant entre ses lèvres entrouvertes pour s'emparer de sa langue. Elle gémit, étonnée par une telle démonstration de possessivité.

Aucun homme ne l'avait jamais autant désirée. Elle aimait cela. Lyle lui donnait l'impression d'être en sécurité et d'être aimée. Et c'était peut-être ce qui lui manquait le plus... depuis toujours.

8

— Waouh, murmura Giselle en regardant autour d'eux tandis qu'ils arrivaient au siège du Texas Cattleman's Club. Ce n'est pas du tout ce que j'avais imaginé. Je m'attendais à des boiseries et des moulures, à des portraits des fondateurs. Un vrai club d'hommes, quoi. Mais en fait, c'est lumineux, accueillant et inclusif.

L'étonnement de Giselle rappela à Lyle que sa mère avait eu autrefois la même réaction. Il prit alors conscience qu'il avait tendance à comparer Giselle à Talullah Drummond. C'étaient toutes deux des femmes volontaires, déterminées, travailleuses, avenantes. Giselle, tout comme sa mère, n'avait pas peur d'exprimer son désaccord avec ses idées et, de plus en plus, il s'ouvrait à une nouvelle façon de penser.

C'était un contraste saisissant avec sa relation avec Chloe. Par nature, sa femme était portée sur le compromis plutôt que sur la confrontation. Pour ne pas être en désaccord avec lui, elle soutenait ses décisions. S'il la considérait comme sa partenaire, Lyle savait aussi que c'était lui qui dirigeait.

Pour ne pas remettre en question son mariage, il avait évité de se demander quel style de femme lui aurait vraiment convenu. Mais au vu de son attachement croissant pour Giselle, il se demandait s'il ne l'avait pas trouvé.

— Le club a beaucoup changé en vingt ans, répondit-il, tandis qu'ils traversaient le bâtiment, se dirigeant vers la grange où se déroulait le bal. Quand enfin les femmes ont pu en devenir membres, elles ont initié beaucoup de changements. Comme la création d'une garderie.

— Quel progrès ! fit Giselle d'un ton sarcastique qui lui valut un regard en coin de la part de Lyle.

— Tu te moques, n'est-ce pas ?

— Un peu, dit Giselle avec un haussement d'épaules. Je n'ai jamais évolué dans un milieu aussi masculin. Dans mon domaine, j'ai essentiellement affaire à des femmes.

— N'oublie pas que Royal était à l'origine une communauté agricole devenue prospère grâce à des activités fondées sur le labeur physique.

L'espace d'un instant, Lyle admira la silhouette élancée de Giselle, vêtue d'une robe dos nu asymétrique à grandes fleurs. Malgré son implication dans les tâches du ranch, sa tenue était typiquement celle d'une citadine.

— Tu sais, depuis mon arrivée, tu n'arrêtes pas de me dire que Royal est une localité avant tout rurale. Mais en fait, les nouvelles technologies y sont très bien représentées.

Giselle avait bien sûr relevé qu'il mettait souvent en avant leur différence de mode de vie. Se rendait-elle compte qu'il l'avait fait au départ pour se protéger ? Ça n'avait pas servi à grand-chose, finalement. Grâce à sa ténacité, son optimisme et sa curiosité pour le ranch, elle s'était frayé un chemin à travers ses défenses.

— Je n'aurais jamais imaginé que tu t'intégrerais aussi bien à la vie du ranch, reprit-il.

— Et maintenant ? fit-elle, haussant un sourcil.

— Eh bien, je n'ai pas eu à courir à ta rescousse dernièrement, donc je suppose qu'il y a eu des progrès.

— Lyle Drummond, vous êtes un vrai charmeur...

— Il paraît...

Lorsqu'ils entrèrent dans la grange où se déroulait le bal country, Lyle lui indiqua d'un regard le couple du moment. Quelques jours plus tôt, son meilleur ami, Trey Winters, l'avait prévenu par texto que son frère Jericho et Maggie Del Rio devaient annoncer leurs fiançailles lors de la soirée.

— J'ai entendu dire que les familles des futurs fiancés ne s'entendaient pas du tout, remarqua Giselle. Quelle est l'origine de cette querelle ?

— À ce que j'ai compris, les familles Winters et Del Rio n'ont jamais été d'accord, mais les choses se sont vraiment envenimées il y a un siècle lorsqu'une certaine Élisa Boudreaux a plaqué Fernando Del Rio devant l'autel pour épouser son rival, Teddy Winters.

— C'est bien plus dramatique que ce à quoi je m'attendais. Donc l'amour est à l'origine de la querelle, et il semble qu'il va y mettre fin ce soir, dit-elle avec optimisme.

— Espérons-le.

— Tu n'as pas l'air convaincu, remarqua-t-elle en lui pressant doucement la main.

— L'amour n'empêche pas les problèmes. C'est ce que la vie m'a enseigné.

L'espace d'un instant, Giselle eut l'air de vouloir argumenter avant de se raviser.

— Je ne peux que te croire sur parole, car je n'ai jamais été amoureuse auparavant.

— Jamais ?

— Pourquoi es-tu si surpris ? Parce que je suis une femme, je devrais déjà être tombée amoureuse une dizaine de fois ? C'est ce que tu présupposes ?

— J'ai arrêté de présupposer quoi que ce soit te concernant.

Elle réfléchit à sa remarque.

— Crois-tu qu'il y ait quelque chose qui cloche chez moi parce que je n'ai jamais été amoureuse ? Ma sœur tombe amoureuse toutes les trois secondes environ. Eh bien, moi, c'est tout l'inverse.

Lyle, pour sa part, s'était intéressé à de nombreuses femmes, mais il n'avait été amoureux qu'une seule fois et n'avait jamais imaginé l'être à nouveau. Du moins, jusque très récemment.

Mais ce que Giselle éveillait en lui survivrait-il aux obstacles qui se dressaient devant eux, à savoir la distance et le mode de vie ?

— Flasher sur quelqu'un, ce n'est pas de l'amour, dit-il.

— C'est ce que je lui dis tout le temps, acquiesça Giselle. Elle me trouve trop prudente.

— Il n'y a rien de mal à prendre son temps.

— Je pense que le vrai problème, c'est que j'aime avoir le contrôle de la relation, dit-elle, un peu gênée. C'est une façon de me protéger, je crois.

Lyle ne répondit pas immédiatement.

— Personne n'a envie de souffrir. Mais parfois, la joie de donner son cœur à quelqu'un l'emporte sur le chagrin lorsque tout s'effondre.

À ces mots, elle parut soudain si mélancolique qu'il les regretta. *Merde.* Ils étaient à un bal. Ils étaient censés s'amuser, fêter les fiançailles de Maggie et Jericho, et non pas s'apitoyer sur eux-mêmes.

À cet instant, le groupe attaqua un air familier et, spontanément, Lyle la tira par la main.

— Viens. Dansons.

— Toi, tu danses ? s'exclama-t-elle, abasourdie, tandis qu'ils s'alignaient avec les autres couples sur la piste.

— Bien évidemment.

À sa grande surprise, il ne cessa de lui sourire tout du long. C'était un plaisir sans mélange, et il se perdit dans l'instant, regardant Giselle danser en rythme en faisant virevolter sa robe et ses longs cheveux. Curieusement, elle connaissait tous les pas, et elle était si belle qu'il ne pouvait plus la quitter des yeux. L'espace d'un instant, il se laissa aller à imaginer qu'ils formaient un couple et que ce bal était le premier des nombreux événements auxquels ils participeraient ensemble.

Alors que les dernières notes de la chanson se fondaient dans les premières mesures de la suivante, Lyle passa un bras autour de Giselle et la fit tourner sur elle-même. Elle glissa les bras autour de son cou et rit. Ils restèrent enlacés, suivant le tempo de la chanson suivante.

— Je n'aurais jamais imaginé que je m'amuserais autant à ce bal, murmura-t-elle, lui effleurant les épaules et la nuque.

— Et je n'aurais jamais imaginé qu'une citadine connaisse tous les pas de danse, répondit-il en traçant des petits cercles sensuels sur le dos nu de Giselle.

Il fit un effort surhumain pour continuer à danser au lieu de l'entraîner dans une alcôve voisine afin de plonger la tête dans son cou et de l'embrasser à perdre haleine.

— J'ai eu un peu d'aide.

— De qui ?

— De quelques ouvriers du ranch.

Lorsqu'il l'imagina avec son short, son crop top et ses minibottes en train d'apprendre des pas de danse country en compagnie d'une demi-douzaine de cow-boys excités, Lyle se demanda s'il allait les remercier ou leur botter les fesses.

La douce pression de ses seins contre son torse lui rendit sa bonne humeur.

— Oh ! tu as mis ma crème hydratante..., fit-elle soudain, les yeux écarquillés. Tu as vraiment utilisé mes produits ?

Il sentit son cœur battre de plus en plus vite lorsqu'elle le regarda avec admiration. Il avait oublié à quel point il était enivrant de rendre quelqu'un heureux.

— Eh oui...

— Je n'arrive pas à y croire...

— Tu nous as beaucoup aidés au ranch. Ce serait vraiment odieux de ma part de ne pas m'intéresser à ce que tu fais.

— Mais tu trouvais que les soins pour la peau, ce n'était pas un truc de mec...

— Eh bien, j'avais...

— Tort ?

Il ignora son regard triomphant.

— Disons que c'était une approche à courte vue.

— Ça me va, comme explication.

Il s'apprêtait à embrasser ses lèvres souriantes lorsqu'il se rendit compte qu'ils étaient entourés d'amis, de voisins et de connaissances, qui seraient sans doute très curieux de faire la connaissance de cette beauté qui avait mis la main sur l'irréductible ermite qu'il était devenu.

À la fin de la chanson, Lyle aperçut les deux personnes qu'il souhaitait présenter à Giselle. La prenant par la main, il se fraya un chemin à travers la foule et rejoignit son meilleur ami et la femme qui avait capturé son cœur.

— Voici Trey Winters et Misha Law, dit Lyle en lui présentant le couple. L'entreprise de Misha a développé l'application k !smet et Trey est l'un de ses principaux investisseurs. Grâce à votre fameuse fonction *Surprise Me !*, Giselle et Jessica ont fait un échange de domiciles pendant deux semaines.

— Vivre dans un ranch, c'est formidable, enchaîna Giselle en souriant à Lyle. Jusqu'à présent, je ne connaissais que la ville. Votre application a changé ma vie.

— Oh ! c'est merveilleux ! fit Misha, rayonnante. C'est toujours un plaisir d'entendre des commentaires positifs sur l'application.

Levant les yeux vers Trey, elle le regarda avec une telle adoration que Lyle eut un coup au cœur. C'était formidable qu'une femme aussi merveilleuse que Misha ait fait tomber les barrières de Trey et lui ait réappris à faire confiance. Non seulement elle était belle et brillante, mais elle s'entendait très bien avec son fils, âgé de huit ans.

— Et toi ? demanda Trey.

Lyle se hérissa en voyant le regard curieux de son meilleur ami.

— Quoi, moi ?

— Tu as l'air différent.

— C'est à cause de sa nouvelle routine de soins pour la peau, intervint Giselle.

Déconcerté, Trey regarda tour à tour Giselle et Lyle.

— Tu as une routine de soins pour la peau ?

— Absolument, répondit Lyle, à la grande joie de Giselle.

— Lyle a accepté de prendre davantage soin de lui. Et il commence par sa peau.

— Ça alors..., fit Trey en avisant la main de Lyle posée sur la hanche de Giselle.

— J'ai cru comprendre qu'il était important pour tout un chacun, homme ou femme, de prendre soin de soi.

— Je ne suis pas contre, évidemment. C'est juste que tu n'as jamais pris soin de toi *avant*, répondit Trey avant de se tourner vers Giselle. Mais je ne pense pas que ton nouvel éclat ait quoi que ce soit à voir avec les soins pour la peau.

Lyle lui jeta un regard paniqué.

— Ne lui dites pas ça, intervint Giselle. J'essaye de le convaincre d'être l'égérie de ma nouvelle ligne de soins pour hommes : Saito for Men.

— Lyle ? fit Misha en évaluant son ami de la tête aux pieds. Je vois très bien pourquoi vous l'avez choisi.

— J'avais d'abord pensé à un mannequin professionnel, poursuivit Giselle, le regard pétillant. Mais depuis mon arrivée au Royal Cattle Company Ranch, je suis obsédée par l'idée de trouver un vrai cow-boy. Certains d'entre eux ont vraiment un charme fou..., dit-elle en posant sur Lyle un regard brûlant, arrachant à ce dernier un sourire involontaire.

— C'est vrai qu'ils ont du charme, renchérit Misha, posant à son tour un regard incandescent sur Trey. Si l'on peut passer outre leur aspect, disons... un peu revêche.

— Depuis combien de temps êtes-vous ensemble, avec Trey ?

Tandis que les deux femmes discutaient, le regard de Trey se posa sur son meilleur ami.

— C'est bien de te voir sortir un peu, dit-il en désignant Giselle. J'ai tout de suite compris qui en était la cause.

Après avoir perdu Chloe, Lyle s'était éloigné des gens de Royal. C'était elle qui assurait les liens avec leurs amis et connaissances, et il n'avait jamais repris le flambeau.

— Je l'aime bien, admit Lyle.

— Rien de plus ? souffla Trey. Ce n'est pas l'impression que j'ai eue en vous voyant danser tout à l'heure.

— On se connaît depuis une semaine, et elle vit et travaille à Dallas, expliqua Lyle.

— Tu n'as pas l'intention de la revoir après son départ ? fit son ami, l'air déçu.

— Nous n'en avons pas parlé.

— En tout cas, ne fais pas l'idiot.

— Bien sûr, répondit Lyle, soudain crispé. C'est juste que je ne veux pas me précipiter.

Durant ses années de mariage, il s'était épanoui dans son couple, se réjouissant à l'idée de fonder une famille. L'effondrement brutal de ce rêve lui avait brisé le cœur, et il s'était ensuite senti perdu pendant de longues années. Jamais il n'aurait imaginé avoir des sentiments pour quelqu'un d'autre que Chloe.

Depuis que Giselle était entrée dans sa vie, il avait remarqué que sa vision des choses avait changé. Des émotions longtemps enfouies s'étaient réveillées, et il avait pris conscience que l'isolement qu'il s'était imposé lui avait fait plus de mal que de bien. Mais pour l'instant, il n'était pas encore tout à fait prêt à bouleverser son existence solitaire.

— Je comprends, répondit Trey, qui n'avait pas l'air de compatir à la situation de son ami. Je me souviens de m'être enfui quand j'ai pris conscience de mes sentiments pour Misha. Je n'aurais jamais dû.

— Je n'ai pas l'intention de m'enfuir.

— Non…, poursuivit Trey, sceptique. Tu vas juste rester chez toi et la laisser partir.

— Tout le monde n'a pas autant de chance que Misha et toi, ou que Jericho et Maggie, répliqua Lyle dans une tentative boiteuse de détourner la conversation.

— Tu parles de chance, reprit Trey. Moi, je dis que c'est une preuve flagrante que l'amour triomphe de tout.

— Il y a des choses que même l'amour ne peut surmonter, répliqua Lyle en secouant tristement la tête.

Quelques jours après la fête au TCC, Giselle se réveilla seule dans la chambre d'amis de Jessica. Elle resta immobile, à l'écoute des bruits qui auraient pu indiquer que Lyle était encore là. Mais c'était le silence. À l'intensité de la lumière qui se répandait sur le parquet, elle se dit qu'il devait même être parti depuis un moment.

Déçue qu'il ne soit pas resté pour une langoureuse étreinte matinale, elle s'empara de son oreiller et, enfouissant le nez dans la taie en coton, huma longuement son odeur. Elle reconnut le parfum de sa crème, ce qui l'emplit de joie. Qu'elle ait réussi à convaincre Lyle d'utiliser sa crème hydratante pour hommes signifiait qu'elle avait un impact sur sa vie. C'était en soi une belle victoire, même s'il n'avait pas accepté pour l'instant de devenir l'égérie de Saito for Men.

Ses muscles protestèrent lorsqu'elle sortit du lit et se dirigea vers la douche. Entre les tâches qu'elle effectuait au ranch et les nombreuses étreintes avec Lyle, Giselle n'avait jamais été aussi active physiquement. Chaque soir, elle rentrait en titubant chez Jessica, épuisée et sale, après avoir passé la journée à monter des clôtures, s'entraîner au lasso, nourrir le bétail et tout un tas d'autres choses... Son implication était si intense qu'elle se demandait ce qu'elle essayait si fort de prouver. Qu'elle s'intégrait parfaitement à la vie du ranch ? Peut-être...

Après une douche bien chaude pour soulager ses courbatures, Giselle se rendit à l'écurie. Dès qu'elle avait un moment de libre, elle allait voir la jument qui avait essayé de l'attaquer le premier jour. À force de la bouchonner, de lui donner des friandises et de lui glisser des mots apaisants à l'oreille, elle avait gagné la confiance de l'animal.

— Elle a bien progressé, remarqua Jacob, s'accoudant à la barrière du corral aux côtés de Giselle.

— Moi aussi, dit-elle en souriant.

Elle était tellement occupée au ranch qu'elle avait l'impression que sa vie à Dallas n'était plus qu'un lointain souvenir. La variété des tâches quotidiennes, les interactions avec les ouvriers et cette existence en plein air lui donnaient l'impression d'être vivante.

— Tu es en train de devenir une vraie cow-girl, dis donc.

— Bah, je n'en sais rien. Cela dit, ajouta-t-elle en montrant son jean et son T-shirt poussiéreux, en me voyant, on aurait du mal à croire qu'avant de venir ici je n'avais jamais approché un cheval de ma vie.

— Et maintenant, tu montes tellement bien que tu arrives à nous suivre, renchérit Jacob avec un sourire approbateur. Et tu manies de mieux en mieux le lasso.

— Je monte beaucoup mieux que je ne manie le lasso.

— Tu y arriveras.

— Pas assez vite, répondit-elle, soudain submergée par une bouffée de mélancolie. Il ne me reste plus que cinq jours.

— Je pense que tout le monde ici serait plus heureux si tu restais, remarqua Jacob.

— J'aimerais..., commença Giselle avant de s'interrompre, un peu gênée.

Jamais elle n'aurait imaginé tomber amoureuse de la vie dans un ranch, ni être entraînée dans une telle aventure avec un cow-boy sexy.

— J'aimerais... pouvoir rester, dit-elle finalement.

— Alors fais-le.

— Jessica voudra sûrement récupérer sa maison..., dit-elle en riant.

— Tu pourrais loger dans la maison principale.

— Oh ! ce ne serait pas..., marmonna-t-elle, les joues en feu. Je veux dire, je ne pourrais pas...

— Non seulement je pense que tu pourrais, mais que tu devrais.

Il haussa les sourcils de manière suggestive, et Giselle lui asséna une claque sur le bras, riant pour masquer son embarras.

Il ne faisait aucun doute que son rapprochement avec Lyle avait fait l'objet de bien des conversations. Elle se remémora alors les caresses, les baisers brûlants qu'elle avait échangés avec Lyle la nuit précédente, et l'intensité avec laquelle elle avait joui contre sa bouche.

— Je n'en suis pas si sûre…

— Eh bien, pour moi, il est évident que tu es exactement ce dont le patron a besoin, reprit Jacob, avant de s'écarter promptement de la barrière en voyant approcher Lyle. Bon, faut que j'y aille. Le patron m'a demandé de surveiller les ouvriers.

Giselle le regarda s'éclipser, réfléchissant à leur conversation. Était-elle ce dont Lyle avait besoin ? Sexuellement, oui. Mais le reste ? Elle ne connaissait quasiment rien à l'élevage. Or Lyle avait sûrement besoin d'une femme qui puisse aussi partager sa charge de travail.

— De quoi parliez-vous avec Jacob ?

Elle était tellement plongée dans ses pensées qu'elle n'avait pas entendu Lyle approcher.

— De toi, répondit-elle.

— Et donc ? fit-il d'un ton grave et sexy.

Elle jeta un œil de son côté. Il la caressait littéralement du regard. Frémissante, elle s'approcha, humant son parfum, mélange d'eau de toilette aux senteurs de pin et d'arômes réconfortants de cheval et de foin.

— Il voulait savoir si je t'avais redemandé de poser pour moi.

— Eh bien, non, répondit-il avec un sourire. Mais vas-y, réessaye, je suis tout ouïe.

— Il pensait que tu changerais d'avis si j'arrivais à te faire comprendre à quel point j'avais envie de toi.

— Et à quel point as-tu envie de moi ?

— À un point inimaginable… Au point que je serais prête à te supplier, murmura-t-elle, glissant la main le long de sa cuisse avant de saisir l'érection qui se profilait sous le tissu du pantalon.

Il retint son souffle à ce contact.

— Bon sang..., gémit-il. Tu n'as pas à me supplier pour quoi que ce soit.

— Et si j'en ai envie ?

— Je ne te dirai jamais non, dit-il en la saisissant par la chemise, geste qui déclencha en elle un véritable brasier.

Sur ce, il lui agrippa les fesses, sachant très bien que cela décuplerait son désir et la rendrait téméraire.

Elle se hissa sur la pointe des pieds et approcha les lèvres de son oreille.

— Je t'en supplie, prends-moi maintenant, vite et fort.

À ces mots, le regard de Lyle s'embrasa. Il s'apprêtait à l'attirer contre lui lorsque des sifflements admiratifs percèrent soudain la bulle érotique qui les enveloppait. Il la lâcha avec un juron de frustration. Trois cavaliers passèrent. Remarquant leurs larges sourires, Giselle émit un petit rire gêné. Ce n'était pas la première fois qu'ils se faisaient surprendre, et elle n'en revenait pas d'être à ce point habitée par le désir qu'elle n'avait même plus conscience de son environnement.

— Je suppose qu'il faut que je me remette au travail, souffla Giselle. Je dois préparer les tentes.

Un groupe de glamping composé de trois couples avait réservé à la dernière minute sur le site Internet de Jessica, et celle-ci avait chargé Lyle de les accueillir. Lorsqu'il s'en était plaint à Giselle, elle avait proposé de l'aider, curieuse de voir ce qu'était le glamping.

Cet après-midi-là, elle apporta tout un chargement de fournitures sur le site. Tout devait être prêt pour le lendemain. En l'absence de Jessica, Rosie se chargerait de faire la cuisine, et Lyle guiderait les clients jusqu'au site où se trouvaient les tentes. Quant à Giselle, elle les approvisionnerait en nourriture et boissons, et s'assurerait que les campeurs avaient tout ce dont ils avaient besoin pour passer un séjour relaxant.

— Tu as besoin d'aide ? demanda Lyle d'un ton qui la fit frémir.

— Pourquoi pas ?

La première fois que Lyle lui avait montré le site, ils s'y étaient rendus à cheval, suivant le circuit d'une heure autour du lac qu'empruntaient tous les campeurs. Cela permettait aux clients de découvrir les paysages et de décompresser. Cette fois, Lyle et Giselle s'y rendirent en VTT, empruntant un itinéraire plus direct. Ils furent sur place en quinze minutes.

Parmi les fournitures, il y avait du linge de lit, des oreillers, des couettes, des serviettes, ainsi que des snacks et des boissons qui furent mis au frais dans les glacières à énergie solaire. Giselle avait ajouté une touche personnelle en composant des paniers cadeaux remplis de ses produits cosmétiques pour chacun des couples. La préparation des tentes leur prit plusieurs heures, mais le résultat final était à la hauteur de leurs efforts.

— Donc c'est ça, le glamping, murmura Giselle en admirant les trois tentes. J'ai hâte de passer une nuit ici.

— Ton souhait pourrait être exaucé plus tôt que tu ne le crois.

À cet instant, un coup de tonnerre éclata. L'ambiance changea du tout au tout, et Giselle sentit quelque chose de primitif et de sauvage s'éveiller en elle. De gros nuages inquiétants s'amoncelaient déjà au-dessus de leurs têtes.

— Il faudrait peut-être rentrer, non ?

— Pas le temps. L'orage est juste au-dessus de nous.

Sur ce, lui prenant la main, il l'entraîna vers une autre tente un peu à l'écart du camp principal, où Jessica et lui passaient la nuit lorsqu'ils accompagnaient des clients.

Une pluie drue se mit à tomber aussitôt et, lorsqu'ils entrèrent dans la tente, ils étaient trempés. Des éclairs zébraient le ciel, et ils se regardèrent, le souffle court, avant d'éclater de rire.

— Tu es trempée, constata Lyle, désignant ses cheveux plaqués sur son visage et la chemise collée à son torse. Enlève tes vêtements et enveloppe-toi dans cette couverture.

Il entreprit ensuite d'allumer des bougies et d'en poser un peu partout, sur les tables, la commode et le sol. Bientôt, une vingtaine de flammes scintillaient autour d'eux.

Giselle s'était déshabillée et avait mis ses vêtements à sécher sur une chaise.

— Tu es trempé toi aussi, dit-elle. Vite, déshabille-toi. Nous partagerons la couverture, ajouta-t-elle en ouvrant les bras pour lui montrer, l'espace d'un instant, son corps nu.

Il n'en fallut pas plus pour motiver Lyle, qui se débarrassa de ses vêtements en un tournemain. Nu, il se dirigea alors vers elle.

— Attends, s'écria-t-elle en riant. Accroche tes vêtements, sinon ils ne sécheront pas.

— Plus tard.

Si Giselle n'avait jamais eu peur de l'orage, c'était la première fois qu'elle faisait cette expérience sous une simple tente. Pressée de se blottir dans ses bras, elle s'élança vers lui, poussant un cri lorsqu'elle entra en contact avec sa peau glacée. Elle tenta de faire demi-tour, mais il lui agrippa les hanches et l'attira contre lui, la serrant contre son érection dure comme le roc.

— Tu es gelé, protesta-t-elle, se tortillant pour se libérer.

— Alors réchauffe-moi, souffla-t-il en s'emparant de ses lèvres.

Giselle s'enflamma lorsqu'il glissa la langue dans sa bouche alors qu'ils gagnaient le lit en titubant. Lorsqu'ils l'atteignirent, Giselle était complètement réchauffée. Lyle dégageait une chaleur corporelle à faire fondre un glacier.

Ils atterrirent sur le matelas ensemble, Lyle sur le dos et Giselle à califourchon sur lui. Elle sentit son érection contre son ventre lorsqu'elle se pencha pour l'embrasser, taquinant, mordillant, suçant ses lèvres de toutes les façons possibles. Il retint son souffle lorsqu'elle se mit à caresser son sexe tendu à tout rompre.

Bien sûr, ils étaient parfaitement en sécurité sous cette tente, qui avait manifestement été faite pour résister aux intempéries. Cependant, la proximité des éléments déchaînés excitait Giselle au plus haut point.

— Je n'avais pas prévu ça, murmura-t-elle en mordillant son menton couvert d'une barbe de deux jours. Donc… pas de préservatifs. Il va falloir faire preuve de créativité.

— D'accord pour la créativité, répondit-il en lui caressant les seins. Et si tu venais t'asseoir sur ma bouche ?

— Quoi ? fit-elle, avec un petit rire choqué

— Bah oui, c'est le Far West. On chevauche !

Après quelques acrobaties, elle se positionna au-dessus de son visage, se retrouvant face à son impressionnante érection.

— Tu es prête ? demanda-t-il.

— Totalement.

Elle s'apprêtait à attraper son sexe lorsqu'elle se sentit happée par en dessous, sa langue titillant son clitoris tandis qu'il enfonçait un doigt en elle.

Un coup de tonnerre éclata au-dessus d'elle, et ses genoux plantés de part et d'autre de la tête de Lyle, se mirent à trembler, menaçant son équilibre. Par chance, il y avait les mains de Lyle pour lui tenir les hanches, son torse puissant pour prendre appui et sa bouche comme point d'ancrage de ses sens en ébullition.

L'excitation pulsait en elle, se déplaçant à travers son corps comme des vagues. Il lui offrait un tel plaisir... Elle voulait lui rendre la pareille. S'emparant alors de son érection, elle se pencha en avant et la glissa dans sa bouche.

Un spasme secoua les hanches de Lyle.

— Qu'est-ce que...

En souriant, elle se mit à le sucer doucement. Lyle prononça des mots incohérents, et elle continua, agitant la langue pour le rendre fou. Alors il reprit le cunnilingus, et ils poursuivirent, se rendant fous l'un l'autre, elle au-dessus, lui en dessous.

C'était difficile de se concentrer, mais l'idée de faire plaisir à Lyle amplifiait son plaisir. À ce stade, elle accéléra le rythme, et Lyle retomba sur le dos. Tout en lui caressant les cuisses, il montait et descendait les hanches en cadence.

— Je vais venir..., souffla-t-il.

Elle sourit, poursuivant la caresse buccale jusqu'au moment où il jouit en poussant un cri rauque. Elle l'avait fait pour lui, l'avait amené au point de non-retour, jusqu'à ce qu'il jouisse en criant son nom.

Ensuite, elle s'étendit à son côté, une cuisse posée sur la sienne, la joue contre son torse. Le cœur de Lyle battait si vite qu'il couvrait le bruit de la pluie qui tambourinait sur la toile de tente au-dessus d'eux.

Ils étaient seuls ici, coupés du reste du ranch par cette pluie torrentielle. Bien au chaud sous leur couette dans cette grande tente, à la lumière dorée des bougies, ils se laissèrent bercer par les bruits de l'orage, jusqu'au moment où les éclairs se firent plus rares et que le grondement du tonnerre s'estompa dans le lointain.

Plus que quatre nuits après celle-ci. Plus que quatre occasions de faire l'amour avec Lyle et d'être dans ses bras. Plus que quatre nuits pour savoir si tout cela n'était qu'une aventure de vacances ou le début du reste de sa vie. Plus que quatre nuits...

9

En s'approchant du campement, Lyle vit tout de suite que Giselle s'était occupée de tout. Ça n'avait rien d'étonnant. Elle avait démontré à maintes reprises qu'elle était loin d'être la citadine frivole qu'il imaginait au départ.

Dans ce cas, pourquoi ne lui avait-il pas encore parlé de ses sentiments ? Il voulait carrément qu'elle reste avec lui. Bien sûr, sans qu'elle ait à renoncer à son entreprise, à laquelle elle était aussi attachée que lui à son ranch. Ils pourraient peut-être trouver un compromis. Elle pourrait venir le voir le week-end, et lui passer quelques nuits par semaine à Dallas.

Mais n'était-il pas en train de s'emballer ? Avait-il tort de croire que ses sentiments étaient réciproques ?

Giselle était venue au ranch pour découvrir la vie à la campagne. Si elle avait semblé heureuse de travailler à ses côtés ces derniers jours, la vie dans un ranch n'était pas faite pour tout le monde. Était-il prêt à confier son cœur à une femme qui finirait par se lasser de la boue et retournerait à la civilisation ?

Les clients mirent pied à terre et suivirent ses instructions, attachant leurs montures à la ligne tendue entre deux arbres. Pendant qu'il s'occupait des chevaux, Giselle accueillit les trois couples en leur proposant des rafraîchissements. Ils explorèrent d'abord les tentes, s'extasiant devant les équipements. Pendant ce temps, Giselle le rejoignit.

— Comment s'est passée la balade ? demanda-t-elle, son regard s'attardant sur ses lèvres.

Il lui effleura la hanche et l'attira contre lui.

—Très bien, répondit-il, enfouissant la tête au creux de son cou tout en lui caressant les fesses.

— Lyle, protesta-t-elle à voix basse, il y a des clients. On n'est pas censés s'embrasser devant eux.

La belle affaire !

— Ce sont les clients de Jessica. Je me fiche de ce qu'ils voient, souffla-t-il en lui mordillant l'oreille. Ou de ce qu'ils entendront cette nuit.

— On ne va tout de même pas..., commença-t-elle, avant de pousser un cri étranglé lorsqu'il glissa une jambe entre ses cuisses, appliquant une pression parfaite sur son clitoris, dont elle le récompensa par un mouvement sexy des hanches. Bon... apparemment si...

— Tu pourras essayer d'être silencieuse, dit-il, ravi de la faire rougir.

Elle déglutit, mais une lueur de désir s'était allumée dans ses yeux bruns.

— Bon, je vais voir si quelqu'un a besoin de quelque chose.

— D'accord. De mon côté, je vais nourrir les chevaux et je reviendrai te chercher.

Lyle s'éloigna, remarquant à quel point il se sentait à l'étroit dans son jean. Il secoua tristement la tête. Jamais plus il ne passerait une nuit dans ce campement sans penser à Giselle. Jamais plus il ne réparerait une clôture, ne mettrait du foin en balles, ne nourrirait les chevaux, ne grillerait un steak, ne prendrait une douche, ne dormirait dans son lit... sans penser à elle. En fait, il aurait peut-être été plus rapide d'énumérer ce qui ne lui ferait pas penser à elle.

C'est pourquoi il était urgent de prendre une décision. Il ne leur restait plus que quatre nuits ensemble. Après cela, elle rentrerait à Dallas, reprendrait sa vie et le rendrait à la sienne.

C'était incroyable à quel point Giselle était devenue importante pour lui en si peu de temps. Qu'allait-il donc bien pouvoir faire de ces sentiments qu'il éprouvait pour elle ? D'un côté, sa raison lui disait de faire marche arrière avant de trop s'attacher. Mais le reste, son corps, s'insurgeait à l'idée de son départ.

Les campeurs se baignèrent dans le lac puis passèrent à table. Giselle et Lyle firent de leur mieux pour leur offrir un excellent moment. Giselle veillait à ce que les boissons coulent à flots et servait les plats préparés par Rosie pour accompagner les steaks de wagyu que Lyle faisait griller.

Lorsque le soleil descendit sous l'horizon, le repas était terminé et Giselle avait fini de ranger. Laissant les campeurs prendre possession de leurs tentes, Lyle l'entraîna vers celle qu'ils avaient partagée la nuit précédente.

Contrairement à ce qu'il aurait cru, Giselle n'était pas si fatiguée car à peine furent-ils dans leur tente qu'elle se jeta sur lui pour l'embrasser. Cette hâte était excitante et sexy à souhait. Glissant les mains sous ses jolies fesses, il la souleva. Lorsqu'elle noua les chevilles derrière lui, ils gémirent à l'unisson tant la position était parfaite.

Ils se dirigèrent ainsi vers le lit, où ils se laissèrent tomber avant de se déshabiller en toute hâte. Lorsqu'ils furent en sous-vêtements, elle glissa les mains dans ses cheveux et se frotta contre lui.

— Je t'en supplie, Lyle. Prends-moi tout de suite.

— Attends… Ralentis un peu. J'ai envie de te regarder.

— Tu m'as déjà vue sous toutes les coutures, protesta-t-elle, en posant sur lui un regard avide.

— Je ne m'en lasse pas, souffla-t-il en glissant le doigt le long des bretelles de son soutien-gorge, retenant son souffle lorsqu'il aperçut ses mamelons rosés à travers la dentelle noire transparente. Tu essayes de me tuer avec cette lingerie ?

— Pourquoi ? Tu préférerais une culotte de grand-mère en coton blanc ?

Au tressaillement de son érection, elle en déduisit qu'il ne serait vraiment pas contre.

— Chérie, tu pourrais porter un sac à patates que ça m'exciterait quand même.

Elle prit un air horrifié.

— Ça gratte beaucoup trop…

Lyle se pencha pour déposer un baiser sur chaque mamelon avant de s'agenouiller devant elle. Elle lui prit doucement la tête pendant qu'il lui ôtait son soutien-gorge et sa culotte noire assortie.

Il faillit céder à l'envie de la prendre immédiatement, comme elle le désirait. Mais il prit le temps de l'embrasser et de finir de se déshabiller. Lorsque ce fut chose faite, elle attrapa un préservatif et le lui enfila promptement. Quelques instants plus tard, il s'enfonçait enfin en elle.

Après leur étreinte, Giselle se blottit contre lui et s'endormit. Lyle resta allongé à écouter sa respiration profonde et régulière, et essaya de s'imaginer dans une semaine.

Dans une semaine… Lorsqu'il serait seul, frustré, malheureux. Il devait bien se rendre à l'évidence : il n'était pas fait pour être seul. S'il avait refusé de l'admettre ces cinq dernières années, c'était pour se protéger mais, maintenant qu'il avait repris goût à la vie, il n'était plus question de revenir à l'état antérieur.

Comment allait-il régler le problème ? Telle était la question à laquelle il devait répondre à présent.

À quelques jours de son départ, Giselle passait plus de temps encore avec Honey, la jument qu'elle avait apprivoisée à force de patience. Plus Giselle s'occupait d'elle, plus elle s'adoucissait. Mais comme elle avait pris Lyle en grippe, Giselle ne la sortait que lorsqu'il était occupé ailleurs. Aujourd'hui il passait la journée au ranch de Trey et ne rentrerait qu'en fin d'après-midi.

Depuis quelques jours, Giselle avait remarqué deux choses. D'abord, Lyle semblait apprécier de passer ses journées et ses nuits avec elle. Par ailleurs, jamais elle n'avait été aussi heureuse de toute sa vie.

Que se passerait-il dans les jours, les semaines et les mois à venir lorsqu'elle serait de retour à Dallas ? Giselle n'en avait aucune idée. Mieux valait s'étourdir de plaisir tant que celui-ci était à portée de main et ignorer les émotions confuses qui l'assaillaient à chaque fois qu'elle pensait à la suite.

Lorsque son téléphone sonna, son pouls s'emballa, mais ce n'était pas le Drummond qu'elle attendait.

— Merci de m'avoir aidée pour le glamping, dit Jessica. Tout s'est bien passé ?

— Je pense que oui. Tout le monde a eu l'air de s'amuser.

— Et mon frère s'est bien comporté ?

— Oui, il a été super, répondit Giselle avec un rire gêné.

— Alors vous vous entendez bien tous les deux ?

Une bouffée de chaleur envahit Giselle en se remémorant leurs ébats torrides de la nuit précédente.

— Mais oui !

— À quel point ?

Ne sachant pas ce que Jessica voulait dire, Giselle opta pour la prudence.

— Il m'a donné des leçons d'équitation et m'a laissée m'impliquer dans diverses tâches au ranch.

— Oh !

— Tu as l'air surprise.

— Donc, je suppose que... tu l'aimes bien ? demanda Jessica, hésitante.

— Bien sûr, répondit Giselle, un peu inquiète du tour que prenait la conversation.

— Alors il vaudrait mieux que je te dise quelque chose. Je l'aurais mentionné plus tôt si j'avais eu la moindre idée que vous passeriez autant de temps ensemble.

— Vraiment, commença Giselle, de plus en plus inquiète, ne te sens pas obligée de...

— Comme je sais que mon frère ne dira rien, poursuivit sombrement Jessica, je préfère que tu saches que Lyle a perdu sa femme il y a cinq ans et qu'il ne s'en est jamais vraiment remis.

— Je n'en avais aucune idée...

— Il parle très rarement d'elle.

— J'imagine que c'est un sujet très douloureux pour lui.

— C'était le couple le plus compatible que j'aie jamais connu.

Giselle essaya de ne pas imaginer Lyle devant l'autel, regardant l'amour de sa vie venir vers lui dans une magnifique robe de mariée. Mais elle ne put refouler la vision.

— Les choses se sont gâtées quand ils ont décidé de fonder une famille, ajouta Jessica, inconsciente de l'impact de son récit sur son interlocutrice. C'est à ce moment-là qu'ils ont découvert qu'elle avait un cancer. Quand il a été diagnostiqué, le cancer avait déjà métastasé.

— C'est terrible, murmura Giselle. D'abord la perte de sa mère, puis celle de sa femme.

— Je voulais juste que tu le saches au cas où quelqu'un mentionnerait Chloe dans une conversation.

— C'est gentil. Ça m'évitera de faire une gaffe.

Que Lyle puisse être encore en deuil de sa femme n'était pas ce qui la gênait le plus. Ce qui la dérangeait, c'est qu'il ne lui en ait jamais parlé. Mais était-ce logique que ça la perturbe à ce point ? Après tout, elle était venue au Royal Cattle Company Ranch pour se détendre et, lorsque ses vacances seraient terminées, elle retournerait à Dallas et Lyle resterait à Royal.

— En tout cas, ajouta Jessica, ce serait génial si vous deveniez amis tous les deux. Lyle a vraiment besoin de s'ouvrir à d'autres gens que Trey, Rosie ou moi. Je pense qu'il a peur d'être vu comme quelqu'un de faible, c'est pourquoi il se montre si discret.

— Je peux comprendre. Après tout, beaucoup de gens ici comptent sur lui.

— Il a toujours été comme ça, d'aussi loin que je me souvienne.

Ça a empiré après la mort de maman quand il a dû gérer le ranch et s'occuper de sa petite sœur.

— Qui n'était pas si facile, à ce qu'il paraît, la taquina Giselle, espérant qu'un peu de légèreté atténuerait l'oppression qu'elle ressentait depuis les révélations de Jessica.

Elle se demanda d'ailleurs comment réagirait Lyle s'il apprenait que sa sœur avait partagé quelque chose d'aussi intime sur son passé.

— J'étais super pénible quand j'étais petite, reconnut Jessica. Mais il a toujours été là pour moi quand j'en avais besoin. C'est même lui qui m'a poussée à faire une école de cuisine alors qu'il aurait préféré que je l'aide à gérer le ranch.

— Ça doit être génial d'avoir un frère ou une sœur qui vous soutient.

— Pourquoi ? Avec ta sœur, vous n'êtes pas proches ?

— Si, quand même… Mais on ne se ressemble absolument pas. Elle est très extravertie et n'a peur de rien. Alors que, moi, je suis plus réfléchie, sans doute beaucoup trop. Parfois, je me demande comment j'ai trouvé le courage de créer mon entreprise. Je suppose que c'est parce que la cosmétique me passionnait.

— En tout cas, ta ligne de soins est extraordinaire. Merci de m'avoir laissé des produits à essayer. J'ai rajeuni de cinq ans en quelques applications.

— J'en suis ravie. Je pense que mes produits sont plus efficaces que d'autres plus haut de gamme, et je ne dis pas ça parce que je les ai conçus.

— Je te crois. On sent ta passion quand tu en parles. Mon frère et toi avez beaucoup en commun sur ce point. Il pourrait parler des heures du bœuf wagyu et de ses bienfaits. Je suis sûr qu'il en a discuté pendant le dîner.

— Je pense que tu le sous-estimes. Nous avons parlé de bien d'autres choses que d'élevage.

— Vraiment ? De quoi, par exemple ?

— De mes soins pour la peau, répondit Giselle. Et comme je

lance une nouvelle ligne pour hommes, je lui ai demandé s'il voulait être mon égérie.

Il y eut un silence stupéfait à l'autre bout du fil.

— Non, c'est pas vrai !

— Si, je t'assure ! Il est vraiment beau, et je pense que sa virilité disons *rugueuse* plairait à mes clients. Je suis sûre que des tas de femmes se précipiteraient pour offrir toute la gamme à leur moitié.

— Qu'a-t-il dit ?

— Exactement ce à quoi on pouvait s'attendre de sa part.

— Non ?

— C'est ça, hélas...

— Oh ! j'aurais tellement aimé être là pour voir sa tête quand tu lui as demandé !

— Il ne réalise absolument pas à quel point il est séduisant.

— Je te jure, mon frère n'est sensible qu'à la beauté de ses vaches !

— Je vais lui dire que tu as dit ça !

— Vas-y. Je le lui ai déjà dit des centaines de fois. Il faudrait pourtant qu'il se trouve une petite amie. C'est pourquoi je compte énormément sur k !smet.

À ces mots, Giselle faillit se rebiffer. Après tout, c'était elle, la petite amie de Lyle. Du moins pour l'instant. Et si quelqu'un devait remporter le gros lot, c'était elle.

Mais s'il n'était pas prêt à passer aux choses sérieuses ?

Et si elle était la seule à être tombée amoureuse ?

Amoureuse ? Comment ça, amoureuse ?

Eh oui, c'était exactement ce qu'il s'était passé.

— Mais lui, qu'en pense-t-il ? demanda Giselle, un peu dégoûtée.

— Eh bien, je sais qu'il y a une femme qu'il a trouvée très attirante.

— Oh...

Respirant difficilement, Giselle essaya de se convaincre que tout était pour le mieux. Entre l'attachement de Lyle à sa défunte femme et les tentatives de sa sœur pour lui trouver une nouvelle compagne, il ne restait pas vraiment beaucoup de place pour elle. Peut-être que leur histoire ne resterait qu'une parenthèse dans leur vie, aussi torride soit-elle.

— Le problème, c'est que je ne sais pas si c'est vraiment son genre, poursuivit Jessica, par chance inconsciente de l'agitation intérieure de Giselle. Je veux dire, elle n'est pas du tout comme Chloe. L'élevage n'a pas l'air d'être son truc. Mais peut-être faudrait-il à Lyle quelqu'un de complètement différent pour le pousser à s'ouvrir à d'autres choses. Quand il la rencontrera, il verra à quel point elle est géniale. Je pourrai alors me vanter de lui avoir trouvé la femme parfaite.

— Je vois, souffla Giselle, atterrée. Mais attention, quand même. À trop interférer dans la vie amoureuse de quelqu'un... les choses pourraient mal tourner.

Lyle se rendait en ville pour récupérer une commande de fourrage lorsque sa sœur l'appela. Après avoir passé le reste de la journée avec Trey, il avait été surpris, en partant, de constater à quel point il avait hâte de retrouver Giselle.

À quand remontait la dernière fois où une femme lui avait manqué au bout de quelques heures ? Il repensa à son mariage. Il ne se souvenait pas d'avoir éprouvé cela lorsque Chloe n'était pas là. Pourquoi était-ce différent avec Giselle ?

Peut-être s'était-il isolé pendant si longtemps que l'idée d'être seul le remplissait d'effroi, à présent. Ou peut-être que tout ce qui concernait le ranch était si nouveau pour Giselle que sa curiosité et son enthousiasme ravivaient son propre plaisir. Leur merveilleuse alchimie sexuelle n'arrangeait pas les choses. Il n'en avait jamais assez.

— Je sais que tu ne voulais pas entendre parler de la femme avec qui tu as été apparié sur k !smet, commença Jessica, qui semblait avoir du mal à contenir son excitation.

— Pourtant, tu as décidé de t'en mêler quand même, répliqua-t-il, se demandant ce que sa sœur mijotait.

— Je n'ai pas pu m'en empêcher, poursuivit Jessica. Elle est parfaite pour toi.

— Qu'est-ce que tu en sais ?

Il n'avait pas oublié que sa sœur et Giselle avaient conspiré contre lui, mais ces derniers temps il en était venu à penser qu'elles lui avaient peut-être rendu service. Il n'aurait jamais rencontré Giselle si sa sœur ne lui avait pas ouvert un compte sur k !smet. Non qu'il crût qu'une technologie, aussi sophistiquée soit-elle, puisse trouver le partenaire idéal. Comment pouvait-on croire qu'un algorithme était mieux placé qu'un individu pour choisir un partenaire amoureux ?

— Elle est belle et fait une grande carrière.

— Je croise constamment ce genre de femmes. Ça ne veut pas dire que nous sommes faits l'un pour l'autre.

— Elle est sophistiquée, intéressante et elle vit en ville.

— Tu sais très bien ce que c'est de vivre dans un ranch, répondit Lyle. D'ailleurs, tu as hâte toi-même de rejoindre les lumières de Dallas.

— Peut-être. En tout cas, elle est prête à essayer de vivre dans un ranch.

— Le mot-clé, c'est *essayer*.

Une fois de plus, Lyle se demanda pourquoi il n'avait pas abordé avec Giselle la question de son départ. Au cours de sa vie, Lyle avait affronté bien des dangers, des taureaux furieux, des serpents à sonnette, mais ce n'était rien à côté de l'effroi que lui inspirait l'idée que Giselle puisse disparaître de sa vie pour toujours.

— Tu sais, tout ce que je veux, c'est que tu sois heureux, reprit Jess. Tu le sais, n'est-ce pas ?

— Tu te mêles de choses qui ne te regardent pas, râla-t-il. Mais j'apprécie que tu t'inquiètes pour moi, mentit-il. Je pense quand même que tu devrais te concentrer sur ton avenir et me laisser m'occuper du mien.

— L'un n'exclut pas l'autre, répondit-elle. En fait, j'ai passé un entretien pour un poste de cheffe cuisinière cette semaine et j'ai de bonnes chances de l'avoir.

— Génial ! dit-il, sincèrement ravi pour elle.

— Mais ma future réussite n'est rien en comparaison de mon envie de te voir trouver la personne parfaite avec qui tu pourras passer le reste de ta vie.

Même si Lyle savait que sa sœur voulait bien faire, son cœur se serra à ces paroles. En Chloe, il avait trouvé cette personne parfaite et il l'avait perdue. Oserait-il prendre le risque que l'histoire se répète ?

Un signal d'alarme retentit dans la tête de Lyle. Pourtant, il ne pouvait nier qu'il se passait quelque chose entre Giselle et lui. Son sourire était toujours le meilleur moment de sa journée. Et leur entente sexuelle était tout bonnement époustouflante. C'était impossible d'ignorer cette attirance mutuelle. L'application l'avait bien compris. Mais une attirance, ce n'était pas de l'amour.

Depuis la mort de sa femme, il avait été attiré par plusieurs femmes et avait couché avec certaines d'entre elles. Mais aucune de ces rencontres ne l'avait laissé dans un tel état de manque.

C'était complètement différent avec Giselle. Il était obsédé. Obsédé. Obsédé par elle. Le mot résonna dans son esprit. Il n'arrivait pas à se lasser d'elle. Depuis plus d'une semaine, elle s'asseyait à côté de lui dans son pick-up, travaillait dur sans se plaindre et dormait avec lui.

— Jess, je sais que tu veux bien faire, mais pourrais-tu me laisser m'occuper de ma vie privée ?

— Rien ne me ferait plus plaisir si tu pouvais démontrer que tu en as vraiment une.

Lyle compta lentement jusqu'à dix pour contrôler son agacement.

— Je t'adore. Mais fiche-moi la paix.

— Moi aussi, je t'adore, répondit Jess. Et jamais !

Après la fin de l'appel, il réfléchit un instant et prit conscience que, si sa sœur se rendait compte qu'il était peut-être prêt à aimer à nouveau, alors elle deviendrait implacable.

Aimer. Avait-il vraiment utilisé ce mot ? Était-il prêt à s'aventurer de nouveau sur ce chemin ? Aimer. Se marier. Avoir des enfants ?

Il avait accepté que tout cela ne serait jamais pour lui.

Du moins, c'est ce qu'il croyait jusqu'à ce que Jess lui montre les photos du profil de Giselle. Mais était-elle prête à s'engager avec lui ? Bien sûr, elle était intelligente, amusante, belle à mourir, mais c'était aussi une citadine. Peut-être avait-elle travaillé si dur parce qu'elle savait que son temps au ranch était compté.

À peine deux semaines plus tôt, il était persuadé de ne rien avoir en commun avec une citadine. Il s'était senti conforté dans son opinion lorsqu'elle s'était promenée dans le ranch le premier jour vêtue d'une tenue de cow-girl revue et corrigée à la mode de Dallas. Il avait cru que jamais elle ne survivrait aux tâches, plus horribles les unes que les autres, qu'il lui avait imposées. Et pourtant, elle l'avait fait et s'était attaquée à d'autres corvées plus pénibles encore. Elle avait fait des choses que Jess refusait catégoriquement de faire.

Il était temps de lui montrer à quel point il l'appréciait. Peut-être aimerait-elle le retrouver en ville pour dîner ? Il composa son numéro.

— Salut, cow-boy, lui lança Giselle. Tu es sur le chemin du retour ?

— En fait, je vais à Royal.

— Oh.

— Oh ?

— Tu me manques.

Cet aveu s'enroula autour de son cœur comme un lasso bien serré. En trois mots, cette femme l'avait ligoté et marqué au fer rouge. Il pensa à son logo Skin by Saito et l'imagina imprimé sur sa fesse droite.

— On pourrait se retrouver ici, qu'en penses-tu ? proposa

Lyle. Comme tu nous as beaucoup aidés au ranch, j'ai pensé que tu aurais envie d'un peu de civilisation.

— En fait, je suis parfaitement heureuse ici.

— Je vois, dit-il, serrant le volant tandis qu'il assimilait ses paroles. Assez heureuse pour t'installer ici ? Donc, un dîner en amoureux ne t'intéresserait absolument pas ?

— Un dîner en amoureux ? s'exclama-t-elle, enthousiaste. Avec toi ? Comment pourrais-je refuser ?

10

Giselle sortait d'une boutique de mode située sur la rue principale de Royal lorsqu'elle aperçut Lyle qui se dirigeait vers la grand-place. Ils avaient convenu de se retrouver devant le restaurant chic qu'il avait choisi pour leur dîner en amoureux. Elle le suivit du regard, sentant d'étranges tiraillements dans son bas-ventre. Ce n'était pas la faim qui provoquait cette sensation. Ou, du moins, pas le genre de faim que l'on pouvait satisfaire au restaurant.

Seul Lyle pouvait satisfaire cette faim-là. Elle était complètement, irrémédiablement folle de ce beau rancher, et elle avait l'impression qu'il était, lui aussi, amoureux d'elle.

Évidemment, la conversation avec Jessica avait fait naître une petite inquiétude dans son esprit. Si Lyle voulait être avec elle et seulement elle, discuterait-il avec la femme avec qui il avait été apparié sur k !smet ?

D'un autre côté, il n'avait pas la faculté de lire dans les pensées. Il n'avait aucune idée qu'elle avait envie de se lancer dans une relation avec lui, puisqu'elle ne le lui avait jamais dit. Elle traînait tellement à le faire qu'il avait peut-être supposé qu'il était libre d'explorer d'autres options.

La seule façon de savoir ce que Lyle voulait, c'était d'avoir une conversation avec lui et de jouer cartes sur table. Et il n'y avait rien de mieux pour cela qu'un lieu public. Cela lui éviterait peut-être de se mettre à pleurer quand il lui dirait qu'il ne partageait pas ses sentiments.

Alors que Giselle se reprochait déjà son pessimisme, elle remarqua que Lyle était interpellé par une femme brune vêtue d'un chemisier rose vif et d'une courte jupe en jean. Il avait l'air ravi de la voir, ravi d'une manière que Giselle pensait réservée à elle et à elle seule. Un instant plus tard, Lyle prit la femme dans ses bras et l'embrassa fougueusement. Horrifiée, Giselle regarda l'homme dont elle était amoureuse lui montrer une facette de lui-même qu'elle n'aurait jamais imaginée.

Avant que l'étreinte ne prenne fin, Giselle partit dans la direction opposée. Pour rejoindre sa voiture, elle devait passer devant Lyle et son amie. Il la verrait ; il saurait qu'elle les avait vus en train de s'embrasser. Paniquée, le cœur battant la chamade, elle s'élança dans la rue, priant pour passer inaperçue.

À Dallas, elle courait six kilomètres par jour sur son tapis roulant. Pourtant, aujourd'hui, elle était déjà à bout de souffle au bout de cent mètres.

Pourquoi avait-elle été si stupide ? Bien sûr que Lyle avait d'autres femmes dans sa vie. Ce n'était pas parce qu'elle était amoureuse de lui qu'il l'était lui aussi. S'il avait couché avec elle, c'était parce qu'il l'avait sous la main. Et puis, ne s'était-elle pas jetée sur lui ? Quel homme n'apprécierait pas cela ?

Quand Giselle atteignit sa Mini jaune, elle avait déjà mis cette histoire au rebut avec le reste de ses errements romantiques. Son téléphone sonna lorsqu'elle démarra, mais elle ne regarda même pas qui c'était. Lyle devait être au restaurant et se demander ce qui la retenait. Tant pis. Mais elle n'avait pas la force de faire semblant d'aller bien ou de trouver une excuse pour lui poser un lapin.

Elle avait besoin de temps et d'espace pour récupérer avant de pouvoir l'affronter. Son téléphone bourdonna encore deux fois pendant le trajet de retour au ranch. Enfin, elle arriva à la maison de Jessica et se gara. Même si son corps entier lui faisait mal à force de refouler ses émotions, le trajet lui avait permis de mettre de l'ordre dans ses idées et de prendre quelques décisions.

Elle regarda son téléphone. Il y avait un texto de Lyle.

Je t'attends au restaurant. Tu es en retard ?

Je ne viens pas.

Quelque chose ne va pas ?

Giselle cligna plusieurs fois des yeux pour refouler ses larmes. Elle ne serait ni en colère ni triste. Ni humiliée. Elle allait bien. Parfaitement bien.

Tu veux dire, à part le fait de t'avoir vu embrasser une autre femme ?

Trahie par ses pouces !

Tu l'as vu ?

Toute la ville l'a vu !

C'était peut-être un peu exagéré.

J'ai cru que cette autre femme c'était toi. Elle était exactement comme toi.

Quelle excuse ridicule... À moins que...

Exactement ?

Exactement !

Comme si c'était moi, mais pas moi ?

Elle était sur le point de s'évanouir lorsque la réponse de Lyle apparut.

Exactement comme toi, mais pas toi.

Mais tu as cru que c'était moi.

C'est évident ! Je ne me balade pas en embrassant des femmes au hasard.

Si, puisque la femme que tu as embrassée n'était pas moi.

Mais elle aurait pu être ta jumelle.

Au mot « jumelle », un éclair de lucidité traversa l'esprit de Giselle.

C'est probablement parce que c'est ma jumelle.

Tu as une jumelle ? Une jumelle identique ?

Giselle lui envoya un émoji de pouce levé.

Où es-tu ?

Chez Jessica.

J'arrive.

Si l'incident s'était produit avec n'importe quel autre homme, Giselle aurait éclaté de rire. Mais voir Lyle embrasser non seulement une autre femme, mais sa sœur... La jumelle préférée, celle qui avait trois fois plus d'abonnés sur les réseaux sociaux, celle qui faisait tomber les hommes comme des mouches autour d'elle...

La main tremblante, elle ouvrit ses contacts et appela sa sœur.

— Oh là là ! s'exclama Gabby, à peine eut-elle décroché. Tu ne devineras jamais ce qui m'est arrivé !

— Je parie qu'un magnifique cow-boy t'a embrassée à pleine bouche dans la rue, répondit sombrement Giselle.

— Comment le sais-tu ? demanda Gabby, perplexe.

— Parce que je l'ai vu.

— Tu nous as vus ? Attends, tu es à Royal ?

— Je séjourne dans un ranch à quelques kilomètres de là.

— Quelle coïncidence !

Coïncidence ? Que voulait-elle dire par là ?

— Qu'est-ce que tu fais à Royal ? demanda Giselle.

— Eh bien, figure-toi que le gars avec qui j'ai été appariée sur k !smet habite ici. Je suis venue le rencontrer.

Une bouffée de soulagement envahit Giselle à cette nouvelle. Qu'est-ce qui n'allait pas chez elle ? Bien sûr que Lyle avait pris Gabby pour elle. C'était tout à fait logique et même fréquent. Malgré leurs personnalités très différentes, elles se ressemblaient comme deux gouttes d'eau. Le fait qu'il ait embrassé sa sœur restait douloureux, mais au moins il ne l'avait pas fait délibérément.

— Il a un ranch près de Royal, reprit Gabby, ce qui ramena Giselle au bord de l'effroi.

— Je n'aurais jamais cru que tu te lancerais dans une histoire avec un type qui passe sa vie dans son ranch.

— C'est vrai, ce que tu dis. Mais ce gars-là, c'est vraiment une bombe.

— Tu m'étonnes.

— Et puis, tu sais, ils n'ont même pas des vaches normales ici. Ils produisent une sorte de bœuf de luxe au nom bizarre.

— Du bœuf wagyu ? suggéra Giselle, excédée.

— C'est ça.

— Et le gars en question, c'est Lyle Drummond ?

— Comment le sais-tu ? fit Gabby, d'un ton ravi.

Giselle eut l'impression que son cerveau explosait, dispersant toute pensée cohérente.

Donc Lyle avait décidé de rencontrer Gabby alors qu'il couchait avec elle, Giselle ? Il avait fait semblant de tomber des nues lorsqu'elle l'avait confronté au fait qu'il avait embrassé la femme qu'elle savait maintenant être sa sœur. Et pendant tout ce temps, il avait échangé avec Gabby alors que Giselle était en train de tomber amoureuse de lui.

Quel genre d'homme pouvait faire une chose pareille ? Jouer

avec le cœur de deux femmes, de deux sœurs… de deux sœurs *jumelles* ? Cherchait-il à assouvir un fantasme ? Giselle frémit. Ce n'était pas normal.

— Giselle, l'interpella sa sœur, toujours à l'autre bout du fil. Comment connais-tu Lyle Drummond ?

— Ça fait deux semaines que je séjourne dans son ranch. De plus, ajouta Giselle, le cœur battant, lui et moi, on…

Merde. Elle n'arrivait même pas à le dire à voix haute.

— Vous faites quoi ? demanda Gabby, d'une voix aiguë.

Comme Giselle ne répondait pas, Gabby s'emporta.

— Lui et toi, vous faites quoi, Giselle ?

— On couche ensemble, ça te va ?

Silence absolu à l'autre bout du fil. Giselle enfouit son visage dans ses genoux, désespérée.

— Tu couches avec le type avec qui j'ai matché sur k !smet ?

— Je n'en savais strictement rien. Tu crois vraiment que je l'aurais approché à moins de trente centimètres si j'avais su que vous aviez matché sur cette appli ?

— Non. Bien sûr que non, répondit tristement Gabby. C'est tellement bizarre. Ça fait dix jours qu'on parle sur l'appli, et je pensais que je lui plaisais vraiment. Et ce n'est pas comme s'il ne savait pas à quoi je ressemblais. Toi et moi sommes jumelles. Est-ce qu'il t'a prise pour moi ?

Cette suggestion acheva d'accabler Giselle. Une vie passée à être négligée au profit de sa flamboyante jumelle avait laissé des traces. Giselle avait longtemps été hantée par un complexe d'infériorité, dont elle s'était extirpée en faisant de son entreprise une véritable réussite. Mais ce qui l'avait surtout apaisée, c'était de voir son reflet dans les yeux de Lyle.

— Je n'en sais rien, répondit-elle, une boule dans la gorge.

Pendant qu'elle travaillait aux côtés de Lyle, elle apprenait à le connaître et partageait avec lui le meilleur sexe de toute sa vie. Lui, de son côté… avait en quelque sorte protégé ses arrières. Et peut-être même avait-il essayé les deux sœurs pour voir laquelle des deux il préférait...

— Il m'a parlé du ranch, reprit Gabby. Et du décès de sa femme il y a cinq ans. Il en a assez d'être seul et est prêt à se lancer dans une nouvelle relation.

Chaque mot qui sortait de la bouche de Gabby donnait à Giselle l'impression d'être une idiote. Lyle ne lui avait jamais parlé de sa femme. C'était Jessica qui lui avait raconté ce qui s'était passé. Avec elle, Lyle avait discuté de ses projets pour le ranch et parlé de sa mère et de sa sœur.

Peut-être, en dépit des sentiments croissants qu'elle avait pour Lyle, n'y avait-il entre eux qu'une simple alchimie sexuelle ? Mais au fond d'elle-même, elle n'y croyait pas. N'avaient-ils pas noué des liens profonds ?

— Alors, tu tiens à ce type ?

— Énormément, répondit spontanément Giselle.

— Donc, il vaut mieux que je me retire, c'est ça ?

— Tu as vraiment besoin de demander ?

— Je voulais juste...

Pour la première fois, Gabby semblait pleine de doutes.

— Quoi ? reprit Giselle. Tu es vraiment en train de me demander si tu peux continuer à voir Lyle alors que tu sais ce que je ressens pour lui ?

— Non. Bien sûr que non...

Celle-ci avait peut-être tendance à être égoïste, mais elle n'était pas sans cœur.

— Mais que feras-tu s'il ne veut pas s'engager avec toi ?

— Je ne sais pas ce qu'il veut.

Giselle ne savait pas ce que tout cela signifiait pour son avenir. Elle s'était déjà fait avoir, et il n'était pas exclu qu'elle ait mal interprété ce qui se passait entre Lyle et elle. Maintenant qu'elle savait qu'il parlait avec Gabby, qu'était-elle censée vouloir ? Lyle avait réveillé en elle quelque chose dont elle ignorait l'existence.

Elle était sur le point de se dévoiler, de lui demander s'il voulait s'engager dans une relation. Et maintenant ?

Giselle n'était pas venue au ranch pour tomber amoureuse. Ni pour prendre une décision qui affecterait le reste de sa vie.

— Et je ne le saurai pas tant que je ne lui aurai pas demandé.

11

Sur le chemin du retour, Lyle se remémora les instants précédant le baiser. La jumelle de Giselle était son portrait craché, mais avec quelques subtiles différences. Ses cheveux, plus foncés, étaient coiffés différemment. Elle était beaucoup plus maquillée que Giselle, et son haut rose vif ne sortait pas de l'armoire de Jessica.

Pourtant, rien de tout cela ne l'avait arrêté...

Parce qu'elle avait l'air ravie de le voir.

Parce qu'elle l'avait reconnu.

De toute évidence, elle aussi était dans le coup, quel que soit le plan que Giselle avait en tête.

Était-ce à cause de ce plan que Giselle ne lui avait pas dit qu'elle avait une jumelle ? Déjà, elle s'était mise d'accord avec Jessica pour entrer dans sa vie. Pourquoi n'aurait-elle pas aussi concocté un mauvais coup avec sa jumelle ?

Il arrêta son pick-up devant la maison de Jessica et monta quatre à quatre les marches du porche. Giselle devait l'attendre, car la porte s'ouvrit avant qu'il puisse toquer. Tous deux immobiles, ils se dévisagèrent, le souffle court.

— Qu'est-ce que tu fabriques avec ta sœur ? lança-t-il, bien décidé à mettre au jour ses manigances.

— Ce que je fabrique ? répondit-elle, furieuse. Qu'est-ce que tu veux dire ?

— Ta sœur jumelle débarque comme par hasard à Royal et se fait passer pour toi. À quel jeu jouez-vous ?

Giselle le regarda d'un air amusé.

— Elle ne se faisait pas passer pour moi.

— Vraiment ? Elle se comportait comme toi.

— C'est-à-dire ?

— Comme si elle était contente de me voir.

— Bien sûr qu'elle était contente. Un cow-boy méga-sexy la prend dans ses bras et l'embrasse langoureusement !

Il était clair que Giselle était jalouse, et Lyle s'en réjouit.

— Tu me trouves méga-sexy ?

— Même avant d'utiliser mes produits, tu étais une bombe.

Lyle sentit sa colère s'évaporer.

— On est vraiment en train de se disputer parce que j'ai accidentellement embrassé ta sœur jumelle dont j'ignorais l'existence ?

— On ne se dispute pas. Pas vraiment.

— Un peu quand même, non ?

— Je suis stressée. Être stressée, ce n'est pas se disputer.

— Je comprends, mais embrasser ta sœur était une erreur de bonne foi.

— C'est vrai. Je ne te reproche pas ce qui s'est passé. Si tu avais un jumeau et que je l'avais croisé en ville, je lui aurais sans doute sauté dessus.

— Il ferait beau voir ! lança-t-il, furieux à l'idée même qu'elle puisse s'approcher d'un autre homme.

— Mais ce n'est pas ce qui me dérange.

— Alors tu pourrais peut-être m'expliquer..., dit Lyle qui, bizarrement, avait soudain l'impression de se retrouver sur le banc des accusés... mais accusés de quoi, au juste ?

— C'est tout le reste..., dit-elle en croisant les bras.

— Tout le reste ? Bon sang, mais de quoi veux-tu parler ?

— Comme si tu ne le savais pas !

— Giselle... je t'en prie, dit-il, catastrophé. J'ai vraiment besoin que tu m'expliques ce qui se passe.

— Je sais que notre relation n'est pas censée être exclusive...

— Vraiment ? fit-il, se forçant à prendre un ton léger, alors qu'elle venait de confirmer ses soupçons : elle avait hâte de retrouver sa vie à Dallas.

— Mais quand j'ai découvert que tu communiquais avec ma sœur depuis que nous...

— Comment pourrais-je communiquer avec quelqu'un que je ne connaissais pas ?

— Parce que vous avez matché sur k !smet !

— Non, répliqua-t-il d'un ton plus ferme qu'il ne l'aurait voulu. Toi et moi, on a matché sur k !smet. C'est même pour ça que tu es venue chez Jessica.

Giselle le regarda, effarée.

— Non. Jessica et moi avons été mises en relation via la fonction *Surprise Me !* de la rubrique « Mode de vie ». Gabby et toi, vous avez matché comme couple.

— Non, répliqua Lyle. Toi et moi avons...

— Surprise ! s'exclama-t-elle, l'air dégoûté, en agitant les mains.

À cet instant, toutes les pièces du puzzle se mirent en place dans l'esprit de Lyle.

— Merde...

— Je sais. Quel gâchis... Je veux dire, si ça avait été quelqu'un d'autre que Gabby, j'aurais peut-être pu passer outre, mais les choses que tu lui as confiées...

— Attends..., fit Lyle, s'efforçant de rester calme. Je n'avais jamais parlé à ta sœur avant aujourd'hui.

— C'est inutile de me mentir. Je le sais.

Lyle arracha son chapeau de sa tête et se passa les doigts dans les cheveux.

— Tu sais quoi ?

— Que tu as parlé à ma sœur de ta femme et de ce qu'elle représentait pour toi, commença-t-elle d'une voix brisée. Alors que tu ne m'as rien dit du tout. J'ai automatiquement supposé que c'était peut-être trop douloureux pour toi, mais maintenant je réalise que ce n'était pas à moi que tu avais envie de te confier.

— Je ne parle de Chloe à personne, dit-il, fermant les yeux tandis que la douleur familière lui traversait la poitrine.

— Alors comment Gabby en savait-elle autant sur elle ?

— Je ne sais vraiment pas.

C'est alors qu'il comprit. C'était comme s'il avait été frappé de plein fouet par un taureau furieux.

— Merde. Jessica...

Giselle retint son souffle.

— Elle m'a dit que tu avais matché avec une femme qui pourrait être parfaite pour toi.

— Et cette personne serait ta sœur ?

— Je suppose.

Tout allait si bien entre Giselle et lui... Pourquoi le destin avait-il placé sa jumelle sur son chemin ?

— Donc c'est Jessica qui discutait avec ta sœur en se faisant passer pour moi. Forcément, puisque je n'ai jamais utilisé d'application de rencontres de ma vie...

— Donc tu ne parlais pas avec ma sœur.

— Non.

— Mais tu avais vu sa photo de profil sur k !smet.

Lyle acquiesça.

— Donc quand je suis arrivée au ranch, tu as pensé que c'était avec moi que tu avais matché sur k !smet ?

— C'est ça. La veille, j'avais dit à Jessica que je voulais absolument qu'elle supprime mon compte sur k !smet. Quand tu es arrivée, je me suis dit qu'elle et toi vous étiez mises d'accord pour me piéger.

— Si je comprends bien, tu m'as prise non seulement pour une manipulatrice mais aussi pour une folle qui voulait te mettre le grappin dessus ?

Il eut l'impression de glisser dans une fosse tapissée de pointes sans aucune prise pour se freiner.

— Quand j'ai appris à te connaître, j'ai compris que tu n'étais absolument pas comme ça.

— Eh bien, heureusement que nous avons tiré les choses au clair, remarqua Giselle avec un petit sourire apaisant. Désolée si j'ai réagi de façon excessive.

— Moi aussi j'ai mal réagi, dit-il avant de la dévisager. Donc, c'est réglé ?

— Bien sûr.

Mais le langage corporel de Giselle semblait dire tout l'inverse. Apparemment, ce quiproquo avait tout changé.

— Bon, nous n'avons toujours pas dîné. Je suis sûr que Rosie serait ravie de nous préparer quelque chose.

— C'est gentil, mais je vais passer mon tour. Je pars après-demain. Il faut que je fasse mes valises et que je nettoie la maison avant le retour de Jessica.

Lyle savait reconnaître une fin de non-recevoir quand il en croisait une. Jamais il n'aurait imaginé que l'intimité qui s'était créée entre eux depuis une semaine soit balayée comme un fétu de paille.

— Tu as toujours l'intention de participer au grand transfert de demain ? demanda-t-il.

— Bien sûr. J'ai même hâte. Qui sait si j'aurai l'occasion de refaire un jour un truc aussi sympa ?

Ses paroles rappelèrent à Lyle les doutes que lui avaient inspirés, au départ, leurs modes de vie si différents. Elle semblait prête à quitter le ranch pour ne plus jamais y revenir. Était-ce nouveau ? Ou était-ce ce qu'elle pensait faire depuis le début ?

— À demain, alors.

Un instant plus tard, Lyle fixait la porte d'entrée fermée. Il regagna lentement son pick-up et, lorsqu'il fut au volant, il envoya un texto à sa sœur.

Tu as supprimé mon compte k !smet comme je te l'avais demandé ?

Il reçut sa réponse alors qu'il arrivait à la grange pour vérifier les préparatifs pour le grand transfert de bétail du lendemain.

Pourquoi ?

Parce que je viens de voir la femme dont tu m'as montré la photo. Elle a l'air de savoir beaucoup de choses sur moi.

Elle est sympa, non ?

Lyle savait que Jessica aurait adoré ce quiproquo avec les jumelles Saito. Mais, en ayant fait les frais, il n'avait aucune envie de rire.

Arrête de te mêler de mes affaires et supprime-moi de cette fichue appli !!!! !

C'est bon. Mais j'essayais juste de t'aider.

Je t'ai dit que je ne voulais pas sortir avec qui que ce soit.

Tu ne peux pas rester seul pour toujours.

Lyle fixa le message de sa sœur et ressentit une douleur dans la poitrine. Après la mort de sa femme, il avait soigné sa peine en faisant du ranch sa priorité. Et puis Giselle était arrivée et s'était passionnée pour le ranch. Et maintenant tout s'effondrait à nouveau. C'était comme s'il avait été tiré d'un sommeil profond par un déluge d'eau glacée. Mais maintenant, il était sorti de sa torpeur et souffrait un véritable martyre. L'instinct le poussait à battre en retraite. Or le chaos venait de l'intérieur. Il n'avait nulle part où fuir. Il devait affronter ce besoin d'elle qui s'imposait à lui.

Je ne veux pas rester seul pour toujours.

L'acceptation de ses sentiments pour Giselle révélait qu'il n'avait pas rejeté l'amour parce que son cœur restait attaché à Chloe. Si les cinq années passées à s'oublier dans le travail lui avaient montré qu'il pouvait continuer à vivre sans elle, il n'avait pas encore pris conscience que la culpabilité l'en empêchait.

Giselle se tenait dos à la porte d'entrée. Elle retint son souffle jusqu'au moment où elle entendit démarrer le pick-up de Lyle. La déception l'envahit lorsque le bruit du moteur s'estompa au loin. De nouveau seule, elle rouvrit la porte et regarda dans la direction où le rancher était parti.

Qu'avait-elle fait ?

Elle avait paniqué. Voilà ce qu'elle avait fait.

Elle avait laissé ses angoisses prendre le dessus. D'abord, elle avait été en état de choc. Voir Lyle embrasser une autre femme l'avait totalement déstabilisée et avait fait resurgir tous ses complexes. Elle n'était pas assez bien, pas assez jolie. Elle était trop intelligente et vraiment maladroite dans ses relations. Elle n'avait pas la bonne taille. La liste était longue.

Peut-être n'était-ce pas tant le baiser qui l'avait déstabilisée que la joie de Lyle lorsqu'il avait pris dans ses bras une femme qui n'était pas elle. Si elle avait été rationnelle, elle se serait dit qu'il avait simplement été victime de leur gémellité. Combien de fois Gabby et elle avaient-elles échangé leur place sans que personne ne s'en aperçoive ?

Mais ce qui l'avait aussi accablée, c'était que l'application k !smet ait apparié Lyle et Gabby.

Surprise Me !

Pour le coup, Giselle avait vraiment été surprise…

Et que dire du fait que, pendant deux semaines, il avait cru qu'elle était venue au ranch pour le séduire et le faire tomber amoureux d'elle ? Pouvait-elle l'en blâmer vu le nombre de fois où elle s'était jetée sur lui ?

Mais ils s'étaient quand même bien amusés. À un moment donné, il lui avait pardonné, ainsi qu'à Jessica, de l'avoir piégé et s'était laissé aller à explorer leur relation. Pourtant, elle ne pouvait s'empêcher de penser qu'il n'avait pas été honnête avec elle. Pourquoi ne l'avait-il pas questionnée au sujet de ce piège qu'elle était censée lui avoir tendu ? La situation aurait pu être réglée dès le début.

Elle en avait assez des imbroglios. Pourquoi ne pouvait-elle vivre des situations *normales*, dans lesquelles les gens se disaient *normalement* les choses ?

Lyle et elle s'appréciaient beaucoup, à l'évidence. Mais était-ce un vrai lien ? N'avait-il pas couché avec elle en la prenant pour Gabby, sa partenaire idéale selon k!smet ?

Quand les choses se calmeraient un peu, choisirait-il sa sœur ? Ce ne serait pas la première fois qu'un garçon qu'elle aimait préférait Gabby. Si elle perdait Lyle au profit de sa jumelle, elle n'aurait plus qu'à changer de vie.

Elle ne pouvait même pas rejeter la responsabilité du chaos sur Gabby. Les gens étaient attirés dans son orbite. Elle était amusante et optimiste, audacieuse et engageante. Gabby était un magnifique papillon ; Giselle, une modeste chenille. Elles avaient beau être de vraies jumelles, sa sœur brillait toujours plus fort.

Mais Lyle avait-il besoin d'une étoile pour être heureux ? C'est alors que Giselle se rendit compte qu'elle allait trop vite en besogne. Il était tout à fait possible qu'il ne cherche rien de plus qu'une distraction, que ce soit avec elle ou avec Gabby.

N'était-elle pas exactement dans le même état d'esprit avant de coucher avec lui ? Elle avait envie d'une petite aventure de vacances. Sans engagement. Depuis quand quelques étreintes sexuelles, même fantastiques, se muaient-elles en une liaison durable, avec alliances et promesses de fidélité à la clé ?

Tout à coup, un étrange frisson lui parcourut l'échine. C'était de la folie. Comment pouvait-elle penser au mariage alors que Lyle et elle ne se connaissaient que depuis deux semaines ? Une telle impulsivité était typique de Gabby, pas d'elle. Giselle secoua vigoureusement la tête pour faire taire les pensées folles qui tourbillonnaient dans sa tête. Qu'est-ce qui n'allait pas chez elle ? Elle avait couché avec un homme une dizaine de fois. Pourquoi se voyait-elle déjà avec lui devant l'autel ? Comment en était-elle arrivée là ? Et pourquoi était-il si difficile de se défaire de cette vision ?

Peu après 7 heures du matin, Lyle regardait, du haut de son cheval préféré, son équipe de six personnes se préparer. Aujourd'hui, ils devaient transférer les génisses et les veaux de leur pâturage d'été à celui, plus proche du ranch, où ils passeraient l'automne. Pour cela, il fallait rassembler environ deux cents têtes, leur faire traverser un petit cours d'eau, les guider sur un kilomètre de route, avant de les faire passer par une zone boisée jusqu'au pâturage final.

La journée allait être longue et pénible.

Il n'avait pas beaucoup dormi la nuit précédente. En un temps ridiculement court, il s'était habitué à ce que Giselle soit blottie contre lui dans le lit. Quand il ne se remémorait pas la rencontre avec Gabby, il se repassait sa dispute avec Giselle ou le scénario fou dans lequel un algorithme l'avait apparié avec sa sœur jumelle.

Ce fut le moment que choisit Giselle pour apparaître au volant de sa petite décapotable jaune. Sortant de voiture, elle salua plusieurs cow-boys qui la hélaient. Lyle sentit son cœur se serrer en la regardant. Cette jeune femme souriante à la démarche décontractée qui venait de les rejoindre n'avait plus grand-chose à voir avec la gravure de mode qu'elle était deux semaines plus tôt. Aujourd'hui, Giselle portait des jambières poussiéreuses par-dessus son jean, une chemise à carreaux dans les tons bleus et un foulard noué autour du cou. Sous un chapeau de feutre marron, ses longs cheveux caramel formaient une longue tresse soignée.

— Quand elle t'a demandé des cours d'équitation, tu n'aurais jamais imaginé qu'elle transférerait un troupeau avec nous au bout de deux semaines, hein ? fit Jacob, arrêtant son cheval à sa hauteur

— Ça c'est sûr, répondit Lyle, le regard rivé sur elle.

— Je suis heureux que tu l'aies laissée nous rejoindre.

— Elle a travaillé dur, et les chiens feront une grande partie du travail. Reste près d'elle et tout ira bien.

— Moi ? fit Jacob, l'air surpris. C'est ta petite amie.

— Non.

— Tu t'es pris un râteau ?

— Je ne lui ai rien demandé.

— Pourquoi ? Elle a tout pour plaire. Elle est intelligente, belle, drôle. Que pourrait-on ne pas aimer chez elle ?

Lyle lança un regard noir à son contremaître.

— Tu n'as rien d'autre à faire que de discuter avec moi ?

— Si, bien sûr, mais c'est plus amusant d'énumérer toutes les raisons pour lesquelles tu as foutu en l'air la meilleure chose qui te soit arrivée depuis des années.

— Je ne te paye pas pour t'amuser, répliqua Lyle d'un ton menaçant qui ne sembla pas effrayer son contremaître.

Jacob travaillait au ranch depuis que Tallulah l'avait embauché à la sortie du lycée. Il avait gravi les échelons, passant d'ouvrier à contremaître, et avait toujours été là pour Lyle. Il avait fait tourner le ranch pendant que Lyle était au fond du trou après le décès de sa mère puis celui de sa femme. Il pouvait être aussi critique que Jessica et Rosie sur la vie amoureuse de son employeur.

— Qu'est-ce qu'elle fiche avec cette jument ?

Le cœur battant, Lyle regarda Giselle sortir la jument belliqueuse de l'écurie.

— Giselle m'a demandé si elle pouvait monter Honey aujourd'hui, répondit Jacob.

— Honey ?

— C'est le nom que Giselle lui a donné. Elle dit que ça va bien avec sa couleur et sa personnalité, expliqua Jacob avant de soupirer. Cette femme est juste adorable.

En voyant le sourire ému de Jacob, Lyle comprit qu'il s'était passé quelque chose pendant qu'il tombait amoureux de Giselle. Elle n'avait pas seulement capturé son cœur, mais elle s'était également intégrée dans la communauté. Ses chevauchées, son entraînement au lasso, les corvées dont elle s'était chargée avaient fait de cette citadine l'une des leurs.

— Tu l'as laissée s'occuper de la jument ?

— Bien sûr, répondit Jacob.

— Alors qu'elle est dangereuse ?

— Elle ne l'est plus. Ne t'inquiète pas. Giselle a fait des merveilles avec elle. Honey est un tout autre cheval.

— Je ne veux pas que Giselle la monte, dit Lyle. Elle pourrait être blessée.

— Ça n'arrivera pas.

— Tu n'en sais rien.

— Giselle l'a déjà montée plusieurs fois, répliqua fièrement Jacob. Elle a même isolé une génisse avec elle l'autre jour.

— Tu as perdu la tête ou quoi ? lança Lyle, choqué par le peu de cas que Jacob faisait de la sécurité de Giselle.

— Giselle s'est très bien débrouillée. Je te l'ai dit, elle a ça dans le sang. Et cette jument la respecte totalement. Tu aurais dû les voir...

Le ton respectueux de Jacob n'avait fait qu'exacerber l'agacement de Lyle.

— Va lui préparer Harvey, ordonna Lyle en talonnant son cheval. Je veux qu'on parte dans dix minutes.

— Ça marche, patron.

Lyle s'approcha de Giselle.

— Enlève-lui sa selle et range-la. Tu monteras Harvey aujourd'hui.

Giselle se plaça entre le cheval et lui.

— Pourquoi ?

— Elle est dangereuse. Tu as oublié la façon dont elle t'a attaquée ?

Lyle aurait voulu descendre de cheval pour protéger Giselle, mais la jument semblait relativement calme, et il n'avait pas envie de l'énerver.

— Ne t'inquiète pas. Tout ira bien.

Sous le regard éberlué de Lyle, Giselle saisit la bride de la jument et lui planta un baiser sonore entre les naseaux. La jument ne bougea pas, acceptant joyeusement les marques d'affection.

— Tu vois ? fit Giselle. Je ne crois pas que c'est à moi qu'elle s'en était prise.

Lyle eut le souffle coupé lorsque la jument enfouit la tête dans le cou délicat de Giselle.

— Qu'est-ce que tu veux dire ?

— Je crois que c'est à toi qu'elle s'en est prise.

— Moi ? Pourquoi ?

— Tu as dit qu'elle avait été maltraitée. Je suppose que c'est un homme qui lui a fait du mal. J'ai passé des heures avec elle, et elle n'a jamais essayé de me mordre ou de ruer. J'ai été douce avec elle, et elle est maintenant aussi docile que les autres, expliqua Giselle avant de se tourner vers lui. S'il te plaît, laisse-moi la monter aujourd'hui… C'est peut-être la dernière fois que j'en aurai l'occasion avant de quitter le ranch.

— Pas question, répondit-il. Tu monteras Harvey.

Il détestait la décevoir, mais il se sentirait encore plus mal s'il arrivait quelque chose à Giselle.

À cet instant, un ouvrier apparut avec Harvey.

— Détache la jument et rentre-la, dit-il au jeune cow-boy.

— Bien sûr.

Avant que la jument ne soit emmenée, Giselle la serra dans ses bras.

Sur ce, elle lança un regard noir à Lyle et monta souplement sur Harvey. Encore une chose qu'elle avait appris à maîtriser durant son séjour. Elle n'avait plus besoin du bloc de montage pour se hisser sur la selle.

Sans un mot pour Lyle, Giselle rejoignit le groupe de cow-boys qui se dirigeait vers la sortie. Il la regarda partir, le cœur serré, regrettant sa sévérité. S'inquiétait-il vraiment pour sa sécurité ou était-il simplement jaloux parce que Jacob savait qu'elle s'était occupée de la jument et pas lui ?

Il avait découvert la meilleure version de lui-même avec Giselle et, sans elle, il devenait un crétin aigri qui mettait sur le dos des autres ses propres erreurs.

C'était impossible. Il devait la convaincre de miser sur lui. Sur eux. Pour être heureux jusqu'à la fin de ses jours, il fallait qu'elle soit à ses côtés.

12

Une fois les génisses et les veaux dans leur nouvelle pâture, Giselle mit pied à terre et conduisit Harvey à l'écurie pour le desseller.

Bien que toujours contrariée de ne pas avoir pu monter Honey une dernière fois, elle prodigua au hongre gris un bon brossage et lui donna une friandise. Elle se réjouit lorsque, ramenant Harvey à l'enclos, elle vit Honey trottiner vers elle.

Tristement, elle donna des carottes à la jument et lui fit longuement ses adieux. Dans la matinée, elle était aussi allée saluer les ouvriers du ranch.

Le moral en berne, Giselle se dirigea vers sa voiture. À cet instant, Jacob l'interpella. Il avait dans les mains l'appareil-photo qu'elle avait égaré à son arrivée au ranch.

— Tu as retrouvé mon appareil-photo ! Incroyable ! s'exclama-t-elle, ravie.

— Je sais que tu voulais des photos de la vie au ranch pour tes réseaux sociaux, alors j'en ai pris quelques-unes.

— Merci, Jacob. Les gars et toi, vous m'avez vraiment bien accueillie. Je ne sais pas comment vous remercier.

— Eh bien, en nous offrant ta ligne de soins pour hommes à vie ! Qu'en dis-tu ?

Elle éclata de rire à cette demande sortie de nulle part.

— Comme ça, vous aimez mes produits ?

— Tu plaisantes ? lança-t-il, accrochant ses pouces aux poches de son jean. Ce n'est pas parce que nous passons notre temps dans la crasse que nous n'avons pas envie de nous pomponner le soir pour nos femmes !

— Pardonne mes préjugés ! plaisanta-t-elle, avant de voir Lyle se diriger vers eux. En tout cas, Jacob, si tu as envie de changer de carrière, n'oublie pas mon offre.

— Tu seras la première au courant ! répondit Jacob.

Remarquant sa soudaine nervosité, Jacob jeta un œil par-dessus son épaule et vit Lyle s'approcher.

Au grand étonnement de Giselle, Jacob se pencha et l'embrassa sur la joue.

— Tu vas nous manquer. J'espère que tu reviendras.

— Bien sûr, répondit-elle alors qu'il s'éloignait.

Prenant une longue inspiration, Giselle se prépara à sa dernière conversation avec Lyle.

Ses yeux bleus se posèrent avidement sur elle.

— Tu as vraiment assuré, aujourd'hui.

Elle serra de toutes ses forces son appareil-photo pour ne pas lui sauter au cou. Combien de fois, au cours de ces deux semaines, n'avait-elle pas trouvé des prétextes pour le toucher ? Aujourd'hui elle faisait tout son possible pour garder ses distances.

L'alchimie sexuelle qui existait entre eux était tellement prévisible ! Et elle craignait de ne pas pouvoir résister à ce désir explosif qui la privait à chaque fois du bon sens le plus élémentaire. Aucun homme ne lui avait jamais fait un tel effet. Jusque-là elle pensait que c'était une pure exagération créée pour faire vendre les romances. Mais Lyle la mettait véritablement dans tous ses états.

— Merci, j'ai passé un super moment, dit-elle.

Ne sachant pas quoi dire, elle brandit l'appareil-photo.

— Tu as vu ? reprit-elle. Jacob me l'a ramené. Il a pris quelques photos du ranch. Sympa, non ?

— Très, répondit-il succinctement, sans même jeter un œil

à l'appareil. Écoute, à propos de tout à l'heure, je suis désolé de t'avoir interdit de monter Honey.

— Ce n'est pas grave.

— Ça n'avait rien à voir avec tes capacités.

— Tu t'inquiétais de me voir monter une jument en qui tu n'as pas confiance. J'ai compris.

— En tout cas, tu en as fait du chemin, en si peu de temps, reprit-il avec une douceur qui fit à Giselle l'effet d'une caresse. Tu m'as vraiment impressionné.

— Pour une fille de la ville, c'est ça ?

— Oh ! tu l'es toujours, dit-il pour la taquiner. C'est juste que tu es d'ici, aussi, maintenant.

Le compliment était si inattendu, si agréable, qu'elle sentit une boule se former dans sa gorge.

— C'est gentil de ta part.

— Ce n'est pas de la gentillesse, dit-il en glissant la main sur sa hanche et en baissant la tête. Giselle...

Elle secoua vigoureusement la tête et s'échappa.

— Il faut vraiment que je retourne chez Jessica pour faire mes valises. Je veux rentrer à Dallas dès que possible. J'ai négligé mes affaires beaucoup trop longtemps.

— Tu pars aujourd'hui ?

Il paraissait si stupéfait qu'elle en eut mal au ventre.

— C'était ce qui était prévu. Deux semaines dans le ranch, puis retour à ma vraie vie.

— Je croyais que tu restais jusqu'à demain et que nous pourrions dîner ensemble et discuter.

— Je pense que nous nous sommes dit tout ce qu'il y avait à dire, répondit-elle, refoulant l'espoir qu'avait fait naître l'invitation.

— Je t'en prie, pourrait-on tirer les choses au clair ? Je n'ai pas envie de te dire au revoir comme ça. En fait, je n'ai pas envie de te dire au revoir du tout.

Voyant qu'elle ne répondait pas, il reprit :

— Ce qui s'est passé entre nous pendant deux semaines ne prouve-t-il pas que nous sommes bien ensemble ?

C'était vrai, et Giselle décida qu'elle lui devait la vérité.

— Hier, quand nous devions nous retrouver pour dîner, j'allais te dire que je voulais poursuivre notre relation.

Il retint son souffle à cet aveu. Elle poursuivit, imperturbable.

— Mais tu as embrassé Gabby et j'ai découvert..., bredouilla-t-elle, la gorge serrée, que l'application k !smet t'avait apparié avec ma sœur. Pas avec moi.

— Ce n'est qu'une stupide application de rencontres avec un algorithme foireux ! Que sait-elle de nous ? De nos sentiments ?

— De nos sentiments ? Toi et moi avons passé deux semaines à assouvir tous nos fantasmes sexuels, répliqua-t-elle, accablée par l'effort que lui coûtait ce mensonge. Je n'oublierai jamais ce qu'on a vécu, mais soyons réalistes, ce n'était qu'un énorme malentendu. Tu pensais que j'étais faite pour toi. Ce n'est pas le cas. Quand je me lance dans une relation, j'ai vraiment besoin de me sentir en sécurité.

— Et tu ne penses pas pouvoir être en sécurité avec moi.

C'était une affirmation, pas une question.

— Surtout depuis ce que j'ai découvert hier. Maintenant, je me demanderai toujours ce qui se serait passé si ça ne s'était pas produit.

Elle aurait tant voulu se glisser dans le cercle protecteur de ses bras et croire qu'elle était la femme qu'il lui fallait. Mais peut-être n'était-elle que celle qui lui avait permis de comprendre qu'il avait besoin de quelqu'un.

— Tu n'as qu'à sortir avec ma sœur, suggéra-t-elle.

— Impossible, répliqua-t-il en la dévisageant d'un air effaré.

— Pourtant, k !smet vous a appariés.

— Tu penses sincèrement que ta sœur est plus faite pour moi que toi ?

Elle ignora l'espoir que faisait naître son scepticisme.

— Tu ne le sauras pas tant que tu n'auras pas essayé.

— Je le sais déjà, répondit Lyle en la fixant pendant une longue minute. Rien de ce que je dirai ne te fera changer d'avis, n'est-ce pas ?

La gorge trop serrée pour parler, Giselle secoua la tête et s'éloigna. Elle savait qu'il ne la retiendrait pas mais, lorsqu'elle s'installa au volant de sa voiture, elle eut le cœur broyé en le voyant faire demi-tour et retourner travailler.

Et voilà, c'était fini.

Giselle laissa couler ses larmes en retournant chez Jessica. Un véhicule inconnu était garé dans l'allée, et elle passa une bonne minute à se tamponner les joues avant de sortir de voiture. Elle entra dans la maison et découvrit dans la cuisine une grande femme aux courbes pulpeuses et aux cheveux bruns mi-longs.

— Jessica ?

La sœur de Lyle leva les yeux de son téléphone et regarda Giselle avec stupeur.

— Gabby ? Qu'est-ce que tu fais là ?

Gabby ? Pourquoi tout le monde la prenait-il pour sa jumelle ?

— Moi c'est Giselle.

— Comment ça ? fit Jessica, stupéfaite. Tu ne t'appelles pas Gabby ?

— C'est ma jumelle.

— Ta *vraie* jumelle ? fit Jessica, d'abord intriguée puis amusée. Oh ! waouh... Est-ce que Lyle sait... ?

— Que k !smet l'a apparié avec ma sœur ? fit Giselle, trop lasse pour se fâcher contre Jessica. Il le sait maintenant.

Jessica fit la grimace.

— Donc, pendant deux semaines, il t'a prise pour Gabby ?

Giselle hocha sèchement la tête.

— Et il pensait que toi et moi l'avions piégé.

— C'est dingue. Je n'en savais rien. Je ne t'avais jamais vue en photo... puisque tu as mis le logo de ta marque en photo de profil et que le nom d'utilisateur de Gabby est Gabby S. Pas étonnant que Lyle m'en veuille à ce point...

— Il n'est pas le seul.

Jessica dévisagea Giselle, effarée.

— Toi aussi ? Pourquoi ?

— Parce que tu t'es fait passer pour lui en parlant avec Gabby sur k !smet pendant que j'étais ici. Hier, elle est venue et Lyle l'a embrassée en pensant que c'était moi.

— Non ! fit Jessica, incapable de cacher son amusement. Attends... Pourquoi a-t-il embrassé ta sœur alors qu'il ne la connaissait pas ?

Giselle lui lança un regard noir.

Jessica se mit la main sur la bouche.

— Lyle et toi ? souffla-t-elle. C'est vraiment trop parfait.

— Il n'y a rien de parfait entre nous. *Plus maintenant*. On s'est bien amusés, mais c'est fini et je rentre à Dallas. Ce soir.

— Ne pars pas. Je suis rentrée plus tôt pour qu'on puisse passer un peu de temps ensemble et apprendre à se connaître.

— Je ne peux pas rester, répliqua Giselle, avant d'éclater en sanglots, à son grand désarroi.

— Mon Dieu, tu es bouleversée...

Sur ce, elle sortit une bouteille de pinot noir et fouilla dans un tiroir pour trouver le tire-bouchon.

— Tiens, prends un verre de vin et raconte-moi ce qui s'est passé. Ensuite, j'irai trouver mon frère et je lui botterai les fesses.

— Tu n'es pas obligée de t'occuper de moi, dit Giselle assise devant l'îlot, face à Jessica, un verre à la main. Tu sais, ce n'est pas la faute de Lyle. C'est moi qui suis à blâmer dans tout ça. Quand j'ai découvert ce qui se passait, j'ai paniqué. Nous n'étions pas faits l'un pour l'autre.

— Pourquoi tu dis ça ?

— Parce que l'application k !smet l'a apparié avec Gabby.

— Uniquement parce que ton profil n'est pas dans la rubrique « Couple ». Et puis, qu'est-ce que ça peut faire qu'il ait matché avec ta sœur ? Puisque c'est toi qui l'intéresses ?

— Je n'en suis pas sûre...

— Crois-moi, la seule chose que mon frère connaisse de ta sœur, c'est son apparence. En fait, on pourrait dire que ta sœur a matché avec moi, puisque c'est moi qui ai créé le profil de Lyle.

Giselle appréciait les efforts que faisait Jessica pour la réconforter. Mais il n'en restait pas moins que Lyle ne l'aurait jamais regardée s'il n'avait pas pensé qu'elle avait matché avec lui sur k !smet. C'était l'unique raison pour laquelle il s'était rapproché d'elle.

— Tu n'es pas obligée de retourner à Dallas tout de suite, reprit Jessica. Tu pourrais rester ici avec moi un peu plus longtemps.

La proposition ne fit que remuer le couteau dans la plaie.

— Je ne peux pas. C'était un échange de domiciles de deux semaines...

Elle n'avait jamais imaginé à quel point elle se sentirait bien au ranch, ni à quel point cela l'attristerait de repartir.

— J'ai du travail et...

Rien. Absolument rien, à part le travail, ne l'attendait à Dallas.

— Ah, fit Jessica, l'air abattu. Peut-être qu'en passant un peu plus de temps ensemble Lyle et toi pourriez arranger les choses ?

Pas une seule fois ils n'avaient parlé de l'avenir et, même s'ils s'entendaient bien, elle n'avait fait que le réconcilier avec l'amour, que briser sa carapace d'indifférence.

— On a passé du bon temps mais, même sans cette histoire de « match », ça n'aurait mené à rien.

— Tu en es sûre ?

— Oui...

Jessica grimaça en voyant la tristesse de Giselle

— Mon frère n'est pas un tombeur... Il ne serait jamais sorti avec toi sur un coup de tête.

Bien sûr, Lyle n'était sans doute pas resté chaste depuis la mort de sa femme, mais elle soupçonnait que c'était sans doute la première fois qu'il se livrait à un marathon sexuel aussi intense que le leur. Ils avaient couché ensemble partout où c'était possible, et elle aurait été bien en peine de dire combien de fois ils avaient couché ensemble ou combien de fois il l'avait fait jouir.

Oui, c'était une aventure mémorable, mais cela ne voulait pas dire que Lyle avait envie d'aller plus loin.

— Ça ne sert à rien. Ma vie est à Dallas. Et puis, Lyle a besoin de quelqu'un qui a un style de vie similaire au sien. Lui et moi sommes diamétralement opposés en termes de carrières et de mode de vie. Je suis une citadine. C'est un cow-boy. Non seulement on ne vient pas du même endroit, mais on n'a pas la même façon de penser.

— Je comprends. Tu ne veux pas renoncer aux avantages de Dallas et, clairement, Lyle est lié au ranch.

Tout en acquiesçant, Giselle se demandait quels étaient les avantages de Dallas. Certes, sa famille y vivait et c'était là qu'elle avait établi son entreprise, mais son entrepôt n'était-il pas en Californie ? En réalité, la seule chose qui l'empêchait de s'installer à Royal était la peur.

Lyle était en train de regarder le fond de son verre de whisky lorsque Jessica entra chez lui avec pertes et fracas.

— Je sais ce que tu vas dire, dit-il. Elle est rentrée à Dallas. Ce qui n'est pas clair, c'est pourquoi tu m'en veux pour ça.

Jessica le foudroya du regard.

— Donc ta solution pour ne pas perdre une femme dont tu es fou amoureux, c'est de la laisser sortir de ta vie ? Tu trouves que ça a un sens ?

Ça n'avait aucun sens.

— Elle vit à Dallas. Sa société est implantée là-bas. Ma vie, c'est le ranch. Tu t'attendais à quoi ?

— Eh bien, vous pourriez agir comme des adultes et admettre que vous avez des sentiments l'un pour l'autre.

— Ça fait à peine deux semaines qu'on se connaît.

— Nul, comme argument… Vous êtes tombés fous amoureux l'un de l'autre.

C'était vrai, pensa Lyle avec un pincement au cœur. Depuis le jour où elle lui avait ouvert la porte en brandissant une poêle en fonte, il avait craqué pour elle. La douleur qu'il ressentait dans la poitrine s'étendit à tout son torse.

— Peut-être bien... Mais à quoi ça sert de s'accrocher alors qu'il n'y a aucune chance...

— Ça, tu n'en sais rien, l'interrompit Jessica.

— Nous vivons dans des univers complètement différents, avança-t-il, lui-même gêné par la faiblesse de cet argument. Et puis, regarde ce qui s'est passé entre papa et maman. Eux aussi étaient très différents. Il voulait voyager et elle offrir une vie stable à ses enfants.

— Papa était un idiot qui ne pensait qu'à lui, répliqua Jessica. Et puis, utiliser l'échec de nos parents pour écarter Giselle est une dérobade, et tu le sais.

Il le savait. Mais longtemps, il avait fui les émotions trop stressantes et s'en était protégé en s'isolant.

— Je lui ai demandé de rester dîner pour que nous puissions discuter. Elle a refusé.

— Arrête d'être comme ça. Ne te referme pas sur toi-même. Ne laisse pas ce qui s'est passé avec Chloe t'empêcher d'aimer quelqu'un d'autre.

— Ce n'est pas si facile.

— Si, c'est très facile. C'est le problème avec toi. Quand tu as rencontré Chloe, c'était évident que vous alliez vous marier et avoir une vie parfaite. C'est peut-être pour ça que tu l'as choisie. Pour ne pas reproduire l'échec de nos parents, tu as choisi une fille issue du milieu de l'élevage, qui voulait les mêmes choses que toi, et ça a marché. Mais une relation n'a pas besoin d'être parfaite pour être extraordinaire. Elle peut aussi être déchirante, épuisante et frustrante.

— Pas que..., répondit Lyle avec un petit sourire triste. Elle peut être aussi magique, merveilleuse et renversante.

Jessica saisit alors le bras de son frère et le secoua brutalement.

— Je veux que tu sois heureux. Giselle pourrait te rendre heureux. Ne la laisse pas s'enfuir.

— C'est trop tard.

— Alors les choses vont devenir plus difficiles pour toi.

À cet instant, Jessica ressemblait tellement à leur mère… Talullah Drummond avait toujours pensé qu'aimer c'était dire la vérité à l'autre, aussi rude soit-elle.

— Comment ça ? fit Lyle, incapable d'imaginer qu'il puisse souffrir davantage.

— Si tu lui avais avoué tout de suite tes sentiments, je suis sûre que vous auriez ri ensemble de ce qui s'est passé avec Gabby comme si c'était une sorte de vaudeville.

— Il n'y avait rien de particulièrement drôle là-dedans.

— Comment ça ? s'exclama Jessica, les yeux brillants de malice. Je te trouve une fille sur k !smet, et toi tu tombes amoureux de sa jumelle. Amusant comme quiproquo, non ?

Lyle la dévisagea, de marbre.

— Tu réalises que tout est ta faute, j'espère ? Rien de tout ça ne serait arrivé si tu ne m'avais pas piégé avec cette maudite application.

— Bien sûr, mais peu importe. C'est vrai que j'ai mes torts, mais c'est toi qui as foiré avec Giselle.

— Peu importe.

C'était tellement plus facile de blâmer sa sœur que d'admettre qu'il avait tout gâché en laissant croire à Giselle qu'elle n'était qu'une passade.

— De plus, si tu m'avais dit plus tôt que tu étais amoureux de la femme avec qui j'avais échangé ma maison, je n'aurais même pas essayé de t'arranger le coup avec Gabby.

— On en revient donc au fait que tout ça est ma faute.

— Oh ! Lyle, fit Jessica en lui tapotant le bras sans la moindre sympathie. Ce n'est pas toujours le cas ?

Jess n'avait pas tort. S'il n'avait pas été si occupé à protéger son cœur, il aurait pu offrir à Giselle le réconfort dont elle avait besoin. Au lieu de cela, il s'était tu et avait laissé filer une femme extraordinaire.

— Je ne suis pas doué pour parler de mes sentiments.

— Tu n'as pas besoin d'être doué pour ça. Il suffit d'être prêt à essayer.

Il ne pouvait qu'admettre que sa relation avec Chloe s'était déroulée sans la moindre anicroche. Ils s'étaient rencontrés, étaient sortis ensemble, étaient tombés amoureux et s'étaient mariés.

La famille de Chloe l'appréciait. Jess appréciait Chloe. Peut-être n'avait-il pas vraiment su lui dire ce qu'il ressentait pour elle. Mais sa mère lui avait toujours dit que, ce qui comptait chez un homme, ce n'était pas son discours, mais ses actes.

Et avec Giselle, il avait agi comme un idiot. Aujourd'hui, il l'avait laissée monter dans sa voiture alors qu'il aurait dû la jeter sur son épaule et l'emmener directement dans son lit, où il lui aurait démontré qu'elle était la seule femme de sa vie désormais.

— J'ai merdé, dit-il.

— Bien sûr que tu as merdé, répondit Jessica d'un air suffisant.

— Quand elle m'a dit qu'elle avait besoin de se sentir en sécurité dans une relation, j'aurais dû lui dire que je prendrais soin d'elle.

— Et que tu l'aimes.

— Et que je l'aime. Je crois que je ferais mieux d'aller réparer ça.

— Je t'enverrai par texto son adresse et le code pour entrer dans son immeuble, dit Jessica en souriant.

13

Lorsque Giselle entra dans son appartement du centre de Dallas, elle remarqua qu'elle n'éprouvait aucun soulagement d'être rentrée chez elle.

D'habitude, lorsqu'elle s'absentait plus de trois nuits, elle avait hâte de retrouver sa routine. Mais ça, c'était avant. Avant de passer deux semaines dans le ranch de Lyle. Une montagne de désespoir s'abattit sur ses épaules tandis qu'elle traînait ses valises jusqu'à sa chambre joliment décorée.

Voilà. C'était son avenir. Le reste de sa vie se profilait devant elle, une existence vide de sens, solitaire, austère, dépourvue de sexe et de grands espaces. Son cœur se serra, et elle posa le poing dessus pour tenter d'atténuer la douleur. Elle resta debout à côté de son lit en attendant que ça passe.

Elle avait commis une énorme erreur en laissant l'humiliation et la peur prendre le dessus. C'était ça qui l'avait amenée à repousser Lyle. Elle avait ensuite aggravé son cas en prenant la fuite. N'importe quelle personne sensée aurait donné à l'autre une chance de changer d'avis. Elle s'était rendu compte de sa stupidité dix minutes après avoir quitté Royal. À ce moment-là, elle aurait encore pu faire demi-tour et s'excuser, mais elle avait persévéré dans son erreur.

Une fois ses bagages rangés et sa lessive mise à tourner, Giselle s'installa devant son ordinateur pour consulter ses mails. Déjà, les deux semaines passées au ranch lui apparaissaient comme un rêve merveilleux.

Bien sûr, la preuve que tout cela avait été bien réel se voyait sur ses réseaux sociaux. Et d'autres images étaient à venir. Saisissant son appareil-photo, elle le connecta à son ordinateur et lança le téléchargement.

Pendant le transfert, elle fit défiler les photos et vidéos qu'elle avait prises sur son smartphone, souriant à la vue des veaux qui s'ébattaient dans la prairie.

Dans la dernière vidéo, Lyle s'approchait à cheval au ralenti. Elle ne put qu'admirer la façon dont son corps se balançait langoureusement au rythme du cheval. Dans une dernière séquence à couper le souffle, il regardait au loin avant de se rendre compte qu'elle le filmait. Elle frissonna lorsque l'image se resserra en gros plan sur son visage. Alors, les yeux de Lyle s'illuminèrent, et il lui adressa ce petit sourire charmeur dont il avait le secret.

Giselle se leva de son bureau pour se préparer un en-cas, espérant que c'était l'hypoglycémie qui la rendait si larmoyante. Lorsqu'elle revint à son bureau avec une assiette de fromage et du raisin, elle remarqua que le téléchargement était toujours en cours comme s'il y avait une grande quantité d'images.

Dès qu'elle commença à passer les photos au crible, elle reconnut le photographe, Jacob. Certaines photos étaient mises en scène mais, pour la plupart, il s'agissait de clichés pris sur le vif de cow-boys en plein travail. Le plus étonnant, c'est qu'il y avait des images d'elle à cheval, de sa première tentative à son dernier galop. On la voyait aussi s'entraîner au lasso.

Elle faillit se sentir mal lorsqu'elle tomba sur des photos de Lyle, beau, le regard perdu dans le lointain. Et puis il y avait des photos de Lyle et elle, riant ensemble. Un cliché en particulier où il se penchait en la regardant intensément témoignait de l'incroyable alchimie qui existait entre eux. Du bout du doigt, elle se toucha les lèvres, se remémorant ses baisers, et se surprit à sourire.

Pour finir, il y avait une vidéo de Jacob. Elle cliqua dessus.

« Hé, Giselle, commençait-il. Tu as sans doute deviné où était ton appareil-photo depuis une semaine et demie. Je voulais juste te dire que c'est Lyle qui a eu l'idée de prendre des photos et des vidéos de toi pour tes réseaux sociaux. Mais tout le reste, c'est moi. »

Il marqua une pause avant de poursuivre :

« Lyle a du mal à s'ouvrir aux inconnus, mais je l'ai vu s'ouvrir à toi. La connexion qui existe entre vous a changé sa vie. Ne jette pas le ranch aux oubliettes. Tu vas lui manquer. Comme tu vas nous manquer à tous. »

Comment avait-elle pu être aussi bête et quitter le ranch si brusquement, aussi lâchement ? Lyle ne lui avait pas brisé le cœur. C'était elle qui ne lui avait pas donné sa chance. Elle avait laissé ses angoisses prendre le dessus. La question était maintenant de savoir si Lyle lui pardonnerait ou non.

Se levant d'un bond, Giselle sortit de la pièce en courant. Il aurait été plus rapide de téléphoner, mais elle décida que c'était une discussion à avoir en tête à tête.

Son sac à la main, elle ouvrit brusquement la porte d'entrée et, au lieu de s'élancer dans le couloir comme elle en avait l'intention, elle se retrouva bloquée par une montagne de muscles. Lyle !

Elle le dévisagea, le souffle coupé.

— Qu'est-ce que tu fais ici ? Comment es-tu venu ? souffla-t-elle, décontenancée.

— En pick-up, pourquoi ? dit-il avec un petit sourire en voyant son agacement. Quant à savoir ce que je fais ici, c'est juste que j'ai détesté la façon dont nous nous sommes quittés.

— Mais comment es-tu entré dans l'immeuble ?

Lyle la souleva de terre.

— Tu n'as pas l'impression de t'intéresser un peu trop à des questions annexes ?

— Si, complètement...

Jetant son sac sur la console du vestibule, elle glissa les bras autour de son cou et le huma. Lyle était là. À Dallas. Dans son appartement. Une joie immense explosa en elle, chassant la tristesse de ces dernières vingt-quatre heures.

— Jessica m'a donné le code de l'immeuble. J'espère que ça ne te dérange pas, dit-il en la portant jusqu'au salon, d'où il regarda la vue plongeante sur le centre de Dallas.

— Pas du tout, dit Giselle, ravie. Et ton *timing* est parfait. Cinq minutes plus tard et nous nous serions manqués.

Il s'installa sur le canapé, la posa sur ses genoux et l'enlaça.

— Il est tard, souffla-t-il en enfouissant le nez dans son cou. Où allais-tu ?

— Au ranch, répondit-elle, plongeant les doigts dans ses cheveux noirs.

— Vraiment ? fit-il en lui mordillant le cou. Pourquoi ? Tu as oublié quelque chose ?

— J'ai oublié de te dire à quel point je t'aime...

Lorsque Lyle s'immobilisa sous elle, elle se hâta de poursuivre avant de se remettre à douter d'elle-même.

— Et que je ne peux pas imaginer passer le reste de ma vie sans toi.

— Giselle..., souffla-t-il d'une voix rauque qui la fit frissonner de la tête aux pieds.

— Je sais que cette déclaration peut paraître un peu prématurée..., reprit-elle, craignant de l'avoir effrayé. Après tout, nous ne nous connaissons que depuis deux semaines.

— Ma chérie, souffla Lyle en lui tournant la tête pour qu'elle croise son regard. Je suis venu ici ce soir pour te dire que je t'aime. Je le sais depuis plusieurs jours, mais mon orgueil m'empêchait de te le dire. Je ne voulais pas admettre que Jessica, Rosie, mes amis et... tout le monde au ranch avaient raison. Tu es ce qui manquait à ma vie.

Elle écarquilla les yeux, comme si elle n'en croyait pas ses oreilles.

— Quoi ? Tu m'aimes ?

Lyle lui répondit par un baiser plein de tendresse et de passion. Giselle poussa un cri de joie et lui rendit son baiser avec toute la fougue dont elle était capable.

— Comment as-tu pu en douter ?

— Eh bien… tu as embrassé ma sœur.

— Ta sœur *jumelle* et seulement parce que je l'ai prise pour toi.

— Et si ça se reproduisait ?

— Ça ne se reproduira jamais. Maintenant que je sais que vous êtes deux, je ne referai pas la même erreur. Et pour ta gouverne, sache que j'ai tout de suite compris que quelque chose clochait.

Giselle se blottit contre son torse.

— Mais l'application k !smet…

— Ne parle plus de cette maudite application. Tu es celle que j'ai choisie et tu es la seule femme que je voudrai pour le reste de ma vie.

— Tant mieux, parce que tu es le seul homme avec qui j'ai envie de passer le reste de ma vie.

Il glissa les doigts le long de sa colonne vertébrale avec une lenteur envoûtante.

— Donc nous sommes sur la même longueur d'onde, ou bien…

Elle devina à son hésitation qu'il craignait peut-être qu'elle ne veuille pas abandonner sa vie à Dallas pour s'installer avec lui au ranch.

— Nous le sommes absolument, répondit-elle, soucieuse de le rassurer. En fait, j'ai envie de chercher un local à Royal.

— Vraiment ? Donc, tu emménages à Royal ?

— Encore plus près, répondit-elle avec un sourire innocent. Jessica m'a proposé d'emménager chez elle.

Lyle la dévisagea, effaré.

— Il n'en est absolument pas question ! Tu emménages chez moi, un point c'est tout.

— D'accord.

— Juste d'accord ? fit-il, haussant un sourcil.

Giselle prit son visage entre ses paumes et déposa un bref baiser sur ses lèvres.

— Tu n'as pas encore compris qu'être avec toi est le seul endroit pour moi ?

— Maintenant, si, souffla-t-il en l'embrassant. Je t'aime.

— Je t'aime aussi. Maintenant, emmène-moi au lit pour qu'on puisse commencer cette fête de l'amour pour de vrai.

— À tes ordres.

Se tenant à l'écart de l'activité frénétique du ranch, Lyle suivait du regard une boule d'énergie avec de longs cheveux bruns ondulés, une petite robe crème à longues manches bouffantes et d'incroyables santiags avec un coucher de soleil.

Cela faisait déjà trois mois qu'elle était entrée dans sa vie. Douze semaines étonnantes au cours desquelles il avait énormément souri et beaucoup moins râlé. Quant à l'avenir, il l'imaginait fait d'escapades romantiques, de dîners aux chandelles et de discussions sur le mariage et les enfants.

Il était ridiculement heureux et n'en revenait pas de sa bonne fortune. Les moments difficiles qu'il avait connus par le passé lui permettaient de mieux apprécier son bonheur présent. Presque chaque matin, quand il se réveillait auprès de Giselle, il se demandait comment il avait pu rester seul si longtemps. Rien n'était plus agréable que de l'avoir à ses côtés. À moins que ce ne soit de la voir réussir et s'épanouir, que ce soit dans ses affaires ou dans ses compétences équestres de plus en plus développées.

— Arrête de faire la tête, lui dit Giselle en passant devant lui alors qu'elle se dirigeait vers les tables chargées de sacs cadeaux remplis d'échantillons pour les invités qui n'allaient pas tarder à arriver.

Elle portait des écouteurs fournis par l'organisateur de la réception, vérifiant des quantités de détails de dernière minute.

— Je ne peux pas, répondit Lyle en lui emboîtant le pas.

— Pourquoi ? fit-elle en lui jetant un regard par-dessus son épaule.

— Je suis en manque, gémit-il en la rattrapant en quelques enjambées.

Giselle avait décidé que le ranch serait l'endroit idéal pour la soirée de lancement de Saito for Men. Une énorme tente avait été dressée, suffisamment grande pour accueillir la quasi-totalité de la ville de Royal ainsi qu'un grand nombre d'influenceurs du monde de la beauté.

Elle avait préparé l'événement pendant près d'un mois, et Lyle était sur des charbons ardents maintenant que le jour était enfin arrivé. Dans cinq heures, le lancement serait salué comme un énorme succès et la femme qu'il aimait rayonnerait de joie.

— En manque de quoi ? fit-elle, avant d'indiquer aux assistants qui distribuaient les échantillons où se trouvaient les stocks puis d'aller voir le personnel de restauration.

— De toi.

Elle tourna vers lui un regard amusé.

— C'est impossible. Je n'ai pas quitté le ranch la semaine dernière.

— C'est vrai, dit-il en lui prenant la main. Mais tu as été tellement prise par les préparatifs de cette fête que tu n'as pas eu le temps de t'occuper de nous.

— Une fois ce lancement terminé, je te promets que tout redeviendra absolument normal. Tant de choses se jouent aujourd'hui.

— Et ce lancement sera un succès total, assura Lyle qui avait senti son besoin d'être rassurée.

— Je l'espère. Bien sûr, cela aiderait beaucoup si mon égérie pouvait aller charmer certains influenceurs invités, dit-elle en montrant l'énorme bannière à l'effigie de Lyle.

— Ce n'est pas le genre d'homme qui aime être mis en avant.

— Qu'il sache quand même que tout le monde voulait qu'il vienne à la réception torse nu et que j'ai fait barrage à cette proposition.

— Merci pour ça, fit-il avec une grimace.

Giselle se tourna vers lui, glissa un bras autour de sa taille et lui sourit tendrement.

— Tu vas être extraordinaire aujourd'hui. Attends que tout le monde te voie. En un instant, tu seras une star.

Depuis des semaines, Giselle et son équipe faisaient la promotion de l'événement, qui serait diffusé en direct sur les réseaux sociaux. Au même moment, la nouvelle ligne de soins pour hommes serait disponible sur le site web, et Giselle espérait que tout ce travail acharné porterait ses fruits.

— Tu sais bien que ce n'est pas pour ça que j'ai accepté d'être ton égérie, dit Lyle en lui embrassant les mains.

— Je sais, souffla Giselle en frissonnant lorsque les lèvres de Lyle effleurèrent son poignet. Tu l'as fait parce que tu m'aimes.

— C'est la seule raison pour laquelle je puisse envisager de me ridiculiser devant des inconnus.

— Tu ne vas pas te ridiculiser. En fait, si quelqu'un risque de se mordre les doigts que tu aies accepté d'être l'égérie de Saito pour Men, c'est bien moi.

— Pourquoi ? fit-il, perplexe.

— Jusqu'à présent, je t'avais pour moi toute seule. Maintenant, des millions de femmes vont fantasmer sur toi.

— Possible. Mais ça ne changera rien parce que la seule qui m'intéresse, c'est toi.

Elle plongea les doigts dans ses cheveux et se hissa sur la pointe des pieds. Leurs lèvres se scellèrent en un baiser tendre qui devint avide et brûlant en un instant. Comme à chaque fois qu'ils s'étreignaient, elle devenait sa seule préoccupation et mettait ses hormones en ébullition. Ce ne fut que lorsque Giselle tressaillit et s'écarta qu'il se souvint de l'endroit où ils se trouvaient et des enjeux de cette journée.

Giselle enclencha son micro.

— Oui, je suis là, répondit-elle, un peu essoufflée à cause de leur baiser. Dis-leur que nous commençons dans dix minutes. J'arrive.

Embrassant Lyle, elle se dirigea vers les coulisses. Alors qu'il la regardait s'éloigner, le corps bourdonnant de désir, il se félicita une fois de plus d'avoir eu raison depuis le début.

L'application k !smet s'était trompée en l'appariant avec Gabby. Aucun algorithme n'aurait pu comprendre ce dont il avait besoin. Si Giselle et lui ne formaient pas un couple évident sur le papier, elle était parfaite pour lui. Sa douceur impertinente avait charmé les ouvriers du ranch. Sa gentillesse et sa patience avaient été la clé pour apprivoiser la jument la plus belliqueuse. Sa détermination lui avait permis de maîtriser l'art du lasso et l'équitation. Mais c'était sa nature aimante et passionnée qui l'avait ramené à la vie.

Lorsque Giselle monta sur scène pour souhaiter la bienvenue à tout le monde et parler un peu de son entreprise, elle était vraiment dans son élément. Depuis son poste d'observation en coulisses, Lyle la regardait avec émerveillement. Rayonnante. Charmante. Sûre d'elle. Les invités réunis lui mangeaient dans la main.

— J'aimerais à présent vous présenter le propriétaire du Royal Cattle Company, où se déroule aujourd'hui notre grand événement, déclara Giselle avec un geste du bras dans sa direction. Mesdames et messieurs, Lyle Drummond !

Il s'avança sur la scène et salua, gêné, la foule bruyante. Il reconnut plusieurs de ses amis et voisins, et se demanda quel genre de railleries il subirait dans les semaines à venir à la suite de sa décision de devenir l'ambassadeur d'une marque de produits de beauté. Puis, voyant le sourire radieux de Giselle, il se délecta de la joie que lui inspirait, à elle, leur partenariat.

— Comme vous l'avez sans doute remarqué sur les bannières disposées sous ce chapiteau, Lyle est également l'égérie de Saito for Men. Je l'ai choisi parce qu'il est beau, dit-elle avec un regard coquin, mais aussi parce que cette ligne de soins est destinée, non pas à certains types hommes, mais à tous.

Dans un discours informatif mais concis, Giselle souligna son engagement en faveur de l'environnement et évoqua les avantages d'une routine quotidienne avant de passer le micro à Lyle pour qu'il partage son expérience des produits Saito for Men.

Lorsqu'il eut terminé, il tendit la main à Giselle.

— Une dernière chose avant de terminer cette présentation. J'espère que Giselle ne m'en voudra pas si je vous dis à tous à quel point cette femme est merveilleuse et à quel point elle est devenue importante pour moi.

Oubliant tout sauf l'amour qui gonflait sa poitrine, Lyle lui sourit.

— En fait, je suis follement amoureux d'elle et j'espère qu'elle acceptera de passer le reste de sa vie avec moi.

Il y eut un silence pendant que tout le monde absorbait la nouvelle, y compris Giselle, qui pressa ses mains sur son visage lorsqu'il mit un genou à terre sous les vivats des invités.

— Vraiment ? souffla-t-elle alors que sa question se perdait dans les applaudissements des deux cents invités.

— Vraiment, répondit Lyle en sortant une bague avant de reprendre le micro. Giselle Saito, je t'aime de tout mon cœur et de tout mon être. Veux-tu m'épouser ?

L'air autour d'eux semblait crépiter d'impatience tandis que Giselle le regardait avec étonnement. La demander en mariage de manière aussi publique était un risque énorme, et Lyle éprouva un immense soulagement lorsqu'elle acquiesça. Après lui avoir glissé la bague en diamant au doigt, il la prit dans ses bras et l'embrassa.

— Je t'adore, murmura-t-il contre ses lèvres. Je veux que nous passions le reste de notre vie ensemble.

Des larmes brillèrent dans les yeux de Giselle.

— C'est ce que je veux aussi.

Main dans la main, ils se tournèrent vers les invités et reçurent une longue ovation.

YAHRAH ST. JOHN

Les secrets du milliardaire

Traduction française de
ROSA BACHIR

PASSIONS

HARLEQUIN

Prologue

Un an plus tôt

Allongée dans un grand lit moelleux dans la demeure de Helaine Smith, Egypt Cox risqua un regard vers l'horloge. 1 heure du matin. D'habitude, elle dormait comme un loir, mais son esprit était en ébullition. Tant d'événements s'étaient produits ces derniers jours...

Helaine était la tante de sa meilleure amie, Wynter Barrington, et elle avait toujours témoigné à Egypt de la gentillesse, du respect, et même de l'amour. Elle avait reçu Egypt chez elle bien des fois, et l'avait volontiers laissée cuisiner de nouveaux plats. Lorsque Egypt lui avait confié qu'elle rêvait d'ouvrir son propre restaurant un jour, Helaine l'avait encouragée, disant que tout était possible. Au fil du temps, elle était devenue pour Egypt la grand-mère qu'elle n'avait jamais eue. Voilà pourquoi il était étrange de dormir dans sa maison sans elle. Une semaine plus tôt, Helaine était décédée à la suite d'une rupture d'anévrisme.

Bien qu'elle soit très occupée avec son *food truck* à Raleigh, en Caroline du Nord, Egypt n'avait pas hésité à venir à San Antonio pour soutenir Wynter, tout comme les autres jeunes femmes qui formaient avec elles les « Six Gemmes », des meilleures amies pour la vie : Asia Reynolds, Shay Davis, Lyric Taylor et Teagan Williams. Wynter, qui tenait un blog de voyages, était rentrée en catastrophe de Bali pour assister à l'enterrement. Aucune d'elles ne se doutait alors de ce qui les attendait après les obsèques.

Quelques jours plus tôt, Egypt avait reçu un appel d'un avocat nommé Sidney Carter, mais elle n'avait pas eu le temps de décrocher ni de le rappeler. Elle le regrettait à présent. Si elle avait discuté avec M. Carter, ses cinq amies et elle n'auraient pas été prises au dépourvu à la lecture du testament de Helaine.

Aujourd'hui, après le service funéraire, M. Carter avait demandé aux jeunes femmes et à la famille Barrington de le suivre dans le bureau de la demeure familiale. Là, il avait annoncé une incroyable nouvelle : Wynter héritait de l'essentiel des biens de Helaine, et cette dernière avait légué à chacune des autres Gemmes deux cent mille dollars, afin qu'elles puissent réaliser leur rêve, créer leur propre entreprise.

Egypt avait été stupéfaite et ravie, mais sa joie avait été de courte durée. Les membres de la famille de Wynter, furieux, avaient menacé de contester le testament. Pire, les Barrington s'étaient retournés contre Wynter, l'accusant d'avoir manipulé Helaine. Impensable ! Wynter avait fait ses bagages et quitté la maison familiale pour se rendre chez Helaine, où les cinq autres Gemmes l'avaient suivie.

À présent Egypt s'interrogeait pour la suite. Bien que son *food truck* soit prospère et qu'elle ait mis de l'argent de côté dans l'espoir d'obtenir un prêt un jour, elle avait toujours pensé que cela n'arriverait pas de sitôt. Elle aurait déjà ouvert son propre restaurant si son petit ami ne lui avait pas volé toutes ses économies. À cause d'Antwan, Egypt évitait de s'investir émotionnellement avec les hommes, se contentant de liaisons charnelles. Elle ne pouvait rien offrir de plus, puisqu'elle était trop occupée à repartir de zéro. Le généreux don de Helaine l'aiderait beaucoup lorsqu'elle solliciterait un prêt bancaire.

Elle réaliserait son rêve. Comme Helaine l'avait dit, lorsque Egypt décidait d'entreprendre quelque chose, elle y parvenait toujours.

1

Aujourd'hui

Egypt finissait de mélanger l'aïoli cajun qui servirait de condiment pour ses beignets, l'une de ses spécialités. Tout le monde en ville adorait ses beignets fourrés au cheddar, aux oignons marinés et au bacon. C'était l'un des nombreux plats que les clients affectionnaient depuis qu'elle avait ouvert le Flame à Raleigh, sa ville d'adoption.

Elle avait quitté San Antonio pour s'installer ici, avec pour projet d'ouvrir un restaurant qui rappellerait ses racines du Sud et les plats qu'elle avait envie de cuisiner. Sa mère, Virginia, était décédée d'un cancer du sein lorsque Egypt avait à peine six ans. Puisqu'elle était originaire de Raleigh, elle s'était dit que la ville serait un bon point de départ.

Anthony, son père, n'avait pas tardé à la rejoindre en Caroline du Nord car sa fille lui manquait. Il travaillait au service de l'urbanisme de la ville. Ce n'était pas un emploi prestigieux, mais il lui permettait de payer les factures. Egypt avait été élevée par son père, qui ne s'était jamais remarié. Il était son héros.

— Cheffe, vous voulez goûter le plat ? demanda Quentin Coleman, son second de cuisine.

Quentin était un jeune homme de vingt-deux ans, un grand garçon dégingandé au sourire chaleureux et au teint brun noisette.

— Absolument.

Egypt prit la fourchette qu'il lui tendait. Lorsqu'elle glissa le morceau dans sa bouche, les saveurs explosèrent sur ses papilles. C'était succulent. Egypt se réjouissait d'avoir engagé Quentin. Il n'avait qu'une expérience de commis lorsqu'elle l'avait reçu en entretien mais, quand elle lui avait demandé de préparer son plat emblématique, il n'avait pas hésité. Ses crevettes du Sud au gruau de maïs étant divines, elle lui avait offert le poste sur-le-champ. Elle n'avait pas regretté sa décision.

— Phénoménal, le félicita-t-elle en souriant. C'est vraiment un excellent travail, Quentin.

— Vous trouvez ?

— Mais oui. Tu peux faire goûter le plat aux autres.

Egypt quitta la cuisine et se dirigea vers la salle principale, où elle s'assura que tout était en ordre. Le restaurant n'ouvrirait pas avant deux heures, mais elle tenait à ce que son personnel goûte les plats qui seraient servis pendant le dîner.

Quand elle entra dans la salle, Egypt sentit son cœur se gonfler de joie. Parfois, elle n'arrivait pas à croire que cet endroit était à elle et qu'il était ouvert depuis déjà deux mois.

Elle avait eu de la chance de trouver cet emplacement à Glenwood South. C'était un quartier en pleine expansion, plein de jeunes actifs et de restaurants modernes. Un lieu idéal pour le Flame. Le restaurant de quatre-vingts couverts était meublé de tables de bois, de chaises en cuir et de quelques banquettes. Les grandes fenêtres laissaient entrer la lumière naturelle, qui mettait en valeur les tons jaunes et beiges des murs. Le long du bar en acier inoxydable, de hauts tabourets étaient alignés. Le reste de la décoration était minimaliste : des œuvres d'art en métal et quelques pièces éclectiques réalisées par son amie Asia ornaient les murs. Le Flame était exactement comme Egypt l'avait imaginé. Son travail acharné ainsi que l'aide d'un ange céleste lui avaient permis de faire de son rêve une réalité.

Son hôtesse, Tessa Rogers, discutait avec plusieurs serveurs. Avec sa silhouette élancée et ses longs cheveux bruns soyeux, Tessa était une vraie beauté. Elle était sympathique et donnait aux clients l'impression d'être chez eux, ce qui était exactement ce qu'Egypt voulait pour le Flame. La plupart des serveurs étaient des étudiants. Il y avait aussi quelques vétérans qu'elle avait réussi à débaucher dans le restaurant qui l'employait autrefois. Son ancien patron, le chef Rafael, était un homme horrible, qui dénigrait ses employés. Egypt était restée chez lui le temps d'acquérir les connaissances nécessaires et, dès qu'elle l'avait pu, elle avait démissionné pour ouvrir son *food truck*.

Une démarche qui avait pris plus longtemps que prévu, car son ex-petit ami, Antwan, lui avait volé ses économies avant de s'évanouir dans la nature. Penser à lui l'écœurait. Aussi Egypt se recentra-t-elle sur sa tâche. Malheureusement, cela ne l'empêcha pas de se rappeler à quel point elle s'était sentie stupide d'avoir cru aux mensonges d'Antwan.

Après s'être assurée que les serveurs étaient prêts, elle retourna en cuisine. Quentin avait préparé plusieurs assortiments afin que le personnel puisse goûter à la carte d'hiver. En guise d'entrée, Egypt avait concocté des gésiers de poulet frits aux oignons caramélisés avec une sauce au madère, et des choux de Bruxelles croustillants au bacon et glacés au piment doux. Elle proposait également deux plats : poisson-chat braisé accompagné de riz rouge, de beignets de tomates vertes et d'un chutney de piment habanero, ou crevettes sautées et noix de Saint-Jacques au gruau crémeux avec sauce au beurre et épinards frits.

Quelques instants plus tard, Egypt s'assit avec ses employés. Tout le monde goûta les différents mets et s'extasia sur ses créations et celles de Quentin. C'était un environnement de travail collaboratif, qu'elle avait toujours rêvé de connaître et qu'elle avait réussi à créer. Elle leva les yeux vers le ciel. *Merci, tante Helaine.*

— Maman, papa.

Garrett Forrester adressa un signe de tête à ses parents en entrant dans le salon de la vaste demeure familiale, située dans le quartier huppé de Wakefield Plantation. C'était une froide soirée de janvier, et un feu crépitait dans la haute cheminée de pierre.

Garrett était le P-DG de l'entreprise familiale, la Forrester Holdings Corporation. Il avait eu une longue journée au bureau, et il aurait aimé rentrer chez lui pour prendre un repas chaud et un scotch. Au lieu de quoi, il avait dû venir chez ses parents, ayant été convoqué pour un motif inconnu. Cela avait-il quelque chose à voir avec son grand-père maternel, Cyrus Walker, qui était décédé quelques semaines plus tôt et lui avait légué Walker Farms ? Garrett n'avait pas encore décidé ce qu'il allait faire de cette petite exploitation agricole.

— Assieds-toi, Thomas.

Son père, assis avec sa mère sur le canapé, désigna le fauteuil face à eux. Hugh Forrester était un homme grand et impressionnant, aux cheveux grisonnants et aux yeux bruns perçants. Il savait que son fils préférait être appelé Garrett, le second prénom de son grand-père Cyrus, mais il persistait à utiliser son prénom de naissance.

Garrett n'était pas d'humeur à se disputer. Il s'assit donc au bord du fauteuil et déboutonna sa veste. Il était venu directement après le travail et portait encore sa tenue habituelle : costume sur mesure, chemise et cravate, comme son père. Que ne donnerait-il pas pour s'habiller dans un style décontracté de temps en temps...

— Alors ? Pourquoi m'avez-vous demandé de venir ?

— As-tu décidé de ce que tu allais faire de la ferme de ton grand-père ? questionna son père.

— Pas encore.

Garrett avait vécu certains de ses plus beaux souvenirs dans cette ferme, quand il y passait l'été en compagnie de ses grands-parents. À l'époque, au lieu d'avoir le nez dans des chiffres, il parcourait les terres, perché sur un tracteur, ou aidait son grand-père à cueillir ses légumes.

Le décès de Cyrus l'avait bouleversé, mais Garrett essayait de ne pas le montrer, car les Forrester faisaient toujours bonne figure. Il n'avait toujours pas fait son deuil. Baissant la tête, il ferma les yeux pour contenir ses émotions. Il avait toujours aimé son grand-père, peut-être plus que son propre père, car Cyrus avait été infiniment gentil, patient et *aimant*.

— Tu ne crois pas qu'il est temps que tu te décides ? Nous ne pouvons pas laisser cette ferme délabrée te détourner de tes missions de P-DG.

— La ferme était la fierté et la joie de papa, Hugh, intervint Corrine. Il s'occupait très bien de ses terres.

La mère de Garrett était une femme douce, aux cheveux mi-longs coupés au carré et au doux regard noisette. Elle était toujours élégamment vêtue - aujourd'hui, elle portait un pantalon large et une blouse assortie. Elle était l'élégance et la sophistication incarnées. Mais elle était réservée et laissait trop souvent son mari faire sa loi.

— Cela traîne depuis des années, Corrine. Il est temps de vendre. Peut-être que quelqu'un pourra en faire bon usage, y construire un hôtel, par exemple.

— Non !

Garrett avait prononcé ce mot avant même de s'en rendre compte. Pour lui, se débarrasser de la ferme qui était dans sa famille maternelle depuis trois générations était un sacrilège.

Hugh fronça les sourcils.

— Comment ça, non ?

— Tu m'as bien entendu, répondit Garrett. Je refuse de vendre.

— Garrett...

Il n'aimait pas le ton condescendant de son père. Ses parents l'avaient eu sur le tard, après plusieurs fausses couches, et avaient maintenant plus de soixante-dix ans. Garrett était leur bébé miracle, sur lequel ils avaient fait reposer tous leurs espoirs et tous leurs rêves, y compris celui de diriger l'entreprise familiale. Il avait fait tout ce qu'ils voulaient, depuis toujours, mais vendre la ferme était la demande de trop. Il avait mis sa vie personnelle de côté, se contentant de relations brèves, car il ne pouvait rien offrir de plus. Son travail était toute sa vie, au point qu'il n'était même pas sûr de fonder une famille un jour.

— Papa, je dirige une entreprise de plusieurs milliards de dollars. Je suis tout à fait capable de gérer une ferme de cent hectares. Je ne sais pas encore comment je vais procéder mais, quand je le saurai, tu seras le premier au courant.

Son père voulut répondre, mais sa femme lui adressa un regard noir. Pour une fois, il battit en retraite.

Garrett se leva.

— Si c'est tout ce dont vous vouliez me parler, je vais rentrer chez moi.

— Tu ne pourras pas dire que je ne t'ai pas prévenu, répliqua son père. Cette ferme va t'achever.

Quelques minutes plus tard, Garrett grimpait dans sa Rolls-Royce et prenait la direction de l'autoroute. L'air frais l'aida à se vider l'esprit. Il n'avait pas encore réfléchi à ce qu'il allait faire de la ferme ; il savait seulement qu'il ne pouvait pas vendre l'héritage de sa famille. Il allait se rendre à Walker Farms dès ce soir. Demain, il ferait le tour des terres et se déciderait ensuite.

Il téléphona à Kent Howell, le contremaître de l'exploitation.

— Kent, peux-tu faire en sorte que tous les comptes des cinq dernières années soient placés dans le bureau de mon grand-père ?

— Bonjour à toi, Garrett. Et, oui, bien sûr, répliqua Kent.

Garrett et Kent se connaissaient depuis l'adolescence. À l'époque, ils travaillaient ensemble à la ferme durant l'été. Garrett avait ensuite quitté la région pour ses études, et Kent était resté.

— Merci, Kent. Je te vois demain, dit-il avant de raccrocher.

Il comptait inspecter les comptes de près, afin d'évaluer l'étendue des problèmes financiers.

En attendant, il mourait de faim. Il n'y avait rien à manger chez lui, s'avisa-t-il. Son assistante lui avait parlé en termes très élogieux d'un nouveau restaurant à Glenwood South. Sur un coup de tête, il décida d'aller y faire un tour.

Il arriva au Flame aux alentours de 20 heures. Comme il s'en était douté, le restaurant était plein. Toutefois, il remarqua un siège vide au bar. Lorsque l'hôtesse eut conduit à sa table le couple qui le précédait, elle revint s'occuper de lui. L'espace d'un instant, elle se contenta de le regarder.

Garrett était habitué à l'effet qu'il faisait à la gent féminine. Souvent, des femmes lui donnaient leur carte de visite ou lui envoyaient des messages privés sur ses comptes de réseaux sociaux. Les plus audacieuses lui faisaient des propositions directes. Si le temps le lui permettait, il s'accordait de temps en temps une récréation, mais en général il était trop accaparé par son travail.

— Je peux m'installer au bar ? demanda-t-il.

Se rendant sans doute compte qu'elle le dévisageait, l'hôtesse se ressaisit.

— Oui, oui. Bien sûr.

Elle lui indiqua un tabouret de libre et lui donna un menu.

— Merci.

Elle lui adressa un sourire puis retourna à son poste. Après un instant, le barman, un jeune homme avec des dreadlocks, vint prendre la commande de Garrett.

— Qu'est-ce que je vous sers ?

Garrett entendit son estomac gargouiller.

— Un bon repas, plaisanta-t-il.

Le barman rit.

— Je prendrai un scotch, dit Garrett.

— Je vous apporte ça tout de suite.

En attendant sa boisson, Garrett inspecta le menu. Le chef offrait une variété de spécialités du Sud alléchante, mais le plat du jour le tentait encore plus.

Le barman lui apporta deux doigts de scotch.

— Vous vous êtes décidé pour le dîner ? demanda-t-il.

— Je vais prendre le poisson-chat braisé.

— Excellent choix. La cheffe Egypt est vraiment douée. Vous ne serez pas déçu.

— Je vous crois volontiers.

— Justement, la voilà.

Garrett tourna son tabouret de bar et put apercevoir la jeune femme en question. Et quel aperçu ! Elle était grande, environ un mètre quatre-vingts selon lui. Elle portait une veste de cuisine noire et un pantalon de la même couleur. Cependant, la tenue austère ne ternissait pas la lumière qui émanait d'elle.

Son teint caramel était radieux, et ses lèvres étaient superbes, mais ce furent son sourire éclatant et son délicieux postérieur rebondi qui le fascinèrent le plus. Un éclair de désir le traversa, le surprenant par son intensité. Garrett consacrait sa vie à son travail depuis si longtemps qu'il entendait rarement l'appel de la chair. Et quelque chose lui disait qu'une nuit avec Egypt serait un délicieux péché.

Il passa la main sur sa mâchoire. Était-il en manque de sexe au point de désirer une femme dont il ne savait rien ? Fichtre, oui ! Il ferait sa connaissance dès ce soir, décida-t-il.

Tandis qu'elle discutait avec un client enchanté par sa cuisine, Egypt sentit une onde électrique la traverser. Elle avait l'impression d'être observée. Jetant un regard circulaire dans la salle, elle croisa des yeux d'onyx, qui étaient braqués sur elle. L'inconnu qui la dévisageait était grand, large d'épaules, et ses cheveux noirs et crépus étaient coupés court. Tout à fait son genre. Elle adorait aussi son teint brun chaud, sa barbe sexy et ses lèvres sensuelles.

La lueur appréciatrice dans son regard la fit vibrer. Un frisson courut entre ses jambes, et Egypt se sentit rougir. Peut-être avait-elle simplement chaud, après avoir passé trop de temps en cuisine ?

Elle cligna des yeux et se ressaisit. Elle continua à faire le tour de la salle, s'assurant que les clients appréciaient leur repas, mais resta à distance du bar. Elle craignait sa propre réaction si elle approchait trop près de l'inconnu au charme magnétique, qui ne la quittait pas des yeux. Après être passée à toutes les tables, elle retourna vers la cuisine, son refuge.

— Le service se passe bien ? demanda Quentin.

— Oui. Tout le monde est content. C'est une bonne soirée.

— Excellent, cheffe ! répondit le jeune homme. Quelqu'un a commandé votre poisson-chat braisé et souhaite vous voir.

— Ah oui ?

L'homme du bar sûrement. Elle pouvait refuser la requête et paraître puérile, ou elle pouvait être la cuisinière audacieuse et hardie qu'elle avait toujours été, et l'affronter.

Elle opta pour la seconde solution, mais décida de ne pas lui faciliter les choses. Elle envoya la commande, mais attendit vingt minutes pour aller le voir. Après avoir remis une couche de rouge à lèvres mauve, elle se dirigea vers le bar.

Comme s'il avait senti son regard sur lui, le bel inconnu se retourna.

— Cheffe Egypt, je présume ?

Mince ! Sa voix grave et chaude était irrésistible...

Elle lui offrit un sourire radieux.

— Elle-même. J'espère que le repas vous a plu.

Elle regarda l'assiette désormais vide posée sur le bar. De près, cet homme était encore plus séduisant. Sa chemise de luxe soulignait sa carrure et épousait ses biceps saillants.

— Oui, et je tenais à remercier la cheffe qui l'a préparé. Je m'appelle Garrett, au fait, dit-il en lui tendant la main.

L'espace d'un instant, elle hésita. Puis elle glissa sa paume dans la sienne.

— C'est un plaisir de vous rencontrer, Garrett. Quant à votre plat, c'était un travail de groupe.

— Belle et humble. Une combinaison rare.

Il sourit, révélant une dentition parfaite. Egypt sentit son cœur palpiter. Ce n'était pas un client comme les autres. Elle doutait que les hommes de son monde dînent dans des restaurants comme le sien.

— Je suis heureuse que vous ayez apprécié votre dîner. Puis-je vous proposer un dessert ?

— Seulement si vous le partagez avec moi.

Il la regarda droit dans les yeux, comme pour la mettre au défi de décliner son offre.

Egypt était soufflée. Depuis l'ouverture du restaurant, elle n'avait jamais eu affaire à un client aussi entreprenant et direct.

— Je crains de ne pas pouvoir. Étant cheffe et propriétaire de cet établissement, j'ai encore beaucoup à faire.

— C'est précisément pourquoi vous pouvez demander à quelqu'un de le faire pour vous.

Elle devait l'admettre, elle aimait les hommes qui savaient ce qu'ils voulaient. Toutefois, elle ne figurait pas au menu.

— Vous êtes toujours aussi tenace ? demanda-t-elle.

— J'ai découvert que cela me réussit dans la vie.

— Eh bien, pas ce soir, mais merci pour votre proposition. Je vous envoie le dessert. J'espère qu'il vous plaira.

Elle pivota sur ses talons pour aller se réfugier dans sa cuisine. Mais pendant qu'elle marchait, elle sentit le regard de Garrett sur elle. *Attention, danger !*

Une fois devant les fourneaux, elle s'appuya contre le mur et prit une grande inspiration. Hélas, quand elle ferma les yeux, elle imagina l'inconnu en tenue d'Adam. Il était la tentation incarnée, et elle mourait d'envie d'y céder.

Quel était son problème ? Elle n'avait jamais eu une telle réaction face à un homme, pas même avec son ex, Antwan Dixon, qu'elle avait cru être l'amour de sa vie.

Antwan était un narcissique, un homme dominateur, ce qu'Egypt n'avait compris que trop tard. Avec lui, elle n'avait jamais eu voix au chapitre, Pour couronner le tout, il lui avait volé l'argent qu'elle avait économisé pour son futur restaurant. Egypt ne s'était jamais sentie aussi manipulée. Ces sept dernières années, elle avait fait une croix sur l'amour, se contentant d'aventures éphémères lorsqu'elle avait besoin d'affection.

Mais cet homme lui faisait *ressentir* des choses. Et cela l'inquiétait. Ce n'était sans doute qu'un client de passage, qu'elle ne reverrait jamais. Et c'était mieux ainsi.

Rien n'aurait pu préparer Garrett au charme envoûtant de la cheffe Egypt. Elle était… fascinante. Elle avait attiré son attention sans le moindre effort. De nombreuses femmes essayaient de le séduire, mais pas Egypt. Elle avait semblé insensible de prime abord, mais quelque chose dans son regard le poussait à penser qu'elle était loin d'être indifférente à sa personne.

Hélas, elle avait décliné sa proposition de partager un dessert avec lui. Savait-elle qu'il avait espéré davantage, à savoir faire d'*elle* son petit plaisir de fin de soirée ? Garrett n'était pas en quête d'une relation sérieuse. Il privilégiait les histoires courtes et sans attaches. Ses liaisons duraient aussi longtemps que les deux parties y trouvaient leur compte.

Garrett n'était pas contre l'idée de se marier un jour. Pour l'heure, néanmoins, il se concentrait sur sa carrière. Bien qu'il soit P-DG d'une entreprise de plusieurs milliards, son père avait encore son mot à dire sur la direction du groupe. Garrett avait l'impression de devoir constamment faire ses preuves. C'était comme si la ligne d'arrivée était sans cesse repoussée. Mais il n'y avait rien que Garrett ne puisse accomplir. Diplômé de Harvard, et premier de sa promotion dans la prestigieuse école de commerce Wharton, Garrett était un travailleur acharné.

Il fixa les portes battantes derrière lesquelles Egypt était cachée. Elle n'allait pas tarder à apprendre qu'il ne baissait pas les bras facilement.

Elle représentait pour lui un défi, et il était de taille à le relever.

2

— Si tu l'avais vu, Wynter !

L'heure de pointe était passée, et Quentin gérait la cuisine, aussi Egypt avait-elle le temps de discuter avec sa meilleure amie par appel vidéo, dans son bureau.

— Il est l'incarnation du grand brun ténébreux. Irrésistible.

— Je te crois, mais il n'y a pas que le physique, Egypt.

— Ah non, tu ne vas pas me sortir encore ce refrain !

Egypt jeta un regard circulaire dans son bureau, sobrement décoré et meublé de quelques pièces basiques : un bureau, un fauteuil à roulettes, des classeurs, une table ronde entourée de chaises et un canapé confortable, sur lequel était posé un plaid qu'elle utilisait pour ses siestes.

— Egypt, ce n'est pas parce que tu as eu une horrible expérience avec Antwan que tous les hommes sont mauvais.

Depuis que Wynter était en couple avec Riley, le frère de leur meilleure amie Shay, elle ne cessait de répéter à quel point c'était merveilleux d'être amoureuse. Elle souhaitait que chacune des Gemmes trouve l'élu de son cœur.

— Facile à dire pour toi ! répliqua Egypt. Tu as rencontré l'homme de tes rêves à l'adolescence. Nous, nous devons trier les pommes pourries pour en trouver une bonne. Franchement, c'est trop de travail. Je préfère me contenter de brèves aventures et me concentrer sur mon métier.

— Tu ne voudrais pas avoir un mari et des enfants un jour ?

— Si ça m'arrive, tant mieux, mais je n'ai pas le temps de chercher mon futur époux. Le Flame n'est ouvert que depuis quelques mois. Tu sais combien de restaurants font faillite la première année ? Je dois garder le pied sur l'accélérateur et ne pas quitter la route des yeux.

— Je comprends, mais il y a sûrement de la place dans ta vie pour davantage ?

— Tu veux que toutes les Gemmes connaissent le même bonheur que toi, et cela me touche. Mais le destin a peut-être d'autres projets pour moi. Ce qui ne m'empêchera pas de vous acclamer Riley et toi le jour de votre mariage.

— Je ne savais pas que je pourrais être aussi heureuse. Je suis impatiente de me marier ! Et à ma grande surprise, ma famille me soutient.

— Vraiment ? Ta relation avec tes parents s'est améliorée ?

— Ma mère fait des efforts pour réparer les dégâts liés à la contestation du testament. Mes parents vont aussi payer le mariage. Riley m'a dit qu'il m'épouserait même si je portais un sac de pommes de terre, mais je lui ai répondu que j'aurais une robe haute couture.

— Je suis très heureuse pour toi, dit Egypt en souriant.

Et elle était sincère. L'an passé, elle avait craint que la bataille avec sa famille n'affecte durablement Wynter. Son amie avait tout fait pour que les dernières volontés de sa tante soient respectées. Grâce à cela, Egypt avait pu ouvrir le Flame.

— Je mettrai même une robe hideuse de demoiselle d'honneur pour toi.

— Tu détestes la robe à ce point ? fit Wynter, amusée.

— Non, bien sûr ! Je te taquine, c'est tout. La robe est absolument ravissante, et il me tarde d'assister à ton mariage.

Elles raccrochèrent en se promettant de se voir bientôt pour l'enterrement de vie de jeune fille. D'habitude, c'était Wynter qui préparait l'escapade annuelle des Gemmes, mais Egypt aussi avait le sens de l'organisation. Elle avait prévu un week-end mémorable à Vegas.

Après avoir mis fin à la communication, elle retourna dans la salle du restaurant, sans doute vide à présent.

Elle avait tort. Il restait un client. Garrett.

— Ah, vous sortez enfin de votre tanière ! lança Garrett tandis qu'Egypt avançait vers lui avec un joli déhanché.

Il la dévora ostensiblement du regard.

Egypt pencha la tête et l'observa.

— J'ai décliné votre invitation à partager un dessert.

— Je sais. Mais maintenant que la soirée est terminée, j'espérais vous tenter avec un dessert différent.

Elle haussa les sourcils.

— Un dîner, précisa-t-il. Qu'en dites-vous, Egypt ?

Elle marqua une pause, un peu trop longue à son goût. Puis, contre toute attente, elle répondit :

— D'accord, pourquoi pas ?

— Cachez votre joie.

Elle gloussa.

— J'espère que vous n'êtes pas un de ces hommes qui pensent que les filles rondes sont faciles et manquent de confiance en elles. Je ne couche pas avec n'importe qui.

— C'est bon à savoir. Je ne voudrais pas qu'il en soit autrement.

Egypt n'avait pas peur de dire ce qu'elle pensait, et il trouvait cela très agréable. Les femmes qu'il fréquentait d'habitude avaient tendance à répondre à ses moindres envies, au lieu d'exprimer leurs propres idées.

— Bien. Et c'est moi qui choisis le restaurant.

— Ah oui ?

— Oui. Certains restaurants misent tout sur l'apparence et négligent l'essence. Si je choisis le lieu, je vous promets que vos papilles seront aussi comblées qu'elles l'ont été ici.

— Des promesses, des promesses, plaisanta-t-il.

— Vous êtes toujours aussi charmeur ?

Garrett réfléchit.

— En fait, non. Certaines personnes me trouvent rasoir.

— Alors vous ne fréquentez pas les bonnes personnes. Pas étonnant que vous vous soyez aventuré dans mon quartier.

— Qu'est-ce qui vous a poussée à choisir ce coin, au fait ?

— Les jeunes adultes et les jeunes couples s'installent ici car c'est plus abordable. C'est le nouveau quartier à la mode, il faut donc des restaurants. Et c'est là que j'entre en scène. Je propose des saveurs audacieuses et une nouvelle interprétation de la cuisine du Sud.

— Oui, je confirme.

Il parcourut du regard son beau visage et s'arrêta sur ses lèvres. Il avait très envie de les goûter...

Il aurait sans doute cédé à la tentation sans l'interruption d'un jeune homme, qui passa la tête par les portes battantes menant à la cuisine et demanda :

— Cheffe, vous m'aidez à ranger ?

— Oui, j'arrive, répondit Egypt avant de se retourner vers Garrett. Le devoir m'appelle.

— Je comprends. Je ne voudrais pas vous retarder.

— Vous aurez besoin de mon numéro de téléphone. Du moins, si vous étiez sérieux pour le rendez-vous galant ?

— Oui, je l'étais. Je veux dire, je le suis.

— Bien. Alors donnez-moi votre téléphone.

Garrett obtempéra et regarda les doigts agiles d'Egypt taper les chiffres sur l'écran.

— Maintenant, vous pouvez me joindre, conclut-elle en lui rendant l'appareil. J'attends un coup de fil de votre part. Si vous ne m'appelez pas, ne remettez jamais les pieds ici.

— Vous n'avez pas à vous en faire pour ça – il lut son nom sur l'écran –, mademoiselle Egypt Cox.

Il se dirigea vers la porte, puis se retourna. Egypt soutint son regard. Cela faisait bien longtemps qu'il n'avait pas été aussi attiré par une femme. Il lui tardait de la revoir.

Après l'avoir saluée d'un signe de tête, il quitta le restaurant. Il marchait vers sa Rolls-Royce garée derrière le bâtiment quand il fut distrait par un message de son père concernant la vente de la ferme.

Garrett était si perturbé qu'il ne vit que trop tard les deux hommes en vêtements sombres qui approchaient de chaque côté de sa voiture.

— Quelqu'un est sensible au charme d'un client, on dirait, commenta Quentin quand Egypt revint dans la cuisine pour l'aider à emballer les restes de nourriture, qui seraient remis à un refuge pour sans-abri. Et je ne vous le reproche pas. Si un homme aussi charmant me demandait mon numéro, je le lui donnerais, c'est sûr.

— Quentin, tu délires.

— Et vous, vous éludez le sujet. Qui est-il ? Que fait-il dans la vie ?

— Nous n'avons fait que flirter. J'en saurai plus quand nous aurons notre premier rendez-vous.

Après avoir fini d'essuyer les plans de travail, elle empoigna le sac de déchets pour aller le mettre dans un conteneur à l'extérieur.

— Vous avez accepté de le revoir ?

— Oui. Il m'a attendue toute la soirée. Il était déterminé, manifestement. Alors je me suis dit qu'un dîner ne m'engageait à rien. Et puis, il est beau garçon.

Elle feignait la désinvolture, mais elle était troublée comme elle ne l'avait pas été depuis bien longtemps. Après Antwan, elle avait érigé des murs autour de son cœur. Mais avec Garrett, elle avait envie de baisser la garde.

— Si vous le dites, mais je crois que vous êtes plus mordue que vous ne le prétendez.

Il tendit le bras vers le sac de déchets.

— Je m'en charge, dit-il.

— Ce n'est pas parce que je suis la patronne que je ne sors pas les poubelles.

— Je sais, mais le coin peut être un peu louche à la tombée de la nuit. Si vous insistez, je viens avec vous.

Dès qu'Egypt ouvrit la porte de service donnant sur le parking, elle entendit des éclats de voix. Puis elle vit Garrett en train d'être attaqué par deux hommes. Il faisait trop sombre pour distinguer leurs visages, mais Garrett se défendait avec vigueur et rendait les coups.

— Arrêtez ! Arrêtez ! cria-t-elle.

Garrett se retourna et lui fit signe de rester à distance. Hélas, cela fournit l'occasion à l'un des hommes de sauter sur lui. Au ralenti, Egypt vit le voyou le frapper à la tête avec une batte de base-ball. Quelques secondes plus tard, Garrett s'effondra sur le sol. Les deux hommes le touchèrent avec le pied pour s'assurer qu'il ne bougeait plus.

— Mon Dieu ! cria-t-elle. Quentin, appelle les secours !

Sans songer à sa propre sécurité, Egypt courut vers Garrett. L'un des assaillants se mit immédiatement au volant de la Rolls-Royce, tandis que l'autre prit la Rolex de Garrett ainsi que son portefeuille et son téléphone, avant de grimper sur le siège passager. Les deux acolytes quittèrent le parking en trombe.

Egypt se précipita vers Garrett, toujours inconscient. Elle s'agenouilla à côté de lui, vérifiant son pouls.

— Garrett ! Garrett !

Pas de réponse. Elle voulut lui relever la tête, mais sentit du sang sur sa main.

— Ça va aller, dit-elle, ne sachant pas si c'était lui ou elle-même qu'elle cherchait à rassurer.

Après avoir appelé les secours, Quentin vint aider Egypt. Mais elle ne voulait pas lâcher Garrett. Elle lui maintint la tête dans son giron jusqu'à l'arrivée de la police et de l'ambulance. Elle voulut l'accompagner à l'hôpital, mais l'inspecteur souhaitait les interroger Quentin et elle.

Elle relata l'incident au policier, qui se présenta comme l'inspecteur Simpson. Cela semblait si irréel... Une minute, Garrett et elle flirtaient et convenaient d'un premier rendez-vous ; et, la minute suivante, il était attaqué sur son parking ! Elle s'inquiétait pour Garrett, mais aussi pour la réputation du Flame. Si les gens apprenaient que le restaurant n'était pas un lieu sûr, elle pourrait faire faillite.

Egypt avait contracté un énorme prêt pour ouvrir son restaurant. Si la banque avait accepté de la suivre, c'était uniquement parce qu'elle avait investi la totalité des deux cent mille dollars que lui avait légués la tante de Wynter. Elle avait mis tout ce qu'elle possédait dans cette entreprise.

— Mademoiselle, comment avez-vous connu la victime ? demanda l'inspecteur, brisant le fil de ses pensées.

— C'était un client, et il m'a proposé un rendez-vous...

La voix d'Egypt s'évanouit.

— Et ? fit l'inspecteur.

— Eh bien, il était charmant et séduisant, alors j'ai dit oui. Je lui ai donné mon numéro, et nous avions prévu de dîner ensemble bientôt. Mais après ce qui vient de se passer...

— Quand il se réveillera, je suis sûr qu'il sera content que votre employé et vous soyez venus l'aider.

— Je l'espère.

— Pouvez-vous me décrire les deux agresseurs ?

— Pas vraiment. Ils portaient des sweat-shirts à capuche. Comme il faisait noir, on ne distinguait pas leurs visages.

— Avez-vous des caméras ?

— Oui.

Il suivit Egypt dans son bureau. Les deux hommes figuraient sur les images de vidéosurveillance. Egypt téléchargea la vidéo sur une clé USB qu'elle confia à l'inspecteur.

— Merci pour votre aide, mademoiselle Cox. Une voiture de

luxe comme celle que Garrett conduisait attire l'attention, et avec un peu de chance cela nous aidera à les coincer.

— Je l'espère. Pouvez-vous me dire dans quel hôpital Garrett a été conduit ? J'aimerais lui rendre visite.

— Il est au WakeMed.

— Merci, murmura-t-elle.

— Je compte y aller aussi pour voir s'il est conscient et s'il peut faire une déposition.

Egypt dut attendre encore une heure pour pouvoir quitter le Flame. Les policiers avaient promis de passer régulièrement les jours suivants, au cas où les malfrats reviendraient. Pour l'heure, Egypt ne voulait qu'une chose : se rendre à l'hôpital et prendre des nouvelles de Garrett.

Quand elle arriva au WakeMed, elle constata que l'inspecteur était déjà là. Il parlait avec une médecin dans le hall. Egypt n'attendit pas qu'ils terminent leur échange.

— Comment va-t-il ? demanda-t-elle sans détour.

La médecin sembla agacée par cette perturbation.

— Qui êtes-vous ?

— C'est la jeune femme qui a été témoin de l'agression et qui est restée avec Garrett jusqu'à l'arrivée des secours, répondit l'inspecteur Simpson.

— Est-ce qu'il va bien ? demanda Egypt.

La médecin lança un regard au policier, qui hocha la tête.

— Tant que nous n'aurons pas les résultats des examens, nous ne saurons pas quelle est l'étendue de son traumatisme. Comme il est encore inconscient, nous lui avons fait passer une radio et un scanner pour vérifier qu'il n'y avait pas d'hémorragie cérébrale.

— Mon Dieu ! fit Egypt. C'est terrible.

— Connaissez-vous son nom de famille ? demanda la docteure. L'inspecteur n'a pu me donner que son prénom. Nous aimerions informer sa famille.

— Non, je ne connais pas son nom. Nous venions de nous rencontrer. Nous devions dîner ensemble bientôt et...

Sa voix s'évanouit.

— Ça ne fait rien, mademoiselle Cox, dit l'inspecteur. Je vais tâcher de trouver son identité. Si vous vous souvenez de quoi que ce soit, appelez-moi, ajouta-t-il en lui donnant sa carte.

— Entendu. J'aimerais rester ici au cas où il se réveillerait. Puis-je figurer sur la liste des personnes à prévenir ?

La médecin haussa les épaules.

— Puisque Mlle Cox est la seule personne qui connaisse Garrett à ce stade, je ne vois pas de raison pour qu'elle ne soit pas sur la liste, docteure, intervint l'officier de police. Pourrez-vous me contacter s'il reprend conscience ?

— Naturellement.

Quelques instants plus tard, Egypt était dans la salle d'attente, avec pour seule compagnie sa culpabilité. Elle comptait rester ici, dans cet hôpital, jusqu'à ce que la médecin puisse lui donner des nouvelles de Garrett.

3

Deux mois plus tard

Il était plongé dans les ténèbres et souhaitait y rester, mais une douce voix féminine l'appelait, l'attirant vers elle.

La femme serra sa main, et sa voix se fit plus forte, plus insistante, tout en étant lointaine. Il voulait demeurer dans son sommeil paisible, mais c'était impossible. Lentement, il ouvrit les yeux – et le regretta aussitôt. Il fut pris d'un vertige, et sa tête lui sembla lourde. Il referma les paupières.

— Garrett, s'il vous plaît, réveillez-vous.

La voix douce l'appelait à nouveau.

Il rouvrit les yeux et se rendit compte qu'il était allongé dans un lit. Il y avait un bruit provenant de machines. Des bips. Une odeur d'antiseptique. Était-il dans un hôpital ?

Tandis que sa vision s'adaptait à la lumière, il distingua la femme à côté de lui. Elle lui tenait la main et lui souriait. Un nom surgit dans son esprit.

— Egypt ? fit-il d'une voix rauque.

Elle lui fit un grand sourire. Était-ce une larme qui coulait sur sa joue ? Elle parla à quelqu'un, et il s'aperçut qu'ils n'étaient pas seuls dans la pièce. Il remarqua un homme blond en blouse bleu clair et une femme brune en blouse bleu foncé, au regard doux.

— Garrett, je suis le Dr Burke, dit l'homme blond. Nous sommes heureux que vous soyez enfin réveillé. Vous reconnaissez cette femme ?

Il reporta son attention sur Egypt, qui avait retiré sa main de la sienne. Pour une raison étrange, il se sentait perdu sans ce contact physique. Il l'observa. De longs cheveux ébène. Un visage rond. Des yeux brun chocolat. De belles lèvres sensuelles. Elle portait une combinaison en velours rose, dont le col ouvert laissait entrevoir ses seins pleins et ronds.

— Oui, répondit-il. Nous nous sommes rencontrés dans son restaurant hier. Je lui ai proposé un rendez-vous.

Le médecin fronça les sourcils, et Garrett éprouva de la peur pour la première fois.

— Que m'est-il arrivé ? demanda-t-il. Pourquoi suis-je à l'hôpital ?

Il reporta son attention sur Egypt, debout à côté de son lit.

— Je ne me souviens pas de mon nom, de ma famille, et je ne sais pas comment je suis arrivé ici...

Soudain, les machines auxquelles il était relié émirent de nombreux bips, car son rythme cardiaque s'accélérait.

— Restez calme, Garrett, dit le médecin. Tout ira bien.

— Comment cela pourrait-il aller ? Je ne sais même pas comment j'ai atterri ici !

— Vous avez été victime d'un vol avec violence il y a deux mois.

— Quoi ? J'ai perdu deux mois de ma vie ? s'écria-t-il.

Il tenta de se relever sur le lit. Impossible. C'était comme si une enclume lui comprimait le torse.

Le médecin fit un signe de tête à l'infirmière, qui injecta un produit dans sa perfusion.

— Qu'est-ce que c'est ? demanda-t-il, guère rassuré.

— C'est un sédatif pour vous aider à vous calmer, dit l'infirmière avec douceur. Je sais qu'après un coma tout peut paraître déconcertant, mais nous sommes là pour vous aider.

Garrett soupira.

— Soit. Docteur, dites-moi ce qui s'est passé, fit-il d'une voix autoritaire, et le médecin lui répondit sur le même ton.

— Les auteurs de votre agression vous ont sévèrement battu, et ont provoqué des lésions cérébrales. Vous êtes resté dans le coma pendant que votre corps se remettait du traumatisme. Aujourd'hui, votre réveil est une immense étape dans votre guérison.

Garrett émit un rire sec.

— Cela reste à voir.

— Vous devriez vous reposer. Nous repasserons plus tard.

Garrett voulut garder les yeux ouverts, mais le médicament commençait à faire effet. Lentement, il replongea dans le sommeil. Il espérait qu'à son réveil Egypt serait encore là.

— Est-ce normal qu'il ne se rappelle pas qui il est ? demanda Egypt au médecin lorsqu'ils furent dans le couloir.

— La confusion et la désorientation sont communes chez les patients qui ont subi un traumatisme crânien.

— Quelque chose m'échappe. Il ne se souvient pas de son nom de famille, mais il se rappelle qui je suis.

— Parfois les patients peuvent avoir des souvenirs de leur mémoire à court terme uniquement. Vous êtes l'une des dernières personnes que Garrett ait vues avant l'attaque, n'est-ce pas ?

Elle acquiesça d'un signe de tête.

— C'est peut-être l'explication. Maintenant qu'il est réveillé, nous allons lui faire passer une série d'examens pour vérifier qu'il n'y a pas de problèmes sous-jacents pouvant provoquer son amnésie. Vous devriez rentrer chez vous et vous reposer.

Sur ces mots, le médecin s'en alla.

Egypt avait bien besoin d'un café. Elle prit la direction de la cafétéria. Depuis l'agression de Garrett, c'était un lieu qu'elle connaissait très bien, malheureusement.

Elle repensa à l'instant où Garrett avait ouvert les yeux. D'abord, elle avait ressenti une grande joie. Mais lorsqu'il avait été incapable de se souvenir de son propre nom, elle avait eu un choc.

Garrett était amnésique… Comment était-elle censée réagir ? Malgré son emploi du temps chargé, elle était venue à l'hôpital chaque jour, car la police n'avait pas pu retrouver la famille de Garrett. Il était, dans les faits, seul au monde. Cela l'attristait qu'il n'ait personne pour le soutenir. Les enquêteurs n'avaient fait aucun progrès concernant son affaire. Ils n'avaient retrouvé ni les agresseurs, ni son véhicule, ni le moindre indice sur son identité.

Le moins qu'elle avait pu faire était de lui rendre visite. Elle avait eu le sentiment que c'était son devoir, car l'attaque s'était produite sur le parking de *son* restaurant.

Avait-elle songé à ce qui pourrait se passer entre eux lorsqu'il sortirait du coma ? Peut-être. C'était sûrement la faute de Wynter. Sa meilleure amie était si amoureuse et heureuse que son romantisme était contagieux.

Quand Egypt revint dans le couloir une demi-heure plus tard, une infirmière l'appela.

— Mademoiselle Cox ? Garrett vous demande.

Egypt se dirigea vers la chambre. Devant la porte, elle hésita. Elle ne savait pas ce qui l'attendait, mais elle n'aurait pas de réponses si elle restait là. Tournant la poignée, elle entra dans la pièce.

Garrett avait les yeux fermés. Elle s'apprêta à faire demi-tour.

— Egypt.

Elle se retourna et constata que Garrett la fixait de ses yeux d'onyx.

— Je suis surprise que vous vous souveniez de moi, dit-elle. Nous ne nous sommes rencontrés qu'une fois.

Il esquissa un sourire et lui fit signe d'avancer.

— Vous êtes inoubliable.

Ces mots l'attirèrent vers lui. Garrett tendit le bras et prit sa main dans la sienne. La chaleur de sa paume se propagea en elle. Quand elle croisa son regard, elle eut le souffle coupé. Ses yeux étaient devenus incandescents.

Elle se souvint de ce qu'elle avait ressenti la première fois qu'elle l'avait surpris en train de l'observer. Elle avait été si électrisée…

Des picotements envahirent sa poitrine, et un frisson courut le long de son dos, jusqu'à son entrejambe. Elle avait chaud, tout à coup. Comme lors de leur première rencontre. Elle tenta de retirer sa main, mais Garrett la retint, avec une force étonnante pour quelqu'un qui venait de passer deux mois dans le coma.

— Ne partez pas, dit-il d'une voix rauque. J'aimerais vous parler. Si je vous lâche, vous restez ?

Elle hocha la tête, et il la libéra.

— Merci.

— De quoi ? demanda-t-elle, s'asseyant sur une chaise.

— D'être restée. L'infirmière m'a dit que vous étiez venue me rendre visite tous les jours.

— C'est ce que toute personne normale aurait fait si vous aviez été attaqué dans l'enceinte de son entreprise, dit-elle en souriant.

— J'en doute fort. Cela me pousse à penser que je peux vous faire confiance. Cependant...

Elle sentit son sourire vaciller.

— Finissez votre phrase.

— Je savais d'instinct que je pouvais vous faire confiance. Et je sens que mon instinct ne m'a jamais trahi. Je suis peut-être amnésique, mais je suis capable de détecter les mensonges, c'est une certitude.

— C'est bien le Garrett que j'ai rencontré, répondit-elle, amusée. Charmant. Confiant. Sûr de lui.

— Et ça vous plaisait ?

— Oui, en effet, avoua-t-elle, tentant de ne pas rougir.

— Je suis venu dans votre restaurant. Et je vous ai proposé un rendez-vous galant.

— Vous vous souvenez d'autre chose ?

Il se redressa sur le lit.

— Vous m'avez dit non au départ. Mais je suis resté jusqu'à la fermeture. Ensuite vous avez accepté de me revoir.

— Votre mémoire à court terme est plutôt bonne.

— Mais pas celle à long terme, déplora-t-il. Et je ne comprends pas. Pourquoi est-ce que je n'arrive pas à me souvenir de mes proches ? Ma vie était-elle terrible au point que je veuille leur échapper ?

— J'aimerais le savoir. Nous n'avons pas eu l'occasion de beaucoup discuter ce soir-là.

— Et pourtant, vous êtes là. Je ne vous ai vue qu'une fois, mais vous n'avez pas quitté mon chevet. Je trouve ça étrange, et en même temps absolument charmant.

— Vous charmer est mon objectif. Plus sérieusement, je suis ici parce que c'est tout naturel. Vous avez été agressé sur le parking de mon restaurant. Je me sens coupable.

— Pourquoi ?

— J'aurais dû en faire plus. J'aurais dû investir dans des caméras de meilleure qualité. Ou engager des vigiles.

— Ce n'est pas votre faute si on m'a frappé et qu'on a volé ma voiture.

Elle haussa les épaules.

— Répétez après moi. Ce n'est pas ma faute.

Egypt n'aimait pas recevoir d'ordres. Mais, bizarrement, ça ne la dérangeait pas quand ils venaient de Garrett.

— Ce n'est pas ma faute, dit-elle.

Il sourit, et Egypt sentit son cœur palpiter. Qu'y avait-il chez cet homme qui lui faisait tourner la tête ?

— Egypt, dit-il, l'arrachant à ses pensées.

— Oui ?

— Je ne me souviens pas du reste de la soirée. Que s'est-il passé *après* que vous avez accepté de me revoir ?

Elle se leva, principalement pour se concentrer sur autre chose que sur son corps, toujours musclé malgré les deux mois qu'il avait passés dans le coma.

— Nous avons discuté quelques minutes avant que je ne doive retourner en cuisine. J'ai entré mon numéro dans votre téléphone, et vous avez promis de m'appeler pour convenir d'un rendez-vous. Je sortais un sac de déchets quand j'ai entendu du bruit provenant du parking, et j'ai vu deux voyous vous attaquer.

— Continuez, lui enjoignit-il, l'air tendu.

— Vous aviez l'air de bien vous défendre. Vous m'avez vue dehors, et cela vous a distrait, assez longtemps pour qu'ils vous sautent dessus. L'un d'eux vous a donné un coup de batte. Après ça…

Il lui fit signe de s'asseoir sur son lit. Egypt savait que c'était une mauvaise idée, mais elle avança malgré tout et prit place. Garrett lui saisit la main, comme pour la calmer. Elle poursuivit son récit.

— Je n'avais pas mon téléphone sur moi et j'ai crié à Quentin, mon employé, d'appeler la police. Je les ai vus prendre votre portefeuille, votre téléphone, sauter dans la voiture et s'enfuir. C'est à ce moment-là que j'ai couru vers vous. Vous aviez une blessure à la tête. J'ai fait pression sur la plaie avec ma blouse jusqu'à l'arrivée de l'ambulance. Mes caméras de sécurité n'ont pas fourni une image suffisamment nette de votre plaque d'immatriculation. Les policiers n'ont pas pu retrouver votre voiture.

— Je ne me souviens peut-être pas de cette soirée, mais je sais une chose. Vous êtes une femme exceptionnelle, Egypt Cox. On vous l'a déjà dit ? demanda-t-il d'une voix émue.

Il tenait toujours sa main et la regardait intensément. Elle sentit son pouls s'accélérer.

Sa réaction face à Garrett ne ressemblait à rien de ce qu'elle avait connu avec d'autres hommes. Bien qu'elle ait été amoureuse d'Antwan, elle n'avait jamais ressenti un tel trouble. C'était peut-être fou, mais elle avait envie que Garrett l'embrasse.

Il enroula une boucle de ses cheveux autour de son doigt et attira Egypt vers lui. L'air se chargea d'une tension palpable. Egypt se figea, se préparant à ce qui allait suivre…

Quelqu'un toussota derrière eux.

— Excusez-moi.

C'était l'inspecteur Simpson.

— J'espère que je ne vous dérange pas.

— Euh, non, non, pas du tout ! bredouilla Egypt.

Elle s'écarta rapidement de Garrett.

— Garrett, je vous présente l'inspecteur Simpson. Il pourra sans doute vous en dire davantage sur ce qui vous est arrivé.

Lorsqu'elle risqua un regard vers Garrett, elle constata qu'il l'observait toujours. Elle s'empressa de quitter la chambre pendant qu'elle en était encore capable. Si elle restait, elle pourrait bien finir par embrasser Garrett. Or elle considérait s'être déjà trop investie. Si elle continuait sur cette voie, elle pourrait bien développer des sentiments pour cet homme qu'elle connaissait à peine. Si ce n'était pas déjà le cas.

4

Garrett était contrarié d'avoir été interrompu. Il avait été à deux doigts de goûter enfin les lèvres d'Egypt. Il se souvenait d'en avoir eu très envie le soir de leur rencontre. Tout à l'heure, elle avait approché sa bouche pulpeuse, et ses grands yeux bruns l'avaient supplié de l'embrasser. Mais l'arrivée du policier avait tout gâché, hélas.

— Désolé de vous avoir interrompus, répéta l'inspecteur. Le médecin m'a prévenu que vous étiez sorti du coma, alors il fallait que je passe vous voir, pour savoir si vous vous souveniez de quelque chose.

— J'ai bien peur que la réponse soit non, inspecteur… ?

— Simpson.

— Inspecteur Simpson, à mon réveil, je ne savais même pas qui j'étais ni comment j'avais atterri ici.

— Et maintenant ?

— Toujours pas.

— Mais vous…

— Mais je connais Egypt ? Je ne peux pas l'expliquer. Pour une raison étrange, je me souviens d'être allé dans son restaurant et l'avoir invitée à sortir.

— Rien d'autre ? Car, malgré tous nos efforts, nous n'avons pas pu retrouver vos agresseurs, et votre voiture semble s'être volatilisée.

— Et pour ce qui est de ma famille ?

— Personne n'a rapporté votre disparition. Nous ignorons votre identité réelle, Garrett. Nous connaissons seulement votre prénom grâce à Mlle Cox. J'espérais que vous pourriez nous donner des informations sur la voiture, afin que nous ayons enfin une piste.

— Désolé, je ne me souviens de rien.

— Si vous vous rappelez quoi que ce soit… – l'officier de police lui donna une carte de visite –, appelez-moi.

La porte de sa chambre s'ouvrit, et des membres du personnel soignant entrèrent.

— Désolés de vous déranger, mais nous devons emmener le patient faire quelques examens.

L'inspecteur s'en alla, et Garrett fut conduit hors de sa chambre. Toute sa vie était en suspens, et il ignorait ce qui l'attendait. Son intuition lui soufflait que c'était inhabituel pour lui, que sa vie était toute tracée et concentrée sur un seul objectif. Quel était cet objectif ? Mystère.

La seule chose dont Garrett était certain, c'était qu'il voulait revoir Egypt. Il espérait de tout cœur qu'elle n'avait pas été effrayée par l'intensité de son attirance pour elle. Et qu'elle reviendrait lui rendre visite.

— Donc, résumons, dit Asia.

Le Flame étant fermé le lundi, Egypt avait fait quelques courses puis avait décidé de téléphoner à l'une des Gemmes.

— Tu es allée voir un inconnu à l'hôpital pendant deux mois, tout cela parce qu'il t'avait proposé un rendez-vous galant ? C'est à ce point-là ?

Asia manquait parfois de tact, c'était certain. Egypt avait essayé d'appeler Wynter et Lyric pour parler des sentiments que Garrett avait suscités chez elle à l'hôpital, mais ni l'une ni l'autre n'avaient répondu. Shay était sur le point de commencer un cours de fitness, et Teagan était un tel bourreau de travail qu'Egypt n'avait pas osé la déranger. Ne restait plus qu'Asia.

— Je ne suis pas une détraquée, répliqua-t-elle malicieusement. Cet homme a été agressé dans mon restaurant.

— Sur le parking.

— Ça revient au même. Et puis, il n'a personne. Quand il s'est réveillé aujourd'hui, il ignorait qui il était. Peux-tu imaginer ce qu'il a ressenti ?

— On dirait que tu as un faible pour ton amnésique.

— Non, mais il m'intrigue.

— Tu as vraiment le temps de courir après un homme qui ne sait même pas qui il est ? Tu viens d'ouvrir ton restaurant. Toute ton énergie devrait être concentrée sur le Flame.

— Tu crois que je ne le sais pas ? riposta Egypt sèchement.

— C'est peut-être un milliardaire qui pourrait réaliser tous tes rêves, avança Asia à voix haute. Ou alors un type fauché qui cherche de l'aide, et tu es tombée dans le panneau.

Egypt se remémora le soir de leur rencontre. Garrett portait des vêtements onéreux et avait une Rolex au poignet, que les voleurs avaient d'ailleurs dérobée.

— Merci pour ton soutien, Asia.

— Je suis désolée, mais je ne t'ai pas vue aussi mordue depuis Antwan.

— Je n'ai pas envie de parler d'Antwan.

Son ex-petit ami lui avait volé tout son argent et lui avait brisé le cœur. Elle s'était promis de ne plus croire un mot qui vienne de la bouche d'un autre homme, et elle avait tenu sa promesse, jusqu'à maintenant. Jusqu'à Garrett. Se berçait-elle d'illusions en pensant que la situation était différente ? Garrett était-il un manipulateur, lui aussi ?

— Egypt, chaque fois que nous évoquons Antwan, tu te braques. Il faut que tu laisses s'exprimer la colère et le ressentiment que tu as accumulés à cause de ce qu'il t'a fait. Sinon, ça te rongera de l'intérieur et il ne te restera plus rien quand un homme honnête entrera dans ta vie.

Asia soupira, avant d'ajouter :

— Peut-être que Garrett Sans-nom est cet homme, ou peut-être pas, mais tu ne peux pas faire une croix sur l'amour.

— Je n'ai pas fait une croix sur l'amour. J'aime les Gemmes.

— Et nous t'aimons aussi, mais ce n'est pas la même chose, tu le sais bien. Néanmoins, je vais cesser de te sermonner. Si quelqu'un sait comment mener sa vie, c'est bien toi. Toutes les Gemmes pourraient s'inspirer de la brillante cheffe d'entreprise que tu es !

Egypt ne put s'empêcher de sourire.

— Merci, ma belle. Je te recontacte bientôt.

Après avoir mis fin à leur appel, Egypt fixa son mobile.

D'habitude, elle téléphonait à l'hôpital pour prendre des nouvelles de Garrett, mais il était conscient désormais. Il n'avait pas besoin d'elle. Alors pourquoi l'envie de composer le numéro de l'hôpital la démangeait-elle ?

Elle décida finalement d'appeler son père pour l'inviter à dîner. Cela faisait un moment qu'elle n'avait pas passé du temps avec lui. Anthony Cox était le seul homme sur lequel elle avait toujours pu compter.

Son père répondit à la première sonnerie.

— Ma petite fille. Comment vas-tu ?

— Je vais bien, papa.

— Hmm... on dirait que quelque chose te tracasse ?

Son père avait toujours été très perspicace.

— Si tu es libre ce soir, je pourrais te préparer à dîner.

Anthony émit un petit rire.

— C'est ton seul jour de congé, et tu voudrais t'imposer la corvée de cuisiner ?

— Cuisiner pour ma famille, ce n'est pas une corvée. Et puis, il faut que je mange, moi aussi.

— Tu es sûre ?

— Absolument. Passe vers 19 heures.

Elle raccrocha et réfléchit à quel plat familial elle pourrait concocter pour son père. Il avait toujours adoré ses côtelettes de porc à l'étouffée accompagnées d'une purée de pommes de terre maison et de haricots verts sautés.

Cuisiner l'empêcherait de penser à Garrett Sans-nom. Avant cela, elle avait du travail à accomplir : décider des plats du jour pour la semaine suivante, commander les fournitures, préparer les plannings et les fiches de paye, et prévoir l'entretien du système de chauffage, de ventilation et de climatisation.

Être à la fois propriétaire *et* cheffe n'était pas de tout repos. Egypt devrait engager un gérant pour la seconder, ce qui lui permettrait de se concentrer sur la cuisine. Malheureusement, elle n'était pas encore prête à confier son bébé à quelqu'un. Il lui faudrait du temps pour trouver la bonne personne. Or le temps était une ressource dont elle manquait.

Elle termina la préparation des menus et du planning, puis s'occupa du dîner.

Lorsque son père sonna à la porte, le repas était presque prêt. Elle s'essuya les mains sur son tablier et alla ouvrir.

— Papa !

Anthony Cox était un homme grand et corpulent, mais cela n'empêcha pas Egypt de le serrer dans ses bras.

— Bonsoir, ma petite fille. J'ai apporté du vin.

Il la relâcha et lui donna une bouteille de vin rouge.

— Merci, papa.

Elle alla poser la bouteille dans la cuisine. Après l'avoir débouchée, elle remplit deux verres et en tendit un à son père.

— Santé, dit-elle.

Ils trinquèrent, et elle but une gorgée de vin avant de vérifier la cuisson des côtelettes. Son père se pencha par-dessus son épaule.

— Mon plat préféré ! s'exclama-t-il, réjoui.

— Je sais. Je ne peux pas préparer de plats familiaux comme

celui-ci au restaurant. Là-bas, c'est de la cuisine du Sud haut de gamme.

— Et délicieuse.

— Merci. Mais c'est du travail. Je dois constamment réfléchir à de nouveaux plats.

Elle prit des assiettes, des couverts et des verres dans le placard.

— Tu pensais que ce serait facile ? demanda-t-il, s'asseyant à la petite table de la cuisine. Tu diriges ta propre entreprise, toute seule. Il faut du cran et de la détermination, et tu en as à revendre. Mais assez parlé travail. Je suis curieux d'en savoir plus sur le jeune homme à qui tu as rendu visite à l'hôpital.

— Tu parles de Garrett ? demanda-t-elle, servant sur les assiettes la viande et ses accompagnements.

— Y a-t-il d'autres hommes qu'on a assommés sur ton parking ?

Elle ne put s'empêcher de rire.

— Non, papa. Quant à Garrett, il est réveillé maintenant.

Elle déposa les assiettes sur la table et s'assit face à lui.

— Vraiment ? Et... ?

— Il souffre d'amnésie. Il ne se souvient pas de son nom ni de ce qui lui est arrivé.

— Eh bien, c'est vraiment terrible, commenta-t-il, découpant la viande juteuse. La police a-t-elle pu l'aider ?

— Non. Il n'a pas de nom, pas de famille. Que va-t-il faire ? Où va-t-il vivre ?

Elle prit une bouchée de purée.

— Je te trouve bien inquiète pour une simple observatrice, remarqua-t-il.

— Je n'ai pas le droit d'être inquiète ?

— Si. Mais tu lui as rendu visite tous les jours. Rien ne t'y obligeait.

Elle alla chercher son verre de vin sur le plan de travail pour échapper un instant aux questions de son père.

— Je suppose que c'est un peu exagéré, mais je me sens coupable de ce qui est arrivé, et j'espérais une meilleure issue à son réveil.

— Quel autre espoir avais-tu ?

— Papa !

— Je ne suis pas du genre à tourner autour du pot. Et je sais quand ma fille me raconte des salades. Ce jeune homme te plaît, conclut-il, et il se remit à manger.

Tandis qu'elle le regardait déguster son repas, Egypt envisagea de mentir, mais constata qu'elle en était incapable.

— Oui, il me plaît. Depuis notre première rencontre. Ce qui explique pourquoi j'ai accepté un rendez-vous galant, mais juste après on l'a attaqué. Maintenant, je me demanderai toujours ce qui aurait pu se passer entre nous.

— Penses-tu qu'il soit possible de recréer la même magie ?

Egypt se remémora le moment où Garrett avait enroulé une mèche de ses cheveux autour de son doigt. Elle était certaine qu'il l'aurait embrassée si l'inspecteur Simpson ne les avait pas interrompus.

— Oui.

— Alors tu devrais apporter les restes de ce dîner à un homme en convalescence, suggéra-t-il. Tu cuisines toujours pour un régiment.

— Bonne idée. Je n'aime pas gâcher la nourriture.

— Parfait. Et comment vont les Gemmes ?

Egypt rapporta à son père les dernières nouvelles concernant Wynter, Shay, Asia, Lyric et Teagan, mais Garrett resta dans un coin de son esprit pendant toute la conversation. Ses proches avaient-ils raison ? Était-elle vraiment mordue ?

5

— Nous avons effectué une batterie de tests, Garrett, dit le Dr Burke. Il n'y a pas de lésion cérébrale visible. Nous pensons que votre amnésie est due au traumatisme que vous avez subi. L'amnésie est parfois un moyen pour le cerveau de se protéger d'événements bouleversants, ce qui pourrait expliquer pourquoi vous vous souvenez de votre rencontre avec Mlle Cox, mais de rien d'autre avant ou après.

— Que suis-je censé faire ? demanda Garrett, irrité.

Il était réveillé depuis des heures, après avoir très peu dormi, les infirmières étant passées toutes les deux heures afin de vérifier ses constantes et lui administrer des médicaments pour soulager ses terribles maux de tête. Ce matin, il avait renoncé à l'idée de se reposer et avait demandé de l'aide pour se lever, afin qu'il puisse se doucher et marcher. Après deux mois d'alitement, ses jambes avaient tremblé comme celles d'un faon venant de naître. Il avait eu besoin de l'aide de l'infirmière pour tenir debout. Au bout du compte, il avait réussi à prendre une douche et à faire quelques pas dans le couloir. Il était bien décidé à en faire plus. Il ne pouvait pas, ne *voulait* pas rester au lit éternellement. Ce n'était pas dans sa nature. Il avait l'habitude d'être actif – il en avait la certitude.

— Votre mémoire pourrait revenir petit à petit, par bribes, ou tout d'un coup. On ne peut pas prévoir.

— Ce qui veut dire qu'elle pourrait ne pas revenir du tout ?

Le médecin prit un air sérieux.

— Oui, c'est une possibilité également. En attendant, nous devons vous garder encore quelques jours.

— Il faut que je sorte, docteur. Je commence déjà à devenir fou.

— Où irez-vous ?

— Je ne sais pas encore. Et pour la facture de l'hôpital ?

— Nous verrons cela quand vous irez mieux. Pour l'instant, reposez-vous. Je repasserai vous voir demain, Garrett.

Le médecin et les internes qui le suivaient sortirent de la chambre, le laissant seul.

Garrett. Ce prénom lui était familier. Ce matin, un souvenir lui était revenu. Il s'était vu en train de se rendre dans une ferme.

Prenant le téléphone à côté de lui, il tapa un numéro qui lui vint aisément.

— Allô ? répondit une voix masculine.

— Bonjour.

— Garrett ?

— On se connaît ?

— Évidemment ! Je t'attendais il y a deux mois, mais tu n'es jamais venu. Je croyais que tu avais décidé de céder la ferme, finalement.

— La céder ? demanda Garrett, perplexe.

Il n'avait aucune idée de ce dont cet homme parlait.

— J'ai été victime d'un vol avec violence, et j'ai passé deux mois dans le coma. Je ne sais pas du tout qui vous êtes. J'ai juste composé le premier numéro qui me soit venu à l'esprit.

— Oh ! bon sang !

— Comme vous dites. Quand je me suis réveillé, je ne connaissais même pas mon nom. Tout ce dont je me souviens, c'est de quelques détails. Je me rappelle… Walker Farms. Est-ce là-bas que j'allais ?

— Oui, en effet. Et je suis désolé de ce qui t'est arrivé. Je suis Kent Howell, le contremaître de la ferme de ton grand-père. On se connaît bien, toi et moi, et on se tutoie. Je ne savais pas que tu étais à l'hôpital, sinon je serais venu te voir.

— Mes assaillants ont volé mon portefeuille en même temps que ma voiture. La police ne sait pas qui je suis et n'a pas pu prévenir ma famille. Vous… tu pourrais t'en charger ?

Il y eut un silence à l'autre bout de la ligne, qui mit Garrett mal à l'aise.

— Kent, tu es toujours là ?

— Oui, bien sûr. Où es-tu ? Je peux être là dans une heure.

— Et ma famille ?

— On en parlera à mon arrivée.

Sur quoi, le contremaître raccrocha.

Garrett observa le combiné du téléphone. Il avait l'habitude d'avoir le contrôle. Il sentait que c'était inhérent à sa personnalité. Il était irrité que Kent se soit empressé de raccrocher. Pourquoi ne lui avait-il pas parlé de sa famille ? Que se passait-il, bon sang ?

Toc-toc.

Garrett soupira.

— Pour l'amour du ciel, est-ce que je pourrais avoir un moment de paix !

Puis la porte s'ouvrit, et Egypt apparut, une boîte en polystyrène dans les mains. Toute de noir vêtue, elle portait un pantalon et sa veste de cheffe. Ses cheveux brillants étaient ramenés en un chignon flou qui surmontait son joli visage.

— Je… je suis désolée de vous déranger, bredouilla-t-elle. Je me suis dit que vous en aviez peut-être assez de la cuisine de l'hôpital et que vous aimeriez manger un plat maison.

Elle posa la boîte sur la table à roulettes, avant de faire demi-tour.

— Egypt, attendez ! s'exclama Garrett en se redressant. Je suis désolé. Je pensais que vous étiez une des infirmières qui n'ont pas cessé de me piquer et de m'ausculter toutes les heures. Ça me rend fou.

Elle pencha la tête sur le côté.

— Vous a-t-on déjà dit que vous étiez un horrible patient ?

— Je crois, oui, admit-il avec un petit rire.

Il désigna d'un geste la chaise à côté de lui.

— Je vous en prie, pardonnez mon impolitesse. J'adorerais manger de la *vraie* nourriture, surtout si vous l'avez préparée de vos propres mains.

Elle afficha un sourire qui illumina son visage au teint caramel, et le désir tenailla Garrett comme un étau. Cette femme lui plaisait. Énormément. Il souhaitait apprendre à la connaître, mais qu'avait-il à lui offrir ?

Egypt fit rouler la table jusqu'à son lit et ouvrit la boîte en polystyrène. Puis elle sortit de son sac des couverts enroulés dans une serviette et les lui tendit.

— J'ai réchauffé le plat dans le bureau des infirmières, alors, soyez gentil avec elles, d'accord ? Elles ne font que leur travail.

Dûment réprimandé, il saisit les couverts.

— Merci.

Il déroula la serviette, saisit la fourchette et le couteau, et commença à manger son repas avec enthousiasme. Il goûta un morceau de porc tendre et gémit de plaisir.

Quand il leva les yeux, il constata qu'Egypt l'observait.

— C'est bon ?

— Vous n'avez pas idée. La nourriture de l'hôpital est infecte.

— Je m'en doutais. Je ne peux pas rester longtemps, il faut que j'aille au Flame et que je prépare le service de ce soir.

Garrett posa ses couverts.

— Cela me fait plaisir que vous ayez pensé à moi. Je sais que vous êtes une femme occupée mais, si vous pouviez rester avec moi jusqu'à ce que je finisse mon repas, j'en serais heureux.

— Je suis en effet occupée, mais je peux prendre du temps pour aider une personne qui en a besoin.

Il ne voulait surtout pas de sa pitié. Il n'était pas invalide et n'avait pas besoin d'une auxiliaire de vie. Il reprenait des forces chaque jour. Et il souhaitait qu'Egypt ait envie de lui, autant qu'il avait envie d'elle. La nuit dernière, il avait rêvé de son corps voluptueux.

— C'est tout ce que je suis pour vous ? répliqua-t-il.

— Pas du tout, s'empressa-t-elle de répondre, et je suis navrée si c'est l'impression que je vous ai donnée. Je... je n'ai honnêtement aucune idée de ce que vous êtes pour moi, Garrett. Je sais seulement que j'avais envie de vous voir.

Il se fendit d'un grand sourire.

— Vous êtes honnête, et ça me plaît. Je sais que je ressemble à un invalide, assis dans ce lit, mais je ne serai pas toujours dans cette situation. Je travaille dans une ferme, et le contremaître va passer tout à l'heure. Il devrait pouvoir m'aider à retrouver mon passé.

Elle se pencha vers lui.

— Et que se passera-t-il quand votre situation changera ?

— Je veux le rendez-vous que vous m'avez promis.

Elle lui tendit la main.

— Marché conclu.

Ce qu'il voulait vraiment, c'était goûter à ses lèvres et découvrir si elle était aussi délicieuse qu'elle en avait l'air. Une douce chaleur l'envahit lorsqu'il s'imagina lui donner un baiser, et son corps se raidit de désir, mais ce n'était pas le moment. Garrett accepta sa poignée de main, mais dans un coin de son esprit il se promit qu'un jour il ferait de ce baiser une réalité.

— Alors, comment va le patient ? demanda Quentin lorsque Egypt arriva au Flame.

Son second de cuisine avait commencé à préparer le service du dîner. La mise en place était faite, les viandes étaient découpées en portions, et les salades étaient déjà sur les assiettes. Il s'occupait maintenant des desserts.

— Eh bien, dit-elle en nouant son tablier autour de sa blouse, je vois que tu as bien avancé. J'apprécie, Quentin, et je suis désolée d'être en retard.

Elle avait pris l'habitude de rendre visite à Garrett avant de se rendre au Flame. D'ordinaire, elle ne restait que quelques minutes, mais aujourd'hui Garrett lui avait demandé de passer du temps avec lui. Comment aurait-elle pu dire non à un homme en convalescence ?

— Pas de problème, mais vous n'avez pas répondu à ma question. Comment va Garrett ?

— Mieux. Il est conscient, mais il a perdu la mémoire.

Elle commença la préparation d'une base pour une soupe.

— Mais il se souvient de vous ? glissa Quentin avec un petit sourire.

— Je suis inoubliable, plaisanta-t-elle, citant Garrett.

— Mais bien sûr, railla Quentin tout en ajoutant de la sauce au chocolat sur les desserts. Rien du côté de sa famille ?

— Non. Il sait qu'il possède une ferme, et le contremaître doit passer le voir. Garrett espère obtenir davantage d'informations de sa part.

— Super. Quand il sera sur pied, vous serez enfin de retour.

— Je ne suis jamais partie.

— Je peux être honnête ?

— Oui.

Quentin posa sa poche à douille.

— Vous étiez là physiquement, mais pas mentalement. Vous n'étiez présente qu'à cinquante pour cent.

— Désolée si j'ai été distraite ces derniers mois.

Elle ne pouvait pas se permettre de se relâcher.

— Je promets de donner les cent pour cent que j'attends de tout le monde.

Quentin sourit.

— C'est tout ce que je demande, cheffe.

Egypt allait devoir trouver un équilibre entre sa vie professionnelle et sa vie personnelle, car elle ne voulait renoncer ni à Garrett ni à son restaurant.

— Vous vous débrouillez très bien, déclara le kinésithérapeute lorsque Garrett eut achevé plusieurs séries d'exercices avec haltères.

Il avait déjà effectué une suite d'étirements pour les jambes, qui l'aideraient à retrouver sa mobilité.

— Je peux en faire plus, déclara Garrett.

— Sans doute, mais vous êtes resté allongé deux mois. Vos muscles sont faibles, il faut y aller en douceur. Je reviendrai demain, et nous en ferons un peu plus. Ça vous va ?

— Ça me va.

En réalité, il était contrarié. Il était prêt à sortir de l'hôpital. Kent passerait aujourd'hui, et peut-être lui fournirait-il les réponses dont il avait désespérément besoin pour l'aider à savoir qui il était.

Le kinésithérapeute rassembla ses affaires. Juste après qu'il fut sorti de la chambre, un homme blond entra. Il était vêtu d'une veste, d'un jean, d'une chemise à carreaux et d'une casquette de base-ball.

— Kent ? demanda Garrett.

— Oui, c'est moi, dit l'homme en s'avançant. Comment vas-tu, mon vieux ?

Il serra Garrett dans ses bras, et Garrett l'étreignit brièvement, par politesse. Car il ne se souvenait pas vraiment de lui. Son visage lui était familier, mais étaient-ils amis ? Si oui, pourquoi Kent avait-il été si laconique au téléphone ?

— Comment crois-tu que j'aille ? lâcha-t-il. À mon réveil, je ne savais même pas qui j'étais ni ce qui m'était arrivé. Puis on m'a annoncé que j'avais passé deux mois dans le coma.

Il s'assit sur le lit, et Kent s'installa sur une chaise face à lui.

— Je suis désolé. Je ne me doutais de rien.

Garrett l'observa.

— Il faut que tu m'aides, Kent, car je suis perdu. J'étais censé venir il y a deux mois. Mon absence ne t'a pas paru suspecte ? Et ma famille, et mes amis ? Personne ne me recherchait ?

Kent fixa ses mains. Lorsqu'il releva la tête, Garrett ne parvint pas à déchiffrer son expression.

— Je suis désolé, Garrett, mais tu es orphelin. Ton grand-père, Cyrus Walker, t'a élevé depuis ton adolescence.

— *Orphelin* ?

Il ne s'était certainement pas attendu à une telle nouvelle, et elle lui paraissait étrange.

— Et mon grand-père... pourquoi n'est-il pas là ?

Le regard de Kent s'embua.

— Cyrus est décédé il y a quelques mois.

— Il est mort, lui aussi ?

Garrett eut la gorge nouée, et un sentiment de tristesse l'envahit. Il ne se souvenait peut-être pas de sa famille, mais il savait qu'il avait perdu un être très cher.

— J'en ai bien peur. Tu ne vivais pas ici, à Raleigh. Tu étais très brillant, tu as étudié à Harvard et ensuite à Wharton, pour pouvoir aider Cyrus à gérer la ferme un jour. Tu étais dans le nord du pays toutes ces années.

— Où, exactement ?

— En Pennsylvanie.

— Alors qu'est-ce que je faisais à Raleigh ?

— C'est là que se trouve l'aéroport le plus proche de la ferme, répondit Kent. L'exploitation ne marche pas très bien. Tu devais décider si tu voulais la vendre après le décès de Cyrus. Comme je n'ai pas eu de nouvelles de toi, j'ai supposé que tu avais choisi de ne pas venir et de vendre.

— Je ne t'aurais pas téléphoné ? s'étonna Garrett.

— Je me suis dit que tu ne pouvais pas me le dire en face. Nous n'étions pas proches. Du moins, pas depuis que tu es allé à l'université. On travaillait ensemble à la ferme, quand on était adolescents. Mais après ton départ dans le Nord, nous nous sommes perdus de vue.

Et maintenant, Kent était sa bouée de sauvetage.

— Ça fait beaucoup d'informations à encaisser.

— Je sais, répondit Kent. Voilà pourquoi je préférais te parler en personne. Je ne pouvais pas te dire tout ça au téléphone.

— Donc, mon nom est Garrett Walker, dit-il, s'adressant davantage à lui-même qu'à Kent.

Il essayait de se faire à cette idée, sans vraiment y parvenir. C'était comme s'il manquait une information, mais il n'arrivait pas à savoir laquelle. Le médecin lui avait dit que sa mémoire pourrait revenir par bribes. Garrett aimerait que le processus s'accélère, car il était prêt à reprendre le cours de sa vie.

— Avec un peu de chance, la police m'aidera à retrouver les pièces manquantes du puzzle. Comment ça se passe à la ferme ? Avec la mort de mon grand-père et ma disparition, tu as sûrement eu beaucoup de travail.

Kent acquiesça d'un signe de tête.

— En effet, mais j'ai l'habitude. À mesure que Cyrus prenait de l'âge, il me confiait de plus en plus de responsabilités, y compris l'accès aux comptes en banque. J'ai pu payer les salaires et les factures.

Garrett ne savait pas vraiment quoi en penser. Une fois dehors, il inspecterait les livres de comptes pour juger de la gestion de Kent. La ferme était la seule chose qu'il lui restait de sa famille. Garrett ferait tout pour la garder, ne serait-ce que pour rendre hommage à Cyrus Walker, l'homme qui l'avait élevé.

— Merci d'avoir pris le temps de me rendre visite, Kent. Une chose encore. Je suis marié ? Ou je voyais quelqu'un ?

Il fallait qu'il sache, avant de revoir Egypt.

— Tu n'es pas marié, et je ne pense pas qu'il y ait quelqu'un. Cyrus disait que tu étais marié à ton travail.

Garrett se passa la main sur les cheveux.

— C'est bon à savoir. Merci.

— Combien de temps vas-tu rester ici ?

— Je ne sais pas. Peut-être une semaine. Les médecins veulent vérifier qu'il n'y a pas de problèmes sous-jacents. Quand je sortirai, je veux aller directement à la ferme. Mon grand-père avait une maison ?

— Oui. J'ai pu payer le crédit ce mois-ci en puisant dans les réserves, mais la situation financière est tendue.

— Je vois.

La ferme était en difficulté. Était-ce pour cela que Kent avait eu peur qu'il la vende ?

— Pourrais-tu réunir tous les comptes de la ferme pour que je puisse les passer en revue à mon retour ?

Garrett marqua un temps. Une étrange impression de déjà-vu l'envahit, et il lança un regard en direction de Kent, qui avait pâli.

— Je t'ai déjà demandé les comptes de la ferme avant ?

— Oui. Ceux des cinq dernières années. Ils t'attendent.

— Génial. Avec un peu de chance, tout ce que j'ai appris à Wharton n'a pas disparu en même temps que ma mémoire.

— Il faut que je retourne à la ferme, déclara Kent en se levant. Tu as besoin de quelque chose ?

— Il me faut quelques vêtements pour ma sortie, et peut-être des produits de toilette, si ça ne t'ennuie pas ?

— Je m'en occupe.

— Et un téléphone. Pas besoin qu'il soit dernier cri.

— D'accord. Compte sur moi. Je t'appelle plus tard.

Garrett regarda Kent fermer la porte derrière lui, puis s'enfonça dans le lit, songeant à tout ce que le contremaître lui avait révélé. Il y avait tant de choses à assimiler – comme le fait qu'il soit orphelin. Cela lui semblait irréel que sa mère et son père soient décédés tous les deux, tout comme le grand-père qui l'avait recueilli.

Garrett savait qu'il adorait Cyrus. Il le sentait au fond de son âme. Ils allaient à la pêche ensemble, dans le lac non loin de la ferme… Une nouvelle bribe de mémoire. Le médecin lui avait dit qu'elles reviendraient au moment où il s'y attendrait le moins.

Garrett ferma les yeux. Il fallait qu'il ait davantage de souvenirs. Qu'il se rappelle la vie qu'il menait auparavant. Une vie dont pourrait faire partie une beauté plantureuse nommée Egypt Cox.

6

Egypt était fière d'elle. Toute la semaine, elle s'était focalisée uniquement sur le Flame. Elle avait fait vérifier le système de ventilation et de climatisation, supervisé la préparation en cuisine, et établi la liste des plats du jour pour les deux semaines à venir. Aujourd'hui, son jour de congé, le restaurant avait réussi l'examen des services de l'hygiène haut la main ! Egypt était heureuse, mais il lui manquait quelque chose.

Et elle savait quoi.

Elle n'était pas retournée voir Garrett depuis qu'elle lui avait apporté un repas la semaine précédente. Son second de cuisine l'avait rappelée à l'ordre, ce qui était rare, car elle avait été distraite. Egypt ne pouvait pas se permettre de se relâcher, mais cela ne signifiait pas qu'elle était en pierre. Elle était très attirée par Garrett, mais aucun homme ne valait la peine qu'elle mette en péril son restaurant.

Malgré tout, elle avait appelé l'hôpital tous les jours cette semaine pour prendre des nouvelles de son bel inconnu. Garrett se rétablissait très vite, il mangeait avec appétit et était la coqueluche des infirmières. Quoi d'étonnant ? Cet homme était absolument irrésistible avec son sourire éblouissant.

Ce matin, elle avait été très surprise d'apprendre que Garrett allait quitter l'hôpital. L'infirmière n'avait pas pu lui donner d'heure exacte, mais elle avait affirmé qu'il sortirait aujourd'hui. Egypt n'aurait donc plus aucun moyen de le contacter. Tessa l'avait informée qu'il lui avait laissé un message quelques jours plus tôt, mais elle ne l'avait pas rappelé.

Pourquoi ?

Parce qu'elle n'était pas tombée sous le charme d'un homme depuis Antwan, et qu'elle n'allait pas commencer maintenant. Il y avait trop en jeu. Egypt mettait son intérêt pour Garrett sur le compte de sa beauté et de la curiosité que sa véritable identité suscitait. Il valait mieux que chacun reprenne son chemin.

Elle réfléchissait à ce qu'elle allait faire pour le reste de l'après-midi quand Wynter lui téléphona.

— Ma belle, où étais-tu passée ? demanda son amie.

— Bonjour également, répondit Egypt d'un ton placide.

— Je t'ai laissé un message vocal il y a des jours. Je voulais savoir ce que tu pensais du menu de mariage. Quoi de neuf ?

— J'ai quelques suggestions pour améliorer le menu. Je te les envoie par mail, dit-elle, reculant une chaise pour s'asseoir. Quant aux dernières nouvelles... j'ai été très occupée avec le Flame. Il fallait que je prépare le restaurant avant une inspection sanitaire.

— Tu es toujours organisée. Je suis sûre que tu as réussi le test avec brio.

— Je ne suis pas organisée ces derniers temps, avoua-t-elle. Quentin m'a dit que j'étais distraite ces dernières semaines.

— Ah, je vois. Tu penses que tu passes trop de temps avec Garrett.

— C'est le cas. Ou du moins ça l'était.

— Ce qui veut dire ?

— Je ne l'ai pas vu depuis une semaine.

— Egypt !

— Pas de sermon, Wynter. Je suis propriétaire de mon restaurant. C'est mon gagne-pain qui est en jeu, et mes employés dépendent de moi.

— Je comprends, Egypt, je t'assure. Je sais que les autres Gemmes ne sont pas nées avec une cuillère en argent dans la bouche, contrairement à moi. Ce que je veux dire, c'est que tu peux avoir une vie en dehors du travail. Garrett te plaît. Quel mal y a-t-il à céder à ton attirance ?

— Tu as vu dans quel état j'étais lorsqu'il était dans le coma et que je jouais les âmes charitables. Qui sait de quoi je serais capable maintenant qu'il est conscient ?

— Pourquoi ne pas le découvrir ? lança une voix grave derrière elle.

Lentement, Egypt se retourna. Elle plongea ses yeux dans ceux de Garrett, et se figea. Le téléphone lui glissa des mains et tomba sur le sol.

Garrett portait un bomber en cuir, un jean brut délavé, un T-shirt à col en V et des bottes de travail. Elle remarqua qu'il arborait une barbe naissante sexy, qui mettait en valeur ses lèvres généreuses. Il était si séduisant... La voix de Wynter l'arracha à ses pensées.

— Allô ? Allô ?

Détachant son regard de Garrett, Egypt ramassa son téléphone.

— Oui, je suis là.

— Tout va bien ? J'ai entendu un bruit sourd.

— C'est parce que j'ai fait tomber mon téléphone quand Garrett est entré.

— Garrett est là ? Dans ton restaurant ? Oh ! mon Dieu !

— En chair et en os.

Elle soutint le regard de Garrett tandis qu'il approchait.

Il tendit le bras vers le téléphone.

— Dites-lui au revoir.

Bon sang, elle adorait quand un homme prenait les choses en main.

— Wynter, il faut que je te laisse. Je te rappelle plus tard.

— Oui, s'il te plaît. Je veux tous les détails.

Egypt raccrocha mais, plutôt que de reculer pour échapper à l'attraction – dangereuse – de Garrett, elle se surprit à avancer vers lui.

— Vous êtes sorti de l'hôpital.

Il sourit.

— Je devais me rétablir rapidement, pour venir vous voir et découvrir pourquoi vous n'êtes pas revenue me rendre visite. Kent, mon contremaître, m'a déposé. Il m'attend dehors. Que s'est-il passé, Egypt ? Je sors du coma, et soudain vous n'êtes plus intéressée ?

Elle déglutit et baissa la tête. Du bout de l'index, Garrett lui releva le menton.

— Alors ?

Elle sentit son cœur tressauter. Malgré tout, elle répondit :

— J'étais occupée. Il y a beaucoup à faire quand on est à la fois propriétaire, gérante et cheffe cuisinière d'un restaurant.

Il serra les mâchoires.

— Ce n'est pas la véritable raison.

— Et quelle est-elle, selon vous ?

— Vous avez peur de cette attirance entre nous. Pas moi. J'ai eu une semaine entière pour penser à la chose que j'allais faire une fois dehors.

À présent Egypt avait peur, mais pas pour sa sécurité. Elle avait peur de l'attraction intense qu'elle ressentait pour cet homme, qui était un étranger pour elle, mais à qui elle ne pouvait apparemment pas cesser de penser, de *rêver*, en dépit de tous ses efforts.

— Et quelle est cette chose ? demanda-t-elle hardiment.

Elle en avait assez de faire semblant.

Le cœur battant, elle attendit que Garrett l'embrasse. Elle se dit que son baiser serait comme tous les autres mais, lorsque sa bouche finit par se poser sur la sienne, ce fut un choc. Ses lèvres prirent possession d'elle, dans une exploration sensuelle qui avait pour but de l'exciter. L'objectif fut rapidement atteint. Une onde la traversa, et elle lui rendit avidement son baiser.

Elle noua les bras autour de son cou tandis que Garrett plongeait les doigts dans sa chevelure, lui inclinant la tête pour mieux la goûter. Egypt le laissa faire, transportée par une délicieuse folie. Garrett avait une saveur qui ne ressemblait à aucune autre. Elle avait envie de lui arracher sa chemise pour sentir sa peau sous ses mains.

Son torse était un mur d'acier contre ses seins. Lorsqu'il la plaqua tout contre lui et qu'elle sentit son sexe durci contre son bas-ventre, une vague de chaleur la submergea. Garrett glissa une cuisse musclée entre les siennes, et ils se mirent à onduler frénétiquement l'un contre l'autre.

Egypt sentit son sexe se contracter de désir, et elle émit un long gémissement, qui fit reculer Garrett d'un pas. Tous deux se regardèrent tandis qu'ils reprenaient leur souffle.

Egypt avait su d'emblée qu'un baiser de lui serait exquis, mais la réalité était bien plus torride que son imagination.

Garrett ignorait ce qui lui avait pris. Il était venu au restaurant pour voir Egypt, et lui demander pourquoi elle n'avait plus donné signe de vie.

Mais dès qu'il s'était retrouvé face à elle, le feu de la passion s'était rallumé en lui. Et Garrett s'était laissé consumer. Il l'avait embrassée comme si c'était une question de vie ou de mort. Quand elle avait gémi et s'était abandonnée entre ses bras, une décharge de désir l'avait traversé.

S'ils avaient continué à s'embrasser, il aurait pu la plaquer sur la table, lui arracher son jean et plonger en elle. Mais son doux gémissement lui avait fait prendre conscience qu'il perdait le contrôle. Ils étaient sur le lieu de travail d'Egypt ! Qui plus est, il conservait toujours son sang-froid... C'était son mode opératoire habituel. Il ignorait comment il savait cela. Il le savait, voilà tout.

À présent, il regardait Egypt toucher ses lèvres enflées du bout des doigts. Était-elle aussi choquée que lui par la passion enfiévrée qui les avait emportés tous les deux ?

— J'imagine que nous avions tous les deux besoin de ça, dit-il doucement.

Elle cligna des yeux.

— Apparemment.

— Je n'avais pas prévu cela. Si je suis venu, c'est parce que j'avais envie de vous revoir.

— C'est vrai ?

— Oui. Je sais qu'on ne se connaît pas vraiment, mais il y a une attraction entre vous et moi, et j'aimerais voir où elle mène.

— Je vois.

Elle s'écarta de lui, et Garrett devina que c'était sa façon à elle de reprendre contenance.

— Je suis en train de remettre ma vie en ordre, dit-il. Le contremaître va me conduire dans la ferme que m'a léguée mon grand-père. Avec un peu de chance, cela m'aidera à réactiver ma mémoire. Malgré le chaos actuel dans mon existence, je souhaite toujours vous inviter à dîner.

Elle voulut répondre, mais il ajouta :

— Je sais que ça peut sembler prématuré, mais je peux vous dire que je suis célibataire. Je ne suis pas marié et je ne vois personne.

— Comment pouvez-vous en être sûr ?

— Kent travaillait en étroite collaboration avec mon grand-père et il me connaissait. Il le saurait si j'étais marié. Et il ne me connaît aucune petite amie.

— D'accord, concéda-t-elle. Mais voulez-vous vraiment emprunter cette voie, alors que vous êtes en train de mettre de l'ordre dans votre vie ?

Il approcha encore, tout en lui laissant assez d'espace.

— La seule chose dont je suis sûr, c'est de vous, Egypt.

Un grand sourire éclaira son beau visage, et Garrett sentit un feu s'allumer en lui à nouveau.

— Pourriez-vous me passer votre téléphone ?

— Pourquoi ?

— Je veux vous donner mon nouveau numéro.

Elle obtempéra, et il entra les chiffres dans l'appareil.

— Le lundi est votre seul jour de congé ? demanda-t-il.

— Oui. Le samedi et le dimanche sont les jours les plus chargés.

Je peux laisser Quentin seul de temps en temps, si je le préviens suffisamment tôt, mais il faudrait que ce soit un dîner tardif.

— Lundi prochain ? Vous pourriez venir à la ferme, et nous dînerions ensemble. Qu'en dites-vous ?

— Cela me va.

— Alors c'est entendu.

Il lui rendit son téléphone, puis lui offrit un sourire, à la place du baiser qu'il rêvait de planter sur ses lèvres pulpeuses. Au prix d'un effort, il s'en alla.

S'il l'avait embrassée à nouveau, il n'aurait peut-être pas pu se refréner. Il ne se rappelait peut-être pas grand-chose de sa vie précédente, mais il se souvenait de ce qu'il avait ressenti lorsqu'il avait rencontré Egypt. Il s'était senti *vivant*. Il avait hâte de la connaître davantage, mais, avant cela, il s'emploierait à découvrir qui il était. Pour lui, et pour Egypt.

7

Tout semblait pareil, pensa Garrett tandis qu'ils traversaient l'exploitation, mais il ressentait l'absence de son grand-père. Il eut le cœur serré quand Kent passa devant les champs pour rejoindre le bâtiment principal. Le contremaître se gara devant une maison blanche au toit en tôle et aux murs bardés de bois. À côté de la bâtisse se trouvaient une vieille grange et un enclos dans lequel des poules se promenaient.

— Nous avons des poules ? s'étonna Garrett.

— Oui, Cyrus adorait s'en occuper et avoir des œufs frais.

Garrett sortit du véhicule et monta les larges marches du perron. Il s'arrêta devant deux rocking-chairs, sous la porche. Des souvenirs l'envahirent, et son cœur se mit à palpiter. Il se rappelait s'être assis là, pour discuter avec son grand-père. Sentant l'émotion le gagner, il se tourna prestement vers Kent.

— Tu as les clés ?

— Bien sûr.

Kent ouvrit la porte puis lui confia le trousseau.

Garrett observa le plancher de bois, les poutres apparentes, les meubles en bois foncé. Dans le salon doté d'une cheminée en brique, un autre souvenir lui revint.

— Nous avons fait griller des marshmallows ici, non ? demanda-t-il à Kent, qui l'avait suivi à l'intérieur.

— En effet, dit le contremaître en souriant. Nous avions dix ou onze ans. Ça m'étonne que tu t'en souviennes.

Garrett alla ensuite dans la cuisine. Il sourit en voyant les rideaux à frous-frous – que sa grand-mère avait sans doute confectionnés –, et les marques au feutre sur le mur montrant sa croissance au fil des années. Les moments passés ici étaient de bons moments, mais il ne se souvenait pas d'avoir été présent *tout le temps*.

— Quelque chose d'autre te revient ? demanda Kent.

— Tu as dit que je vivais ici avec mon grand-père, mais… ça me semble bizarre.

— Comment ça ? demanda Kent, l'air tendu.

— J'essaye d'assembler les pièces du puzzle, mais il en manque. Certaines parties de ma vie sont floues. Je me rappelle être venu en vacances quand j'étais enfant et adolescent, mais ensuite plus rien.

— C'est étrange.

— Oui. Pour une raison que j'ignore, mon esprit refuse de se rappeler les années les plus récentes.

— Si je te montrais les chambres pour que tu puisses te reposer ? Tu viens de sortir de l'hôpital. J'ai rempli le réfrigérateur, et ma femme, Aurora, a préparé des sandwichs et une soupe. Demain, je passe te prendre et nous ferons le tour des terres. Qu'en dis-tu ?

— Ça me va.

Après le départ du contremaître, Garrett alla dans chaque chambre, y compris celle de son grand-père Cyrus, en quête d'indices pouvant stimuler sa mémoire. En vain. Il choisit une chambre et se laissa tomber sur le lit, déconcerté.

S'il avait vécu ici, il devrait y avoir des traces de lui ? Il n'y avait aucune photo, rien qui lui donne le sentiment que cette maison avait été son foyer. Cyrus s'était-il débarrassé de tout quand Garrett était parti faire ses études ?

Le médecin lui avait dit que sa perte de mémoire pourrait être temporaire, et que tout pourrait revenir d'un coup. Peut-être un psychothérapeute pourrait-il déverrouiller la porte de son esprit, afin qu'il puisse reprendre le cours de sa vie, mais avec quel argent payerait-il les séances ?

Et si son esprit était verrouillé parce qu'il n'aimait pas sa vie d'avant ? C'était sa plus grande peur.

— Asia, quelle surprise ! fit Egypt quand elle découvrit son amie sur le pas de sa porte. Tout va bien ?

— À merveille ! Je vais à un salon de bijoutiers à New York la semaine prochaine, et j'ai décidé de faire une halte chez toi pendant quelques jours. Je me suis dit que tu avais besoin de compagnie, puisque tu traînes dans les hôpitaux pour te trouver un homme.

Egypt rit de bon cœur.

— Aïe ! Tu n'y vas pas avec le dos de la cuillère.

La créatrice de bijoux, une petite brune énergique, entra dans l'appartement. Arborant un carré long et lisse, elle portait un legging noir, une longue chemise blanche et des bottines à imprimé léopard.

— Egypt, ton logement a besoin de couleur, déclara-t-elle, observant l'intérieur aux tons bleus et gris.

— Nous ne sommes pas toutes des artistes comme toi. Tu es venue pour critiquer ma décoration ? Ou y a-t-il une autre raison ?

— En fait, j'espérais que tu pourrais m'aider à établir mon plan de développement. Teagan et toi, vous aviez déjà une vision claire de votre entreprise avant de vous lancer. Shay et Lyric sont plus avancées et vont ouvrir bientôt, mais moi… je suis perdue, Egypt.

— Viens t'asseoir, dit-elle, l'entraînant vers le canapé. Dis-moi ce qui se passe.

— Je croyais que l'argent de tante Helaine serait suffisant, mais je me rends compte que c'est une goutte dans l'océan si je veux ouvrir mon propre magasin.

— Le plan de développement n'est pas le seul élément à prendre en compte. Il y a les prêts bancaires, les équipements, sans parler de la comptabilité et, ma partie préférée, les employés. Tu sais à quel point c'est difficile de trouver des gens fiables de nos jours ?

Asia retira ses bottines et ramena ses jambes sous elle.

— Alors comment fais-tu, Egypt ? Tu donnes l'impression que tout semble facile. Tu as ouvert ton restaurant à peine six mois après avoir touché ta part d'héritage.

Egypt s'adossa au canapé.

— Asia, je rêvais d'avoir mon propre établissement depuis des années. J'ai commencé comme cheffe de partie, puis je suis devenue seconde de cuisine. J'ai observé le chef Rafael religieusement, et j'ai aussi aidé le gérant du restaurant, pour acquérir des compétences en gestion. Je tenais à être ma propre patronne, et j'avais besoin d'outils pour y parvenir.

— Pour ma part, je ne sais pas si mon projet est viable. Avoir du succès sur les marchés aux puces et dans les bijouteries des autres est une chose, mais avoir son propre espace de vente en est une autre.

— Il faut que tu travailles sur ta présence en ligne, Asia, et que tu aies ton propre site web. Je te l'ai toujours dit.

— Je ne suis pas douée pour l'informatique. Figure-toi que j'ai fait faire un site web par un geek avec qui je suis sortie.

— Ah ? Montre-moi.

Asia alla chercher sa tablette dans son sac à main et revint s'asseoir. Elle afficha son site sur l'écran.

Egypt passa les pages en revue.

— C'est un très bon début, Asia.

— Les ventes sont bonnes, mais mettre le site à jour demande beaucoup de travail.

Egypt leva les yeux au ciel.

— Trésor, tu vas devoir engager un gestionnaire de site, et de préférence quelqu'un avec qui tu ne couches pas. Je peux t'aider à réaliser ton plan de développement, mais je dois te prévenir, ce ne sera pas facile. Diriger sa propre entreprise demande de longues heures de travail et du dévouement.

— C'est si difficile que ça ?

— Oui, bien plus que je ne le pensais. L'agression de Garrett sur mon parking ne m'a pas aidée. À cause de la couverture médiatique, le chiffre d'affaires du Flame a baissé. J'essaye de ramener l'attention des clients sur la cuisine et non sur le quartier, mais ce n'est pas facile.

— Je suis navrée, Egypt, je ne savais pas. Tu n'en as pas parlé pendant les tchats des Six Gemmes.

Le groupe se réunissait une fois par semaine pour discuter par appel vidéo.

— Je ne voulais pas jouer les rabat-joie.

— Merci pour ton honnêteté, Egypt, dit Asia. C'est l'une des qualités que j'ai toujours admirées chez toi. Tu dis les choses comme elles sont.

— Je ne sais pas faire autrement.

— Dans ce cas, tu peux me raconter ce qui se passe entre M. Sans-nom et toi.

— Eh bien, il s'appelle Garrett Walker, et il possède une ferme non loin de Raleigh.

— D'accord, dit Asia en s'adossant. Il a un nom de famille, et un emploi – un bon point, selon moi. Quoi d'autre ?

— Je vais me rendre dans sa ferme lundi. Nous allons préparer le dîner ensemble.

— Un dîner et plus si affinités ?

Egypt songea au baiser que Garrett lui avait donné tout à l'heure. Cela avait été un moment cataclysmique.

— Possible.

— Ah, heureuse de l'apprendre. Il n'y a pas de mal à prendre du bon temps, non ?

Egypt gloussa. Les Gemmes lui manquaient. Dommage qu'elles soient toutes si éloignées les unes des autres. Elle était impatiente de les revoir toutes à l'enterrement de vie de jeune fille de Wynter, qui aurait lieu à Las Vegas. Mais elle était encore plus impatiente de revoir Garrett.

Comme s'il avait lu dans son esprit, Garrett lui téléphona ce soir-là, vers 22 heures. Egypt était déjà au lit et jouait à un jeu sur son téléphone quand le nom du jeune homme s'afficha sur l'écran.

— Garrett ? Tout va bien ?

— Oui, j'espère qu'il n'est pas trop tard.

Le son de sa voix grave et rauque fit tressauter son cœur.

— Non, rassurez-vous. Je suis un oiseau de nuit.

— Moi aussi. C'est drôle comme certaines choses me paraissent claires et d'autres, beaucoup plus floues.

— Était-ce difficile de retourner à la ferme ? demanda-t-elle avec douceur.

— Oui. Je savais que mon grand-père était décédé, mais me retrouver dans une ferme vide m'a mis face à la réalité.

— Est-ce que ça a réveillé des souvenirs ?

— Quelques-uns. Je me suis revu enfant et adolescent, mais... Je ne sais pas. Quelque chose cloche, Egypt.

— Comment le savez-vous ?

— Bonne question, dit-il d'un ton amusé. Certaines choses me paraissent évidentes, voilà tout. Quand je suis sorti du coma, je ne me souvenais pas de notre première conversation, mais je savais que vous me plaisiez et que je voulais vous revoir.

Tout à coup, elle eut la bouche sèche, et son cœur battit à coups redoublés.

— Êtes-vous sûr de vouloir vous lancer dans... un flirt tant que vous n'avez pas retrouvé la mémoire ?

— Un flirt ? Ce n'est pas ce que je veux, Egypt.

— Vous préféreriez une liaison ? Je ne suis pas contre une aventure charnelle. Je vous trouve séduisant, vous me trouvez sexy. C'est une raison suffisante, non ?

— J'apprécie votre franchise, mais selon moi il y a davantage entre nous qu'une simple envie physique à assouvir. Je peux me tromper, mais...

— Mais vous pensez avoir raison. On vous a déjà dit que vous étiez arrogant ?

— Oui.

— Vous avez l'air très sûr de vous.

— Je le suis. Vous verrez. Dans quelque temps, vous vous souviendrez de cette conversation. Je vous prédis que nous serons plus que des amants temporaires.

Après avoir raccroché, Egypt fixa son téléphone, hébétée. Provoqué par les mots sensuels de Garrett, un courant chaud et soudain afflua dans son entrejambe. Elle avait cru qu'il lui avait téléphoné parce qu'il cherchait quelqu'un pour réchauffer son lit. Mais il avait simplement eu envie de discuter. Elle avait fait l'erreur d'assimiler leur relation à une liaison purement charnelle, comme elle le faisait toujours avec les hommes depuis qu'Antwan l'avait trahie. Elle ne les laissait pas approcher de son cœur, se contentant d'aventures superficielles.

Mais ce n'était pas ce que Garrett attendait d'elle. Chaque fois qu'elle essayait de minimiser ce qui se passait entre eux, il lui montrait qu'elle avait tort. Elle n'était pas sûre que les murs qu'elle avait érigés autour de son cœur résisteraient, si Garrett continuait sans relâche d'y faire des brèches.

8

Garrett avait du mal à trouver le sommeil. C'était sa première nuit à la ferme. Il s'était habitué aux bruits et aux odeurs de l'hôpital, et à présent il se retrouvait dans un endroit étrange qui, bien que familier, ne lui donnait pas le sentiment d'être chez lui.

Après avoir pris une douche, il se mit en quête de vêtements, et trouva ceux de son grand-père dans l'un des placards. Il opta pour un vieux jean et une chemise à carreaux. Lorsqu'il alla dans la cuisine, il constata qu'il n'était pas à l'aise dans cette pièce non plus. Il lui fallut trois tentatives pour faire un café à peu près correct. Heureusement, il eut moins de mal avec le bacon et les œufs qu'il prépara. C'était son grand-père qui lui avait appris à cuisiner... Ah, un autre souvenir !

Il venait de finir son petit déjeuner quand Kent frappa à la porte. Garrett alla ouvrir.

— Prêt à visiter la ferme ? demanda le contremaître.

— Absolument. Ça m'aidera peut-être à retrouver mes repères.

— Tout d'abord, tu auras besoin de ça.

Le contremaître lui tendit des bottes de caoutchouc, que Garrett enfila.

— D'abord, allons voir comment vont les poules. Il faut vérifier qu'elles ont assez de nourriture et d'eau.

Kent entra dans le poulailler, suivi de Garrett. Il remplit l'abreuvoir et la mangeoire, puis alla s'occuper de deux vaches.

Garrett l'aida en ouvrant deux grands sacs de foin et d'avoine pour les nourrir.

— Il faut faire ça tous les jours ?

— Oui, répondit Kent sans se retourner. Suis-moi.

Il entra dans la grange, qui abritait quelques tracteurs.

— Il y a quelques corvées que j'ai besoin que tu effectues.

— Lesquelles ?

— Nettoyer le tracteur, et graisser quelques machines.

— Je me rappelle vaguement l'avoir fait quand j'étais adolescent.

— Bien. Le seau et les éponges sont là-bas, indiqua Kent en montrant une caisse sur le côté. Sers-toi. Pendant ce temps, je vais voir si les employés sont arrivés pour que je puisse leur assigner leurs tâches.

— Quand pourrai-je voir les livres de comptes ?

— Plus tard ! lança Kent par-dessus son épaule.

Garrett n'avait rien contre le travail physique. Il était en forme, et il termina rapidement sa mission. Toutefois, il était davantage intéressé par les finances. Apparemment, Kent n'avait pas très envie qu'il inspecte les comptes, mais, une fois que Garrett avait l'esprit fixé sur un objectif, il était impossible de l'en détourner.

Lorsque Kent revint quelques heures plus tard, Garrett avait non seulement lavé tous les véhicules, mais il les avait aussi lustrés, et il avait graissé les machines.

— Tu m'impressionnes, dit Kent en croisant les bras.

— Tu croyais qu'un col blanc comme moi n'était pas capable de travailler dur ?

Il avait retiré sa chemise depuis un moment, et son T-shirt blanc était trempé de sueur.

— Je suppose que j'avais un a priori, admit le contremaître. Mais tu m'as montré que j'avais tort.

— Ne me sous-estime pas, Kent. J'ai peut-être perdu la mémoire, mais je ne suis pas un tire-au-flanc.

— C'est noté, répondit Kent avec un petit sourire. Aurora m'a préparé un chili, et il y en a bien assez pour deux. Cela te dit de manger avec moi ?

Garrett se rendit compte que la réponse était oui. Kent était sa bouée de sauvetage en ce moment.

— Oui, ça me plairait beaucoup.

Kent n'avait pas menti : son épouse avait en effet cuisiné assez de chili pour une tablée entière. Ils retournèrent à la ferme pour dîner et discutèrent pendant leur repas. Une camaraderie commençait à se former, et Garrett savait qu'il lui faudrait gagner la confiance de Kent. Une fois le ventre plein, Garrett rappela au contremaître qu'il souhaitait voir les livres de comptes. Aussitôt, il vit Kent se raidir.

— Ah, oui, j'avais oublié, répondit le contremaître.

Garrett en doutait fort. Il regarda Kent aller à sa voiture et revenir avec une sacoche d'ordinateur. Y avait-il quelque chose que le contremaître ne voulait pas qu'il voie ? Il suivit Kent jusqu'au bureau de son grand-père, au fond de la maison. La pièce n'était pas grande et n'était meublée que d'un grand bureau en chêne et d'un fauteuil à roulettes. Des montagnes de livres de comptes étaient éparpillées dans la pièce. Kent saisit l'un des livres et le donna à Garrett.

— Qu'est-ce que c'est ?

— Tu voulais voir les livres de comptes, répondit Kent. Ton grand-père ne croyait pas à l'informatique. Il n'a jamais voulu apprendre à se servir d'un ordinateur.

— C'est une manière archaïque de gérer une entreprise.

— Je le sais bien. C'est pourquoi j'ai commencé à tout transférer là-dessus, dit-il, sortant un ordinateur portable de sa sacoche. Il y a un an, tu l'as offert à Cyrus pour Noël, mais il ne voulait pas y toucher et il me l'a donné. J'ai pensé qu'il fallait que j'essaye de moderniser la gestion. J'ai fait de mon mieux pour tout transférer dans un logiciel de comptabilité. Je ne suis pas diplômé de Wharton, mais je crois m'en être bien sorti.

— Merci, et je suis désolé d'avoir douté de toi.

— Tu croyais que j'avais profité d'un vieil homme ? lâcha Kent avec véhémence, et Garrett sentit qu'il avait touché un point sensible. Jamais je ne ferais ça ! Cyrus était comme un père pour moi, tout comme pour toi.

— Je comprends. Je vais passer le reste de l'après-midi à parcourir ces comptes. Si j'ai été un grand homme d'affaires par le passé, tout devrait me revenir. C'est comme faire du vélo, non ?

— Sûrement, répondit Kent, puis il quitta la pièce.

Garrett passa des heures à éplucher les comptes et à vérifier les correspondances dans l'ordinateur. Une activité qui l'enthousiasma. Il se sentait revigoré. La semaine passée, il s'était senti en décalage, comme s'il était un étranger dans son propre corps. Mais dans le monde des chiffres, il était comme un poisson dans l'eau. Et il avait très envie de le dire à Egypt.

Il lui envoya aussitôt un message.

J'étudie les comptes de la ferme et j'adore ça. Je suis vraiment doué pour les chiffres.

Il attendit avec impatience une réponse, qui ne tarda pas à arriver.

C'est formidable. Je suis contente que votre mémoire revienne.

Sa *mémoire*. Il n'avait eu aucun de ces flashs que le docteur avait évoqués. Pour Garrett, c'étaient davantage des sensations, des impulsions, qui lui permettaient de savoir quoi faire, et comment le faire. Comme tout à l'heure, avec les machines ou les livres de comptes. Il aimerait que sa mémoire revienne *maintenant*. Il ignorait comment la ferme et Egypt s'intégreraient dans sa vie, mais il le découvrirait d'une manière ou d'une autre, car il ne renoncerait ni à l'une ni à l'autre.

Le reste de la semaine était passé très vite, songea Egypt. Elle avait travaillé sur le plan de développement d'Asia pendant que son amie était allée dans une boutique de bijoux afin de trouver l'inspiration pour sa prochaine collection. Parfois, Egypt aimerait être aussi insouciante qu'Asia, qui ne laissait jamais les vicissitudes de la vie l'abattre, mais, si tel était le cas, elle ne serait plus elle-même.

Elle adorait son amie mais, quand Asia était partie à New York samedi, Egypt avait été soulagée. Toutefois, grâce à Asia, elle n'avait pas eu le temps de s'inquiéter pour son prochain rendez-vous avec Garrett. Il lui avait téléphoné chaque soir, pour lui raconter son quotidien à la ferme. Ces appels étaient devenus très importants pour elle, et elle les attendait fébrilement.

Elle se réjouit quand lundi arriva. Elle allait enfin passer la journée à Walker Farms. Garrett lui avait suggéré de venir dans l'après-midi, afin qu'ils puissent cueillir quelques fruits et légumes pour le dîner. Egypt opta donc pour une tenue confortable : débardeur à dos nageur, sweat-shirt, legging et baskets. Elle avait aussi prévu une tenue de rechange. S'ils transpiraient dans les champs, elle aurait besoin de se doucher avant le dîner.

Pendant son trajet d'une heure, Egypt se rendit compte qu'elle n'était jamais allée dans une ferme, bien qu'elle en ait toujours eu envie. Le trajet en solitaire lui procura le calme dont elle avait cruellement manqué pendant la visite d'Asia.

Elle vit un panneau indiquant Walker Farms, et quelques minutes plus tard elle se gara devant une maison aux murs blancs. L'endroit n'était pas aussi vieux qu'elle l'avait cru. Les clôtures et la grange auraient bien besoin d'un coup de peinture. Néanmoins, la maison avait un certain charme.

Mais pas autant de charme que l'homme qui descendait rapidement les marches du perron pour aller à sa rencontre. Vêtu d'un jean et d'une chemise à carreaux, il faisait un fermier très séduisant. Une vague de désir l'envahit quand elle admira son corps musclé.

Elle alla ouvrir son coffre. Elle avait apporté quelques casseroles et poêles, ainsi que différents ingrédients, ne sachant pas si Garrett avait tout ce dont elle avait besoin.

— Laissez-moi vous aider, dit-il. Mais d'abord...

Elle se retourna.

— D'abord quoi ?

— D'abord, ça.

Le regard qu'il posa sur ses lèvres était incendiaire. La seconde suivante, il l'embrassa, et l'esprit d'Egypt cessa de fonctionner, sous la pression ferme et brûlante de sa bouche. Il lui entrouvrit les lèvres et mêla sa langue à la sienne. Elle s'accrocha à ses épaules, et Garrett la plaqua contre la voiture. Ses tétons se durcirent, et une onde brûlante se propagea dans ses veines tandis qu'ils s'embrassaient à perdre haleine.

Ce fut Garrett qui recula en premier, et elle poussa un gémissement de protestation.

— Il y aura d'autres baisers plus tard, promit-il. Toute la nuit, si vous le souhaitez, mais si vous voulez voir la ferme il faut que nous nous mettions en route.

— Des promesses, des promesses, railla-t-elle. Mais nous devrions d'abord emporter tout cela à la cuisine.

Elle lui montra les sacs de courses et la caisse de poêles et de casseroles.

— Vous avez apporté tout votre arsenal ? demanda-t-il, l'air amusé.

Il empoigna les sacs et se dirigea vers la maison.

— En quelque sorte, dit-elle.

Elle porta la caisse et suivit Garrett à l'intérieur. La maison aux murs beiges était chaleureuse. C'était manifestement le foyer d'un célibataire car il était dépourvu d'une touche féminine.

Ils posèrent les sacs et la caisse sur le plan de travail de la cuisine et commencèrent à tout déballer.

— Vous avez apporté beaucoup de choses, à ce que je vois. Mais nous avons de merveilleux fruits et légumes ici, et vous avez la tenue idéale pour les cueillir.

Il promena les yeux sur elle, des pieds à la tête. Sous son regard enfiévré, un feu s'alluma en elle.

— Parfait, dit-elle. Je peux faire une poêlée de légumes.

Elle rangea certains produits dans le réfrigérateur.

— Vous vivez à la ferme depuis une semaine maintenant. C'est comment ? demanda-t-elle.

— Instructif. Je ne savais pas que les fermiers avaient des journées aussi longues. Chaque soir, après notre conversation téléphonique, je m'endors épuisé. Ensuite je me réveille à 5 heures du matin pour une nouvelle journée.

— Vous avez pu inspecter les comptes de la ferme ?

— Oui. Mon grand-père était endetté. Si je ne trouve pas de solutions bientôt, je pourrais perdre cette exploitation.

— Mince ! C'est à ce point ?

— Oui, et j'ai l'impression que je le savais. Je comptais venir ici après avoir dîné au Flame.

— Vous venez de vous souvenir de ce détail ?

— Non. Les souvenirs viennent par vagues. Surtout des petites choses insignifiantes.

— C'est un début. Ne soyez pas trop dur avec vous-même. Ces voyous vous ont mis K-O, et vous avez passé des semaines dans le coma.

— Je sais, mais la ferme n'a pas beaucoup de temps devant elle. La banque nous accorde un délai de deux mois, mais c'est peu pour améliorer la situation.

— Vous avez des idées pour y parvenir ?

— J'ai fait des recherches, et je pense que nous devrions ouvrir la ferme au public. Permettre aux gens de cueillir eux-mêmes nos fruits et nos légumes. Nous avons des fraises, des myrtilles, ainsi que des concombres, des salades, des tomates, des courges et des courgettes.

— Je suis impatiente de les voir.

Après avoir fini de ranger les produits qu'Egypt avait apportés, Garrett la prit par la main et lui fit faire une rapide visite de la maison. Après quoi, ils firent un détour par le poulailler et choisirent une douzaine d'œufs qu'elle pourrait emporter chez elle. Puis ils prirent un tracteur et allèrent jusqu'au champ de légumes.

— Garrett ! fit Egypt en tirant sur sa manche. C'est incroyable ! Vous avez raison, il faut mettre en place une cueillette pour les gens du coin.

— N'est-ce pas ? fit-il en souriant. Venez, mettons-nous au travail.

Il prit deux seaux et lui en donna un.

Ils choisirent une courge, des tomates et des courgettes pour le dîner. Chaque fois que leurs mains s'effleuraient, Egypt frissonnait d'excitation. Elle voulait se presser contre lui, sentir son corps ferme contre le sien. Pour reprendre ses esprits, elle ramena ses pensées vers le Flame. Une idée lui vint.

— Ça vous dirait de travailler avec le Flame ? Vous pourriez nous approvisionner en fruits et légumes.

— Vous feriez cela ?

— Bien sûr. Tout restaurateur rêve d'avoir des produits frais d'une telle qualité.

— Dans ce cas, je vais mettre un partenariat en place.

Ravie, Egypt se leva d'un bond. Elle trébucha, et Garrett la rattrapa.

— Ça va ? demanda-t-il.

Son regard était teinté de désir, comme le sien. Incapable de parler, elle se contenta de hocher la tête.

Ils se regardèrent pendant plusieurs secondes, et Egypt eut à nouveau envie de l'embrasser. Finalement, Garrett la relâcha, et ils reprirent leur tâche. La tension sexuelle était si forte qu'Egypt décida de la dissiper en évoquant l'enquête sur l'agression de Garrett.

— Vous avez eu des nouvelles de l'inspecteur Simpson ?

— Il m'a téléphoné il y a quelques jours, pour me dire qu'il n'avait rien trouvé en Pennsylvanie me concernant. C'est bizarre, non ? Si j'ai fait mes études là-bas, il serait logique que je sois resté dans le coin ensuite. Apparemment, ce n'est pas le cas. L'inspecteur a dû étendre ses recherches aux États voisins.

— Je suis désolée.

Il s'interrompit dans sa tâche et l'observa.

— Je veux juste savoir qui je suis. Je sais d'où je viens, mais parfois...

— Parfois quoi ?

— Le passé que m'a raconté Kent me semble faux, mais je n'ai aucun souvenir qui me le prouve.

— Comment vous entendez-vous, tous les deux ? Vous m'avez dit qu'il y avait des tensions entre vous.

— Je soupçonne Kent de penser que je vais céder la ferme, mais c'est tout ce qu'il me reste de mon grand-père. Je ferai tout ce qui est en mon pouvoir pour la garder.

— C'est tout à votre honneur.

Lorsqu'ils eurent fini la cueillette des légumes, Garrett aida Egypt à remonter dans le tracteur. Elle remarqua qu'il laissa ses mains sur son postérieur un peu plus longtemps que nécessaire. Croisant son regard, elle comprit qu'il l'avait fait exprès. Il lui sourit puis s'installa à côté d'elle. Ils empruntèrent un chemin de terre pour se rendre dans la zone des fraises.

— Votre amie Asia est-elle partie ? demanda-t-il. Je suis désolé de ne pas avoir eu le temps de la rencontrer. Même si le vieux pick-up de mon grand-père est à ma disposition, je ne peux pas aller loin sans permis de conduire.

— Ça ne fait rien. Et cela fait du bien de quitter la ville. J'avais besoin d'une coupure. J'adore Asia, mais elle peut être pénible parfois.

— Comment vous êtes-vous rencontrées ? demanda-t-il pendant qu'ils ramassaient des fraises rouge vif.

— Nous nous sommes connues au lycée, à San Antonio, avec les autres Gemmes.

— Les « gemmes » ?

— Les Six Gemmes, c'est le nom que mes amies et moi nous

sommes donné à l'époque. Mon père et moi étions allés vivre là-bas pour son travail. Je ne connaissais personne.

— Ce devait être difficile, observa Garrett.

— En effet, mais un jour, à la cafétéria, j'ai repéré quelques filles, un peu à l'écart des autres. L'une d'elles, Teagan, avait la tête dans un livre. Asia était vêtue de manière… originale, et Lyric, en collants, faisait des pas de danse autour de la table. Et il y avait Shay, qui faisait partie de l'équipe d'athlétisme.

— Un groupe intéressant, on dirait.

— Oui ! Dès que je me suis assise à leur table, notre amitié est née. Wynter, la future mariée, nous a rejointes quand ses parents fortunés l'ont inscrite au lycée public pour la punir de son attitude rebelle. Tous les garçons voulaient sortir avec nous. Asia disait que nous étions toutes des gemmes, et Teagan a décrété que nous devrions nous surnommer les « Six Gemmes ».

Garrett rit et se releva.

— Jolie histoire. Des amis, voilà ce qui me manque. Où sont les miens ? Pourquoi personne ne me cherche ? Étais-je solitaire au point que personne ne se soucie de moi ?

Egypt se leva aussi et posa la main sur son bras.

— J'en doute. Vous êtes un homme gentil et chaleureux, Garrett.

Il appuya le front contre le sien, et Egypt sentit son cœur s'emballer. Elle avait envie de se blottir contre lui, de sentir ses lèvres sur les siennes à nouveau.

— Vous n'êtes pas objective.

— Exact, concéda-t-elle en riant. Laissez-vous du temps. Votre mémoire pourrait revenir toute seule.

— Mais le temps presse.

Egypt désigna d'un signe de tête la maison.

— Il faut que je réfléchisse à ce que je vais cuisiner ce soir. Vous serez mon commis, vous le savez ?

— Il me tarde.

S'il continuait de la regarder avec ces yeux brûlants, elle

pourrait bien se jeter à son cou. Plus elle apprenait à le connaître, plus son désir pour lui se renforçait.

Quel mal y avait-il à partager une nuit de plaisir avec un homme mystérieux et attirant ?

Aucun !

9

Egypt avait décidé de préparer un risotto aux noix de Saint-Jacques, ainsi qu'une poêlée de légumes avec les tomates, la courge et les courgettes qu'ils avaient cueillies dans le champ. Pour être franc, Garrett ne se souciait pas vraiment de ce qu'Egypt allait cuisiner ; il était simplement heureux qu'elle soit enfin sur son territoire.

Après avoir annoncé le menu, elle retira son sweat-shirt.

— Que puis-je faire pour vous aider ? demanda-t-il.

— Vous pouvez tailler les légumes.

Elle prit une planche à découper et un couteau dans sa caisse, et les posa sur le grand plan de travail en bois. Puis elle prit le riz Arborio qu'elle utiliserait pour son risotto.

Pendant qu'ils cuisinaient, Egypt lui raconta la semaine mouvementée qu'elle avait passée avec Asia.

— Je vous assure, Garrett, elle n'a aucune idée de ce qu'elle fait. Il lui faut quelqu'un pour la guider.

— J'imagine que vous l'avez conseillée.

— J'ai mon restaurant à gérer, mais j'ai fait mon possible, et je l'ai aidée à finir son plan de développement.

— Vous êtes une amie en or.

Plus ils discutaient, plus il l'admirait. À l'évidence, Egypt se démenait pour ceux qui lui étaient chers.

— Elle ne me facilite pas les choses, continua-t-elle. Mais je tiens à l'aider. L'argent que nous a légué la tante de Wynter nous a permis de contracter des prêts pour fonder nos entreprises.

— C'est fantastique.

— Tante Helaine était comme une grand-mère pour moi. Je l'aimais beaucoup, d'autant plus que j'ai grandi sans mère.

Garrett interrompit sa tâche.

— Je suis désolé.

— Vous ne pouviez pas savoir.

— Mais j'ai envie de savoir.

— Pourquoi ?

— Je veux tout savoir de vous.

Il approcha, et Egypt ne recula pas. Mieux, elle leva le menton. Alors, il lui donna exactement ce qu'elle voulait, ce que *tous deux* voulaient : un baiser. Il posa doucement les lèvres sur les siennes. C'était un baiser fugace. Le prochain les mènerait plus loin.

Précisément jusqu'à sa chambre.

Elle ouvrit les yeux quand il s'écarta.

— Finissez votre risotto, ordonna-t-il. Il ne faudrait pas qu'il brûle.

— Peu de gens ont le droit de me commander, Garrett. Estimez-vous chanceux.

— Oh ! je compte être très chanceux ce soir, répondit-il avec un sourire malicieux.

Ses mots allumèrent une lueur dans les yeux d'Egypt, mais elle ne répondit pas et se remit au travail.

Une heure plus tard, ils étaient installés dans la salle à manger, buvant la bouteille de pinot gris qu'Egypt avait apportée et dégustant l'un des meilleurs repas que Garrett ait jamais mangés. Les noix de Saint-Jacques étaient cuites à la perfection, le risotto, crémeux et succulent, et la poêlée de légumes, colorée et délicieuse.

— Vous êtes une cheffe extrêmement douée, Egypt, la complimenta-t-il lorsqu'ils eurent terminé et qu'ils emportèrent leurs assiettes à la cuisine. C'est l'une des choses qui m'ont séduit chez vous.

— Je suis désolée que notre première rencontre n'ait pas pris la tournure que vous espériez.

— Peut-être que si...

Il était attiré par Egypt, et ce, depuis le premier jour. Sa mémoire était peut-être une ardoise vide, mais il avait une certitude : il désirait Egypt plus qu'il n'avait jamais désiré une autre femme. Il lui prit la main et la serra fermement.

Une autre certitude lui vint : d'habitude, il fréquentait des femmes minces, élégantes et sophistiquées. Egypt ne correspondait pas à ce profil. Aujourd'hui, elle portait un large sweat-shirt et un legging. Ses cheveux étaient emmêlés, et elle était à peine maquillée. Pourtant, il la trouvait renversante.

— Comment ça ? demanda-t-elle.

— Vous êtes ici, seule avec moi, et c'est exactement ce que je veux. Il manque juste un élément.

— Alors pourquoi ne pas remédier à ce problème ?

Elle venait de lui lancer un défi. Eh bien, il était tout à fait prêt à le relever. Il la prit par la taille et l'attira sur ses genoux. Elle ne tenta pas de se dégager. Au contraire, elle posa la main sur sa nuque et amena son visage vers elle. Dès qu'il l'embrassa, un éclair de plaisir le traversa.

Le baiser était langoureux et nonchalant, et Garrett en savoura chaque minute. Egypt se pressa contre lui, ses courbes épousant son sexe en érection et le réchauffant de part en part. Il approfondit le baiser, tout en explorant avec ses mains son corps voluptueux.

— Tu n'as pas idée à quel point j'ai envie de toi, dit-il.

— Je crois que si. Car j'ai tout autant envie de toi.

La seconde suivante, ils s'embrassèrent comme des adolescents gouvernés par leurs hormones. Garrett ne s'était pas attendu à ce qu'Egypt soit si réactive, si passionnée. Il laissa échapper un grondement rauque, qui attisa le désir d'Egypt. Elle se leva, mais ce fut pour se mettre à califourchon sur lui. Lorsqu'elle commença à onduler contre son sexe, il devint fou de désir et, sans crier gare, l'allongea sur la table.

Egypt avait peine à croire que Garrett l'avait portée sur la table comme si elle était aussi légère qu'une plume. Il se glissa entre ses jambes et les écarta pendant qu'elle passait les mains sur ses cheveux coupés court. Leur étreinte s'intensifia lorsqu'il s'agita contre elle. La friction de son jean contre son legging attisa son excitation, et elle sentit son cœur battre à coups redoublés.

Impatiente de toucher sa peau, elle déboutonna rapidement sa chemise. Il s'écarta le temps qu'elle puisse lui retirer le vêtement et dévoiler son torse. Et elle ne fut pas déçue… Son corps était ciselé, avec une taille mince et des abdominaux durs comme la pierre. Elle caressa ses larges épaules et taquina ses tétons avec sa langue.

— Il n'y a pas que toi qui as le droit de t'amuser, dit-il.

Avant même qu'elle s'en rende compte, il lui ôta son débardeur et son soutien-gorge, exposant sa généreuse poitrine à son regard avide. Il prit un mamelon dans sa bouche, passant la langue sur la pointe durcie, et Egypt en eut le souffle coupé.

— Tu es si belle, murmura-t-il contre son sein.

Il continua de taquiner son sein avec sa bouche, massant l'autre avec sa main. Elle se pressa tout contre lui en émettant des soupirs de plaisir. Un tourbillon de sensations vrilla en elle lorsqu'elle songea que Garrett et elle allaient enfin s'unir. Elle était plus que prête.

Il caressa ses seins, son ventre, puis prit son sexe en coupe à travers son legging, tout en reprenant possession de sa bouche. Garrett lui donnait le sentiment d'être belle, sensuelle, et désirée. Poussant un soupir, elle s'abandonna à l'instant. Lorsqu'elle sentit les mains de Garrett sur sa taille, elle enleva ses baskets et souleva les hanches afin qu'il puisse lui retirer son legging et sa culotte. Elle fut bientôt nue sur la table.

Soutenant son regard assombri par le désir, elle tendit le bras vers son jean. Un tremblement d'excitation la secoua tandis que Garrett la regardait baisser sa fermeture Eclair et faire glisser le vêtement le long de ses cuisses.

Elle avait hâte de le toucher. Sans plus attendre, elle glissa les mains sous son caleçon et les enroula autour de son sexe durci. Garrett gémit lorsqu'elle se mit à le caresser. Elle voulut poser les lèvres sur lui, mais il l'allongea à nouveau sur la table. Après avoir ôté ses bottes, il sortit un préservatif de la poche de son jean, avant de se dévêtir entièrement.

— J'imaginais notre première fois dans un lit, mais ici ça me va aussi, dit-il.

Après avoir déroulé la protection sur lui, il se cala entre ses cuisses. Elle ferma les yeux lorsqu'il glissa les doigts dans son sexe moite et l'explora. Elle se mit à onduler des hanches, car c'était plus fort qu'elle, mais chaque mouvement la rapprochait de l'explosion finale.

— Oh ! oui..., murmura-t-elle.

Lorsqu'il s'étendit enfin sur elle, qu'elle sentit son torse contre ses seins, et son souffle chaud contre son visage, son esprit se concentra uniquement sur lui. Doucement, il s'inséra entre ses muscles lisses. Elle ouvrit les yeux et vit que Garrett la fixait de son regard incandescent.

— Ça va ? demanda-t-il.

— Oui. Encore plus loin, s'il te plaît.

Avec un petit rire, il avança un peu plus en elle. Puis il alla beaucoup plus loin, jusqu'à la garde.

— Oh ! mon Dieu ! s'exclama-t-elle.

Elle s'accrocha à ses épaules.

— Oui, comme ça, chéri.

Elle était prête à prendre tout ce qu'il avait à donner.

Garrett mordillait l'un des tétons d'Egypt pendant qu'il lui faisait l'amour. Il voulait la découvrir *entièrement*, lécher les parties les plus intimes de son corps, jusqu'à ce qu'elle crie son nom. Mais cela pouvait attendre. Pour l'instant, il était très bien en elle. Egypt ondulait des hanches, le poussant à découvrir tous ses trésors secrets.

Dans un grondement rauque, il glissa la main entre eux et inséra un doigt en elle. Son sexe était si moite, si chaud... Elle poussa un soupir de plaisir. Alors il recommença, tout en continuant de lui donner des coups de reins puissants.

Egypt faisait preuve d'autant d'énergie que lui, accompagnant chacun de ses mouvements. Lorsqu'elle s'agita avec frénésie, sans aucune retenue, il sut qu'elle se rapprochait des cimes du plaisir.

Il lui mordilla le lobe de l'oreille et taquina son clitoris.

— C'est ça, Egypt. Jouis pour moi, chérie.

Il accéléra le rythme de ses mouvements. Un sentiment de triomphe l'envahit lorsque les gémissements d'Egypt se muèrent en cris. Ses muscles internes se contractèrent autour de lui, et il l'étreignit avec plus de force. Son orgasme provoqua le sien, et il laissa échapper un gémissement rauque lorsque la déferlante de plaisir s'abattit sur eux.

Egypt le serra contre ses seins luisants de sueur. Tous deux gardèrent le silence, stupéfiés par ce qui venait de se produire. Avait-il déjà vécu des ébats aussi fabuleux ? se demanda-t-il. Il en doutait. Son instinct lui disait qu'Egypt était différente des autres femmes qu'il avait connues. Il savait aussi que cette nuit allait tout changer entre eux.

10

Egypt arqua le dos, laissant l'eau couler le long de ses épaules. Elle devait rentrer chez elle, mais elle souhaitait d'abord se détendre sous la douche. Garrett et elle avaient fait l'amour deux fois dans la nuit, et elle avait fini en sueur. C'étaient les meilleurs ébats de sa vie. Peu lui importait que Garrett ne sache pas qui il était ; il savait se servir de ses mains, de sa bouche et de son corps pour lui donner du plaisir. C'était un amant exceptionnel.

Elle avait cru avoir quelques minutes de solitude, mais Garrett la surprit en la rejoignant dans la salle de bains. Il était nu, tendu de désir, et avait apporté un préservatif qu'il posa sur le lavabo. Egypt le dévora des yeux puis, mue par une impulsion, elle se mit à genoux et enroula la main autour de son sexe dressé, avant de le glisser dans sa bouche. Garrett poussa un gémissement et, lorsqu'elle leva les yeux vers lui, il plongea la main dans ses cheveux mouillés pour la guider. Elle lui prodigua des caresses avec ses mains et ses lèvres, jusqu'à ce qu'il s'appuie contre la paroi de douche, secoué par un orgasme. Après quelques instants, Egypt se releva.

— Tu es diabolique ! marmonna-t-il en s'adossant au mur carrelé, vidé de ses forces.

— Tu aurais peut-être dû me laisser me doucher seule, railla-t-elle.

Elle se détourna et commença à se savonner le corps. Contre toute attente, elle sentit Garrett se presser contre son dos. Était-il possible qu'il soit à nouveau en érection, si vite ? Bon sang, cet homme était insatiable !

Elle l'entendit déchirer l'emballage du préservatif, puis il amena ses fesses rondes contre lui. Elle appuya les paumes contre le carrelage et se cala contre lui.

Garrett plaça une main devant elle et se mit à caresser son sexe. Elle se cambra, laissant l'eau ruisseler sur leurs corps nus pendant que Garrett introduisait un doigt en elle. Elle était déjà moite et prête, et, lorsqu'il s'inséra en elle d'un mouvement ferme et assuré, Egypt eut le souffle coupé.

Le plaisir se répandit dans toutes ses terminaisons nerveuses, et elle se pressa contre Garrett. Serrant ses hanches, il alla et vint en elle, tout en massant ses seins et en lui mordillant la nuque.

— Oui, chéri, murmura-t-elle lorsqu'il augmenta la force et la fréquence de ses coups de reins. C'est parfait.

Il ne fallut que quelques instants pour qu'elle s'atomise de plaisir. Poussant un cri, elle vit derrière ses paupières closes une pluie d'étoiles. Quelques secondes plus tard, Garrett rugissait de plaisir à son tour. Il se pencha sur elle, le bras autour de sa taille, pendant que des spasmes les secouaient tous les deux.

Lentement, ils s'écartèrent l'un de l'autre, et finirent de se doucher sans un mot, comme si Garrett avait senti qu'elle avait besoin de silence. Egypt se sécha rapidement et drapa une serviette autour de sa poitrine.

— Il faut que je rentre chez moi, annonça-t-elle.

— Je comprends.

Elle le regarda essuyer son corps d'athlète et, malgré elle, passa la langue sur ses lèvres. *Ressaisis-toi, bon sang.*

Elle enfila la combinaison en velours qu'elle avait apportée et se précipita dans la cuisine pour reprendre ses esprits. Après quelques minutes, Garrett la rejoignit, vêtu d'un pantalon de survêtement et d'un T-shirt.

Elle soupira en voyant les restes du repas de la veille sur la table.

— Ne t'inquiète pas pour ça, dit Garrett. Je vais débarrasser.

Elle le gratifia d'un petit sourire, puis se mit en quête de son sac à main. Garrett le trouva avant elle et le lui apporta.

— J'ai apprécié cette nuit avec toi, Egypt. Et cette douche.

Elle rougit et baissa la tête.

— J'aimerais te revoir, dit-il, lui relevant le menton.

— Garrett...

— Je n'accepterai qu'un « oui » comme réponse.

Elle scruta ses yeux brun profond. Elle devait se rendre à l'évidence : elle était incapable de lui résister.

— Oui.

— Bien.

Il lui donna un baiser ardent, qui réveilla son désir. Au prix d'un effort, elle s'extirpa de son étreinte.

— Je t'appelle plus tard.

— J'espère bien, répliqua-t-il avec un clin d'œil.

Egypt lui fit un signe de la main puis sortit. Une fois dans sa voiture, elle soupira. Elle avait su d'emblée que Garrett et elle deviendraient amants, mais elle n'aurait jamais imaginé que leur relation serait aussi satisfaisante. Trop satisfaisante.

Elle n'était pas en quête d'une histoire sérieuse. Pourtant, bien qu'elle redoute de souffrir à nouveau, Garrett réveillait en elle un espoir secret. Celui de trouver l'homme idéal.

Garrett ne cessait de penser à Egypt. Leur nuit avait été ahurissante. Il s'était douté qu'elle serait une amante sensuelle et passionnée. Pourtant, au moment où elle s'était agenouillée sous la douche et l'avait accueilli dans sa bouche, il avait bien failli perdre la tête. Mais cette formidable alchimie lui faisait peur. Étant amnésique, il n'avait pas grand-chose à offrir à Egypt, hormis des ébats enfiévrés, jusqu'à ce qu'il découvre qui il était vraiment.

Kent remarqua qu'il était distrait.

— Qu'est-ce qui t'arrive aujourd'hui, Garrett ?

Garrett lui lança un regard.

— Tu as oublié que j'avais rendez-vous avec Egypt hier ?

— Oh ! fit Kent, hochant la tête. La soirée a été bonne ?

— Je ne révèle pas mes secrets d'alcôve.

— J'en déduis que la réponse est oui, reprit Kent avec un petit sourire. Vous allez vous revoir ?

— J'espère bien.

— Ça ne la dérange pas que tu aies perdu la mémoire ?

Garrett se rembrunit. Pourquoi Kent évoquait-il ce sujet douloureux ?

— Si c'est le cas, elle ne le montre pas.

— Tant mieux.

Malgré tout, Garrett s'inquiétait. Cela faisait un moment qu'il n'avait pas eu de nouvelles de l'inspecteur Simpson. Il appellerait le policier après les récoltes de la journée. Ce qui lui fit penser à l'idée dont il avait discuté avec Egypt.

— Kent, nous devrions ouvrir la ferme au public.

— On ne l'a jamais fait avant, répondit Kent d'un ton brusque. C'est une ferme privée.

— Et elle le restera. Néanmoins, c'est la saison des récoltes. Ce serait génial si les gens pouvaient cueillir eux-mêmes nos délicieux fruits et légumes, non ? Ça nous ferait des revenus supplémentaires. Et nous aurions tout de même suffisamment de marchandise pour les commandes classiques.

— Cela coûterait cher à mettre en place.

— Je ne pense pas. Avec un petit investissement, nous pouvons acheter des panneaux d'affichage, des tentes d'exposition, des seaux, des chariots, et peut-être même un stand de rafraîchissements. Ça pourrait marcher du tonnerre.

— Après tout, c'est ta ferme, à toi de voir.

Garrett leva les yeux au ciel.

— Je veux que tu m'aides, Kent, et pas seulement que tu me dises ce que je veux entendre. J'envisage aussi de fournir Egypt en produits frais pour son restaurant. Qui sait, ce pourrait être l'un des nombreux restaurants avec lesquels nous travaillerions à Raleigh.

— Je trouve ces deux idées géniales. Le problème, c'est que je n'ai jamais été doué pour l'exécution.

— Mais moi, je le suis, ça tombe bien.

Garrett sentait qu'il n'était pas un suiveur mais un meneur. Il ferait tout pour assurer le succès de la ferme.

Ils continuèrent de travailler dans les champs avec les autres employés jusqu'à l'heure de la pause. Garrett en profita pour retourner dans la maison et téléphoner à l'inspecteur. Ce dernier décrocha à la première sonnerie.

— Inspecteur Simpson.

— Inspecteur, c'est Garrett Walker. L'homme qui a été victime d'un vol de voiture avec violence.

— Oui, je me souviens. Que puis-je faire pour vous ?

— J'espérais que vous pourriez me dire si vous avez enfin trouvé une piste concernant mon identité. Il doit bien y avoir quelqu'un qui me cherche dans le nord du pays ?

— Je crains que non, monsieur Walker. Nous avons recherché tous les Garrett Walker dans nos bases de données, et il n'y a aucune correspondance.

— Ce n'est pas possible.

Les gens ne disparaissaient pas comme ça. Y avait-il un élément qui lui échappait ? Cette histoire commençait à devenir préoccupante. Se livrait-il à des activités illégales ?

— Si, j'en ai bien peur. Nous avons consacré énormément de temps à cette affaire, sans succès. Quant à votre voiture, les voleurs l'ont sans doute emmenée dans un garage clandestin dont nous n'avons pas connaissance. Ni votre téléphone ni votre portefeuille n'ont été retrouvés.

— Que suis-je censé faire ? En substance, je n'ai pas d'identité.

— Le contremaître n'a-t-il pas indiqué que votre grand-père vous avait élevé ? Il a peut-être conservé des copies de votre certificat de naissance ou de votre carte de sécurité sociale. Peut-être pourriez-vous commencer par là.

— Excellente idée, approuva Garrett, se demandant pourquoi il n'y avait pas pensé lui-même. Mais si je ne trouve rien, que se passera-t-il ?

— Si tel est le cas, nous aviserons à ce moment-là. Mais il est possible que votre mémoire revienne toute seule.

En effet, d'autant que Garrett reprenait des forces chaque jour. Il ferait le maximum pour découvrir la vérité sur son identité, quelle qu'elle soit. Il le fallait, pour lui, et pour Egypt.

Egypt ne cessait de songer à sa liaison avec Garrett. Elle aimerait agir comme si ce n'était qu'une brève aventure, mais au fond d'elle elle savait que c'était plus que cela. Durant des années, elle avait cadenassé ses émotions, et maintenant elles essayaient de reprendre leur liberté.

Elle rentra chez elle afin d'enfiler sa tenue de cheffe. Bien qu'elle ait peu dormi, elle avait un excès d'énergie à dépenser, et elle ne connaissait pas de meilleur endroit pour cela que sa cuisine. Aussi arriva-t-elle tôt au restaurant, afin de préparer les bases et les sauces pour le service du soir. Lorsque Quentin arriva vers midi, elle avait terminé tout le travail préparatoire.

— Cheffe, vous êtes la meilleure ! s'exclama Quentin quand il découvrit tout ce qu'elle avait réalisé.

— J'avais beaucoup d'énergie à revendre, expliqua-t-elle en remuant une sauce béchamel.

Quentin enfila sa veste blanche.

— Vous n'aviez pas rendez-vous avec Garrett hier soir ? Je pensais que vous seriez épuisée et que je serais seul en cuisine.

Egypt l'observa.

— Vraiment ? Tu crois que je suis une fille facile ? lâcha-t-elle, puis elle leva la main. Non, oublie ce que je viens de dire. Quoi qu'il se passe entre Garrett et moi, je ne te laisserai jamais en plan. Je préviens toujours si je ne peux pas venir.

Quentin sourit et noua son tablier autour de sa taille.

— Merci. C'est bon à savoir.

Ils continuèrent à travailler jusqu'à l'arrivée des autres employés. Puis Egypt fit goûter à tous le plat du jour.

Elle faisait de son mieux pour ne pas songer à l'homme qui lui avait donné une demi-douzaine d'orgasmes la veille et ce matin. Mais elle ne cessait de penser à ce qu'elle avait ressenti entre ses bras. C'était comme si son corps appartenait à Garrett. Toutefois, elle n'oubliait pas que des relations intimes ne suffisaient pas à créer un lien amoureux. Il y avait encore tant de choses qu'elle ignorait sur Garrett, et qu'il ignorait lui-même… Elle devait rester prudente. Garrett pensait sans doute à elle aussi car il lui envoya des SMS toute la soirée. Des messages dans lesquels il lui parlait de toutes les choses indécentes qu'il aimerait lui faire…

Pendant le service, elle dut sortir pour se rafraîchir, non pas parce qu'il faisait trop chaud en cuisine, mais parce que le souvenir des lèvres de Garrett avait allumé un feu en elle. Après quoi, elle retourna à l'intérieur. C'était un soir calme, et tout le monde put partir à une heure décente. Elle venait de verrouiller la porte d'entrée lorsque Quentin lui donna un coup de coude.

— Quoi ? demanda-t-elle.

Elle se retourna, et vit Garrett appuyé contre un lampadaire. Un frisson la traversa lorsqu'elle contempla son splendide visage. Elle brûlait de l'embrasser, de se donner à lui. Mais elle ne pouvait pas le lui avouer.

— Garrett ? Que fais-tu ici ? Comment es-tu venu ?

Il fronça les sourcils.

— J'espérais un accueil plus chaleureux. Pour répondre à ta seconde question, il y a les taxis et le covoiturage.

Egypt se tourna vers Quentin, qui affichait un sourire énigmatique. Il la salua puis la laissa seule avec Garrett.

Egypt ne bougea pas mais, lorsqu'il avança vers elle, elle

le rejoignit à mi-chemin. Quand ils furent face à face, Garrett l'embrassa. Ce baiser était tout aussi délicieux que ceux de la veille, voire davantage.

— Allons chez toi, murmura-t-il contre ses lèvres.

— Pour y faire quoi ? répondit-elle, malicieuse.

En guise de réponse, Garrett l'attira tout contre lui, de sorte qu'elle sentit son sexe ferme contre elle.

— Je crois que c'est une bonne idée, conclut-elle.

Dans la pénombre de son appartement, ils se déshabillèrent et firent l'amour langoureusement. Garrett se réfrénait, comme s'il était décidé à faire durer cet interlude. Au bout du compte, il céda au désir qui les consumait tous les deux. Et lorsqu'ils atteignirent ensemble le sommet de leur plaisir, Egypt enfouit le visage au creux de son cou.

Jamais elle n'avait ressenti cela. Ce qui se passait entre Garrett et elle n'avait rien à voir avec une passion purement charnelle. C'était une relation faite de sentiments et d'émotions.

Ce fut sa dernière pensée avant qu'elle ne s'endorme dans les bras de Garrett.

11

Garrett éprouvait une grande frustration. Comment certains aspects de sa vie pouvaient-ils être si parfaits, et d'autres, si catastrophiques ? Le mois qu'il venait de passer avec Egypt avait été fantastique. Lorsqu'elle ne travaillait pas au restaurant, ils passaient du temps ensemble – chez elle ou chez lui. Ils avaient même dîné avec Kent et son épouse, Aurora.

Il avait appris qu'Egypt était très proche de son père, qui l'avait élevée seule après la mort de son épouse. Il savait aussi qu'elle adorait le chocolat, et qu'elle ne savait absolument pas chanter, ce qu'il avait pu constater lors d'une soirée karaoké. En ce qui le concernait, il s'était rendu compte qu'il détestait le base-ball après que Kent l'avait emmené à un match, mais qu'il adorait le basket-ball. Et il n'aimait pas les haricots, ce qu'il avait constaté quand Egypt avait cuisiné des tacos avec toutes sortes de garnitures.

Ils apprenaient à se connaître et, lorsqu'il était avec elle, il oubliait tout. Il avait cru que son désir pour elle s'émousserait, mais il avait eu tort. Il aimait tout chez elle, depuis son parfum jusqu'à ses courbes généreuses, en passant par son sens de l'humour et sa nature passionnée.

Egypt était un puissant aphrodisiaque. Toutefois, il ressentait par moments une certaine inquiétude chez elle. Y avait-il quelque chose dans son passé qui l'empêchait de s'abandonner tout entière – hormis sur le plan physique ? Quelqu'un l'avait-il fait souffrir ? Il voulait tout savoir d'elle, lui qui, ironie du sort, n'avait presque aucun souvenir de son ancienne vie.

D'ailleurs, il n'était toujours pas plus avancé concernant son identité. Il avait suivi les conseils de l'inspecteur, fouillant dans tous les recoins de la maison, mais il n'avait trouvé ni certificat de naissance ni carte de sécurité sociale. Ce qui était assez déroutant. Si son grand-père avait obtenu sa garde après la mort de ses parents, il avait sûrement conservé des documents liés à cette procédure, non ?

Ses souvenirs de la ferme étaient bien réels, cependant. Il se rappelait avoir aidé son grand-père à retrouver une vache égarée, à réparer une clôture, et avoir reçu sa première leçon de tir avec lui. C'étaient des images fugaces. Mais elles étaient plus fréquentes ces jours-ci.

L'autre soir, il s'était revu à Wharton, lorsqu'il avait une vingtaine d'années. Il sentait qu'à l'époque il était arrogant et imbu de lui-même. Il ne reconnaissait pas cette personne. C'est pourquoi il n'avait fait part de ce souvenir ni à Kent ni à Egypt. Apprécieraient-ils l'ancien Garrett ?

Aujourd'hui, alors que Kent et lui installaient les tentes et les tables pour la future ouverture de la ferme au public, une pensée lui vint : son père, Hugh, détesterait le voir travailler dehors. Il avait toujours seriné à Garrett qu'il valait mieux se servir de son cerveau plutôt que de ses muscles. Tout à coup une image de sa mère, Corrine, avec ses doux yeux bruns et ses cheveux coupés au carré, jaillit dans son esprit.

Il interrompit soudain sa tâche. Il se souvenait du prénom de ses parents ! Il laissa Kent dans le champ et courut vers la maison. Ouvrant l'ordinateur portable du bureau, il rechercha des informations sur Corrine Walker, mais n'obtint aucun résultat. Comment était-ce possible ? Il était pourtant certain qu'elle s'appelait ainsi avant son mariage.

— Bon sang ! s'exclama-t-il, tapant du poing sur le bureau.

— Tout va bien ? s'enquit Kent d'une voix essoufflée.

Le contremaître se tenait dans l'embrasure de la porte.

— Pas vraiment, gronda Garrett. Je croyais m'être souvenu d'une bribe de mon passé qui pourrait m'être utile, mais *rien* ! Je ne peux pas rester dans les limbes éternellement. Ça m'aiderait si tu contractais un petit prêt bancaire à ton nom, pour financer la cueillette, en attendant que je démêle la situation.

— Bien sûr, répondit Kent, mais il baissa la tête, comme s'il voulait éviter son regard. Tu comptes toujours aller voir Egypt tout à l'heure ?

— Oui.

— N'hésite pas si tu as besoin que je te dépose.

— Entendu.

Garrett regarda Kent partir. Ce dont il avait réellement besoin, c'était de connaître la vérité. Depuis trop longtemps, son esprit était dans le brouillard, et il fallait que cela change. Pour l'instant, le monde de Garrett se résumait à la ferme, à Kent et à Egypt. Or il savait que son cercle social était bien plus élargi. Mais comment retrouver ses autres proches ?

— Egypt, enfin j'arrive à te joindre ! s'exclama Wynter. Je commençais à désespérer.

Egypt avait quitté la cuisine du Flame pour aller prendre l'appel de son amie dans son bureau.

— Tu ne vas pas me passer un savon, tout de même ? répliqua-t-elle. Quand Riley et toi étiez consumés par les flammes de la passion, t'ai-je reproché d'être trop occupée ?

— Non, mais je me marie bientôt, et je dois choisir le menu, le gâteau, les fleurs, la décoration… J'ai besoin que ma meilleure amie me soutienne !

— Et je suis là, assura Egypt. Je t'ai déjà laissée tomber ?

Il y eut un silence à l'autre bout de la ligne.

— Je ne te laisserai pas tomber cette fois, assura-t-elle.

— Tout arrive si vite, et je crois que je suis nerveuse, avoua Wynter. Je vais devenir une épouse.

— L'épouse de l'homme que tu as toujours aimé. On ne peut pas rêver mieux.

— Et toi, Egypt ? Y a-t-il une chance pour qu'entre Garrett et toi ce soit du sérieux ?

Egypt posa les pieds sur le bureau.

— C'est un peu trop tôt pour le dire. Garrett et moi vivons une brève aventure. Et même si je voulais davantage, ce serait difficile étant donné qu'il est amnésique.

— Peut-être, mais je ne t'avais pas vue comme ça depuis bien longtemps.

— C'est-à-dire ?

— Heureuse. Depuis des années, tu te concentres sur ta carrière. D'abord, le *food truck*, puis le restaurant. Je me réjouis que tu prennes enfin du temps pour ta vie personnelle.

— Garrett est merveilleux, mais après Antwan je dois rester sur mes gardes et me protéger.

Egypt regarda vers la porte et constata que Garrett était là. Elle lui fit signe d'entrer. Elle adorait son corps d'athlète aux muscles déliés. Bien que l'avenir de leur liaison soit incertain, elle était impatiente d'être dans ses bras.

Garrett avait d'autres projets, apparemment, car il lui retira l'un de ses sabots en plastique et commença à lui masser le pied. Egypt retint un ronronnement de plaisir.

— Euh... Wynter. Je... te rappelle plus tard.

— Laisse-moi deviner. Garrett est là ?

— Exact.

Elle ferma les yeux quand Garrett atteignit un point particulièrement sensible.

— Amuse-toi bien. À plus tard, dit Wynter.

Egypt posa son téléphone sur le bureau et se cala dans son fauteuil, laissant les mains de Garrett faire des merveilles.

— C'est ça, trésor, laisse-toi aller, chuchota-t-il.

Elle ouvrit un œil.

— Bonsoir, dit-elle.

— Bonsoir, répondit-il avec un grand sourire.

— Tu es en avance. Le Flame ne ferme que dans une heure.

— Je sais. Je me suis dit que je pourrais t'aider en cuisine, pour que tu puisses terminer plus tôt.

Lorsqu'il eut fini avec un pied, il saisit l'autre et lui prodigua les mêmes caresses.

— Tu es conscient que tu places la barre très haut et qu'aucun homme ne pourra t'égaler ?

Le sourire de Garrett s'évanouit.

— Tant mieux. Je ne veux pas que tu penses à d'autres hommes mais aux sensations agréables que je crée en toi.

Elle soupira de plaisir quand, une fois encore, il atteignit le point le plus érogène de sa voûte plantaire.

— Ce n'est pas difficile, étant donné que ces sensations sont vraiment très agréables.

Elle ferma les yeux à nouveau. Peut-être devrait-elle poser quelques limites, car elle ne voulait pas devenir trop dépendante de Garrett, pour son propre bien-être émotionnel. Il avait perdu une grande partie de ses souvenirs, et elle ignorait quelle place elle pourrait occuper dans sa vie lorsqu'il aurait retrouvé la mémoire. Elle avait peur de se perdre comme elle s'était perdue avec Antwan. Cette fois, elle prendrait du temps pour elle-même et pour les Gemmes, au lieu de se laisser entraîner dans le monde de son homme.

Son homme ?

Elle rouvrit brusquement les yeux.

Elle était certaine que Garrett ne couchait avec aucune autre femme. Leur vie sexuelle étant très active, il n'avait aucune raison de rechercher une autre partenaire. Lorsqu'ils faisaient l'amour, elle avait l'impression de lui appartenir.

— Que se passe-t-il, Egypt ?

Elle se redressa.

— Euh… rien, dit-elle, retirant ses pieds de son giron et remettant ses sabots. Je dois retourner travailler, mais suis-moi. Je suis sûre que je pourrai te trouver une occupation.

Une occupation qui consista à laver la vaisselle et à nettoyer le four ainsi que les brûleurs. Garrett eut besoin d'instructions, n'ayant manifestement pas passé beaucoup de temps dans une cuisine. Mais puisqu'il était volontaire et travailleur, ils terminèrent le nettoyage en un temps record. Garrett ignorait qu'Egypt avait demandé à Tessa de dresser une table pour deux dans la salle du restaurant.

Elle avait préparé quelques-uns de ses tapas préférées afin que Garrett puisse les goûter : dattes au jambon cru et au fromage de chèvre ; côtelettes d'agneau à la moutarde de Dijon ; choux de Bruxelles rôtis au vinaigre balsamique ; brochettes de poulet au romarin, accompagnées d'une sauce au citron et à l'estragon ; côte de bœuf glacée à la sauce hoisin.

Lorsque Tessa l'informa que tout était prêt, Egypt poussa ses employés vers la sortie. Quentin fut le dernier à partir.

— Content de vous revoir, Garrett. Amusez-vous bien, patronne ! ajouta-t-il avant de sortir par la porte de service.

— Merci, murmura-t-elle, et elle ferma la porte derrière lui.

— Pourquoi a-t-il parlé de s'amuser ? demanda Garrett avec un sourire malicieux. Tu avais quelque chose en tête ?

— Oui, je l'avoue.

Elle le prit par la main et l'emmena dans la salle. Une table éclairée par des chandelles était dressée.

— Qu'en dis-tu ? demanda-t-elle.

— Je comprends mieux pourquoi tu voulais que je reste en cuisine. Et pour répondre à ta question… j'adore.

Il lui donna un baiser puis la conduisit jusqu'à la table. Toujours galant, il lui recula une chaise.

— C'est un vrai festin, Egypt. Nous ne pourrons jamais avaler tout ça.

— Tout ce que nous ne mangerons pas, tu pourras l'emporter chez toi.

— Ça sent très bon. Je ne sais pas par quoi commencer.

— Laisse-moi t'aider.

Elle prit l'assiette de Garrett et lui servit un peu de tout.

— Essaye ça en premier, suggéra-t-elle, glissant une datte au jambon dans sa bouche.

— Mmm… c'est bon. Quel genre de fromage est-ce ?

— Fromage de chèvre.

— C'est très terreux. Mais ça ne m'ennuie pas.

— Pas de problème, dit-elle en riant. Tu n'es pas obligé de tout aimer. Goûte une côtelette d'agneau.

Elle en déposa une sur sa propre assiette ainsi qu'un morceau de côte de bœuf et quelques choux de Bruxelles.

Lorsqu'elle reporta son attention sur Garrett, elle fut stupéfaite : il avait déjà fini sa côtelette et se léchait les doigts. Comme elle aimerait qu'il passe la langue sur elle de cette façon, pensa-t-elle, parcourue par une onde de désir.

— Bon sang, ta cuisine est fabuleuse.

— Merci. Cela me fait vraiment plaisir de l'entendre.

— Tu sais que tu es douée, non ?

— Je ne l'ai pas toujours pensé. Ou du moins certaines personnes ne le pensaient pas.

— Quelles personnes ?

— Mon ex-petit ami Antwan, par exemple. Il critiquait toujours ma cuisine, comme s'il était chef lui-même.

— Que ressentais-tu ?

Il prit une seconde côtelette d'agneau qu'il termina en deux bouchées. Puis il goûta le poulet et les choux de Bruxelles.

— Je me sentais toute petite. Il me rabaissait sans cesse, sans doute pour se sentir mieux. C'était un vrai narcissique, mais tu n'as rien à voir avec lui.

— J'espère bien que non, dit-il, posant sa fourchette. Pourquoi es-tu restée avec lui ?

— Bonne question. J'imagine que j'étais flattée qu'un homme comme lui veuille d'une fille comme moi.

— Comment ça, une fille comme toi ?

— Voyons, Garrett. Je ne suis pas une taille standard. J'ai quelques kilos en trop, et... Antwan me critiquait et me disait que je devais perdre du poids.

Garrett tendit la main, et elle plaça sa paume sur la sienne.

— Je ne suis pas comme lui. Je t'aime exactement comme tu es. Au cas où tu ne l'aurais pas remarqué, je te trouve incroyablement sexy, et mon désir pour toi ne s'émousse pas.

Les mots de Garrett étaient une caresse pour son ego.

— Mon désir pour toi ne s'émousse pas non plus.

Un instant plus tard, ils s'embrassaient passionnément.

— Egypt, j'ai envie de toi, dit-il contre ses lèvres.

Elle n'avait pas assez de volonté pour lui refuser cela, et *se* refuser cela, mais il y avait un problème : ils étaient dans la salle du restaurant.

— Mon bureau, murmura-t-elle.

Aussitôt Garrett la souleva, et elle enroula les jambes autour de sa taille. Il la porta jusqu'au bureau, mais en un coup d'œil Egypt comprit que le canapé était trop petit pour les accueillir tous les deux.

— Le sol, suggéra-t-elle.

Garrett l'allongea sur le tapis moelleux. Il explora son corps de ses mains avides, ouvrant sa veste de cheffe et révélant son soutien-gorge de dentelle. Egypt leva les hanches afin qu'il puisse lui retirer son legging.

— Je ne me lasserai jamais de toi, dit-il d'une voix rauque.

Puis il fit glisser sa culotte jusqu'à ses pieds.

D'après le regard de Garrett, il avait très envie de se repaître d'elle comme si elle était un festin. Il embrassa ses seins, son ventre, puis son sexe. Lui écartant les jambes, il explora son clitoris avec ses lèvres et sa langue. Egypt mit la tête en arrière, les paupières closes. Puis il glissa deux doigts en elle. Bientôt, elle cria son nom pendant que des vagues successives de plaisir intense la secouaient.

— Garrett !

Avant même que le tourbillon de sensations ne ralentisse, elle entendit le bruissement d'un emballage. Quelques secondes plus tard, Garrett entra en elle d'un lent coup de reins qui l'électrisa tout entière. Elle se cambra, l'accueillant en elle jusqu'à la garde. La sensation de leurs deux corps unis était toujours aussi merveilleuse. Elle noua les bras autour de son cou et l'embrassa, lui arrachant un grondement de plaisir. La plaquant contre lui, il se mit à onduler à un rythme régulier et soutenu, et la pression en elle alla *crescendo*.

Garrett l'avait sans doute perçu aussi, car ses mouvements se firent plus frénétiques, plus impérieux.

— Ne te retiens pas, lui intima-t-il. Laisse-toi aller.

La tension s'intensifia encore, puis se brisa et fit place à une félicité pure. Egypt s'accrocha à lui en poussant des cris, et elle entendit le hurlement de Garrett lorsqu'il atteint l'extase à son tour.

Elle l'étreignit, prenant soudain conscience qu'entre eux il ne s'agissait plus d'une simple liaison physique. Egypt était tombée amoureuse de Garrett. Elle n'était pas sûre que son cœur pourrait le supporter s'ils devaient se séparer. Mais il fallait se rendre à l'évidence, elle était incapable de mettre un terme à leur liaison.

12

Le regard perdu dans le vide, Garrett songeait à la nuit précédente. Egypt avait été sans retenue, sans inhibitions. Lui avait été plus passionné, plus excité et plus exigeant que les autres nuits, et leurs ébats lui avaient paru différents. Dans le bon sens du terme. Egypt lui faisait ressentir des choses, *vouloir* des choses. Avec elle, tout semblait naturel. Confortable. Il était en train de tomber amoureux, comprit-il. Mais comment Egypt pourrait-elle envisager un avenir avec lui alors qu'il ignorait qui il était ?

Elle appréciait le nouveau Garrett, mais qui était-il vraiment ? Si son esprit pouvait lui redonner toute sa mémoire, il serait le plus heureux des hommes.

Apparemment, le destin entendit le vœu de Garrett, car le lendemain matin, alors qu'il était sur une échelle dans le poulailler pour libérer une poule piégée dans des câbles, il perdit l'équilibre. La seconde suivante, il vola dans les airs et atterrit sur le dos dans un bruit sourd.

— Garrett ! s'exclama Kent, se précipitant vers lui. Ça va ? Combien j'ai de doigts ? demanda-t-il en montrant sa paume.

— Cinq, répondit Garrett.

Il saisit la main que Kent lui tendit pour l'aider à se relever. Mais lorsqu'il fut debout, la tête lui tourna.

— Oh ! là ! Je te tiens, dit le contremaître, glissant une épaule sous le bras de Garrett. Tu as fait une sacrée chute. Je peux t'aider à marcher jusqu'à la maison.

— Bonne idée, merci.

Il fallut plusieurs minutes pour qu'ils atteignent le perron de la maison. Kent l'aida à monter les marches.

— Si tu te reposais pour le reste de la journée ? Les hommes et moi, on peut s'occuper de tout.

— La ferme ouvre au public dans une semaine, dit Garrett, se tenant à la rampe. Il faut que tout soit prêt.

— Et ce sera le cas, rassure-toi. Je viendrai te voir tout à l'heure.

— Merci, Kent.

Lorsque la porte d'entrée se fut refermée derrière le contremaître, Garrett jeta un regard autour de lui. D'un pas prudent, il se rendit dans le salon. Il n'avait pas changé grand-chose dans la maison depuis son arrivée un mois plus tôt. Cette habitation et la ferme étaient tout ce qu'il lui restait de son grand-père, et il refusait de les abandonner, même si son père insistait pour qu'il vende.

Une minute. D'où lui était venue cette pensée ?

Il palpa l'arrière de sa tête, où une bosse de belle taille était en train de se former. Il n'avait pas besoin d'un autre traumatisme crânien, mais ce n'était pas cela qui le préoccupait. C'était un sentiment diffus à propos de ses parents qui le perturbait. Plus les jours passaient, plus il avait l'impression de ne pas être orphelin. Au fond de lui, il sentait que ses parents étaient en vie. S'il avait raison, pourquoi Kent lui avait-il dit qu'ils étaient décédés ?

Il monta dans la chambre de son grand-père. Jusqu'ici, il y avait passé peu de temps, mais il devait continuer sa quête d'indices sur son passé. L'odeur de pin et de bois de santal lui rappela Cyrus, et il prit quelques minutes avant de fouiller la pièce de fond en comble. Il finit par trouver une boîte de vieilles photographies dans un placard. Lentement, il en souleva le couvercle et inspecta les clichés en noir et blanc qu'elle contenait. Sur certains, son grand-père était avec une jeune fille. Sans doute la mère de Garrett, Corrine. Il continua à explorer le contenu de la boîte, et trouva une autre image de sa mère, à un bal de promotion.

Puis il découvrit une photo de mariage. Garrett reconnut instantanément les visages de ses parents et de son grand-père. Il y avait d'autres photos intéressantes. Des clichés de lui enfant, et d'autres datant de son adolescence, lorsqu'il était encore un garçon dégingandé sans une once de muscle.

Garrett avait des parents. Il avait eu une vie avant la ferme mais, lorsqu'il était sorti du coma, il s'était retrouvé dans un trou noir. Néanmoins, sa mémoire commençait à revenir, petit à petit. Il savait maintenant qu'il était dans les affaires, comme son père, Hugh, un homme arrogant, exigeant et dominateur. Garrett s'était appliqué à suivre le modèle paternel, afin de reprendre un jour l'entreprise familiale. Il ignorait quelle était cette entreprise, mais il savait qu'il n'effectuait pas de travaux manuels ni agricoles.

Lorsque la vérité serait révélée, quelles en seraient les conséquences pour lui ? Pour la ferme ? Pour sa relation avec Egypt ? L'ancien Garrett était un meneur. Un homme d'affaires qui prenait des décisions ayant un impact sur des centaines de personnes chaque jour. Comment concilier ce Garrett-là avec l'homme qu'il était devenu désormais ? Car il avait changé, c'était certain. Lorsqu'il avait repris connaissance, il avait dû se débrouiller avec les cartes que le sort lui avait distribuées. Il ne souciait plus de savoir combien de zéros figuraient sur son compte bancaire, et tenait maintenant à donner un sens à son existence. Il vivait au présent et faisait en sorte de profiter de chaque instant.

Il refusait de redevenir le Garrett trop occupé pour profiter de la vie. Car désormais, il avait beaucoup à perdre. Il avait rencontré une merveilleuse jeune femme. Pour être franc, il envisageait un avenir avec Egypt. Ses sentiments étaient-ils réciproques ?

— Les filles, vous n'étiez vraiment pas obligées de faire tout ce chemin.

En ce vendredi soir, les Six Gemmes étaient réunies pour fêter les six mois du restaurant.

Wynter et Shay étaient venues de San Antonio. Lyric et Teagan, vivant respectivement à Memphis et à Phoenix, étaient arrivées plus tôt dans la journée, tandis qu'Asia était revenue en voiture de Washington la veille.

— Bien sûr que si, il fallait qu'on soit là ! s'exclama Teagan. Six mois, c'est une grande étape.

Dans son tailleur-pantalon Dior, ses sandales à talons, et avec sa coupe garçonne très chic, elle était à la pointe de la mode.

— C'est vrai, nous ne pouvions pas faire autrement que de marquer le coup, renchérit Lyric avec la douceur qui la caractérisait.

— Ça me touche beaucoup. Et si j'avais su, je nous aurais réservé un dîner ailleurs mais, comme vous pouvez le voir, c'est une soirée chargée.

— Diriger sa propre entreprise, c'est si difficile ? questionna Shay.

Les travaux dans son futur studio de Pilates et de yoga étaient presque finis, et Egypt ne voulait pas la décourager, mais il fallait que son amie connaisse la vérité.

— Parfois, admit-elle. Car tout repose sur tes épaules.

— Ne t'en fais pas pour nous, intervint Wynter. Nous pouvons t'attendre au bar en attendant qu'une table se libère.

— D'accord. Il faut que je retourne travailler, mais je reviens dès que je peux.

— Prends ton temps, répondit Wynter.

Egypt s'affaira en cuisine jusqu'à ce que l'heure d'affluence soit passée. Ensuite, elle put enfin aller retrouver ses amies. Elles étaient installées sur une banquette circulaire et venaient de terminer leur repas.

— Tout était délicieux, la complimenta Wynter en souriant.

— Merci, répondit Egypt avec un sourire radieux.

— Assieds-toi, dit Lyric en lui faisant une place.

— Le Flame était plein ce soir. C'est toujours comme ça ? demanda Teagan.

— Pas toujours. Certains soirs sont meilleurs que d'autres. Dans la restauration, cela change beaucoup.

— Dans l'immobilier aussi, renchérit Teagan. Parfois, les maisons se vendent en quelques jours, voire en quelques heures. À d'autres périodes, il y a trop de biens et cela tourne à l'avantage des acheteurs. Il y a des hauts et des bas. Voilà pourquoi il faut se préparer aux périodes difficiles.

— Moi qui vais ouvrir ma salle de sport, cela m'inquiète, avoua Shay. Le fitness devrait être un élément important dans la vie de chacun, mais c'est toujours la première chose à laquelle on renonce quand les temps sont durs.

— Même chose pour la danse, intervint Lyric, ancienne ballerine qui comptait ouvrir sa propre école de danse.

— Mais nous sommes des femmes intelligentes, fit valoir Egypt. Nous pouvons affronter toutes les tempêtes.

— À t'entendre, ça a l'air facile, répondit Asia. Mais si j'en crois le plan de développement que tu m'as aidée à établir, c'est loin d'être le cas.

— Ne soyons pas pessimistes, déclara Wynter en prenant son martini. Nous sommes ici pour fêter la réussite d'Egypt. Portons un toast aux six mois du Flame.

— Bien dit !

Les Gemmes trinquèrent, et Egypt discuta avec ses amies jusqu'à l'heure de la fermeture. Elles convinrent de se retrouver le lendemain pour un brunch, avant qu'elles ne reprennent l'avion. Egypt n'en revenait pas qu'elles aient fait tout ce chemin pour l'occasion. Elle en parla à Garrett au téléphone quelques heures plus tard, allongée dans son lit.

— Tu as de la chance d'avoir un groupe d'amies aussi merveilleuses pour te soutenir, commenta-t-il. Je t'envie.

— Je suis désolée. Je n'ai pas pensé que...

— Ça ne fait rien, Egypt. Ce n'est pas ta faute si j'ai perdu la mémoire.

— Y a-t-il du nouveau sur ce plan ?

— Eh bien… pas vraiment. Il manque un énorme morceau de mon monde, et c'est très frustrant.

— Tu devrais peut-être retourner voir le Dr Burke et faire quelques examens ? Pour vérifier s'il n'y a pas de séquelles après ton agression ?

— C'est une excellente idée, ma chérie, merci. Je ne sais pas ce que je ferais sans toi. Combien de temps tes amies restent-elles ? J'adorerais faire leur connaissance.

— Pas longtemps. Nous nous retrouvons autour d'un brunch demain, avant leur départ dans l'après-midi.

Elle songea à présenter les Gemmes à Garrett, mais son ventre se noua à cette idée. S'il rencontrait ses amies, cela signifierait qu'ils étaient plus que de simples amants, or ils n'avaient pas encore évoqué la nature de leur relation.

— Étant donné ton silence, j'en déduis que tu n'as pas envie que je les rencontre.

— Il ne s'agit pas de ça.

— Alors, qu'est-ce que c'est ? demanda-t-il d'un ton sec, et Egypt sut qu'elle l'avait vexé.

— Garrett, nous n'avons pas encore discuté de ce que nous sommes l'un pour l'autre, ou de la suite.

Il y eut une longue pause.

— Je croyais que tu appréciais les moments que nous partageons, finit-il par dire.

— C'est le cas. Je dis simplement que nous n'avons pas encore déterminé ce que nous sommes l'un pour l'autre, ni où nous allons. Je ne veux pas te pousser à faire ou à dire quelque chose alors que tu ne connais pas toute ta vie.

— Egypt, je suis peut-être amnésique, mais je sais aussi reconnaître les bonnes choses qui m'arrivent. Tu es une femme exceptionnelle, et j'adore passer du temps avec toi. Je ne veux fréquenter personne d'autre. Je veux développer notre relation, mais seulement si tu le souhaites. Je veux que tu sois *ma petite amie* – si tu en as envie aussi.

Egypt faillit en faire tomber son téléphone. Elle ne s'était pas attendue à une telle réponse. Secrètement, avait-elle nourri l'espoir que Garrett se sente lié à elle comme elle se sentait liée à lui ? Bien sûr. Car elle n'avait jamais rien vécu d'aussi fort avec un autre homme, pas même avec Antwan.

Cela faisait bien longtemps qu'elle n'avait pas eu envie d'appartenir à quelqu'un. Elle s'était satisfaite de liaisons éphémères. Jusqu'à Garrett. Il voulait qu'elle soit sa *petite amie*. Elle en rêvait aussi, malgré ses doutes. Leur relation était nouvelle, et pleine d'incertitudes, mais Egypt avait peur de laisser filer la meilleure chose qui lui soit arrivée.

— Oui, j'accepte d'être ta petite amie, si tu veux bien être mon homme.

— *Oui !* Tes mots sont une douce musique à mes oreilles, Egypt. Et pour demain ? Puis-je rencontrer les Gemmes ?

— Oui, c'est d'accord !

Elle était bien consciente de prendre un risque. Et elle espérait ne pas le regretter.

13

Egypt était à lui.

Garrett n'en revenait pas qu'une femme aussi belle et sexy accepte d'être officiellement sa petite amie, alors qu'il avait si peu à lui offrir. Il était fermier et n'avait que de rares souvenirs de son ancienne vie. Pourtant, elle croyait à la possibilité d'une relation sérieuse entre eux. Voilà pourquoi il devait retrouver son passé. Il ne pouvait pas laisser son amnésie se dresser entre eux. Quand elle l'avait questionné l'autre jour à ce sujet, il n'avait pas été très loquace. Il ne souhaitait pas partager ses quelques bribes de mémoire avec elle tant qu'il n'en saurait pas davantage sur l'homme d'affaires qu'il avait été autrefois. Egypt ayant quelques appréhensions, il ne voudrait pas qu'elle pense qu'ils étaient incompatibles. Car ils étaient compatibles, sur le plan physique comme sur tous les autres plans.

Mais le travail le réclamait. Kent et lui préparaient la cueillette ouverte aux particuliers. Les clients se verraient remettre des seaux ou des chariots afin de cueillir eux-mêmes des fruits et des légumes. Avec l'aide de Kent, Garrett avait formé des équipes qui accueilleraient les gens à différents stands pour le paiement et l'emballage de leur marchandise. C'était une organisation qui avait un certain coût, car il avait fallu acheter des panneaux, des fournitures, des tentes et des caisses enregistreuses, mais le revenu généré par les ventes compenserait largement cet investissement.

Garrett était bien décidé à faire de cette journée un succès. Il le fallait, car la ferme avait besoin de rentrées d'argent supplémentaires. Lorsqu'il eut constaté que tout avançait bien pour l'ouverture prévue la semaine suivante, il se rendit en covoiturage au restaurant qu'Egypt lui avait indiqué par message ce matin.

Il découvrit un établissement plein et animé. Il avait hâte de rencontrer les personnes qui avaient fait d'elle la femme qu'elle était aujourd'hui.

Une hôtesse le conduisit vers la terrasse, où Egypt et ses amies étaient installées.

— Mesdames, les salua-t-il, un grand sourire aux lèvres.

Il était face à cinq jolies femmes, mais aucune n'était plus attirante que sa petite amie. Il se dirigea droit vers Egypt et embrassa ses lèvres rouge vif.

— Bonjour, chérie.

Elle lui sourit, et Garrett dut se rappeler qu'ils n'étaient pas seuls ; sans quoi, il lui aurait donné un autre baiser.

— Merci d'avoir accepté que je me joigne à vous, dit-il, s'asseyant sur une chaise libre à côté d'Egypt.

— C'est un plaisir, répondit une petite brune aux yeux noirs.

— Garrett, laisse-moi te présenter, dit Egypt. À ma gauche, Asia, Teagan, Lyric et Shay ; et, à côté de toi, il y a Wynter.

Garrett se tourna vers sa voisine, une jeune femme au teint caramel et aux longs cheveux ondulés.

— Félicitations pour votre futur mariage.

Wynter lui offrit un sourire radieux.

— Merci, Garrett. J'ai hâte d'avoir la bague au doigt.

— Nous aussi, nous sommes impatientes. Mon frère et elle ne parlent que de ça, dit une jeune femme aux longues dreadlocks brunes et à la silhouette athlétique.

Il supposa que c'était Shay, la sœur du futur marié.

— Parlez-nous de vous, intervint une autre Gemme aux cheveux courts.

Garrett devina qu'il s'agissait de Teagan.

— J'aimerais bien mais, étant donné que je suis amnésique, je n'ai pas grand-chose à dire.

— Comment vous sentez-vous ? demanda une jeune femme aux cheveux châtain clair et aux yeux en amande.

Garrett pensait qu'il s'agissait de Lyric. Egypt lui avait dit que c'était la plus calme et la plus gentille des Six Gemmes.

— Mieux. Pas de séquelles physiques, mais une grande partie de ma mémoire a disparu.

— Ce doit être très difficile, dit Lyric. Je suis navrée.

— Merci, répondit Garrett, touché par sa compassion.

— Donc, vous travaillez dans une ferme ? demanda Wynter.

— Oui. C'était la ferme de mon grand-père. Et je travaille dur pour qu'elle soit rentable. Nous allons organiser des cueillettes pour la saison des récoltes. Les gens pourront venir choisir leurs fruits et légumes frais. Nous allons même fournir le restaurant d'Egypt, et j'espère qu'il y en aura d'autres.

Sous la table, il prit la main d'Egypt, qui lui fit un clin d'œil malicieux.

— C'est une idée formidable, commenta Shay. Des fruits et des légumes frais, c'est ce que je recommande toujours à mes clients. Je suis coach en fitness.

— Cela se voit, répondit-il. Quel est votre cours préféré ?

La conversation continua entre Garrett et les Six Gemmes, jusqu'à ce qu'il soit temps pour lui de partir.

— C'était un plaisir de vous rencontrer toutes. Merci infiniment de m'avoir laissé l'occasion de vous connaître.

Il déposa un baiser sur les lèvres d'Egypt.

— Je t'appelle plus tard, ma chérie, conclut-il.

Il savait que ces dames voulaient parler de lui avant de se rendre à l'aéroport. Il espérait que les Gemmes l'appréciaient et qu'elles approuveraient sa relation avec Egypt.

— Alors ? demanda Egypt à ses amies.

Elle avait peu parlé pendant la conversation, souhaitant que Garrett soit à l'aise avec ces femmes, ses *sœurs*, car elles faisaient partie de sa vie.

— Je le trouve génial, déclara Wynter sans hésiter. Et absolument parfait pour toi.

— Ce n'est pas étonnant que tu dises ça. Avec ton mariage qui approche, tu es sur un petit nuage, répliqua Teagan. Je l'aime bien, vraiment...

— Mais ? fit Egypt, sur la défensive.

— Suis-je la seule à avoir quelques réserves ? demanda Teagan. Je trouve que c'est un type génial, Egypt, mais que sais-tu vraiment de lui ?

— J'en sais assez. Certes, Garrett a perdu la mémoire, et ça me tracasse, ce qui explique pourquoi je suis prudente, mais je sais que c'est un homme honnête.

— C'est très bien, mais tu ne peux pas être certaine qu'il n'y a pas une autre femme dans sa vie.

— Selon son contremaître, il n'y a personne d'autre.

— Mais Garrett vivait dans le nord du pays, non ? Peut-être n'a-t-il dit à personne qu'il était en couple, fit valoir Teagan.

— Pourquoi joues-tu les rabat-joie ? C'est parce que tu n'as personne dans ta vie ?

— Si je voulais un homme, je pourrais en trouver un, n'importe où, n'importe quand, riposta Teagan d'un ton sec.

Egypt leva les yeux au ciel.

— Et vous ? Vous êtes d'accord avec Teagan ? demanda-t-elle à ses quatre autres amies.

— Pas moi, assura Lyric. Je trouve qu'il est merveilleux. Tu ne connais pas tout de lui, et alors ? Tu en sauras plus au fil du temps. Ce n'est pas comme si tu allais l'épouser.

— Et puis, c'est une histoire à court terme, ajouta Asia.

Son commentaire perturba Egypt, qui baissa la tête. Son amie remarqua aussitôt sa réaction.

— Garrett n'est pas un amant temporaire ? s'étonna-t-elle.

Egypt regarda Asia droit dans les yeux.

— Non. Il est plus que ça, et ça me fait assez peur comme ça. Je n'ai pas besoin que tu y ajoutes des commentaires négatifs, Teagan.

— Elle souhaite juste que tu sois prudente, répliqua Shay avec diplomatie. Elle ne veut pas que tu souffres. Aucune de nous ne le veut.

— Faites-moi confiance, je sais ce que je fais. Ce n'est pas facile de m'investir avec Garrett alors que je ne connais pas son passé, mais j'écoute mon instinct. Et mon instinct me dit que je peux faire confiance à Garrett. Il n'est pas Antwan. Il ne va pas me mentir ni voler mon argent.

— Je suis d'accord, intervint Wynter. Il émet de bonnes ondes. De plus, Egypt, j'ai remarqué comment il te regardait, et inversement. Je ne t'avais jamais vue aussi captivée.

— Bon, je fais amende honorable, céda Teagan. Je veux le meilleur pour toi, Egypt. Tu es mon amie, ma sœur, et je ferais n'importe quoi pour toi.

Egypt saisit la main de Teagan par-dessus la table.

— Ça me touche que tu t'inquiètes pour moi, et je suis désolée d'avoir réagi ainsi, mais je sais ce que je fais.

Après avoir raccompagné les Gemmes à l'aéroport, Egypt rentra chez elle. Malgré ses dires, elle avait été ébranlée par les mots de Teagan, car son amie avait raison. Elle en savait très peu sur Garrett. Elle s'efforçait de se concentrer sur le positif, mais elle avait du mal à mettre sa méfiance de côté.

Teagan avait semé le doute dans son esprit. Egypt pouvait-elle croire Garrett sur parole ? Le temps lui dirait si elle avait fait le bon choix ou si, au contraire, elle avait commis la plus grande erreur de sa vie.

14

— Aujourd'hui, c'est le grand jour, dit Kent le samedi suivant.

Garrett et lui faisaient le tour de la ferme pour s'assurer que tout était en ordre avant l'ouverture au public.

— Oui, et ce sera un grand succès.

Au fond de lui, Garrett savait que son initiative les aiderait à générer les revenus dont ils avaient besoin. Il avait d'autres idées pour développer leur activité : labyrinthe de maïs, espace de restauration avec différents *food trucks*, et espace de jeux pour enfants. Sauver l'héritage de son grand-père comptait beaucoup pour lui.

— Je l'espère, répondit Kent. Il y a beaucoup en jeu.

— À qui le dis-tu.

Garrett avait fait part de ses préoccupations à Egypt la veille, mais elle avait refusé de l'écouter, disant qu'elle avait entendu assez de choses négatives pour la journée.

Garrett soupçonnait que sa réaction avait quelque chose à voir avec les Six Gemmes. Il avait cru que sa rencontre avec les jeunes femmes s'était bien déroulée, mais Egypt avait été distante la semaine précédente, et ils ne s'étaient pas revus depuis. Elle avait dit avoir besoin de prendre du temps pour elle, mais Garrett doutait que ce soit la véritable raison de son silence.

Une ou plusieurs Gemmes avaient probablement exprimé des doutes à son sujet. Mais elles ne l'avaient vu qu'une fois et, lorsqu'elles auraient appris à le connaître, elles se rendraient compte qu'Egypt et lui étaient faits l'un pour l'autre. Du moins, il l'espérait.

D'ici là, il continuerait à faire ses preuves. Comme aujourd'hui, par exemple. Egypt viendrait à la ferme avec son père. Lorsqu'elle avait mentionné qu'Anthony Cox s'intéressait au développement durable et privilégiait les aliments sains, Garrett lui avait suggéré de l'inviter. Il tenait à rencontrer l'homme qui avait donné la vie à Egypt. Il n'avait pas peur des questions de son père. Ce qu'il craignait, c'était de ne pas avoir toutes les réponses à cause de son amnésie, mais les souvenirs revenaient petit à petit.

La veille, Garrett avait fait un rêve : il vivait dans une grande demeure et conduisait la voiture élégante qu'on lui avait volée au Flame. Il se rappelait s'être disputé avec son père, mais il n'arrivait pas à se souvenir pour quel motif. À son réveil ce matin, il avait su que sa mémoire commençait à revenir.

Découvrir sa véritable identité était enfin à sa portée, et il s'en réjouissait, car il était prêt à reprendre le cours de sa vie.

Egypt était sur le point de présenter Garrett à son père, mais elle n'était pas sûre que ce soit une bonne idée. Elle avait déjà des doutes sur sa relation avec Garrett, mais elle avait envie de leur laisser une chance. Pourtant, après la visite des Gemmes, elle s'était sérieusement interrogée : laissait-elle son cœur l'emporter sur la raison en acceptant d'être la petite amie de Garrett ?

Était-elle en train de commettre la même erreur qu'avec Antwan ? Egypt refusait qu'un homme lui mente et la manipule à nouveau. Pour cette raison, elle avait gardé ses distances avec Garrett cette semaine, dans l'espoir d'y voir plus clair, mais au bout du compte elle avait décidé de se fier à son instinct et de croire Garrett. Elle avait donc décidé d'aller de l'avant et de se rendre à la ferme.

— Tu sais ce que nous allons cueillir ? questionna son père.

— Non, mais je suis sûre que tout sera excellent.

— Ça va, trésor ? Tu es bien silencieuse.

Elle lui lança un bref regard.

— Je vais bien.

— Chaque fois qu'une femme dit qu'elle va bien, elle veut dire exactement le contraire, répondit Anthony. Cela t'inquiète que je rencontre ton nouveau petit ami ?

— C'est peut-être un peu tôt, avoua Egypt.

— Ne t'inquiète pas, je prendrai des pincettes.

— Oh ! non. Questionne-le autant que tu veux. Garrett est coriace. Il le sentira si tu n'es pas à cent pour cent naturel.

— J'ai hâte de le rencontrer.

Ils discutèrent encore une demi-heure avant d'emprunter la piste menant à la ferme. Le parking était presque plein, constata Egypt, ravie. Elle se gara à l'endroit qu'un employé lui indiqua et éteignit le moteur.

Son père et elle marchèrent jusqu'à une tente d'exposition où Kent et un autre membre du personnel accueillaient les clients, expliquant où cueillir les produits et comment régler les achats.

Une fois munis de seaux, Egypt et son père commencèrent par la zone des myrtilles, constituée de nombreuses rangées de buissons de différentes tailles. Ils commencèrent par les grands buissons pour ne pas avoir à se pencher et goûtèrent quelques fruits. Les myrtilles étaient grosses, charnues et délicieusement sucrées. Au bout de quelques minutes de cueillette, Egypt entendit quelqu'un l'appeler.

— Egypt !

Elle se retourna. Garrett marchait vers eux d'un pas leste. Son cœur tressauta. Garrett était très séduisant dans son T-shirt et son jean. Par cette belle journée de printemps, Egypt avait opté pour un pantalon corsaire en jean et un haut évasé, ainsi qu'une chemise en jean nouée autour de la taille.

Lorsque Garrett les eut rejoints, au lieu de lui donner l'un de ses baisers incendiaires habituels, il la serra brièvement dans ses bras. Puis il offrit à son père une poignée de main.

— Monsieur Cox, c'est un plaisir de vous rencontrer.

Anthony lui serra la main avec vigueur.

— Tout le plaisir est pour moi. Je n'ai entendu que des compliments à votre sujet.

Garrett lança un regard à Egypt et sourit.

— Merci. Vous avez une fille extraordinaire.

Ses mots emplirent Egypt de joie.

— Je suis bien de votre avis, approuva Anthony en souriant.

— Quand vous aurez fini votre cueillette, j'aimerais beaucoup vous faire visiter la ferme.

— Avec plaisir.

Lorsque Garrett fut reparti, Anthony reporta son attention sur Egypt.

— C'est un beau jeune homme.

— En effet, admit-elle avec un petit rire. Mais ce n'est pas seulement pour ça qu'il me plaît.

Elle regarda Garrett s'éloigner. Peut-être était-ce une bonne chose que les deux hommes les plus importants de sa vie se rencontrent, finalement.

Après sa brève discussion avec Egypt et son père, Garrett alla voir ses employés. Tout se passait exactement comme prévu. Les gens semblaient très contents de la ferme et des produits proposés. Garrett avait même convaincu Aurora, l'épouse de Kent, de vendre sa citronnade fraîche et ses donuts aux myrtilles sur un stand. À en juger par la file d'attente, c'était un grand succès.

À présent certain que la journée se déroulait sans accroc, il retourna voir Egypt et M. Cox. Il était important qu'il fasse bonne impression, car Egypt était très proche de son père. Lorsqu'il arriva à bord d'une voiturette de golf, il nota qu'ils avaient rempli leurs seaux à ras bord.

— Attendez, laissez-moi vous aider.

Garrett empoigna les deux seaux et les déposa dans la voiturette.

— Je vais laisser papa s'asseoir à l'avant, dit Egypt, pour que vous puissiez faire mieux connaissance.

— D'accord.

Il ressentit une onde électrique lorsqu'il l'aida à monter dans le véhicule et que leurs mains se touchèrent. Egypt l'avait ressentie aussi, s'il en croyait la lueur de désir dans son regard. Mais il ne pouvait pas l'embrasser, pas devant son père. Il voulut aider M. Cox à monter dans le véhicule, mais ce dernier était déjà installé. Garrett se mit donc au volant.

— C'est parti, dit-il.

Garrett commença la visite en expliquant le fonctionnement de l'exploitation, et quelles améliorations il souhaitait y apporter pour assurer sa rentabilité.

— C'était la ferme de votre grand-père ? demanda M. Cox.

— Oui. Il est décédé il y a quelques mois et il me l'a léguée.

— Il devait avoir une très haute opinion de vous, s'il vous a laissé ce qu'il avait de plus précieux.

— Je le pense, monsieur. C'est pourquoi j'essaye d'en augmenter le chiffre d'affaires, pour que la prochaine génération en profite. Je tiens à rendre hommage à mon grand-père, qui m'a élevé. Du moins, c'est ce qu'on m'a dit.

Le père d'Egypt lui lança un regard de côté.

— Vous pensez que ce n'était pas le cas ?

— Sans mes souvenirs, je dois me fier à la parole des autres.

Il n'avait pas fait part de ses soupçons à Egypt. Il pensait que Kent lui mentait à propos de ses parents, mais il lui en parlerait quand il connaîtrait tous les tenants et aboutissants.

— Je n'arrive même pas à imaginer ce que vous avez traversé, mais vous avez fait preuve de résilience, et vous allez de l'avant.

— Merci.

Ils continuèrent à converser agréablement jusqu'à ce qu'ils arrivent au champ de légumes.

— Egypt m'a dit que vous étiez un grand amateur de légumes.

Cela devrait vous plaire, nous avons des concombres, de la laitue, des brocolis, des carottes et des asperges.

— Formidable, se réjouit Anthony en descendant du véhicule. Je vous laisse discuter tous les deux. Je saurai trouver mon chemin.

Garrett se tourna vers Egypt, qui arborait un grand sourire.

— Quoi ? fit-il.

— Il t'aime bien, répondit-elle, et elle sauta du véhicule.

— Tu crois ? demanda-t-il en descendant à son tour.

— J'en suis sûre. Mon père te respecte, et ça lui plaît que tu sois dévoué à ton travail malgré les circonstances.

— Bien. Maintenant, approche. Tu m'as manqué.

Il l'attira entre ses bras et l'embrassa. Le baiser, d'abord tendre et doux, se transforma rapidement en une étreinte brûlante et passionnée. Egypt s'accrocha à lui, et il oublia qu'ils étaient au milieu d'une route et que des gens marchaient autour d'eux.

Au bout du compte, ils s'interrompirent afin de reprendre leur souffle.

— Tu ferais mieux d'y aller. Sinon, je pourrais te faire l'amour devant un public.

Egypt gloussa.

— D'accord, je te vois tout à l'heure.

Elle alla rejoindre son père dans le champ de légumes.

Garrett admira le postérieur rebondi d'Egypt tandis qu'elle marchait. Il était si captivé qu'il ne remarqua pas qu'un homme se dirigeait vers lui.

— Thomas ?

L'inconnu, un homme petit qui portait des lunettes, regardait Garrett comme s'il était un fantôme.

— Je vous demande pardon ?

— Incroyable, c'est bien vous ! Vos parents vont être tellement soulagés ! Ils croyaient qu'on vous avait enlevé.

Garrett secoua la tête. Il n'était pas prêt à ce que le monde réel le rattrape maintenant. Pas alors qu'Egypt et son père étaient présents, et qu'il cherchait à convaincre sa petite amie qu'un futur était possible avec le Garrett d'aujourd'hui.

— Il y a erreur sur la personne, dit-il avant de s'éloigner.

— Je ne me trompe pas, insista l'homme. C'est bien vous.

Garrett se retourna vivement.

— Mes parents sont décédés.

— Pas du tout. Corrine et Hugh Forrester sont bien vivants.

Garrett sentit son cœur s'affoler. Si cet inconnu disait vrai, tout son monde était sur le point de basculer. Il s'était dit qu'un jour une personne pourrait le reconnaître, mais il aurait préféré faire face à cette situation selon ses conditions. Ces noms étaient peut-être ceux de ses parents. Lorsqu'il avait effectué ses recherches, il avait fait chou blanc. Parce qu'il n'avait pas le bon nom de famille ?

Thomas Forrester.

Était-ce son vrai nom ? Si oui, pourquoi se nommait-il Garrett ? Il avait dit s'appeler ainsi à Egypt avant d'être attaqué. Pourquoi lui aurait-il menti ? Tout cela n'avait pas de sens, et il commençait à avoir mal à la tête.

— Excusez-moi.

Il tenta de s'éloigner, mais l'inconnu lui bloquait le passage.

— Je ne peux pas vous laisser partir comme ça, Thomas. Vos parents sont fous d'inquiétude depuis votre disparition. Je dois les prévenir, déclara-t-il fermement.

Garrett se pencha vers lui et baissa la voix.

— J'ignore qui vous pouvez bien être, alors vous feriez mieux de vous écarter de mon chemin.

Le ton de sa voix l'avait sans doute effrayé car il s'effaça rapidement pour laisser passer Garrett.

— Ce n'est pas fini ! lui cria l'homme.

C'était loin d'être fini, en effet, car Garrett comptait exiger des réponses de la part de Kent, et découvrir pourquoi son bras droit lui avait menti pendant près de deux mois. Kent l'avait laissé vivre une vie fondée sur des mensonges et tomber amoureux d'une femme splendide.

Garrett s'arrêta net. *Amoureux*.

Il venait de comprendre que ce qu'il éprouvait pour Egypt était de l'amour. Juste au moment où tout son monde volait en éclats. Pourtant, il aurait dû le deviner, car entre Egypt et lui tout avait semblé naturel, dès le début.

Il pourrait se convaincre que l'inconnu lui avait menti. Mais au fond de lui, Garrett savait qu'il avait dit la vérité. Il était bien Thomas Forrester. Mais qu'est-ce que cela signifiait ? Et comment cela affecterait-il sa relation avec Egypt ?

15

Au milieu des champs, Egypt se figea. Garrett était en train de parler avec un homme qu'elle ne connaissait pas. Et si elle en jugeait par son expression, Garrett était irrité. Qu'avait bien pu lui dire l'inconnu ? S'agissait-il d'un client mécontent ? Elle en doutait. La ferme venait d'ouvrir.

Alors, quel était le problème ?

Elle n'avait pas l'habitude de voir Garrett dans cet état, et cela l'inquiétait, car son attitude lui rappelait quelqu'un de son passé. Quelqu'un qui avait eu une telle influence sur sa vie amoureuse qu'elle s'était fait le serment de ne jamais répéter la même erreur.

Antwan s'était montré extrêmement jaloux, possessif et colérique. Elle aurait dû écouter la petite voix dans sa tête qui lui soufflait de rompre. Après chaque crise, Antwan présentait ses excuses, lui offrait des fleurs, et tout recommençait. Jusqu'à ce que cela ne suffise plus. Jusqu'à ce qu'un jour elle rentre chez eux et découvre qu'il était parti, emportant toutes ses affaires ainsi que l'argent qu'elle avait économisé.

Egypt ignorait ce qui se passait avec Garrett, mais elle le découvrirait. Il était hors de question qu'elle compose à nouveau avec un homme lunatique.

Garrett trouva Kent dans l'une des tentes d'exposition, en train d'aider les employés à encaisser les achats. Puisque la file d'attente était courte, les deux membres du personnel pourraient s'occuper des clients sans le contremaître.

— Kent, il faut que je te parle, lâcha-t-il.

Kent eut l'air surpris. Garrett était furieux, et cela se voyait sans doute.

— Bien sûr, patron.

Le contremaître termina d'encaisser les achats d'un client puis laissa l'un des employés prendre le relais.

— Qu'est-ce qui se passe, Garrett ?

— Monte dans le véhicule.

Ce n'était pas une demande mais un ordre. Kent obéit sans broncher.

Garrett emprunta la piste de terre et prit la direction de sa maison.

— Tout va bien ? s'enquit Kent.

— Non.

Garrett n'ajouta pas un mot. Ce ne fut que lorsqu'ils furent dans le salon de son grand-père qu'il laissa libre cours à sa fureur.

— Pourquoi m'as-tu menti, Kent ? Tu savais que j'étais Thomas Forrester tout ce temps !

Kent pâlit et sembla réfléchir à une réponse.

— Alors ? insista-t-il en le fusillant du regard.

Kent déglutit visiblement et baissa la tête.

— Tu ne comprends pas, Garrett.

— Éclaire-moi.

— Quand Cyrus est mort, tes parents sont venus à la ferme, disant que cet endroit était un trou à rats et qu'ils allaient la vendre aussi vite que possible. Mais ensuite, il y a eu la lecture du testament. Cyrus n'avait pas légué la ferme à ta mère, mais à toi.

Garrett croisa les bras.

— Continue.

— Tu n'étais revenu à la ferme que quelques fois depuis ton adolescence. J'ai supposé que tu étais d'accord avec tes parents et que tu allais vendre Walker Farms. Cette ferme est tout ce que j'ai, Garrett.

— *Garrett*. D'où vient ce prénom ?

— C'est ton second prénom. Thomas Garrett Forrester. Tu n'as jamais aimé Thomas et tu préférais être appelé Garrett, le second prénom de ton grand-père.

Garrett supposa que c'était la raison pour laquelle il avait dit s'appeler ainsi à Egypt, mais ce n'était pas le sujet.

— Voyons si j'ai bien compris. Tu avais si peur de perdre ton travail que non seulement tu as menti à la police, mais que tu m'as menti pendant des mois ? Tu m'as fait croire que j'étais seul au monde. Que je n'avais personne. Alors qu'en réalité mes parents me recherchent depuis mon agression.

— Ils sont passés ici.

Garrett se rembrunit, en proie à une colère froide.

— Quand ? Je ne les ai pas vus !

— Quand tu étais à l'hôpital. Ils savaient que tu avais prévu de venir à la ferme. À ce moment-là, j'ignorais où tu étais. Je ne l'ai su que quand tu es sorti du coma, deux mois plus tard. Quand tes parents sont passés, je ne savais vraiment rien.

— Mais après que je t'ai téléphoné, tu as su la vérité, mais tu les as laissés croire que j'avais disparu.

— Oui. Je suis désolé, Garrett. J'avais peur. Walker Farms est plus qu'un emploi pour moi. Cyrus était le père que je n'ai jamais eu, et je ne pouvais pas supporter l'idée de perdre la ferme.

— Ni moi non plus ! riposta Garrett avec véhémence. Pourquoi crois-tu que je comptais venir ici ce soir-là ? Ce n'était pas seulement pour voir la ferme, c'était aussi pour savoir comment je pouvais améliorer la situation. C'est l'héritage de mon grand-père – il est hors de question que j'abandonne cette exploitation. Mais tu ne m'as pas laissé le bénéfice du doute, hein ? Tu as choisi à ma place. Tu m'as trahi.

— Je ne pensais pas avoir le choix. J'avais l'impression d'être dos au mur. Ton amnésie était un cadeau du ciel.

Garrett ricana.

— Oui, ça te permettait de réécrire l'histoire. Tu sais combien de nuits l'idée d'être orphelin m'a tourmenté ? Tu imagines à quel point je me sentais seul, ici, dans cette maison, avec pour seule compagnie quelques bribes de souvenirs ?

Kent garda le silence. Il n'y avait rien qu'il puisse dire pour se racheter. Il avait caché des informations vitales à Garrett, pour des raisons égoïstes.

— Je suppose que tu vas me renvoyer ?

— Je ne peux pas m'occuper de ton cas maintenant, Kent ! gronda-t-il. Sors de ma maison !

Le contremaître alla vers la porte. Juste avant de sortir, il se retourna et reprit la parole.

— Je sais que ça ne comptera peut-être pas beaucoup pour l'instant, mais je suis sincèrement désolé de t'avoir menti, Garrett. Tu as raison. Je t'ai mal jugé. Je croyais que tu étais un snob comme tes parents, et à cause de ça je t'ai menti, et c'est impardonnable. Je comprendrai si tu veux que je démissionne.

Garrett entendit la porte se refermer quelques secondes plus tard. Il avait l'impression d'être vidé de toute son énergie. Il s'assit sur le canapé et prit son téléphone. Le téléphone que Kent lui avait fourni. Comme un idiot, il avait cru tout ce que son contremaître disait.

Ouvrant un navigateur, Garrett tapa « Thomas Garrett Forrester ». Une tonne de résultats apparut. Les plus récents dataient de moins de deux mois. Il ouvrit un premier article et vit une photo de lui-même. Sur cette image, il portait un costume, sûrement taillé sur mesure. L'article évoquait les recherches exhaustives de ses parents pour retrouver leur fils disparu, qui n'avaient pas abouti, et précisait qu'il était présumé mort.

Mort.

Ce mot lui fit l'effet d'un coup de feu en plein cœur.

Tout ce temps, ses parents l'avaient recherché, en priant pour qu'il soit en vie, alors qu'il était ici, à la ferme. Et Kent le savait.

Il aurait pu mettre un terme à leur tourment, au tourment de Garrett. Au lieu de quoi, il avait laissé cette comédie se poursuivre des mois durant, pour empêcher la vente de la ferme.

L'ironie de la situation ne lui échappait guère : il n'aurait jamais vendu Walker Farms. Il s'en souvenait à présent. C'était à ce sujet que son père et lui se disputaient ce jour-là. Hugh voulait qu'il vende, et Garrett avait refusé. Il avait décidé de passer quelques jours à la ferme pour se détendre et s'était arrêté au Flame en chemin.

Quel immense gâchis !

Garrett devait informer ses parents qu'il était en vie, mais il ne savait même pas comment les joindre. Kent avait sûrement leur numéro, voire leur adresse, mais Garrett était si furieux contre lui qu'il ne voulait rien lui demander.

Et puis, il y avait Egypt. Comment lui expliquer qu'il n'était pas un simple fermier mais le P-DG de la Forrester Holdings Corporation ?

Il n'avait aucune envie de gâcher sa relation avec elle. Néanmoins, il savait qu'il devait lui dire la vérité. Or il voulait profiter d'une dernière soirée en tant que Garrett Sans-nom, avant que le monde réel ne le rattrape. Une fois le choc des révélations passé, Egypt et lui seraient-ils encore ensemble ?

Où était Garrett ?

Egypt ne l'avait pas revu depuis qu'elle avait été témoin de sa conversation animée. Même s'il était occupé, cela ne lui ressemblait pas de rester loin d'elle aussi longtemps. Elle lui envoya un message pour lui faire savoir que son père et elle allaient partir.

Ils avaient fini de charger le produit de leur cueillette dans le coffre quand Garrett revint au volant de sa voiturette. Il descendit du véhicule et courut vers eux.

— Ah, tant mieux, vous êtes encore là, dit-il, à peine essoufflé. La cueillette vous a plu ?

— C'était génial. Comment s'est passée ta journée ? demanda Egypt, cherchant sur son visage des signes de tension sous son sourire forcé.

— J'avais quelques problèmes à régler. Tu sais ce que c'est.

— Je me souviens de mon premier jour, oui, répondit Egypt. Alors nous n'allons pas te retarder. Il faut que je reconduise papa chez lui et que j'aille au Flame.

— C'était un plaisir de vous rencontrer, monsieur Cox. Je suis désolé de ne pas avoir passé autant de temps que je l'aurais voulu avec vous.

— Vous êtes un chef d'entreprise, Garrett, je comprends, dit Anthony en souriant. J'espère que cette journée a été un succès.

— Il semble que oui, dit Garrett en lui serrant la main.

Anthony monta dans la voiture d'Egypt, la laissant seule avec Garrett.

Elle posa la main sur ses pectoraux et sentit que son cœur battait fort.

— Tout va bien ? Tu m'as l'air un peu agité.

— Désolé. J'ai eu une journée très chargée.

Il la prit par la taille et l'attira vers lui.

— Mais tu m'as manqué, ajouta-t-il.

— À quel point ?

Il lui murmura à l'oreille :

— Si je te le montrais ce soir ?

— Qu'est-ce que tu as en tête ?

Il lui chuchota à l'oreille ce qu'il aimerait lui faire.

Elle rougit.

— Je... eh bien... je ne serai sans doute pas chez moi avant minuit, bredouilla-t-elle avant de fouiller dans son sac. Tiens, voilà une clé. Fais comme chez toi. Il me tarde de te voir tout à l'heure.

— Je serai là.

Il lui caressa la joue, puis l'embrassa, faisant glisser sa langue sur la sienne dans une danse érotique. Elle garderait sa saveur sur ses papilles longtemps après la fin de leur baiser.

— Alors à ce soir.

Il grimpa dans la voiture de golf, s'engageant sur le chemin de terre. Egypt prit quelques secondes pour se ressaisir, puis alla se mettre au volant.

— La passion est une bonne chose, dit son père, mais il faut t'assurer que ce n'est pas le seul élément de votre relation.

— Ce n'est pas le cas, papa, assura-t-elle.

La passion charnelle n'était pas la seule composante de leur liaison, mais elle en faisait partie intégrante, et Egypt était impatiente de laisser libre cours à son désir ce soir.

Quelle importance qu'il se soit disputé avec un inconnu ? Elle ne devrait pas laisser ses craintes se mettre en travers de leur histoire. S'il y avait un problème, Garrett lui en ferait part. Il avait toujours été parfaitement honnête avec elle, et elle s'attendait à ce que cela continue.

16

Garrett se réjouissait que la première journée d'ouverture de Walker Farms soit terminée. Il n'aurait plus à feindre d'être heureux alors qu'il était loin de l'être. En réalité, il était furieux. Lorsqu'il retourna dans la maison et fit des recherches sur lui-même, cela empira.

Plus il lisait de choses, plus il se souvenait que Thomas Garrett Forrester était arrogant et obsédé par les profits… ou, du moins, c'était ainsi que la presse le dépeignait. Il avait obtenu un diplôme de commerce à Harvard et avait poursuivi ses études à Wharton, où il avait été premier de sa promotion. Après cela, il avait aussitôt rejoint l'entreprise familiale, pour suivre les traces de son père.

Bien qu'il sache qu'il n'avait pas voulu vendre la ferme de son grand-père, Garrett n'était pas certain d'apprécier l'ancienne version de lui-même. En surfant sur ses comptes de réseaux sociaux, il n'apprit pas grand-chose sur sa vie personnelle. Apparemment, il ne pensait qu'à son travail. Son existence aujourd'hui était bien différente. Il travaillait dur pendant la journée, mais il prenait le temps de profiter de la vie, que ce soit en lisant l'un des vieux livres de son grand-père, en s'offrant une séance de tir avec Kent, ou en passant du temps avec Egypt – au lit ou hors du lit. Garrett appréciait sa vie désormais. Il n'avait aucune envie qu'elle change. Du moins, pas entièrement.

Ses parents le croyaient mort, et il comptait les rassurer le plus vite possible. D'un autre côté, il ne souhaitait pas abandonner la paix et la liberté qu'il avait trouvées à la ferme. La liberté de faire ses propres choix. Il soupçonnait qu'une grande partie de sa vie avait été décidée par son père. Leur relation était-elle difficile ?

Garrett allait le découvrir, mais d'abord il devait prévenir Egypt. La femme qui, en l'espace de deux mois, était devenue bien plus qu'une personne charitable qui lui rendait visite à l'hôpital. Elle était chaleureuse, drôle, sexy, mais aussi généreuse et pleine de compassion. Des qualités qu'il n'avait jamais recherchées chez une petite amie mais qu'il avait trouvées chez Egypt. Voilà pourquoi il avait été si facile de tomber amoureux d'elle.

Les sentiments s'étaient infiltrés en lui à son insu. L'ancien Garrett aurait essayé de les étouffer, car l'amour n'avait jamais fait partie de ses projets. Il s'était dit qu'il épouserait une femme du même milieu social, et qu'ils auraient quelques enfants, mais ce projet était alors très vague et éloigné dans le futur. Plus maintenant. Lorsqu'il songeait à la femme parfaite, il voyait une reine au teint caramel, aux courbes généreuses et à la bouche pulpeuse. Il était temps qu'il aille retrouver Egypt pour tout lui raconter.

Il espérait que son regard sur lui ne changerait pas... Lors de leur première rencontre, il était arrivé au Flame en tenue chic, à bord d'une voiture de luxe. Elle savait qu'il avait de l'argent, mais maintenant elle connaissait l'homme derrière la façade. Il était toujours le même Garrett. Il y avait simplement plus de zéros sur son compte bancaire.

Egypt était exténuée. Le service au Flame avait été très chargé. Elle avait reçu deux grands groupes successivement, ce qui avait prolongé la soirée, car ils avaient commandé plusieurs plats les uns à la suite des autres. C'était formidable pour son chiffre d'affaires, mais il était minuit quand elle gara enfin sa voiture devant son appartement.

Lorsqu'elle ouvrit la porte, la première chose qu'elle remarqua fut la lumière des bougies. Des pétales de roses étaient éparpillés sur le sol et menaient à sa chambre. Garrett apparut quelques secondes plus tard, un verre d'alcool ambre à la main.

— Je sais que tu n'es pas une grande amatrice de champagne, alors j'ai pensé que tu pourrais apprécier un verre de bourbon après une longue journée de travail.

Egypt soupira de plaisir en acceptant le verre.

— Merci, et tu as raison. Wynter et moi sommes les seules Gemmes qui aiment le bourbon.

Elle avala une généreuse gorgée.

— Longue journée ? demanda-t-il.

Il lui prit son sac à main et son sac à dos, dans lequel elle transportait tous ses ustensiles. Il les posa sur le plan de travail de la cuisine puis conduisit Egypt jusqu'au canapé, où il la fit asseoir et lui retira ses Crocs.

— Très longue, répondit-elle.

Elle laissa échapper un doux gémissement quand Garrett commença à lui masser les pieds.

— C'est agréable ? demanda-t-il.

— Oh ! oui !

Egypt appuya la tête contre les coussins.

— Eh bien, ce n'est que le début, déclara-t-il, et il la souleva du canapé.

— Où est-ce que tu m'emmènes ?

— Tu verras.

Plutôt que d'aller dans la chambre et de lui faire l'amour tendrement, comme elle s'y attendait, Garrett prit la direction de la salle de bains. Egypt découvrit qu'il lui avait préparé un bain moussant. Elle fut émue aux larmes.

— Garrett...

Lentement, il se mit à la déshabiller, défaisant un à un les boutons de sa blouse de cheffe. Posant le regard sur sa poitrine généreuse, il lui retira le vêtement. Puis il la fit pivoter et dégrafa son soutien-gorge, qui trouva également son chemin jusqu'au sol. Egypt n'eut pas la force de protester. Elle laissa Garrett lui ôter son legging et sa culotte d'un seul geste. Puis, à sa grande surprise, il la porta dans son bain.

Elle gémit de plaisir quand l'eau chaude l'enveloppa.

— Merci.

— Profite de ce moment. Je reviens tout de suite.

Elle appuya la tête contre l'oreiller de bain. Elle avait dû s'assoupir car, lorsqu'elle rouvrit les yeux, Garrett était en train de lui frotter le dos. Il passa ensuite à ses seins et, malgré sa fatigue, Egypt sentit un plaisir enivrant monter en elle.

Elle ne protesta pas quand Garrett soumit ses seins à ses coups de langue. Et lorsqu'il lui donna un long baiser enivrant, Egypt s'abandonna. Elle avait très envie de lui. Elle faillit pousser un cri de soulagement quand il amena l'éponge jusqu'à son ventre puis à son sexe. Elle écarta les jambes, lui laissant assez d'espace pour qu'il puisse passer l'éponge d'avant en arrière. Mais bientôt, cela ne lui suffit plus. Elle voulait sentir ses mains, ses doigts, sa bouche sur elle.

Elle avait sans doute prononcé ces mots à voix haute, car Garrett lâcha l'éponge et la remplaça par ses doigts. Il joua délicieusement avec elle, jusqu'à ce qu'elle s'agite dans l'eau mousseuse.

— Ça suffit, marmonna-t-il, et sans autre cérémonie il la sortit de l'eau.

Tout en la séchant, il la fit reculer jusqu'à sa chambre, pendant qu'Egypt lui retirait son polo humide et déboutonnait son jean. Elle tomba en arrière sur le lit. Après s'être déshabillé entièrement et avoir déroulé un préservatif sur lui, il se plaça entre ses jambes.

Elle voulait qu'il la pénètre, mais Garrett avait d'autres plans. Il lui saisit les hanches puis baissa la tête pour plonger entre ses jambes. Ses mains et sa bouche possessives firent naître une vague brûlante dans son ventre, et bientôt elle cria son nom.

— Garrett !

Il remonta les mains sur ses cuisses, ses hanches, puis ses seins. Le regard de Garrett était si assombri par le désir qu'elle distinguait à peine ses iris. Il lui donna un autre baiser explosif qui provoqua des ondes de choc dans son corps.

— Ne me fais pas attendre, s'il te plaît, supplia-t-elle. J'ai trop envie de toi.

— J'ai envie de toi aussi, chérie. Tu m'as ensorcelé, corps et âme.

Étalant les mains sur ses fesses, il la plaqua contre son sexe raide. Il la fit patienter quelques secondes puis, d'un mouvement puissant, il se glissa en elle. Il s'enfonça jusqu'à la garde, et elle poussa un cri.

— Oui, oui !

Egypt se sentait totalement satisfaite – les pulsations douloureuses avaient disparu, laissant place à un sentiment de plénitude. Chaque fois qu'ils faisaient l'amour, elle découvrait de nouvelles choses sur Garrett. Et après lui, il était bien possible qu'aucun homme ne puisse la satisfaire.

Ses mouvements furent lents et mesurés d'abord, puis s'accélérèrent en même temps que sa respiration. Une pression exquise commença à se former jusqu'à ce qu'Egypt n'ait pas d'autre choix que d'onduler des hanches pour le suivre. Ils ne tardèrent pas à atteindre le pic du plaisir.

Egypt et Garrett tremblèrent et frissonnèrent en même temps. Stupéfiée, elle faillit dire ces trois petits mots qui pourraient tout changer. *Je t'aime.* Sans savoir comment, elle parvint à les garder en elle. Car elle n'était pas certaine d'être prête à les dire. Et Garrett n'était peut-être pas prêt à les entendre.

Le lendemain à l'aube, Garrett quitta sans bruit l'appartement d'Egypt, pour la laisser se reposer. La veille, malgré sa fatigue, elle s'était donnée à lui sans retenue, comme toujours. Egypt ne se réfrénait pas – contrairement à lui.

Étant donné l'heure tardive et la fatigue d'Egypt, Garrett n'avait pas eu le courage de lui avouer la vérité sur son identité. Tout à l'heure, il lui expliquerait tout. Ou, du moins, tout ce qu'il savait.

Il retourna à la ferme, conscient qu'il devait appeler ses parents, pour les rassurer.

Dès son arrivée, il prit son téléphone et appela son père. Après plusieurs sonneries, Hugh décrocha.

— Papa ?

Il y eut un silence au bout de la ligne.

— T-thomas ? fit son père d'une voix émue. C'est... c'est vraiment toi, mon fils ?

— Oui, c'est moi.

— *Oh ! mon Dieu !* Corrine, viens vite, c'est Thomas ! hurla Hugh. Mon partenaire de golf m'a dit qu'il pensait t'avoir vu hier, mais je lui ai répondu qu'il avait dû se tromper. Cela fait des mois que tu as disparu.

Garrett entendit sa mère approcher et demander à son père de mettre le haut-parleur.

— Thomas ?

— Oui, maman, c'est moi.

Des sanglots sonores résonnèrent dans le téléphone.

— Où étais-tu pendant tout ce temps ? Nous étions fous d'inquiétude !

— C'est une longue histoire, et je vais tout vous raconter. Pouvez-vous venir à la ferme ?

— La ferme ? demanda sa mère. La ferme de papa ? Tu étais là-bas depuis tout ce temps ? Nous y sommes passés quand tu as disparu, et tu n'y étais pas.

— C'est compliqué. Écoutez, je sais que vous êtes tous les deux bouleversés d'avoir de mes nouvelles après tout ce temps, et je vous promets de tout vous expliquer quand vous serez là.

— Garrett, tu n'imagines pas ce que nous avons traversé, dit sa mère. Tu es notre seul enfant.

Ses parents avaient toujours placé tous leurs rêves et leurs espoirs en lui.

— Je sais, maman.

— Vraiment ? C'est impensable pour un parent de perdre

son enfant. Nous avions toujours pensé que nous partirions en premier, mais quand…

Garrett entendit sa mère sangloter à nouveau, et cela lui fendit le cœur.

— Mon fils, intervint son père. Nous arrivons bientôt et nous voudrons savoir comment nous avons pu te perdre pendant des mois.

Garrett raccrocha avant que son père le questionne davantage. Leur dernière conversation, quelques mois plus tôt, s'était mal passée. Hugh avait son opinion sur Walker Farms, et Garrett doutait qu'elle ait changé. Or Garrett tenait plus que jamais à préserver l'héritage de son grand-père. Il ne lui restait plus qu'à attendre l'arrivée de ses parents, et la tempête qui allait suivre.

17

À son réveil, Egypt fut triste de constater que Garrett s'était éclipsé, après leur incroyable nuit d'amour. Elle repoussa les oreillers et attrapa le mot que Garrett avait laissé sur son chevet. Dans ce message, il lui expliquait être parti pour la laisser se reposer et promettait de lui téléphoner plus tard. La veille, il lui avait fait un massage des pieds et lui avait même préparé un bain. Il avait été si attentionné, si tendre, qu'Egypt avait pris conscience d'un fait qu'elle s'était efforcée d'occulter jusqu'à présent.

Elle était amoureuse de Garrett.

Ses sentiments s'étaient développés lentement, jusqu'au point culminant de la nuit précédente. Elle s'était promis d'être prudente, mais Garrett avait réussi à franchir les murs qu'elle avait érigés autour de son cœur, et maintenant elle avait l'impression d'être une adolescente énamourée. Il fallait qu'elle parle à quelqu'un.

Elle décida de téléphoner à Wynter. Par chance, son amie, qui tenait un blog de voyages, était disponible.

— Egypt, contente de t'entendre, ma belle. Quoi de neuf ?

— Comment as-tu su qu'entre Riley et toi il s'agissait d'amour ? demanda-t-elle sans ambages.

— Oh ! là ! Mais d'où sort cette question ?

— Tu ne peux pas me répondre ?

Wynter se fendit d'un petit rire.

— J'aime Riley depuis l'adolescence, mais j'ai eu une révélation après notre semaine à Aspen. Nous avons passé beaucoup de temps ensemble, et je lui ai confié des choses que je n'avais jamais dites à personne. Mais si je devais mettre le doigt sur un moment précis, je dirais que c'est lorsqu'il m'a acheté un collier avec un pendentif en forme de papillon, parce qu'il m'avait vue l'admirer. Je t'ai téléphoné juste après.

— Ah, oui. Je me souviens de cette conversation. Et je crois t'avoir dit de lui avouer tes sentiments. Et pour quel résultat !

— Oui, nous nous sommes disputés et nous avons rompu pendant un temps, Mais c'était exactement ce dont Riley avait besoin pour surmonter ses craintes, lui qui redoutait de finir comme ses parents divorcés. Tu n'es pas dans la même situation, Egypt.

— Non, mais je suis avec un homme dont le passé comporte une grande part d'inconnu. Certes, je connaissais ce fait dès le départ, mais je croyais avoir la situation sous contrôle. Nous prenions simplement du bon temps, au début. Mais ensuite, notre relation est devenue bien plus sérieuse.

— Je vais te donner le même conseil que celui que tu m'as prodigué : sois honnête avec Garrett, comme il l'a été avec toi. Il a peut-être des sentiments, lui aussi.

— Et si ce n'est pas le cas ?

— Je sauterai dans le premier avion pour Raleigh, et tu pourras pleurer sur mon épaule. Qu'en dis-tu ?

— Comment ai-je fait pour avoir une sœur aussi incroyable que toi ?

— Tu m'as protégée des harceleurs du lycée quand j'avais quatorze ans.

— Ah oui, c'est juste.

— Tiens-moi au courant.

Egypt jeta un coup d'œil à l'horloge. Elle avait plusieurs heures devant elle avant l'ouverture du Flame. Si elle se dépêchait, elle pourrait faire un saut à la ferme et être de retour avant l'arrivée du personnel. Elle devait l'admettre, avouer ses sentiments à Garrett était insensé, mais elle n'était pas du genre à tourner autour du pot. Elle préférait être fixée, quitte à souffrir, plutôt que de rester dans l'incertitude. Une fois dans sa voiture, elle songea qu'elle regretterait peut-être sa décision hâtive, mais il était hors de question de revenir en arrière. Elle découvrirait ce que Garrett ressentait pour elle, d'une manière ou d'une autre.

Garrett entendit des pneus crisser sur le gravier et regarda par la fenêtre. Il vit la Rolls-Royce de ses parents dans l'allée. Il savait que sa mère serait émue après toutes ces semaines, mais en ce qui concernait son père il ne savait pas à quoi s'attendre. Voilà pourquoi il fut agréablement surpris lorsqu'il ouvrit la porte et que ses deux parents se précipitèrent vers lui pour le prendre dans leurs bras.

Les Forrester n'étaient pas des gens très tactiles ni très démonstratifs. Garrett avait donc appris très tôt à agir comme un adulte.

— Mon Dieu !

Des larmes coulaient sur les joues de sa mère, et elle posa les mains sur le visage de Garrett.

— Je n'arrive pas à croire que c'est toi. C'est vraiment toi.

Elle le serra à nouveau dans ses bras.

— Tu n'imagines pas à quel point tu m'as manqué.

— Ta mère a beaucoup souffert de ta disparition, renchérit son père d'une voix rauque, des larmes perlant sur ses cils. Quand nos recherches pour te retrouver n'ont rien donné, elle a perdu espoir et n'a plus quitté le lit.

— Je suis vraiment désolé, maman, dit Garrett. Entrez, et je vais tout vous raconter.

Son père jeta un regard autour de lui.

— La maison a bien meilleure mine que lorsque nous sommes venus il y a quelques mois. Je suppose que tu y es pour quelque chose ?

— Oui. Nous pourrons en parler plus tard.

Lorsqu'ils furent installés sur le canapé, son père le regarda droit dans les yeux.

— Dis-moi ce qui s'est passé, mon fils. Nous avons traversé une terrible épreuve. J'ai nommé Sam Boyd P-DG intérimaire pendant ton absence.

— Tu as confié Forrester Holdings à quelqu'un d'autre ? demanda Garrett.

Hugh Forrester avait pourtant besoin de tout contrôler.

— Tu es notre fils, dit Hugh. Cela aurait paru assez indélicat, voire suspect, de ne pas consacrer cent pour cent de mon temps aux recherches pour te retrouver.

Évidemment. Hugh avait surtout voulu préserver les apparences.

— Continue, lui enjoignit son père.

— Alors que je quittais la ville pour aller à Walker Farms, j'ai fait une halte dans un nouveau restaurant dont j'avais entendu parler, à Glenwood South. Après le dîner, alors que je gagnais le parking, deux malfrats m'ont volé ma voiture et m'ont battu.

Sa mère plaqua la main sur sa bouche.

— Je suis resté dans le coma pendant deux mois. À mon réveil, je ne me rappelais plus qui j'étais.

— Alors comment as-tu fini ici ? s'étonna son père.

— Ma mémoire à court terme était intacte, mais pas ma mémoire à long terme. Je ne me souvenais même pas de mon propre prénom. C'est la propriétaire du restaurant qui me l'a indiqué. Ensuite, le nom de Walker Farms m'est revenu, et j'ai composé le premier numéro dont je me souvenais – celui de la ferme. Le contremaître, Kent Howell, m'a répondu, et c'est comme ça que je me suis retrouvé ici.

Garrett révéla à ses parents que Kent lui avait menti sur sa véritable identité, prétendant que ses parents étaient décédés et que c'était Cyrus qui l'avait élevé. Ils furent abasourdis.

— Je n'avais aucune raison de ne pas le croire, conclut-il.

— Il faut le poursuivre en justice ! tonna son père en se levant d'un bond. À cause de ce salaud, nous avons vécu un enfer. Nous pensions que tu étais mort ! Il faut que quelqu'un paye, et il faut commencer par s'occuper de Howell.

— Tu n'en feras rien, dit Garrett, se levant à son tour.

— Tu prends sa défense ? s'exclama sa mère. Après tout ce qu'il a fait ? Tout ce qu'il t'a pris ?

— Kent a fait un choix peu judicieux, c'est vrai, concéda Garrett. Mais j'ai reçu beaucoup en retour. J'ai pu remettre la ferme en état, et...

— Garrett, on t'a fait une lobotomie quand tu étais dans le coma ? l'interrompit son père. Je ne te reconnais plus. Cet homme a commis un crime contre toi, contre notre famille. Il doit payer.

— Nous devrions l'attaquer en justice pour souffrance morale, renchérit sa mère.

— Je sais que vous avez traversé une période très dure, dit-il. Vous êtes tous les deux secoués, mais il s'agit de ma vie. Vous n'avez pas à me dicter ma conduite.

— Il faut bien que quelqu'un le fasse, car tu as perdu l'esprit, riposta Hugh. Oui, tu as remis d'aplomb cette ferme insignifiante. Et alors ? Quelle importance puisque tu as un groupe de plusieurs milliards de dollars à diriger ? C'est ce pour quoi tu as été formé.

— Formé par toi. Mais je suis un adulte maintenant.

— Je suis en train de perdre patience, Thomas.

— Je ne m'appelle pas Thomas mais Garrett.

— Je me fiche du prénom dont tu t'es affublé ces derniers mois ! tempêta son père. Thomas est le nom que nous t'avons donné à ta naissance. Il est temps que tu cesses de jouer au fermier, que tu vendes ce trou à rats et que tu reviennes à la maison, là où est ta place.

Une porte claqua lourdement derrière eux, et tous trois se retournèrent. Egypt était là. Elle semblait choquée.

— Egypt !

Il se précipita vers elle, mais déjà elle reculait vers la porte et sortait à la hâte.

Sans hésiter, il la suivit. Il descendit les marches du perron deux par deux et la rattrapa lorsqu'elle fut devant sa voiture.

— Egypt, attends !

Elle secoua la tête.

— Je n'aurais pas dû venir. Je le savais. C'était une erreur.

— Je ne comprends pas. De quoi parles-tu ?

Elle l'observa.

— Tu as retrouvé la mémoire ?

Il acquiesça d'un signe de tête.

— Et ce sont tes parents là-bas ? Je suppose que cette Rolls-Royce est à eux, dit-elle en montrant d'un signe de tête la voiture élégante garée à côté de sa Honda.

— Oui.

— Donc tu es riche ? fit-elle avec un petit rire, qui sonnait comme un sanglot. J'aurais dû le deviner, puisqu'on t'a volé une voiture de luxe.

— Oui, je suis riche.

— Depuis combien de temps ? demanda-t-elle d'un ton accusateur.

— Depuis combien de temps quoi ?

— Ne fais pas l'idiot, Garrett. Depuis combien de temps as-tu retrouvé la mémoire ?

Il baissa les yeux. Il n'avait pas envie de répondre, mais il ne voulait pas non plus lui mentir. Elle méritait de connaître la vérité.

— Elle est revenue par petits bouts, mais il n'y avait rien de notable, jusqu'à hier.

Elle plissa les yeux.

— Quand cet homme t'a parlé ?

— Pas exactement. Il m'a appelé par mon vrai nom. Thomas Garrett Forrester. Kent m'a informé du reste.

— Attends une seconde. Qui est Thomas ?

— C'est mon prénom de naissance. Mais je préfère Garrett.

— Tu savais déjà la vérité hier après-midi ? Et hier soir, quand tu es venu chez moi ? Pourtant, tu ne m'as rien dit ?

— Oui.

— Et moi qui croyais que tu étais différent. Ce que j'ai pu être stupide !

Elle se détourna, mais Garrett la saisit par le coude et la fit pivoter vers lui.

— Qu'est-ce que tu insinues, au juste ?

— Tu es venu chez moi hier soir et, au lieu de me dire la vérité... tu as couché avec moi. Tu t'es servi de moi pour le sexe, en attendant que ta mémoire revienne ?

— Non, bien sûr !

Il était horrifié qu'elle pense une telle chose.

— Je comptais tout t'expliquer hier, mais tu étais épuisée.

— Ça ne t'a pas empêché de coucher avec moi.

Garrett serra les mâchoires.

— Tu en avais envie aussi et tu le sais.

Il avança vers elle, l'obligeant à reculer, jusqu'à ce qu'elle se retrouve plaquée contre sa voiture.

— Tu as apprécié cette nuit autant que moi, Egypt.

— C'est parce que j'ignorais qui tu étais. J'ignorais que tu étais un homme capable de me mentir.

— Je ne t'ai pas menti ! Je comptais tout t'expliquer aujourd'hui, mais je devais d'abord prévenir mes parents. Ils me croyaient morts. Mets-toi à ma place.

— Je ne peux pas. Ça m'est impossible !

Elle le repoussa, suffisamment pour pouvoir se glisser dans sa Honda et allumer le moteur.

— Egypt, s'il te plaît. Ne pars pas comme ça.

Il ne voulait pas que la femme qu'il aimait pense qu'il s'était servi d'elle. Mais elle ne l'écoutait plus. Elle fit marche arrière et fila dans l'allée.

— Nom d'un chien ! pesta Garrett.

Il était furieux. Davantage contre lui-même que contre elle. Elle agissait de manière totalement irrationnelle, mais il la comprenait. Son ex-petit ami Antwan l'avait trahie, et Garrett en subissait les conséquences. Pourquoi ne lui avait-il pas dit la vérité la veille ? S'il s'était confié à elle, elle ne douterait pas de son honnêteté.

Mais il avait eu peur que cela change les choses. Il avait voulu vivre une dernière nuit en tant que Garrett Sans-nom. Il avait voulu qu'Egypt et lui soient encore ces deux personnes qui s'étaient trouvées, dans des circonstances folles. Et maintenant, tout était peut-être fini entre eux.

— Garrett ! l'appela son père. Qui diable est cette femme ? C'est à cause d'elle que tu es resté ici tous ces mois ?

Garrett se retourna vivement et marcha vers son père. Lorsqu'il fut face à lui, il le regarda droit dans les yeux.

— Je te l'ai dit, j'ignorais qui j'étais jusqu'à hier.

Son père montra la voiture d'Egypt au loin.

— Cette femme n'a pas l'air de le croire.

— Cette discussion ne regarde qu'Egypt et moi.

Sa mère les rejoignit.

— Rentre avec nous, Garrett. Tu nous as manqué, et cette ferme appartient à ton passé.

Garrett n'était pas de cet avis, mais il devait régler quelques soucis logistiques. Repartir avec ses parents lui semblait la meilleure solution pour l'instant. Cependant, cela ne voulait pas dire qu'ils avaient gagné. Cela voulait juste dire qu'il devait réfléchir aux prochaines étapes.

18

Egypt retourna chez elle comme en pilote automatique. Après les événements de la journée, elle était encore sous le choc. Garrett avait retrouvé la mémoire. Ce devrait être une bonne nouvelle ; pourtant, Egypt avait l'impression que c'était la pire chose qui puisse arriver. Se souvenir de son ancienne vie avait-il fait de lui un homme différent ? Un homme capable de lui mentir, ou du moins de lui cacher la vérité ? Garrett avait toujours été honnête et franc. C'était ce qu'elle aimait chez lui.

Car, oui, elle l'aimait. À la folie. Passionnément. Elle s'était rendue à la ferme pour lui avouer ses sentiments, et pour savoir s'ils étaient réciproques. Lorsqu'elle avait entendu des éclats de voix, elle s'était empressée d'entrer dans la maison pour s'assurer que Garrett allait bien. Et elle avait constaté que c'était le cas. Ses parents étaient venus le chercher, pour l'emmener loin de la ferme, qu'ils avaient qualifiée de trou à rats.

La veille, elle avait senti que Garrett était perturbé, après son échange houleux avec l'inconnu. Plutôt que de se confier, il lui avait fait l'amour. Certes, elle avait été pleinement consentante, mais elle n'avait aucune volonté face à Garrett.

Elle était tombée amoureuse d'un homme riche qui se faisait passer pour un simple fermier. Depuis combien de temps avait-il retrouvé des bribes de mémoire ? Il ne le lui avait pas dit. Que lui cachait-il d'autre ?

Egypt ne le saurait jamais car elle ne comptait pas le revoir.

Elle refusait qu'un autre homme lui mente ou la manipule comme Antwan l'avait fait. Elle téléphona à Wynter, mais cette dernière ne décrocha pas. Lyric et Shay non plus. La seule personne disponible était Asia.

— Egypt, comment vas-tu, trésor ?

— J'ai connu mieux.

— Oh ! non, répondit Asia. Il s'est passé quelque chose ?

— Garrett a retrouvé la mémoire, lâcha Egypt sans détour.

— Et c'est une mauvaise chose, apparemment ? Je croyais que c'était ce que tu voulais. Ce que Garrett voulait.

— C'est une mauvaise chose parce que Garrett ne m'a pas dit qu'il n'était plus amnésique.

— Sérieusement ? Pourquoi aurait-il omis de te donner cette information ? demanda Asia, et sa question fut suivie d'un silence. À moins qu'il n'ait quelque chose à cacher ?

— C'est ce que j'essaye de comprendre. Nous nous sommes disputés, et je suis partie. Je ne voulais pas entendre d'autres mensonges. Tu sais par quoi je suis passée avec Antwan. Je ne peux pas composer avec un autre menteur.

Asia soupira.

— Je suis vraiment désolée, ma chérie. Je sais à quel point c'était difficile pour toi, et à quel point tu as tâché d'être plus forte dans tes relations sentimentales depuis Antwan. Mais si je peux me faire l'avocat du diable… tu ne sais pas si Garrett est comme lui. J'ai eu l'impression qu'il était différent – qu'il était fiable.

— Dans ce cas, pourquoi tous ces mystères ?

— J'aimerais le savoir, mais, d'après le ton de ta voix, je suppose que tu es tombée amoureuse de Garrett Sans-nom ?

Seule Asia pouvait la faire rire dans des moments pareils.

— Tu supposes bien.

— Alors ne jette pas le bébé avec l'eau du bain. Laisse à Garrett le bénéfice du doute et écoute ce qu'il a à dire. Tu lui dois bien ça.

— J'imagine que tu as raison, finit-elle par concéder.

— Je sais que je ne suis pas Wynter, mais je suis capable de donner de bons conseils de temps en temps !

— Merci, Asia. Je crois que j'avais besoin que quelqu'un me fasse entendre raison.

— Je suis heureuse de pouvoir te soutenir comme tu m'as toujours soutenue. Tiens-moi au courant pour la suite.

— Promis, dit-elle avant de raccrocher.

Quelques minutes plus tard, Egypt se garait sur le parking du Flame. Asia avait raison : il y avait encore trop de non-dits entre Garrett et elle. Egypt devait lui laisser l'occasion de s'expliquer, et avec un peu de chance les choses reviendraient à la normale ensuite. À moins qu'elle ne se berce d'illusions ? L'ancien Garrett voudrait-il d'elle autant que le nouveau ?

Après le départ d'Egypt, Garrett verrouilla les portes de la ferme et retourna à Raleigh avec ses parents. Non pas pour obéir à son père, mais pour découvrir ce qui s'était passé ces derniers mois. Sur le trajet, il apprit qu'il possédait toujours son appartement. Après sa disparition, ses parents n'avaient pas eu le courage de le vendre. Garrett était heureux d'avoir encore un chez-lui où se réfugier.

Hélas, son père n'arrêtait pas de parler affaires, comme si cela pouvait intéresser Garrett. Ce n'était pas parce que sa mémoire était revenue qu'il allait rentrer au bercail. Ces semaines à la ferme l'avaient changé. Il n'était plus l'homme qu'il avait été.

— Vous pouvez me déposer à mon appartement, dit-il lorsqu'ils arrivèrent aux limites de la ville.

— Garrett, cela fait des mois que nous ne t'avons pas vu, fit valoir sa mère avec douceur. Tu ne veux pas rentrer à la maison, avec nous ?

— Je promets de passer plus tard, maman. J'ai besoin d'un peu de temps, tu comprends ? Je viens de retrouver la mémoire, et je dois me réhabituer à ma vie.

— Je vais prévenir le concierge de ton arrivée, dit son père.

Pendant que Hugh téléphonait à la résidence de Garrett, sa mère répondit :

— Bien sûr, cela va te changer de ta vie à la ferme. Quand j'y vivais autrefois, il y avait toujours des corvées à faire. C'était comme si le travail ne s'arrêtait jamais.

Garrett rit.

— Oui, c'est à peu près ça.

Son père termina son appel.

— Voilà, tout est prêt. J'ai informé le personnel de ton arrivée. On te fournira une clé. Quant à la ferme, ça n'a pas d'importance. Tu vas la vendre et revenir chez Forrester Holdings.

— Je n'ai pas dit ça, répondit Garrett.

— C'était inutile de le préciser. C'est ce que tu dois faire. Il faut que tu reprennes la place qui te revient de droit, à la tête du groupe.

Garrett étouffa un grondement. Il n'était pas d'humeur à se disputer avec son père, pas après tout ce qui s'était passé ces dernières vingt-quatre heures. Il fallait qu'il parle à Egypt.

— Cette conversation me donne mal à la tête.

— Hugh, arrête ! le tança Corrine en lui tapotant la cuisse. Garrett a subi un traumatisme crânien.

— C'est vrai. Je suis désolé, mon fils, dit son père. Je vais t'envoyer un médecin pour qu'il t'examine immédiatement.

— Ce n'est pas nécessaire. On m'a soigné à l'hôpital.

— J'insiste. Je ne sais pas quels soins tu as reçus, et je ne veux que le meilleur pour mon fils. Un médecin passera chez toi dans l'heure.

— Si tu veux, céda Garrett.

Dès que la Rolls-Royce fut garée dans l'allée de sa résidence, il sortit puis alla vers l'avant du véhicule, côté passager. Sa mère baissa sa vitre.

— Je suis si heureuse que tu sois de retour.

Il déposa un baiser sur sa joue.

— Je passe vous voir tout à l'heure, promit-il.

Lorsqu'il entra dans l'immeuble, le personnel l'accueillit chaleureusement. Le concierge était très heureux de le voir en vie et en bonne santé.

— C'est formidable que vous soyez de retour. Voici la clé de votre appartement. Si vous avez besoin de quoi que ce soit, faites-le-nous savoir.

Garrett hocha la tête.

— Merci. J'apprécie.

Il saisit la clé et alla prendre l'ascenseur pour se rendre au dernier étage. Les portes de la cabine s'ouvrirent sur son appartement avec terrasse. Garrett posa la clé sur la console et regarda autour de lui. Les souvenirs de l'époque où il avait acheté ce logement l'assaillirent. Il avait été si heureux de ne plus être sous la coupe de ses parents. Mais tandis qu'il déambulait, observant l'appartement élégant aux meubles contemporains, il fut envahi par un sentiment de vide et de froideur. Ici, l'ambiance n'était pas celle de la ferme, qui était chaleureuse et accueillante.

Il alla jusqu'à la baie vitrée et observa la ville. La vue était imprenable, il fallait l'admettre. Il continua sa visite et se rendit dans la chambre principale. Ses mains effleurèrent la rangée de costumes dans le dressing. Il y avait peu de vêtements décontractés. Uniquement des pantalons, des polos et deux jeans. Garrett ne portait plus que des jeans maintenant, parce qu'ils étaient confortables et résistants.

Il sortit du dressing et s'assit sur le lit. Ici c'était une autre vie, bien différente de celle qu'il avait menée ces dernières semaines. Ce qui lui fit penser qu'il devait téléphoner à Kent.

— Garrett ?

— Je serai absent quelques jours, dit-il sans préambule. J'ai besoin que tu gères la ferme en attendant mon retour.

— Je suis surpris que tu veuilles encore de moi, étant donné...

La voix du contremaître s'évanouit.

— Je ne suis pas prêt à parler de ça avec toi, Kent. Je peux compter sur toi, oui ou non ?

— Bien sûr. J'ai une dette envers ton grand-père et toi.

— Merci.

Il raccrocha puis téléphona aussitôt à Egypt, mais tomba sur la boîte vocale. Il fallait qu'il lui parle, mais il avait quelques problèmes logistiques à résoudre d'abord, pour remettre sa vie en ordre. Il lui fallait un nouveau permis de conduire, de l'argent liquide et une voiture. La Rolls-Royce qu'on lui avait volée était l'un des trois véhicules que Garrett possédait, les deux autres étant garés dans le parking souterrain de la résidence. Il était impatient de reprendre le volant de son Aston Martin.

Quelques heures plus tard, après avoir obtenu le feu vert du médecin, Garrett prit des rendez-vous pour obtenir un autre permis de conduire et une carte bancaire. Il avait l'impression de vivre une expérience extra-corporelle. Car, ces derniers mois, il avait mené une existence totalement différente. À présent, une question demeurait : qu'allait-il faire de sa vie ?

19

— Egypt, vous ne devinerez jamais qui vient de s'asseoir dans la salle du Flame ! s'exclama Tessa, tout excitée. Jade Garcia !

Egypt observa son hôtesse, perplexe.

— Et je suis censée savoir qui est cette personne ?

— Jade est l'une des influenceuses les plus en vue de la ville ! Quand elle fait une bonne critique sur un restaurant, il devient extrêmement populaire. Elle a plus d'un million d'abonnés sur TikTok.

— Sérieusement ?

Egypt n'avait pas le temps de surfer sur les réseaux sociaux. Elle reporta son attention sur le plat qu'elle était en train de préparer.

— Oui ! Il faut que vous prépariez le repas de votre vie car, si Jade fait une mauvaise critique, ça pourrait couler le restaurant.

— Merci, beaucoup, Tessa. Ça ne me met pas du tout la pression.

Elle s'essuya les mains sur une serviette accrochée à sa taille, commençant à réfléchir au plat qu'elle servirait à l'influenceuse.

— Tout se passera bien, cheffe, intervint Quentin. On contrôle la situation.

Il lui tapa dans la main pour appuyer son propos.

Egypt ne laisserait pas une autre personne dicter son avenir. Elle était sacrément douée et ferait ce qu'elle avait toujours fait : fournir un repas de qualité et savoureux.

Egypt observa Quentin et les autres cuisiniers, qui la regardaient avec espoir, comme s'ils attendaient que leur vaillante cheffe les mène à la bataille.

— D'accord, c'est parti ! s'exclama-t-elle en tapant dans ses mains.

— Puis-je servir Jade personnellement ? demanda Tessa.

Egypt acquiesça d'un signe de tête.

Toute la cuisine s'affaira pour préparer le meilleur dîner possible pour Jade. Egypt commença par une soupe de crabe bleu. Quentin l'aida à préparer l'accompagnement : beignets de tomates vertes et chutney de piment habanero. Lorsque Tessa vint personnellement chercher l'assiette, Egypt sentit son estomac se nouer, mais elle se répéta que Jade Garcia était comme n'importe quel client. Cependant, si son hôtesse avait dit vrai, cette jeune femme avait le pouvoir de détruire le Flame. Egypt avait mis tout son cœur et toute son âme dans ce restaurant, mais aussi toutes ses économies. Il fallait qu'elle réussisse, car elle n'avait pas de plan B.

Lorsque Tessa revint et leva un pouce en l'air, Egypt se sentit encouragée et prépara le plat principal. C'était un plat qu'elle avait servi des centaines de fois. Elle devait simplement l'exécuter correctement.

— Vous avez les choses en main, cheffe, dit Quentin pendant qu'elle dressait l'assiette.

Sa tâche terminée, elle annonça à Tessa qu'elle irait porter le plat elle-même. Elle souhaitait que Jade mette un visage sur son nom et sache qu'elle était la propriétaire et la cheffe du Flame. Après avoir vérifié sa coiffure, elle passa les portes battantes et se dirigea vers la femme qui pourrait assurer son succès ou provoquer sa chute.

Jade Garcia ne passait pas inaperçue, avec son bustier à paillettes fuchsia, son tutu multicolore et ses cheveux teints en rose coupés au carré.

— Bonsoir. Je suis Egypt Cox, propriétaire et cheffe du Flame, dit-elle. J'espère que vous avez apprécié l'entrée.

— C'était divin ! répondit Jade sur un ton enthousiaste. Je ne sais pas ce que vous avez mis dans ce chutney, mais j'avais envie de lécher mon assiette.

Egypt sourit.

— Je suis ravie de l'entendre. Et j'espère que vous apprécierez tout autant ce jarret d'agneau braisé, accompagné d'un gruau de maïs, de carottes miniatures et d'une gremolata de menthe.

Elle posa le plat devant la jeune femme.

Jade huma les arômes.

— J'ai hâte d'y goûter.

— Bonne dégustation.

Egypt inclina la tête puis alla voir les autres clients. Elle passa par toutes les tables, afin de s'assurer que tout le monde était satisfait. La soirée se déroulait à merveille. Si Jade faisait une bonne critique, cela pourrait faire le succès du Flame. Pour l'heure, le restaurant vivait grâce au bouche-à-oreille et aux clients du quartier, mais c'était encore insuffisant. Cette visite de Jade était exactement ce dont le Flame avait besoin. Alors pourquoi Egypt se sentait-elle triste ? Parce qu'elle ne pouvait pas téléphoner à Garrett pour partager ce moment avec lui. Bien qu'ils ne se connaissent que depuis peu, il l'avait toujours soutenue. Après avoir vu tous les clients, elle repartit vers la cuisine, mais Jade l'appela. Egypt revint vers sa table.

— Puis-je vous appeler Egypt ?

— Absolument.

— Ce plat est absolument fabuleux, déclara Jade. Le jarret d'agneau et le gruau sont une association inhabituelle, mais j'ai adoré chaque bouchée.

Egypt rayonna.

— Merci beaucoup.

— Puisque l'entrée et le plat étaient succulents, j'ai de grands espoirs pour le dessert. Pouvez-vous l'envoyer rapidement ? demanda-t-elle avant de reprendre sa fourchette. J'ai bientôt fini mon assiette.

Egypt rit.

— Ça arrive tout de suite.

À la fin de la journée, Garrett éprouva un sentiment de satisfaction. Il avait obtenu un duplicata de son permis de conduire et pouvait enfin prendre le volant sans crainte. Après quoi, il avait acheté de nouveaux vêtements, principalement des jeans et des T-shirts, ainsi qu'une nouvelle Rolex et un portefeuille, pour remplacer ceux qu'on lui avait volés quelques mois plus tôt. Il s'était aussi rendu à la banque où il avait obtenu de nouvelles cartes de crédit et retiré des espèces. Il avait aussi fait faire un chèque de banque pour rembourser Kent, qui avait contracté un prêt pour financer l'ouverture de la ferme au public. Garrett payait toujours ses dettes.

Après cela, il téléphona à l'inspecteur Simpson et lui communiqua sa véritable identité. L'officier de police fut surpris d'apprendre les mensonges de Kent, et l'informa qu'il pouvait déposer plainte, mais Garrett n'avait pas envie d'emprunter cette voie. Il avait d'autres chats à fouetter.

Son père s'attendait à ce qu'il revienne chez Forrester Holdings Corporation, comme si Garrett n'avait pas mené une vie totalement différente ces derniers mois. Plus il y pensait, plus il se disait qu'il ne pouvait pas reprendre le cours de sa vie comme si rien n'avait changé. S'il avait rejoint l'entreprise familiale, c'était uniquement parce que son père l'avait exigé.

Toute sa vie, ses parents lui avaient répété à quel point il comptait pour eux, étant donné tous les problèmes qu'ils avaient rencontrés pour avoir un enfant. Garrett avait eu le sentiment de leur être redevable en quelque sorte. Par conséquent, il s'était toujours efforcé de ne pas être un désagrément pour ses parents d'un certain âge. Il voulait leur faire plaisir afin qu'ils soient fiers de lui, mais pas une fois ils ne lui avaient demandé ce que lui souhaitait faire de sa vie. Ils avaient toujours supposé qu'il suivrait les traces de Hugh. Et durant des années, c'était ce qu'il avait fait, mais, après ces dernières semaines, Garrett se rendait compte qu'il n'avait vécu qu'un semblant de vie.

Autrefois, il passait tout son temps à travailler. Sa vie à la ferme avait peut-être été simple, mais il s'était senti heureux et épanoui. Qui plus est, il avait imaginé toutes sortes de moyens pour faire de son exploitation une entreprise rentable. Et surtout, il savait maintenant ce que c'était que d'avoir à ses côtés une femme qui tenait à lui. Il avait découvert qu'il était capable d'aimer.

Jusqu'à maintenant, il n'avait eu que des aventures sans importance, n'ayant jamais eu le temps ni le désir de donner davantage de lui-même. Jusqu'à sa rencontre avec Egypt. Il lui avait tout donné de lui, sans retenue. Résultat, il était tombé amoureux de la voluptueuse cheffe et était impatient de le lui dire, mais accepterait-elle de l'écouter ? Le laisserait-elle parler alors qu'elle pensait qu'il lui avait menti ? Elle croyait qu'il était comme son ex-petit ami, ce vaurien qui l'avait escroquée et trahie. Oui, Garrett avait tardé à lui révéler que sa mémoire était revenue, mais c'était parce qu'il avait eu peur. Peur de gâcher leur relation d'exception. Il lui fallait convaincre Egypt qu'il était sérieux, mais d'abord il devait affronter ses parents.

Gentiment mais fermement, Garrett leur expliquerait que désormais il vivrait pour lui-même. Soit ils accepteraient son choix, soit il couperait les ponts. Il ne souhaitait pas en arriver là, car il avait su ce que c'était que d'être seul ces derniers mois. Mais il ne serait plus la marionnette de son père.

Muni de son nouveau permis, il prit son Aston Martin pour se rendre chez ses parents. Une fois arrivé, il sonna à la porte. Gerard, le majordome, l'accueillit chaleureusement.

— C'est un plaisir de vous revoir, Garrett. Vos parents étaient très tristes lorsqu'ils pensaient vous avoir perdu.

Garrett voulait bien le croire. Son absence avait sans doute laissé un grand vide.

— Merci, Gerard. Où sont-ils ?

— Dans le salon, comme d'habitude.

— Merci, je connais le chemin, dit-il quand le majordome voulut l'escorter.

Garrett trouva ses parents sur le canapé. Comme à l'accoutumée, son père buvait un scotch avant le dîner, et sa mère une tisane.

— Garrett ! s'exclama-t-elle. Je suis si contente que tu sois à la maison !

Elle se précipita vers lui, et Garrett la serra dans ses bras. En général, elle n'était guère démonstrative, mais il supposait qu'après l'épreuve qu'elle venait de traverser les choses avaient changé.

— Nous espérions que tu tiendrais parole, dit son père. Nous devons poursuivre notre discussion de tout à l'heure.

— Je suis un homme de parole, répondit Garrett, et il alla se servir un scotch. Mais nous n'allons pas finir cette conversation. J'ai déjà pris ma décision.

— Ça t'ennuierait de nous fournir une explication ?

— Je ne reviendrai pas chez Forrester Holdings. Je vais continuer à gérer Walker Farms. J'ai de nombreuses idées pour faire en sorte qu'elle soit rentable, et j'en ai déjà mis certaines en œuvre.

— C'est ridicule ! tonna son père, posant violemment son verre sur la table basse. Tu renoncerais à être le P-DG d'un grand groupe pour gérer une ferme en piteux état ?

— Je savais que tu verrais les choses ainsi. Même si tu ne le vois pas, Walker Farms est une pépite et je vais la transformer en une entreprise dont mon grand-père serait fier, comme son père avant lui.

— C'est à cause de cette femme, n'est-ce pas ? gronda Hugh. J'ai vu la façon dont tu la regardais. Tu as des sentiments pour elle, c'est ça ?

— Mes sentiments pour Egypt n'ont rien à voir dans cette histoire. J'ai pris ma décision. Si vous ne pouvez pas me soutenir, j'espère au moins que vous accepterez mon choix.

— Garrett... es-tu sûr de toi ? demanda sa mère.

Il acquiesça.

— Hugh, dit-elle, nous avons failli perdre Garrett. Tu ne te souviens pas de ce que nous avons traversé ? Du vide – elle toucha sa poitrine – que nous avons ressenti ici ? Ne le pousse pas à partir.

— Je ne suis pas d'accord avec cette décision, Garrett, mais je ne vais pas insister, concéda-t-il d'un ton sec.

Corrine eut l'air soulagée.

— Merci, répondit Garrett.

Il resta dîner avec ses parents, car il savait à quel point il leur avait manqué. Il avait ressenti le manque, lui aussi. Et sans doute cherchait-il aussi à temporiser, avant de s'attaquer à sa tâche principale : convaincre Egypt qu'il n'était pas un bon à rien comme son ex-petit ami Antwan.

Il était l'homme qui l'aimait et voulait vivre à ses côtés. Allait-elle le croire ?

20

Egypt était débordée. Au Flame, le téléphone n'arrêtait pas de sonner. Depuis que Jade Garcia avait posté sa critique dithyrambique sur TikTok, les demandes de réservation s'enchaînaient. Egypt avait entendu parler du pouvoir des influenceurs, et à présent elle en faisait l'expérience elle-même.

Elle arriva au restaurant de bonne heure, car elle devait réapprovisionner les étagères, les réfrigérateurs et les congélateurs, afin de faire face au regain d'activité. Elle ne verrouilla pas la porte d'entrée et s'assit au bar en attendant une livraison.

Lorsque la porte s'ouvrit, elle se retourna, s'attendant à voir le livreur. Mais ce n'était pas lui.

— Bonjour, je peux vous aider ? demanda-t-elle.

Elle ne connaissait pas le monsieur élégant qui se tenait face à elle. Les cheveux poivre et sel et le teint brun foncé, il portait un costume taillé sur mesure.

Était-ce un touriste ? Si oui, il s'était beaucoup éloigné du centre de la ville.

— Êtes-vous Egypt Cox ? demanda-t-il.

Elle descendit du tabouret de bar.

— Oui, c'est moi. Que puis-je faire pour vous ?

— Je suis Hugh Forrester.

Forrester... comme Garrett Forrester. Cet homme était à la ferme l'autre jour, lorsqu'elle était venue dire à Garrett ce qu'elle ressentait pour lui. C'était sans doute son père. Que faisait-il ici ?

— Garrett n'est pas là, dit-elle.

Voir le père de Garrett lui serrait le cœur. Car cela lui rappelait à quel point ce dernier lui manquait. Elle aimerait le revoir, être dans ses bras, faire l'amour avec lui. Mais elle n'était pas sûre qu'il soit un homme digne de confiance.

— Je ne suis pas ici pour Garrett. Je suis venu discuter avec vous, mademoiselle Cox, dit M. Forrester en avançant vers elle.

— Pourquoi ? demanda-t-elle, étonnée.

— Parce que c'est à cause de vous que mon fils souhaite jeter aux orties toute une vie de labeur.

— Je vous demande pardon ? demanda-t-elle en croisant les bras. Je ne sais pas du tout de quoi vous parlez, monsieur Forrester. Qui plus est, vous êtes ici dans *mon* restaurant, et je ne vous laisserai pas proférer de fausses accusations.

— Oh ! croyez-moi, j'aurais préféré qu'elles soient fausses. Mais elles sont vraies. Mon fils a travaillé très dur pour atteindre le niveau auquel il se trouve aujourd'hui. Savez-vous qu'il est le P-DG de Forrester Holdings, un grand groupe qui fait partie des cinq cents plus grandes entreprises du pays ?

Egypt répondit par un signe de tête négatif.

— Évidemment, vous l'ignoriez, puisqu'il jouait les fermiers dans ce trou perdu. Garrett a fait ses études à Harvard, mademoiselle Cox. Puis à Wharton. C'est un esprit brillant.

— Pourquoi me dites-vous tout cela ?

— Pour que vous compreniez que Garrett et vous ne jouez pas dans la même cour, répliqua-t-il d'un ton dédaigneux.

Egypt fut abasourdie.

— Comment osez-vous !

— Eh bien, j'ose parce que Garrett est mon fils, répliqua-t-il sèchement. Je l'ai formé pour qu'il prenne la place qui lui revient de droit, à la tête de notre entreprise familiale. Et parce qu'il s'est entiché de vous, il a maintenant des doutes. Il veut tout abandonner pour être avec vous. Dans ce... – il jeta un regard circulaire – minable restaurant, où il n'était même pas en sécurité, puisqu'on l'a agressé et qu'il a fini dans le coma.

— Ce n'était pas ma faute ! protesta Egypt.

— Peut-être pas. Mais Garrett a un grand avenir devant lui…

— S'il cesse de me voir.

Autant parler franchement. Il était clair que M. Forrester la considérait comme indigne de son fils.

— En résumé, oui. Vous ne comprenez donc pas ? Garrett est promis à de grandes choses, et non à une vie ordinaire.

— Ce n'est pas à *vous* d'en décider, asséna-t-elle. Il s'agit de la vie de Garrett. Il peut décider lui-même avec qui il souhaite vivre.

Il plissa les yeux une seconde.

— Oh…, fit-il.

Il marcha autour d'elle, en la toisant de pied en cap. Egypt se sentit mal à l'aise. Que voyait-il ? Elle savait bien qu'elle n'avait rien d'un top model, mais Garrett l'aimait telle qu'elle était.

— Vous êtes amoureuse de Garrett.

Était-ce si évident ? Egypt se détourna de M. Forrester et retourna vers le bar.

Mais M. Forrester n'en avait pas fini avec elle. Il se pencha par-dessus le comptoir.

— Mon fils est un homme facile à aimer – je l'aime de tout mon cœur. Si vous l'aimez aussi, et je pense que c'est le cas, vous ferez le bon choix et vous renoncerez à lui.

Egypt se tourna vers lui.

— Vous devriez partir.

— Combien ? demanda-t-il en la regardant droit dans les yeux. Combien pour que vous rompiez avec mon fils et que vous le renvoyiez au bercail ? Dites un prix, mademoiselle Cox, et je le doublerai. À en juger par l'apparence de cet endroit – il observa la salle avec un regard hautain –, cet argent vous serait bien utile.

— Vous êtes un homme horrible. Garrett sait-il que vous êtes ici ?

M. Forrester ricana.

— C'est lui qui m'envoie, parce qu'il a trop peur de faire ce qui doit être fait.

— Sortez ! ordonna-t-elle.

Elle en avait assez de sa condescendance. Cet homme était un snob qui croyait savoir ce qui était bon pour son fils mieux que son fils lui-même. Elle savait que Garrett n'aurait jamais envoyé son père ici. Comme M. Forrester ne bougeait pas, elle cria un peu plus fort :

— Sortez !

Au même moment, Quentin entra dans le restaurant et approcha rapidement.

— Tout va bien, cheffe ? demanda-t-il à Egypt.

M. Forrester se redressa de toute sa hauteur.

— Tout ira bien, intervint-il, car je sais que vous ferez le bon choix, mademoiselle Cox.

Dès qu'il fut sorti, Egypt se laissa tomber sur un tabouret.

— Mais qu'est-ce qui vient de se passer ? demanda Quentin.

Des larmes coulaient déjà sur les joues d'Egypt.

— C'était le père de Garrett.

— Qu'est-ce qu'il fabriquait ici ?

Egypt rit à travers ses larmes.

— Il pense que je ne suis pas assez bien pour son fils. Il a même essayé de m'acheter pour que je laisse Garrett tranquille. C'est à ce moment que tu es arrivé.

— L'ordure ! s'exclama Quentin, reculant un tabouret pour s'asseoir à côté d'elle. Pas étonnant que Garrett n'ait pas voulu se souvenir de sa vie. Qu'allez-vous faire ?

Pour être franche, Egypt n'en avait aucune idée. Une part d'elle voulait envoyer paître le père de Garrett. Elle vivrait avec qui elle voudrait, et personne ne l'obligerait à renoncer à l'amour. Garrett lui avait téléphoné et envoyé des tonnes de messages ces dernières vingt-quatre heures. Il souhaitait la voir, et Egypt savait qu'elle ne pouvait pas l'éviter indéfiniment. Il fallait qu'ils mettent les choses au clair.

Garrett avait décidé de voir Egypt dans un endroit neutre. Il avait choisi l'arboretum JC Raulston, car il se souvenait qu'elle avait dit vouloir visiter ce jardin réputé pour ses fleurs luxuriantes et ses plans d'eau.

Il avait souhaité lui parler la veille, mais elle était trop fatiguée. Apparemment, une influenceuse était passée au Flame, et à la suite de sa critique positive le restaurant avait fait le plein ces deux derniers soirs. Garrett savait qu'Egypt travaillait très dur, mais il voulait absolument la voir et se faire pardonner.

Elle avait finalement accepté de le voir aujourd'hui, avant l'heure de pointe au restaurant, et Garrett lui en était reconnaissant. Il avait choisi de porter un jean de créateur et une chemise blanche ample. Il avait décidé d'adopter un style plus décontracté. Pas aussi décontracté que celui de Cyrus ou de Kent, toutefois.

Ce qui lui fit penser qu'il devait avoir une discussion avec Kent. Ils avaient développé une amitié au fil des semaines, à laquelle Garrett tenait, mais Kent avait trahi sa confiance. Il faudrait du temps pour réparer les dégâts.

Garrett cessa de songer au contremaître quand il vit Egypt marcher vers lui.

Dans son pantalon cargo ample et sa chemise beige nouée sous la poitrine, elle était tout à fait ravissante. Garrett réprima l'envie de l'embrasser.

Elle lui adressa un simple signe de tête.

— Garrett.

— Tu veux t'asseoir ? suggéra-t-il en désignant un banc derrière lui.

— Je ne pense pas que ce soit nécessaire.

Garrett scruta son visage – son regard était froid et dur. Il savait qu'il avait fait du mal à Egypt en ne lui révélant pas tout de suite que sa mémoire était revenue, mais elle pourrait lui pardonner cette erreur, non ?

— Egypt, quel est le problème ?

— Ça. *Nous.*

Elle prit une grande inspiration. Quoi qu'elle ait à dire, elle était nerveuse, manifestement.

— Ça ne marchera pas.

— Qu'est-ce que tu veux dire ? questionna-t-il.

— Je veux dire que c'est fini entre nous, Garrett.

— À cause d'une seule dispute ? Si tu veux bien me laisser t'expliquer...

— Ça ne fera aucune différence.

— Je ne comprends pas.

— Ah non ? Tu sais qui tu es. Tu n'as plus de raison de jouer au fermier ou de faire comme si tu tenais à moi. Je t'ai soutenu quand tu n'avais personne, mais ta famille et ta vie d'avant t'attendent. Tu devrais aller les retrouver.

Elle voulut se détourner, mais Garrett la saisit par le bras.

— Egypt, accorde-moi juste une minute, bon sang. Pourquoi agis-tu ainsi ?

— C'est-à-dire ?

— Pourquoi cette froideur, cette indifférence ?

— Je te laisse une porte de sortie, Garrett. Tu devrais en profiter.

— Et si je ne veux pas d'une porte de sortie ? s'exclama-t-il. Le fait que ma mémoire soit revenue ne change rien. Je suis venu ici aujourd'hui parce que je veux arranger les choses entre nous. Je suis désolé de ne t'avoir rien dit. C'était une erreur, une terrible erreur, mais je ne voulais pas te faire de mal.

— Ça suffit, Garrett ! Je ne veux pas t'écouter. J'ai pris ma décision. Ça n'aurait jamais marché entre nous. Nous sommes issus de deux mondes différents. Tu vis dans un quartier chic et moi dans un quartier populaire. Tu es riche et je suis pauvre.

Il secoua la tête, mais elle poursuivit :

— À part le restaurant, je ne possède rien. Je n'ai rien à t'offrir.

— Egypt...

Il avança vers elle, mais elle recula.

— Donc, tout à coup, tu n'aimes plus mon corps ? Tu voulais bien coucher avec moi quand j'étais amnésique et que je n'avais personne, mais maintenant que j'ai une famille et que je suis riche nous ne sommes plus compatibles ? Ha ! fit-il avec un rire sec. Tout ça est absurde !

— C'est mieux ainsi, Garrett. Pour toutes les personnes concernées.

— Dis-moi, Egypt, est-ce que ça t'excitait de jouer les gardes-malade ? *Pauvre Garrett. Il n'a personne...*

— Ce n'était pas cela du tout, et tu le sais.

— Ah non ? lâcha-t-il. Tu as couché avec moi par pitié ? Ou est-ce que tu étais si désespérée après Antwan que n'importe qui aurait fait l'affaire, même un homme sans mémoire ?

Garrett sut, à la minute où les mots quittèrent ses lèvres, qu'il était allé trop loin. Egypt avait maintenant le regard embué et semblait furieuse.

— Va au diable, Garrett ! Allez en enfer, toi et ton père !

Elle tourna les talons et s'en alla d'un pas raide.

Garrett s'assit sur le banc, essayant de comprendre ce qui venait de se produire. Comment étaient-ils passés d'une dispute à une vraie rupture ? Il avait cru qu'une fois qu'il lui aurait tout expliqué, qu'il lui aurait confié ses craintes, Egypt lui pardonnerait volontiers. Au lieu de quoi, elle l'avait envoyé sur les roses.

Il pouvait comprendre qu'elle soit perturbée maintenant qu'il était Thomas Garrett Forrester et non pas Garrett Walker, mais elle ne l'avait même pas écouté jusqu'au bout. Elle était venue ici en ayant déjà pris sa décision. Pourquoi ? Et que diable avait-elle voulu dire en disant que son père et lui pouvaient aller en enfer ?

Qu'est-ce que Hugh avait à voir là-dedans ?

Garrett l'ignorait, mais il n'allait pas tarder à le savoir.

21

— Egypt, tu es sûre de toi ? demanda Wynter.

Egypt et elle étaient assises face à face, sur le canapé du salon.

Wynter n'avait pas menti en disant qu'elle sauterait dans le premier avion pour Raleigh si Egypt avait besoin d'elle. Dès qu'elle avait appris les événements de ces derniers jours, elle avait tenu sa promesse.

— Oui, tout est fini entre Garrett et moi, répondit Egypt.

— Mais c'est ce que tu veux, ou ce que son père veut ? insista Wynter. J'aurais aimé être là quand tu m'as téléphoné, nous aurions pu trouver une solution ensemble.

Egypt sirota son vin.

— Ça n'aurait rien changé. Ça n'aurait pas empêché Garrett de me cacher la vérité. Et, très probablement, son père serait tout de même venu au restaurant.

— Il t'a intimidée, Egypt, et tu l'as laissé s'en sortir impunément. Je te croyais plus forte que ça.

— Hé ! protesta Egypt en se levant du canapé. Je *suis* forte. Et tu es censée être de mon côté.

— Je suis de ton côté, voilà pourquoi je peux te rappeler à l'ordre quand je te vois commettre une terrible erreur. Asia en a fait autant, et je pensais que tu l'avais écoutée, mais apparemment non, alors je vais répéter les choses avec un peu plus de force.

Egypt se leva et se mit à faire les cent pas.

— J'ai fait ce qui était le mieux pour nous. Garrett et moi ne sommes pas du même monde.

— Et pourtant, le destin l'a mis sur ton chemin. Tu n'étais pas obligée de lui rendre visite à l'hôpital, mais quelque chose te poussait à y aller.

Egypt s'arrêta. Son amie avait raison. Chaque jour, elle avait éprouvé le besoin de rendre visite à Garrett. Et lorsqu'il avait ouvert les yeux et serré sa main, Egypt avait ressenti quelque chose de fort. C'était comme s'il l'avait marquée au fer rouge ce jour-là. Depuis, elle n'avait pas pu renoncer à lui – jusqu'à *hier*.

— Si vous le voulez tous les deux, vous pouvez faire en sorte que ça fonctionne, déclara Wynter. Malgré son amnésie et ton emploi du temps insensé, vous avez trouvé du temps l'un pour l'autre. Oui, il est riche, et ses parents ont tracé son avenir à sa place, mais ça ne signifie pas que votre relation est vouée à l'échec.

— Maintenant que j'entends tes arguments, je me sens idiote, se lamenta Egypt. Je m'étais simplement dit que, si je l'aimais suffisamment, je devais lui rendre sa liberté.

Elle baissa la tête.

— Pourquoi est-ce que je gâche tout ? D'abord je m'emporte en pensant qu'il est comme Antwan, ensuite je le repousse.

— Je ne vais pas te mentir, tu as effectivement tout gâché. Mais tu peux te rattraper.

— Et s'il ne veut pas me revoir ? Je croyais lui rendre service.

— Désolée de te le dire, Gemme, mais tu as tout faux.

Egypt rit et alla prendre son amie dans ses bras. Les Gemmes s'entraidaient toujours et montraient le bon chemin à celles qui s'étaient perdues. Le chemin d'Egypt menait à Garrett. Mais après leur dernière dispute, accepterait-il de l'écouter ? Egypt avait laissé ses doutes et ses peurs la dominer. Garrett lui accorderait-il une seconde chance ?

Garrett accusait encore le coup. Quelques jours plus tôt, Egypt avait rompu avec lui à l'arboretum. Il avait été prêt à ramper, à la supplier de lui pardonner, mais elle avait simplement dit qu'elle ne voulait plus le voir. Cela n'avait pas de sens.

Voilà pourquoi il était revenu à la ferme, où tout avait du sens. La vie était belle lorsqu'il ne savait pas qui il était. Certes, il y avait eu des obstacles, mais il avait su comment les surmonter. Et maintenant ? Il était à la dérive, tout cela parce qu'une beauté pulpeuse au teint caramel lui avait tourné le dos.

Toc. Toc. Toc.

Garrett leva les yeux. Kent était dans l'embrasure de la porte, l'air mal à l'aise.

— Ne reste pas là, entre.

Kent avança dans le bureau et désigna une chaise.

— Je peux ?

— Pourquoi cette formalité, Kent ? grommela Garrett.

— Parce que ça fait des jours que j'attends ma lettre de licenciement, répondit Kent avec véhémence, et que je n'ai toujours rien reçu. Je me demande si tu vas reprendre ton poste dans l'entreprise de ta famille et si tu vas nous laisser en plan.

— Bon sang ! lâcha Garrett en tapant du poing. Pourquoi tout le monde croit savoir qui je suis ou ce que je vais faire ?

Kent recula, l'air effrayé.

— Garrett, mais qu'est-ce qui t'arrive ?

— Si j'avais voulu vendre Walker Farms, je l'aurais déjà fait, Kent ! Tu crois sincèrement que j'aurais accompli tout ce travail éreintant pour remettre l'exploitation sur les rails, organisé l'ouverture au public et mis de l'ordre dans les comptes, si je ne voulais pas la garder ?

Son contremaître se passa la main sur le front.

— Eh bien, non, j'imagine.

— Alors fais-moi un peu confiance, pour l'amour du ciel ! Quand j'ai dit que ce lieu était l'héritage de ma famille, j'étais sérieux. Cyrus la gérait, et son père avant lui, alors je ne la laisserai pas couler sans rien faire.

Kent s'enfonça dans sa chaise.

— Merci, et merci pour le chèque que tu m'as envoyé. Tu n'as pas perdu de temps pour me rembourser.

— Tu n'as pas à me remercier. Tu dois simplement travailler pour t'assurer que nous atteindrons les objectifs que j'ai fixés, afin de faire de Walker Farms une exploitation viable.

— Alors, je ne suis pas viré ?

Garrett leva les yeux au ciel.

— D'accord, d'accord, j'ai compris, concéda Kent. Je ne suis pas mis à la porte, mais est-ce que je suis encore ton ami ?

— Sur ce point, il y a matière à discussion, répondit Garrett d'un ton sérieux.

Il n'était pas prêt à tout mettre sous le tapis. Kent ne l'avait pas ménagé, et il faudrait du temps pour réparer leur relation.

— Je comprends, dit Kent. Il va falloir que je regagne ta confiance.

— Oui, en effet.

— Et Egypt ? Où est-elle ? Je ne l'ai pas vue dans le coin.

— C'est parce qu'elle m'a quitté, dit Garrett, et il mit la tête entre ses mains. Elle m'en veut car j'ai tardé à lui dire que j'avais retrouvé la mémoire. Et quand elle a appris que j'étais riche, elle a décidé que ça ne marcherait pas entre nous.

— C'est totalement ridicule !

Garrett releva la tête.

— Tu le sais, et je le sais, mais pas elle, et je ne sais pas quoi faire.

— Le Garrett que j'ai appris à connaître et à respecter ne baisserait pas les bras. Il se battrait pour elle comme il s'est battu pour la ferme.

— Elle ne veut pas de moi, Kent.

— Cette fille t'aime. Peut-être qu'elle a eu peur en apprenant que ta mémoire était revenue. Elle pense qu'elle n'est pas assez bien pour toi, mais tu dois lui montrer qu'elle est la femme qu'il te faut.

— Tu as raison, Kent. Je vais peut-être suivre ton conseil. Merci.

Kent sourit.

— Je t'en prie. Merci à toi, Garrett. Je suis heureux que tu m'accordes une seconde chance. Je ne te décevrai pas.

Kent sortit et ferma la porte, et Garrett se retrouva seul avec ses pensées. Il n'accepterait pas sa rupture avec Egypt sans rien faire. Il devait se battre pour la reconquérir. Lui montrer qu'elle comptait énormément pour lui, peut-être même plus que sa famille. Il soupçonnait son père d'être responsable du revirement d'Egypt. Il était temps d'avoir une bonne discussion avec lui.

— Garrett ! Je savais que tu changerais d'avis, dit son père quand Garrett entra en trombe dans son bureau, situé dans le centre-ville de Raleigh.

Garrett s'était douté que Hugh serait ici, car le travail était toute sa vie. Autrefois, c'était aussi son cas, mais plus maintenant.

— Qu'as-tu dit à Egypt ? lâcha-t-il, s'épargnant les politesses d'usage.

Son père l'observa quelques instants, avant de se caler dans son fauteuil.

— Est-ce que tu vas me répondre ? insista Garrett.

— J'ai dit ce qui devait être dit. Ce que tu n'étais pas capable de dire.

— Tu peux être plus clair ?

— Je lui ai dit qu'elle n'était pas assez bien pour toi ! s'exclama-t-il. Il te faut une épouse qui épaulera le P-DG que tu es, et non une obscure cuisinière qui ne fait même pas d'efforts pour être mince.

Garrett se précipita vers lui et se pencha par-dessus le bureau. C'était la première fois qu'il voyait Hugh se recroqueviller.

— Je t'interdis de parler d'elle de cette manière.

— Elle n'est sans doute plus avec toi puisque tu es là. J'avais raison quand je lui ai dit que, si elle t'aimait, elle ferait le bon choix. Elle t'a rendu ta liberté, Garrett. Maintenant tu peux revenir chez Forrester Holdings.

Garrett retint une chose de la diatribe de son père : Egypt l'aimait. Le savoir lui donnait les armes nécessaires pour la reconquérir.

— Je ne reviens pas au bercail. Ni aujourd'hui ni jamais, je te l'ai déjà dit. J'ai bâti une nouvelle vie à la ferme, où tout ne tourne pas autour de l'argent. Et je la mènerai avec Egypt à mes côtés. Alors tu ferais mieux de t'y habituer. Sinon, tu n'auras plus de place dans mon existence.

— Hugh, qu'est-ce que tu as fait ? s'écria sa mère depuis la porte.

Garrett se dirigea vers elle.

— Tout va bien, maman. Je sais que tu n'es pour rien dans cette situation. Mais j'ai averti papa. S'il interfère dans ma vie une fois de plus, je ne le reverrai plus. Mais je ne couperai jamais les ponts avec toi. *Jamais*.

— Oh ! Garrett !

Le regard embué, Corrine noua les bras autour de sa taille, et il l'étreignit.

— Je t'aime tant, Garrett. Tu es une bénédiction que nous pensions ne jamais avoir.

— Je t'aime aussi, maman. Papa, il faut que tu changes ; sans quoi, tu me perdras.

Sur ces mots, Garrett quitta le bureau, prêt à regarder vers l'avenir.

22

— Envoyez ! cria Egypt au serveur chargé de transmettre les commandes.

Elle aimait dresser les assiettes elle-même. Elle était consciente qu'elle devrait déléguer davantage de tâches à son personnel, mais c'était plus fort qu'elle.

Depuis la critique élogieuse de Jade sur TikTok, les réservations au Flame avaient triplé. Egypt devait maintenant engager des serveurs et des serveuses, un autre cuisinier et un gérant, pour faire face à l'énorme charge de travail.

Elle n'en revenait pas du chemin parcouru en moins d'un an. Elle aimerait parler de ce succès avec quelqu'un. Plus précisément avec Garrett. Mais elle avait raté le coche. Elle reconnaissait volontiers ses torts. Hormis le fait qu'il ne lui ait pas dit tout de suite que sa mémoire était revenue, Garrett ne lui avait donné aucune raison de douter de lui.

C'étaient ses propres insécurités qui avaient mis leur relation en danger. Grâce à Wynter et à Asia, Egypt avait compris qu'elle avait eu tort de douter de lui et de prendre des décisions *à sa place*. Elle-même s'était retrouvée dans cette situation quand Antwan lui avait volé son argent, la privant de ses choix. Pourtant, elle en avait fait autant avec l'homme qu'elle aimait.

Car, oui, elle aimait Garrett, corps et âme. Et il fallait qu'il le sache. Elle comptait bien le lui dire – si le nombre de clients pouvait décroître un instant, afin qu'elle puisse reprendre son souffle. Ces derniers jours avaient été très intenses. Au moins, sa vie professionnelle était une réussite, et elle devrait s'en réjouir.

— Il me faut des beignets de tomates vertes et un jarret d'agneau sans carottes, lança le serveur.

— Compris ! répliqua Quentin car Egypt tarda à répondre. Ça va, cheffe ?

Elle hocha la tête. Son second de cuisine s'inquiétait pour elle depuis qu'il l'avait vue pleurer après la visite de M. Forrester.

— Un peu préoccupée, c'est tout.

— D'accord.

Il commença à dresser l'assiette. Depuis la vidéo de Jade, le jarret d'agneau était le plat le plus demandé de la carte.

Egypt et Quentin continuèrent à travailler côte à côte. Les commandes ne cessaient de s'enchaîner.

— Encore combien de tables ? demanda-t-elle quand Tessa vint en cuisine une heure plus tard.

— Au moins trois, cheffe. Et encore deux groupes au bar. Plus un invité spécial qui a demandé à vous voir.

— Tessa, je n'ai pas le temps pour ça.

— Il s'est montré assez insistant.

Egypt retira son tablier et alla se laver les mains.

— Très bien. Quentin, tu peux gérer seul ?

— Bien sûr, dit-il avec un sourire malicieux.

Drôle de réaction, se dit Egypt, mais elle n'y pensait déjà plus quand elle alla dans la salle pour rencontrer le client qui exigeait de la voir. Elle poussa les portes et s'arrêta net.

Garrett était au milieu de la salle, un bouquet de roses rouges et une pancarte « S'il te plaît, reprends-moi » dans les mains. Avec sa chemise noire au col ouvert et son jean foncé, il était tout à fait irrésistible.

Egypt rit et pleura en même temps. C'était elle qui devrait brandir cette pancarte, et non Garrett. Elle jeta un coup d'œil à Tessa, qui recula, un sourire aux lèvres. Lentement, Egypt avança jusqu'à Garrett. Tous les regards étaient braqués sur elle, ainsi que quelques téléphones.

— Garrett, qu'est-ce que tu fais ? demanda-t-elle, des larmes coulant sur ses joues.

— Je suis ici pour te reconquérir. Et si tu dis non, alors je reviendrai demain, et après-demain, et ainsi de suite, jusqu'à ce que tu acceptes de nous laisser une seconde chance.

— C'est tout à fait inutile.

Il parut blessé.

— Parce que tu ne crois plus à notre histoire ?

— Au contraire, dit-elle. C'est moi qui ai été stupide. Je te dois des excuses, et c'est moi qui aurais dû faire ce grand geste romantique, parce que j'ai laissé mes peurs et mes doutes se dresser entre nous.

Un grand sourire se peignit sur son beau visage, et Egypt eut envie de sauter de joie. Mais elle avait encore beaucoup à dire. *En privé.*

Elle se pencha vers lui et huma les notes familières de son parfum enivrant. Il lui avait tant manqué…

— Peut-on aller dans un endroit plus discret ? murmura-t-elle.

— Bien sûr.

Il se tourna vers les clients.

— Désolé, les amis, le spectacle est terminé. Néanmoins, c'est moi qui offre le dîner. Merci d'avoir été un public aussi formidable.

Des applaudissements retentirent de toutes parts.

— Garrett, tu n'es pas obligé de faire ça !

Il haussa les épaules et l'emmena vers le fond du bâtiment.

— C'est déjà fait.

Elle le laissa la conduire jusqu'à son bureau. Quentin et quelques autres employés les observaient par les hublots des portes battantes. Ils étaient tous dans le coup ! Quoi d'étonnant ? Garrett savait charmer les gens, elle était bien placée pour le savoir.

Lorsqu'ils furent dans son bureau, Garrett voulut l'attirer contre lui mais, bien qu'elle brûle de goûter ses lèvres, elle le repoussa. Elle devait d'abord mettre les choses au clair.

— J'allais venir te voir, mais tu m'as devancée, ce qui m'a montré une fois de plus que j'avais tort de douter de toi.

— J'aurais dû te prévenir que j'avais retrouvé la mémoire.

— C'est vrai, mais j'ai aussi réagi de manière excessive. Pendant très longtemps, j'ai choisi de n'avoir que des liaisons sans attaches, parce que j'avais peur de souffrir à nouveau. Antwan m'a brisé le cœur, mais il m'a aussi fait douter de moi-même et de mes capacités de discernement. Avec lui, je me sentais faible et inférieure. Je me suis promis d'être plus forte et de ne plus jamais dépendre d'un homme.

— Je comprends, Egypt, et je ne veux pas que tu perdes ta combativité. C'est l'une des choses que j'adore chez toi.

— Est-ce la seule ? demanda-t-elle en souriant.

— Non, il y en a plusieurs, en réalité.

Il tendit le bras vers elle, mais Egypt posa une main sur ses pectoraux fermes pour l'empêcher d'approcher.

Son cerveau s'embruma, et son cœur tressauta. Chaque fois qu'elle était près de Garrett, son corps agissait indépendamment de sa raison. Malgré tout, elle parvint à se reprendre.

— J'en suis heureuse et, bien que ton regard torride me trouble beaucoup, je n'ai pas encore fini.

— D'accord, dit-il, s'asseyant sur un coin du bureau. Je suis tout ouïe.

— Bien, dit-elle, plantant les mains sur ses hanches. Garrett, je te dois des excuses. Et je veux que tu entendes ma vérité.

— Continue.

— Des excuses parce que je ne t'ai pas fait suffisamment confiance, et que je n'ai pas eu assez foi en nous. J'ai laissé ton père m'embrouiller l'esprit et, plutôt que de te parler de mes peurs et de mes complexes, c'est lui que j'ai écouté. Et j'ai essayé de te dire comment mener ta vie. Je t'ai privé de la possibilité de choisir, comme ton père l'a toujours fait avec toi. Et je suis désolée, car je ne veux surtout pas être comme lui.

— Je ne t'en veux pas.

— Ma vérité, la voilà : j'ai éprouvé de l'attirance pour toi dès notre première rencontre. En venant te voir jour après jour à l'hôpital, je me suis attachée à toi. J'ai développé des sentiments pour toi pendant que tu étais dans le coma.

Garrett fit la moue.

— Tu as développé des sentiments ? Comme on développe une maladie ? Tu es sûre que c'est une bonne chose ?

Le rire qu'elle émit était un son merveilleux, mais les mots qu'elle prononça ensuite dépassèrent tous ses espoirs et toutes ses attentes.

— La vérité, c'est que je suis amoureuse de toi, Garrett Forrester. Depuis le jour où tu as ouvert les yeux à l'hôpital.

Une larme coula sur sa joue, qu'elle essuya du revers de la main.

— Et depuis, chaque jour, je t'ai aimé un peu plus. J'aime ta gentillesse, ta douceur, ta loyauté, ton dévouement envers la ferme et envers l'héritage de ton grand-père, mais surtout j'aime la façon dont tu me traites. Tu m'as montré à quoi cela ressemble d'être aimée par un homme honnête.

Se levant et avançant vers elle, il lui caressa la joue.

— Je suis sans voix, parce que tu as volé mes répliques.

Il essuya une autre larme sur son visage.

— J'étais prêt à jouer la carte de l'indignation et à t'avoir à l'usure, pour que tu acceptes de redevenir ma petite amie.

Elle sourit.

— Tu n'aurais pas eu à faire beaucoup d'efforts.

Garrett saisit sa main et y déposa un baiser.

— À mon réveil, voir ton sourire a été une bénédiction.

Elle voulut répondre, mais il posa son index contre ses lèvres.

— J'aurais pu me passer de la case coma, mais, ce que je

veux dire, c'est que, malgré cela, ces mois à tes côtés ont été les meilleurs de ma vie. Ils m'ont ouvert les yeux. J'ai pris conscience qu'auparavant je menais une existence solitaire et malheureuse. Tu m'as fait comprendre que le travail n'était pas tout et que je devais profiter de la vie.

Il plongea le regard dans le sien.

— Je t'aime, Egypt, mais, comme je n'avais pas de cadre de référence, je n'ai pas identifié mes sentiments tout de suite. Je peux les cerner à présent, parce que tu m'as montré comment aimer. Il ne s'agit pas seulement de recevoir, mais aussi de se donner complètement, sans crainte. C'est pour cela que je suis ici aujourd'hui. Pour te dire que je suis tout à toi. Si tu veux bien de moi ?

— Si je veux bien de toi ?

Elle lui sauta au cou, et ils tombèrent sur le canapé, Egypt se retrouvant sur ses genoux.

— Garrett, je t'aime, dit-elle, prenant son visage en coupe. Et je t'aimerai pour le restant de mes jours.

Elle lui donna un baiser, mais Garrett ne tarda pas à prendre le contrôle de leur étreinte. Il lui entrouvrit les lèvres et mêla sa langue à la sienne. Embrasser Egypt n'était pas seulement une chance, c'était aussi magique.

Elle s'agita sur ses genoux, frottant son postérieur rebondi contre son sexe dur.

— Pas ici, dit-il d'une voix rauque. Je veux te faire l'amour correctement.

— Mais le restaurant...

Il l'interrompit en l'embrassant à nouveau. Lorsqu'ils reprirent leur respiration, tous deux étaient pantelants.

— Je suppose que Quentin peut me remplacer pour un soir.

Garrett sourit.

— Oui, il le peut. J'ai déjà vu ça avec lui.

Sur ces mots, il porta l'élue de son cœur dans ses bras et l'emmena vers la sortie, en traversant la salle du restaurant sous les acclamations des clients, afin de rejoindre une limousine garée le long du trottoir. Le chauffeur leur ouvrit la portière.

— Une *limousine* ? s'étonna Egypt quand Garrett l'aida à monter dans le véhicule. Ce n'est pas un peu exagéré ?

— Rien n'est trop beau pour ma reine, dit Garrett quand le chauffeur eut refermé la portière. Tu sais que je suis riche, non ?

— Je pensais que ton argent était celui de tes parents.

— Non, je possède ma propre fortune, que j'ai créée seul.

— C'est noté.

Elle appuya sur une touche pour lever la vitre de séparation. Puis elle se mit à déboutonner sa blouse de cheffe.

— Chérie, je pensais que nous allions attendre...

— Je ne peux pas attendre, murmura-t-elle, laissant tomber sa veste sur le plancher de la voiture.

Elle ôta ses autres vêtements, jusqu'à ce qu'elle soit entièrement nue. Un sourire espiègle aux lèvres, elle s'agenouilla, descendit la fermeture Eclair de son jean et libéra son sexe déjà en érection.

Après avoir pris un préservatif dans le portefeuille de Garrett, elle se mit à califourchon sur lui et descendit sur son sexe dressé. Garrett fut emporté dans un tourbillon de sensations. Cette femme nue, sensuelle et passionnée était toute à *lui*. Un instant plus tard, elle noua les mains autour de son cou et se mit à le chevaucher exactement comme il le souhaitait.

Là, à l'arrière de la limousine, ils grimpèrent jusqu'au sommet du plaisir, ensemble. Garrett eut le sentiment d'avoir enfin trouvé sa place.

Après cela, ils se blottirent l'un contre l'autre. Garrett lui murmura des mots qu'il n'avait jamais dits à une autre femme.

— Je t'aime.

Egypt lui répéta ces mots chéris.

— Je t'aime aussi.

Épilogue

[illegible]

Installée [illegible] Égypte [illegible] ne vous [illegible]

Elle [illegible] Kalegi [illegible] se retrouver [illegible]

[illegible]

poursuivait ses efforts.

Quant à Égypt, elle n'avait pas à se plaindre. Le [illegible] était [illegible]

[illegible] besoin [illegible]

[illegible]

Épilogue

Installée sur la banquette d'une limousine, Egypt était nerveuse. Elle se rendait à la roseraie de Raleigh, où elle devait retrouver Garrett. Le message qu'il lui avait laissé était mystérieux – il lui avait demandé de porter une tenue élégante. Elle avait opté pour une robe rouge rayée à une épaule, fendue sur le côté, des escarpins dorés à bouts pointus et une pochette assortie. Ses cheveux noirs étaient lissés et recouvraient ses épaules.

Que pouvait bien mijoter Garrett ?

Durant les premiers mois de leur relation, il avait été entouré de mystère, mais désormais il savait qui il était. En peu de temps, il avait procédé à de grands changements dans sa vie. Il s'était installé de manière permanente dans la maison de son grand-père et avait commencé à rénover la ferme. Walker Farms approvisionnait plusieurs restaurants de Raleigh, et le chiffre d'affaires était bien meilleur. Quant aux relations de Garrett avec son père et avec Kent, elles étaient encore tendues, mais Garrett poursuivait ses efforts.

Quant à Egypt, elle n'avait pas à se plaindre. Le Flame était aussi prospère que jamais. Les clients étaient toujours aussi nombreux depuis la visite de Jade, la célèbre influenceuse. En conséquence, Egypt avait engagé le gérant dont elle avait tant besoin, ce qui lui permettait de se concentrer sur sa cuisine et de concocter les meilleurs plats possibles.

Quand ils ne travaillaient pas, Egypt et Garrett passaient tout leur temps libre ensemble, si bien que Garrett lui avait demandé de s'installer à la ferme, ce qu'elle avait volontiers accepté. Leur relation progressait vite, ce qui lui convenait tout à fait. Egypt avait enfin trouvé l'homme de ses rêves.

Lorsque la limousine parvint à destination, Egypt n'attendit pas que le chauffeur lui ouvre la portière pour descendre. Elle se dirigea vers le jardin, empruntant un chemin éclairé, jusqu'à ce qu'elle aperçoive Garrett, qui se tenait à côté d'une table éclairée par des chandelles. Il était éblouissant dans son costume anthracite et sa cravate assortie. Il lui tendit les bras, et Egypt marcha vers lui avec enthousiasme. Lorsqu'il la serra contre lui, elle s'abandonna à son étreinte.

Il lui donna un baiser brûlant, qui la fit vibrer.

Quand il releva la tête et lui sourit, elle demanda :

— Que me vaut cet honneur ?

— C'est l'anniversaire de nos quatre mois.

— Je ne te savais pas si romantique, plaisanta-t-elle.

— Dans ce cas, la suite va te surprendre.

Il recula d'un pas et se mit sur un genou.

Le cœur d'Egypt se mit à battre frénétiquement. *Bon sang !* Était-ce vraiment en train d'arriver ?

— Je sais que ça peut sembler un peu précoce mais, quand on est sûr de soi, pourquoi attendre ? Je sais, depuis que je suis sorti du coma et que j'ai posé les yeux sur toi, que tu es faite pour moi. Je ne veux pas passer un jour de plus sans toi, Egypt. Je veux passer le reste de ma vie à tes côtés.

Il sortit de sa poche un écrin de velours noir qu'il ouvrit, révélant une bague surmontée d'un diamant ovale encerclé par de petits diamants ronds.

— Veux-tu m'épouser ?

Des larmes aveuglèrent Egypt et coulèrent sur ses joues. Elle hocha la tête.

— C'est un oui ?

— Oui, oui, oui !

Elle se jeta à son cou et l'étreignit avec passion. Puis Garrett glissa le diamant à son annulaire.

— Tu te souviens, quand j'ai prédit que nous serions plus que des amants temporaires ?

Elle ne put s'empêcher de rire.

— Oui, je m'en souviens. Et tu avais raison. Tu es bien plus qu'un amant temporaire. Tu es l'amour de ma vie.

Plus tard, après avoir dégusté un merveilleux dîner sous les étoiles en compagnie de Garrett, Egypt organisa un appel vidéo avec les Gemmes, à l'arrière de la limousine. Elle était impatiente de leur annoncer la nouvelle. Quand leurs visages souriants apparurent sur l'écran, elle brandit sa main gauche.

— Je suis fiancée ! lança-t-elle.

— Oh ! mon Dieu !

Les acclamations et les cris de joie fusèrent, mais Egypt remarqua qu'Asia avait gardé le silence. On aurait dit qu'elle avait pleuré.

— Asia, trésor. Tout va bien ? s'enquit-elle.

Asia secoua la tête.

— Quoi qu'il se passe, tu peux te confier à nous, dit Egypt.

— Je ne peux pas ! C'est ton moment.

— Asia, nous sommes toutes là pour te soutenir. Parle-nous, dirent ses amies en chœur.

— Je suis enceinte ! lâcha-t-elle.

Egypt fut stupéfiée par l'annonce d'Asia. Plaquant la main sur le micro du téléphone, elle se tourna vers Garrett.

— Je vais devoir prendre l'avion pour Denver.

— Je serai là à ton retour, assura-t-il.

— Promis ?

— Promis. Je serai là, pour toujours.

Et il scella son serment par un baiser.

JOANNE ROCK

La flamme retrouvée

Traduction française de
TATIANA ANDONOVSKI

PASSIONS

HARLEQUIN

Titre original :
HER TEXAS RENEGADE

Ce titre a déjà été publié en 2021.

Prologue

Miranda Dupree se préparait mentalement à faire face à ses ex-beaux-enfants à l'occasion de la lecture du testament de leur père, Buckley Blackwood. Sachant qu'ils la détestaient depuis le jour où elle était devenue leur belle-mère, elle ne se faisait pas d'illusions sur l'ambiance qui régnerait à ce rendez-vous.

Ce ne serait pas une partie de plaisir, et l'appréhension qu'elle éprouvait était à son comble.

Elle avait pris l'avion de New York, son lieu de résidence, pour se rendre à Royal, au Texas, à cause des desiderata de son ex-mari, Buckley, un Texan riche et puissant. Connaissant la teneur du testament, la seule idée d'imaginer la réaction de ses ex-beaux-enfants la rendait malade, mais elle comprenait le rôle que Buckley lui demandait de jouer, et pour rien au monde elle ne se soustrairait à ses obligations.

Kace LeBlanc, l'avocat de Buckley, avec qui elle était devenue amie, lui avait bien dit qu'elle n'était pas obligée d'être présente. Toutefois elle préférait être là en personne, même si cela signifiait s'exposer au courroux des héritiers.

L'heure de la réunion approchait.

Pour se faire à l'idée de ce qui l'attendait, elle imagina qu'elle était sur le point de se retrouver… face à un peloton d'exécution !

Elle n'était pas revenue à Blackwood Hollow, le ranch de la famille Blackwood, depuis trois ans, et elle tentait de reprendre ses marques.

Beaucoup de choses avaient changé depuis son départ de Royal, après son divorce. Seule une chose était restée intacte : l'animosité que lui vouaient ses ex-beaux-enfants. Et ils ne manqueraient pas de la détester plus encore lorsqu'ils apprendraient la teneur du testament laissé par leur père. La première version, du moins.

Elle se trouvait en ce moment avec Kace dans la pièce qui lui servait de bureau pendant son mariage avec Buckley, et n'en menait pas large.

— Miranda, tu es sûre de tenir le coup ?

— Buckley savait qu'il pouvait compter sur moi, et j'assumerai ma mission jusqu'au bout, répondit-elle, aussi bien pour rassurer Kace que pour se rassurer elle-même.

— Comme tu voudras.

— J'aurais aimé qu'il n'y ait pas autant de cachotteries, mais il est trop tard pour faire machine arrière.

La stratégie de Buckley était pour le moins peu conventionnelle, mais il n'avait pas pensé à mal en dictant les termes de son testament. Il avait même fait de très bonnes actions. Comment lui en vouloir d'avoir voulu ajouter un peu de piment pour bousculer les choses, même après sa mort ?

Il avait toujours été imprévisible et, même dans sa tombe, il réservait une sacrée surprise à ses héritiers.

— Tu as raison, reconnut Kace. Tu sais, je lui ai demandé de faire la paix avec ses enfants avant de mourir, mais il a soutenu que c'était la seule façon pour lui de régler ses comptes avec eux et il n'a pas voulu en démordre. Tu sais comme c'était difficile de lui faire entendre raison.

— On pourrait même dire impossible.

Tant bien que mal, elle se préparait au rôle qu'elle devrait jouer jusqu'à ce que le véritable testament de Buckley soit enfin dévoilé.

Elle n'avait pas été en contact avec la famille Blackwood depuis qu'elle avait quitté Royal, après son divorce, et personne n'avait pris de ses nouvelles. Ce qui était logique, car dès le départ les enfants de Buckley avaient mis leur venin en commun et ne lui avaient jamais pardonné d'avoir épousé leur père.

Étonnamment, leur haine ne s'était jamais estompée, même quand elle avait divorcé de Buckley et quitté le ranch sans rien emporter avec elle, hormis ce avec quoi elle était venue.

En effet, elle avait toujours tenu à son indépendance et avait insisté pour que cela soit écrit noir sur blanc dans leur contrat de mariage afin de ne pas être accusée d'avoir épousé Buckley pour son argent.

— Cela ne va pas être évident pour toi. Tu te sens prête ?

— Je ferai de mon mieux pour honorer les vœux de Buckley, mais tu sais comme moi qu'il risque d'y avoir une émeute dans ton cabinet, quand tu annonceras la teneur du testament.

— Oui, j'en suis conscient. En tout cas, sache que tu as mon soutien inconditionnel. Je sais que Buckley croyait en toi. Il savait que tu serais à la hauteur de ce défi.

Elle acquiesça en silence.

C'était un sentiment réconfortant, mais elle aurait aimé que les enfants de Buckley n'aient pas à subir cette épreuve.

Ils allaient d'abord avoir la lecture d'un faux testament qui lui léguait tout, à elle. Et elle n'avait pas le droit de leur dire qu'un jour tout leur reviendrait.

En effet, que ce soit le ranch, la banque ou les autres biens de Buckley, rien ne lui reviendrait, hormis une somme très généreuse que Buckley avait donnée à l'œuvre de charité qu'elle avait créée et qui venait en aide aux jeunes femmes traversant un moment difficile dans leur vie. Cette somme était une façon de la remercier d'accepter le défi qu'il lui avait lancé.

D'un côté, elle était flattée qu'il ait à ce point confiance en elle, mais, de l'autre, elle n'aimait pas l'idée qu'il ait eu envie de faire des cachotteries à ses enfants, d'autant qu'elle serait en première ligne de leurs tirs groupés.

Toutefois, elle saurait surmonter l'épreuve qui n'allait pas tarder à se présenter à elle. En mémoire de Buckley. Ce dernier n'avait pas été le meilleur des maris, mais il l'avait toujours soutenue dans ses efforts professionnels et ils s'étaient séparés en bons termes.

C'était en partie grâce à lui si, aujourd'hui, elle volait de ses propres ailes. Sans son soutien moral et financier, elle n'aurait jamais pu créer son premier centre de remise en forme, Goddess. Son projet avait rapidement remporté un grand succès, et elle avait par la suite créé une chaîne du même nom.

En plus de sa chaîne de centres de remise en forme et de sa fondation caritative, elle était l'une des vedettes d'une émission de téléréalité, *La Vie secrète des ex-épouses de NYC*. Le jour où elle avait décidé de se rendre à Royal, et ce, pour une durée indéterminée, elle avait prévenu son producteur, Nigel Townshend, qu'elle ne pourrait pas être à New York pendant une partie de la nouvelle saison de l'émission.

Quelques jours plus tard, Nigel l'avait recontactée en lui annonçant qu'il avait décidé que l'émission se poursuivrait à Royal pour le restant de la saison.

Ce changement de plan l'inquiétait un peu, car elle craignait que l'arrivée de l'équipe de télévision à Royal attise la colère de ses ex-beaux-enfants.

Mais un problème à la fois.

Aujourd'hui, elle allait se concentrer sur la lecture du testament et gérer au mieux l'animosité qui en découlerait quand les enfants de Buckley apprendraient que leur père lui avait légué toute sa fortune.

1

Cinq mois plus tard

Miranda avait espéré que le brunch d'aujourd'hui consisterait en une réunion à huis clos partagée avec ses amies et covedettes de *La Vie secrète des ex-épouses de NYC*. Seulement Nigel Townshend, le producteur de l'émission, en avait décidé autrement, jugeant qu'il était nécessaire, pour varier un peu le contenu de l'émission, de filmer des moments plus intimes de leur quotidien.

Jusqu'à présent, depuis les débuts du tournage dans la ville texane de Royal, l'équipe avait avant tout été conviée à des événements publics, placés sous le signe du strass et des paillettes. En plus de quelques scènes de drame et d'hystérie, il y avait également eu des fêtes de fiançailles.

Il y avait de l'amour dans l'air, à Royal.

L'ex-beau-fils de Miranda, Kellan Blackwood, l'aîné de la tribu, s'était marié à Irina, et ils attendaient un heureux événement. La sœur de Kellan, Sophie, avait épousé Nigel Townshend quelques semaines auparavant. Leur frère, Vaughn, venait de se fiancer, ainsi que deux covedettes de l'émission.

Quant à Darius Taylor-Pratt, le fils illégitime de Buckley, il n'avait pas perdu de temps pour filer le parfait amour après son apparition à Royal et son incorporation à la famille Blackwood. Le hasard faisant bien les choses, il avait retrouvé son ancien flirt du lycée, Audra, et ils étaient aussitôt retombés dans les bras l'un de l'autre.

Donc tout le monde ne parlait que de mariage, surtout Lulu Shepard, la meilleure amie de Miranda dans l'émission, qui ne pensait qu'à l'organisation de ses noces imminentes avec Kace LeBlanc, l'avocat de Buckley.

— Alors, Lulu, as-tu enfin trouvé le lieu de tes rêves pour ton mariage ? s'enquit Miranda alors qu'elles étaient attablées face à la piscine de la maison d'amis du Blackwood Hollow, sous la tonnelle, à l'abri du soleil.

Depuis qu'elle était rentrée à Royal cinq mois auparavant pour la lecture du testament de Buckley, elle avait pris ses quartiers dans la maison d'amis.

Après le choc du premier testament, et depuis que Kace LeBlanc avait annoncé aux trois enfants de Buckley qu'ils étaient en réalité les véritables héritiers de leur père, la mission de Miranda s'était révélée beaucoup plus simple.

Les enfants avaient fini par enterrer la hache de guerre, et elle avait pu mener à bien les diverses passations de pouvoir, et ce, dans un environnement serein et chaleureux.

Elle avait été surprise et touchée quand Kellan lui avait proposé de s'installer dans la maison d'amis du ranch familial, qui appartenait dorénavant officiellement à Kellan et à sa femme Irina, le temps qu'elle termine ce qu'elle avait à faire à Royal. Mais le bien le plus précieux dont elle avait hérité depuis la lecture du vrai testament, c'était d'avoir pu créer un lien avec ses ex-beaux-enfants, chose qui avait été impossible durant son mariage avec Buckley.

Jour après jour, elle appréciait de pouvoir approfondir ce lien. Même s'il y avait un peu trop de fiançailles et de mariages à son goût. En effet, elle qui n'avait jamais eu l'âme d'une grande romantique, elle éprouvait parfois des petits pincements d'envie en voyant les gens autour d'elle tomber amoureux et se marier.

Lulu la ramena dans la conversation.

— Ohé ! Miranda, on t'a perdue ? s'enquit son amie.

— Lulu, tu dois absolument te marier à New York ! s'exclama Rafaela Marchesi, l'une des covedettes, faisant rebondir sa masse de cheveux d'un côté, toujours soucieuse de montrer son meilleur profil à la caméra.

Cinq fois divorcée, en quête de son sixième mari, Rafaela aimait semer la zizanie et jouer les divas.

Henry, le cameraman, s'attarda sur elle tandis que Sam, l'autre cameraman, tournait sa caméra vers Lulu pour avoir sa réaction.

— Non. Figurez-vous que j'ai une annonce à vous faire. Nous allons nous marier à Royal, répondit Lulu, levant son verre de champagne en direction de Rafaela, et montrant au passage l'énorme diamant de sa bague de fiançailles.

— Quelle bonne nouvelle ! s'exclama Miranda, désireuse de mettre fin au plus tôt à cette conversation qui risquait vite de s'envenimer, surtout avec le tempérament de feu de Rafaela.

Les téléspectateurs étaient certes friands de ce genre d'échanges féminins virulents, mais Miranda voulait éviter que les préparatifs de mariage de Lulu donnent lieu à des scènes dignes d'un marché à la criée.

— Et on peut savoir pourquoi tu trouves que c'est une bonne nouvelle ? lui demanda Rafaela.

— Oui. C'est ici qu'ils se sont rencontrés, donc je trouve que c'est symbolique que nos deux tourtereaux décident d'organiser leurs noces à Royal.

Miranda avait beau être divorcée et mener sa vie comme une célibataire endurcie, elle avait néanmoins un faible pour les belles histoires d'amour, comme celle de Lulu et de Kace.

L'amour n'avait pas été au rendez-vous de son mariage avec Buckley et, même si elle voyait cela comme l'un des plus grands échecs de sa vie, elle avait réussi à en prendre son parti.

D'autant que ces derniers temps son esprit était essentiellement occupé à penser à l'homme qui avait été maître de son cœur avant sa rencontre avec Buckley…

Kai Maddox, un expert en cybersécurité à qui elle venait de faire appel pour qu'il aide la banque Blackwood à revoir ses mesures d'encryptage numérique et son système de sécurité des données.

Après avoir passé des années à tenter de l'oublier, elle avait été effarée de constater qu'en l'espace d'une semaine Kai avait pris le devant de la scène dans sa vie, occupant une place disproportionnée dans ses pensées. Nuit et jour.

Évidemment, le fait qu'ils aient échangé un baiser torride lors de leurs retrouvailles n'arrangeait rien à la situation.

L'entrevue avait rapidement tourné au vinaigre, et Kai avait refusé son offre de partenariat avec la banque.

Dans la mesure où elle n'en était pas à son premier refus, elle avait décidé de ravaler sa fierté et de réitérer sa demande sous de meilleurs auspices et en gardant ses distances, cette fois.

Kai était l'homme de la situation. Bien qu'ayant un passé assez trouble dans le piratage informatique, il n'en restait pas moins l'expert numéro un dans son domaine. De plus, la compagnie qu'il avait créée, Madtec, était une entreprise locale, implantée à Deer Springs, la ville où il avait grandi et qui se situait non loin de Royal.

Zooey Kostas, la plus jeune des covedettes de l'émission, âgée tout juste de trente ans, la tira de ses rêveries.

— Portons un toast à Lulu, notre future mariée du Texas !

— À Lulu ! renchérit Seraphina « Fee » Martinez, qui s'était récemment fiancée à un cow-boy du Texas.

Les cinq femmes assises autour de la table levèrent aussitôt leur verre en l'honneur de Lulu.

Miranda savoura sa gorgée de champagne tandis que Rafaela levait les yeux au ciel.

— Zooey, ma chérie, comment peux-tu te réjouir que Lulu se marie au Texas ? demanda cette dernière. Pourquoi s'évertuer à gâcher notre potentiel en essayant de dégoter des cow-boys dans l'État de l'Étoile solitaire alors que l'on pourrait choisir qui on veut à Manhattan parmi les milliardaires de Wall Street ?

Miranda s'adossa à son siège, agacée par l'attitude de Rafaela mais ne souhaitant pas mettre de l'huile sur le feu.

Découragée, elle se demanda si sa vie se résumait uniquement à échanger des piques avec ses amies en sirotant du champagne.

Lulu semblait prête à se lancer dans une kyrielle de représailles quand Zooey les prit par surprise en éclatant de rire.

— Gâcher notre potentiel ? Avoue plutôt que tu es jalouse de ne pas avoir réussi à trouver l'homme de ta vie au Texas, comme Lulu et Fee, déclara-t-elle, avant de se lever.

— Tu pars ? lui demanda Lulu, étonnée.

— Oui. Cette conversation m'a coupé l'appétit.

Miranda se tourna vers Lulu, aussi étonnée qu'elle de ce départ théâtral qui ne ressemblait guère à Zooey.

— Quelle pimbêche ! lança Rafaela, moqueuse.

Après cette scène pimentée, Lulu relança la conversation sur les lieux potentiels où elle aimerait organiser son mariage.

Miranda, quant à elle, réfléchit à son objectif de la journée.

L'équipe de production avait sans aucun doute filmé assez de contenu pour l'épisode de cette semaine. De plus, comme il y avait eu quelques passages croustillants dont les téléspectateurs raffolaient, elle espérait pouvoir disparaître pour l'après-midi.

Elle avait besoin de rencontrer Kai de toute urgence afin de le convaincre d'accepter de prendre la banque Blackwood comme client, même si l'idée d'une autre entrevue avec l'ancien amour de sa vie la mettait dans tous ses états.

Elle regrettait le moment de faiblesse qui l'avait poussée à se laisser aller à l'embrasser dès leur première entrevue.

Seulement Kai était le seul homme sur terre capable de lui faire tourner la tête en moins de temps qu'il n'en fallait pour le dire !

Maintenant que Vaughn était l'héritier officiel de la banque, il était temps de lui passer le relais. Avant cela, elle devait trouver quelqu'un qui pourrait vérifier les irrégularités qu'elle avait remarquées en passant les comptes en revue.

Buckley n'était plus là pour vérifier ce qu'elle faisait, mais, pour avoir la conscience tranquille, elle ne pouvait passer les rênes qu'une fois s'être assurée que tout était en ordre. Elle commençait tout juste à avoir une bonne relation avec les enfants de Buckley et ne voulait pas tout risquer en commettant un faux pas ou en omettant de régler un problème.

Persuadée que Madtec était la compagnie idéale, elle avait décidé de tenter une nouvelle approche, quitte à ce que son ex-petit ami beau comme un dieu la rejette une seconde fois alors qu'elle lui demandait son aide.

Il avait pris congé de manière très abrupte, la dernière fois qu'elle avait tenté de lui parler de son projet, juste après le baiser qu'ils avaient échangé et dont le souvenir l'enflammait chaque fois qu'elle y repensait.

Cette fois, elle allait se rendre au siège de Madtec.

La situation était compliquée, et elle ignorait si Kai accepterait qu'elle passe seulement les portes de son bureau.

Si elle y arrivait et qu'il lui laissait le temps de lui parler, elle était résolue à lui faire une offre qu'il ne pourrait refuser.

Kai Maddox traversa la terrasse construite sur le toit du nouveau siège de Madtec qui offrait une superbe vue sur la ville de Deer Springs. Une fois au niveau des vitres qui servaient de cloisons de sécurité sur le pourtour du toit, il inspecta le parking et le panorama alentour. Il venait de conclure un rendez-vous assez intense et avait besoin de se dégourdir un peu les jambes.

En ce moment, les températures commençaient à monter en journée, mais aujourd'hui une brise légère venue de l'ouest parvenait à rafraîchir l'air ambiant. Bientôt, il ferait trop chaud pour recevoir des clients sur la terrasse, mais Kai comptait profiter de cette oasis autant que son travail le lui permettait, conscient des bienfaits de l'air pur et de la verdure sur l'esprit.

Grâce à une discipline de fer, il avait appris à faire de son équilibre physique et mental une priorité. Après avoir passé son adolescence collé à son écran d'ordinateur et consacré chaque minute de sa vie à développer ses compétences en tant que codeur et développeur – en s'adonnant occasionnellement au piratage informatique —, il avait eu besoin de changer de mode de vie. Aujourd'hui, il avait trouvé son équilibre.

Son passé de hackeur le hantait parfois et lui causait quelques soucis professionnels, mais le piratage faisait partie de l'apprentissage du métier, car le seul moyen de concevoir le meilleur encryptage numérique possible était de réussir à pirater les encryptages numériques des autres.

Madtec avait pris ses quartiers à Deer Springs au début du mois de janvier, dès que le bâtiment high-tech avait été terminé. Doté de cinq étages et d'une terrasse sur le toit, cet emplacement offrait à Kai et à son frère, Dane, plus de place qu'il ne leur en fallait pour le moment. L'immobilier à Deer Springs étant encore abordable, ils en avaient profité pour prendre leurs aises. De plus, ils comptaient vite développer leur activité et accepter de nouveaux clients.

En parlant de nouveaux clients, il avait ignoré l'appel de Miranda Dupree qui l'avait contacté en vue d'une collaboration.

Il n'avait aucune envie de collaborer avec une femme qui l'avait laissé tomber dès l'instant où un homme plus riche que lui était apparu dans sa ligne de mire.

Son assistant personnel le tira de ses rêveries.

— Vous avez encore besoin de moi, Kai ?

Amad avait commencé récemment chez Madtec et il s'avérait être quelqu'un de très fiable, de très organisé et désireux d'être à la hauteur de chacune des situations qui lui étaient présentées.

— Non, merci, ça ira, Amad. Je dois voir Dane un peu plus tard, mais j'aimerais d'abord prendre le temps de passer en revue les tests sur la pénétration des données.

Kai et son frère avaient mis au point un nouveau logiciel de protection anti-fraude, qui était prêt à être commercialisé. Kai avait néanmoins demandé à l'un de leurs amis et fidèles collaborateurs de faire un dernier test pour s'assurer de n'avoir omis aucune faille.

— Entendu, alors je vous laisse, dit Amad en remettant les dossiers dans un classeur en cuir.

Alors que son assistant s'apprêtait à rentrer dans le bâtiment, son téléphone sonna.

Quelques secondes plus tard, Amad se tourna vers lui.

— Kai, la réception me dit que quelqu'un demande à vous voir.

— Qui ça ?

— Miranda Dupree. Elle n'était pas prévue au planning.

Kai jura en silence.

Miranda avait fait irruption dans sa vie la semaine dernière, après dix ans d'absence, et ils avaient rapidement perdu le contrôle de la situation. Il ignorait encore comment il en était arrivé à l'embrasser. Tout ce qu'il savait, c'est qu'il ne voulait pas retomber dans ses filets. Il lui en voulait encore de l'avoir quitté, dix ans auparavant, et il n'était pas question pour lui de renouer des liens avec elle. Même professionnels.

Il aurait préféré l'ignorer pour toujours, mais ce n'était pas forcément la solution la plus judicieuse.

Jusqu'à présent, il avait ignoré scrupuleusement tous ses appels. Maintenant qu'elle se présentait à la réception du siège de sa compagnie, s'il la renvoyait, elle saurait à quel point il lui en voulait encore, et cela pourrait aussi avoir un effet néfaste sur l'image de Madtec.

Après tout, c'était une femme d'affaires renommée, donc il se devait au moins de la recevoir pour un entretien placé sous le signe de la courtoisie, même s'il avait bien l'intention de refuser ce qu'elle était venue lui proposer. Le moyen le plus rapide d'en finir était donc de lui accorder cet entretien.

— Je vais la recevoir, dit-il. Dites-lui de monter dans mon bureau. Dans cinq minutes.

— Entendu, répondit Amad avant de quitter la terrasse.

Quelques instants plus tard, Kai retourna à l'intérieur à son tour et se rendit dans son bureau.

Avec Dane, ils avaient partagé le dernier étage du bâtiment en deux bureaux présidentiels séparés par une salle de réunion.

De leurs bureaux, ils avaient une vue imprenable sur la ville, et par temps clair Kai pouvait apercevoir le toit de l'humble logement où il avait grandi.

Deer Springs avait pour lui son lot de souvenirs malheureux et heureux, mais à présent c'était la ville de l'espoir et de l'avenir. Madtec était une entreprise modèle. Dane et lui avaient créé des centaines d'emplois pour la communauté, et cela lui avait procuré énormément de satisfaction.

Bien plus qu'il n'allait en retirer de son entrevue avec Miranda.

Le temps qu'il arrive dans son bureau par une entrée privée, Amad arrivait avec Miranda.

En la voyant, toutes ses bonnes résolutions disparurent.

Sa chevelure rousse flottait sur ses épaules en une masse sauvage, et une mèche tombait légèrement sur son visage. Elle était vêtue d'un tailleur noir très près du corps qui mettait en valeur sa silhouette, même si ce n'était pas du même effet que la robe rouge sans bretelles qu'elle portait lors de leur dernière entrevue.

Cette robe l'avait torturé nuit après nuit, lui offrant les fantasmes les plus fous.

Sa posture reflétait sa pratique régulière du yoga, qu'elle avait découvert à l'adolescence. Elle avait la chance d'être dotée d'un corps de danseuse étoile, avec des membres fins et élancés, et des courbes féminines alléchantes, si bien que sa silhouette avait toujours fait baver plus d'un homme.

Y compris lui.

Il s'efforça de croiser son regard bleu océan où il s'était maintes fois perdu.

— Bonjour, Kai. Merci de me recevoir à la dernière minute,

dit-elle en offrant un sourire chaleureux à Amad qui quittait la pièce.

— Tu ne m'as pas vraiment laissé le choix. Je t'en prie, assieds-toi.

Elle choisit de rester debout, comme lui. Même avec ses talons aiguilles, elle restait moins grande que lui, mais il émanait d'elle une force qui lui donnait une certaine autorité, sans compter que son sex-appeal jouait en sa faveur.

Du point de vue professionnel, Miranda avait réussi à asseoir sa réputation de femme d'affaires. Cela ne le surprenait pas ; il avait toujours été très admiratif de son ambition et de son énergie. Même si elle avait sans aucun doute bénéficié du soutien financier de Buckley Blackwood, cela n'enlevait rien à sa réussite. Cependant, il ne pouvait s'empêcher de comparer son expérience à celle de son frère et lui. Avant de réussir à monter Madtec, ils avaient dû lutter pour trouver des investisseurs. Rien ne leur était tombé du ciel.

Grâce à son mari, Miranda avait non seulement bénéficié de la fortune des Blackwood, mais elle avait aussi eu accès à un monde privilégié, celui des gens riches et connus.

Kai, lui, quand il sortait avec elle, n'avait pu lui offrir que des dînettes dans son appartement et des virées à moto quand il avait le temps de s'échapper de ses projets informatiques rarement bien rémunérés.

— Tu aurais pu m'ignorer, comme tu as ignoré mes appels, dit-elle, inspectant son bureau. Joli espace.

— Merci.

Il avait volontairement opté pour un ensemble aéré aux lignes épurées, afin de pouvoir y travailler en toute sérénité. Les murs étaient gris pierre, et des vitres sur toute la longueur amenaient une source de clarté qui venait s'ajouter aux puits de lumière du plafond. Sa table de travail était constituée d'une structure métallique légère et d'un plateau en verre. Sobre et fonctionnel.

Il fut touché que Miranda apprécie son bureau. D'ailleurs, s'il poussait la réflexion plus loin, il se demandait ce qu'elle pensait de lui. Dix ans auparavant, quand elle l'avait quitté, il évoluait encore dans un monde de piratage informatique, avec peu de moyens, agissant parfois à la limite de la légalité. Aujourd'hui, il avait réussi.

De six ans son aînée, Miranda s'était montrée bien plus ambitieuse que lui, ce qui n'avait fait que renforcer l'admiration qu'il avait pour elle. De plus, la façon dont elle avait de jouer de sa sensualité pour arriver à ses fins l'avait toujours impressionné et surtout… irrésistiblement attiré.

Seulement elle l'avait quitté dès que Buckley Blackwood lui avait proposé sa fortune sur un plateau.

C'est pourquoi il n'était pas près de lui redonner une chance, même s'il ne pouvait nier l'effet qu'elle avait sur lui.

— Deer Springs est une petite ville, reprit-il. Loin de moi l'idée d'alimenter les rumeurs en passant pour le goujat qui aurait refusé de recevoir Miranda Dupree, une célébrité locale.

Elle éclata de rire.

— Tu oublies que, techniquement, je suis de Sauder Falls, lui fit-elle remarquer.

C'était une ville-satellite qui jouxtait Deer Springs et qui n'avait jamais eu bonne réputation. D'ailleurs, la presse disait toujours que Miranda venait de Deer Springs.

Ils s'étaient rencontrés quand elle travaillait comme serveuse à mi-temps, tout en essayant de lancer un cours de yoga et en animant des séances de fitness dans une salle de sport à Royal. Déjà à l'époque, elle avait cette soif d'agir, de réussir, d'aller plus loin.

— Toujours est-il que tu es très connue, par ici.

Elle s'était rapprochée de lui, et il pouvait à présent sentir son parfum qui lui évoquait des fleurs à la tombée de la nuit…

Plus vite il en aurait terminé avec elle, mieux il se porterait. Cette fois, il n'y aurait pas de baiser surprise.

— Je peux savoir quel bon vent t'amène ? s'enquit-il. Si mes souvenirs sont bons, je crois t'avoir dit clairement que travailler pour toi ne m'intéressait pas.

Inutile d'y aller par quatre chemins ou de lui faire croire qu'il pourrait un jour lui pardonner sa trahison.

— Comme tu le sais, je suis encore à la tête de la banque Blackwood, répondit-elle. En qualité de directrice intérimaire, j'aimerais mettre à jour le système de sécurité avant de passer les rênes au futur directeur, Vaughn Blackwood. Donc techniquement, il ne s'agirait pas de travailler pour moi mais pour Vaughn.

Il la regarda un instant, surpris.

Au départ, il avait cru qu'elle le contactait pour sa chaîne de centres de remise en forme, Goddess.

Une banque, c'était une tout autre histoire. Qui plus est la banque Blackwood.

L'encryptage d'un établissement financier était un processus extrêmement complexe, et il aurait facilement pu se laisser tenter par le projet s'il ne lui avait pas été présenté par Miranda.

— Tu as dit que tu étais directrice intérimaire, donc cela signifie que nous devrions être en liaison pour ce projet. Or je refuse catégoriquement de travailler pour toi, décréta-t-il, croisant les bras tout en la toisant.

Puis il attendit.

Elle ne baissa pas les yeux. Son pouls semblait battre frénétiquement dans son cou gracile, attirant son regard et lui donnant envie de l'embrasser à cet endroit précis.

Il était prêt à parier qu'il pourrait la faire chavirer en un clin d'œil… Non. Mieux valait ne pas tenter l'expérience de peur de vouloir aller plus loin.

— Tu ne travaillerais pas pour moi mais pour la banque. J'ai amené un contrat, dit-elle, sortant une enveloppe kraft de son sac.

— C'est non.

— Non ? Kai, c'est une offre en or. La banque a besoin d'un système de protection des données, et c'est votre spécialité. De plus, vous êtes locaux, ce qui…

— Nous sommes très occupés.

Il préférait se montrer abrupt plutôt que de risquer de perdre la tête en passant plus de temps avec elle.

— Je vais quand même laisser le contrat ici en espérant que tu le liras et que tu y réfléchiras, dit-elle. Peut-être que Dane sera d'un autre avis.

Si Dane apprenait qu'il avait refusé la banque Blackwood, il serait furieux.

— Merci d'avoir pensé à nous, mais c'est non, répliqua-t-il sur un ton un peu plus formel qu'il ne l'aurait voulu.

— Je pourrais nommer une personne qui serait responsable de gérer la situation avec Madtec. Tu n'aurais plus à me revoir, après l'acceptation du contrat.

L'offre était alléchante, et Miranda l'était encore plus... Seulement il ne supportait pas de sentir qu'il n'était pas maître de ses réactions en sa présence.

— C'est non, Miranda.

Elle croisa les bras et le scruta d'un regard perçant, comme si elle arrivait à lire dans ses pensées.

— Je peux savoir pourquoi tu refuses aussi catégoriquement ? demanda-t-elle.

— Je n'ai rien à ajouter.

— Moi, je crois savoir. Tu ne veux pas travailler avec moi de peur de céder à la tentation, décréta-t-elle avant de tourner les talons et de sortir de son bureau avec la même assurance qu'à son arrivée.

Il ne reprit sa respiration que lorsqu'elle eut disparu de son champ de vision et il se dirigea vers les baies vitrées, furieux.

Il enrageait de sentir qu'elle avait raison.

Jamais aucune femme n'avait eu autant d'effet sur lui.

Jamais aucune femme ne l'avait autant blessé.

Miranda était furieuse.

Elle s'en voulait d'avoir perdu son temps en venant jusqu'à

Deer Springs pour entendre Kai Maddox rejeter son offre sans même prendre la peine de regarder les termes du contrat qu'elle lui avait apporté !

De plus, elle ne supportait pas le fait qu'il ait le pouvoir de lui enflammer les sens au point de raviver la flamme qui avait jadis brûlé entre eux.

Depuis toujours, elle perdait la tête dès qu'elle était en sa présence, et ses mécanismes de défense se mettaient aussitôt à l'arrêt, la laissant seule se dépêtrer avec le flot d'émotions et de désir qui l'assaillait.

Pour redescendre à la réception, elle choisit de prendre l'escalier. Dès qu'elle le pouvait, elle évitait les ascenseurs. Descendre ou monter des marches était un bon moyen de muscler les fessiers, d'ajouter des pas sur son Fitbit, et en cas de frustration ultime c'était aussi le moyen idéal de faire baisser la tension et la colère qui l'animaient.

La cage d'escalier de Madtec semblait conçue pour le bien-être des employés. Il y avait des expressions de motivation peintes sur les murs, et les marches étaient assez larges pour que plusieurs personnes puissent se croiser. Il y avait même un couloir délimité pour ceux qui voulaient monter ou descendre l'escalier à vive allure.

Elle croisa une jeune femme qui montait et qui s'arrêta aussitôt en la voyant.

— Mademoiselle Dupree ? J'adore votre émission ! C'est vrai que vous allez bientôt quitter Royal ? C'était vraiment sympa de voir une émission tournée dans la région.

Malgré sa contrariété, Miranda lui sourit chaleureusement, connaissant l'importance d'avoir une relation positive avec les téléspectateurs qui prenaient du temps pour regarder l'émission.

— En principe, nous allons rester à Royal pendant encore quelques semaines, mais la saison prochaine nous retournerons à New York, expliqua-t-elle.

— Vous allez vraiment nous manquer, dit la jeune femme en sortant un stylo et un morceau de papier de son sac.

— Oh ! c'est gentil.

— En plus, vous avez grandi ici, donc c'est plus symbolique. Je peux avoir un autographe ?

— Bien sûr.

— Merci. Ma mère n'en reviendra pas quand je lui dirai !

Miranda signa au dos d'un reçu de supermarché, puis elle poursuivit son chemin.

La phrase de la jeune femme lui fit penser à sa mère, Virginia. Elle ne lui avait pas rendu visite, depuis son retour au Texas. Elle n'en avait pas eu le courage. Leur relation était tellement compliquée que chaque entrevue se terminait en crise de nerfs.

Elle se souvenait de la fois où sa mère l'avait harcelée pour avoir un rôle à ses côtés dans *La Vie secrète des ex-épouses de NYC*. Sa mère lui en avait terriblement voulu de ne pas avoir cédé à son caprice.

Mais ce n'était rien comparé à la fois où Miranda l'avait appelée pour lui annoncer qu'elle se séparait de Buckley. Sa mère l'avait traitée de tous les noms d'oiseau. Heureusement qu'elle n'avait pas été en face d'elle, sinon des objets auraient sûrement volé dans les airs ! Oh non. Virginia « Ginny » Dupree n'avait rien d'une mère tendre et attentionnée.

On inspire par le nez et on expire par la bouche.

Le yoga avait été son compagnon de route depuis l'adolescence. Une pratique quotidienne lui avait permis d'équilibrer sa vie. Il ne s'agissait pas seulement de rester en bonne santé, encore fallait-il réussir à garder un esprit sain.

Le temps qu'elle arrive au rez-de-chaussée, elle avait oublié sa mère et n'était presque plus énervée contre Kai.

De plus, observant le décor design et zen autour d'elle, elle ne pouvait qu'admirer les efforts mis en œuvre pour offrir un environnement de travail agréable et sain aux employés : des affiches vintage, des fauteuils confortables, des touches de couleur, une cafétéria lumineuse, et des espaces verts qui permettaient aux employés de travailler dehors s'ils le souhaitaient

Kai Maddox avait beau être un ancien pirate informatique qui avait plus d'une fois dépassé les limites de la légalité, on ne pouvait que saluer son sens communautaire et le succès de son projet.

De plus, il s'était montré très généreux envers sa ville natale. Non seulement il avait choisi d'y construire le siège de son entreprise, mais il avait aussi fait des dons à diverses associations caritatives. Il avait aussi personnellement veillé à la construction d'une maison des jeunes non loin du restaurant où elle travaillait en tant que serveuse, là où ils s'étaient rencontrés...

Poussant la porte de Madtec alors que le soleil brillait encore en cette fin d'après-midi, elle décida de tirer un trait sur Kai Maddox. Du moins pour aujourd'hui.

D'après son évaluation à distance, son corps athlétique semblait encore plus ferme et musclé que dix ans auparavant. Ses yeux verts étaient toujours inquisiteurs, et sa balafre sur la joue, héritée d'une de ses frasques à moto, lui conférait ce petit côté mystérieux d'homme qui avait vécu. Même caché par son costume italien taillé sur mesure, elle se souvenait de chaque parcelle de son corps fabuleux...

Stop !

Pas question de passer une seconde supplémentaire à penser à ce voyou devenu homme d'affaires. Il avait visiblement tourné la page, et elle se devait d'en faire autant.

Kai avait refusé de l'aider ? Tant pis pour lui ! Elle trouverait quelqu'un d'autre pour la mise à jour de la sécurité numérique de la banque Blackwood !

C'était quand même rageant de penser qu'elle s'était trompée en espérant qu'il accepterait l'offre alléchante qu'elle était venue lui faire.

Il l'avait ni plus ni moins congédiée. Et sans même lui demander d'autographe !

2

Le lendemain après-midi, Dane entra comme un ouragan dans le bureau de Kai. Dans une main, il tenait une tasse de café ; dans l'autre, des papiers qu'il ne tarda pas à jeter sur la table en verre.

— J'ai trouvé ça sur le bureau d'Amad, dit-il.

En voyant le logo de la banque Blackwood, Kai sut aussitôt de quoi son frère était venu lui parler.

— C'était pour la déchiqueteuse.

— Tu as perdu la tête ?

Décidant qu'il ne pourrait pas se remettre à travailler avant d'avoir réglé ce problème, Kai ferma son ordinateur et se leva pour aller à la rencontre de Dane.

Son frère avait beau être son cadet de deux ans, il était aussi doué que lui au niveau technologique. De plus, il avait un sens des affaires beaucoup plus développé que le sien.

Kai était fier de lui, même s'il avait un don tout à fait exceptionnel pour l'énerver, parfois.

— Tu t'attends vraiment à ce que je réponde à la question ou tu as déjà une idée de la réponse ? s'enquit-il.

— Ni l'un ni l'autre. Tu as un problème, et je suis là pour t'en parler.

— Ah oui ? Alors je t'écoute.

— Tu es vraiment obstiné au point de ne pas reconnaître que ce contrat est une véritable aubaine ou tu as brusquement sombré dans la bêtise ?

— Madtec est en pleine expansion. Je ne vois pas l'intérêt de nous affilier à des gens qui…

Comment formuler les réserves qu'il avait à l'encontre de Miranda ? Comment expliquer à Dane ce qu'il éprouvait pour elle ?

— Des gens qui quoi ? demanda son frère, comme il ne terminait pas sa phrase. Des gens qui te proposent un contrat en or ?

— Nous n'avons pas besoin de ces gens, marmonna-t-il, à court d'arguments.

— Ce n'est pas un contrat avec *des gens*. Bon sang, Kai, c'est un contrat de partenariat avec l'une des dix plus grosses banques privées du pays !

Kai le savait parfaitement, seulement l'idée de voir Miranda plus souvent lui nouait la gorge.

Sa beauté mise à part, elle avait eu un effet diabolique sur son cœur.

Et pas seulement.

À l'époque de leur relation, l'ascendant qu'elle avait sur lui avait eu un effet néfaste sur un projet qu'il était en train de développer avec son frère.

Trop occupé à la courtiser, il avait laissé Dane prendre les rênes du projet, et ce dernier, sans la surveillance de son aîné, avait dérapé. Au final, ils avaient été accusés de piratage, et Dane avait fait de la prison. Kai ne se pardonnerait jamais son erreur. En tant que frère aîné, il avait failli à ses devoirs.

Alors fréquenter de nouveau Miranda, même professionnellement, même temporairement, non. Il ne prendrait pas ce risque.

— Dane, quand nous avons lancé notre entreprise, nous nous sommes mis d'accord sur un principe : accepter des projets parce qu'on les trouvait intéressants et non pas nécessairement parce qu'ils étaient lucratifs, donc…

— Je t'arrête tout de suite. Quand nous avons développé notre business plan, nous nous sommes mis d'accord sur ce principe : collaborer avec des entreprises qui partageaient nos valeurs. Je ne vois pas pourquoi on refuserait ce contrat en or avec un établissement financier réputé. C'est parce que tu as des comptes à régler avec la personne qui nous l'a proposé, c'est ça ?

— Je ne vois pas ce que tu veux dire.

— Menteur. Tu vois très bien ce que je veux dire.

Kai décida de ne pas rebondir sur ce sujet, choisissant de changer son angle d'approche.

— Et toi, tu voudrais que l'on accepte ce projet à tout prix, même si l'on a atteint notre capacité maximum et que l'on doit consacrer toute notre énergie à la commercialisation de notre logiciel de sécurité ?

— Kai, ta mauvaise foi est pitoyable. On a atteint notre capacité maximale parce que nous n'avons pas pourvu tous les postes que nous pourrions créer. On a précisément construit ce siège pour s'agrandir, alors si on acceptait le contrat de la banque Blackwood, cela nous permettrait justement d'embaucher.

Kai laissa échapper un soupir de frustration.

Son frère avait raison sur toute la ligne. Ce qui l'énervait au plus haut point.

Mais ce qui l'énervait davantage, c'était le fait que depuis que Miranda avait quitté son bureau, la veille, il n'avait pas cessé de penser à elle...

— Kai, au fond de toi, malgré toutes tes réticences, tu es parfaitement conscient que ce contrat avec la banque Blackwood serait un moyen pour Madtec d'obtenir la reconnaissance que nous cherchons depuis nos débuts. Si on réussissait à remplir le contrat, tous les P-DG du pays seraient prêts à faire confiance à deux anciens pirates informatiques reconvertis. Je me trompe ?

Comment nier l'évidence ? Et comment refuser à son frère l'occasion d'asseoir sa réputation et de gommer les dernières traces de son séjour en prison ?

— Non, marmonna-t-il. Tu as raison.

— Donc tu veux bien signer ?

Pour toute réponse, ne voyant pas d'autre choix, Kai prit un stylo et signa ce fichu contrat. Il le porterait lui-même à Miranda.

Peut-être qu'avec un peu de recul et de philosophie il trouverait un moyen de faire la paix avec elle. Tout au moins pour la durée du contrat.

Plus vite ils en auraient fini avec cette mission, plus vite il pourrait clore le chapitre « Miranda Dupree » et le mettre derrière lui une bonne fois pour toutes.

Miranda tenait une lettre de Buckley Blackwood dans ses mains. C'était la troisième et dernière lettre que son ex-mari lui avait écrite et fait remettre après sa mort. La première lui avait expliqué les véritables intentions de son faux testament, qui n'était pas le testament final, et le rôle qu'elle devait jouer.

La deuxième lui avait donné des instructions pour retrouver la trace de son fils illégitime, Darius, et le mettre en contact avec le reste de la famille.

Cette troisième missive comportait son dernier souhait.

Chère Miranda,

Merci d'avoir accepté de mener à bien ces missions délicates et d'avoir accompli à ma place ce que je n'avais pas réussi à faire de mon vivant. J'espère que cette dernière requête sera un peu plus facile que les autres. J'aimerais que tu organises un bal de charité dont les recettes seraient reversées à l'Organisation nationale pour le cancer. Mes enfants ont perdu leur mère à cause d'un cancer et, même si je n'ai pas été un mari à la hauteur pour Donna-Leigh, j'aimerais offrir ce bal en son honneur. Je sais que tu feras ça bien. Après cette dernière faveur, tu pourras retourner à ta vie à New York et je pourrai reposer en paix.

Bien à toi,

Buck

Miranda reposa la lettre sur le secrétaire de la deuxième chambre de la maison d'amis qui lui servait de bureau temporaire.

Elle prit quelques instants pour réfléchir aux implications de la lettre que Kace LeBlanc était venu lui apporter le matin même, lui assurant qu'il s'agissait là de la dernière missive de Buckley.

Cela avait été pour elle une bonne et une mauvaise nouvelle. Elle avait été soulagée d'apprendre que Buckley ne lui réservait plus de surprises, mais triste aussi de devoir bientôt quitter Royal, et surtout de vivre éloignée des enfants de son ex-mari. Elle avait parfois l'impression que le lien entre eux, même encore récent, était plus solide et sincère que celui entre sa mère et elle.

Son regard se posa sur une photo de mariage de Sophie, la cadette. On la voyait entourée de Kellan, Vaughn et Darius, leur demi-frère. Buckley aurait été fier de les voir tous les quatre enfin réunis.

Elle sourit, émue. Elle était contente d'avoir participé à leur rapprochement. Buckley n'avait pas été un très bon père de son vivant, mais il avait assuré l'avenir de ses enfants.

Pour sa part, elle avait perdu son père à l'âge de trois ans, donc elle n'avait pas de souvenirs de lui. Au début, sa mère avait pris deux emplois pour arriver à joindre les deux bouts, puis elle avait abandonné son devoir de mère quelques années plus tard, laissant leur logis à l'abandon.

Miranda se souvenait des coupures d'électricité, des vêtements récupérés à l'Armée du salut et des repas pas toujours réguliers et pas du tout équilibrés. Le peu d'argent que sa mère avait, elle le dépensait en pilules de substitution auxquelles elle était rapidement devenue accro.

Sa mère ne l'avait jamais frappée ; elle lançait juste des objets quand elle se mettait en colère et elle pouvait se montrer très cruelle verbalement. Si bien qu'en grandissant Miranda avait appris à prendre ses distances et à mettre des barrières pour ne pas souffrir de la cruauté maternelle.

Quand elle voyait la relation très étroite entre les enfants de Buckley, l'amour qu'ils se vouaient, elle ne pouvait réprimer un sentiment d'envie.

Parfois, elle se demandait si ce n'était pas justement le manque d'amour dans sa vie qui l'avait jetée dans les bras de Kai. Leur relation lui avait fait découvrir un nouveau monde. C'était tellement bon de sentir que son cœur se réchauffait à son contact et qu'elle comptait à ses yeux...

Leur relation avait été passionnelle.

Puis, progressivement, Kai avait commencé à prendre ses distances. Et Buckley était arrivé.

Étant donné l'attitude de Kai aujourd'hui, il lui en voulait sûrement encore de l'avoir quitté. Elle aurait pourtant juré qu'il s'était éloigné d'elle le premier.

Buckley Blackwood était certes plus riche que Kai, beaucoup plus riche même, mais d'une certaine façon elle s'était dit que les sentiments qu'elle éprouvait pour cet homme, bien plus âgé qu'elle, étaient finalement plus raisonnables et donc plus gérables.

Avec le recul, elle se rendait compte que ce qu'elle avait éprouvé pour Buckley n'était pas vraiment de l'amour. En revanche, avec Kai, c'était différent...

La preuve : elle ne l'avait pas vu depuis dix ans, et il occupait à présent la plupart de ses pensées, faisant remonter à la surface des émotions qu'elle pensait avoir enfouies il y a très longtemps. Impossible de nier l'attirance qu'elle éprouvait toujours pour lui. Impossible de nier l'effet qu'il avait sur elle.

La nuit passée, elle avait rêvé qu'il la caressait de ses mains brûlantes en lui jurant un amour éternel. Elle s'était réveillée en sursaut, le cœur battant la chamade, l'esprit confus. Surtout, elle avait été terriblement déçue de découvrir qu'elle était seule dans son lit.

Finalement, le souhait de Buckley arrivait à point nommé. L'organisation de cet événement caritatif lui occuperait l'esprit, et elle aurait l'impression de se rendre utile.

Elle referma l'écran de son ordinateur et alla passer sa tenue de yoga. Avec son esprit dans un tel état d'ébullition, elle devait d'abord se calmer avant d'envisager de se remettre au travail.

Quelques instants plus tard, allongée sur le ventre, dans la posture du cobra, elle se cambra et étira les épaules en arrière pour bien ressentir les bienfaits de sa séance de yoga.

Elle inspira profondément et lentement tout en étant pleinement consciente du travail qu'accomplissait chaque muscle de son corps.

Pour pouvoir s'adonner à sa pratique quotidienne, elle s'était aménagé une salle de yoga dans le jardin d'hiver attenant à la maison d'amis du Blackwood Hollow.

Au calme, seule, elle pouvait se concentrer sur ses postures préférées, ou du moins celles qui lui faisaient le plus de bien, même si aujourd'hui elle avait tout particulièrement du mal à libérer son esprit... de Kai.

Continuant ses étirements, elle tourna la tête de chaque côté tout en se forçant à chasser les images de l'homme qui la mettait dans tous ses états.

L'arrivée d'un véhicule dans l'allée attira son attention.

Apparemment, elle avait de la visite. Fin de sa séance de yoga ! songea-t-elle en se relevant pour aller jeter un coup d'œil par la fenêtre.

C'était une voiture de sport gris métallisé qu'elle reconnut aussitôt.

Kai sortit de sa Jaguar. Vêtu d'un jean clair, d'une veste de costume bleue et d'une chemise pâle, il avait l'air plus décontracté que la veille. Plus séduisant aussi, hélas.

Aussitôt son corps fut parcouru de frissons tout à fait agréables.

Elle dut se rappeler que ses fantasmes de la nuit n'avaient été qu'un rêve et que Kai n'était certainement pas venu pour la prendre dans ses bras et l'embrasser fougueusement, compte tenu de son attitude distante et limite hautaine de la veille.

Comme il était trop tard pour qu'elle se change et mette une tenue plus affriolante, elle enfila une paire de sandales et sortit à la rencontre de Kai.

— Bonjour, Miranda, dit-il, la transperçant de son regard vert émeraude.

— Bonjour, Kai, répondit-elle, le cœur battant à toute allure.

— J'espère que je ne te dérange pas.

— Je suis surtout très étonnée de te voir.

S'il était venu pour lui dire qu'il avait changé d'avis à propos du contrat, elle ne pouvait pas refuser de le recevoir, mais pas question de lui faciliter la tâche.

Elle avait dû ravaler sa fierté durant leur entretien infructueux, et elle comptait bien lui rendre la pareille.

— Quand j'ai quitté le siège de Madtec, j'aurais juré que tu ne voulais plus jamais me voir de ta vie, fit-elle remarquer.

— Justement, je tenais à m'excuser de mon comportement. J'ai apporté quelque chose pour me faire pardonner, dit-il, prenant une boîte blanche dans sa voiture, qu'il lui tendit.

Elle reconnut aussitôt le logo du restaurant de Deer Springs où elle avait été serveuse.

Un flot de souvenirs l'envahit...

C'est là qu'ils s'étaient rencontrés, là qu'ils avaient passé de longs moments à refaire le monde, confortablement collés l'un à l'autre dans leur alcôve préférée. Ils y avaient aussi partagé de nombreux petits déjeuners après de longues nuits passées à faire l'amour.

Elle sut ce qu'elle trouverait à l'intérieur avant même d'ouvrir la boîte.

— Une part de tarte au citron meringuée, une part de gâteau pommes-caramel, dit-elle en regardant à l'intérieur, l'odeur délicieuse de leurs desserts préférés attisant sa mélancolie.

Elle aurait aimé ne pas éprouver autant de sentiments en présence de cet homme. Non pas parce que ce n'était pas agréable mais parce que cela rendait tout tellement plus compliqué.

Son premier réflexe fut de lui rendre les gâteaux et de lui demander de partir, pour ne plus être happée par ce tourbillon d'émotions.

Mais elle se ravisa.

Elle avait besoin de lui pour une mission professionnelle et, s'il était venu pour lui en parler, elle devait l'écouter. Elle devait être capable de mettre ses sentiments personnels de côté.

— Tu veux entrer les manger avec moi ? lui proposa-t-elle.

Croisant son regard, elle se rendit compte à quel point ils étaient proches. Assez proches pour toucher sa barbe naissante si elle tendait le bras. Assez proches pour être troublée par la fragrance musquée de son parfum.

Instinctivement, elle recula d'un pas.

— Oui, merci, avec plaisir, répondit-il. Nous pourrons fêter notre collaboration future puisque j'ai apporté le contrat signé.

Décidément, elle allait de surprise en surprise !

— Ah bon ? C'est un sacré revirement de situation et, surtout, une excellente nouvelle.

Pour la banque Blackwood, bien sûr.

Pour elle ? L'idée de travailler avec lui était à la fois tentante et angoissante.

— Alors ravi d'être porteur d'une bonne nouvelle.

— J'avoue que je suis curieuse de savoir ce qui t'a fait changer d'avis puisque pas plus tard qu'hier tu semblais catégoriquement opposé à l'idée. Suis-moi, dit-elle, en rentrant dans la maison.

— J'ai décidé de faire la part des choses entre ma vie personnelle et ma vie professionnelle.

— Je vois, murmura-t-elle, tournant légèrement la tête pour le regarder, sans pour autant s'arrêter.

Il semblait sincère, même si les deux fois où ils s'étaient revus la tension sexuelle entre eux avait atteint des sommets sans précédent.

Comptait-il ignorer ce détail ?

Elle fut contente de retrouver l'espace frais de la maison.

Le plancher sombre de la pièce contrastait avec les murs blancs, et les meubles en bois donnaient une élégance rustique chaleureuse. Ils entrèrent dans le salon où le sol était couvert de tapis orientaux. Des canapés en cuir ornaient l'espace central, et la lumière naturelle apportait une touche de calme non négligeable.

— J'avais peur que tu ne veuilles pas me recevoir, dit-il.

— J'avoue que j'ai été échaudée par ton attitude, la dernière fois que l'on s'est vus. Je ne peux pas dire que je m'attendais à ce que tu m'accueilles à bras ouverts après la façon dont nous nous sommes séparés il y a dix ans mais…

— Oublions tout ça, l'interrompit-il, alors qu'ils venaient d'arriver dans la cuisine.

— Oui, je crois que, si l'on veut pouvoir travailler ensemble, cela vaut mieux.

S'ils voulaient avoir une chance d'établir un lien professionnel sain et équilibré, ils devaient tirer un trait sur leur relation passée afin qu'elle ne vienne pas entacher leur jugement.

Elle posa les gâteaux sur le plateau de l'îlot central et sortit deux assiettes en porcelaine et des couverts en argent.

— Je me suis vraiment comporté comme un goujat hier et je m'en excuse, dit Kai. D'autant que tu étais venue discuter d'un projet qui représente une excellente occasion pour Madtec.

— C'est Dane qui t'a convaincu de changer d'avis ?

Avant de répondre, il sortit de la poche intérieure de sa veste le contrat plié en quatre.

— Disons que nous en avons parlé et qu'il m'a fait comprendre que ce serait idiot de refuser, répondit-il. Il était furieux que je n'aie pas encore signé. Nous avons hâte de nous mettre à l'ouvrage.

Miranda prit deux bouteilles d'eau pétillante dans le réfrigérateur et les posa sur un plateau en bambou, à côté des assiettes et des couverts.

Alors qu'elle s'apprêtait à soulever le plateau, Kai s'empressa de le prendre, l'effleurant au passage.

Ce léger contact provoqua en elle une étincelle d'une force inouïe.

On inspire profondément, on expire doucement.

— Nous allons aller sous la treille, dit-elle dans un souffle, espérant qu'il ne remarquerait pas son trouble.

— Montre-moi le chemin, je te suis.

Kai posa le plateau sur la table en fer forgé et lui tira une chaise couverte d'un coussin, l'invitant à s'asseoir.

— Merci, dit-elle. J'espère que, même si ton frère t'a forcé la main, tu n'as pas accepté de mauvaise grâce.

Il s'assit à côté d'elle.

— Pas du tout. Mon frère et moi avons toujours eu un dialogue très ouvert. Je sais jouer au frère aîné quand il le faut, et il sait imposer sa volonté quand la situation le requiert. Surtout que dans ce cas Dane a eu raison de suivre son instinct. Le logiciel que nous avons développé est taillé pour une plate-forme financière complexe comme la banque Blackwood.

Miranda ouvrit les bouteilles d'eau tandis que Kai s'occupait de distribuer les parts des gâteaux qu'il avait pris soin de couper en deux.

C'étaient des gestes simples, qu'ils avaient répétés maintes fois par le passé, mais aujourd'hui ils prenaient un autre sens et réveillaient en elle des souvenirs enfouis depuis longtemps.

Étouffant le flot d'émotions qui montait en elle, elle prit un petit moment pour recouvrer ses esprits.

— J'ai suivi l'ascension de Madtec avec intérêt, tu sais. Je me suis dit que vous correspondiez au profil que je recherchais. Sinon je ne t'aurais pas contacté.

— J'en suis conscient. Et je te remercie infiniment de ta confiance.

Ils levèrent leur bouteille d'eau et trinquèrent.

— À la réussite de notre partenariat ! dit Kai en la scrutant intensément.

Elle ne baissa pas les yeux, même si son regard empli de confusion attisait les doutes qui l'assaillaient.

Malgré leur aventure passée et quels que soient les souvenirs qui ne manqueraient pas de la submerger, elle trouverait un moyen de collaborer sereinement avec Kai Maddox, pour le bien de la banque Blackwood.

— À notre nouveau départ ! lança-t-elle, curieuse de savoir ce que l'avenir leur réservait.

3

Kai n'arrivait pas à ôter son regard des lèvres pulpeuses de Miranda, qui semblaient toujours prêtes pour un baiser. Plus il tentait de ne pas y penser et plus son esprit le bombardait d'images où il en prenait possession goulûment.

Jamais il n'avait vu une femme avec une bouche aussi sexy. Jamais il n'avait eu autant envie d'embrasser une femme.

Se retrouver assis face à Miranda dans un ranch qui avait jadis appartenu à son rival lui semblait complètement surréaliste. Mais il était venu à Royal avec des intentions professionnelles, espérant faire la paix avec Miranda afin qu'ils puissent envisager de collaborer amicalement.

Il n'en revenait pas de l'avoir surprise en tenue de yoga, sans maquillage, délicieusement sensuelle, au naturel.

Sans le vouloir, il était instantanément retombé sous son charme.

Et cette sensation l'avait transporté dix ans en arrière !

En cet instant, il aurait donné n'importe quoi pour emporter cette créature de rêve sur sa moto, serrée contre lui, comme il l'avait fait des dizaines de fois par le passé.

Par certains côtés, il retrouvait la Miranda qu'il avait connue, avant sa carrière à succès. Cependant, il devait se rendre à l'évidence : ils avaient changé, tous les deux, et ils n'étaient plus les mêmes personnes.

— Et si nous commencions à parler du planning ? demanda-t-il, désireux de poser rapidement les bases de leur nouvelle relation qui ne serait que professionnelle. D'après le contrat, les délais sont serrés. On peut savoir pourquoi ?

Miranda acquiesça en silence alors que des mèches de cheveux lui balayaient le visage.

— Parce que j'ai de bonnes raisons de croire que la sécurité numérique est obsolète, répondit-elle. La plupart des domaines d'activité de la banque ont été bien gérés depuis la mort de Buckley, mais le directeur de la sécurité des données internes m'a fait part de ses inquiétudes. D'après lui, il y a des défaillances dans le système.

— En effet, la compagnie que la banque Blackwood utilisait avant nous a eu quelques incidents, ces deux dernières années, donc je pense qu'ils n'ont pas réussi à se mettre à jour.

— Je vois que tu as potassé la question avant de venir.

— C'est mon boulot. Nos services nécessitent des mises à jour continuelles et agressives pour rester dans la course d'un environnement en constante évolution.

— Je me disais que Dane et toi étiez l'exemple d'une belle réussite, surtout pour...

Elle se tut et piqua sa fourchette dans un morceau de tarte au citron.

— Surtout pour d'anciens pirates informatiques comme nous ? termina-t-il pour elle. Impossible d'être à la pointe de la cybercriminalité sans avoir étudié tous les paramètres. Des deux côtés.

— Je comprends. Mais je me souviens aussi de l'épisode avec Dane. J'imagine que ça a dû être dur quand il a été poursuivi en justice.

Kai serra les dents. Lui qui voulait tirer un trait sur les sujets qui fâchent...

Il était avec Miranda quand Dane avait été mis en accusation, mais elle était en train de célébrer ses fiançailles avec Buckley Blackwood quand Dane avait été arrêté. Il lui en avait terriblement voulu, même si c'était lui qui était responsable de son frère depuis la mort de leur père. Il avait dix-sept ans, Dane quinze. Leur mère avait quitté le navire, épuisée d'avoir dû s'occuper de leur père pendant de longues années.

— Je m'en suis surtout voulu de ne pas lui avoir accordé plus d'attention durant les mois qui ont précédé son arrestation, dit-il. Il venait d'avoir dix-huit ans, il était encore inexpérimenté.

Au lieu de travailler avec son frère durant le week-end de l'incident de piratage qui avait donné lieu à une enquête approfondie puis à l'arrestation de Dane, il avait emmené Miranda quelques jours à Galveston, au bord de la mer.

Il avait appris par la mère de Miranda que Buckley Blackwood commençait à porter un intérêt tout particulier à sa petite amie, et à lui envoyer régulièrement des fleurs. Il s'était dit qu'en consacrant davantage d'attention à Miranda il pourrait inverser la tendance et tenter de la retenir.

Orgueil mal placé ou rêve ridicule ? Il n'avait pas fait le poids face à la fortune colossale de Buckley.

Miranda se souvenait-elle de l'enchaînement des événements qui avaient précédé l'arrestation de Dane ? Savait-elle à quel point il avait été inquiet pour son frère ?

Imaginait-elle à quel point il s'en voulait de ne pas avoir mieux veillé sur lui ?

S'était-elle demandé pourquoi il s'était brusquement montré distant avec elle ?

Prenant sa bouteille d'eau, elle but une longue gorgée.

— Tu ne devrais pas t'en vouloir, dit-elle. Dane était un jeune prodige, c'est normal que tu aies cru qu'il était plus âgé que ce qu'il n'était en réalité. Et tu as dû assumer le rôle de ta mère, ce n'était pas évident. Après tout, tu n'avais que vingt ans.

— Tiens, d'ailleurs, en parlant de mère, comment va la tienne ?

Miranda se rembrunit et pinça les lèvres.

Il reconnaissait sa réaction d'autodéfense quand quelque chose la contrariait sans qu'elle veuille le montrer.

Il n'avait jamais bien compris la relation qu'elle entretenait avec sa mère, mais elle avait toujours été davantage axée sur son avenir, parlant rarement de son passé.

— Franchement, je ne sais pas, avoua-t-elle. Elle se bat depuis de nombreuses années contre sa dépendance aux pilules de substitution et cela a toujours rendu nos échanges difficiles.

— Je suis désolé de l'apprendre.

Il était surtout très étonné, d'autant que Ginny Dupree avait eu un rôle clé dans sa rupture avec Miranda. Lui avait-elle fourni des informations erronées dans le but de l'éloigner de sa fille ?

— Ne sois pas désolé, tu n'y es pour rien, répondit-elle.

— Je n'ai jamais vu de signe de sa dépendance.

— Elle a développé tout un art pour la masquer. Mais si tu veux tout savoir, elle n'a jamais été là pour moi, et elle dépensait tout l'argent qu'elle gagnait pour acheter ses fichues pilules. C'est pour ça que j'ai commencé à travailler si jeune.

Tout à coup, elle lui donnait une autre vision de leur passé en commun.

Le manque d'argent dont Miranda avait souffert pendant son enfance l'avait-il poussée à accepter l'offre de mariage de Buckley ? Sa mère avait-elle vu dans le riche propriétaire de ranch une façon de se mettre à l'abri pour le restant de ses jours ?

Il y avait prescription, donc les réponses importaient peu. Cela mettait quand même en lumière des détails importants dont il ne prenait conscience qu'aujourd'hui.

— J'ai toujours admiré ton ambition, mais je ne savais pas qu'elle était guidée par un besoin de compenser, reprit-il, s'avançant pour recouvrir sa main de la sienne.

Aussitôt, le courant électrique entre eux augmenta d'un cran. Mais Miranda ne retira pas sa main. Elle lui jeta juste un regard furtif d'une intensité rare.

— Le milieu familial dans lequel on grandit nous façonne, Kai. J'aime penser que les problèmes de ma mère ont eu un effet positif sur mon évolution personnelle.

Pour ne pas abuser de la situation, il retira sa main, à regret.

Elle leva les yeux vers lui, confuse.

Lui aussi était confus, ignorant comment interpréter le bouquet d'étincelles qui éclataient entre eux.

Même s'il n'avait de cesse de se répéter que leur relation devait se jouer uniquement au niveau professionnel, il n'en restait pas moins irrésistiblement attiré par elle.

Ce moment de complicité partagée lui donna envie d'en savoir plus sur elle, de savoir ce qu'elle avait fait les dix dernières années. Il s'en abstint. Le moment serait mal venu de se lancer dans une discussion de ce genre.

— Tu te sers de ton exemple personnel quand tu parles aux jeunes femmes qui ont la chance d'être aidées par ton association ? s'enquit-il.

— Je vois que l'on ne peut rien te cacher.

En plus d'avoir enquêté sur la banque Blackwood, il avait aussi enquêté sur l'association qu'elle avait fondée cinq ans auparavant et qui offrait des programmes de soutien aux jeunes femmes venant de milieux difficiles.

Il vit son expression changer du tout au tout quand il mentionna son association caritative, et il lut dans ses yeux non seulement son ambition mais aussi la passion qu'elle mettait dans chacun de ses projets.

— Tu dois être fière de cette réussite.

— Je suis fière de tout ce que j'ai accompli, mais j'avoue que cette association est le projet qui me tient le plus à cœur.

Ses yeux brillaient d'une lueur nouvelle, reflétant son engagement pour cette cause noble.

— Si ton planning le permet, tu devrais passer à la maison des jeunes que nous avons montée à Deer Springs, suggéra-t-il. Tu pourrais voir les programmes que l'on propose après l'école.

— Pourquoi pas ? répondit-elle avant d'empiler leurs assiettes pour les remettre sur le plateau.

Comprenant le signal, il prit le plateau et la suivit dans la maison, trop heureux d'avoir le loisir d'admirer ses formes féminines si alléchantes. Son regard descendit le long de ses jambes élancées, et il aperçut un papillon tatoué au-dessus de sa cheville droite. Bon sang ! Il aurait donné n'importe quoi pour avoir le plaisir d'explorer le reste de son corps.

— En tout cas, j'ai trouvé que c'était une belle initiative de mettre votre siège à Deer Springs, fit-elle remarquer alors qu'il posait le plateau.

— Dane et moi avions envie de stimuler l'emploi dans la région et si possible d'attirer d'autres entreprises potentielles. On a aussi voulu faire quelque chose pour les jeunes.

— C'est un bel exemple de réussite.

— Merci.

— Pour ce qui est de ma visite à la maison des jeunes, je verrai quand je peux me libérer.

Sentant que leur entrevue touchait à sa fin, Kai décida de ne pas s'attarder. Il avait apporté le contrat signé, et ils s'étaient tacitement mis d'accord pour faire la paix en vue de leur collaboration professionnelle, donc inutile de tenter le diable et de risquer de tout ruiner en restant plus longtemps.

— Entendu. Pour ce qui est de la banque, Dane et moi allons contacter le directeur de la sécurité des données dès aujourd'hui afin de mettre en place un nouveau protocole d'encryptage.

Devait-il lui serrer la main pour sceller leur accord ?

Ou partir sur un simple « à bientôt » ?

Ses pieds restaient cloués au sol. Leur échange avait remué trop de choses en lui, et la tête lui tournait.

— Je suis contente que tu aies changé d'avis, Kai. Merci.

Il était grand temps de partir.

Qu'attendait-il ?

La réponse était simple : il ne pensait pas pouvoir se montrer poli et distant envers elle chaque fois qu'ils se verraient s'il ne réglait pas un dernier sujet qui le turlupinait, même après tout ce temps.

— Kai ?

Prenant son courage à deux mains, il se jeta à l'eau.

— Miranda, j'aimerais savoir une chose.

— Je t'écoute.

— Pour moi, c'est assez étrange d'être ici avec toi, après la façon dont notre relation s'est terminée. Mais toi, ça te fait quoi d'être dans la maison d'amis du Blackwood Hollow et de gérer les biens de Buckley, tout en étant entourée de ses enfants ?

— Buckley m'a demandé de les aider après sa mort, et c'est ce que je fais.

— Tu restes loyale envers lui, même après votre divorce ?

La question sembla plus cruelle qu'il ne l'aurait voulu. Mais il avait besoin de savoir.

Le regard de Miranda se fit soudain plus intense, plus sévère aussi.

— Je ne vois pas en quoi ça te regarde, répliqua-t-elle froidement.

Quel idiot ! En quelques instants, il venait d'anéantir tous les efforts qu'il avait mis en œuvre pour aplanir les choses entre eux et espérer une collaboration fructueuse et dénuée de tension.

Il devrait peut-être charger Dane de la communication avec Miranda, s'il n'arrivait pas à s'empêcher de revisiter le passé chaque fois qu'il était avec elle.

— Tu as raison, cela ne me regarde pas, reconnut-il. Toutefois, cela n'enlève rien au fait que la… maladresse qu'il y a entre nous risque de compliquer les choses le temps que nous trouvions notre rythme de croisière, tu ne crois pas ?

Elle serra les lèvres tout en hochant la tête.

— Oui, il va bien falloir trouver notre rythme de croisière, murmura-t-elle. Et je vais te dire deux choses. Tout d'abord, pour répondre à ta question, c'est aussi très étrange pour moi d'être de retour à Royal et au Blackwood Hollow. Mais ce qui a été encore plus étrange, c'était de découvrir que mon ex-mari me faisait confiance au point de me donner les rênes de son empire pendant la période de transition après sa mort. Deuxièmement, dans la mesure où nous sommes tous les deux adultes et conscients de nos actes, à nous de gommer la maladresse ambiante pour que tout se déroule pour le mieux.

Il sourit, amusé.

— En fait, ce n'est pas le mot « maladresse » que j'aurais dû employer, précisa-t-il.

Elle le regarda sans comprendre.

— Et quel mot aurais-tu dû employer ?

— « Attirance ».

Il se tut, lui laissant le loisir d'intégrer cet élément. Il se devait d'être honnête envers elle, même si cela ne faisait que compliquer leur relation professionnelle.

— Et où veux-tu en venir, au juste ? demanda-t-elle.

— Je voudrais que tu reconnaisses que notre attirance est mutuelle et que nous ne pouvons pas faire comme si elle n'existait pas.

Cette fois, elle resta bouche bée.

Il avait lui-même été choqué de son aveu, mais il n'était pas du genre à y aller par quatre chemins.

Elle ferma la bouche et plongea son regard dans le sien.

— Dans ce cas, je propose que nous en restions là pour aujourd'hui et que nous en reparlions une autre fois, dit-elle, passant devant lui pour aller ouvrir la porte d'entrée.

Le message était clair. Il était temps pour lui de prendre congé.

Après leur entrevue de la veille, il avait pour la deuxième fois failli à son éthique professionnelle.

Pour ce qui était de son franc-parler, il ne craignait pas qu'elle en prenne ombrage. Après tout, même si leur relation avait pris fin il y a dix ans, ils avaient partagé assez de moments pour qu'elle se souvienne de son tempérament direct.

— Au revoir, Kai.

Se décidant à quitter les lieux, il sortit.

— Miranda, viens me rendre visite à Deer Springs et tentons de mettre les choses à plat une bonne fois pour toutes. Peut-être que par la suite ce sera plus facile d'envisager notre collaboration professionnelle, conclut-il, tout en sachant qu'il se trompait.

Sentant qu'il était sur le point de commettre l'irréparable, il n'attendit pas sa réponse et se dirigea vers sa voiture.

Il démarra, heureux de mettre de la distance entre Miranda et lui.

Du moins aujourd'hui.

Trois jours plus tard, Miranda était installée sur la terrasse de la maison d'amis du Blackwood Hollow, une tasse de café fumant devant elle, ainsi que son carnet de notes en vue de l'organisation du gala de charité souhaité par Buckley.

Avant de se mettre au travail, elle passa en revue les nouvelles photos de lune de miel postées par Sophie Blackwood Townshend. Le mois dernier, Sophie, la cadette des enfants de Buckley, avait épousé Nigel Townshend, le producteur de *La Vie secrète des ex-épouses de NYC*. Pour leur lune de miel, ils avaient choisi de faire un tour d'Europe. Après Paris et Venise, ils étaient maintenant à Florence.

Les toiles de fond étaient toutes plus époustouflantes les unes que les autres, mais ce qui frappait Miranda, c'était l'amour et le bonheur émanant du couple.

Sophie avait rencontré Nigel pendant une mission d'intérim qu'elle avait faite dans les locaux de Green Room Media, à New York. À l'époque, son but était d'enquêter sur Miranda et d'espionner sa vie privée, et elle avait utilisé une fausse identité. Heureusement, elle n'avait rien trouvé sur son ex-belle-mère, et Nigel lui avait vite pardonné son petit subterfuge.

Comme tout cela lui semblait loin, songea Miranda. À présent, Sophie et ses frères étaient devenus une vraie famille pour elle.

Reposant son téléphone sur la table en fer forgé, elle pensa à sa mère. Elle regrettait de ne pas avoir eu une relation complice avec elle, et d'avoir toujours été soumise aux caprices émotionnels de celle qui aurait dû la protéger et l'aimer sans condition.

Puis elle repensa à l'invitation de Kai à Deer Springs, et à ce qu'il avait dit à la fin de leur dernier échange.

Il avait affirmé avec aplomb que l'attirance entre eux était encore d'actualité et, qui plus est, indéniable.

Elle lui en voulait de faire remonter à la surface des sentiments qu'elle avait tant de fois tenté d'enfouir profondément en elle. Cependant, elle ne pouvait qu'admirer sa franchise.

Elle aurait aimé pouvoir prétendre que l'étincelle entre eux n'existait plus depuis longtemps, cela aurait simplifié les choses. Mais comment nier l'évidence ?

Elle aurait eu envie de croire qu'elle réussirait à mettre ses sentiments pour lui de côté, le temps de leur collaboration, pour ne pas compliquer les choses et ne pas influencer ses décisions.

Seulement, en toute honnêteté, elle ne voyait pas comment cela pourrait être possible alors que, chaque fois qu'elle le voyait, son estomac papillonnait comme le premier jour où elle l'avait vu dans le restaurant où elle travaillait…

C'était l'heure du déjeuner, et la salle était comble.

Elle n'oublierait jamais ce qu'elle avait éprouvé en arrivant à la table de Kai. Il lui avait offert un sourire à couper le souffle, et tout le stress, toute la tension qu'elle avait accumulés depuis la veille après une nouvelle altercation avec sa mère avaient disparu comme par enchantement.

Sans cesser de sourire, il lui avait dit qu'il ne passerait sa commande que si elle se joignait à lui pour déjeuner.

Elle avait accepté et lui avait apporté un verre d'eau qu'il n'avait pas touché avant 14 heures, heure à laquelle elle terminait son service.

Et ils étaient devenus inséparables pendant des mois.

Jusqu'à ce qu'il la quitte.

Techniquement, c'est elle qui avait rompu, même s'il l'avait déjà quittée en prenant ses distances.

Des années plus tard, en y repensant, elle en était arrivée à la conclusion que c'étaient le stress de son activité et le poids de ses responsabilités envers son frère qui lui avaient fait prendre ses distances avec elle.

À cette époque, il était entièrement absorbé par son travail, et elle, elle avait envie qu'il s'occupe d'elle et uniquement d'elle.

Elle rêvait de stabilité, d'une vie prévisible. Certes, cela n'avait rien d'excitant, mais elle avait eu tout le loisir de goûter à l'instabilité en grandissant avec sa mère. De plus, Kai avait six ans de moins qu'elle, et il menait une vie bien trop dangereuse à son goût.

Quand elle avait mis fin à leur relation, il n'avait pas cherché à la retenir, ce qui pour elle était la preuve qu'elle avait pris la bonne décision. Et, surtout, qu'il ne l'aimait pas autant qu'il le disait.

Allons ! C'était le passé. Aujourd'hui, elle avait un gala à préparer !

Mais son esprit était trop occupé à penser à Kai... Elle n'arriverait pas à travailler efficacement, dans ces conditions.

Il lui avait proposé de venir le rejoindre à Deer Springs afin de mettre les choses à plat entre eux ?

Elle allait le prendre au mot !

4

Vêtue d'un tailleur bleu marine près du corps, chaussée de talons aiguilles framboise et munie de son sac à main de luxe, Miranda s'apprêtait à sortir quand elle tomba nez à nez avec son amie Lulu.

— Lulu ! Quelle surprise ! Tout va bien ?

— Oui. Tu es superbe, dis-moi !

— Merci. Quel bon vent t'amène ?

— J'ai des doutes concernant l'organisation de mon mariage et, comme tu sais toujours trancher sans hésiter, j'ai décidé de me tourner vers toi. Mais comme tu es sur le départ, je ne voudrais pas te mettre en retard.

— Non, c'est bon. Viens, mettons-nous sur la terrasse. J'ai toujours le temps pour écouter une amie.

— Merci.

Une fois installées, Miranda sourit à Lulu.

— Dis-moi, qu'est-ce qui te tracasse ?

— Voilà. Nigel m'a dit que l'on pouvait organiser le mariage au ranch. Seulement il a aussi dit que le prochain épisode porterait sur l'essayage des robes des demoiselles d'honneur... pour *toutes* les participantes !

— Oui, j'ai vu. C'est formidable que tu puisses te marier ici, mais j'imagine que tu n'as pas forcément envie de toutes nous inviter à ton mariage.

— Tu as compris. J'aimerais inviter Fee et toi, mais pas Rafaela.

— Pas de panique. Tu as le droit de décider qui tu as envie d'inviter à ton mariage. Attends... Maintenant que j'y pense, Nigel a peut-être fait ça pour pimenter la saison en te forçant à régler tes comptes devant la caméra ?

— Tu crois vraiment qu'il s'attend à nous voir nous crêper le chignon dans un magasin de robes de mariée ? s'exclama Lulu, horrifiée.

— Oui, c'est fort probable. Tu sais que c'est ce genre de scènes d'hystérie qui plaît au public et fait monter le taux d'audience. Et c'est d'ailleurs pour cela que j'ai moins de temps d'écran que d'autres, car je ne réagis pas au quart de tour quand je suis contrariée.

— C'est vrai, tu es toujours posée. Parfois, je t'envie cette approche aux antipodes de la mienne.

— Le yoga m'aide beaucoup. Et j'adore faire partie de l'émission parce que j'ai rencontré des femmes formidables, dont toi.

— Moi aussi, je suis contente de t'avoir rencontrée. Si tu étais à ma place, que ferais-tu ?

— La solution la plus simple serait d'accepter la décision de Nigel et de ne pas faire de vagues. Après tout, tu ne serais pas la première femme à inviter des gens que tu n'aimes pas à ton mariage. Au moins, avec nous, tu sauras à quoi t'attendre. Cela fait plusieurs saisons que nous travaillons ensemble et jusqu'à présent personne n'est mort, donc ça devrait aller. Personnellement, même si Rafaela aime jouer les divas et qu'elle est parfois très énervante, je pense qu'elle ne gâchera pas tes photos de mariage. Et puis, ce qui compte, c'est que tu épouses l'homme que tu aimes et avec qui tu vas passer le restant de tes jours, non ?

— Tu as raison. N'oublions pas que c'est mon second mariage, et que la raison de l'échec du premier est que j'ai perdu de vue l'essentiel : notre couple.

— Voilà ! Cette approche est déjà beaucoup plus constructive. N'oublie pas non plus que ce qui compte, ce n'est pas seulement le jour de ton mariage mais toute la vie que tu vas construire avec Kace.

— J'espère que cette fois ce sera une réussite.

— Je n'en doute pas.

— Je parlais de ma vie de couple, pas de mon mariage.

— J'avais compris. Quand je vous vois, je suis sûre que ce sera une réussite.

— Si tu savais comme il me rend heureuse…, murmura Lulu, un sourire rêveur aux lèvres.

— Je suis tellement contente pour toi !

— Après tout, si Nigel a envie d'un mariage extravagant, ça me va !

— Tu en es sûre ? Il n'est pas encore trop tard pour lui dire que tu ne veux pas de nous à ton mariage.

— J'en suis sûre. Tu sais, je n'aurais pas rencontré Kace si je n'avais pas fait cette émission. Ce sera finalement assez symbolique de faire cette grande fête ici, à Royal, avec tout le monde. Après la fin de la réception, je repartirai au bras de l'homme de ma vie et c'est tout ce qui compte à mes yeux, dit-elle en se levant.

— Voilà qui est bien dit ! s'exclama Miranda, se levant à son tour.

— Miranda, merci de m'avoir aidée à y voir plus clair.

— Je t'en prie.

— Dis-moi, tu vas où comme ça ? Tu es absolument superbe dans ce tailleur. Il te va à ravir.

— Merci. J'ai un rendez-vous.

— Un rendez-vous galant ?

— Non. Je vais à Deer Springs pour discuter avec la compagnie qui va s'occuper de la cybersécurité de la banque Blackwood.

— Mon petit doigt me dit qu'il y a quand même de l'amour dans l'air. Et que la personne avec qui tu as rendez-vous est un bel apollon prêt à te séduire, fit remarquer Lulu avec un clin d'œil.

— Tu n'y es pas du tout ! s'exclama-t-elle, tentant de masquer l'émoi qu'elle éprouvait en pensant à Kai.

Pas question de commencer à parler de Kai avec Lulu. Tout

était encore trop confus dans son esprit, et elle ne voulait pas risquer de s'emmêler les pinceaux.

Elle raccompagna son amie jusqu'à sa voiture en espérant qu'elle n'insisterait pas.

— Je ne suis pas dupe, Miranda. Je suis sûre que tu me caches quelque chose. En tout cas, j'espère que cet homme mystère est digne de toi, conclut Lulu en s'installant au volant.

— Disons qu'il n'est pas sans intérêt, avoua-t-elle, pour satisfaire un minimum la curiosité de son amie.

— Dans cette tenue, tu es sûre de remporter un franc succès. Tu es belle à couper le souffle. Et encore merci pour tes conseils avisés.

— Il n'y a pas de quoi, dit-elle, refermant la portière conducteur.

Elle était ravie d'avoir pu aider son amie à démêler le casse-tête de son mariage. C'était toujours plus facile de donner des conseils quand on ne devait pas engager ses émotions.

Kai venait de finir d'aider un élève à terminer un exercice de codage dans la maison des jeunes quand un garçon au fond de la classe laissa échapper un sifflement d'admiration.

— Rhys, un problème ?

Le garçon regardait par la fenêtre, les yeux rivés sur le parking.

— Pardon, m'sieur. J'ai été déconcentré, marmonna Rhys, se tournant de nouveau vers son écran d'ordinateur.

Quelques instants plus tard, Kai était sur le point de mettre fin à la session quand il aperçut une silhouette féminine s'approcher de l'entrée du bâtiment.

Miranda.

Aussitôt son corps se mit en état d'alerte. Il comprenait mieux pourquoi Rhys avait été *déconcentré*. Comment rester insensible au charme naturel de Miranda ?

Il la perdit de vue alors qu'elle entrait dans le bâtiment.

— Nous finirons notre projet la prochaine fois, dit-il. Le

labo restera ouvert encore une heure pour ceux qui voudraient continuer à travailler.

Il fit un petit signe de remerciement à l'étudiant qui était en stage chez eux et qui s'occupait de la partie technique, veillant à ce que tous les ordinateurs soient en état de marche.

La moitié des étudiants prirent leurs affaires pour aller dans la salle de sport ou la salle de jeux, les autres restèrent à leur poste. Y compris Rhys. Il était très doué et faisait des programmations à un niveau avancé pour son âge. Question maturité émotionnelle, c'était une autre histoire.

En tant que mentor, Kai veillait aussi sur ces jeunes comme un éducateur l'aurait fait.

— Tu sais, Rhys, dit-il en rejoignant l'adolescent, si tu siffles une jolie fille qui passe devant toi, il y a de fortes chances pour que tu la mettes mal à l'aise et qu'elle cherche à s'éloigner. Il vaut mieux trouver d'autres moyens de lui témoigner ton appréciation.

— D'accord, m'sieur, je ne le ferai plus.

Kai acquiesça en silence, puis alla à la rencontre de Miranda.

Il ne voyait qu'une raison à sa venue : elle avait fait le déplacement jusqu'à Deer Springs pour qu'ils fassent table rase du passé et puissent envisager leur future collaboration en toute sérénité, comme il l'avait suggéré.

Sans oublier que Deer Springs était le berceau de leur idylle, là où ils avaient laissé éclater la passion qui s'était emparée d'eux dès leur première rencontre.

Elle était devant la salle d'informatique, vêtue d'un tailleur impeccable. Une veste bleu marine cintrée mettant en valeur son buste de rêve, une jupe assortie qui dévoilait ses longues jambes élancées et des sandales à hauts talons dont la couleur faisait penser à un coulis de fruits rouges.

Un regard suffit à lui donner envie d'elle.

Jamais il n'avait connu une femme plus attirante.

Et jamais Miranda n'avait été aussi belle à ses yeux.

— Bonjour, Kai, dit-elle, les yeux rivés sur lui.

— Je n'étais pas sûr que tu viennes.

Pourtant, il attendait sa venue depuis des jours.

— Moi non plus, je n'étais pas sûre de venir. J'ai hésité, admit-elle, balayant du regard l'espace polyvalent de la maison des jeunes.

C'était l'endroit où les jeunes se réunissaient, faisant bon usage des canapés disséminés ici et là, pour parler, rire, regarder leur téléphone ou leur tablette.

L'espace central était entouré de salles de classe, d'une salle de jeux, d'une salle de gym et d'une cafétéria.

— Toi qui sais si bien trancher quand il faut prendre une décision, ça m'étonne, lui fit-il remarquer.

— Pour ce qui est de prendre des décisions professionnelles, je suis sûre de moi. Dans ma vie privée, j'arrive rarement à trancher.

Il apprécia son honnêteté.

C'était bon signe, pour ce nouveau départ.

— Quoi qu'il en soit, je suis ravi de te voir.

Soudain, une idée saugrenue lui vint à l'esprit : l'inviter chez lui, oublier l'animosité du passé, et se perdre en elle une dernière fois.

— En tout cas, chapeau, dit-elle. Bravo pour cette maison des jeunes. Je suis impressionnée. C'est un lieu formidable.

— Merci du compliment. En revanche, l'idée de t'inviter ici n'était peut-être pas si judicieuse. J'ai sous-estimé ta cote de popularité, et on dirait que ta présence pourrait semer la zizanie.

Quelques filles, qui l'avaient reconnue, s'étaient regroupées et chuchotaient, hésitant à l'aborder. Quant aux garçons...

— C'est la rançon de la célébrité, répliqua-t-elle sur le ton de la plaisanterie.

Soudain désireux de l'avoir pour lui tout seul, loin des regards indiscrets, il la prit par le coude, et l'entraîna à l'écart du foyer central, dans une petite salle.

— Et si nous allions poursuivre notre conversation chez moi ? suggéra-t-il.

Elle regarda par-dessus son épaule, pour se rendre compte des réactions qu'elle avait suscitées, puis reporta son attention sur lui.

— Je pense que c'est une très bonne idée, répondit-elle, à son grand soulagement.

— Alors viens, nous allons passer par une issue de secours. Je suis garé sur le parking à l'arrière.

— Moi, je suis garée devant.

— Inutile de prendre ta voiture. Je te ramènerai plus tard. Ma Jaguar est juste là.

— Toujours pas de moto ? J'avoue que je suis étonnée de te voir au volant d'une voiture, lui fit-elle remarquer alors qu'il lui ouvrait la portière passager.

Il admira la délicatesse avec laquelle elle s'installa sur le siège en cuir, subjugué par ses jambes si magnifiquement dessinées...

— Oui, moi aussi je suis étonné de me voir au volant d'une voiture, figure-toi. L'explication est simple. Même si le Bluetooth dans les casques est de plus en plus performant, c'est quand même plus facile de prendre un appel professionnel dans une voiture, dit-il avant de refermer la portière et de venir prendre place au volant.

Une fois qu'ils furent tous les deux attachés, il démarra.

— Cela dit, si tu as envie de te balader à moto, je t'emmènerai faire un tour avec plaisir, ajouta-t-il. J'en garde encore deux dans mon garage. Quand l'envie me démange, j'en sors une.

Il changea un peu trop brusquement de vitesse tout en se souvenant de la sensation des bras de Miranda qui l'entouraient et de sa poitrine collée contre lui, quand ils faisaient de la moto...

— Je pensais que l'on était censés tirer un trait sur le passé, pas le revivre, répliqua-t-elle, amusée.

C'était bien son intention.

Sauf que sa relation avec Miranda n'avait jamais été un long fleuve tranquille.

On aurait même dit que chaque fois qu'ils se voyaient la complexité de la situation augmentait d'un cran.

— Justement, j'ai réfléchi au problème et je pense avoir trouvé une façon de résoudre notre attirance mutuelle, répondit-il.

— Ah oui ? Et que proposes-tu ?

— Nous pourrions tenter de l'apaiser.

Le fait de verbaliser sa pensée lui permit de la percevoir pour la première fois comme une réelle possibilité.

Si elle était d'accord, ils pourraient s'en donner à cœur joie en laissant la passion les consumer une dernière fois, puis ils tireraient un trait une bonne fois pour toutes sur leur relation passée.

Une image de Miranda nue dans ses bras lui donna envie de mettre en application ce projet au plus vite...

— Je ne pense pas être en mesure d'apaiser ta soif insatiable, répondit-elle, croisant les jambes en un mouvement d'une sensualité qui manqua lui faire perdre le contrôle du véhicule.

— Ma soif *insatiable* ?

— Quand nous étions ensemble, je n'étais déjà pas forcément à la hauteur. Alors maintenant que nous sommes plus âgés...

Il attendit qu'elle finisse sa phrase, obnubilé par ses jambes. En cet instant, il ne pensait qu'à une chose : les écarter, s'immiscer entre ses cuisses et l'embrasser jusqu'à la faire crier de plaisir.

Comme elle ne continuait pas, il la relança.

— Maintenant que nous sommes plus âgés, quoi ? s'enquit-il, désireux de connaître le fin fond de ses pensées, le cerveau envahi d'images toutes plus érotiques les unes que les autres.

Il mit son clignotant pour tourner dans l'allée privée qui menait jusque chez lui.

— Si je n'ai pas réussi à retenir ton attention quand j'avais vingt-six ans, je ne vois pas comment je pourrais y arriver à trente-six, expliqua-t-elle.

Il lui jeta un coup d'œil surpris. Pensait-elle vraiment cela ?

Elle se trompait sur toute la ligne !

Agacé par ce résumé injustifié, il s'arrêta net, même s'il n'était pas encore au niveau des garages.

— Comment peux-tu dire ça ? demanda-t-il. Quand tu avais vingt-six ans, je ne pensais qu'à toi ! Tu as toujours eu toute mon attention.

Il n'avait fait que penser à elle, au point d'en oublier de s'occuper de son frère qui avait besoin de lui.

Visiblement surprise par son intervention, elle réfléchit quelques instants avant de reprendre :

— Kai, as-tu vraiment oublié que c'est *toi* qui as pris tes distances bien avant que je ne décide de mettre un terme à notre relation ?

— C'est vrai. Tu as raison. J'étais jeune, très pris par mon activité informatique, et je n'ai peut-être pas toujours su où étaient mes priorités. Mais sache que j'ai vraiment baissé les bras quand ta mère m'a dit que Buckley Blackwood te tournait autour. J'étais abattu. Et surtout blessé que tu ne m'en aies pas parlé.

Il n'oublierait jamais le choc qu'il avait ressenti quand Ginny Dupree lui avait appris qu'un homme fortuné avait des vues sur sa fille. Sans compter cet horrible sentiment de trahison qui avait longtemps hanté ses nuits.

Comme Miranda ne reprenait pas la parole, il lui offrit un résumé implacable de la fin de leur relation.

— Six semaines après l'annonce de ta mère, tu m'as quitté. Dane était accusé de piratage informatique par ma faute, jeté en prison, tu t'es fiancée à Buckley Blackwood et tu as disparu de ma vie.

Elle parut étonnée de ce qu'il lui disait.

Pourtant, elle avait été aux premières loges pour assister aux événements ! Elle savait mieux que personne comment s'était déroulée la fin de leur relation !

Alors pourquoi ce qu'il venait de dire avait-il un tel effet de surprise sur elle ?

Miranda était venue voir Kai pour tirer un trait sur le passé et trouver un moyen de mettre un terme à leur attirance mutuelle afin d'envisager un avenir plus serein, du moins dans le cadre de leur collaboration professionnelle.

En quittant Royal, elle était persuadée du bien-fondé de

la proposition de Kai. À présent, voyant comment les choses évoluaient entre eux, elle n'en était plus si sûre.

Pour la bonne et simple raison qu'elle avait oublié de prendre en compte l'effet que Kai avait sur elle.

Dès qu'elle était en sa présence, il avait le don d'enflammer ses sens comme jamais aucun homme ne l'avait fait. Pas même Buckley, l'homme qu'elle avait choisi d'épouser au lieu de continuer à croire en sa relation avec Kai.

Avec Kai, toutes les émotions qu'elle éprouvait étaient plus intenses. La colère était plus forte, la passion plus torride, le plaisir plus enflammé.

La douleur plus profonde.

Cependant, la révélation que venait de lui faire Kai au sujet de sa mère l'avait laissée pantoise.

Sa mère était-elle réellement intervenue entre Kai et elle ?

Avait-elle divulgué des informations sans juger bon de la prévenir ?

Kai ne lui avait jamais rien dit jusqu'à aujourd'hui, et cela remettait soudain de nombreux événements du passé en perspective.

L'intervention de sa mère avait-elle joué un rôle clé dans la fin de sa relation avec Kai ? Sans aucun doute.

Décidant qu'il y avait prescription, elle reporta son attention sur l'instant présent.

Kai se dirigeait vers un portail en fer forgé qu'il ouvrit à l'aide d'un boîtier électronique.

L'esprit confus, les idées s'entrechoquant à mille à l'heure dans son cerveau, elle fit son possible pour se concentrer sur la raison de sa présence à Deer Springs.

Elle était venue aplanir les choses avec le coprésident de Madtec dans le but d'envisager des relations de travail placées sous le signe de la paix et de l'efficacité.

Elle n'était pas venue pour se laisser tenter par des tours à moto avec l'homme qui l'avait fait chavirer dix ans auparavant.

C'était le moment ou jamais de se ressaisir…

Mais avait-elle vraiment envie de se ressaisir ou rêvait-elle en secret de céder à l'attirance que Kai exerçait sur elle ?

— Nous y voilà, dit-il, alors qu'ils contournaient un taillis.

Elle découvrit une maison moderne somptueuse aux lignes design incroyables.

Au moment où la voiture s'approchait de la bâtisse, toutes les lumières de la propriété s'illuminèrent, offrant un spectacle féerique.

— C'est magnifique, Kai ! s'exclama-t-elle, admirant la structure en pierre et en verre qui s'offrait à elle.

En forme de L, la maison était construite autour d'une piscine qu'elle aperçut alors qu'il se dirigeait vers un double garage.

Tandis qu'il se garait, elle continua d'inspecter la maison qui lui plaisait énormément.

Elle aimait notamment la terrasse du deuxième étage avec un jacuzzi et un brasero donnant sur la piscine.

— Merci, content que ça te plaise, dit-il, éteignant le moteur.

— Tu as fait appel à un architecte ?

— Non, c'est moi qui ai entièrement conçu les plans. Il m'a fallu un an pour en être satisfait, précisa-t-il avant de sortir du véhicule pour venir lui ouvrir la portière.

Quand elle posa la main dans la sienne alors qu'il l'aidait à descendre, elle frissonna.

Elle retira aussitôt sa main de la sienne, pleinement consciente de la brûlure qu'il avait laissée sur sa peau.

— C'est *toi* qui as entièrement conçu cette maison ? demanda-t-elle, étonnée.

Après tout, pourquoi était-elle surprise ? Elle avait toujours su qu'il était doué et qu'il adorait l'architecture.

— Oui. C'était plus simple. Au début, j'ai voulu faire appel à une équipe d'architectes, mais, chaque fois que je proposais un changement, ils m'expliquaient pendant des heures pourquoi ça n'allait pas être possible. J'ai fini par abandonner et par opter pour la fameuse devise : on n'est jamais mieux servi que par soi-même, lui expliqua-t-il, posant la main dans le creux de ses reins pour la guider vers une allée en gravier.

Évitant de penser aux fourmillements de son corps, elle se concentra sur l'architecture de la maison.

— Et tu as conçu ce bijou ! conclut-elle, admirant les murs en pierre noire scintillante tout en se demandant où il avait trouvé ce matériau de toute beauté.

— Je rêvais d'avoir une maison façonnée exactement comme j'en avais envie. Pourquoi aurais-je écouté des gens me dire comment je devais dépenser mon argent ? De plus, ce qui me satisfait au plus haut point, c'est que j'ai fait appel à un contremaître hors pair qui a su réaliser mes plans à la lettre. Le résultat est exactement ce que j'avais en tête.

— C'est formidable, Kai !

— Merci de ton enthousiasme, dit-il avant de désactiver l'alarme de la maison sur son téléphone.

Puis il s'arrêta quelques instants devant une porte en verre coulissante qui s'ouvrit miraculeusement après les deux bips de l'alarme.

Ils pénétrèrent dans une superbe cuisine spacieuse et lumineuse. Un endroit de rêve pour concocter des plats savoureux ou passer des moments de détente en sirotant un cappuccino.

— Dis donc, on dirait que tout te sourit, fit-elle remarquer. Cette demeure de rêve, Madtec, la maison pour les jeunes. Autant de preuves que tu as vraiment investi ton savoir-faire à Deer Springs. La ville doit être très heureuse de te compter parmi ses membres, ajouta-t-elle en posant son sac à main sur l'un des tabourets chromés entourant l'îlot central en marbre.

Kai prit deux bouteilles d'eau pétillante dans le réfrigérateur et sortit deux verres qu'il posa sur un plateau.

— La ville nous a beaucoup aidés, mon frère et moi, après la mort de notre père et le départ de notre mère, donc c'est normal de rendre la pareille.

Ils n'avaient jamais beaucoup parlé de leurs familles respectives lorsqu'ils sortaient ensemble, mais Miranda savait que sa mère était partie peu de temps après la mort de son père.

— J'étais très en colère quand mon père est mort et que ma mère nous a quittés, mais les gens de la ville ont su nous aider, précisa-t-il.

— On peut dire que tu le leur rends bien. Félicitations.

Il leur versa un verre d'eau à chacun, l'air pensif.

Elle ignorait comment il avait géré la disparition de ses parents alors qu'il n'avait que dix-sept ans et son frère quinze. Il avait dû se prendre en main et s'occuper de Dane, si bien qu'à vingt ans, quand elle l'avait rencontré, il avait déjà atteint une maturité incroyable. C'est aussi cela qui lui avait plu chez lui.

Elle repensa soudain à ce qu'il lui avait dit au sujet de sa mère. Elle n'en revenait pas que sa propre mère ait eu le culot de saboter les choses entre Kai et elle ! Comment avait-elle osé se mêler de sa vie privée ?

Mais l'intervention sournoise de sa mère avait-elle vraiment été la cause de leur rupture ? Rien n'était moins sûr, car à l'époque, même si Kai se montrait très attentionné envers elle, il avait déjà beaucoup de choses à gérer. Lui aussi rêvait de fonder sa propre compagnie et il avait son frère à charge.

Quelques années plus tard, Kai aurait sûrement été davantage en mesure de se battre pour sauver leur relation, mais, dans les circonstances qui étaient alors les siennes, c'était trop lui demander.

Sirotant son eau gazeuse, elle croisa le regard de Kai par-dessus le rebord de son verre.

La sensation pétillante passa aussitôt de sa bouche à son estomac, alors que des papillons faisaient leur apparition…

Kai était-il conscient de la réaction qu'il provoquait en elle ?

C'était injuste qu'il la mette dans tous ses états d'un simple regard.

Elle reposa son verre sur l'îlot central, consciente qu'elle perdait le contrôle de la situation.

La suite lui prouva qu'elle avait vu juste.

L'instant d'après, Kai recouvrait sa main de la sienne.

— Alors Miranda, comment envisages-tu notre collaboration, sachant que je meurs d'envie de t'embrasser chaque fois que je te vois ?

Le décor était planté, à elle d'improviser.

5

Miranda se figea.

Elle ne retira pas sa main pour autant, laissant le silence planer entre eux tout en semblant réfléchir au meilleur moyen de sortir de cette impasse.

— Décidément, tu n'y vas pas par quatre chemins, dit-elle enfin, le fouillant de son regard océan, comme si elle pensait pouvoir déceler les secrets enfouis dans son esprit.

— Nous sommes ici pour remédier à notre attirance mutuelle, n'est-ce pas ? Donc autant y aller franco, répliqua-t-il, lui caressant le poignet.

Au départ, son idée n'était pas de raviver la flamme entre eux. La flamme se ravivait d'elle-même chaque fois que Miranda et lui étaient proches.

Pourquoi continuer à nier l'évidence ?

— Je ne m'attendais pas à ça, quand tu m'as exposé ta proposition, l'autre jour, murmura Miranda, jetant un bref coup d'œil à leurs mains toujours unies.

— Alors dis-moi à quoi tu t'attendais. Je suis curieux. Et surtout, sois honnête. Comment allons-nous pouvoir aller de l'avant, d'après toi ?

Elle resta silencieuse un long moment, au point qu'il abandonna l'idée d'avoir une réponse un jour.

— En ne répétant pas les erreurs du passé, répondit-elle.

Elle avait opté pour la facilité, et il n'allait pas la laisser s'en tirer à si bon compte.

— Je suis d'accord, mais tu ne réponds pas à la question. Pour ma part, je n'ai jamais perçu nos baisers comme des erreurs. Loin de là.

— Si tu retournes dans le passé, nous n'arriverons jamais à résoudre le problème, dit-elle, enlevant sa main.

— Et si nous nions l'évidence de notre attirance mutuelle non plus, rétorqua-t-il, croisant les bras pour la mettre au défi d'oser le contrarier sur ce point.

— Kai, tu sais comme moi que, si nous donnions libre cours à notre attirance pour tenter de l'apaiser, nous n'y trouverions notre compte que de manière temporaire. Avoue qu'étant donné notre histoire passée rien de bon ne pourrait ressortir de cette idylle sans lendemain.

— Qu'est-ce qui te fait dire ça ?

— Nous ne pouvons pas ignorer que nous avons tous les deux souffert de cette histoire.

Il resta sans voix.

Avait-elle souffert aussi de leur séparation ?

Son expression semblait le confirmer, mais à l'époque il avait eu l'impression d'être le seul à pâtir de leur rupture.

Après tout, elle l'avait quitté pour un autre homme, poursuivant son chemin vers les sommets de la gloire.

Pourquoi aurait-elle souffert de leur séparation ?

— Donc si je comprends bien, d'après toi, ce serait trop risqué de reprendre notre liaison où nous l'avions laissée ? demanda-t-il.

— Oui. Beaucoup trop risqué.

— Je ne suis pas d'accord.

— Ah bon ? Pourquoi ?

— Parce que nous sommes tous les deux plus âgés et plus avisés. Nous ne serions plus victimes des mêmes illusions que par le passé.

Il s'approcha d'elle au point de sentir la chaleur émanant de son corps et le désir pulser entre eux.

Elle semblait de nouveau prête à le contredire.

— Et si on optait pour un compromis ? suggéra-t-il, avant de lui laisser le temps de réagir.

Il ne la touchait toujours pas, mais il sentit qu'il ne pourrait pas résister beaucoup plus longtemps...

Elle eut un petit mouvement de recul, perplexe.

— Un *compromis* ? répéta-t-elle. En clair ?

— Un dernier baiser ?

Pour commencer.

— Je pense que c'est une très mauvaise idée, s'empressa-t-elle de répondre tout en s'emparant de son verre d'eau.

Elle but une gorgée, puis garda son verre dans la main, comme une barrière entre eux.

— Moi, je pense au contraire que c'est la meilleure idée possible, dit-il en se penchant vers elle sans pour autant la toucher.

— Tu peux m'expliquer ?

— Cela nous permettrait de clore le chapitre de notre relation sur une note harmonieuse, tout simplement.

— Je ne suis pas d'accord, dit-elle, reposant son verre sur le plan de travail, la main tremblante.

— J'entends ton contre-argument. Mais sache que, d'après moi, un baiser permettrait d'assainir l'atmosphère explosive entre nous.

Elle ferma les yeux un instant.

Pensant qu'elle voulait mettre fin à la conversation, il réfléchit vivement à une façon de rebondir.

Puis il la vit faire un petit signe de la tête. Un signe imperceptible mais qui lui fit néanmoins comprendre qu'elle acceptait son point de vue.

Son pouls s'accéléra aussitôt.

L'instant d'après, elle le prenait par le cou, l'attirant à elle avant de venir recouvrir sa bouche de la sienne.

Elle commença par effleurer ses lèvres avec la douceur d'une plume.

Il grogna de plaisir, trop heureux de sentir ses formes féminines venir se presser contre lui.

La satisfaction qu'il éprouva en sentant ses mains agripper sa chemise pour mieux l'attirer à elle dépassait l'entendement. Il n'aurait pas pu rêver meilleur scénario.

Soudain ses lèvres s'entrouvrirent, l'accueillant en elle...

Il prit le temps de la savourer tout en enroulant sa langue avide à la sienne.

Se souvenant de ce qu'elle aimait tout particulièrement, il s'appliqua à la faire soupirer de plaisir, lui rappelant l'effet qu'il était capable de produire sur elle.

Il l'étreignit pour mieux la sceller à lui, certain qu'il était le seul homme à pouvoir lui faire éprouver de telles sensations.

Le parfum de jasmin et d'orange émanant de sa peau lui enivra les sens alors qu'il sentait ses doigts agiles partir à la découverte de son dos.

Ce baiser était bien plus sulfureux qu'il ne l'aurait imaginé. Il tenta de calmer ses ardeurs en se rappelant qu'il n'était pas question d'aller plus loin.

Cependant, en sentant ses seins contre son torse, ses hanches collées à lui, il manqua vaciller.

Il semblait avoir perdu le contrôle de la situation.

L'entendre soupirer de plaisir enflamma ses sens de plus belle.

Elle entreprit de déboutonner sa chemise, puis glissa une main sur son torse nu, ses ongles le griffant légèrement.

Sa raison le somma de mettre un terme à cette étreinte torride avant d'aller trop loin et de le regretter.

Elle avait accepté un dernier baiser. Pas davantage.

Avant qu'il ait eu le temps de s'arracher à elle, elle lui mordit la lèvre d'une manière tellement érotique qu'il eut envie de la prendre sur l'îlot central de la cuisine.

— Miranda…, la supplia-t-il, s'en remettant à elle pour lui permettre de reprendre le contrôle avant qu'il ne soit trop tard.

Elle ouvrit les yeux sans pour autant bouger.

Puis elle baissa les bras.

Il fut à la fois frustré de ne plus sentir ses mains sur sa peau et soulagé que leur baiser prenne fin.

Jamais une femme ne lui avait fait perdre la tête à ce point et aussi rapidement.

— Je t'avais dit que c'était une mauvaise idée, dit-elle, un peu essoufflée.

Elle passa la main dans ses cheveux, puis tira sur son tailleur. Sa bague avec une émeraude sertie de diamants lui rappela qu'il n'avait plus affaire à la serveuse fauchée d'il y a dix ans. Miranda était une femme indépendante qui avait réussi.

De plus, elle lui avait fait comprendre qu'elle n'avait aucune envie de revisiter le passé.

Arriverait-il à lui faire changer d'avis ?

— Tu trouves vraiment que c'était une mauvaise idée ? répliqua-t-il. Moi, j'ai trouvé ça très bon. Trop bon, même.

— Tu voulais un dernier baiser, tu l'as eu. Maintenant, concentrons-nous sur la banque, décréta-t-elle avant de finir son verre d'eau et d'aller le déposer dans l'évier.

Il la suivit des yeux, tout en reboutonnant sa chemise.

— Tu serais prête à te voiler la face ? Tu vois bien qu'un baiser n'a en rien apaisé la tension sexuelle qui bouillonne dans l'atmosphère dès que nous sommes dans la même pièce.

Les joues rouges, les lèvres gonflées, les yeux brillants, Miranda croisa le regard de Kai.

— Et si tu me faisais visiter les lieux ? suggéra-t-elle. Cela nous permettrait peut-être de reprendre nos esprits.

Ses jambes la tenaient à peine.

Un seul baiser avait suffi à lui donner envie de se déshabiller pour faire l'amour avec Kai. Visiblement, leur histoire passée n'était pas terminée, comme elle l'avait cru.

Peut-être aurait-elle dû lui demander de la raccompagner à sa voiture plutôt que de faire le tour du propriétaire ?

Non, car elle n'en était pas arrivée là où elle en était dans sa vie en baissant les bras au moindre obstacle.

Elle était venue dans le but de trouver une solution quant à leur relation passée et un terrain d'entente en vue de leur future collaboration. Elle devait s'en tenir à cet objectif.

Donc, même si le souvenir de leur baiser fougueux faisait encore bouillir le sang dans ses veines, elle suivit Kai pour la visite de la maison, tentant de se concentrer sur l'ameublement, les matériaux et la décoration murale pour ne plus penser à eux deux et à l'attirance irrésistible qu'ils semblaient éprouver l'un pour l'autre.

Il ouvrit la dernière porte du rez-de-chaussée, l'invitant à entrer dans un bureau aux murs gris pâle, rempli d'ordinateurs, d'écrans en tout genre et de tours de serveurs.

— Et voici ma salle de jeux professionnelle, annonça-t-il, les yeux étincelants.

— Ce n'est pas un peu élaboré pour une salle de jeux ?

— En effet.

— Tu avais besoin de tout ça chez toi ?

— Disons que c'est plutôt ma cour de récréation. J'adore mon travail, mais parfois, quand on pratique sa passion à un niveau professionnel, on a du mal à garder une stimulation optimum. Donc je viens ici pour me détendre, m'amuser un peu avec mes joujoux, et exprimer ma créativité.

En l'entendant décrire son passe-temps, elle se souvint d'un autre trait de caractère qu'elle appréciait chez lui.

Ils étaient très différents, à bien des égards, mais ils avaient tous les deux besoin de sentir qu'ils étaient productifs, même quand ils se détendaient.

Et même si, par le passé, Kai lui avait reproché d'être trop ambitieuse, aujourd'hui, il semblait tout aussi ambitieux qu'elle.

De plus, ils avaient tous les deux réalisé leurs objectifs professionnels, et leur rêve.

Le seul problème, c'est qu'elle venait de retrouver en partie l'homme qu'elle avait connu et aimé...

— Je comprends tout à fait ton point de vue, dit-elle. Quand j'ai suivi ma formation de yoga, j'avais hâte d'ouvrir un studio pour partager ma passion avec les autres. Et grâce à ma chaîne Goddess, j'ai pu le faire à grande échelle. Mais cela signifie aussi que j'ai moins de temps pour pratiquer le yoga rien que pour moi.

À présent, ils étaient dans un espace plus confiné, et elle sentait la chaleur du corps de Kai l'envelopper, comme pour l'attirer à lui.

Aussitôt, elle repensa au baiser qu'ils avaient échangé.

Heureusement, l'instant d'après, il s'éloigna vers la porte, lui laissant un peu d'espace pour reprendre ses esprits.

— J'espère que tu as quand même le temps de prendre du temps pour t'occuper de toi, fit-il remarquer. C'est important.

Bizarrement, ce simple commentaire lui alla droit au cœur, et elle fut profondément émue qu'il se soucie de son bien-être. Elle ne se souvenait pas d'avoir eu un jour dans sa vie quelqu'un qui se soit soucié de son bien-être ou qui ait pris la peine de penser à elle.

— Oui, j'essaie, répondit-elle, le suivant hors de la pièce. Et où nous emmènes-tu, maintenant ?

— À l'étage. Je vais te montrer les chambres qui sont toutes équipées de... lits, dit-il sur un ton on ne peut plus sensuel.

— Et alors ? répliqua-t-elle d'un ton léger, ne voulant pas entrer dans son jeu.

— Et alors ? Après le baiser que nous avons échangé, je ne sais pas si c'est une bonne idée.

Machinalement elle fixa son torse, qu'elle avait caressé un instant plus tôt, et un désir foudroyant s'empara d'elle.

Le souffle court, n'y tenant plus, elle lui posa la question à laquelle elle n'arrivait pas à apporter de réponse.

— D'après toi, Kai, que devrions-nous faire pour remédier à ce problème et envisager de collaborer sereinement ?

— Je ne vois qu'une solution. Dans la mesure où nous venons de constater que notre attirance mutuelle ne faisait que compliquer les choses entre nous, je pense que nous devrions laisser libre cours à la passion qui nous taraude et nous dévore.

À ces mots, son cœur se mit à battre frénétiquement dans sa poitrine, comme si son corps la poussait inexorablement vers Kai.

Pouvait-elle résister à pareille tentation ?

En avait-elle seulement l'énergie ou la volonté ?

Le souvenir de leur étreinte dans la cuisine l'enflamma.

Que répondre de sensé alors que Kai se tenait tout près d'elle, plus beau que jamais ?

Un silence s'installa entre eux.

— Miranda, laisse-moi m'occuper de toi, juste ce soir, murmura-t-il, lui caressant délicatement la joue.

Elle se liquéfia littéralement, n'ayant qu'une envie : se blottir dans ses bras et suivre leur désir.

Il fallait qu'elle réponde. Au pire par un signe quelconque, puisque les mots l'avaient désertée.

Fermant les yeux, elle tenta de garder le plus longtemps possible le souvenir des doigts de Kai contre sa joue.

— Que proposes-tu, au juste ? s'enquit-elle, tentant de recouvrer ses esprits.

— Je propose que nous mettions le travail de côté et que nous nous contentions de... vivre le moment présent.

Elle frissonna, l'esprit embué.

La proposition de Kai était des plus alléchante.

Elle avait tellement envie de se laisser aller, de ne plus penser à ses responsabilités multiples et de vivre le moment présent, comme il le suggérait.

Ouvrant les yeux, elle vit qu'il la scrutait intensément.

— Oui, répondit-elle.

— Oui ?

— Oui. Je veux que tu me fasses visiter une chambre avec un lit, et je veux m'y glisser avec toi.

Il se figea.

L'instant d'après, il prit son visage dans ses mains douces et s'empara de sa bouche avec fougue.

Elle s'avança vers lui, désireuse de réduire au maximum l'espace entre eux et de laisser Kai prendre les commandes.

Ses lèvres réclamèrent avidement les siennes.

Il lui lécha la lèvre inférieure avec gourmandise, et elle se serra contre lui, éprouvant le besoin de se coller à lui.

Il la souleva pour mieux l'étreindre, leurs deux corps scellés par une ardeur qui allait *crescendo*, et elle s'accrocha à lui alors qu'il montait à l'étage.

Son torse musclé et chaud était collé à sa poitrine, ses hanches athlétiques la faisaient osciller en un va-et-vient follement érotique.

Un feu d'une force fabuleuse brûlait en elle, si bien que le temps d'arriver dans la chambre elle était déjà en route vers le septième ciel.

Un grand lit trônait dans la pièce.

Dès qu'il l'eut posée à terre, il s'empara d'une télécommande. Après avoir appuyé sur plusieurs boutons, les rideaux électriques se baissèrent et les flammes d'un âtre en pierre s'animèrent, projetant une lueur dorée donnant à sa peau des reflets de bronze.

Cette vision ne fit qu'attiser son envie de le voir nu.

Pour la seconde fois de la journée, elle s'appliqua à déboutonner sa chemise, désireuse de sentir sa peau sous ses doigts.

— Miranda…

Chaque fois qu'il prononçait son prénom, elle frissonnait délicieusement.

— Oui ?

— J'avais oublié que, quand tu veux quelque chose, tu n'y vas pas par quatre chemins.

Elle laissa échapper un petit rire mais ne se laissa pas distraire de sa tâche pour autant.

— En effet, quand j'ai un objectif, je mets tout en œuvre pour y arriver, dit-elle, embrassant ses pectoraux sculptés à merveille.

Sa peau au parfum musqué était soyeuse et ferme.

Un vrai régal pour les yeux et les sens.

— J'avoue adorer être le centre de ton attention, seulement j'ai promis que j'allais m'occuper de toi, n'est-ce pas ? murmura-t-il d'une voix rauque.

De ses mains expertes et agiles, il eut vite fait de lui enlever sa veste de tailleur. L'instant d'après, il lui avait ôté son chemisier et son soutien-gorge. Décidément, il ne perdait pas de temps et semblait plus efficace qu'elle.

Le monde alentour disparut, et elle s'offrit volontiers à ses caresses. Sa bouche. Ses doigts. Sa langue.

Maintes fois, elle avait tenté d'étouffer le souvenir de leurs ébats passés, mais le fait d'être de nouveau entre ses mains attentionnées lui rappelait à quel point cela lui avait manqué.

Prisonnière de ses sens et de cet homme qui la faisait chavirer, elle perdit pied avec la réalité, et elle se retrouva nue sans même s'apercevoir qu'il la déshabillait.

Kai recula d'un pas et la contempla un instant, admiratif, tandis qu'elle tentait de reprendre un souffle normal.

— Tu es magnifique, dit-il, enlevant à son tour sa chemise.

Elle se déchaussa sans perdre l'équilibre, ôtant une chaussure après l'autre, puis elle s'avança vers lui.

— Attends. Laisse-moi un peu de plaisir aussi, dit-elle, un sourire coquin aux lèvres.

Sans plus tarder, elle s'affaira à défaire sa ceinture puis à ouvrir la fermeture de son pantalon, sentant au passage à quel point sa peau était chaude.

Il se baissa pour l'embrasser de nouveau, attisant son excitation à petits coups de langue suggestifs.

Puis il la souleva pour la déposer sur le lit.

La couette à rayures bleues et blanches était fraîche, un vrai bonheur pour son corps brûlant de désir.

Sans la quitter des yeux Kai ôta ses chaussures et ses chaussettes avant d'enlever son pantalon et, enfin, son caleçon.

Quand elle le vit nu et s'aperçut à quel point il avait envie d'elle, elle ne put retenir un gémissement.

Sans tarder, il prit appui sur ses bras et couvrit son corps du sien, sans la toucher, décuplant le plaisir qui menaçait d'exploser en elle à tout moment.

Quand, d'une cuisse ferme et impérieuse, il lui écarta les jambes, elle s'arrêta de respirer un instant.

Elle enfonça ses doigts dans ses épaules pour l'attirer à elle. Mais il ne se laissa pas faire.

Il reporta son attention sur sa poitrine puis se mit à lui lécher et lui mordiller les tétons jusqu'à ce qu'il sente son entrejambe pulser de désir.

Sans hésiter, il partit alors à la découverte de cette partie de son intimité, la pénétrant d'un doigt avide alors qu'elle se trémoussait sous sa caresse.

Elle retint soudain sa respiration, à deux doigts de la jouissance.

— Viens, ma belle...

L'instant d'après, un orgasme fulgurant s'empara d'elle, tel un tourbillon, l'emportant dans une dimension de plaisir ultime.

Elle se laissa aller aux multiples sensations qui l'assaillaient, le corps mû par des soubresauts déferlant en elle à la façon d'un raz-de-marée.

On aurait dit qu'elle n'avait pas joui depuis la dernière fois qu'il l'avait touchée.

Quand les tremblements cessèrent, ils s'embrassèrent de nouveau, mêlant toutes leurs émotions dans ce baiser passionné.

Il tendit le bras pour ouvrir le tiroir de la table de nuit et en tira une boîte de préservatifs. Une fois le petit carré doré sorti, il le lui tendit, pensant qu'elle voudrait le faire. Elle déclina l'offre, encore trop secouée par l'orgasme qu'il venait de lui faire vivre.

Il se protégea rapidement et vint se placer sur elle. Elle était tellement mouillée et ouverte qu'il la pénétra avec aisance.

Puis son regard plongea dans le sien, et à cet instant elle n'eut plus qu'une chose en tête : lui offrir autant de plaisir qu'il venait de lui en offrir.

Sans lui demander l'autorisation, elle le fit rouler sur le dos et, après avoir déposé une pluie de baisers dans son cou, se mit à osciller sur lui. Doucement pour commencer, puis plus rapidement, plus profondément.

Il n'était pas le seul à se souvenir de ce qu'ils aimaient et de ce qui les faisait chavirer. Elle retrouva le rythme qu'il appréciait aussi naturellement que s'ils ne s'étaient jamais quittés.

De nouveau, elle sentit le désir monter en elle, comme si elle ne venait pas de vivre un orgasme phénoménal.

Sa soif de lui refit surface, plus marquée que jamais.

Puis ce fut au tour de Kai de la faire rouler sur le dos.

Le plaisir bouillonnant qui l'animait s'empara d'elle, encore plus puissant que la première fois, et très vite Kai s'abandonna à son tour au plus vif des orgasmes.

Avant de s'installer à côté d'elle, il rassembla des coussins sous leurs têtes et couvrit leurs corps de la couette.

Elle sourit, émue. Il avait toujours été l'amant le plus attentif, le plus tendre et le plus doux qu'elle ait connu.

De plus, il venait de réveiller en elle des sentiments qu'elle ne désirait pas analyser maintenant, souhaitant profiter au maximum de la torpeur bienfaisante dans laquelle leurs ébats l'avaient projetée.

— On en reste là ? s'enquit-elle sur un ton taquin.

— Il est encore tôt. Je préfère en rester là *pour le moment* et nous laisser le temps de reprendre notre souffle.

— En dix ans, tu as gagné en sagesse.

— En dix ans, tu as gagné en sensualité, rétorqua-t-il.

Puis il se mit à la masser, sachant que c'était ce qu'elle préférait après l'amour.

Fermant les yeux, elle se laissa aller à cet instant de profonde délectation, décidant qu'elle aurait tout le loisir de réfléchir à la situation le matin venu.

Pour l'heure, elle comptait profiter de sa nuit avec Kai.

6

Alors qu'elle arrivait devant le magasin de robes de mariée de Royal, tenu par Natalie Valentine, Miranda demanda au chauffeur de lui laisser le temps de se remaquiller.

Elle aurait dû le faire avant, mais elle avait été trop occupée à penser à Kai… Et à chaque instant qui s'était écoulé depuis la nuit formidable qu'ils avaient partagée.

Ils s'étaient tous les deux lourdement trompés en pensant qu'ils arriveraient à mettre un terme à leur attirance en donnant libre cours à leur passion.

En effet, la situation actuelle était aux antipodes du résultat escompté !

Elle leva le petit miroir qu'elle avait toujours dans son sac, et se repoudra le nez. En tant que covedette d'une émission télévisée, elle avait le droit à une maquilleuse professionnelle, mais elle avait pris l'habitude de se maquiller elle-même. Tant qu'elle n'avait pas le visage luisant et qu'elle avait un peu de mascara, elle pouvait passer à l'écran. Pourquoi continuer à entretenir le mythe comme quoi les femmes avaient besoin de passer des heures à se maquiller pour être belles ?

D'autant qu'elle se souvenait encore du commentaire de Kai lorsqu'ils avaient fait l'amour. Il lui avait dit qu'elle était encore plus belle que dix ans auparavant. Et comme l'avis de Kai lui importait plus que l'avis des téléspectateurs…

Cela dit, elle avait un contrat à respecter et devait, au minimum, coordonner son rouge à lèvres à la couleur de sa robe. Et puis, peut-être qu'en se mettant dans le bain de l'émission cela lui permettrait de se changer les idées... et de ne plus penser à Kai !

Si elle voulait sortir de ce casse-tête indemne, le seul moyen était de terminer la saison à Royal et de retourner au plus vite à New York.

Satisfaite de son apparence, elle remercia le chauffeur de sa patience, sortit du véhicule et pénétra dans le magasin où le reste de l'équipe l'attendait.

— Par ici ! s'écria Seraphina en la voyant.

Un cameraman se tourna vers elle tandis qu'un autre filmait la scène qui se déroulait entre Seraphina et Lulu.

— Regarde, Miranda ! s'exclama Lulu en brandissant une paire de chaussures. Fee a mis les nouvelles Jimmy Choo en léopard et moi j'ai choisi la version gris métallisé.

— Tu vas lancer une nouvelle mode de tenue de mariée !

Lulu éclata de rire.

— C'est mon mariage, donc je fais ce que je veux, n'est-ce pas ? répliqua-t-elle en lui faisant un clin d'œil.

— Tout à fait ! répondit Miranda en serrant son amie dans ses bras.

Elle était ravie pour Lulu, même si elle ne pouvait s'empêcher de lui envier son bonheur.

En se mariant avec Buckley, un homme beaucoup plus âgé qu'elle, elle avait décidé de se concentrer sur sa vie professionnelle et ses ambitions, mais plus elle y pensait et plus elle se rendait compte que du point de vue émotionnel ce mariage avait été le plus grand échec de sa vie.

Seraphina la tira de ses pensées maussades.

— Mais j'y pense, Lulu, et si tu portais des santiags gris métallisé sous ta robe de mariée ? Les demoiselles d'honneur pourraient aussi en porter, pour être assorties à toi ? Rafaela serait verte de jalousie, tu ne crois pas ?

Miranda se contenta d'être témoin de la scène, écoutant la

conversation sauter du coq à l'âne, s'immergeant dans la joie ambiante qu'il y avait dans le magasin.

Le dernier épisode de la saison approchait, et bientôt elle retournerait à New York...

Rafaela et Zooey ne tardèrent pas à les rejoindre, se mêlant à la conversation avec leur aisance coutumière. Même Rafaela sembla impressionnée par Natalie Valentine, la propriétaire du magasin, qui avait roulé sa bosse un peu partout et dont la gamme allait de la haute couture au vintage en passant par un tas de petites marques dans le vent.

Lulu passa un long moment à essayer des robes de mariée inspirées de traditions du monde entier.

Miranda sirotait une coupe de champagne, assise sur un canapé à côté de Zooey, quand Lulu vint parader devant elles vêtue d'une robe en perles dont la forme faisait penser à une sirène.

De nouveau, elle ne put réprimer un pincement d'envie envers Lulu, ce qui la contraria car elle n'aimait pas l'idée d'envier son amie.

De plus, elle ne pensait pas avoir besoin d'un homme dans sa vie pour être comblée. Loin de là. Depuis son divorce d'avec Buckley, elle ne s'était jamais sentie aussi épanouie et libre d'agir comme bon lui semblait.

Alors pourquoi éprouvait-elle cette envie face au bonheur de son amie ? Et pourquoi cette liberté d'action n'avait plus le même goût, ces derniers temps ?

La réponse était simple et tenait en deux mots : Kai Maddox.

Son esprit navigua aussitôt vers lui.

Elle revit son visage aux traits si parfaits, son corps aux muscles si fermes...

Depuis qu'elle l'avait revu, son humeur était entièrement dictée par cet homme. Et depuis qu'elle avait dormi dans sa somptueuse maison, le phénomène s'était accentué.

On aurait dit qu'elle ne respirait que parce qu'il existait !

Le statut de femme libre et indépendante qu'elle revendiquait haut et fort avait du plomb dans l'aile.

Et si, tout au fond d'elle, elle avait envie que les choses soient plus sérieuses entre Kai et elle ? Si elle voulait...

La panique s'empara d'elle, d'autant qu'elle s'était toujours targuée de ne jamais verser dans ce genre de sentimentalisme.

Atterrée, elle manqua renverser sa coupe de champagne.

Seule Zooey remarqua son émoi.

— Tu n'aimes pas la robe de Lulu ? demanda-t-elle. Il y a un problème ?

L'une des caméras se braqua sur elle.

Zut !

Elle entendit le bruit du zoom. Impossible de se soustraire à l'objectif. Tous les mensonges qu'elle pourrait dire se retourneraient contre elle et seraient disséqués par le public.

Ne souhaitant pas parler de Kai devant la caméra, elle reprit vite pied en optant pour une vérité mélancolique qui, espérait-elle, suffirait à lui sauver la mise.

— Je crois que la nostalgie s'est emparée de moi, avoua-t-elle. Je ne peux m'empêcher de penser que c'est la fin d'une époque. Seraphina va rester au Texas avec Clint, Lulu va épouser Kace, et je suis sûre qu'elles seront plus souvent à Royal qu'à New York.

— Oui, je comprends ton sentiment, répondit Zooey en hochant la tête. C'est un peu comme le bal de fin d'année au lycée. C'est à la fois joyeux et triste parce que l'on sait que rien ne sera jamais plus comme avant.

Miranda sourit en entendant la comparaison qui était tout à fait en adéquation avec leur situation.

— Exactement ! dit-elle, levant son verre en direction de Fee et de Rafaela pour les inclure dans ce moment. À nous !

— Les filles, je vous adore, murmura Zooey, visiblement très émue.

Lulu sortit du salon d'essayage vêtue d'une robe tube blanche impeccablement taillée dont la simplicité mettait en valeur sa silhouette gracieuse.

Postée devant les glaces, elle se tourna vers ses covedettes, sentant qu'elle n'était pas dans l'ambiance.

— J'ai raté quelque chose ? s'enquit-elle.

— Miranda nous a projetées dans une dimension mélancolique, et on se disait que rien ne serait jamais plus comme avant, résuma Fee, en se dirigeant vers Lulu pour lui prendre le bras.

— J'ai dit que c'était à la fois joyeux et triste, comme un bal de fin d'année au lycée, ajouta Zooey.

— Car, finalement, on aime bien être ensemble... la plupart du temps, même s'il arrive que l'on se chamaille, précisa Fee à l'intention de Rafaela.

Celle-ci ne rétorqua rien, ce qui était assez rare pour être noté.

— C'est moi la mariée, je vous rappelle, décréta Lulu, prenant un air faussement vexé. Vous n'avez pas le droit de dire des choses sentimentales sans moi. Attendez que je sois là, pour les séquences émotion.

Miranda s'approcha à son tour de la future mariée.

— Lulu, tu es splendide. C'est la robe qu'il te faut.

— Je suis d'accord, elle te va à ravir, renchérit Zooey.

— Merci, les filles.

— Ah, et on a aussi dit que c'était la fin d'une ère.

Rafaela soupira.

— Vous pensez que l'on devrait se serrer dans les bras pour un maxi câlin ? s'enquit-elle, regardant ses covedettes.

— Viens là, espèce d'ingrate, répondit Fee sur le ton de la plaisanterie, tout en lui tendant la main.

Miranda ignorait si Fee et Rafaela faisaient un effort pour le mariage de Lulu ou si elles avaient fait la paix en secret, mais elle fut ravie de voir ce revirement de situation.

Elles se serrèrent l'une contre l'autre, bras dessus, bras dessous, en une accolade de franche camaraderie, en hommage à tous les moments qu'elles avaient partagés.

— Vive les filles ! s'exclama Miranda.

— Bravo à nous ! renchérit Zooey.

— Lulu, ton mariage va être génial, ajouta Fee, la serrant contre elle.

— Vous pensez que les gars parlent de la même chose quand ils font des mêlées ? demanda Zooey.

— Alors là, ça m'étonnerait, dit Lulu.

— Mais au moins, on peut se régaler de leurs fesses musclées ! fit remarquer Rafaela.

Elles éclatèrent de rire.

À cet instant, Miranda sentit son téléphone vibrer dans sa poche. Elle s'excusa le plus discrètement possible et s'éclipsa dans le couloir attenant au salon d'essayage, à l'abri des regards indiscrets.

Elle fut surprise de voir un message de Kai.

Grosse brèche de sécurité des données pendant la transition vers le logiciel Madtec. Je dois te voir au plus vite.

Son sang se glaça. Elle avait envisagé un tas de raisons pour le revoir, mais pas un scénario catastrophe.

Après avoir quitté précipitamment le tournage, en disant qu'elle avait une urgence à gérer, elle demanda au chauffeur de l'emmener à Deer Springs.

En chemin, elle appela Vaughn pour le prévenir.

Même si le fils de Buckley était l'héritier légitime, c'était néanmoins elle qui était responsable de cette situation car c'était elle qui avait signé le contrat avec Madtec.

L'idée d'avoir potentiellement exposé les clients de la banque Blackwood à des pirates informatiques la mettait dans tous ses états.

— Allô, Vaughn ?

— J'ai appris la nouvelle. Déjà avant la passation, la sécurité n'était plus étanche, donc cela ne me surprend pas plus que ça mais il faut limiter la casse.

— Je me rends chez Madtec pour évaluer les dégâts.

— Parfait. De mon côté, je vais organiser une conférence de presse pour ne pas que l'on se fasse prendre de court. Les nouvelles de ce genre ont le don de se propager à la vitesse de l'éclair.

— Tu veux que je vienne, pour la conférence de presse ?

Elle ne voulait pas s'immiscer mais souhaitait se rendre disponible s'il avait besoin d'elle. Elle voulait qu'il sache qu'il pouvait compter sur elle.

Vaughn lui avait donné moins de fil à retordre que Kellan et Sophie, durant son mariage avec leur père, mais dans la mesure où il était moins souvent à Royal elle avait eu plus de mal à interpréter les signes à distance.

Ce n'est que lorsqu'il était venu à Royal pour le mariage de Sophie, qu'il s'était ouvert à elle et qu'ils avaient pu entamer une relation plus stable.

— Non, j'aime autant que tu enquêtes chez Madtec, répondit-il. Tiens-moi au courant des mesures mises en place pour contrer la cyberattaque dont la banque a été victime.

— Entendu. Tu sais, je n'ai aucun doute par rapport aux frères Maddox. Ils sont très performants.

Il marqua un temps d'arrêt avant de répondre :

— J'avoue que leur portefeuille de clients est impressionnant, mais nous sommes leur premier gros client financier et ils ont tous deux baigné dans le piratage informatique. Quoi qu'il en soit, j'espère que tout reviendra rapidement dans l'ordre. Je dois te laisser. Rappelle-moi dès que tu as du nouveau.

— Tu peux compter sur moi.

Après avoir raccroché, elle rassembla ses esprits en vue de son entrevue avec Kai.

Elle avait entièrement confiance en Madtec, même si les deux frères avaient fait leurs classes en tant que pirates informatiques.

Kai et Dane avaient quelque chose à prouver. Et elle aussi. Elle était donc décidée à mettre tout en œuvre pour que cette collaboration avec Madtec soit une réussite.

Elle avait engagé Kai, car elle était persuadée qu'il était le meilleur dans ce domaine.

Son but du moment était de l'aider à éviter la catastrophe et de le soutenir dans cette épreuve.

— Mlle Dupree est arrivée, annonça Amad par l'Interphone.

— Merci, j'arrive.

À tout autre moment, Kai aurait été impatient et aux anges à l'idée de voir Miranda. Mais dans la situation actuelle et depuis l'annonce de la brèche dans le système de sécurité, il redoutait leur entrevue.

En effet, elle ne venait pas en tant qu'amie mais en tant que représentante de la banque Blackwood, et les nouvelles n'étaient pas bonnes.

Il avait été tiré du lit à 5 heures du matin un jour de congé par un appel de Dane qui lui avait annoncé la cyberattaque.

Le seul côté positif était que son frère était sur place au moment de la brèche et qu'il s'était aperçu du problème en amont.

Kai avait la tête comme une citrouille à force de voir des chiffres défiler sur une multitude d'écrans. Leur but avait été de mettre en place une soupape de sécurité en attendant que le nouveau système de protection soit opérationnel.

Il essayait aussi d'évaluer au mieux les dégâts et les risques à venir.

— Jerrylin, je reviens au plus vite, mais je dois vous laisser quelques instants, dit-il à l'une des ingénieures en charge de cette opération d'urgence.

— Ne vous inquiétez pas, on est là.

À moitié rassuré, il regagna son bureau où l'attendait Miranda.

Il faudrait encore une bonne partie de la nuit pour que leur logiciel soit réinitialisé. La première installation du système de sécurité des données avait échoué, et il priait pour que la seconde fois soit la bonne.

Madtec ne s'était pas préparé suffisamment à devoir monopoliser autant de ressources pour la banque Blackwood dès le début de leur collaboration. Le seul point positif, c'est que l'équipe interne de la banque avait pris la brèche à leur compte ; ils savaient que leurs mesures de sécurité étaient défaillantes depuis longtemps.

Mais qu'en penserait Miranda ?

Il ne voulait surtout pas la décevoir.

En entrant dans son bureau, il vit Miranda avec un cadre à la main. Cela devait lui rappeler quelque chose. C'était une photo de sa moto et de leurs deux casques qui datait de leur dernier week-end en amoureux.

En l'entendant arriver, elle remit le cadre à sa place.

Elle portait une robe bleue imprimée de marguerites, un choix très féminin, parfait pour un week-end champêtre, songea-t-il. Hormis qu'ils se retrouvaient coincés au siège de Madtec avec une tonne de problèmes à régler rapidement.

L'espace d'un instant, il eut envie d'oublier la brèche de sécurité. Il aurait aimé prendre Miranda dans ses bras, l'embrasser… Sauf qu'elle n'était pas venue pour qu'il lui fasse l'amour.

Elle était là pour une mission de taille, et il se devait d'être responsable envers son entreprise et ses employés.

— Merci d'être venue, Miranda. Et désolé d'avoir dû te faire quitter le tournage de ton émission.

— Merci de m'avoir prévenue. Si je suis encore à Royal, c'est pour veiller à la passation des pouvoirs de la banque Blackwood et je tiens à repartir avec la conscience tranquille. Donc il me tient à cœur de régler ce problème au plus vite avant de pouvoir repartir à New York. Mes covedettes se débrouilleront sans moi.

Il admirait son engagement envers la mission qui lui avait été confiée par Buckley, mais le rappel qu'elle appartenait désormais à New York et non à Royal, ou même à Deer Springs, lui serra le cœur.

— Je t'en prie, assieds-toi, je vais t'expliquer la situation, dit-il, lui indiquant l'un des deux fauteuils en cuir face à son bureau.

Elle lissa le bas de sa robe avant de s'installer.

Il prit place à côté d'elle.

Il projeta son écran d'ordinateur sur le mur blanc en face d'eux afin de mieux avoir accès aux informations dont il aurait besoin pour lui expliquer la nature du piratage et ce qu'ils mettaient en œuvre pour enrayer le problème.

L'importance du problème l'aida à se concentrer sur la tâche qu'il avait à accomplir et non pas sur la proximité de Miranda.

Quand il lui fit état du nombre de clients dont les comptes avaient pu être visités, elle resta stoïque, son expérience de femme d'affaires l'aidant sûrement à garder le contrôle, même dans les scénarios les plus épineux.

Durant la mise à jour qu'il lui fit, elle l'interrompit rarement, mais les quelques questions qu'elle lui posa étaient tout à fait pertinentes, démontrant son esprit d'analyse et sa perspicacité. Elle savait utiliser les ressources qui lui étaient données pour décortiquer les informations de manière appropriée et en tirer des conclusions constructives.

Guidée par une ambition hors du commun, elle avait su avancer sans jamais perdre de vue ses objectifs, tout en restant à l'écoute du monde alentour.

De plus, son esprit vif lui permettait d'avoir toujours une longueur d'avance sur les autres.

Cela faisait d'elle une femme d'affaires hors pair, indéniablement, mais il était d'autant plus difficile de la déchiffrer d'un point de vue personnel.

Cette réflexion l'amena à se demander comment la femme passionnée qui avait partagé son lit récemment pouvait se transformer aussi radicalement en l'une des businesswomen les plus en vue du pays.

— Donc les pirates ont pu potentiellement avoir accès aux comptes de quatre-vingt-dix mille clients, résuma-t-elle.

— C'est ça.

— Que mettez-vous en œuvre pour que l'on puisse assurer aux clients que cela ne se reproduira pas ?

Kai avait passé de longues heures devant des écrans d'ordinateur, dans l'espace confiné du serveur de Madtec, et au téléphone, avec l'équipe interne de la banque Blackwood. Il craignait de ne plus avoir l'énergie suffisante pour se montrer à la hauteur et rassurer Miranda comme il l'aurait souhaité.

Mais il n'était pas du genre à abandonner et irait jusqu'au bout de ce défi.

— Pour commencer, il faudrait que vous envisagiez de publier un communiqué expliquant à vos clients qu'ils n'étaient déjà pas protégés de manière adéquate par le système qui était en place auparavant et que Madtec n'était pas en mesure de trouver une solution pour remédier à la défaillance du jour au lendemain, expliqua-t-il, à bout de patience, frustré que Miranda ne laisse rien trahir de l'intimité qu'ils avaient partagée récemment.

D'un bond, il se leva de son fauteuil et passa derrière son bureau afin de mettre de la distance entre eux.

— Kai, tu sais que, pour le moment, nous ne pouvons pas publier un tel communiqué. Mais nous savons que Madtec n'est en rien lié au problème, lui assura-t-elle sur un ton posé.

Toujours aussi professionnelle.

Et toujours aussi belle.

Irrésistiblement belle. Au point qu'il la désirait dès qu'il posait les yeux sur elle.

Pour ne plus être tourmenté par cette vision, il s'approcha des baies vitrées et contempla un instant la ville, le temps de reprendre ses esprits.

— Les clients de la banque ne seront pas aussi cléments, je peux te l'assurer, dit-il. Sans compter la presse et les banques concurrentes.

— Je sais, Kai.

— Dane et moi avons tout fait pour nous détacher de l'image qui nous collait à la peau depuis nos débuts. Même si nous ne sommes pas fautifs, une brèche de cette envergure nous fera énormément de tort si nous n'arrivons pas à redresser la barre à temps.

Sentant qu'il perdait pied, il tenta de se ressaisir.

Il devait réussir à maîtriser cette urgence, les effets sur son entreprise, cette entrevue avec Miranda et son désir incommensurable pour cette femme si secrète.

— Vous allez y arriver, assura-t-elle. *Nous* allons y arriver. J'ai entièrement confiance en Dane et toi. Je comprends que tu sois préoccupé et je pense qu'il vaut mieux que je te laisse, conclut-elle en se levant.

Comment faisait-elle pour réussir à réprimer l'attirance qui menaçait de le faire vaciller à tout moment quand il la regardait ? Car elle aussi le désirait, il le savait.

À bout de nerfs, le corps en proie aux tensions les plus vives, il se sentit soudain très fatigué. Il aurait tout donné pour la prendre dans ses bras et se perdre en elle.

Une idée saugrenue lui vint soudain à l'esprit.

Une idée qui pourrait peut-être la faire craquer.

— Non, reste, dit-il.

— Tu es sûr ?

— Disons que la responsable de la banque peut partir, mais j'aimerais beaucoup parler à la femme avec qui j'ai fait l'amour l'autre jour.

7

Miranda expira doucement pour tenter de relâcher la tension qui s'était accumulée dans ses muscles au cours de son entretien avec Kai, tension qu'elle avait masquée autant que possible pour ne pas montrer de signes de faiblesse.

Elle comprenait la demande de Kai.

Naturellement, elle aurait aimé l'accepter. C'était tellement frustrant de devoir mettre un frein à ses émotions en présence de cet homme qui lui avait fait perdre la raison en bien des occasions.

Et puis, elle aurait tant aimé lui apporter un peu de réconfort.

Il paraissait épuisé. Elle le voyait dans ses yeux, dans ses gestes, dans son sourire las.

Elle constatait à quel point il était engagé dans son travail, à quel point il prenait ses responsabilités au sérieux.

Elle se décida à faire le tour de la table pour s'approcher de lui.

Après quelques hésitations, elle lui prit la main.

— Kai, tu manques vraiment d'imagination si tu n'arrives pas à voir que la femme avec qui tu as fait l'amour il y a quelques jours se trouve devant toi. Elle a simplement revêtu, pour les besoins de la situation, sa tenue de responsable de banque.

Il la fouilla de son regard émeraude avant de se rapprocher dangereusement d'elle.

— Miranda, je peux t'assurer qu'en ce qui te concerne je ne manque pas d'imagination. Ce qui est justement une partie du problème.

En un geste d'une tendresse inouïe, il porta sa main jointe à la sienne pour la poser contre sa joue.

— Et l'autre partie ? demanda-t-elle.

— C'est que tu es la dernière personne que j'aie envie de décevoir. Non pas à cause de la banque mais à cause de ce qui se passe entre nous.

Son honnêteté la fit frissonner, et l'angoisse lui serra la gorge.

Elle non plus ne savait pas où les mènerait leur relation, et son esprit était en proie à la plus vive confusion.

L'incertitude quant aux attentes de Kai l'empêchait de profiter de cette complicité en toute simplicité, même si elle mourait d'envie de se coller à lui et de se perdre en lui. Elle n'avait qu'une seule certitude : Kai lui manquait quand il était loin d'elle. N'étant pas habituée à se reposer sur les autres pour avancer, cette dépendance qu'elle éprouvait la paniquait.

— Kai, dis-moi ce que je peux faire pour t'aider. Pour ce qui est de la cyberattaque, j'entends. Vaughn m'a dit qu'il allait faire une conférence de presse et m'a demandé de le tenir au courant une fois que tu m'aurais expliqué la situation, dit-elle, détournant les yeux de peur de tomber dans ses bras.

Ils étaient au milieu d'une crise dont la gestion était loin d'être assurée, et toute interférence sentimentale était risquée.

Lâchant sa main, Kai prit ses distances, et son expression se fit plus dure, plus fermée.

Elle fut à la fois soulagée qu'il ne soit pas allé plus loin dans ce moment de tendresse, qui aurait pu rapidement déraper, et déçue qu'ils ne soient plus en contact.

Et surtout, elle eut la nette impression de l'avoir déçu.

Elle se reprit rapidement. Ne sachant pas plus que lui sous quel angle aborder leur relation, elle ne pouvait se laisser aller à un moment d'intimité alors que la banque Blackwood avait besoin de toute son attention.

— Dans un monde idéal, j'aurais envoyé mon attaché de presse à la conférence, mais toutes nos équipes sont mobilisées pour tenter de résoudre le problème, expliqua-t-il, posant sur elle un regard qui ne ressemblait en rien à la façon dont il l'avait regardée quand il l'avait portée dans sa chambre pour lui faire l'amour.

— Je comprends.

— Je dois redescendre dans la salle où les ingénieurs travaillent d'arrache-pied pour remédier à la faille. Je te propose de prendre tes quartiers ici. Je vais t'envoyer la personne qui s'occupe des relations publiques ; vous pourrez travailler sur la déclaration que nous enverrons à Vaughn. Elle pourra aussi te donner des idées sur la façon de présenter la nouvelle à vos clients.

Elle se contenta de hocher la tête. La façon dont il venait de se mettre en retrait, et pas seulement physiquement, lui rappela soudain l'attitude qu'il avait eue lorsqu'il avait pris ses distances avec elle, avant leur séparation, dix ans auparavant.

Cette similitude la frappa de plein fouet.

— Kai...

Mais il avait déjà quitté son bureau, et les doubles portes venaient de se refermer.

Elle ferma les yeux un instant, l'esprit en déroute. Elle avait fait une erreur. Elle n'avait pas été à la hauteur, au niveau personnel, pour soutenir Kai. Elle trouverait un moyen de se faire pardonner son attitude. Plus tard.

Pour le moment, elle devait faire face à une crise d'ordre professionnel. C'est ce qu'elle savait faire de mieux.

Elle ne quitterait pas les lieux avant de s'être assurée que le logiciel de sécurité était en place et fonctionnait de manière fiable.

— Tu devrais rentrer, tu ne tiens plus debout, dit Kai à son frère.

Dane venait d'entrer dans la salle du serveur d'ingénierie, ses cheveux bruns ébouriffés, l'air hagard, rivant directement les yeux sur l'écran qui diffusait en temps réel l'avancement de l'installation du logiciel de sécurité.

Ils avaient voulu faire un dernier test avant de lancer l'installation, mais la brèche ne leur en avait pas donné l'occasion.

Le temps pressait, ils n'avaient pas une minute à perdre.

Posant sa tasse de café, Kai s'inclina dans le siège ergonomique, s'éloignant légèrement de son poste. Trois autres analystes de système étaient dans la pièce, chacun avec une mission bien définie dans le cadre du processus de mise en place.

Jusqu'à présent, l'installation se déroulait sans problème.

— Tu es jaloux de ne pas avoir la barbe qui pousse aussi vite que moi, répliqua Dane sans détourner son attention du mur où étaient projetées les données informatiques.

— Tu rigoles ? Avec le temps que tu as passé ici, j'imagine qu'il doit y avoir une colonie d'entités vivantes là-dedans.

— Probablement ! Tout ce que je veux, c'est que l'on sorte de cette crise sans que j'aie besoin de parler à la presse. Et dans mon état, je sais que je ne serais pas convaincant, ajouta-t-il, toujours pince-sans-rire.

Il prit place à côté de lui, bougeant la souris pour ranimer l'écran en face de lui.

— Pourquoi tu dis ça ?

— Je dis ça, car il va falloir intervenir pour défendre l'image de Madtec de manière plus agressive, expliqua Dane. Et pour ça, il faudra bien que quelqu'un de chez nous prenne la parole.

Kai grimaça. Il avait un mauvais pressentiment.

— Que veux-tu dire par là ? demanda-t-il.

— Je veux dire que l'on aurait dû envoyer un expert à la conférence de presse au lieu de simplement envoyer une déclaration.

— Tu me fais peur. Que sais-tu de plus que moi ?

— Vaughn Blackwood n'était pas formé pour répondre aux questions techniques, si bien que nous sommes passés pour des charlots, répondit Dane en ouvrant un clip tiré d'une chaîne locale.

Il cliqua sur la commande d'avance rapide pour arriver au moment qu'il voulait montrer à Kai.

Kai vit Vaughn Blackwood, tel un renne traqué par les flashs des appareils photo et des objectifs de caméras alors qu'il répondait aux questions des journalistes sur la nature de la brèche et les mesures mises en place pour remédier au problème. Il semblait parfois perdu, s'emmêlant les pinceaux en lisant les papiers devant lui et ne répondant bien souvent qu'en partie aux questions posées.

— C'est moi qui ai demandé à Miranda d'écrire une déclaration avec l'aide de notre équipe de relations publiques, expliqua Kai. C'est ma faute.

— Et regarde ça, ajouta Dane en lui montrant le direct de la chaîne où l'on voyait une camionnette de télévision postée devant le siège de Madtec.

Kai jura. Il ignorait qu'il y avait des journalistes devant le siège puisque le serveur sécurisé était dans une salle aveugle au milieu du bâtiment.

— Comment l'as-tu su ? s'enquit-il.

— On m'a prévenu. La camionnette est arrivée il y a une heure environ. Mais comme le hall de réception est fermé, ils n'ont pas pu rentrer.

— On ne m'a rien dit.

Miranda était-elle au courant ?

Ils avaient échangé quelques messages au cours des dernières heures, mais il n'était pas retourné dans son bureau depuis qu'il l'avait quittée.

Elle avait transmis à Vaughn les informations que Madtec lui avait fournies, refusant de partir avant de s'être assurée que le système de gestion des données de la banque Blackwood était de nouveau opérationnel et que tous les clients étaient protégés.

Elle faisait preuve d'un grand professionnalisme, cela ne faisait aucun doute.

Toutefois, il n'avait toujours pas digéré qu'elle l'ait rejeté comme elle l'avait fait, même s'il reconnaissait qu'il n'aurait peut-être pas dû faire appel à son amante en pareilles circonstances mais plutôt à sa collaboratrice, étant donné la gravité du problème.

Il avait également omis de prendre en compte le fait qu'en arrivant elle ne connaissait la nouvelle que depuis peu, alors que lui la connaissait depuis des heures et avait eu le temps de se faire à l'idée.

— Je pense que tu devrais faire une déclaration à la presse, suggéra Dane, faisant signe au stagiaire qui venait d'entrer dans la pièce avec une cafetière fumante et des tasses.

D'habitude, les employés n'avaient pas le droit de manger ou de boire dans la salle du serveur, mais l'interdiction avait été levée au vu de la situation sans précédent.

— Maintenant, je comprends mieux pourquoi tu as cultivé ton air d'homme des cavernes. Comme ça, tu sais que personne ne t'enverra devant la caméra, répliqua Kai, moqueur.

— Dis donc, il te faut du temps pour comprendre, mon frère !

Kai surveilla encore un peu les opérations, puis décida de retourner dans son bureau. Il devait parler à Miranda.

Alors qu'il s'apprêtait à quitter la salle, Miranda entra, portable à la main, très pâle, les traits tirés.

— Kai, désolée de te déranger. Sophie Blackwood vient d'être admise à l'hôpital.

— Comment ça ? Pourquoi ?

Il comprenait son inquiétude et savait à quel point elle tenait aux enfants de Buckley Blackwood.

— Je ne sais pas. Nigel a envoyé un message à toute la famille. Ils venaient de rentrer de lune de miel. Elle s'est évanouie à l'aéroport.

— Je vais t'emmener à l'hôpital, viens, dit-il, la prenant par la main.

Pas question de la laisser prendre le volant seule dans son état de fatigue.

Il se tourna vers son frère.

— Allez-y, j'assure le quart suivant, dit Dane.

— Merci.

Et il entraîna Miranda avec lui, espérant que le malaise de Sophie Blackwood n'était pas trop grave.

Reconnaissante de la prise de décision rapide de Kai, Miranda fut soulagée de pouvoir s'en remettre à lui. Elle le laissa les guider vers une issue à l'arrière du bâtiment, à l'abri des regards indiscrets.

Les dernières heures qui s'étaient écoulées avaient été épuisantes, et c'était rassurant de sentir la chaleur de sa main dans la sienne.

Elle avait passé son temps à vérifier le progrès de la mise en place du nouveau système de sécurité des données tout en étant en relation téléphonique quasi constante avec Vaughn pour le tenir au courant.

À présent, elle était davantage inquiète au sujet de Sophie. Même si leur relation avait été fragile au départ, elle avait su gagner la confiance de la fille de Buckley, qui n'avait qu'une dizaine d'années de moins qu'elle. Elles étaient devenues amies, et elle tenait à lui apporter son soutien.

— Tu n'as pas peur que les journalistes aient fait le tour du bâtiment ? demanda-t-elle.

— Donc tu es au courant ?

— Je venais de l'apprendre avant de recevoir le message de Nigel.

— A priori, ils sont postés devant et le parking est sécurisé.

À peine étaient-ils sortis sur le parking de derrière qu'un cameraman et une journaliste firent leur apparition à l'angle du bâtiment.

— Mademoiselle Dupree ! cria la journaliste.

— Ne réponds pas, murmura Kai entre ses dents.

— Pouvez-vous nous confirmer que vous avez choisi Madtec pour assurer la cybersécurité de la banque Blackwood parce que vous êtes en couple avec Kai Maddox ? demanda la journaliste.

Miranda sentit Kai se crisper.

— J'aurais dû demander à la sécurité de nous escorter,

marmonna-t-il à voix basse. J'ignore comment ils ont fait pour entrer.

Il la prit par le coude, continuant à avancer vers la voiture.

— Attendez ! lança la journaliste.

— C'est une propriété privée, dit Kai d'une voix sèche. Vous n'avez pas le droit d'être ici, et nous n'avons aucun commentaire à faire. Merci.

Apparu comme par miracle, un autre duo de journalistes venait de leur barrer la route.

Miranda se pencha vers Kai pour lui parler à l'oreille :

— Si on répond à quelques questions, ce sera peut-être plus rapide que si l'on essaie de les éviter.

Il la regarda, visiblement indécis quant à la direction à prendre. Enfin, il hocha la tête.

Miranda regarda directement la caméra, sachant déjà ce qu'elle avait à dire. Après avoir passé des heures à travailler sur les déclarations de Vaughn, elle connaissait son sujet.

— La banque Blackwood a entièrement confiance en Madtec, dit-elle. Nous sommes heureux d'être le premier établissement financier à bénéficier de leur logiciel d'encryptage, et notre collaboration est tombée à point nommé.

— Votre liaison intime avec le coprésident de Madtec fera-t-elle l'objet d'un épisode spécial dans *La Vie secrète des ex-épouses de NYC* ? demanda la journaliste.

Miranda, qui ne s'attendait pas à cette question, fut un instant déstabilisée.

— Il n'y aura pas d'épisode spécial puisque nous n'avons pas de liaison intime, intervint Kai. Maintenant, si vous voulez bien nous excuser, ajouta-t-il, reprenant Miranda par le bras pour la guider vers la Jaguar métallisée.

Les journalistes et leurs caméras les suivirent, criant des questions dans le but de les faire réagir.

Kai, imperturbable, lui ouvrit la portière passager pour qu'elle monte dans le véhicule.

Alors qu'elle prenait place, elle vit deux gardes de la sécurité arriver.

Ils ne tardèrent pas à déloger les journalistes.

Kai s'installa au volant.

— Ce n'étaient pas des journalistes de la presse des affaires, dit-il, contrarié, alors qu'ils quittaient le parking de Madtec.

— C'est sûrement un tabloïd quelconque.

Elle frissonna à l'idée que la presse à scandales s'empare de leur vie privée, d'autant que leur relation n'existait pas, d'après les dires de Kai.

Ses mots résonnèrent en elle alors qu'elle repensait au ton glacial sur lequel il les avait prononcés.

Il avait certes dû être agacé d'être harcelé par les journalistes, mais elle ne comprenait pas pourquoi il avait eu une réaction aussi violente.

Pas plus tard qu'en début de journée, dans son bureau, elle avait cru comprendre qu'il avait justement envie de développer leur relation.

Un silence pesant s'installa entre eux alors qu'ils roulaient en direction de l'hôpital de Royal.

Jetant un regard furtif vers Kai, elle le trouva tendu, les traits tirés.

— Je sais que c'était mon idée de parler à la presse, mais j'espère que tu ne m'en veux pas, dit-elle. Je pensais que les questions porteraient sur la banque et non sur notre vie privée. J'aurais dû m'en douter.

Il réfléchit un instant avant de lui répondre :

— Pour quelqu'un qui veut à tout prix préserver son image professionnelle, je suis étonné que tu aies accepté de faire cette émission de téléréalité.

La voie rapide s'étalait devant eux à perte de vue. Ils étaient seuls sur la route. De chaque côté, les fermes étaient plongées dans le noir. Le tableau de bord, seule source de lumière alentour, éclairait le visage tendu de Kai.

— L'émission peut paraître un peu extravagante, mais les téléspectateurs aiment voir la façon dont nous démêlons les imbroglios sociaux entre nous, expliqua-t-elle. Et comment nous arrivons malgré tout à rester amies. On redonne espoir aux femmes qui n'ont pas encore trouvé l'homme idéal en leur montrant qu'elles peuvent passer des moments enrichissants et épanouissants avec leurs amies.

— D'après les clips publicitaires, on a l'impression qu'il s'agit de cinq femmes qui se crêpent le chignon en faisant du shopping et en essayant de se voler la vedette.

Ses paroles la glacèrent. Jusqu'à présent, elle ne s'était pas vraiment demandé ce que pensait Kai de cette émission. Maintenant, elle en avait une petite idée...

— Tu sais très bien que les accroches marketing ne reflètent pas toujours la substance du produit, rétorqua-t-elle, quelque peu vexée.

— J'étais juste curieux de savoir pourquoi tu faisais cette émission, maintenant je sais.

— Non, tu ne sais rien. Mon mariage a été un échec, et cette émission donne un autre aperçu de la vie des femmes. On parle de notre métier, de notre amitié. Il ne s'agit pas de rencontrer le grand amour ou d'avoir une liaison à tout prix. Du moins, dans mon cas, dit-elle, au comble de l'agacement.

— Alors heureusement que j'ai dit à la journaliste qu'il n'y avait rien entre nous puisque ce n'est pas dans tes projets.

Décidément, il faisait exprès de jouer sur les mots.

À bout de patience, elle se tut, profondément blessée qu'il n'ait pas vu que les moments qu'ils avaient partagés en début de semaine s'apparentaient à un début de liaison intime.

8

Une heure plus tard, Miranda était assise sur une chaise en plastique dans la salle d'attente des urgences de l'hôpital, profitant de ce moment pour vérifier ses e-mails professionnels et s'occuper l'esprit, trop anxieuse de connaître la raison de l'évanouissement de Sophie.

Elle était censée se rendre à une réunion du conseil d'administration de Goddess à New York la semaine suivante, mais, entre la crise Madtec, le gala de charité, le mariage de Lulu et maintenant l'état de santé de Sophie, elle ne savait plus où donner de la tête et elle doutait d'être en mesure de se libérer pour se rendre là-bas, ne serait-ce qu'une journée !

Elle allait devoir jongler et déléguer au maximum pour réussir à se sortir de ce marasme.

Alors qu'elle commençait à envoyer un message à son assistante à New York, Kai entra dans la salle d'attente.

Il était allé leur acheter des cafés et il lui en tendit un.

Il était très tard et il n'y avait qu'eux. Vaughn avait dû s'effondrer après la conférence de presse et était injoignable. Kellan et Darius n'étaient pas à Royal, mais elle avait réussi à leur parler et à les prévenir de la situation. Kellan, qui ne voulait pas réveiller Irina ni la laisser seule, avait promis de l'appeler dès le lendemain matin.

Elle n'en pouvait plus d'attendre l'arrivée de Nigel.

— Merci pour le café, Kai. Et surtout d'être là. Tu dois être épuisé.

— Je dormirai plus tard, ne t'inquiète pas pour moi.

— Tu as eu des nouvelles de ton frère ?

— Il a dit que le téléchargement venait de se terminer. Il va travailler encore une heure et ensuite il dormira un peu. Mais a priori, tout est sous contrôle.

Prenant une gorgée de son café, Miranda sentit aussitôt qu'il y avait du lait de soja.

— Tu as une excellente mémoire en ce qui concerne mes goûts, Kai Maddox, fit-elle remarquer en levant son gobelet. Merci.

C'était étrange qu'un détail aussi insignifiant puisse lui procurer autant de plaisir.

— Nous avons partagé assez de petits déjeuners pour que je m'en souvienne, répliqua-t-il.

— Tu sais, j'ai partagé plus d'un repas avec Buck, mais il aurait été bien incapable de dire quelle était ma couleur préférée, ma chanson préférée ou comment je prenais mon café.

— Le vert. *Summer Wind* chantée par Sinatra. Ou du moins c'était le cas il y a dix ans.

— Impressionnant. Tu te souviens encore de tout ça ?

Il ne répondit pas tout de suite.

— Je n'ai jamais compris ce qui t'avait attirée chez Buckley Blackwood, hormis sa fortune, dit-il enfin.

La complicité qu'elle avait éprouvée à son égard se dissipa aussitôt.

Sur la défensive, elle allait se venger de ce commentaire inutile quand une infirmière entra dans la pièce.

Elle se leva aussitôt et retint son souffle, inquiète de ce qu'elle allait leur dire.

Mais l'infirmière repartit, cherchant visiblement quelqu'un d'autre.

Elle se rassit, poussant un profond soupir.

— Je n'ai pas épousé Buckley pour son argent, dit-elle.

— Ah oui ? Et pourquoi l'as-tu épousé, alors ?

Elle aurait aimé que Nigel fasse son apparition pour mettre un terme à cette conversation qui pouvait facilement dégénérer.

— Ce ne sont pas tes affaires, Kai, mais je vais te le dire. J'ai épousé Buck parce que nous avions les mêmes objectifs et que nous avions des intérêts similaires. A priori, nous formions une équipe gagnante. Je n'étais pas du genre fleur bleue et j'avais envie de projets concrets. Il était prêt à me soutenir, j'ai foncé. Il a encouragé mes idées, et je l'ai aidé à réaliser un tas de choses, vers la fin de sa vie.

— Parce que, nous, nous ne formions pas une équipe gagnante ? demanda-t-il sur un ton de défi.

— Non. Nous étions trop passionnés et pas assez pragmatiques. Tu sais très bien que cela n'aurait jamais fonctionné.

Au départ, elle avait adoré cette passion enivrante qui les animait à chaque moment passé à deux. Mais un jour, elle avait senti que la dynamique venait davantage d'elle et de moins en moins de Kai. Il avait pris ses distances peu à peu, et elle en avait terriblement souffert. Elle s'était sentie anéantie, abandonnée, le cœur brisé.

Toutefois, elle ne dit rien de tout cela ; elle n'était pas prête à lui avouer à quel point il l'avait blessée. De plus, ce n'était vraiment pas le moment de lancer une conversation sur le sujet.

— Nous étions amants et amis, reprit-il. Nous avions tout pour réussir un avenir en commun, tu ne penses pas ?

Décidément, sa vision du passé différait de la sienne.

Elle avait maintes fois regretté de l'avoir quitté, mais elle n'avait pas pris la décision à la légère.

— Tu aimais bien l'idée de mon projet Goddess, seulement tu étais davantage préoccupé par ton monde cybernétique et tu n'avais pas une minute à me consacrer, fit-elle remarquer. J'avais l'impression que, quand tu étais avec moi, c'était un moyen de t'évader de ton monde. Moi, j'avais envie de partager avec toi mon parcours professionnel, de discuter de mes idées, et j'avais aussi envie d'en savoir plus sur toi et tes projets.

— Le fait que l'on soit amants et amis ne te suffisait pas ? Tu voulais en plus que je sois ton associé en affaires ?

Elle se tourna vers lui, surprise et peinée de sa réaction.

Avait-elle trop attendu de leur relation ?

C'était possible, après tout.

Elle était éperdument amoureuse de Kai. Il était tout pour elle.

La passion était un sentiment enivrant, qui parfois vous donnait des ailes. C'était aussi le moyen idéal pour perdre pied avec la réalité.

Après tout, c'est peut-être son comportement passionné à outrance qui avait poussé Kai à prendre ses distances ? Peut-être qu'elle avait été trop présente et qu'il n'avait pas su comment répondre à ses besoins constants ?

Elle n'eut pas le temps de se poser davantage de questions, car Nigel venait d'entrer dans la salle d'attente.

Toujours impeccablement habillé, le directeur du studio Green Room Media lui parut épuisé mais… heureux ?

— Miranda, merci d'être là.

— Comment va Sophie ? s'enquit-elle en se levant.

Comme Kai venait de se lever aussi, elle fit les présentations.

Les deux hommes se serrèrent la main, puis Nigel répondit :

— Écoutez, il s'avère que Sophie va bien. Le médecin pense qu'elle était simplement déshydratée.

— Mais pourquoi ?

— Parce qu'elle est enceinte…

— C'est formidable ! s'exclama Miranda.

Elle fut soulagée d'apprendre que Sophie n'avait rien de grave et aux anges de savoir que Nigel et elle allaient être parents.

— De jumeaux, précisa Nigel avec un grand sourire.

Miranda poussa un petit cri de surprise et serra Nigel dans ses bras, puis, se tournant vers Kai pour le prendre aussi dans ses bras, elle s'arrêta net.

— Félicitations, dit Kai.

— Merci. Je suis rassuré et surtout très heureux. D'ailleurs, je vais vous laisser, car je vais aller rejoindre ma femme.

— Vous n'avez besoin de rien ?

— Non, c'est bon. Merci, Miranda. On attend que le médecin nous fasse une lettre de recommandation pour que l'on puisse voir un obstétricien demain mais, après ça, je pourrai la ramener chez nous.

— Alors, c'est parfait. Bon courage pour tout et à bientôt, dit Miranda.

Une fois Nigel parti, Kai se tourna vers elle.

— On y va ?

— Oui, murmura-t-elle, l'esprit envahi par des images de bébés et de mariage.

Elle se demanda quelle serait sa relation avec Sophie et ses frères, une fois qu'elle serait retournée à New York.

Peut-être reviendrait-elle plus régulièrement pour voir les jumeaux, les tenir dans ses bras, faire partie de leur vie ?

Pourquoi était-elle aussi sentimentale, soudain ?

C'était sûrement la fatigue.

Revenant à l'instant présent, elle chassa ces pensées de son esprit et suivit Kai sur le parking.

— Je suis ravie pour Nigel et Sophie, dit-elle.

— Oui, ils doivent être très heureux, répondit Kai sur un ton neutre.

Maintenant qu'elle était rassurée au sujet de Sophie, elle sentit la fatigue lui tomber dessus comme une chape de plomb.

Kai était debout depuis plus longtemps qu'elle. Elle ne pouvait pas le laisser rentrer à Deer Springs dans cet état.

— Je n'arrive pas à comprendre comment tu peux être encore réveillé, dit-elle. As-tu la force de conduire ?

— Ne t'inquiète pas. Tu pourras bientôt te coucher, lui promit-il en ouvrant la portière passager.

Tout en attachant sa ceinture de sécurité, elle regarda Kai faire le tour de la voiture et venir s'installer au volant.

Elle le trouvait admirablement beau et séduisant, malgré la fatigue qui marquait ses traits.

Comment avait-elle été assez folle pour le quitter ?

Il avait pris ses distances, c'est vrai, mais maintenant elle savait pourquoi. Sa mère avait fait en sorte qu'elle finisse par choisir Buckley.

Et elle n'en avait rien su.

Pourquoi avait-elle abandonné Kai aussi facilement ?

Peut-être parce qu'elle avait senti qu'il s'éloignait d'elle, alors elle en avait profité pour le quitter.

Le plus étrange, c'est qu'aujourd'hui elle se sentait encore et toujours aussi irrésistiblement attirée par lui...

C'était tellement plaisant de voir les muscles de ses avant-bras se tendre alors qu'il démarrait, ses épaules athlétiques bouger avec aisance alors qu'il effectuait une manœuvre pour sortir du parking...

C'était un régal pour les yeux et un spectacle qu'elle aurait aimé admirer en boucle.

Quand elle vit ses mains agripper le volant, elle retint un grognement de plaisir, se souvenant de l'effet qu'elles pouvaient avoir sur elle quand il la caressait...

Il la surprit en train de l'observer.

— Je serais curieux de savoir à quoi tu penses, dit-il, prenant le temps de la contempler.

— Je me disais que ce n'était pas prudent que tu rentres chez toi et que tu devrais venir dormir chez moi.

Elle lui aurait proposé de dormir chez elle même si elle n'avait pas été inquiète pour sa sécurité. En cet instant, elle n'avait qu'une idée en tête : se retrouver dans son lit avec lui.

— *Avec* moi, précisa-t-elle, comme il ne disait rien.

Il la regarda, l'air interloqué. Le désir obscurcit son regard, la faisant frissonner.

— Entendu. J'accepte ton invitation. Mais sache que je ne suis pas du tout fatigué, précisa-t-il, le ton plein de sous-entendus.

Quinze minutes plus tard, Kai déposait une pluie de baisers dans le cou de Miranda alors qu'elle essayait de taper le code d'entrée de la maison d'amis du ranch Blackwood.

L'odeur de son shampoing se mélangea à son parfum aux senteurs de jasmin.

Ses ongles vernis rouges s'arrêtèrent un instant au-dessus des touches du boîtier.

Il se demanda si elle était distraite par la même flamme qui vibrait en lui, et il en profita pour explorer sa nuque.

Elle gémit de plaisir et s'offrit un peu plus à ses baisers.

— Tu as oublié le code ? s'enquit-il d'un ton moqueur en la prenant par la taille pour l'attirer à lui.

Il en profita pour l'embrasser derrière l'oreille, sachant que cela ne manquerait pas de la faire réagir.

— Non, mais disons que je suis... distraite, répondit-elle dans un souffle.

Il laissa échapper un petit rire et la laissa tranquillement finir de taper le code.

Il la suivit à l'intérieur, tentant d'oublier que cet endroit avait appartenu à Buckley Blackwood, l'homme qui lui avait volé Miranda.

Pendant longtemps, il avait cru que c'était l'homme que Miranda avait désiré plus que lui. Depuis qu'elle lui avait appris qu'elle n'avait pas été attirée par sa fortune - ou, tout au moins, pas seulement —, il avait revu son jugement.

Peut-être lui avait-il donné le mauvais rôle trop rapidement ?

Dans tous les cas, il se rendait compte qu'il l'avait laissée partir très facilement, sans se battre, sans chercher à la retenir.

Pas question de répéter cette erreur aujourd'hui.

— Tu veux boire quelque chose ? lui proposa-t-elle, une fois dans la cuisine.

— Un verre d'eau fera l'affaire.

Elle remplit deux verres et lui en tendit un.

Il but à grandes gorgées sans la quitter des yeux, suivant le moindre de ses mouvements.

— Je n'ai pas faim. Et toi ? demanda-t-elle, après avoir bu son verre d'eau.

— J'ai *très* faim, répondit-il, reposant son verre avant de la prendre par la taille.

Alors qu'une main restait posée sur sa hanche, pour la maintenir près de lui, l'autre s'aventura le long de sa jambe puis remonta sa jupe pour avoir accès à sa cuisse dénudée.

— J'ai très faim de toi, précisa-t-il.

Elle se figea, frissonnante, et plongea ses yeux dans les siens.

Après avoir posé son verre, elle mit les mains sur ses épaules, cherchant un semblant d'équilibre.

À présent, il caressait la dentelle de son string, la titillant des doigts.

La température entre eux monta en flèche.

Soudain pris d'une fièvre ardente, ils laissèrent libre cours à leur passion et se mirent à se caresser follement, s'explorant, se découvrant comme s'ils se voyaient pour la première fois.

Il glissa la main sous son string, et elle s'arqua pour mieux s'offrir à sa caresse. Il l'embrassa avec passion, se régalant des petits gémissements de plaisir qu'elle poussait.

Il avait faim et soif d'elle. Une soif irrésistible qui lui en fit oublier l'endroit où ils se trouvaient.

Quand elle recula d'un pas, il reprit conscience des environs : ils étaient dans une cuisine.

Elle le prit par la main et l'entraîna le long d'un long couloir.

Alors qu'ils entraient dans une chambre, il fut accueilli par un parfum de fleurs fraîches provenant d'un bouquet posé sur la table de nuit.

Derrière le lit, il vit une reproduction d'une photo noir et blanc de Houston.

Mais ces détails passèrent vite à l'arrière-plan de ses préoccupations, car Miranda avait déjà commencé à enlever sa robe...

Il ne pouvait pas la laisser se déshabiller seule.

Le stress de ces dernières vingt-quatre heures disparut aussitôt.

Ses doutes et ses inquiétudes aussi.

Tout ce qu'il éprouvait en cet instant était une faim insatiable pour cette femme merveilleuse qui allait s'offrir à lui.

— Attends, laisse-moi continuer, dit-il. J'ai envie de te toucher tout en te déshabillant.

— Avec plaisir. Dans ce cas, je vais m'occuper de toi, car moi aussi j'ai très envie de te toucher... Partout, murmura-t-elle sensuellement tout en se mettant à déboutonner sa chemise.

Alors qu'elle se collait davantage à lui, son corps répondit instantanément.

— Volontiers, répondit-il avant de finir de lui enlever sa robe.

Très vite, elle se retrouva face à lui uniquement vêtue de ses magnifiques sous-vêtements en dentelle.

Il ôta sa chemise dès qu'elle eut fait sauter le dernier bouton, puis il enleva chaussures, pantalon et chaussettes en un tournemain.

Elle suivit le moindre de ses mouvements, les yeux rivés à son corps.

La façon qu'elle avait de le contempler décupla son désir, si bien que, n'y tenant plus, il la souleva et la transporta jusqu'au lit.

Après avoir pris le temps d'admirer son corps superbe, son visage angélique, il vint la recouvrir de tout son corps tel un homme affamé.

Il prit sa bouche dans un baiser sauvage, puis descendit dans le cou avant d'arriver à sa poitrine, la mordillant et la titillant à travers la dentelle qui recouvrait encore ses seins magnifiquement arrondis.

Elle se tortilla pour faire glisser les bretelles de son soutien-gorge, tirant sur les bonnets pour lui donner un meilleur accès.

Enfin, il put se délecter de sa peau nue, retrouvant le parfum de jasmin dans la vallée de ses seins.

Continuant son exploration, il déposa une pluie de baisers le long de son ventre pour enfin arriver à son string en dentelle qu'il tira vers le bas en le tenant entre ses dents, attentif aux soupirs de plaisir qu'elle laissait échapper alors qu'il entamait l'exploration de son intimité moite à souhait.

Elle était en feu, comme lui, prête à jouir pour lui à tout moment.

Posant la bouche sur ses lèvres intimes, il la sentit tressaillir. Puis il se mit à la lécher avidement, alternant le rythme de ses coups de langue, se régalant de la boire sans retenue.

L'instant d'après, son orgasme la fit partir en éclats.

Quelques instants plus tard, il prit le temps d'aller chercher son pantalon pour y prendre un préservatif dans son portefeuille.

Quand il rejoignit Miranda, cette fois, c'est elle qui s'occupa de le couvrir de ses mains agiles.

Tout en elle l'excitait. L'enivrait. Le chamboulait.

Sans plus tarder, elle vint se positionner sur lui, le chevauchant impérieusement alors qu'elle l'accueillait en lui.

Le souffle court, l'esprit confus, le cœur martelant sa poitrine, il se laissa emporter par un flot de sensations toutes plus grisantes les unes que les autres, trop heureux d'admirer la glorieuse féminité de Miranda, oubliant tout du monde alentour.

Tout ce qui comptait en cet instant, c'était d'être en elle.

Elle commença à osciller sur lui en douceur puis augmenta progressivement la cadence, tout en le caressant, parfois d'un simple effleurement, parfois du bout des ongles, le faisant frissonner.

N'y tenant plus, il la prit par la taille et la fit rouler pour qu'elle se retrouve sous lui. Il avait très envie de la posséder dans cette position, de la pénétrer selon ses règles à lui.

— Oh ! Kai...

— Oui, ma belle ?

— C'est tellement bon de te sentir en moi, murmura-t-elle, les yeux mi-clos, alors qu'elle se trémoussait sous lui.

Peut-être étaient-ce ses mouvements ou ses paroles enjôleuses, mais l'instant d'après il ne put retenir son désir plus longtemps et se laissa emporter par un orgasme d'une force fulgurante alors qu'elle l'entourait de ses jambes pour le rejoindre au firmament.

Jamais une femme ne lui avait fait perdre le contrôle aussi puissamment et aussi rapidement.

Alors que des sensations toutes plus enivrantes les unes que les autres l'assaillaient, il aurait été bien incapable de dire à quand remontait la dernière fois où il avait été en proie à une passion aussi vive.

En y réfléchissant, c'était il y a dix ans, avec Miranda.

Se glissant à côté d'elle, il éprouva soudain une grande tendresse pour la femme qu'il tenait dans ses bras. C'était un précédent dangereux dans la mesure où elle lui avait bien fait comprendre qu'elle repartirait bientôt à New York pour reprendre le cours de sa vie loin du Texas...

Il choisit d'ignorer cette pensée désagréable.

Il couvrit Miranda de la couette pour ne pas qu'elle attrape froid et lui glissa un oreiller sous la tête pour qu'elle soit confortablement installée.

Jamais elle ne lui avait paru aussi belle, ses cheveux ébouriffés, comme une auréole flamboyante.

Il resta immobile, le cœur animé de vives émotions qu'il ne chercha pas à analyser ; ce n'était pas le moment, et il était épuisé. À côté de lui, Miranda avait fermé les yeux, épuisée elle aussi.

Déposant un baiser sur son front, il se contenta de l'étreindre en silence.

Malheureusement son esprit ne lui permit pas de trouver la paix intérieure escomptée.

Il avait une irrésistible envie de l'inviter chez lui, à Deer Springs, de passer plus de temps avec elle, de lui refaire l'amour, encore et encore...

Cependant, avec son expérience passée, il devait être prudent et ne pas se bercer d'illusions.

9

Miranda faisait les cent pas dans le bureau de la maison d'amis après être sortie du lit qu'elle avait partagé avec Kai.

Elle n'avait pas voulu le réveiller, sachant qu'il avait une carence de sommeil supérieure à la sienne.

Après sa séance de yoga, elle s'était fait un thé à la menthe et était venue reprendre ses esprits dans le bureau où trônait un magnifique bouquet de tournesols.

Son but était de tenter de démêler les sentiments compliqués qu'elle éprouvait pour l'homme qui dormait sous son toit.

Elle avait pensé pouvoir résister à ses charmes et éviter de retomber amoureuse de lui, mais plus elle passait de temps avec lui, plus elle se demandait si c'était possible.

L'histoire semblait se répéter.

Ce constat lui donna envie d'appeler sa mère.

L'idée ne datait pas d'aujourd'hui. Elle remontait au jour où Kai lui avait laissé entendre que sa mère était intervenue à son insu dans leur relation.

Le moment était venu d'en avoir le cœur net, songea-t-elle en prenant son téléphone.

Elle voulait connaître le rôle que sa mère avait joué dans sa vie sentimentale, dix ans auparavant.

Alors qu'elle était sur le point de raccrocher, ayant laissé sonner un nombre incalculable de fois, sa mère décrocha.

— Allô ? dit-elle d'une voix enrouée.

— Maman, c'est Miranda. Je te réveille ?

— Miranda ? Quelle surprise ! Depuis le temps...

La culpabilité s'empara aussitôt d'elle. Elle la fit taire aussi vite. Elles ne s'étaient pas quittées en bons termes, certes, mais sa mère aurait très bien pu choisir de faire le premier pas.

— Comment vas-tu ? demanda-t-elle.

— Depuis quand tu te soucies de savoir comment je vais ?

Les mots de sa mère étaient hachés, quasi inaudibles.

Elle soupira, imaginant la scène : sa mère avait planté une cigarette au coin de ses lèvres, la première d'une longue série. L'instant d'après, elle entendit le clic du briquet. Puis une longue inspiration. Après vingt ans de vie commune, comment oublier les gestes du quotidien ?

— Lors de ma dernière visite, tu as exprimé le souhait de ne jamais me revoir, reprit sa mère. Tu te souviens ?

Comment l'oublier ? Sa mère était arrivée sur le plateau de son émission pendant la première saison, exigeant d'en faire partie. Miranda avait refusé. Sa mère était entrée dans une rage folle, n'hésitant pas à l'insulter.

— J'aurais aimé passer du temps avec toi, maman, mais j'avais l'impression que tout ce qui t'intéressait, c'était de passer à la télévision.

— J'avais oublié que tu préférais renier tes origines modestes.

Miranda serra plus fort sa tasse de thé tout en se concentrant sur sa respiration, pour tenter de gérer la critique virulente de sa mère qui l'avait touchée en plein cœur, en partie parce qu'elle contenait une part de vérité.

Elle avait travaillé dur pour en arriver là où elle en était, et elle en était fière.

Pourquoi devrait-elle s'appesantir sur un passé qui ne lui offrait que des images de tristesse ?

Sa mère avait choisi son style de vie, sans faire attention à elle. C'était son choix. Pas le sien. Même si tout cela était derrière elle, à présent, elle en gardait encore des traces.

Malgré tout, elle était longtemps restée vivre chez sa mère, même quand elle avait commencé à gagner assez d'argent pour louer son propre appartement. Et ce, dans un but précis : aider sa mère à mettre fin à sa dépendance.

Il lui avait fallu de longues années pour comprendre que l'on ne pouvait pas aider quelqu'un qui ne voulait pas s'en sortir.

Mettant de côté les frustrations et les blessures de son enfance et de son adolescence, elle se concentra sur la raison de son appel.

— Tu te souviens de Kai Maddox ? demanda-t-elle.

— Le motard qui était trop jeune pour toi ? Bien sûr.

Miranda ferma les yeux, puisant dans son self-control.

— Il n'avait que six ans de moins que moi. Et je tenais beaucoup à lui.

Elle l'avait profondément aimé, en vérité.

— Tu tenais beaucoup à lui, mais tu l'as quitté, lui fit remarquer sa mère.

— En effet. Et tu te souviens pourquoi ?

Sa mère laissa échapper un rire ironique.

— Tu veux vraiment que je te le dise ? Buckley Blackwood est arrivé avec ses millions. Normal que tu aies perdu la tête.

Repensant aux événements de cette époque, Miranda n'était pas d'accord avec cette interprétation pour le moins vénale.

En vérité, Buckley avait eu un coup de foudre pour elle. Il avait commencé à fréquenter son studio de yoga peu après avoir divorcé de sa première femme, Donna-Leigh Westbrook.

Dès la première séance, il l'avait invitée à dîner.

Elle avait refusé.

Mais il ne s'était pas laissé perturber par cet échec et avait continué à fréquenter ses cours de yoga. En gentleman, il lui avait régulièrement envoyé des fleurs, des invitations à des événements professionnels sélects, lui permettant de rencontrer des gens influents qui avaient plus tard compté dans sa carrière. Tout cela, elle ne pouvait le nier.

Cependant, son amour pour Kai avait toujours été là...

— Même si tu refuses de le reconnaître, comme beaucoup de gens, je n'ai pas épousé Buckley pour ses millions, comme tu dis, rétorqua-t-elle. Si tu te rappelles, j'ai signé un contrat de mariage où, en cas de divorce, je n'avais droit à rien.

Elle avait tenu à signer ce contrat, souhaitant prouver au monde entier qu'elle était une femme indépendante nullement intéressée par la fortune de l'homme qu'elle épousait.

N'ayant pas appelé sa mère pour discuter de ses choix de vie, elle lui posa la question qui la démangeait :

— Maman, te souviens-tu d'avoir mentionné l'existence de Buckley à Kai ?

Elle regretta aussitôt d'avoir posé cette question. Kai n'avait aucune raison de lui mentir à ce sujet.

Après une longue pause, sa mère lui répondit :

— C'était il y a longtemps. Je n'ai jamais dit grand-chose à ton petit copain motard.

Miranda soupira. Elle n'aurait jamais dû contacter sa mère.

Fermant les yeux, elle entendit du bruit dans la cuisine. Apparemment, Kai était réveillé.

Elle allait mettre fin à cet appel qui la frustrait au plus haut point et qui ne lui fournirait pas la réponse qu'elle cherchait quand sa mère reprit la parole :

— Maintenant que tu m'en parles, je me souviens d'une fois où il est passé quand le livreur de fleurs repartait. Il m'a demandé pour qui était le bouquet, et je lui ai dit que Buckley avait des vues sur toi. Pourquoi as-tu besoin de savoir ça aujourd'hui ?

À présent, Miranda sentait l'odeur du café émanant de la cuisine, ainsi que des odeurs de bacon.

Elle espérait qu'après avoir raccroché elle aurait encore le cœur de profiter de la présence de Kai.

— Pour rien. Au revoir, maman, à bientôt, dit-elle avant de mettre fin à la conversation sans attendre la réponse de sa mère.

Sa propre mère avait donc bel et bien torpillé sa relation avec Kai. Elle venait d'en avoir la confirmation.

À présent, elle comprenait mieux la réaction de Kai à l'époque. Mais le destin semblait leur donner une seconde chance.

Savoir que Kai était sous le même toit qu'elle lui donnait des ailes. Elle avait l'impression d'avoir l'insouciance d'une jeune fille de vingt ans ! Et elle avait de nouveau envie de croire à l'amour, même si du haut de ses trente-six ans et de par son expérience passée elle se devait d'agir avec la plus grande des prudences pour ne pas risquer de se retrouver le cœur brisé en mille morceaux.

Sans plus tarder, elle alla rejoindre Kai dans la cuisine.

— Bonjour, beauté ! lança-t-il en la voyant.

Quel bonheur d'avoir un homme à la maison...

— Bonjour. Tu as bien dormi ?

— À merveille. Tu as faim ?

Elle avait une faim de loup.

Une faim de tout. Surtout de Kai, ce demi-dieu qui était un véritable régal pour les yeux et qui, de plus, s'avérait être un vrai cordon-bleu. En plus d'avoir fait frire du bacon, il avait préparé une omelette dont la consistance lui semblait parfaite.

Il portait un jean, et un T-shirt noir au logo de Goddess qu'elle lui avait sorti pour qu'il puisse enfiler un haut propre après sa douche.

Les cheveux ébouriffés et mouillé, la barbe naissante, il sentait bon le savon, et elle le trouva beau à croquer.

Elle frissonna en repensant aux moments partagés la veille. Pas seulement au lit. Elle avait été touchée qu'il tienne à l'accompagner à l'hôpital, qu'il reste à ses côtés.

Cette scène du petit déjeuner la projeta dix ans en arrière.

— Dis-moi, ça sent très bon. Je peux aider ? s'enquit-elle en se demandant comment elle allait trouver son équilibre avec lui aujourd'hui.

C'était tellement tentant de se laisser happer par sa chaleur, de chercher son soutien en tant qu'ami et son réconfort en tant qu'amant mais...

Qu'adviendrait-il d'elle, l'instant où ils devraient se séparer ?

Prudence restait mère de sûreté.

— Si tu pouvais beurrer les toasts, ce serait parfait, répondit-il, tout en glissant des tranches de bacon sur leurs assiettes, chacune décorée d'une tranche d'orange.

Il avait aussi fait un jus de pamplemousse frais.

— Tu es levée depuis longtemps ? J'ai entendu que tu étais au téléphone, donc je n'ai pas voulu te déranger.

Après s'être occupée de beurrer les toasts, elle sortit deux tasses pour le café.

Ce qui la frappa, c'était la simplicité naturelle avec laquelle ils étaient capables de vivre cette scène digne d'une vie de couple, comme ils l'avaient fait par le passé.

Avait-elle eu tort de tirer un trait sur leur relation en la jugeant trop passionnelle et trop chaotique ?

Ce moment partagé n'était-il pas la preuve que leur couple pouvait fonctionner normalement ?

— Oui, en général, je me lève assez tôt, expliqua-t-elle. J'aime profiter des premières heures de la journée pour pratiquer le yoga et gérer les affaires courantes. J'avais quelques appels à passer.

Pas question de partager avec Kai l'expérience de sa conversation maladroite avec sa mère.

— Tout se passe bien à New York ? s'enquit-il alors qu'il déposait leurs assiettes sur la table.

— Je me sens un peu coupable d'être à Royal depuis aussi longtemps, mais mon équipe est très compréhensive et se débrouille très bien sans moi.

— C'est vraiment formidable de pouvoir gérer ton entreprise à distance, dit-il en lui tirant une chaise, tel un parfait gentleman.

— Oui, j'ai de la chance, répondit-elle, le remerciant d'un sourire.

— Tu vas devoir bientôt y retourner ?

— En théorie, j'avais un conseil d'administration la semaine prochaine. Et j'ai été contactée par le P-DG d'une chaîne concurrente, AMuse. Il souhaite me rencontrer.

Alors qu'elle mettait sa serviette sur ses genoux, il prit la chaise en face d'elle. Leurs genoux se frôlèrent, et un bouquet d'étincelles éclata en elle.

— Tu penses qu'il veut te racheter ? demanda-t-il avant de prendre une gorgée de café tout en la scrutant de son regard vert émeraude intense.

— Je ne pense pas, non. Mon entreprise n'est pas à vendre, dit-elle, détournant les yeux.

Comment interpréter son regard insistant ?

Comment savoir ce qu'il pensait de la nuit qu'ils venaient de partager ?

— Tu n'as jamais envisagé cette possibilité ? insista-t-il.

— Non. Monter Goddess m'a permis de forger ma personnalité sans compter sur les autres. Chaque obstacle m'a appris quelque chose. C'est *mon* entreprise.

— Je ressens la même chose avec Madtec, même si j'ai toujours pu compter sur Dane, mon allié depuis toujours. Je sais que ça ne se fait pas de sortir son téléphone à table, mais j'aimerais vérifier quelque chose qui nous concerne tous les deux, si tu le permets ?

— Je t'en prie.

Il sortit son portable de la poche arrière de son jean, tapota quelques instants puis leva les yeux vers elle.

— J'ai contacté mon pilote, dit-il. Le jet de Madtec est prêt à décoller. On pourrait être à New York ce soir, cela te permettrait de te rendre compte de la situation et de faire le point avec ton équipe. Qu'en dis-tu ?

La suggestion la prit au dépourvu.

— Vraiment ?

— Pourquoi pas ?

Elle avait un empire florissant mais n'avait jamais éprouvé le besoin de s'équiper d'un jet privé, même si cela comportait de nombreux avantages.

— Tu ne penses pas que l'on devrait plutôt se soucier de ce qui se passe au niveau de la banque ? fit-elle remarquer. J'avoue que je me sens mal de ne pas avoir suivi ce qui se passait depuis que nous sommes partis.

— Le nouveau logiciel de protection des données a été mis en place. On pourra envoyer un communiqué de presse commun une fois que Vaughn et toi aurez passé en revue le rapport que mon équipe a concocté, expliqua-t-il sur un ton professionnel et rassurant.

L'idée d'aller à New York était alléchante, mais quelque chose lui disait que ce n'était pas raisonnable.

— Si j'accepte ton offre, qu'est-ce que cela signifiera pour nous deux ? s'enquit-elle, prudente. Nous passons de plus en plus de temps ensemble, alors que nous ne sommes pas officiellement en couple. De plus, je quitterai Royal dès que la passation avec Vaughn sera terminée.

Tendant le bras, il vint recouvrir sa main de la sienne.

Son contact d'une tendresse inouïe la fit frissonner.

— Et si nous profitions de l'instant présent au lieu de se soucier de ce qui se passera à la fin du mois ? répliqua-t-il. Je sais que tu as beaucoup de choses à gérer en ce moment et que tu n'as pas besoin de te préoccuper, en plus, de savoir ce qu'il va advenir de notre relation.

Elle ne répondit pas tout de suite.

C'était irréfléchi de se précipiter tête baissée, sans penser aux conséquences. Pourtant, elle avait très envie d'accepter sa proposition parce qu'elle ne voulait pas que leur liaison prenne fin.

Elle ignorait de quoi l'avenir serait fait et ce qu'elle en attendait réellement. Tout ce qu'elle savait, c'est que l'idée de quitter Kai lui était insupportable.

Elle avait encore quelques semaines à passer à Royal avant le gala de charité en l'honneur de Buckley et le mariage de Lulu qui constituerait le bouquet final de son séjour au Texas.

Si elle arrivait à préserver son cœur jusque-là, sans se soucier du lendemain, pourquoi ne pas tenter l'aventure et accepter l'offre de Kai ?

— Tu as raison. J'aimerais beaucoup aller à New York avec toi, dit-elle, entremêlant leurs doigts pour sceller leur accord.

— Tu es à New York ? C'est une blague ? s'écria Dane sur un ton que Kai reconnut aussitôt.

Son frère était énervé et mécontent.

Le téléphone bloqué entre l'épaule et l'oreille, Kai continua à vérifier ses e-mails sur sa tablette alors qu'un chauffeur au volant d'une Range Rover le véhiculait dans Manhattan après avoir déposé Miranda au siège de Goddess.

Il avait choisi de se faire discret pour la laisser gérer au mieux ses affaires, mais, dès l'instant où il l'avait quittée, il s'était mis en tête de lui préparer une surprise : une soirée mémorable à deux.

Le temps qui lui était imparti pour la courtiser s'amenuisait à vue d'œil, donc il avait décidé de sortir le grand jeu pour l'impressionner.

Pour l'occasion, il avait choisi l'une des terrasses sur le toit les plus sélectes de la ville. Il avait demandé à l'une de ses assistantes férue de l'émission de Miranda d'enquêter sur ses lieux préférés. Elle avait, paraît-il, mentionné le restaurant Chelsea, dans la première saison.

Il avait dépensé une fortune pour privatiser le lieu à la dernière minute. Mais avant de terminer les préparatifs de la soirée, il devait gérer le mécontentement de son frère.

— Je suis à New York avec Miranda, expliqua-t-il. Je vais en profiter pour voir deux clients pendant mon passage.

— Kai, sois sérieux. On se fiche de ces deux clients, tu le sais aussi bien que moi. Ce qui importe en ce moment, c'est la banque Blackwood.

— Nous avons réglé le problème.

— C'est ce que tu penses, mais je n'en suis pas si sûr que toi. Des journalistes entourent toujours le bâtiment.

— La situation est sous contrôle, Dane. La brèche est de l'histoire ancienne.

— Je ne suis pas d'accord. Je n'aime pas les rumeurs qui circulent sur nous dans la communauté du monde technologique.

— Comment ça ?

— Certains nous accusent d'avoir fait un coup de pub.

— Quoi ?

— Si notre logiciel de cybersécurité est aussi efficace qu'on le prétend, alors la brèche de la sécurité des données va le catapulter à l'avant-plan. Il va forcément y avoir des détracteurs qui vont suggérer que l'on a procédé à une pirouette douteuse pour sortir grandis de cet épisode, tels des chevaliers blancs prêts à sauver le monde. Surtout avec notre passé et ce qui m'est arrivé.

Kai jura entre ses dents. Il n'en revenait pas de ce que son frère venait de lui dire.

— Tu sous-entends que des gens seraient prêts à affirmer que l'on a organisé une brèche de grande envergure chez l'un de nos clients afin d'attirer l'attention des médias et d'en profiter pour vanter les mérites de notre nouveau logiciel au moment de sa commercialisation ? demanda-t-il.

Si Dane voyait juste, les répercussions potentielles de telles accusations pourraient s'avérer être un véritable cauchemar médiatique avec des effets dévastateurs sur leur compagnie en pleine expansion.

Leur crédibilité serait ruinée à jamais.

Aussitôt il pensa à Miranda. Que penserait-elle de ces rumeurs ? Elle n'avait jamais été à l'aise avec l'idée que Dane et lui avaient, par le passé, été des experts en piratage informatique. Son avis comptait plus que tout à ses yeux, et pas seulement à cause du contrat que Madtec avait signé avec la banque Blackwood.

— Je dis qu'il est fort probable que cela se passe comme ça et que nous ne devons pas écarter cette possibilité en nous reposant sur nos lauriers, répondit Dane. Les rumeurs sont déjà arrivées chez nos concurrents, et ça ne m'étonnerait pas que la nouvelle se répande rapidement dans la presse générale au niveau national.

— Nous devons à tout prix trouver la trace de ces rumeurs et y mettre fin au plus vite. Je vais envoyer un e-mail à nos avocats pour savoir ce qu'ils nous conseillent de faire. Je serai bientôt de retour à Deer Springs, mais je vais de ce pas me mettre en charge d'enrayer tout commérage qui pourrait nous être néfaste.

À peine avait-il raccroché qu'il dut descendre de la Range Rover qui venait de le déposer devant le bâtiment où il avait rendez-vous. Il s'agissait du principal opérateur de transports de la ville avec qui Madtec collaborait depuis de nombreux mois. Il était ravi d'avoir décroché une entrevue de dernière minute avec le P-DG. Même si sa bonne humeur était maintenant obscurcie par sa conversation avec Dane.

De plus, il voulait garder assez de temps et d'énergie pour organiser une soirée mémorable avec Miranda.

Le destin lui avait donné une seconde chance de faire ses preuves auprès de cette femme exceptionnelle, et il ne voulait pour rien au monde la gâcher.

Son but était de la courtiser et de la rallier à sa cause pour lui faire comprendre qu'ils étaient faits l'un pour l'autre. Et il y mettrait tout son cœur et toute son énergie.

Pénétrant dans le dressing de sa maison de Brooklyn, ce soir-là, Miranda prit plaisir à reprendre contact avec son environnement pour la première fois depuis des mois. Elle était d'autant plus ravie qu'elle pourrait choisir l'une de ses robes préférées en vue de sa soirée avec Kai.

Son but était de lui faire perdre la tête et de l'époustoufler comme jamais une femme ne l'avait fait. C'était bon de se sentir de nouveau féminine et désirable après l'échec de son mariage.

Cependant, même si elle était contente d'être de passage chez elle à New York, elle éprouvait un sentiment d'étrangeté après avoir passé des mois à Royal où elle avait développé une vie beaucoup moins solitaire et où elle avait renoué les liens avec Kai.

Après avoir opté pour une paire de sandales jaunes à talons aiguilles, elle choisit une robe en soie couleur crème imprimée de fleurs jaunes.

Kai lui avait dit qu'il enverrait une voiture la chercher pour 19 heures et qu'il la retrouverait pour le dîner dans un lieu qu'il avait gardé secret.

Lorsqu'ils étaient en couple à Deer Springs, leurs sorties avaient principalement consisté en des virées à moto et des repas au restaurant où elle travaillait. Ils avaient toujours passé de bons moments avec un budget modeste.

Ce soir, elle avait hâte de voir Kai en costume et de revêtir pour l'occasion une robe haute couture.

Il avait fallu attendre de nombreuses années avant que la Cendrillon qu'elle était se transforme en princesse, et elle comptait pleinement en profiter.

Quand la Cadillac noire arriva, une demi-heure plus tard, le chauffeur l'accueillit chaleureusement. Il ne lui donna toutefois aucune information sur le lieu où il l'emmenait.

Elle ne s'en formalisa pas. Elle se réjouissait de passer un moment privilégié avec Kai, surtout après la journée intense mais fructueuse qu'elle venait de passer.

Après son rendez-vous avec le P-DG de la chaîne concurrente, AMuse, elle avait accepté de créer une joint-venture. C'était une nouvelle grisante mais qui risquait de compliquer son avenir déjà incertain. Son nouveau projet professionnel allait l'amener à voyager partout dans le monde, et elle n'aurait pas le temps pour entretenir une relation avec Kai.

Non pas que Kai se soit engagé officiellement à continuer à la voir après son départ de Royal.

Elle chassa vivement cette idée qui lui déchirait le cœur. Pour l'heure, elle voulait simplement profiter de leur soirée.

Le chauffeur ralentit devant un bâtiment qu'elle mit quelques instants à reconnaître. C'était son restaurant préféré à Manhattan ! Comment Kai avait-il deviné ?

Une légère brise caressa ses épaules dénudées quand elle sortit du véhicule. Un portier vint aussitôt l'escorter pour la faire entrer dans l'un des restaurants les plus luxueux de la ville.

Elle pénétra dans l'ascenseur, étonnée de n'avoir vu personne en chemin.

Arrivant au dernier étage, les portes coulissèrent et elle sortit sur la terrasse.

Le décor était comme dans son souvenir. Des vignes vertes formaient des arches où scintillaient une multitude de petites lumières comme dans un ciel étoilé d'été.

Un duo de violonistes jouait.

Il n'y avait pas un seul client.

Et elle se retrouva soudain face à l'homme le plus séduisant du monde.

Son cœur s'accéléra.

Rasé de près, vêtu d'un smoking qui mettait en valeur sa carrure athlétique, Kai était beau à couper le souffle.

Son désir pour lui s'enflamma aussitôt, manquant de la faire vaciller.

— Miranda, tu es absolument superbe, dit-il en lui prenant la main pour la porter à ses lèvres et y déposer un baiser d'une délicatesse inouïe.

L'effleurement de ses lèvres sur sa peau la fit frissonner, provoquant des étincelles dans tout son corps.

— Merci. Je dois dire que tu n'es pas mal non plus, répondit-elle.

— Viens, dit-il, sans lui lâcher la main.

— J'avoue que, lorsque tu m'as proposé de venir à New York, je ne m'attendais pas à une telle surprise.

— J'ai pensé qu'il était temps de te faire part de mes intentions, dit-il, la guidant vers la piste de danse.

Avec, en toile de fond, une vue imprenable sur Manhattan, il la prit par la taille et se mit à la faire tournoyer doucement au son de la musique.

— Et quelles sont tes intentions ? s'enquit-elle, sans savoir ce qu'elle voulait entendre.

Elle n'avait eu de cesse de se dire qu'ils ne devaient pas raviver leur relation passée, et pourtant ils semblaient incapables de vivre loin l'un de l'autre.

— Je veux te prouver que nous sommes faits l'un pour l'autre, Miranda.

Un vent de panique s'empara d'elle alors qu'elle repensait à l'intervention de sa mère et au contrat qu'elle était sur le point de signer avec AMuse.

— Et que se passera-t-il quand je quitterai Royal ? murmura-t-elle. Ma vie est à New York. Et aujourd'hui, mon concurrent m'a proposé une joint-venture.

— C'est formidable ! Félicitations ! Tu le mérites.

— Merci, répondit-elle, étonnée de sa réaction.

Elle fut néanmoins fière de sentir son soutien inconditionnel, et privilégiée de pouvoir partager cette nouvelle avec lui, dans ses bras, sur l'une des terrasses les plus sélectes de la ville.

— Tu aurais dû me le dire dans la journée, dit-il.

— Je n'en ai pas eu le temps. Ce n'est que maintenant que je réalise… tout ce que cela implique.

— Et c'est aussi maintenant que tu vas pouvoir prendre le temps de fêter ça. Avec un dîner en tête à tête avec moi et un verre de champagne pour porter un toast à ta réussite.

La musique changea légèrement de rythme, et Kai s'y adapta, comme s'il avait été danseur professionnel toute sa vie. C'était tellement bon de se laisser porter dans ses bras experts et rassurants.

Néanmoins, quelque chose la tracassait sans qu'elle arrive à mettre le doigt dessus. Était-ce le fait de fêter une nouvelle qui risquait de les séparer à jamais ? Kai avait-il une idée en tête, en ce qui concernait leur relation ?

— Je boirais volontiers un verre de champagne, murmura-t-elle.

— Parfait !

— Mais je me demande l'impact réel que la joint-venture aura sur ma vie... Ma vie privée, j'entends.

— Pourquoi dis-tu ça ? lui demanda-t-il, interloqué.

Elle avait préféré parler de la joint-venture et non de son départ de Royal à la fin du mois, car elle ignorait encore s'il prenait cette date comme la date butoir de leur liaison.

— Parce que je vais être amenée à voyager plus, et plus loin, répondit-elle.

— Il suffit de ne pas laisser la logistique dicter notre avenir.

Pensait-il à une relation à distance ?

— Je comprends, mais nous avons aussi tous deux des entreprises qui nous prennent énormément de temps et que nous ne voulons pour rien au monde laisser tomber, fit-elle remarquer.

— S'il te plaît Miranda, pour ce soir, ne compliquons pas les choses et laisse-moi te convaincre que nous sommes faits l'un pour l'autre. C'est tout ce que je te demande.

Quand la musique s'arrêta, il l'étreignit puis l'embrassa à lui faire perdre haleine.

Elle se laissa aller contre lui, désireuse d'imprimer ce souvenir dans sa mémoire et de le conserver pour toujours. Peut-être que, lorsqu'elle rentrerait définitivement à New York et que leur relation aurait pris fin, elle pourrait revisiter ce moment unique ?

Non. Penser à la fin de leur relation était trop déprimant. Ce n'était pas ce qu'elle voulait.

Pour l'heure, ce qu'elle souhaitait, c'était oublier les tracas du quotidien et profiter de ce moment féerique dans les bras de cet homme capable de la faire chavirer en un clin d'œil.

Après leur baiser sulfureux, ils prirent quelques instants pour reprendre leurs esprits et leur souffle.

— Est-ce pour cela que tu as pris la peine de privatiser ce lieu magique ? s'enquit-elle. Pour me prouver que tu connaissais bien mes envies ?

— C'est surtout pour te prouver que je suis prêt à tout pour toi, Miranda.

Pouvait-elle se fier à ses paroles romantiques qui lui allaient droit au cœur ?

— Tout ce que je veux, c'est être avec toi, murmura-t-elle en toute sincérité.

Après son mariage raté, elle ne pouvait pas se permettre de se tromper de nouveau.

10

Kai aurait voulu que le chauffeur de taxi aille un peu plus vite. Il avait profondément apprécié chacun des instants passés avec Miranda ce soir, mais l'envie d'être seul avec elle, vraiment seul, le consumait chaque seconde un peu plus.

— Merci pour cette soirée inoubliable, dit Miranda, se tournant vers lui.

— Je t'en prie.

— J'ai toujours été habituée à avancer, à ne pas regarder derrière moi et à foncer dès qu'une occasion se présentait, si bien que j'ai souvent eu du mal à prendre le temps de profiter de l'instant présent. Et ce soir, c'était magique. Merci, Kai. Vraiment.

Il lui prit la main, entrelaçant leurs doigts, heureux de pouvoir partager un moment aussi simple alors qu'ils mouraient tous les deux d'envie de partager autre chose de bien plus intime.

— Sache que pour moi la magie n'est pas terminée, dit-il, levant sa main pour y déposer un baiser.

— Ah bon ?

— Oui, j'espère bientôt continuer cette nuit inoubliable... dans un autre contexte, murmura-t-il en déposant une pluie de baisers aussi légers que des plumes le long de son bras.

Le parfum de sa peau aux fragrances de jasmin décupla son désir.

Elle laissa échapper un soupir et se lova davantage contre lui.

Le courant se fit plus intense entre eux.

Il porta son attention sur la vallée de ses seins et le décolleté de sa robe somptueuse, et vit que sa poitrine palpitait en silence, telle une invitation discrète.

Une invitation qu'il ne pourrait accepter que quand ils seraient seuls car, une fois qu'il commencerait à l'embrasser, il irait jusqu'au bout.

— C'est encore loin ? s'enquit-il.

— Non. Nous sommes bientôt arrivés.

C'était plutôt une bonne nouvelle, étant donné les étincelles qui fusaient entre eux.

Quelques instants plus tard, le taxi s'arrêta dans une rue bordée d'arbres.

Après avoir aidé Miranda à sortir du véhicule et réglé le chauffeur, Kai la suivit.

Avant qu'il ait pu faire des commentaires sur l'intérieur de la maison, Miranda était dans ses bras, lui rappelant pourquoi ils avaient eu si hâte de rentrer chez elle.

Elle le prit par le cou, serrant sa poitrine contre son torse au point de lui faire tout oublier.

— Où est ta chambre ? demanda-t-il d'une voix rauque.

— Deuxième étage, murmura-t-elle, visiblement aussi impatiente que lui.

Ils montèrent les marches ensemble, main dans la main, et pénétrèrent dans une chambre où tout était blanc et gris. A priori, cela aurait dû avoir un effet calmant sur lui, mais dans ces circonstances cela ne fit que l'enflammer davantage.

L'espace était accueillant, fleuri, aéré.

Merveilleusement féminin, comme Miranda.

Kai la désirait comme jamais il n'avait désiré une femme.

Alors qu'il se mettait à déboutonner sa chemise, le regard de Miranda devint incandescent.

Il lui sourit, et elle lui répondit en faisant glisser les bretelles de sa robe.

Alors qu'il enlevait sa chemise, elle se déchaussa. Ses orteils disparurent dans la moquette blanche et épaisse.

— Tourne-toi. Je vais t'enlever ta robe.

Docile, elle obtempéra, pivotant sur elle-même, lui offrant son dos si délicat.

Il baissa la fermeture, doucement, caressant chaque parcelle de la peau soyeuse qu'il dénudait.

Quand la robe tomba à ses pieds, il prit Miranda par la taille pour qu'elle soit de nouveau face à lui.

Soulevant la masse de ses cheveux d'une main, il déposa une pluie de baisers, allant de son oreille à son épaule, remontant doucement, puis il glissa l'autre main dans son dos pour défaire le soutien-gorge en dentelle vert pâle qui retenait encore ses seins prisonniers.

Quand il tomba à terre, son attention se reporta sur les tétons dressés vers lui. Une vision enivrante.

Miranda vint se frotter contre lui, ses seins s'écrasant sur son torse, ses hanches titillant son sexe alors qu'un soupir de plaisir s'échappait des profondeurs de sa gorge.

Son self-control se désintégra instantanément. Il n'était plus question de se retenir ou de contrôler son envie.

Miranda était en feu.

Lui aussi.

Miranda se mit à déshabiller Kai à une vitesse fulgurante, les doigts maladroits, impatients, son désir de le voir nu plus pressant que jamais.

Il lui enleva son string alors qu'elle lui enlevait son caleçon, tout cela dans un méli-mélo de gestes hâtifs témoignant de leur degré d'excitation.

Plus rien n'avait d'importance.

Plus rien ne comptait hormis son envie d'être avec lui.

Elle avait soif de cet homme et souhaitait se donner à lui sans plus attendre.

Le sentir en elle était son objectif ultime.

Il la souleva pour la porter sur le lit, et elle sombra sur la couette moelleuse avec délectation.

Le temps qu'il aille chercher un préservatif dans la poche de son pantalon, elle eut tout le loisir de savourer son corps d'apollon. Ses épaules carrées étaient éclairées par la lumière tamisée, sa silhouette masculine dessinée à merveille s'apparentant à la sculpture d'un dieu grec. Indéniablement puissant.

Quand il revint vers elle, elle se délecta à la vue de ses abdominaux impeccablement sculptés. Mais elle fut surtout impressionnée par la rigidité de son sexe magnifiquement développé.

Quand elle tenta de le prendre entre ses mains, il l'arrêta et la colla au lit pour venir la recouvrir de sa masse puissante et virile.

— Ce sera pour une prochaine fois, ma belle. Là, je suis trop excité. J'ai envie de toi depuis que tu es arrivée sur le toit. Et ça fait une éternité...

L'esprit embué de ses paroles érotiques, elle capitula, trop heureuse d'être la prisonnière du désir qu'il avait d'elle.

— Moi aussi, j'ai très envie de toi, murmura-t-elle.

Le regard rivé au sien, il lui libéra les poignets pour venir glisser les mains sous ses hanches et mieux la centrer sous lui.

Une fois satisfaite de la position, elle poussa un long gémissement de satisfaction alors qu'il entrait enfin en elle.

Quand elle prit conscience que ses ongles s'enfonçaient dans ses épaules, elle déposa des baisers là où elle avait laissé des traces de croissants de lune rouges, puis elle le prit par le cou et le laissa dicter le rythme de leur va-et-vient alors qu'il les emmenait vers le firmament.

Chaque coup de reins était source de plaisir, chaque grognement était une mélodie, et tous deux chevauchaient à l'unisson vers une libération tant attendue.

Elle avait envie que ce moment ne s'arrête jamais. Non

seulement parce que c'était un sentiment incroyablement délicieux de sentir Kai en elle mais aussi parce qu'elle n'imaginait pas continuer à vivre sans lui.

Cette prise de conscience eut lieu au moment où il murmurait son prénom.

L'instant d'après, elle fut happée par un orgasme d'une puissance fulgurante.

Accrochée à lui comme s'il en allait de sa vie, le corps ondulant au gré des vagues de sensations exquises qui la traversaient, elle aurait souhaité que ce raz-de-marée dure à l'infini...

Kai ne tarda pas à la rejoindre, libérant le fruit de son excitation en criant son prénom tel un chant en l'honneur de leurs glorieux ébats.

Scellés l'un à l'autre, ils restèrent un long moment immobiles, reprenant leur souffle et leurs esprits.

Enfin, Kai glissa sur le côté, et elle tira la couette pour les envelopper bien au chaud, comme dans un cocon.

Il glissa la main dans ses cheveux, la caressant tendrement. Elle savoura ce geste qui lui permit d'atténuer les doutes qui étaient revenus assaillir son esprit quant à l'avenir de leur relation intime.

Alors qu'elle était sur le point de s'endormir, il rompit le silence.

— J'espère que tu vas signer avec AMuse. C'est l'apogée de tout ce que tu as construit jusqu'ici.

Il avait parlé à voix basse, mais elle rouvrit les yeux pour le regarder, étonnée qu'il ait choisi ce moment pour évoquer son avenir professionnel.

Était-ce sa façon de la laisser partir une fois qu'elle quitterait Royal ? Ou était-ce un commentaire sincère visant à l'encourager à poursuivre le rêve de sa carrière ?

Ne voyant que chaleur et prévenance dans ses yeux, elle tenta de se détendre et opta pour la seconde réponse.

— Tu as raison. Je vais sûrement le faire, répondit-elle, traçant du bout des doigts des cercles sur son torse.

Elle était contente de sentir qu'il la comprenait, même s'il ne ferait peut-être pas toujours partie de sa vie.

En cet instant, c'était tout simplement trop douloureux d'imaginer un avenir sans lui.

Elle le vit fermer les yeux, comme si sa mission était terminée. Il l'avait encouragée à faire ce qu'elle voulait. Il n'aurait rien à se reprocher.

Pour la première fois, elle reconnaissait que Kai n'était pas seulement un amant passionné. Elle avait eu tort de penser que ce qu'ils avaient partagé par le passé n'était qu'une idylle fondée sur leur attirance mutuelle et qu'elle n'aurait pu en rien résister à l'épreuve du temps.

Kai était aussi un ami et il voulait ce qu'il y avait de mieux pour elle. Mais cela suffirait-il pour faire durer une relation à distance ?

Décidant qu'elle ne trouverait pas tout de suite les réponses à toutes les questions qui se bousculaient dans son esprit, elle ferma les yeux et se concentra sur sa respiration.

Demain était un autre jour.

Kai fut tiré de son sommeil par les vibrations répétées de son portable. Il dormait tellement profondément, confortablement lové contre Miranda, qu'il lui fallut un moment pour s'orienter et comprendre qu'il était encore à New York.

Une fois hors du lit, il prit son téléphone, ramassa ses affaires et alla dans la salle de bains pour prendre l'appel sans réveiller Miranda.

Après avoir fermé la porte en silence, il répondit à son frère. C'était la seule personne autorisée à le réveiller à cette heure.

— Allô ? Quoi de neuf ? s'enquit-il.

— C'est la cata, comme je l'avais prédit.

— Comment ça ?

— Les rumeurs comme quoi Madtec a orchestré la brèche de

la banque Blackwood se sont répandues au niveau national. Un article accablant a été publié ce matin.

La panique s'empara de Kai.

Coinçant son téléphone entre son épaule et son oreille, il enfila son caleçon.

— Les rumeurs ne sont pas des nouvelles officielles, dit-il, espérant encore que son frère exagérait.

— Ah oui ? Vraiment ? Tu crois ça ? Peu importe que les rumeurs soient vraies ou non. Les soupçons dont nous sommes victimes vont ruiner notre réputation.

— Attends. Envoie-moi l'article pour que je me rende compte de l'étendue des dégâts, et je te rappelle, dit-il avant de raccrocher.

L'instant d'après, il reçut un e-mail de son frère.

Dehors, le soleil était en train de se lever.

Il s'habilla à la vitesse de l'éclair. Le temps pressait, et il devait gérer cette crise au plus vite.

Après avoir pris le temps de lire l'article envoyé par Dane et avoir suivi quelques liens, il se rendit à l'évidence : son frère n'avait pas menti sur la gravité de la situation.

Madtec avait un besoin urgent de lancer une action de grande envergure pour contrer les rumeurs et tenter d'enrayer les dommages avant qu'il ne soit trop tard.

Il envoya un message à Dane et à la directrice des relations publiques pour fixer un rendez-vous virtuel.

Sa prochaine mission, réveiller Miranda et rentrer à Deer Springs.

Il regrettait amèrement que leur séjour à New York doive se terminer de manière aussi abrupte.

Il retourna dans la chambre et alla s'asseoir sur le lit à côté de Miranda, lui caressant doucement l'épaule pour la réveiller. Ses yeux ne tardèrent pas à papillonner.

Même si la situation était grave, il prit quelques instants pour la contempler, tout en se disant qu'il donnerait n'importe quoi pour se réveiller tous les matins aux côtés de cette femme formidable.

Cette fois, plus de doute : il était en train de tomber amoureux d'elle.

Sa gorge se serra.

Pour le moment, la situation l'empêchait d'envisager un avenir commun avec elle. Et tout portait à croire que les heures et jours à venir allaient compliquer leur relation.

— Miranda ?

Il la regarda reprendre conscience et s'asseoir dans le lit en relevant la couette avec elle.

— Qu'y a-t-il ? Tout va bien ? s'enquit-elle, ses beaux yeux bleu océan légèrement confus. Tu es déjà habillé ?

Il aurait donné n'importe quoi pour se glisser dans le lit à ses côtés, tout oublier et revivre la nuit incroyable qu'ils avaient partagée. Mais ce n'était pas possible.

— Je dois rentrer à Deer Springs au plus vite, répondit-il. La presse nationale fait courir le bruit comme quoi Madtec aurait orchestré la brèche de la banque Blackwood.

Il avait du mal à prononcer ces mots sans être profondément blessé que la situation en soit arrivée à ce point. C'était rageant que cet épisode arrive au moment où Madtec avait réussi à asseoir sa crédibilité et sa légitimité.

Miranda secoua la tête.

— Quoi ? Attends, je ne comprends pas. Pourquoi votre compagnie serait-elle accusée d'avoir lancé une cyberattaque contre un établissement que vous êtes censés protéger ? C'est ridicule.

— Nos détracteurs disent que l'on a fabriqué cette brèche de sécurité pour vanter les mérites de notre nouveau logiciel. On nous accuse d'avoir voulu jouer aux chevaliers blancs et de s'être servis de ce moment de flottement pour faire de la publicité gratuite pour notre logiciel d'encryptage.

Miranda marqua un temps d'arrêt, le regard vide.

Puis il vit qu'elle tentait de masquer sa réaction.

— C'est ridicule, répéta-t-elle.

Un long moment s'écoula.

Alors que le silence durait, il sentit une distance s'installer entre eux, bien qu'ils n'aient pas changé de place.

Était-elle en train de douter de lui et de se rallier à la cause de leurs détracteurs ? Non. Ce n'était pas possible.

— Tu ne me crois pas capable de faire une chose pareille, n'est-ce pas ? s'enquit-il toutefois, sentant que le sol était sur le point de se dérober sous lui.

Il avait travaillé d'arrache-pied pour faire ses preuves dans le monde professionnel où il évoluait, et son frère et lui avaient dû affronter bon nombre de critiques et réflexions concernant leur passé de pirates informatiques.

Mais jamais au grand jamais il n'aurait cru que Miranda puisse remettre en question son éthique.

— Bien sûr que non, lui assura-t-elle.

Il ne la crut pas ; il avait vu le doute dans ses yeux, juste un instant.

Elle baissa les yeux, choisissant de fixer la couette plutôt que de continuer à le regarder.

— Miranda ? À quoi penses-tu ?

Elle lui jeta un coup d'œil rapide et hésita avant de lui répondre :

— Je repense à la fois où tu m'as parlé du monde de la technologie cybernétique.

— Et alors ?

— Tu m'as dit que ceux qui s'y connaissaient le mieux en cybersécurité étaient ceux qui s'étaient fait la main en tant que pirates informatiques, comme Dane et toi.

Il se raidit. Il avait raison. Elle doutait de sa probité.

Il se sentit trahi et en fut profondément bouleversé.

— Donc toi aussi tu penses que c'est tout à fait naturel que l'on ait choisi de mettre notre client en danger pour se faire de la publicité ? répliqua-t-il.

Pas étonnant qu'une foule d'étrangers soient prêts à colporter pareilles absurdités sur Dane et lui. Même la femme qu'il aimait était capable d'en arriver à cette conclusion !

— Mais non, Kai ! J'ai précisément fait appel à Madtec parce que je savais que vous étiez les meilleurs du marché. Comment peux-tu dire ça ?

Son ton était un peu plus sincère et rassurant, mais cela n'effaça pas le doute qu'il avait lu dans ses yeux, un instant plus tôt.

Il se leva, raide comme la justice, refusant de penser à l'erreur qu'il avait été sur le point de commettre.

Quelques instants auparavant, il était prêt à offrir son cœur à cette femme, et elle venait de le trahir pour la seconde fois.

— Peu importe. Je dois retourner à Deer Springs. Le pilote prépare l'avion. On partira dès que tu seras prête, lâcha-t-il sur un ton glacial.

Il aurait aimé qu'elle s'excuse du manque de confiance dont elle avait fait preuve, mais elle n'en fit rien, acquiesçant en silence.

Il la laissa se préparer. Plus vite ils partiraient, plus vite il rentrerait chez lui, au Texas.

Pour ce qui était de Miranda Dupree ?

Elle poursuivrait son rêve sans lui, comme elle l'avait toujours fait.

11

Une semaine après la fin désastreuse de son séjour éclair avec Kai à New York, Miranda était sur le seuil de la propriété que Sophie Blackwood partageait avec Nigel Townshend.

Elle tenait un bouquet de fleurs dans une main et une boîte de cookies dans l'autre. Cela faisait plusieurs jours qu'elle voulait venir féliciter la future maman, mais la semaine avait été longue et difficile.

Kai lui avait à peine parlé pendant le vol du retour à Royal. Elle n'avait pas cherché à le juger, comprenant qu'il était en pleine crise et qu'il devait consacrer toute son énergie à protéger les intérêts de Madtec et à sauver la réputation de sa compagnie.

Cependant, elle savait qu'il avait été davantage contrarié par l'instant de doute qu'elle avait eu en apprenant la nouvelle. Depuis, elle se trouvait face à un cas de conscience impossible à démêler.

Alors que la porte s'ouvrait, elle décida de mettre ses pensées de côté pour le moment.

— Bonjour, Joséphine. Je suis venue voir Sophie.

La domestique la fit entrer.

— Miranda, je suis dans la cuisine ! lui cria Sophie.

— Merci, dit-elle à l'intention de la jeune fille qui refermait la porte derrière elle.

— Je suis tellement contente d'avoir de la visite ! lança Sophie quand elle entra dans la cuisine.

À vingt-sept ans, Sophie avait un corps de rêve, une chevelure auburn impressionnante et un grand sourire aux lèvres. C'était la petite dernière de la tribu, mais elle était loin d'être capricieuse ou de penser que tout lui était dû. Au contraire, elle avait toujours été travailleuse et volontaire, et son récent mariage venait compléter une vie comblée bien méritée.

— Quelle bonne idée tu as eue de passer ! Nigel m'interdit de sortir de peur que je perde de nouveau connaissance. Donc je fais très attention à ce que je mange, car je fais moins d'exercice. Mais quand je vois la boîte que tu tiens dans les mains, je sais déjà que je vais faire un écart à mon régime...

Miranda était ravie de voir Sophie en forme et surtout de sentir la chaleur avec laquelle elle l'accueillait. C'était un miracle qu'elles soient en si bons termes aujourd'hui, quand elle se rappelait à quel point Sophie l'avait détestée quand elle avait épousé Buckley.

Elle remercia mentalement son ex-mari de lui avoir donné la chance de pouvoir mettre toutes ces années de rancune derrière elle. Grâce à tout ce qu'elle avait accompli ces derniers mois, elle avait maintenant une place à part entière dans la famille Blackwood.

— J'ai pris tes cookies préférés. Et voici un bouquet pour te féliciter de cette merveilleuse nouvelle, dit-elle avant de la prendre dans ses bras.

— Merci. Ces fleurs sont superbes. Tu veux un thé ?

— Volontiers. Laisse-moi faire et assieds-toi.

Sophie lui jeta un regard noir.

— Ah non ! Pas question que tu t'allies à Nigel ! Je suis enceinte, pas infirme.

Alors que Sophie mettait les biscuits sur un plat de présentation, Miranda sortit des petites assiettes et mit de l'eau à bouillir. Malgré ce que Sophie pensait, et sans s'être mise d'accord avec Nigel, elle souhaitait préserver au maximum la santé de la future maman. Elle avait eu assez peur en allant les voir à l'hôpital à leur retour de lune de miel et ne souhaitait pas revivre pareille frayeur inutilement.

En se remémorant l'épisode à l'hôpital, son esprit se dirigea aussitôt vers Kai. Il avait été très attentionné, offrant de l'accompagner et de la soutenir dans cette épreuve, comprenant à quel point la famille Blackwood comptait à ses yeux. Et maintenant...

— Sophie, raconte-moi un peu ton séjour à l'hôpital. Qu'a dit le médecin ? Ton évanouissement était-il uniquement lié au fait que tu étais déshydratée ?

— En partie. Il m'a aussi expliqué que les vertiges pouvaient être dus à l'espace confiné dans l'avion, la foule des passagers et le fait que je n'avais rien mangé depuis la veille. Nigel a fait un stock de barres protéinées et il en a mis une boîte dans mon sac. Il a eu une peur bleue. Quand j'ai repris connaissance, il était blanc comme un linge.

— Je n'imagine pas à quel point il a dû paniquer.

— Oui, sauf que maintenant j'ai l'impression de m'être transformée en poupée de verre, marmonna Sophie en leur servant une tasse de thé. Mais comme notre lune de miel était fantastique, je peux difficilement lui en vouloir.

— Je suis tellement heureuse pour vous.

— Merci.

Elle éprouva un nouveau pincement d'envie en voyant l'amour et le bonheur émanant de Sophie alors qu'elle luttait pour réussir à maintenir le cap dans sa vie personnelle en friche.

— Vous serez là pour le gala ? s'enquit-elle.

— Bien sûr ! On ne manquerait cela pour rien au monde. C'est le plus bel hommage que l'on ait pu imaginer pour notre père.

Elles burent leur thé en silence, chacune absorbée par des souvenirs de Buckley Blackwood.

Intraitable en affaires et difficile à vivre, Buckley s'était toujours appliqué à cacher ses bons côtés. Miranda était contente qu'il puisse être enfin reconnu pour toutes les bonnes actions qu'il avait accomplies.

Elle regrettait néanmoins qu'il n'ait pas été plus généreux au niveau émotionnel, surtout avec ses enfants, et qu'il ait répété les mêmes erreurs au cours de sa vie.

Ironiquement, pour ce qui était de ne pas reproduire les mêmes erreurs, Miranda n'avait de leçons à donner à personne.

Dix ans plus tard, elle venait de se retrouver au même point avec Kai. La distance qu'il avait mise entre eux l'avait profondément blessée. Encore plus que la première fois. Kai lui manquait plus que tout, et elle ignorait comment elle se remettrait un jour de cette rupture.

Il était plus vieux aujourd'hui, plus mûr. Peut-être que cette fois il accepterait de lui parler pour effacer leur malentendu. À moins qu'il ait coupé les ponts à jamais... Cette seule pensée la tétanisait.

Elle espérait qu'il serait au gala. Mais il ne prendrait peut-être pas la peine de venir.

C'est Sophie qui brisa le silence en posant sa tasse sur le plan de travail en granite.

— Vaughn m'a dit que les choses étaient rentrées dans l'ordre à la banque. C'est une bonne nouvelle.

Miranda retint un soupir. Décidément, elle ne pouvait chasser Kai de son esprit...

— Nous avons eu de la chance que Madtec ait pu nous aider à redresser la pente et à sortir de ce marasme, répondit-elle.

— J'imagine. Et toi ? Tu es contente d'avoir retrouvé Kai Maddox au bout de dix ans ?

La question la prit par surprise.

— Tu savais que nous avions été ensemble ?

Sophie l'avait-elle appris dans la presse à scandales des derniers jours ou l'avait-elle su avant ?

— Bien sûr ! Tu as oublié à quel point je te détestais quand tu as épousé papa ?

— Non ! s'exclama-t-elle en riant.

— Eh bien, figure-toi que pendant longtemps, et même jusqu'à ce que je rencontre Nigel, j'ai toujours cherché la faille, pour te prendre en flagrant délit. Donc j'ai enquêté sur ton passé et je t'ai espionnée. Seulement je n'ai jamais rien trouvé, hormis ta relation avec Kai avant mon père. Et je sais que tu as toujours été fidèle envers lui.

— Oui, je lui ai été fidèle, mais ma relation avec ton père s'est soldée par un échec. Comme ma relation avec Kai.

— Comment ça ?

— Nous nous sommes revus il y a quelque temps et nous étions en train de trouver notre rythme, mais...

Elle se tut, la gorge serrée.

— Mais quoi ? insista Sophie.

— La semaine dernière, tout s'est effondré entre nous.

Elle n'avait parlé à personne de sa relation avec Kai, et brusquement elle éprouvait le besoin de partager sa tristesse avec quelqu'un.

— Alors là, Miranda, tu m'intrigues. Tu peux m'en dire plus ? Je suis à ton écoute.

— Merci, j'ai vraiment besoin d'en parler. Alors voilà... Je n'ai pas bien réagi quand Kai m'a appris la nouvelle du scandale et des rumeurs qui accusaient Madtec d'avoir voulu tirer profit d'une brèche orchestrée par leurs soins pour vanter les mérites de leur nouveau logiciel de cybersécurité.

— Je ne suis pas sûre de te comprendre. Tu veux dire que tu ne l'as pas soutenu ? Tu as douté de lui ?

Serrant la tasse de thé contre elle, Miranda sentit la culpabilité renaître en elle.

— Pas vraiment, mais l'espace d'un instant j'ai été prise au dépourvu, avoua-t-elle. Par le passé, son frère et lui ont été accusés de fraude et ils étaient les rois du piratage informatique. Et j'ai en effet eu un moment de doute que je n'ai pas réussi à masquer. J'imagine qu'il l'a senti, et il m'en a voulu. Depuis, silence radio. Je regrette mon attitude et je ne vois pas comment il pourra me pardonner.

— Arrête de dramatiser. Pourquoi tu ne vas pas le voir pour

t'excuser, tout simplement ? Rien de tel que de reconnaître que l'on a eu tort. S'il sent ta sincérité, tu as toutes tes chances.

— J'aimerais te croire, mais la situation est beaucoup plus compliquée que ça. Ma vie est à New York, il vit à Deer Springs. J'ai une émission de télévision, je vais bientôt me lancer dans une joint-venture.

Elle s'arrêta, voyant que Sophie secouait la tête.

— Tout ça, ce sont des excuses, Miranda. Si vous vous aimez, le reste n'a pas d'importance. D'abord, tu dois t'excuser. Ensuite, tu verras si le reste a un impact sur votre relation. Je suis prête à parier que ce ne sera pas le cas.

Miranda doutait que ce soit aussi simple mais comprit néanmoins le message de Sophie.

— Merci, Sophie, tu m'es d'une grande aide. Je suis curieuse de savoir depuis quand tu es devenue aussi sage.

— C'est un miracle, n'est-ce pas ? répliqua Sophie en riant. Eh bien, vois-tu, j'ai tiré les leçons de mes erreurs. Je t'ai fait du mal, j'ai fait du mal à Nigel en étant sûre de détenir la vérité. Je me suis trompée. Je pense que montrer sa force, c'est aussi savoir reconnaître ses erreurs et apprendre à s'excuser.

Miranda sentit les larmes lui monter aux yeux, émue par les paroles de Sophie, et surprise par sa maturité et sa sagesse.

C'était maintenant à elle de décider si elle allait enfin faire face aux sentiments qu'elle éprouvait pour Kai. Elle faisait l'autruche depuis trop longtemps. Et comme Sophie venait de lui dire si justement, elle n'avait fait que s'inventer des excuses pour ne pas regarder la réalité en face.

— Tu as raison, murmura-t-elle. Merci.

— Je t'en prie. C'est normal. La famille, c'est aussi fait pour ça. D'ailleurs, si tu as besoin d'aide pour le gala, je suis partante.

— Sophie, si je te prenais au mot, tu sais très bien que Nigel serait prêt à mettre ma tête à prix.

— Là, c'est toi qui as raison ! s'exclama Sophie en riant.

Une heure plus tard, Miranda quitta la propriété des Townshend et rejoignit Royal pour finir les préparatifs du gala de charité. Ce serait sa dernière mission au nom de Buckley. Ensuite, elle resterait encore une semaine jusqu'au mariage de Lulu, qui sonnerait la fin des aventures de *La Vie secrète des ex-épouses de NYC*.

Puis elle n'aurait plus d'excuses pour rester à Royal.

À moins, bien sûr, de convaincre Kai de reprendre le fil de leur liaison. Son souhait le plus cher au monde.

À présent, elle savait avec certitude que Kai était l'homme de sa vie et qu'elle l'aimait plus que tout.

Sachant cela, elle ne supportait pas qu'il puisse penser qu'elle n'avait pas une bonne opinion de lui.

C'était un sentiment horrible. Pour elle autant que pour lui.

Elle devait trouver le moyen de le lui dire avant le gala et prier pour qu'il soit à l'écoute.

Kai ignora une nouvelle fois les messages téléphoniques de Miranda.

Elle l'avait déjà appelé deux fois la veille. Il n'avait pas répondu.

Il aurait été incapable de dire pourquoi il l'évitait.

Était-ce pour ne pas l'entendre dire que tout était terminé entre eux, ou préférait-il entretenir la colère qu'il nourrissait à son encontre pour avoir osé douter de son intégrité ?

Heureusement, en début de semaine, il avait découvert la source de la campagne de diffamation. Aujourd'hui, il avait eu le plaisir de voir la personne responsable du scandale, son rival et ennemi, être inculpée d'activités frauduleuses. Alistair Quinn n'avait eu de cesse de jeter des bâtons dans les roues des frères Maddox depuis des années, mais il semblait maintenant hors de danger de nuire, et ce, pour longtemps.

Le fait de pouvoir rétablir leur réputation lui avait procuré une immense satisfaction. Grâce à de multiples communiqués de presse et à l'intervention de leurs avocats, leur légitimité avait été restaurée et deux nouveaux clients étaient entrés en contact avec eux.

Kai ferma son ordinateur pour la soirée et enfila sa veste.

En sortant de son bureau, il tomba sur Dane et Amad qui regardaient un match de basket.

La journée de travail était terminée, et c'était agréable de voir qu'Amad prenait ses marques et se sentait assez à l'aise pour passer un moment de détente avec son patron.

C'est exactement ce que Dane et lui avaient dans l'esprit en créant leur compagnie. Ils voulaient que ce soit un lieu où les employés auraient plaisir à travailler, en instaurant de bonnes relations entre les différentes hiérarchies.

Aujourd'hui, son frère et lui pouvaient de nouveau être fiers de leur réputation, et il aurait dû s'en réjouir.

Sauf qu'il ne se sentait pas d'humeur à célébrer cette victoire... sans Miranda.

— Kai ! Tu es prêt pour aller boire un verre ?

— En fait, j'ai plutôt envie d'aller faire un tour à moto.

Il n'avait pas fait de moto depuis des semaines. L'air frais lui ferait le plus grand bien.

Dane le regarda, l'air inquiet.

— Attends, je descends avec toi, dit-il, se dirigeant vers l'ascenseur.

Kai acquiesça en silence.

Dès que les portes se refermèrent, son frère se tourna vers lui.

— Tu peux m'expliquer ?

— T'expliquer quoi ?

— Visiblement, il y a un problème.

— Parce que j'ai envie d'aller faire un tour à moto ?

— Ne me prends pas pour un imbécile, Kai. Je sais qu'il y a quelque chose qui te tracasse.

— Qu'est-ce qui te fait dire ça ?

— Alors écoute. On a trouvé la personne qui nous voulait du mal et qui avait lancé une campagne de diffamation pour saper notre réputation. On a décroché deux gros contrats. Le département des ressources humaines n'arrive pas à embaucher assez vite. Et toi, tu traînes les pieds comme si tu venais d'apprendre la pire nouvelle de ta vie. Conclusion : tu as un problème.

Kai eut envie d'envoyer promener son frère, refusant qu'il s'immisce dans sa vie privée.

Dès que les portes s'ouvrirent, il sortit ses clés et s'avança à grandes enjambées vers le parking, son frère toujours à ses côtés.

— Je suis fatigué, Dane. J'ai bossé comme un fou, ces deux dernières semaines. C'est tout.

Il avait dépensé toute son énergie pour rétablir leur réputation... et pour ne pas penser à Miranda.

— Je ne suis pas dupe, dit Dane, se mettant en travers de son chemin.

— Je m'en contrefiche.

— Où est passée Miranda ?

— Je ne vois pas en quoi ça te regarde.

— Vous êtes allés à New York, tous les deux, et depuis, rien.

— C'est ma vie privée, Dane. Mêle-toi de tes affaires, marmonna-t-il, contournant son frère pour rejoindre sa voiture.

— Justement, j'ai envie de me mêler de ta vie privée, car je n'ai rien dit quand tu as laissé Miranda partir, la première fois, alors que j'aurais dû intervenir. Je sais que tu l'as longtemps regretté. Et je sais que tu vas encore le regretter si tu n'agis pas au plus vite.

— C'est *elle* qui m'a quitté, bon sang ! Elle m'a tourné le dos, elle n'a pas cru en nous !

— Donc tu préfères laisser tomber encore une fois ? C'est vrai que, si tu ne tentes pas ta chance, tu ne peux pas échouer. Pratique, fit remarquer Dane, sarcastique.

— J'ai essayé, marmonna-t-il sur un ton peu convaincant.

Dane lui fit de nouveau face.

— Ah oui ? Vraiment ? De mon point de vue, je dirais que tu l'évites depuis le jour où elle est venue nous apporter un contrat en or sur un plateau.

Il tressaillit face à cette attaque frontale.

— C'est vrai, mais j'avais mes raisons, rétorqua-t-il. Et ensuite, j'ai tout essayé pour lui prouver que l'on était faits l'un pour l'autre.

Il l'avait emmenée à l'hôpital auprès de Sophie, était resté auprès d'elle. Il lui avait fait profiter de son jet privé pour qu'elle aille à New York faire le point sur ses affaires. Il lui avait offert une soirée de rêve. Et elle, elle n'avait rien trouvé de mieux que de douter de lui sur le plan professionnel ?

— D'accord, mais est-ce que tu lui as dit ce que tu ressentais ? demanda Dane. Et, plus important, est-ce qu'au fond de toi tu sais si tu l'aimes ou non ?

Kai s'arrêta net.

Immobile, il réfléchit à la question de son frère.

Aimait-il Miranda ?

Il ne s'était jamais véritablement posé la question, finalement…

Peut-être pour se préserver et éviter d'avoir le cœur brisé en mille morceaux une seconde fois ?

À présent, la vérité éclatait au grand jour. Son amour pour Miranda était tellement ancré dans chacun de ses faits et gestes qu'il se demandait comment il avait fait pour étouffer ses sentiments alors qu'il était clairement et éperdument amoureux d'elle.

Et il avait besoin de le lui dire.

Au plus vite.

— Je dois y aller ! lança-t-il, se précipitant dans sa voiture.

— Donc ça veut dire que c'est oui ?

— Elle est tout pour moi, et je dois aller le lui dire au plus vite !

Jamais il n'avait été aussi sûr de ses sentiments.

Plus tard, il remercierait Dane de l'avoir aidé à lui faire prendre conscience de ses sentiments pour Miranda.

Pour l'heure, il devait se rendre au Texas Cattleman's Club pour le gala donné en l'honneur de Buckley Blackwood.

Il n'avait pas le temps de penser à la logistique ni à la façon dont il dirait à Miranda qu'il l'aimait.

Mais grâce à son frère, il était sûr d'une chose : s'il n'agissait pas maintenant, il le regretterait toute sa vie.

12

Au Texas Cattleman's Club, Miranda faisait un dernier point avec le chef du traiteur juste avant le début du gala.

Grâce à tous les gens qui la sollicitaient ici et là, elle n'avait pas le temps de penser à son cœur qui s'était brisé en mille morceaux et à la fin de sa liaison avec Kai.

Elle était arrivée deux heures avant le début de l'événement pour s'assurer que tout était en place, vêtue d'une robe de cocktail noire.

Après s'être mise d'accord avec le traiteur, elle retourna dans la pièce principale.

Les personnes commençaient à arriver, les musiciens avaient lancé leur programme pour mettre de l'ambiance, et Miranda n'allait pas tarder à monter sur scène pour remercier les invités et faire quelques annonces. Ses notes étaient déjà sur l'estrade, donc elle n'aurait plus qu'à prendre le micro.

Pour la énième fois, elle chercha Kai du regard.

Elle aurait voulu le voir pour s'excuser en personne d'avoir douté de lui. Tout en sachant que cela n'effacerait pas le mal qu'elle avait fait et que ses excuses arriveraient peut-être trop tard, elle devait absolument lui parler.

Son plus grand regret était de ne pas être allée à Deer Springs en début de semaine, avant que l'on n'apprenne que c'était Alistair Quinn, le rival des frères Maddox, qui avait lancé ces rumeurs destructrices dans le but de nuire à leur entreprise.

Même si elle n'arrivait pas à le voir au gala, elle se rendrait chez lui pour lui présenter ses excuses.

Ravalant sa tristesse, elle se concentra sur la soirée qui commençait à battre son plein.

Elle devait bien ça à Buckley.

Passant la salle en revue, elle ne trouva rien à redire.

La pièce était décorée d'arrangements de fleurs blanches et jaunes, des petits bouquets de jonquilles ornaient les tables, et des touches plus sombres provenant des chandeliers et des coussins recouvrant les chaises venaient renforcer l'élégance du club.

Les gens évoluaient parmi les tables, des serveurs circulaient avec des plateaux, et un bar bien achalandé attendait les invités.

Kellan et sa femme, Irina, occupaient déjà la piste de danse. Née en Russie, Irina avait été l'une des personnes privilégiées ayant bénéficié de la bonté de Buckley.

En effet, c'était grâce à lui si elle avait pu quitter son mari violent. Buckley lui avait offert un toit et un emploi de domestique le temps qu'elle se remette sur pied, à la suite de quoi elle avait pu poursuivre des études de droit tout en écrivant un livre sur le récit de son mariage.

En cet instant, Irina avait les yeux intensément rivés sur Kellan qui la faisait tournoyer avec agilité. Elle devait être enceinte d'environ quatre mois, mais Miranda ne l'aurait jamais deviné si Kellan ne lui avait pas annoncé la bonne nouvelle il y a deux mois.

Alors qu'elle continuait d'être subjuguée par le couple d'amoureux, Kace la rejoignit.

— Quel succès ! s'exclama-t-il.

— Merci.

— Tu as vraiment fait un travail admirable. Chapeau. Buckley serait fier de toi.

Elle s'était jetée corps et âme dans les préparatifs de ce gala qui lui donnait l'occasion de dire un dernier adieu à Buckley. Aussi pour tenter d'oublier à quel point Kai lui manquait…

Chassant ses pensées maussades, elle reporta son attention sur Kace.

— Je suis vraiment contente du résultat, c'est vrai. Et ravie de voir autant de monde. Je pense que les dons seront à la hauteur de nos attentes. Tout le monde est enchanté à l'idée que tout soit reversé à la Fondation pour le cancer.

Donna-Leigh, la première épouse de Buckley, était morte trop tôt d'un cancer, et ses trois enfants, Kellan, Sophie et Vaughn, en avaient beaucoup souffert.

— Figure-toi que tu vas pouvoir doubler ce montant, lui annonça Kace.

— Comment ça ?

— Je viens de parler à Nigel. Il m'a dit que Green Room Media mettrait la même somme que le montant collecté ce soir. Tu pourras faire l'annonce quand tu prendras la parole.

— Quelle nouvelle incroyable !

Si seulement elle avait pu la partager avec Kai, elle aurait été au comble de la joie.

— Nigel est vraiment un homme bien, dit-elle.

— Oui. Sophie a de la chance de l'avoir épousé.

— Et vous ? Tout est prêt pour votre mariage, le week-end prochain ?

Il lui offrit un sourire béat.

— Oui. J'ai vraiment trop hâte. Et Lulu aussi.

À cet instant, Lulu fit son apparition, s'empressant de prendre la main de son fiancé.

— Miranda, bravo pour ton organisation hors pair ! s'exclama-t-elle. Tout le monde passe un excellent moment.

— Merci, ma belle.

— Et maintenant, si tu le permets, j'aimerais t'emprunter mon homme pour aller danser.

— Mais je t'en prie !

Entourée de tous ces couples heureux, mariés ou sur le point de l'être, Miranda éprouva soudain un énorme sentiment de solitude.

L'ambiance était festive, tout le monde semblait s'amuser alors que son humeur était aux antipodes. Voir autant de gens sourire, rire et prendre du bon temps ne faisait qu'accroître son désarroi.

Elle avait espéré voir Kai ce soir, mais plus les minutes passaient et plus sa venue semblait illusoire.

D'ailleurs, maintenant que tout était en place, elle pourrait très bien disparaître après les annonces. Personne ne se rendrait compte de son départ.

Elle irait directement à Deer Springs pour parler à Kai. Elle lui devait des excuses et elle voulait lui faire part d'une décision importante qu'elle avait prise.

Ce plan d'attaque en tête, elle traversa la piste de danse pour monter sur l'estrade. Elle était sur le point de faire un signe de tête aux musiciens pour qu'ils lui laissent la parole quand Kellan l'intercepta.

— Bravo, Miranda, et merci, dit-il, avant de la serrer dans ses bras en une brève accolade.

— C'est gentil, murmura-t-elle, comblée et émue.

— Je vais chercher à manger pour Irina, mais je voulais te dire que l'on venait d'apprendre qu'elle attendait un garçon.

— C'est formidable ! Vous devez être tellement contents.

Elle fut profondément touchée qu'il ait pris la peine de lui annoncer la nouvelle.

— Oui. Et on sait déjà comment il va s'appeler. Trevor Buckley Blackwood. En mémoire de tout ce que papa a fait pour Irina.

— Quelle bonne nouvelle ! s'exclama-t-elle.

Une fois seule, elle eut du mal à gérer ses émotions. Tout le monde n'avait que des bonnes nouvelles à lui apprendre. Alors pourquoi était-elle sur le point de pleurer ?

Pour calmer ses esprits avant de prendre la parole, elle se concentra sur sa respiration en attendant que le morceau de musique s'achève.

Tout le monde applaudit quand elle prit le micro.

Même avec le spot violet qui illuminait l'estrade, elle était capable de discerner les gens dans la foule. Et... toujours pas de Kai en vue.

— Bonsoir à tous, dit-elle avant de marquer une pause pour laisser le temps aux invités de finir leur conversation et de se concentrer sur ce qu'elle avait à dire.

Une fois de plus, elle chercha Kai dans la foule. En vain.

Une partie de son discours lui était destinée.

La gorge serrée, elle se rappela qu'elle partirait après les annonces pour tenter de lui parler chez lui, à Deer Springs.

Après s'être éclairci la voix, elle se jeta à l'eau.

— Merci d'être venus nombreux au gala de charité organisé en l'honneur de Buckley Blackwood, un philanthrope secret et discret qui, vers la fin de sa vie, a compris que les millions de dollars qu'il avait accumulés de son vivant ne valaient rien comparés à la joie de faire le bien autour de lui.

Elle fit une pause pour reprendre son soufflé et lire ses notes.

À présent, la salle était plongée dans le plus grand des silences. Tous les yeux étaient rivés sur elle.

Elle avait de nouveau les larmes aux yeux mais ne voulait pas laisser ses émotions la guider et gâcher l'adieu qu'elle avait préparé pour Buckley.

— Buckley a toujours eu du mal à admettre ses erreurs, reprit-elle. Mais avant de mourir, il a réussi à trouver la paix grâce à plusieurs initiatives philanthropiques. C'est au philanthrope que nous rendons hommage, ce soir. De plus, j'ai le plaisir d'annoncer que Nigel Townshend, directeur de Green Room Media, a décidé de doubler la somme des dons qui seront collectés ce soir.

Toute la salle se mit à applaudir.

L'ingénieur en charge de l'éclairage dirigea un spot vert sur Nigel et Sophie, installés à une table dans le fond. Le producteur fit un petit signe discret sans chercher à lui voler la vedette. Sophie se contenta de sourire fièrement à ses côtés.

En voyant son ex-belle-fille, Miranda se souvint des conseils qu'elle lui avait prodigués au sujet de Kai.

Elle devait avant tout s'excuser, sans se soucier du reste.

D'autant plus motivée par sa mission, elle lut le texte qu'elle avait préparé en l'honneur de la première femme de Buckley, puis parla brièvement de la façon dont les fonds récoltés seraient utilisés.

Elle était sur le point de conclure son intervention quand elle entendit des murmures dans l'assistance.

Puis elle vit apparaître un bel homme brun vêtu d'un smoking puis s'avancer vers l'estrade.

Kai Maddox s'arrêta au milieu de la piste de danse.

Miranda sentit son cœur s'emballer.

Le regard émeraude de Kai était rivé sur elle.

Chancelante, sur le point de vaciller, elle reprit la parole :

— Pour finir, je suis reconnaissante à Buckley de m'avoir donné l'occasion de revenir à Royal. Au départ, j'ai été très surprise et, comme vous le savez, mon retour ici n'a pas été très facile. Cependant, j'ai beaucoup appris, j'ai grandi et je pense être devenue quelqu'un de meilleur.

La gorge serrée, elle dut s'arrêter un instant.

— Je suis tellement heureuse d'avoir pu me rapprocher des enfants de Buckley. À présent, nous formons une grande famille unie. Maintenant que les missions que Buckley m'avait données sont terminées, en principe, rien ne m'empêcherait de retourner à New York.

À cet instant, elle posa les yeux sur le beau visage de Kai, et leurs regards se vissèrent l'un à l'autre.

Il était l'homme qu'elle aimait le plus au monde.

— Grâce à Buckley, j'ai appris que la famille était ce qu'il y avait de plus important à mes yeux, poursuivit-elle. Donc j'ai décidé de rester un peu plus longtemps à Royal et d'y installer une salle de bien-être Goddess.

Des murmures de surprise s'élevèrent dans le public. Les invités se tournèrent les uns vers les autres, mais Kai resta immobile, le visage sans expression, tel un masque.

Miranda prit une profonde inspiration.

Cette fois, ce qu'elle allait dire était destiné à Kai.

— Mais si je souhaite rester dans la région, c'est avant tout pour rester aux côtés d'un certain P-DG qui compte plus que tout à mes yeux. Un homme qui, je l'espère, acceptera de me donner une seconde chance.

Soudain, Kai bougea enfin.

Les yeux fixés sur elle, il s'avança d'un pas résolu vers l'estrade.

La flamme de l'espoir se ralluma en elle.

S'il arrivait à voir la sincérité de ses sentiments et qu'il acceptait ses excuses, tout était encore possible.

Kai monta les marches deux par deux pour la rejoindre.

Était-il prêt à lui donner une seconde chance ?

Tremblante d'incertitude, elle éteignit le micro alors que les invités applaudissaient une nouvelle fois.

Quand Kai la souleva dans ses bras, les applaudissements redoublèrent au point de ressembler au grondement du tonnerre.

Miranda s'accrocha à lui.

Il ne lui avait pas encore parlé, mais ce qu'il venait de faire était suffisant pour attiser la flamme d'espoir en elle.

— Je suis désolée d'avoir douté de toi, Kai, et je veux que tu saches que je suis prête à tout pour que ça fonctionne entre nous.

— Dans ce cas, tout est possible, répondit-il avant de déposer un baiser sur son front.

Les musiciens avaient repris leur programme, et l'ingénieur lumière avait éteint le spot qui illuminait l'estrade, si bien que, même s'ils n'étaient pas encore à l'abri des regards indiscrets, ils avaient déjà un peu plus d'intimité.

— C'est vrai ? Tu en es sûr ?

— Oui, car je sais que tu es capable d'accomplir des choses incroyables quand tu l'as décidé.

Fermant les yeux, elle se laissa un moment pour savourer la sensation d'être de nouveau dans ses bras, la chaleur de son corps l'enveloppant de manière rassurante, son odeur l'enivrant au plus haut point.

Puis Kai la reposa par terre et la prit par la main pour l'entraîner derrière l'estrade.

Ignorant le panneau « Sortie interdite », il poussa la porte et les guida vers un petit jardin orné d'une fontaine où trônait un banc sur lequel ils prirent place.

— J'ai cru que tu ne viendrais pas, dit-elle. Après mes annonces, j'allais prendre ma voiture pour aller te rendre visite à Deer Springs et te présenter mes excuses en personne.

Kai entrelaça ses doigts aux siens.

— Je suis heureux de t'entendre dire que j'étais ta priorité après ce gala. Cela me touche énormément. Je sais que par le passé je n'ai pas réussi à te faire savoir ce qui comptait pour moi, mais je suis décidé à tout faire pour que cela ne se reproduise pas.

— Tu veux dire que tu envisages un avenir à deux ?

Elle lui fit face, pour mieux le contempler.

Il était beau à couper le souffle dans sa veste de smoking encadrant à merveille ses magnifiques épaules.

Avant de lui répondre, il lui caressa le visage, semblant aussi désireux qu'elle de la contempler.

Elle frissonna.

— Oui, Miranda, j'envisage un avenir à deux. Je veux tout mettre en œuvre pour que notre relation nous apporte le bonheur que nous recherchons. Sur le long terme.

Une relation. Avec Kai. Sur le long terme.

Elle le fixa sans réagir, attentive à la résonance que ces paroles avaient sur son cœur.

— Tu sais, je n'ai pas dit ça à la légère. Je veux vraiment rester à Royal, dit-elle enfin, désireuse de lui montrer qu'elle voulait elle aussi s'engager dans leur relation et qu'elle était prête à faire des concessions pour trouver le chemin qui leur conviendrait.

— Je sais.

Elle avait beaucoup réfléchi aux solutions. Lancer un centre de remise en forme Goddess à Royal lui avait paru comme la meilleure des solutions pour passer plus de temps avec Kai et sceller leur union.

— J'ai été très heureuse ici, hormis la semaine qui vient de s'écouler, bien sûr. Je ne supportais plus d'être séparée de toi aussi longtemps. Tu m'as tellement manqué.

— Toi aussi, tu m'as manqué. C'est grâce à Dane si je suis ici. C'est lui qui m'a secoué en m'ouvrant les yeux et en me disant que je ne trouverais jamais le bonheur si je ne prenais pas le risque de te dire ce que j'éprouvais pour toi. C'est ce que je suis venu faire ce soir. Je t'aime, Miranda.

Son cœur tressaillit de joie.

Elle lui sourit, et le soulagement procuré par cette merveilleuse nouvelle l'enveloppa comme des bras amoureux.

Elle se pencha vers Kai pour l'embrasser, prenant le temps de savourer les lèvres exquises de cet homme qui avait toujours eu le don de la mettre dans tous ses états.

— Oh ! Kai, si tu savais comme je t'aime… Je regrette de ne pas avoir été assez persévérante, la première fois, mais je crois en nous et tu es l'homme que je veux aimer.

Après avoir vu les erreurs qu'elle avait faites lors de son premier mariage, elle s'était rendu compte qu'elle ne pourrait jamais être heureuse en poursuivant ses objectifs professionnels aux dépens de sa vie privée.

Dorénavant, l'amour aurait une place à part entière dans sa vie et dans son cœur.

Après un long baiser langoureux, elle rouvrit les yeux.

Dans le regard de Kai, brillant d'une flamme qu'elle n'y avait jamais vue auparavant, elle lut l'amour sincère qu'il lui portait et la promesse d'un avenir partagé hors du commun.

— Nous avions peut-être tous deux besoin de temps pour mûrir et prendre conscience de ce que nous avions pour que cela puisse fonctionner la seconde fois, murmura-t-il d'une voix rassurante.

Il l'embrassa de nouveau, à lui en faire perdre le souffle.

— Tu le penses vraiment ? demanda-t-elle. Même si tu travailles à Deer Springs et moi à New York ?

Elle était curieuse de savoir comment il comptait gérer ce casse-tête.

Il prit son visage entre ses mains, comme s'il ne voulait pas rompre le contact entre eux.

— Écoute-moi, ma chérie. Je veux que tu fasses ta joint-venture avec AMuse. Tu dois poursuivre tes rêves. Je pourrais ouvrir un bureau Madtec à New York pour que nous puissions y vivre ensemble. Nous ne sommes pas obligés de choisir. Nous pouvons tout avoir.

Elle buvait ses paroles, prête à croire chacun de ses mots.

Ensemble, ils pourraient conquérir le monde !

— Et si nous allions danser, maintenant ? suggéra-t-il. Je te trouve absolument ravissante dans cette robe.

— Et si nous rentrions chez toi faire l'amour ? Je te trouve absolument ravissant dans ton smoking, mais je préférerais te voir tout nu dans un lit.

— Je vois que tu sais parler aux hommes, répliqua-t-il en riant.

— On prend ta voiture ?

— Figure-toi que je suis à moto. Donc si tu n'as pas peur de monter avec ta robe, je te propose une virée au clair de lune, en amoureux. Tu es partante ?

— Et comment !

Épilogue

Une semaine plus tard

— Lulu Shepard, acceptez-vous de prendre Kace LeBlanc pour époux ?

Kai écouta les mots de l'officiant en charge de la cérémonie de mariage, mais ses yeux n'étaient pas attirés par la mariée.

Cette dernière était certes exquise, vêtue d'une robe blanche toute simple qui mettait en valeur sa beauté naturelle et contrastait avec sa chevelure noire et soyeuse, mais il n'avait d'yeux que pour la plus merveilleuse des demoiselles d'honneur, sa future femme, Miranda.

Une foule d'invités étaient réunis sous une tente pour célébrer le mariage de Lulu Shepard avec Kace LeBlanc, retransmis à la télévision.

La réponse ne tarda pas à venir.

— Oui !

Kace la regarda, aux anges.

Kai se réjouissait pour eux mais ne tarda pas à reporter son attention sur Miranda qui se trouvait aux côtés des autres covedettes de l'émission *La Vie secrète des ex-épouses ne NYC*, toutes vêtues de la même robe jaune pâle aux motifs fleuris.

Elle portait un petit bouquet de violettes.

Comme toujours, elle le fascinait.

Miranda était tout ce qu'il avait toujours aimé chez une femme : intelligente, ambitieuse, tendre, attentionnée... et sexy.

Elle était capable de se consacrer à son œuvre caritative et à ses proches, sans perdre de vue sa carrière. Étant donné le succès qu'elle avait rencontré en tant que femme d'affaires, c'était vraiment impressionnant.

— Vous pouvez embrasser la mariée.

Après le baiser, le quintette de musiciens se mit à jouer une marche nuptiale, et Lulu et Kace prirent la tête de la procession.

Kai, lui, ne quitta pas Miranda des yeux, comptant chaque pas qu'elle faisait et qui la rapprochait de lui.

Les caméras de télévision se déplacèrent parmi la foule d'invités, suivant les mariés sans pour autant gêner le déroulement de la cérémonie.

C'était un mariage informel, où les mariés ne se posteraient pas au bout de l'allée pour attendre les félicitations de chaque invité car la fête allait commencer dans la foulée.

Kai avait hâte de retrouver Miranda qui serait maintenant libre pour le restant de la soirée.

Il ne lui restait plus qu'à traverser la piste de danse en bordure de laquelle un groupe country s'installait pour prendre la suite de l'ensemble de chambre qui avait assuré le fond musical pendant la cérémonie religieuse.

Les flashs fusaient ici et là, alors que les invités s'en donnaient à cœur joie, ne manquant pas d'immortaliser les premiers moments de vie de mariés des jeunes tourtereaux.

Mais pour Kai, ce qui comptait avant tout, c'était d'être en présence de la femme la plus importante à ses yeux : Miranda, qui s'avançait vers lui, son regard plongé dans le sien, un petit sourire aux lèvres.

— Salut, beauté, murmura-t-il.

Il l'attira à lui dès qu'elle arriva à sa hauteur, déposant une pluie de baisers dans son cou, son parfum de jasmin agissant comme un aphrodisiaque.

Il repensa à la nuit incroyable qu'ils avaient partagée et, surtout, à toutes celles qui suivraient...

— Salut, beau gosse, répondit-elle sur le même ton.

— Mais j'y pense, avons-nous le droit de nous embrasser même si ce n'est pas notre mariage ? demanda-t-il avec humour, feignant de prendre ses distances.

À peine l'avait-il lâchée qu'il la reprit par la taille, ses doigts froissant le tissu soyeux de sa robe en une caresse chaste.

Elle lui offrit son plus beau sourire.

— Tout à fait ! Il est même conseillé de célébrer les mariés en s'embrassant, répondit-elle, avant de poser son bouquet sur une chaise.

— Tu veux bien sortir de la tente avec moi ? suggéra-t-il, indiquant l'ouverture d'un hochement de tête. C'est une nuit magnifique.

— Dans ce cas, je te suis.

L'air printanier du Texas était encore chaud, même si le soleil était sur le point de se coucher et qu'une brise légère s'était levée.

Les luminaires entourant la piscine se reflétaient dans l'eau, et des étoiles violettes scintillaient dans le crépuscule.

Tenant Miranda par la main, Kai suivit le chemin de pierres plates derrière le bassin bordé d'arbres dont les feuilles bruissaient doucement dans le vent.

Le groupe country entama sa première chanson et, dans la tente, le fond sonore changea.

— Tu es triste que ce soit le dernier épisode de la saison ? s'enquit-il en l'invitant à danser.

Miranda se cala aussitôt sur son rythme, oscillant gracieusement dans ses bras, comme s'ils avaient dansé à deux toute leur vie.

Il n'en revenait pas encore de la chance qu'il avait eue de la retrouver au bout de dix ans.

Et cette fois, c'était pour la vie.

Elle secoua la tête, sa chevelure rousse scintillant au clair de lune.

— Non. Je suis contente que ça se termine. J'ai adoré cette expérience, mais je suis prête à enchaîner sur autre chose.

Il lui caressa délicatement le dos, souriant lorsqu'il la sentit frissonner.

— Sache que je te soutiendrai toujours dans tes choix et que tu pourras toujours compter sur moi, assura-t-il.

— Je sens que cette année va être formidable.

— Et toutes celles qui suivront.

— Quelle chance !

Il plongea son regard dans le sien.

— T'ai-je dit combien je t'aimais, aujourd'hui ? demanda-t-il.

— Non. Et pour te faire pardonner, tu devras me le prouver ce soir, dans l'intimité de notre chambre...

— Ma chérie, tu sais que tes désirs sont des ordres, murmura-t-il avant de prendre ses lèvres en un long baiser langoureux.

Leur union ainsi scellée, rien ne pourrait jamais plus les séparer.